世界文学大図鑑

THE LITERATURE BOOK

ジェイムズ・キャントン ほか著

沼野充義 日本語版監修

越前敏弥 訳

三省堂

A DORLING KINDERSLEY BOOK

www.dk.com

Original Title: The Literature Book

Copyright © Dorling Kindersley Limited, 2016

Japanese translation rights arranged with

Dorling Kindersley Limited, London

through FORTUNA Co., LTD

For sale in Japanese territory only.

Printed and bound in China

執筆者

ジェイムズ・キャントン（編集顧問）

　エセックス大学文学部講師。修士課程でワイルド・ライティング（文学と自然環境）を講義する。著書に『カイロからバグダードへ　アラビアのイギリス人旅行者』（2011年、未訳）、『エセックスから外へ　文学の風景を再想起する』（2013年、未訳）などがあり、後者では風景と人間とのつながりを探り、自然界とその驚異に迫っている。最近は、有史以前の世界の跡をたどるイギリス辺境一帯の旅にまつわる物語を執筆している。

アレックス・ヴァレンテ

　イースト・アングリア大学研究員、文芸翻訳家、著述家。『オックスフォード世界児童文学百科』（2015年版）や『コミックの文化』（2016年、未訳）の執筆陣に名を連ねる。短詩や散文をイタリア語と英語の両方で発表している。イースト・アングリア大学で1年生の英文学履修課程を担当。

マーカス・ウィークス

　音楽、哲学、楽器製作技術を学ぶ。非英語圏者を対象とする英語教師、音楽家、画廊経営者、楽器修復士と、さまざまな経験を積んだのち、著作活動に専念する。古典文学、芸術、一般科学についての著作が多数あり、人類の英知をわかりやすくおもしろく説明することをめざして、本書以外の〈大図鑑〉シリーズ（三省堂）でも多くの項目を執筆している。

ブルーノ・ヴィンセント

　書籍販売業、編集者を経て、現在はフリーランスの作家。一貫して本とことばの仕事にかかわりつづけてきた。これまでに10作を執筆し、2作は「サンデー・タイムズ」紙のベストセラー・トップ10入りした。児童向けのディケンズ風ゴシック・ホラー物語を2冊出している。

ニック・ウォルトン

　ストラトフォード・アポン・エイヴォンのシェイクスピア生家財団で、シェイクスピア啓発活動を推進する統括責任者をつとめる。ペンギン版『アテネのタイモン』と『恋の骨折り損』で巻頭の文章を書いている。『シェイクスピア・ウォールブック』の共著者。本書と同シリーズ『シェイクスピア大図鑑』（三省堂）の執筆者でもある。

ペニー・ウラード

　エセックス大学で演劇研究を統括する。「デレック・ウォルコットのアメリカ　合衆国とカリブ海諸国」で同大学文学博士号を取得。同大学でウォルコットの講義をおこない、アメリカ文学も教えている。

ヘレン・クリアリー

ノンフィクション作家、編集者。ケンブリッジ大学で英文学を学び、さらにイースト・アングリア大学修士課程の名高い創作コースで、W・G・ゼーバルトとローナ・セイジに指導を受けて修了する。ノンフィクションのほか、詩や短編小説の著作もある。

アン・クレイマー

著述家、歴史家。イギリスのDK社など、さまざまな出版社で仕事をしたのち、著述活動に専念する。長年にわたって一般読者向けに、芸術、文学、人文科学全般から女性史までに及ぶ題材で多数の本を書いてきた。書物と文学をこよなく愛し、大人向けの読み書き教室や文学教室での指導にも携わってきた。

ヒラ・シャカール

デ・モンフォート大学英文学部講師。オーストラリア・バレエ団の脚本家。ウェスタン・オーストラリア大学で英文学博士号を取得。著書は広く文学と映画の分野にわたり、『古典文学の文化的帰結と映画化』(2012年、未訳)は「ニューヨーク・タイムズ」紙で紹介された。研究著書のテーマも多岐に及び、文学作品の翻案、文学におけるフェミニズム、大衆小説と古典小説を題材にしている。近年は文学者の伝記映画にテーマを絞った論文を執筆中で、映画で描かれた作家像を研究している。

メガン・トッド

セントラル・ランカシャー大学社会科学部上級講師。スコットランドのアバディーン大学で英文学の学位を得る。カンブリアのグラマースクールで英文学を教えるかたわら、ジェンダー研究、特に女性の創作活動を考察してニューカッスル大学の修士課程を修了。

ロビン・ラクスビー

フリーランスの編集者、著述家。オックスフォード大学英語学部で学位を得たのち、ロンドンで出版事業の責任者をつとめる。書評誌でフィクションの評論を書くかたわら、1985年以来、詩の本を5冊出している。近年、長編散文詩の創作でイギリス著作家協会から助成金を受けた。

エスター・リプリー

文学と心理学で最優等学位を取得。長年にわたってジャーナリスト、教育雑誌編集者、書評家、短編小説コンクールの選考委員として活躍する。元DK社編集長。児童書を執筆してきたが、現在は文化を題材にした著作を手がける。

ダイアナ・ロクスリー

フリーランスの編集者、著述家、ロンドンの出版社の元編集長。エセックス大学の文学博士号を持つ。19世紀フィクションのさまざまな主要作品に見られる植民地主義と帝国主義を分析した著書がある。

日本語版監修
沼野充義 〔ぬまの・みつよし〕

東京大学大学院人文社会系研究科・文学部教授。1954年東京生まれ、1984年ハーバード大学修士、1985年東京大学大学院博士課程満期退学。ワルシャワ大学、モスクワ大学で客員講師、ハーバード大学世界文学研究所講師をつとめる。ロシア・ポーランド文学、現代文芸論専攻。主な著書『亡命文学論』『ユートピア文学論』(以上、作品社)、『チェーホフ 七分の絶望と三分の希望』(講談社)など。編書『ポケットマスターピース10 ドストエフスキー』(集英社)、『8歳から80歳までの世界文学入門 対話で学ぶ〈世界文学〉連続講義4』(光文社)など。

訳者
越前敏弥 〔えちぜん・としや〕

文芸翻訳者。1961年生まれ。東京大学文学部国文科卒。訳書『インフェルノ』『ダ・ヴィンチ・コード』『Xの悲劇』(以上、KADOKAWA)、『解錠師』(早川書房)、『チューダー王朝弁護士シャードレイク』(集英社)、『夜の真義を』(文藝春秋)など多数。著書『翻訳百景』(KADOKAWA)、『越前敏弥の日本人なら必ず誤訳する英文』(ディスカヴァー)など。

目次

はじめに　10

英雄と伝説
紀元前3000年〜後1300年

神々だけが
永遠に目のあたる場所にとどまる
『ギルガメシュ叙事詩』　20

旧徳に従えば、
危うくともやがては吉となる
『易経』周の文王が書いたとされる　21

おお、クリシュナ、わたしが犯そうとしているこの罪はなんだ？
『マハーバーラタ』
ヴィヤーサの作とされる　22

歌え、女神よ、アキレウスの怒りを
『イリアス』ホメロスの作とされる　26

真実になんの救いもないときに、それを知るというのは、なんと恐ろしいことか！
『オイディプス王』ソフォクレス　34

地獄の門は昼も夜も開いている。
そこへくだる道は平坦で、たやすい
『アエネーイス』ウェルギリウス　40

運命はなるようにしかならない
『ベオウルフ』　42

そこで、シェヘラザードは語りはじめた……
『千夜一夜物語』　44

人生がただの夢にすぎぬのなら、
なぜあくせく働くことがあろうか
『全唐詩』　46

闇の現は
なほ劣りけり
『源氏物語』紫式部　47

主君のために、
人はひたすら苦難に耐えなければならない
『ローランの歌』　48

タンダラダイ、小夜啼鳥が愛らしく歌う
「菩提樹の下で」ヴァルター・フォン・デア・フォーゲルヴァイデ　49

愛の命令に従おうとしない者は、
大きな過ちを犯す
『ランスロまたは荷車の騎士』
クレティアン・ド・トロワ　50

他人の傷を自分への警告とせよ
『ニャールのサガ』　52

もっと知りたい読者のために　54

ルネサンスから啓蒙主義へ
1300年〜1800年

気がつくとわたしは暗い森のなかにいた
『神曲』ダンテ・アリギエーリ　62

われら3人、義兄弟の契りを結び、
力を合わせて心をひとつにすることを誓う
『三国志演義』羅貫中　66

ページをめくって別の話を選んでください
『カンタベリー物語』
ジェフリー・チョーサー　68

笑いは人間の本性だ。楽しく生きよ
『ガルガンチュアとパンタグリュエル』
フランソワ・ラブレー　72

この花と同じように、忍び寄る老いがあなたの美しさを曇らせる
『恋愛詩集』ピエール・ド・ロンサール　74

快楽を愛する者は
快楽ゆえに堕ちなくてはならない
『フォースタス博士』
クリストファー・マーロウ　75

人はみな、おのれの所業の子である
『ドン・キホーテ』
ミゲル・デ・セルバンテス　76

人は生涯にいくつもの役を演じる
〈ファースト・フォリオ〉
ウィリアム・シェイクスピア　82

だれも彼も尊敬するのは、
だれも尊敬しないのと同じだ
『人間ぎらい』モリエール　90

けれど背中のすぐ後ろに
いつも聞こえる、翼をひろげた戦車を
駆って時が迫りくるのが
『雑詩篇』アンドルー・マーヴェル　91

蛤のふたみに別れ行く秋ぞ
『おくのほそ道』松尾芭蕉　92

死ぬるを高の死出の山、三途の川は
堰く人も、堰かるる人もあるまいと
『曾根崎心中』近松門左衛門　93

わたしは1632年、
ヨーク市の良家に生まれた
『ロビンソン・クルーソー』
ダニエル・デフォー　94

もしこれがこの世にありうる最善の世界ならば、ほかの世界はどういうものなのか
『カンディード』ヴォルテール　96

勇気なら地獄を裸足で
歩きとおせるくらい持ち合わせている
『群盗』フリードリヒ・フォン・シラー　98

恋愛では、感じてもいないことを文字で
表すほどむずかしいことはありません
『危険な関係』
ピエール・コデルロス・ド・ラクロ 100

もっと知りたい読者のために 102

ロマン主義と小説の台頭
1800年〜1855年

詩はあらゆる知識の息吹きであり、
より高尚な精気である
『抒情歌謡集』
ウィリアム・ワーズワースとサミュエル・
テイラー・コールリッジ 110

現実の人生ほど
不思議で奇怪なものはない
『夜曲集』E・T・A・ホフマン 111

人間は努力しているかぎり迷うものだ
『ファウスト』ヨハン・ヴォルフガング・
フォン・ゲーテ 112

むかしむかし……
『子供と家庭の童話』グリム兄弟 116

隣人を楽しませてやって、
こんどはこちらが笑ってやるのが
生き甲斐ってものだろう?
『高慢と偏見』ジェイン・オースティン 118

この密かな労苦がいかに恐ろしいものか、
いったいだれにわかってもらえるでしょうか
『フランケンシュタイン』
メアリー・シェリー 120

みんなはひとりのために、
ひとりはみんなのために
『三銃士』アレクサンドル・デュマ 122

けれども、ぼくは幸せには向いていません。
そうしたものに、ぼくの魂は縁がないのです
『エヴゲーニイ・オネーギン』
アレクサンドル・プーシキン 124

百万の宇宙を前に、
冷静で動じぬ魂であれ
『草の葉』ウォルト・ホイットマン 125

人間がどのようにして奴隷にされたかを
これまで見てきた。奴隷をどのようにし
て人間にしたかをこれから見せよう
『数奇なる奴隷の半生──フレデリック・ダ
グラス自伝』フレデリック・ダグラス 126

わたしは鳥ではありません。
どんな網にもかかりません
『ジェイン・エア』
シャーロット・ブロンテ 128

自分の命なしでは生きていけない!
魂なしでは生きられない!
『嵐が丘』エミリー・ブロンテ 132

地球上の動物のどんな愚行だって、
人間どもの狂乱沙汰には遠く及ばない
『白鯨』ハーマン・メルヴィル 138

すべて別れというものは
最後の大きな別れを予感させる
『荒涼館』チャールズ・ディケンズ 146

もっと知りたい読者のために 150

現実の生活を描く
1855年〜1900年

倦怠が物言わぬ蜘蛛のように、
心の四隅の暗がりに巣を張っている
『ボヴァリー夫人』
ギュスターヴ・フローベール 158

わたしもこの大地の子であり、
この風景のなかで育てられたのです
『グアラニー族』
ジョゼ・デ・アレンカール 164

「詩人」は雲間の王者に似ている
『悪の華』シャルル・ボードレール 165

聞いてもらえないからといって、
口をつぐむ理由とはならない
『レ・ミゼラブル』
ヴィクトル・ユゴー 166

きみょーよ、とってもきみょーよ!
『不思議の国のアリス』
ルイス・キャロル 168

大いなる意識と深い心には、
苦痛と苦悩が付き物だ
『罪と罰』
フョードル・ドストエフスキー 172

人類はおろか、一国民の生活でさえ、
そのまま記述することは不可能に思える
『戦争と平和』レフ・トルストイ 178

ひとつの問題をさまざまな立場から見る
ことができないのは、了見がせまいからだ
『ミドルマーチ』
ジョージ・エリオット 182

人間の法に逆らえても、
自然の法には抗えません
『海底二万里』ジュール・ヴェルヌ 184

スウェーデンでぼくらがやっているのは、
王の式典を祝うことだけだ
『赤い部屋』
アウグスト・ストリンドベリ 185

彼女は外国語で書かれている
『ある婦人の肖像』
ヘンリー・ジェイムズ 186

人間ってやつは、ほかの人間にずいぶん
むごたらしいことができるもんだ
『ハックルベリー・フィンの冒険』
マーク・トウェイン 188

苦しみ、戦うために、もう一度
炭坑へおりていきたくてたまらなかった
『ジェルミナール』エミール・ゾラ　190

いまや彼女には夕日が醜く見え、
空にある大きな炎症の傷のようだった
『ダーバヴィル家のテス』
トマス・ハーディ　192

誘惑を捨て去る方法はただひとつ、
誘惑に屈することだけだ
『ドリアン・グレイの肖像』
オスカー・ワイルド　194

古かろうと新しかろうと、
目を向けてはいけないものがある
『ドラキュラ』ブラム・ストーカー　195

地球上の暗黒の地のひとつだった
『闇の奥』ジョゼフ・コンラッド　196

もっと知りたい読者のために　198

伝統を破壊する
1900年～1945年

世の中は一目瞭然のことばかりなのに、
どういうわけか、だれもそれを
しっかり見ようとしないんだよ
『バスカヴィル家の犬』
アーサー・コナン・ドイル　208

吾輩は猫である。名前はまだ無い。
どこで生まれたかとんと見当がつかぬ
『吾輩は猫である』夏目漱石　209

グレーゴル・ザムザは、ベッドのなかで自分が
おぞましい虫に変わっているのに気づいた
『変身』フランツ・カフカ　210

祖国のために死ぬるは、
甘美にして名誉なり
『詩集』ウィルフレッド・オーエン　212

四月は最も残酷な月
死に絶えた大地からリラの花が
顔を出す
『荒地』T・S・エリオット　213

空にひろがる星の樹から
濡れた夜の果実がぶらさがる
『ユリシーズ』ジェイムズ・ジョイス　214

若いころは、
わたしにもたくさんの夢があった
『吶喊』魯迅　222

愛は愛だけを与え、愛だけを受けとる
『預言者』ハリール・ジブラーン　223

批評は進歩と啓蒙の源なのです
『魔の山』トーマス・マン　224

ささやきとシャンペンと星に囲まれ、
蛾のように飛びかった
『グレート・ギャツビー』
F・スコット・フィッツジェラルド　228

古い世界は滅ばなくてはならない。
目覚めよ、暁の風よ！
『ベルリン・アレクサンダー広場』
アルフレート・デーブリーン　234

遠くに見える船は、
男たちすべての望みを載せている
『彼らの目は神を見ていた』
ゾラ・ニール・ハーストン　235

死体は傷ついた心よりも重い
『大いなる眠り』
レイモンド・チャンドラー　236

涙の国というのは、
ほんとうに不思議なところなんだ
『星の王子さま』
アントワーヌ・ド・サン＝テグジュペリ　238

もっと知りたい読者のために　240

戦後の文学
1945年～1970年

ビッグ・ブラザーがあなたを見ている
『一九八四年』ジョージ・オーウェル　250

もう十七歳なんだけど、ときどき十三歳
がやるみたいなことをしてしまう
『キャッチャー・イン・ザ・ライ』
J・D・サリンジャー　256

死はドイツから来た名手
『罌粟と記憶』パウル・ツェラン　258

ぼくの姿が見えないのは、
単に人がぼくを見ようとしないだけの
ことだから、その点をわかってくれ
『見えない人間』ラルフ・エリソン　259

ロリータ、わが人生の光、わが腰部の炎。
わが罪、わが魂
『ロリータ』
ウラジーミル・ナボコフ　260

なんにも起こらない、だあれも来ない、
だあれも行かない。まったくたまらない
『ゴドーを待ちながら』
サミュエル・ベケット　262

一方の手の指で永遠に触れ、
一方の手の指で人生に触れることは
不可能である
『金閣寺』三島由紀夫　263

やつこそ、ビートだ――ビーティフィクの
根っこであり、魂だ
『オン・ザ・ロード』
ジャック・ケルアック　264

ある人々のあいだでよいことが、別の
人々には忌まわしきことであったりする
『崩れゆく絆』チヌア・アチェベ 266

壁紙ですら
人間よりもよい記憶力の持ち主である
『ブリキの太鼓』
ギュンター・グラス 270

わたしは人間は一種類しかないと思う。
人間ってのはね
『アラバマ物語』ハーパー・リー 272

すべてを失っても、また最初から
はじめなければならないと宣言する
勇気さえあるなら、何物も失われはしない
『石蹴り遊び』フリオ・コルタサル 274

ヨッサリアンは永久に生きようと、
あるいはせめて生きる努力の過程において
死のうと決心していた
『キャッチ=22』ジョーゼフ・ヘラー 276

ぼくが詩を作るのは自分を見るため、
闇をこだまさせるため
『ある自然児の死』
シェイマス・ヒーニー 277

おれたち、どこか狂ったところがあるに
ちがいない。あんなことをやるなんて
『冷血』トルーマン・カポーティ 278

瞬間ごとに終わりを迎えながらも、
けっして終わるということがなかった
『百年の孤独』
ガブリエル・ガルシア＝マルケス 280

もっと知りたい読者のために 286

現代文学
1970年～現在

最後の瞬間の積み重なりが
私たちの歴史なのよ
『重力の虹』トマス・ピンチョン 296

あなたはイタロ・カルヴィーノの新しい小
説を読みはじめようとしている
『冬の夜ひとりの旅人が』
イタロ・カルヴィーノ 298

たったひとりの人生を理解するだけでも、
世界を呑みこまなければならない
『真夜中の子供たち』
サルマン・ラシュディ 300

自分の身を自由にすることと、
自由になった身は自分のものだと主張する
ことは、まったく別のことだった
『ビラヴド』トニ・モリスン 306

天と地は大きく乱れていた
『赤い高粱』莫言 310

こんな話は口では伝えられない。
この手の話は感じることができるだけだ
『オスカーとルシンダ』
ピーター・ケアリー 311

青々とした簡素さゆえに、
この島を慈しめ
『オメロス』デレック・ウォルコット 312

私には殺しの気分が、
狂いだす寸前にまで強かった
『アメリカン・サイコ』
ブレット・イーストン・エリス 313

彼らは穏やかで神聖な川をくだっていった
『スータブル・ボーイ』
ヴィクラム・セス 314

あれこそ、ギリシャ人の考えだ。深淵な
る考えではないか。美は恐怖である
『シークレット・ヒストリー』
ドナ・タート 318

私たちがこうして目にしている光景
というのは、世界のほんの一部にすぎ
ないんだってね
『ねじまき鳥クロニクル』村上春樹 319

たぶん目の見えない人の世界の中でだけ、
物事は真の姿になるでしょうね
『白の闇』ジョゼ・サラマーゴ 320

英語は南アフリカの現実を伝える媒体と
して適していない
『恥辱』J・M・クッツェー 322

すべては二度起こることになる、
内側と外側で。そしてその二つは
異なった歴史なのである
『ホワイト・ティース』
ゼイディー・スミス 324

秘密を知られないようにするには、
秘密などないふりをするのがいちばん
『昏き目の暗殺者』
マーガレット・アトウッド 326

彼の家族が忘れたがっている何か不愉
快なことがあるような気がしてならない
『コレクションズ』
ジョナサン・フランゼン 328

すべてあのときの悪夢に起因する。
われわれがともに作り出したあの惨劇に
『客人』黄皙暎 330

残念だけれど、わたしは生き方を
学ぶのに一生かかるのよ
『ものすごくうるさくて、ありえないほど近い』
ジョナサン・サフラン・フォア 331

もっと知りたい読者のために 332

用語解説 340

索引 344

日本語版監修にあたって 351

出典一覧・訳者あとがき 352

はじめに

物語は人類の歴史がはじまったときから存在する。共同体の出来事や信仰を語り継ぐ伝統は、人々が焚き火のそばに腰をおろして話をした時代に端を発する。過去が伝承と神話という形で保たれて、つぎの世代へと順々に伝わり、やがて宇宙とその創始の神秘が解き明かされていった。

記録物は古代文明のはじまりと同時に登場したが、最初のころ、書くという行為が担った役割は単純で無味乾燥なものだった——たとえば、商人同士のやりとりの内容や物資の数を記録することなどだ。シリアの古代都市ウガリトで発見された多数の楔形文字の粘土板を見ると、複雑な特徴を持つ文書が紀元前1500年までにすでに誕生していたことがわかる。記述行為は急速に進化をとげ、単に通商の情報を与える手段から、あらゆる文化の根幹をなす口述の歴史や、慣習、思想、道徳、社会構造を記録にとどめる手段へと発展した。それが文学作品の登場につながり、メソポタミアやインドや古代ギリシャの叙事詩や、古代中国の思想や歴史を扱った著作という形ではじめて現れた。ジョン・スタインベックは1962年のノーベル賞受賞挨拶で、こう言い表している。「文学は話しことばと同じくらい古くから存在します。人間が必要としたからこそ文学が生まれ、それ以後変わったことと言えば、ますます必要とされるようになったことだけです」

ジェイン・オースティンの『高慢と偏見』で、ミス・ビングリーが「本以外のものじゃ、すぐ飽きてしまうわ！」と断じたのは、たわいない言い草だったかもしれないが、このことばに共感する者は多い。現代の読者の目の前には娯楽が数かぎりなく存在するにもかかわらず、いまなお文学は人の精神や心理が求めるものを満たし、読者の心を世界とその途方もない多様性に向かって開いてくれる。何百年も前に書かれた作品が、現在でも人を楽しませ、魅了しつづけることもある。ポストモダンの難解な文章は、ひどく読みづらい場合もあるが、それでもなお人をとらえて離さない。そして、新しい小説は、その斬新さのあまり、あたかもことばがたったいま生み出されたかのように感じられる。

文学の定義

「文学」を簡単に定義すると「書き記されたもの」だが、文学ということばは何よりもまず小説や戯曲や詩と結びついており、功罪や優劣という、数量化できない特徴が加わっている。こうした価値が文学正典（文芸）の本質をなす。文学正典とは、19世紀半ば以降進展しつづけてきた学問上の研究と評価で扱われる概念である。「正典（canon）」という用語はキリスト教の聖書正典に由来し、もとは教会によって権威づけられた宗教文書を意味する。文学上の正典とされるものは、かつては西ヨーロッパの名高い文学作品がほとんどを占めていた。

20世紀半ば以降、文化と文学の両分野の理論家たちが、この正典の概念を揺るがすことに力を注ぎ、こうした「死せる白いヨーロッパ人」による作品目録の

物

まず最初の一文を書く
——そして第二文は
全能の神におまかせする。
ローレンス・スターン

はじめに

権威に異議を唱えた。いわゆる「偉大な作品」が正典と見なされる考え方は、便利な枠組みとしていまなお健在だが、これはずっと同じ顔ぶれの作品群を定義するのに使われるのではなく、世代が変わるごとに進化し、旧世代が選択の根拠にしたイデオロギーや権力構造を再検討して、かつてほかの作品が排除されていた理由を問うていく。本書も伝統的に「偉大な作品」とされるものを多く取りあげるが、その作品の位置づけを探る過程では、文学の歴史をより広く見渡し、世界じゅうから集めた豊かな作品群を吟味している。「偉大な作品」が居残る一方で、新たに登場した作品もある。かつて植民地主義や家父長制のような社会構造によって、さらには文学全般に及んだヨーロッパの支配によって、何世紀にもわたって沈黙させられた声が、それらの新たな作品によって力を与えられるであろう。

どの本を選ぶか

本書では文学を年代順にたどっていき、100冊余りの本をその道しるべとしている。また、世界的見地から取り組んで、広くさまざまな文化から文学作品を選び出し、多くの読者がこれまで知らなかったかもしれないものも紹介している。

『世界文学大図鑑』が選んだのは、ある文体や手法の典型と見なせる作品、また新たな方向をめざした集団や運動を代表する作品のなかで、同時代の作家たちに受け入れられたり、のちの世代によって深められたりしたものである。作品は年代順に配置し、文学における革新と当時の社会的・政治的背景との対比を明確にしてある。作家が新たな手法を採用してもそれが主流に乗るには時間がかかり、一方で前時代の文学の伝統にとどまりつづける作家もいるため、変遷をひとつの流れにまとめることはむずかしい。

何を列挙するかはつねに議論の的である。今回の作品を「必読書」一覧の決定

**何も心に残さない本もあれば、
心を解放してくれる本もある。
ラルフ・ウォルドー・エマソン**

版としてあげたわけではない。本書では、各作品に対し、キーワードと背景、そして関連する文学史上の重大事の年表によって枠組みを与えている。本題として論じているものと類似の作品や、影響を与え、与えられた作品を相互参照によって示す一方、200を超える著作をさらなる読書のために紹介して、各時代の文学風景をより詳細に探求している。

文学の物語

約4,000年前、はじめて書き記された物語は詩という形で姿を現した。メソポタミアの『ギルガメシュ叙事詩』やインドの『マハーバーラタ』がその例で、どちらも口承をもとにしたものだった。最初の文芸作品がなじみやすい詩という表現手段を使ったのは意外ではない。太古に記された文書の多くは宗教関係のものであり、聖書やコーランのような聖典が古の歴史を語って、以後何世紀も著述に影響を及ぼしてきた。ギリシャ劇として世に現れた文学は、物語性のあるバラッドのような形式を用いて、個々に台詞を話す人物を登場させたり、合唱で説明を加えたりしたもので、喜劇と悲劇という明確な分類は今日も使われている。アラ

ブ文学の『千夜一夜物語』として集成された説話集は起源が多様だが、散文体の平易な話しことばで書かれたこの作品には、やがて現代小説の主軸となる手法がいくつか使われている。枠物語（ある物語の枠のなかに別の話を何個か組みこんだもの）がそうであるし、伏線の技法や、主題を反復して語る手法もその例である。

長くつづいた中世の時代には、古英語の『ベオウルフ』や数々の騎士道物語など、世俗の重要な作品がいくつか見られたが、この時期の西洋世界を支配したのはラテン語とギリシャ語の宗教文献だった。ルネサンスが進むなか、新たな哲学探究と画期的な技術上の発明とが相まって生まれた活力が、文学革新への扉を開いた。その推進力となったのは古代ギリシャ・ローマの原典の新しい翻訳で、それらの翻訳書が学者を教会の教義から解放した。文学研究者がおさめるべき学問には哲学、文法学、歴史、語学が組み入れられたが、それらは古人の教えの上に築かれたものだった。聖書が日常語に翻訳され、キリスト教徒は神と直接交流できるようになった。グーテンベルクの印刷機は一般人の生活に書物をもたらし、チョーサーやボッカッチョなどの作家は日常生活を

文学の題材にした。18世紀までには、セルバンテスやダニエル・デフォーが、最初の小説と今日の多くの学者が見なす作品を世に送り出し、シェイクスピアの最初の戯曲集も出版されている。

小説の台頭

戯曲と詩が発展しつづけた一方、小説が徐々に重んじられ、18世紀末までに文学の表現形式として主流になった。

芸術家がバロックやロココのような時代の潮流を表す用語で説明されるのと同様に、文学の歴史は特定の様式・手法・地域でひとくくりにされる作家たちの名前で定義できる。ロマン主義運動には、物語がおもに個性豊かな主人公の感情で

> ことばのあとにことばがつづき、またことばがつづいて力となる。
> **マーガレット・アトウッド**

進行して、筋立てや行動が軽視されるという特徴があり、その起源はドイツのシュトゥルム・ウント・ドラング運動にあった。一方、イギリスでは、ロマン派の詩人たちが自然には人間の魂を癒す力があると高らかに唱え、アメリカのニューイングランドではこれと似た主題を超絶主義者が追求した。やがて「ジャンル」ということばが、フィクションをさらに細分した一部を指し示すようになった──たとえば、ゴシックのジャンルの小説、というようにである。19世紀には、ロマン主義のかわりに、社会派リアリズムという新たな形式が登場した。オースティンの作品に登場するイギリス中上流階級の客間の描写や、フローベールが舞台にしたフランスの田舎町の描写にその例が見られるが、社会派リアリズムは貧しい者の苛酷な暮らしを描くことが徐々に増えていった。ドストエフスキーは自作の『罪と罰』を「心象のリアリズム」と評していて、殺人者ラスコーリニコフの暗い内面の独白にはサイコスリラーの要素がある。長い年月を経て、フィクションは多種多様なジャンルやさらに細かいサブジャンルに分かれ、いまではディストピア（暗黒郷）小説から虚構の自叙伝、ホ

ロコースト作品に至るまで、すべてがフィクションに含まれる。

小説の隆盛とともに文芸用語の幅もひろがり、著作のさまざまな形式を説明するようになった。たとえば「書簡体小説」とは手紙の形式で書かれたもので、「教養小説」と「ピカレスク小説」は主人公の成長物語を指していた。作中で使われる言語も発展して、土地固有の話しことばで書かれた小説が国民文学の領域をひろげ、ストウやトウェインのような作家がアメリカの人々の多様性を描き出した。

20世紀にはいると西洋社会に大変革が起こるが、それをもたらしたのは産業と技術の進歩、新しい芸術運動、科学の発展であった。それから20年も経ないうちに、若い世代が第1次世界大戦で荒廃の極に達した。文学における実験の嵐が湧き起こるなか、モダニズムの作家たちは、意識の流れの手法など、創意に富んだ文体上の特徴を模索し、分断された語りを用いて、変わりゆく世界の苦悩と疎外を表現した。楽観主義と実験の短い期間が過ぎると、第2次世界大戦がはじまって、世界はふたたび混乱の渦にほうりこまれた。多くの作家が戦争に巻きこまれて、宣伝活動にかかわったり前線からの報告につとめたりで、執筆どころではなかったため、作品が生み出される勢いは衰えた。

全世界への爆発的なひろがり

ふたつの苛酷な大戦が終わると世界には変化を求める気風がみなぎり、1950年代と60年代の西洋では、文学は反体制文化の中心にあった。ポストモダニズムの作家や理論家は創作の技巧に焦点をあて、ただ写実的に物語るのではなく、より多くを読者に要求した。小説の世界では、寸断された時間や一直線に進まない時間、信頼できない語り手、マジックリアリズムの挿話、何通りもの結末などが見られた。この時期には、西洋的なもの、とりわけ英語で書かれた作品が世界の文化を支配する力が弱まった。ナイジェリア、南アフリカ、インドなどの国で、植民地から独立したあとの創作活動が盛んになり、ガルシア＝マルケスらの作家たちが、並はずれた創造性を有する南アメリカの作家たちの地位向上に貢献した。

いまや現代文学が謳歌するその声には、かつて聞かれることのなかった人々のものが混じっている。フェミニスト、公民権活動家、同性愛者、黒人やアメリカ先住民や移民らの声だ。健全な実力主義が見られ、純文学と大衆小説との線引きが曖昧になっている。全世界に向けた出版、インターネットを利用した独立出版、全世界を対象とした文学講座、国家的・国際的な文学賞、飛躍的に増える翻訳作品。こうした発展が世界じゅうの読者のもとに世界じゅうの文学をもたらしているが、中でもオーストラリア、カナダ、南アフリカ、インド、カリブ諸国、現代中国の文学の躍進はめざましい。現在の世界文学の広大な宝庫は、世界共通のつながりを思い起こさせ、多様性への賛美の声を呼び寄せるものとなっている。■

読書によってのみ、
われわれはいつの間にか、
しばしば否応もなく、
他者の肌の下、他者の声のなか、
他者の魂の奥へ滑りこむ。
ジョイス・キャロル・オーツ

英雄と伝説
紀元前3000年～後1300年

はじめに

紀元前2600年ごろ	紀元前12世紀～11世紀	紀元前8世紀ごろ	紀元前508年
現在知られている最古の文献が、シュメール語によって、メソポタミア南部の**アブ・サラビク**で**粘土板に記される**。	周の文王が**古来の易占法**について解説を書き、それがのちに拡充されて『易経』となる。	ホメロスの作とされる**古代ギリシャの叙事詩**『イリアス』と『オデュッセイア』が書かれる。	ギリシャの都市国家アテネが**民主制を導入**し、古典期の先駆けとなる。

紀元前2100年以降	紀元前9世紀～4世紀	紀元前551年～479年	紀元前5世紀
『ギルガメシュ叙事詩』は**文字に記された世界最古の文学**のひとつである。	古代インドで、サンスクリット語の2大叙事詩『マハーバーラタ』と『ラーマーヤナ』が書かれる。	中国の思想家、孔子が精力的に教えを説き、**五経の編纂**をする。	悲劇詩人の**アイスキュロス**、**エウリピデス**、**ソフォクレス**が、アテネ一の劇作家の座を競い合う。

文字による表記は、はじめは行政上の手続きや商取引を記録する手段として使われた。こうした表記が徐々に発展し、それまで記憶を頼りに口承されてきた先人の知恵や歴史の記録、宗教儀礼などを残すことができるようになった。メソポタミア、中国、インド、ギリシャの古代文明のどれにおいても、記された文学として最初に登場するのは歴史や神話である。

最古の文学がとった形式は叙事詩と呼ばれる長い物語詩で、その中心となるのは、偉大な戦士や指導者についての伝説と、敵や邪悪な力から民を守る英雄たちの戦いである。史実と神話の世界の冒険とが織り交ぜられた物語が、韻律の整った詩の形で語られ、当時の人々の文化遺産とも呼ぶべきものを迫力たっぷりに生き生きと伝えている。

神々と人間の物語

さまざまな版の『ギルガメシュ叙事詩』、サンスクリット語叙事詩の傑作『マハーバーラタ』や『ラーマーヤナ』など、最古のものとされる叙事詩では、文明の起源や黎明期における決定的瞬間が語られていることが多い。英雄的な人物や支配者一族の功績には神々の関与も垣間見え、ときに神々の力と人間である英雄の弱さが対照的に描かれる。このテーマは後年のホメロスの作とされる叙事詩にも見られる。ホメロスの英雄アキレウスとオデュッセウスは、古代ギリシャを大国とならしめたトロイア戦争の気高い戦士であると同時に、運命やみずからの弱さと向き合う人間味ある登場人物としても描かれている。その後、ギリシャが衰退すると、ローマの詩人たちによってラテン語の叙事詩が発達し、ウェルギリウスの『アエネーイス』のように、トロイア戦争の話を借用してローマの誕生を描いた叙事詩まで作られる。ホメロスの叙事詩のスケールの大きさや奥深さ、詩的構造を基盤として、やがて西洋文学が発展していくことになる。

ギリシャ演劇

古代ギリシャの口承物語の伝統から生まれたもうひとつの文学形式が演劇であり、最初は物語の語り聞かせだったものが、登場人物の役を人が演じて物語に命

英雄と伝説 19

紀元前29年〜19年	618年〜907年	930年	8世紀〜13世紀ごろ	1175年〜81年ごろ
ウェルギリウスの**最高傑作**であり、おそらく最も有名なラテン語の叙事詩でもある『アエネーイス』が書かれる。	中国の詩の伝統が**唐の時代に黄金期を迎え**、李白、杜甫、王維らの作品が生まれる。	北欧からアイスランドに移り住んだ人々が新しい共和国を作り、**アルシングと呼ばれる民主議会**をはじめる。	**イスラム文化の「黄金期」**にアラビア語古典詩が全盛をきわめ、『千夜一夜物語』がはじめて編まれる。	『ランスロまたは荷車の騎士』において、クレティアン・ド・トロワがアーサー王伝説に**騎士道物語のテーマ**を取り入れる。

5世紀	868年	8世紀〜11世紀	11世紀
詩人カーリダーサによるサンスクリット語の叙事詩『ラグ・ヴァンシャ』、『クマーラ・サンバヴァ』と戯曲『アビジュニャーナシャクンタラー』が書かれる。	**最古の印刷本**として知られる仏教の経典『ダイヤモンド・スートラ』(金剛般若経)が、中国で木版印刷によって作られる。	アングロ・サクソン人の叙事詩『ベオウルフ』が書かれる。これは**古英語で書かれた現存最古の叙事詩**とされる。	紫式部の『源氏物語』と清少納言の『枕草子』が、**日本の平安時代の宮廷生活**を背景に書かれる。

を吹きこむまでに進化した。この劇的な語りはしだいに洗練されて、アテネが都市国家として成立するころには、演劇が文化に欠かせない存在となり、アイスキュロス、エウリピデス、ソフォクレスらの劇作家による悲劇や喜劇が何千という観衆の心をとらえた。

ヨーロッパからアジアへ

北ヨーロッパでは口承物語が主流で、こうした文化が育んだ物語が文字で記されるようになったのは8世紀のことだった。完全な形で残る最古のアングロ・サクソン叙事詩『ベオウルフ』では、スカンジナビアから到来したイギリス人の先祖たちに伝わる歴史や神話が語られている。のちのアイスランド人のサガ（英雄物語）も、古代スカンジナビアの伝説がもとになっている。一方、大陸ヨーロッパでは、貴族のあいだで職業詩人がもてはやされた。そうした詩人たちのなかには、古代ギリシャやローマの神話を題材にした者もいたが、南フランスのトルバドゥール（吟遊詩人）はカール大帝やその軍隊を題材にし、ムーア人などのイスラム教徒と戦う輝かしい姿を描いた。一方、北フランスのトルヴェール（吟遊詩人）は、イギリスの伝説の王アーサーの時代の騎士道や宮廷風恋愛の物語を抒情豊かに情熱をこめて歌った。

さらに東では、中世後期にイスラム文化が「黄金期」を迎え、学問が重んじられた。詩が最高の文学形式とされていたものの、『千夜一夜物語』などの叙事的な物語は、その娯楽性が高く評価された。古代中国においても、英雄伝説は文学というより民間伝承と考えられ、古典とされた最初のものは歴史や習慣や文化的価値観を記録したものだった。しかし、このように事実に基づいた文献だけでなく、一連の詩も書かれ、それらがその後何世紀にもわたって中国詩の原型となり、やがて唐の時代に全盛期を迎える。

中国文化の影響を色濃く受けた日本では、11世紀に日本語で書かれた独自の文学が誕生した。平安時代の宮中生活を描いた散文の物語は、天皇家の古い年代記の伝統を受け継いでいたが、ヨーロッパにおける小説の出現を先取りするものであった。■

神々だけが永遠に日のあたる場所にとどまる
『ギルガメシュ叙事詩』(紀元前2100年以降)

背景
キーワード
青銅器時代の文学

前史
紀元前30世紀　メソポタミアとエジプトで文字表記法が生まれる。

紀元前2600年ごろ　現在知られている最古の──文学作品ではないが──文書が、メソポタミアのアブ・サラビクで、粘土板にシュメール語で記される。

紀元前2285年〜50年ごろ　現在知られている最古の作家エンヘドゥアンナはアッカドの王女で、シュメール人の都市国家ウルの女神官もつとめている。

後史
紀元前1700年〜1100年ごろ　ヴェーダと呼ばれるヒンドゥー教の4聖典のうち最も古い『リグ・ヴェーダ』が、インドの北西部で書かれる。

紀元前1550年ごろ　エジプトの『死者の書』は最古の葬祭文書で、墓や棺ではなくパピルスに書かれている。

文字による表記は、青銅器時代（紀元前3300年ごろ〜1200年）の初期にメソポタミアで誕生した。楔形（くさびがた）文字は、もともと商取引を記録する方法として考え出されたもので、数字から表音文字へと発達し、シュメール語やアッカド語を書き記す手段となった。

1853年にアッシリアの考古学者ホルムズド・ラッサムが発見した粘土板の断片には、ウルクの伝説の王ギルガメシュの物語が刻まれていた。これは文字で書かれた最古の文学のひとつで、歴史と神話が混じり合った形で口承されてきたと考えられる。

暴君から英雄へ

集められた物語からわかるとおり、『ギルガメシュ叙事詩』には、メソポタミアの都市ウルクの暴君が教訓を得て、その地の英雄となるまでが描かれている。傲慢なギルガメシュを戒めるために、神々は粘土で作った「野人」エンキドゥを送りこむが、ふたりは争いを経て友人となり、怪物退治の冒険の旅に乗り出す。こうした展開に腹を立てた神々は、エンキドゥに死を宣告する。ギルガメシュは友を失って打ちひしがれるが、同時に自身も死を免れぬ存在であることに気づく。物語の後半には、ギルガメシュが永遠の命の秘密を探し求め、その後──永遠の命は得られなかったが、以前よりも賢い人間、そして気高い統治者となって──ウルクへ帰還するまでが描かれている。■

おまえは求める命を
見つけることがけっしてできまい。
『ギルガメシュ叙事詩』

参照　『マハーバーラタ』22-25　■　『イリアス』26-33　■　『ベオウルフ』42-43　■
『ニャールのサガ』52-53

旧徳に従えば、危うくともやがては吉となる
『易経』（紀元前12世紀～11世紀）
周の文王が書いたとされる

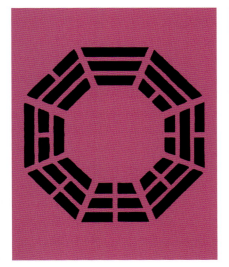

背景

キーワード
五経

前史
紀元前29世紀ごろ　伝説で中国初の皇帝とされる伏羲が八卦を使った易法を考え出し、これが漢字による表記法のもととなる。

後史
紀元前500年ごろ　中国の儀式や式典について書かれた『礼記』の原本が編纂される。これは孔子が編んだものと古くから考えられている。

紀元前2世紀　孔子の著作として、いわゆる五経が正典と認められる。

紀元前136年　漢の武帝が『周易』を古典の最高傑作と評し、書名を『易経』と改める。

960年～1279年　宋の時代に、朱子が五経に加えて、紀元前300年以前に誕生した四書も儒教の正典とする。

『易経』は、易（一種の神託）について書かれた文献である。易の原型は伝説の皇帝、伏羲が作ったとされ、その後、周の文王（紀元前1152年～1056年）が『周易』と呼ばれる書で完成させた。「文王の卦辞」は、筮竹を投げて得られる64通りの卦について説明したもので、それぞれがある特定の事象と関連づけられ、それに対する判断を文王がくだした。のちの学者たちが『周易』に、「大象」を含めた「十翼」（注釈）を加え、それらが併せて『易経』として知られるようになった。

『易経』は、『書経』『春秋』『礼記』『詩経』とともに、五経のひとつに数えられることが多い。これらの古典は孔子（紀元前551年～479年とされる）によって編纂されたと考えられている。孔子の説く道徳観や政治哲学は、紀元前3世紀のうちに中国の国家思想として受け入れられるようになった。

その後、12世紀ごろになると、比較的短い著作──孔子のことばと考えられるものや、孔子の教えから影響を受けたとされるもの──が整理され、儒教の四書となった。

知恵の源

四書五経は国家思想としての儒教の核となった。理性に基づいた儒教には奇妙な取り合わせと感じられるかもしれないが、『易経』は偉大な知恵の源だと考えられていた。それは預言的な力を持つだけでなく、さまざまな状況において「すぐれた人間」がとるべき模範的行動を示す指南書として、儒教の哲学や歴史や礼法や詩想についての経典を補完する存在であり、中国では（そしてそれ以外の国でも）今日に至るまで知恵の源とされている。■

参照　『全唐詩』46　■　『三国志演義』66-67　■　『おくのほそ道』92

おお、クリシュナ、わたしが犯そうとしているこの罪はなんだ？

『マハーバーラタ』（紀元前9世紀〜4世紀）
ヴィヤーサの作とされる

背景

キーワード
サンスクリット語叙事詩

前史
紀元前3000年〜2001年　ヴィヤーサが『マハーバーラタ』の原本を書く。自身も作中に登場する。

紀元前1700年〜500年ごろ　ヴェーダ（リグ・ヴェーダ、ヤジュール・ヴェーダ、サーマ・ヴェーダ、アタルヴァ・ヴェーダ）がサンスクリット語で書かれる。これらはインドで最初の経典である。

後史
紀元前5世紀〜4世紀ごろ　ヴァールミーキが伝統にならい、スローカ（「歌」の意味）を使って『ラーマーヤナ』を書く。これがサンスクリット詩の典型となる。

紀元前250年〜後1000年ごろ　プラーナ文献と呼ばれるヒンドゥー教の経典が発達する。そこには神々の系譜と宇宙論の物語も含まれる。

　インド亜大陸の叙事詩は、今日知られている最古の文学であり、口承物語や暗誦の長い伝統から生まれた。ほかの古代文学と同じように神話と伝説と史実が入り混じったこの物語は、何世紀にもわたって進化し、最終的に文字で記録された。

　古代インドの文学には、この叙事詩のほか、紀元前1500年ごろから記録されてきた、バラモン教の聖典の中心となるヴェーダも含まれる。ヴェーダと叙事詩はサンスクリット語で書かれている。これは古代インドで共通の文章語であり、その後多くのインド・ヨーロッパ語族の言語へと発展していく。

英雄と伝説

参照　『ギルガメシュ叙事詩』20　■　『イリアス』26-33　■　『千夜一夜物語』44-45　■　『ラーマーヤナ』55　■　『カンタベリー物語』68-71　■　『真夜中の子供たち』300-05　■　『スータブル・ボーイ』314-17

> 過去にそれを語った詩人もいれば、いまそれを語る詩人もいる。そして将来、この世の歴史を語るであろう詩人もいる。
> 『マハーバーラタ』

1世紀になるまでのサンスクリット文学の中心は、ヴェーダと二大叙事詩——『マハーバーラタ』と『ラーマーヤナ』——だった。『ラーマーヤナ』は歴史物語や神話や民間伝承から成るが、ひとりの詩人による独自の作品だと考えられ、古くから賢人ヴァールミーキの作とされてきた。一方、『ラーマーヤナ』よりも長大で知名度の高い『マハーバーラタ』の起源は複雑で、長い期間に進化してきたことがうかがえる。

ヴィシュヌ神の贈り物

『マハーバーラタ』の原形ができたのはおそらく紀元前9世紀で、最終的な形に完成したのは紀元前4世紀ごろであろう。この作品はきわめて長大で、スローカと呼ばれる二行連句が10万以上含まれ、18のパルヴァ（巻）に分かれている。作中では、反目し合うふたつの部族の話に加えて、ふたつの部族の歴史や、それに不可欠なインドやヒンドゥー教の歴史についても語られる。第1巻「はじめの巻」の語り手は、まずこう説明する。「ここにあるものはすべて、ほかの場所でも見つかる。しかし、ここにないものは、ほかのどの場所にもない」

言い伝えによれば、『マハーバーラタ』は詩人で賢人でもあるヴィヤーサが書いた。紀元前第3千年紀の人物とされるヴィヤーサは、ヒンドゥー教のヴィシュヌ神の化身（生まれ変わり）だった。この叙事詩のほとんどは、ヴィヤーサの弟子であるヴァイシャンパーヤナが語っているが、このほかにもふたりの語り手——吟遊詩人で賢人のサウティと従者のサンジャヤ——が登場する。

ヴァイシャンパーヤナは、ヴィヤーサがゾウの頭をしたガネーシャ神にすべての物語を一気に口述した様子について語っている。「はじめの巻」にあるように、ヴァイシャンパーヤナの物語は、その後長い年月を経たのち、サウティによってヒンドゥー教の賢人たちへと語り伝えられ、『マハーバーラタ』として完成する。複雑な入れ子状になった枠物語の構造を持つため、現在の形になる前にさまざまな時代の版があったと考えられる。

また、全体を通して歴史的、神話的、宗教的要素が複雑にからみ合っている点も、『マハーバーラタ』の特徴である。インド北部を支配したバーラタ一族の確執、そして結果として起こるクルクシェトラの戦いとその余波を中心に物語が展開するが、ヴィシュヌ神の生まれ変わりであるクリシュナの登場によって、神話的要素も加えられている。ほかにも、哲学や宗教にまつわる余談など、脇筋が無数にあり、中でも「バガヴァッド・ギー

叙事詩『マハーバーラタ』を口述する賢人ヴィヤーサ。マハーバーラタとは「バーラタの偉大な物語」の意味で、バーラタはインド北部の支配一族を指す。物語を書き記しているのはゾウの頭をした神ガネーシャ。

マハーバーラタ

ター」は、それ自体が重要な作品である。その叙事詩では、家族の絆や確執、義務、勇気、運命、選択などのテーマが一連の寓意物語として提示され、ダルマ（「正しいおこない」を表す複雑な概念）の諸要素について説明している。

一族の分裂

序文のあとにつづく本編では、支配一族クルがカウラヴァ家とパーンダヴァ家に分裂し、敵対していく経緯が語られる。ふたりの王子、ドゥリタラーシュトラとその弟パーンドゥの子孫たちが反目するのは、盲目であることを理由にドゥリタラーシュトラが王位に就けなかったことがきっかけだった。代わりに王となったパーンドゥは呪いのせいで子をもうけられないが、パーンドゥの妻と神々との間に子が生まれ、パーンダヴァ家の血統は保たれる。しかし、王国の継承権を主張するドゥリタラーシュトラの100人の息子たちは、パーンダヴァ家の長子ユディシュティラが即位すると、彼を罠にはめてサイコロ賭博ですべてを巻きあげる。パーンダヴァ家は追放される。

月日が流れ、こんどはパーンタヴァ家の5人の兄弟が王位継承権を主張し、クルクシェトラで一連の戦いがはじまる。

> 人は運命の主人ではなく、木でできた操り人形である。
> 『マハーバーラタ』

パーンドゥの2番目の息子アルジュナは、いとこで親友でもあるクリシュナを御者として戦争に向かうが、争いを好まないアルジュナは、正義のために戦う義務があるとクリシュナに説得されて、やむなく戦いに加わる。戦いはやがて大量殺戮となり、カウラヴァ一族もパーンダヴァ一族もつぎつぎ命を落とす。結局、パーンダヴァの5人の兄弟だけがこの戦いを生き抜き、カウラヴァ家が完全に滅びたことを確認する。

ユディシュティラがふたたび王位に就くが、勝利はむなしく、その後は戦いの波紋が細かく描かれる。ヴィシュヌ神の生まれ変わりであるクリシュナが誤って殺されたあと、パーンダヴァの5兄弟は天界への長く危険な旅をはじめる。最後に精神世界で兄弟たちは再会を果たし、カウラヴァ家のいとこたちと和解する。

道徳的なジレンマ

『マハーバーラタ』にはダルマのテーマが繰り返し現れ、それが個々の人間にどのようにあてはまるのか、また、人間の弱さや運命の力を乗り越えてその道をたどることがどれほど困難かが語られる。カウラヴァ家の一員であるクリパは、第10巻「眠れる戦士たちの巻」で、「すべ

ダルマに従って行動したいという強い思いから、アルジュナの心は行動の前に揺れ動くが、御者のクリシュナによって正しいおこないの道へ導かれる。

アルジュナ
- 戦争はまちがっている。
- 家族や友人たちを殺すのはいやだ。
- 暴力は自分の道徳規範に反する。
- これらのおこないは罪深いものになる。

クリシュナ
- あなたには正義のために戦う義務がある。
- あなたには民とその権利を守る義務がある。
- 個人的な感情や同情を抑えなくてはいけない。
- 自分の義務を怠るほうがずっと重い罪になる。

英雄と伝説

妻ガンダーリと並ぶ、盲目の王ドゥリタラーシュトラ。ガンダーリは真っ暗な世界を夫と共有しようと思い、目隠しをしている。前世における悪いおこないのせいで、カルマの結果として目が見えなくなっている。

ての人が頼り、また縛られもする力はふたつ、つまり運命と人間の努力だけで、ほかには何もない」と言っている。何が善で何が悪なのかはほとんど明確にされず、愛と義務のように相反するものの折り合いをつけることによって、輪廻転生から解き放たれると示される。

『マハーバーラタ』のおのおののエピソードでは、人間の強さと弱さが対比され、また、特にカウラヴァ家とパーンダヴァ家のあいだの壮絶な戦いにおいて、善と悪の対立が、複雑でとらえにくいもの、破滅をもたらすものとして描かれる。ほとんどの場面で、登場人物たちは人間として道徳的なジレンマに苦しむが、最後の場面、特にクリシュナの死後には、精神の究極の問題と向き合うことになる。さまざまな悲劇や確執のあと、主人公たちが永遠の安らぎを得て、物語は終わるが、同時に、この地上における人間の苦しみは終わらないという警告も示される。

文化の要石

『マハーバーラタ』が今日まで高い評価を得てきたのは、その多岐にわたる筋書きや主題が、よく知られた神話や歴史物語を土台にし、そこに道徳的・宗教的なメッセージがこめられているからだ。何世紀にもわたって、この偉大な作品と肩を並べることのできたサンスクリット語叙事詩は『ラーマーヤナ』だけだった。『ラーマーヤナ』は、スケールの大きさや迫力では『マハーバーラタ』に及ばないものの、一貫性や詩としての格調の高さではまさっている。そして、このふたつは1世紀から7世紀にかけて栄えたサンスクリット語叙事詩の潮流を生み出した。ヒンドゥー教の知恵やインドの歴史と神話の資料として、インドにおけるふたつの叙事詩の文化的価値は、西洋におけるホメロスの『イリアス』や『オデュッセイア』にも匹敵する。■

「バガヴァッド・ギーター」

叙事詩『マハーバーラタ』の核となるのは、「バガヴァッド・ギーター」(神聖な者たちの歌)と呼ばれる部分を含む、6巻にはじまるクルクシェトラでの戦いである。戦いの前に、パーンダヴァの王子アルジュナは、敵対するカウラヴァ軍のなかに一族の人間を見つけ、弓を置く。しかし、いとこで友人でもあるクリシュナの説得によって、正義のために戦う義務があると気づく。ふたりが交わす深遠な問答を記した700篇に及ぶ詩「バガヴァッド・ギーター」では、ダルマ(正しいおこない)、カルマ(意図と結果)、モクシャ(輪廻転生からの解放、解脱)といった概念が説明され、それ自体がヒンドゥー教の重要な経典にもなっている。クリシュナの助言はアルジュナの戦う義務に関するものだけだが、戦場という舞台設定は善悪という対立する力のメタファー、そしてアルジュナの良心の呵責はだれもが直面せざるをえない選択のメタファーと解釈することもできる。

ひとりの人間を
打ち負かそうとするとき、
神々はまずその心を奪う。すると、
その者は物事の見方を誤る。
『マハーバーラタ』

歌え、女神よ、
アキレウスの怒りを
『イリアス』（紀元前8世紀ごろ）
ホメロスの作とされる

背景

キーワード
ギリシャ叙事詩

前史
紀元前2100年以降 文字に記された最古の文学と言われる『ギルガメシュ叙事詩』のさまざまな版がシュメール語で書かれる。

紀元前9世紀 叙事詩『マハーバーラタ』がインドで誕生する。

後史
紀元前8世紀ごろ ホメロスの作とされる叙事詩『オデュッセイア』は、『イリアス』の主要登場人物オデュッセウスの話のつづきになっている。

紀元前700年ごろ ホメロスの叙事詩が完成するのとほぼ同じころ、天地創造と古代ギリシャの神話を題材にした詩『神統記』(『神々の起源』)がヘシオドスによって書かれる。

紀元前1世紀 ホラティウス、ウェルギリウス、オウィディウスらのローマの詩人たちが、ギリシャ叙事詩をモデルに詩を書く。

事詩とは、ある文化を代表する英雄の物語を歌った詩である。英雄の冒険や試練を年代記として記録し、その選択や動機を明らかにすることによって、社会の道徳原理を確立して体系化する役割も担っている。

世界のさまざまな文化において、叙事詩は最古の文学形式のひとつと位置づけられる。最初のうちは口誦されていたが、年月とともに潤色や新たな解釈が加わり、形式が整えられ、最終的には文字で記されて、その文化における文学史の基盤を築いた。散文よりも詩のほうがはるかに記憶しやすいため、繰り返しの多い韻詩の形で暗唱されたか、伴奏に合わせて歌われたのだろう。「叙事詩」という語は、「物語」と「詩」の両方の意味を持つ古代ギリシャ語の「エポス」に由来する。

トロイア戦争

古代ギリシャの叙事詩には、トロイア戦争——アカイア人(ギリシャ都市国家連合軍)とトロイアのあいだに起こった戦争——を題材にしたものが多い。これらのうち最も古く、最もよく知られているのが『イリアス』と『オデュッセイア』であり、どちらもホメロスという名の作者が単独で書いたとされる。歴史家たちは、こうした叙事詩が実際の出来事に着想を得たものだと認めつつも、登場人物や筋書きは想像力から生まれたとしている。しかし、ホメロスの時代のギリシャ人たちは、こうした先祖の武勇伝が実話だと信じていたであろう。

紀元前8世紀ごろになると、ギリシャ人たちは叙事詩を文字で記録するようになった。その際、もとになった口承の話と同じように、それらは物語詩の形をとった。ギリシャの叙事詩には一定の韻律がある——各行はリズムを構成する6つの

> 戦いを飲みほせ。
> 『イリアス』

ホメロス問題

古代ギリシャの二大叙事詩である『イリアス』と『オデュッセイア』は、古くから詩人ホメロスの作とされてきたが、その人物像はほとんど知られていない。紀元前5世紀のギリシャの歴史家ヘロドトスの時代から、ホメロスの生没年や出自などの詳細についてはさまざまな説がある。古典学者たちの言う「ホメロス問題」には、これらに関連した多くの問題点が含まれる。ホメロスとは何者なのか——実在したのか、実在したならそれはいつなのか? ホメロスはこの叙事詩をひとりで書いたのか、それとも複数の作者のうちのひとりなのか? これらはオリジナル作品なのか、それとも幾世代にもわたって口承されてきた詩をただ書き記しただけなのか?

学者たちの多くは、これらの叙事詩が口承から発展し、多数の詩人たちの手で版を重ねながら磨きあげられ、潤色されていったと考える。だが確証はなく、ホメロス問題にはまだ決定的な答が出ていない。

ホメロスの生きた時代には、まだ写実的な肖像画はなかった。この胸像は、紀元前2世紀になってようやく描かれたイメージをもとに作られたものである。

英雄と伝説

参照 『ギルガメシュ叙事詩』20 ■ 『オイディプス王』34-39 ■ 『アエネーイス』40-41 ■ 『ベオウルフ』42-43 ■ 『オデュッセイア』54 ■ 『神統記』54 ■ 『変身物語』55 ■ 『ディゲニス・アクリタス』56 ■ 『イーゴリ遠征物語』57 ■ 『ユリシーズ』214-21

ギリシャ人とトロイア人は、神々に助けられもし、邪魔されもした。神々はこの戦争を自分たちの戦いのために利用したのである。ヘラ、アテナ、ポセイドンはギリシャ人の側につき、アポロン、アフロディーテ、アルテミスはトロイア人を支持した。ゼウスはおおむね中立を保った。

神々

- **ゼウス** 神々の王
- **ヘラ** 神々の女王
- **アテナ** 知恵の女神
- **ポセイドン** 海の神
- **アポロン** 太陽の神
- **アフロディーテ** 愛の女神
- **アルテミス** 月の女神

アカイア人（ギリシャ人）

- **アガメムノン** ミケーネの王
- **アキレウス** ギリシャで最も偉大な戦士
- **パトロクラス** アキレウスの友
- **メネラオス** スパルタの王
- **オデュッセウス** 将軍、イタケーの王

トロイア人

- **プリアモス** トロイアの王
- **ヘクトール** プリアモスの息子
- **パリス** ヘクトールの弟
- **ヘレネー** メネラオスの妻
- **アエネアス** アフロディーテの息子

基本単位から成り、それぞれに長い音節ひとつと短い音節ふたつが含まれる。強弱弱六歩格、一般的には「叙事詩律」として知られる韻律である。この基本のリズムをさまざまに変化させることによって、詩作に必要な柔軟性が生まれる。

神々と人間の物語

『イリアス』は洗練された物語である。そこでは、イリウム（トロイア）で起こった戦争の話が、あるひとりの登場人物——アキレウス——の視点から語られる。回想や未来の預言という形で語られる場面もある。物語の大筋には、いくつも脇筋が織りこまれ、登場人物たちの人生についての洞察が加えられる。どこまでがホメロスの功績によるものなのか、どこまでがそれより前の世代によって磨かれ、潤色されたものなのかは定かではない。だが、完成した作品には、歴史や伝説や神話が融合され、読み進めたくなるすぐれた物語に不可欠な要素——冒険と人間ドラマ——がそろっている。

『イリアス』は、長さにおいても物語のスケールにおいても壮大であり、全24巻に及ぶ。ホメロスは話を単に時系列に沿って語るのではなく、叙事詩の多くに共通する仕掛けを使って読者の興味を引く。すなわち、展開する物語の真っただなかに向かって、読者を突き落とすような仕掛けである。ホメロスの物語は戦争の9年目、つまり最後の年からはじまる。ときおり横道にそれて出来事の背景について説明が加えられるものの、同時代の読者なら戦争の原因についてよく知っているはずだという前提で話が進められる。

戦争の原因

トロイア戦争は、海のニンフであるテティスと、英雄ヘラクレスの友でギリシャの英雄であるペレウスとの婚礼の際に起

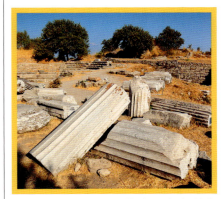

トロイアは長いあいだ、神話上の都市だと信じられていた。しかし、トルコのアナトリアで発掘作業がおこなわれ、現在では、ホメロスの『イリアス』の舞台トロイアが実在するということで考古学者たちの見解は一致している。

こった出来事に端を発する。婚礼の儀には、ヘラ、アテナ、アフロディーテを含め、たくさんの神々や女神たちが出席した。この3人の女神のあいだで口論が起こり、いずれも自分がいちばん美しい女神だと主張した。争いをおさめるため、ゼウスはトロイアのプリアモス王の息子パリスに、3人が美を競うコンテストの審判をさせた。アフロディーテはパリスに対し、見返りとして世界で最も美しい人間の女性、トロイアのヘレネーとの結婚を約束するが、ヘレネーはすでに、ギリシャの都市国家ミケーネの王アガメムノンの弟、メネラオスと結婚していた。その後、パリスがヘレネーを誘拐したことがきっかけとなり、戦いがはじまった。

物語は、アガメムノンの率いるアカイア軍がヘレネーを奪い返そうと戦っている場面からはじまる。冒頭の「歌え、女神よ、アキレウスの怒りを」が状況を説明し、読者を戦争の話へといざなうが、同時にこれが個人的な復讐の話であることを暗示する――そして神々のかかわりもにおわせる。この戦争の歴史がアキレウスの物語と並行して語られ、アキレウス個人の道義心と勇猛さに、ギリシャという国の姿が投影されていく。

「いちばん美しい」女神はだれかと尋ねられるパリス。ヘラは支配力と、アテナは栄光と、アフロディーテは世界で最も美しい人間の女性ヘレネーと引き換えに、自分を選ばせようとする。

> 勝利は人間たちのあいだで行き来する。
> 『イリアス』

怒りの力

怒りは『イリアス』の重要なテーマであり、戦争そのものにも、また個々の登場人物が起こす行動の動機という形でも示されている。ヘレネーを誘拐されたことに対するアガメムノンとメネラオスの義憤はもちろんだが、作中の出来事によって繰り返し燃えあがる憤怒がアキレウスを駆り立てて、恐ろしい戦士へと変貌させる。アキレウスの怒りの対象はトロイア人や、人間の敵だけにとどまらず、川の神クサントスにも及ぶ。

アキレウスの怒りの根底にあるのは道義心と高潔であり、ギリシャ人と同じように、無礼な態度や不正によってそれらが傷つけられることが引き金となる。しかし、義務と運命と野心と忠誠心のあいだに葛藤が生じると、その怒りはときに内側へ向かう。

『イリアス』の冒頭で、アキレウスはギリシャ軍の将軍アガメムノン王にブリセウス――戦利品としてアキレウスに与えられた女性――を奪われたことに憤る。

怒りを直接王にぶつけることができないアキレウスは、自分のテントに帰り、それ以上戦うことを拒む。親友パトロクロスが、プリアモス王の長男でトロイアの英雄であるヘクトールの手にかかって死んだとき、ようやく怒りのはけ口を得たアキレウスは戦闘にもどり、かつてないほど激しく戦う。

ふたりの英雄の物語

ヘクトールは、アキレウスと同じく軍を指揮する立場にあり、トロイア軍で最も高潔で屈強な戦士とされている。だが、その性格や動機はアキレウスとは対照的であり、戦争に対するふたりのまったく異なる姿勢が浮き彫りにされる。

アキレウスを突き動かすのは内なる怒りだけではなく、仕える王と国の名誉を守りたいという気高い思い、そして戦死

した友パトロクロスの復讐を果たしたいという思いもある。一方、ヘクトールは——トロイアはもちろん、自分の一族への——忠誠心から戦っていて、ヘレネーを誘拐して戦争の原因を作った弟パリスをかばい、賢く慈悲深い王として描かれる父プリアモスに忠義を尽くす。アキレウスが家族の結びつきが希薄な職業軍人であるのに対し、ヘクトールは争いを好まないが勇敢な戦士で、名誉よりも自分の国と家族を守るために戦う。

両者は高潔であると同時に、欠点を持った存在として描かれている。ふたりの個性と状況は、社会と個人の対照的な価値観を表すメタファーであり、一方は忠誠心と愛、他方は義務と責任を表すメタファーでもある。どちらかが完全に正しいわけでもまちがっているわけでもないが、この戦いでは勝者を決めざるをえない。最終的には、どちらの英雄も戦死する——ヘクトールはアキレウスに殺され、アキレウスはかかとに受けた矢が致命傷となって死ぬ——が、ヘクトールが象徴する一族の絆は、アキレウスが象徴するヒロイズムに打ち負かされる。結局のところ『イリアス』は、戦争には輝かしい栄光があり、戦うための栄誉ある理由があると断じていることになる。

運命と神々

ホメロスは読者——ギリシャ人たち——が物語の結末を知っていることは承知していた。もしトロイアが戦いに勝っていれば、ギリシャ文明が存在したはずはないからだ。ギリシャ人は勝つ運命にあり、この必然性を強調するために、ホメロスは全体を通して数多くの預言を引き合いに出し、戦争の行方に運命や神々がかかわっていることを示している。

古代ギリシャ人にとっての神々は、各地を支配し、ある種の力を具えた不滅の存在であり、のちの時代に信仰の対象とされたような全能の神ではなかった。神々は人間とかかわりを持つこともあったが、

> この地上で息づき、
> うごめきまわる
> あらゆる生き物のなかで、
> 人間より惨めなものはない。
> 『イリアス』

多くの場合に人間の好きなようにさせていた。しかし、『イリアス』では一部の神々がしばしば関心を示したために、トロイア戦争に巻きこまれた。結局のところ、戦争の引き金となったのは、ゼウスとレダの娘ヘレネーが誘拐されたことだった。パリスがアフロディーテと結託してヘレネーを奪ったために、神々の住むオリュンポス山も敵味方に分断されてしまった。»

共同体指向のヘクトールは、家庭を大切にし、流血の惨事がひろがるのを防ごうとする。

信頼の厚いヘクトールは、先祖代々の忠誠心によって部下たちをまとめ、勇敢に率いる。

穏やかな気質のヘクトールは、最後の対決で過ちを犯して敗れる。

ふたりの戦士、ヘクトールとアキレウスの対照的な個性と動機は、ホメロスによる理想の英雄像の探求において繰り返し見られるテーマである。

個人主義のアキレウスは、自分の栄誉を求めることに余念がない。

気まぐれなアキレウスは他人に無関心で、名誉欲に取りつかれている。

短気で怒りっぽいアキレウスは、激しい戦いで勝利する。

> わたしはこの世の何者も
> したことのない経験を
> 果たした。
> わが子たちを殺した男の両手に
> 口づけをしたのだ。
> 『イリアス』

こうした忠誠関係から、神々は人間の問題に干渉し、味方する人間を危険から守ったり、敵となる者の人生を困難にしたりもする。特にアポロンはギリシャ人に対する敵意が強く、ことあるごとに問題を起こす。たとえば、パトロクロスは抜群の防御力を持つアキレウスの鎧（よろい）をつけ、アキレウスのふりをして戦いに出るが、アポロンはその鎧を引き剥がそうと画策したすえ、ヘクトールにパトロクロスを殺させる。親友の死に憤慨したアキレウスは復讐を誓うが、ここでも神々が介入し、不死の母テティスはヘパイストス神が特別にあつらえた神の鎧をアキレウスに与える。

人間にこのような庇護が必要となると、神々とのちがい——死すべき運命にあること——がおのずと強調される。英雄たちは死と直面するのを知りながら戦場へ出向くが、人はだれしもいずれ死ぬものなのだと気持ちの折り合いをつける。登場人物が死すべき運命にあるだけでなく、人間が作りあげたものも永遠ではない。戦争は死傷者を出すにとどまらず、ひとつの国をも破壊する——勝利に満ちた文明であってもいつかは終わりを迎える。登場人物やトロイアに関する未来の預言を引用することによって、ホメロスはこの事実を明確に示すが、それがあらゆる人間に共通する運命——あらゆる社会の宿命——であることははっきり語らない。それでも、英雄の栄光や偉大な功績は生きつづけ、物語として代々語り継がれていく。

戦いを終えて

戦争と流血と憤激のあと、ホメロスの叙事詩は平和と和解で終わる。おそらくこの詩で最も強く記憶に残り、心を動かされるのは、年老いたプリアモス王がアキレウスのもとを訪れ、息子ヘクトールの亡骸（なきがら）を返してくれと嘆願する場面だろう。老人の訴えに心を動かされたアキレウスは、一時休戦を申し入れて、しかるべき葬儀を執りおこなう時間をトロイア人に与え、それによってみずからの怒りも静めていく。だが、こうした一見平和な結末を目にしても、わたしたちはこの静けさが長つづきしないと知っている。戦いはふたたびはじまって、トロイアは陥落し、いつかアキレウスは死ぬことになるだろう。物語はまだ完結していない。

プリアモスはアキレウスの手に口づけして憐れみを乞い、アキレウスの手で殺された息子ヘクトールの亡骸を返してくれと頼む。アキレウスはプリアモスの悲しみに共感を示す。

それどころか、ホメロスの2作目の叙事詩『オデュッセイア』では、この戦いのあと、ギリシャの別の英雄オデュッセウス（ローマではユリシーズと呼ばれる）がトロイアからイタケーへの帰途でたどる運命が描かれ、未解決の部分が完成される。『オデュッセイア』のなかで、オデュッセウスは最終的にトロイアが滅亡し、アキレウスが死んだことを語るが、それこそがまさにみずからの苦難に満ちた旅の背景となっている。

西洋の礎石

『イリアス』と『オデュッセイア』が古代ギリシャやローマの文学、ひいては西洋の文学全体に及ぼした影響については、どれほど強調しても言い過ぎにはなるまい。ヨーロッパ最古の文学作品であるだけでなく、叙事詩というジャンルの基盤を確然と築いた記念碑的作品でもあるからだ。

ホメロスが巧みに用いる複雑で視覚的効果の高い比喩は、作品に空前の深みを与えた。また、強弱弱六歩格を使いこなすことで、心に響く音楽性が生まれている。ホメロスの用いた韻律はその後のギリシャ語やラテン語の叙事詩にも取り入れられ、方言混じりの語りことばはギリシャの文章語として認められていった。

何より意義深いのは、民族に口承されてきた英雄の物語をホメロスが文学の形——叙事詩——に変えたことだろう。また、この形式の特徴も明確にした。たとえば、英雄の探求や旅を物語の中心とし、歴史を背景にさまざまな伏線やエピソードをからませることだ。また、叙事詩の脇筋において、個人と社会の価値観がしばしば対立するさまを描くときの基準も示した。

『イリアス』と『オデュッセイア』は、ギリシャの多くの詩人にインスピレーションを与え、同じようなテーマの叙事詩を生み出したが、古典期に発達した演劇という新しい形式にも大きな影響を及ぼした。ホメロスの作品は古代ギリシャで人気が高かっただけでなく、『イリアス』と『オデュッセイア』は古代ローマでも作劇の模範となり、これに触発された詩人たちが独自のラテン語による叙事詩を発展させた。それはウェルギリウスの『ア

> ゼウスはもちろんのこと、永遠の命を持つあらゆる神々が、どちらの戦士の死ですべてが終わる定めなのかを知っている。
> 『イリアス』

『オデュッセイア』には、英雄アキレウスの死が克明に描かれている。神アポロンからアキレウスの唯一の弱点——かかと——を教わったパリスが矢を放ち、それによってアキレウスは死ぬ。

エネーイス』で頂点に達したが、これはホメロスへのオマージュであり、しかもトロイアの陥落が出発点となった作品だった。

永遠の影響力

ホメロスの叙事詩に対する尊敬の念は、古代ギリシャ・ローマ時代までで消えたわけではない。それらは中世にも広く読まれ、研究され、さまざまな形で幾度となく語りなおされてきている。

ホメロスの古い詩は、中世のサガ（英雄物語）や小説の先駆けと考えることもできる。20世紀初頭以降、大衆向けの物語——映画からテレビのシリーズ番組まで——は、叙事詩の形式をモデルにしていて、その構造や文化的意義についてホメロスに負うところが大きい。■

真実になんの救いもないときに、
それを知るというのは、
なんと恐ろしいことか!
『オイディプス王』(紀元前429年ごろ)
ソフォクレス

オイディプス王

背景

キーワード
古代ギリシャの演劇

前史

紀元前7世紀ごろ デロス島やアテネでは、ディオニュソスを讃えて、コロス（合唱隊）による酒神礼賛詩や歌や踊りの余興が上演される。

紀元前532年ごろ 最初の俳優とされるテスピスが、舞台の上で劇の役を演じる。

紀元前500年ごろ プラティナスがサテュロス劇（風刺劇）を創始する。

紀元前458年 唯一完全な形で現存する古典期の3部作、アイスキュロスの『オレステイア』が、アテネではじめて上演される。

紀元前431年 エウリピデスの『メディア』がリアリズムの手法を取り入れ、観客に衝撃を与える。

後史

紀元前423年 アリストファネスの喜劇『雲』がアテネの社会状況、特にソクラテスを風刺する。

紀元前510年に起こった反乱によって最後の僭主が追放され、民主政が確立すると、都市国家アテネはギリシャ古典期を迎えた。それから2世紀にわたって、アテネは地域の政治の中心であるばかりか、豊かな知的活動の基盤となって哲学や文学や美術の全盛期をもたらし、西洋文明の発展に多大な影響を及ぼすことになる。

ギリシャ古典期の文化のおもな担い手となったのは、アテネの思想家や芸術家や作家たちで、明確さと形式と調和の美的価値を追求して、古典期建築に典型的な基本原理を確立した。また、人間を中心とする考え方は、比較的新しい文学の形式である演劇を発展させた。演劇はディオニュソス祭でコロス（合唱隊）が演じた宗教儀式が変化したものである。

演劇の誕生

古典期のはじめには、音楽が中心だった宗教儀式が今日の演劇に近い形へと変わり、語るだけでなく物語の登場人物を演じる俳優がそこに加わった。

この新しい形の催しは大変な人気を呼

デルフォイの劇場には、舞台、オルケストラ（コロスの居場所、舞台の手前）、そして階段式観覧席の3つの空間がある。建設されたのは紀元前4世紀で、約5,000人を収容できた。

び、毎年恒例のディオニュソス祭の中心的存在となった。特設の野外劇場で何日かにわたって開催されるこの祭りには、15,000人の観衆が集まって悲劇の3部作に喜劇を加えた形式の作品がつぎつぎ上演され、劇作家たちは名誉ある賞を求めて競い合った。

紀元前5世紀には、かなりの期間にわたって3人の劇作家が受賞者リストをほ

ソフォクレス

ソフォクレスはアテネ近郊のコロノスで生まれた（紀元前496年ごろ）。早くから音楽の才能を示し、音楽を通して演劇に興味を持つようになった。革新的な劇作家アイスキュロスに刺激され、おそらく本人から教えを受けたとされている。紀元前468年、ソフォクレスはディオニュソス祭の演劇コンテストにはじめて参加し、前年の優勝者アイスキュロスを破って優勝すると、すぐさま同時代を代表する悲劇作家となった。全部で120以上の戯曲を書いたが、完全な形で現存するのはほんのわずかしかない。ソフォクレスはアテネ社会で一目置かれる存在であり、ペリクレスの時代には財務官、その後は軍事司令官にも任命されている。二度結婚し、息子イオフォンも孫の小ソフォクレスも同じ劇作家の道を歩んだ。紀元前406年に没したが、その直前に遺作『コロノスのオイディプス』を書きあげていて、死後に孫の手によって上演された。

主要作品

紀元前441年ごろ『アンティゴネ』
紀元前429年ごろ『オイディプス王』
紀元前409年ごろ『エレクトラ』

参照 『イリアス』26-33 ■ 『アエネーイス』40-41 ■ 『オデュッセイア』54 ■ 『オレステイア』54-55 ■ 『メディア』55 ■
『蜂』55 ■ 〈ファースト・フォリオ〉82-89 ■ 『人間ぎらい』90

ぼ独占していた。アイスキュロス（紀元前525／524年ごろ～456／455年ごろ）、エウリピデス（紀元前484年ごろ～406年）、そしてソフォクレス（紀元前496年ごろ～406年）である。この3人の書いた戯曲を合わせるとその数は数百にものぼり、悲劇の作り方の基準を確立するなど、大きな功績を残した。このうちいちばん早く登場したアイスキュロスは、その革新性でよく知られ、形式にかかわる表現法を多く作り出した。たとえば、劇に登場する俳優の数を増やして、台詞のやりとりをさせることによって、劇的対立という考えを提起したとされている。それまではコロスが劇の展開を担っていたが、俳優が中心的存在となるにつれて、コロスの役割は場面の設定や登場人物の行動の補足などに限定されるようになった。

その後、エウリピデスによってリアリズムへの動きが加速すると、コロスの役割はさらに小さくなり、複雑なやりとりをする立体的な登場人物が描かれた。

慣習を打ち破る

三大劇作家のなかで、ギリシャの古典演劇の頂点と見なされるようになったのはソフォクレスである。残念なことに、ソフォクレスが書いた123の悲劇のうち、現存するのは7作のみだが、おそらくそのなかの最高傑作は『オイディプス王』だろう。

この劇はテーバイの伝説の王を題材にしたソフォクレスの3作品のうちのひとつ（ほかは『コロノスのオイディプス』と『アンティゴネ』）であり、まとめてテー

ギリシャ悲劇の発達

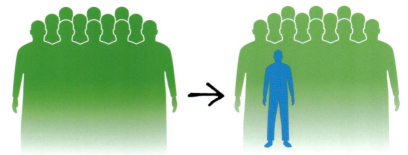

コロスは悲劇を提示し、話の筋を語る。のちの時代になっても、コロスはつねに場面を設定し、舞台上では演じられない登場人物の心情を語った。

第一俳優は中心となる悲劇的人物の役を演じた。テスピスがこれを取り入れたことによって、演技というものが誕生した。

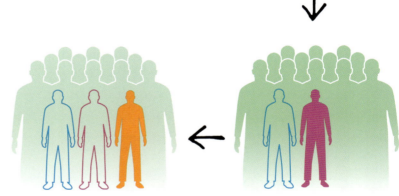

第三俳優はソフォクレスが取り入れた。第三俳優が敵対者の役を担い、第二俳優は補佐官や相談役など、主役を助ける役割に変わった。

第二俳優はアイスキュロスが取り入れた。劇中の敵対者を演じることが多い。第二俳優の登場によって、舞台上で台詞がやりとりできるようになり、劇的対立という概念が生まれた。

バイ3部作と呼ばれる。アイスキュロスは悲劇を3部作として上演する慣習を確立したが、ソフォクレスはそこから脱却し、それぞれを独立した作品として書きあげた。ソフォクレスの3部作は数年の間隔をあけて創作・上演され、年代順の作りでもなかった。

『オイディプス王』において、ソフォク

レスは典型的なアテネ式の古典悲劇を作りあげている。この悲劇は決まった形式に従って展開する。プロローグ、そして登場人物の紹介がつづき、コロスによる補足を加えながら、一連のエピソードを通して話が進められ、コロスの退場で結びに至る。ソフォクレスはこの構造に第三俳優という独自の工夫を組み入れ、登

オイディプス王

場人物のやりとりの幅をひろげて筋を複雑化することで、今日の「ドラマ」と同義の心理的緊張を生み出した。

このタイプの悲劇では、主人公が不運に見舞われ、神々や運命の手にかかって破滅へ向かうというのが一般的な筋書きである。けれども、古典期に悲劇が発達するにつれて、運命の逆転は主人公の人間的な弱さや過ち——「致命的な欠陥」——が招いた結果として描かれることが多くなった。『オイディプス王』では、運命と個人の性格の両方が、悲劇的な出来事においてそれぞれの役割を果たしている。そして、オイディプスの性格は白黒はっきりと描かれてはいない。オイディプスは冒頭でテーバイの名高い支配者として登場し、過去の災厄から逃れたい民衆に支持されているが、話が展開するにつれ、思いがけず自身がその災厄にかかわっていることが明らかになる。

その事実が発覚したとき、最良の古典悲劇の特徴である不穏な雰囲気が醸成される。話の展開がよく知られているから

> 最大の悲しみは、
> おのれが引き起こした悲しみだ。
> 『オイディプス王』

こそ破滅へと向かう感覚が強まるのは、この話についても同じだ。登場人物の運命を知る観衆が、避けられぬ破滅へと気づかずに突き進む彼らの姿を目のあたりにすることで、悲劇的アイロニーが生まれる。『オイディプス王』では、何年も前の預言が繰り返し引き合いに出されるが、オイディプスとその妻イオカステはそれを無視し、運命の必然が徐々ににおわされていく。この物語では、オイディプスを転落へ導く出来事よりも、オイディプスの過去の行為の意味を知らせる出来事がひたすら描かれている。

予告された悲劇

疫病がテーバイを襲ったことから、一連の出来事がはじまる。助言を求められたデルフォイの神官は、テーバイの元王でイオカステの前夫、ライオスをかつて殺した犯人が見つかれば、疫病の勢いが衰えるだろうと告げる。オイディプスは殺人犯を見つけるために、盲目の預言者テイレシアスの助言を求める。テイレシアスは盲目だが、オイディプスには見えないものが見える——すなわち、オイディプスが自分では気づかずに殺人を犯しているということだ。むずかしい立場に置かれたテイレシアスは、この問題を深く追及しないほうがいいと助言する。それでも真実を求められ、オイディプス自身が殺人犯だと明かすが、憤慨した王は信じようとしない。テイレシアスはさらに、犯人は殺された王ライオスの妻の息子だと明かす。そのことばにうろたえたオイディプスは、若いころに自分が養子ではないかと疑ってデルフォイを訪れ、実の両親について知ろうとしたことを思い出す。そのとき神官から聞かされたのは、自分がいずれ父親を殺し、母親と結婚するであろうということだった。そこでオイディプスは逃げ出してテーバイへ向かったが、その途中で行く手をふさぐ老人を殺してしまったのだった。

亡きライオスの妻で、いまはオイディプスの妻であるイオカステは、そんな預言は真実ではないと言ってオイディプスを慰める。以前の預言では、ライオスが

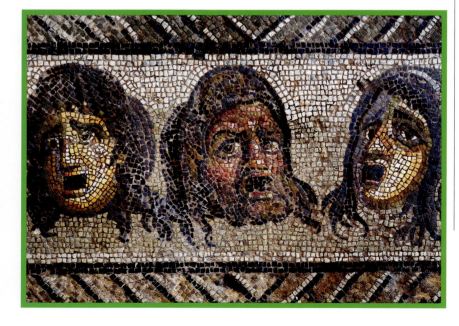

古い家屋に残るモザイクの壁に、悲劇で使われた仮面がかたどられている。俳優たちはしばしば誇張された表情の仮面をつけて、登場人物の性格を表現した。

現代の俳優たちが演じるアリストファネスの喜劇『福の神』（ギリシャ語で『プルートス』）。アテネの生活――そして富の分配――をおもに描いた穏やかな風刺劇である。

息子に殺されるとされていたが、実際は強盗に殺されたのだ、とイオカステは言う。

その出来事の意味を知っている観衆は、オイディプスにくだされた預言が実現したことを悟る。預言が原因で故郷を出たオイディプスは、その後のいきさつによって、自分では知らずに父ライオスを殺し、テーバイの王となり、母イオカステを妻としていたのだ。

オイディプスがすべてを知ったとき、劇はクライマックスに達し、オイディプスはみずからの両目をつぶす。登場人物自身が表現できない心の声や感情をずっと語ってきたコロスが、だれもいないステージに向かって「命の果てに至るまで、だれをも幸福と呼ぶなかれ」と繰り返し、幕がおろされる。

西洋の伝統

『オイディプス王』はすぐにアテネの観衆の心をつかみ、アリストテレスはギリシャ古典悲劇の最高傑作であろうと賞賛した。複雑な筋の巧みな扱い方、自由意志と決定というテーマ、高潔な登場人物に致命的な欠点があることは、古典演劇の基準となっただけでなく、その後につづく西洋演劇の伝統の基盤を形作った。アイスキュロス、エウリピデス、ソフォクレスの死後、その3人に匹敵するギリシャの悲劇作家は誕生しなかった。演劇はアテネの文化生活の中心でありつづけたが、多くの場合、喝采を浴びたのは作家ではなく演出家や俳優だった。偉大な悲劇が生まれない隙間を埋めたのがアリストファネス（紀元前450年ごろ～388年ごろ）の喜劇であり、一般大衆の好みはあまり深刻でない演劇へとしだいに向かっていった。

だが今日においても、ギリシャ古典悲劇の重要性は変わらず、中でも登場人物の心理の深い掘りさげは、無意識や衝動や抑圧された感情に関するフロイトやユングの理論にも生かされている。現存するアテネの悲劇作品、とりわけ『オイディプス王』は、啓蒙主義の時代に再演されて以来たびたび上演され、多くの書き手がそのテーマや物語に新しい解釈を加えている。■

運命がわれらを支配し、何も予測できないというのに、いったい何を恐れることがあるというのか。人は、いまこのときのためにのみ生きるべきだ。
『オイディプス王』

アリストテレスの『詩学』 紀元前335年ごろ

悲劇作家たちを高く評価していたアリストテレス（紀元前384年～322年）の書いた『詩学』は、悲劇についての文学論である。アリストテレスは、悲劇は行動の「ミメーシス（模倣）」であり、憐れみと恐れを引き起こすものだと考えた。劇の展開によって、こうした感情にカタルシス、つまり浄化が与えられる。

悲劇の質は、筋立て、性格、思想、言いまわし、視覚的要素、音楽の6つの要素で決まる。筋立ては、はじめと中間と終わりを持った「一貫した行動の流れ」でなければならない。また、登場人物の少なくともひとりの人生が、運命または性格上の欠点、あるいは両者の組み合わせによって変わっていく必要がある。つぎに重要なのは思想で、これは劇のテーマや道徳的メッセージのことを指す。そのつぎは、隠喩の使い方や俳優の話し方などの言いまわしである。視覚的要素（舞台装置や舞台効果）と音楽（コロスによる）も話の展開に不可欠で、人物描写を豊かにするものだ。

地獄の門は昼も夜も開いている。そこへくだる道は平坦で、たやすい

『アエネーイス』（紀元前29年〜19年）
ウェルギリウス

背景
キーワード
ローマ世界の文学

前史

紀元前3世紀 グナエウス・ナエウィウスがギリシャ文学を模範として、ローマの神話と歴史をテーマに、ラテン語で叙事詩と戯曲を書く。

紀元前200年ごろ クイントゥス・エンニウスが叙事詩『年代記』に、トロイア陥落後のローマの歴史を記す。

紀元前80年ごろ 弁論家キケロの演説によって、ラテン文学の「黄金時代」の幕があき、後17年か18年のオウィディウスの死までつづく。

後史

紀元前1世紀 ホラティウスが『歌章』、『風刺詩』、『エポーデス』などの詩を書く。

後8年ごろ オウィディウスの物語詩『変身物語』が発表される。

2世紀 アプレイウスも『変身物語』を書くが、オウィディウスの作品とは無関係で、この作品は『黄金の驢馬（ろば）』としても知られる。

紀元前3世紀ごろ、ギリシャに代わってローマが地中海を支配するようになり、ラテン語で書かれた最初の文学が登場した。古代ローマにおけるギリシャ文化の影響はあまりに大きく、ローマの文学が明確な形で誕生するには時間がかかった。ローマの作家たちはラテン語で執筆したが、詩と戯曲と歴史書については、かたくなにギリシャの模倣をつづけた。紀元前80年ごろになってようやく、政治家で演説家、作家、詩人でもあるキケロの登場によって、ラテン文学の「黄金時代」が幕をあけ、ローマ独自の表現様式や形式が確立された。

帝国のルーツ

いわゆる黄金時代は、ローマが共和国から帝国へと変わる時期にまたがっている。内戦による混乱も含め、こうした変化は、キケロ、サルスティウス、ウァロによる歴史を題材にした修辞的な著作から、ホラティウス、オウィディウス、ウェルギリウスによる詩作への移行にも反映さ

ウェルギリウス

プブリウス・ウェルギリウス・マローは、紀元前70年に北イタリアのマントゥアで生まれた。若き日のほとんどをローマ共和国のその地域で過ごし、田園生活についての詩集『牧歌』を書いた。つぎに著した大作『農耕詩』は、後援者である政治家ガイウス・マエケナスに捧げられている。ウェルギリウスは、のちにアウグストゥス帝となるオクタウィアヌスとも親交を持ち、ローマにおいてホラティウスやオウィディウスと並ぶ詩人としての地位を築いた。紀元前29年ごろ、オクタウィアヌスにあと押しされて、自身の最高傑作となる『アエネーイス』の創作に取りかかり、紀元前19年に熱病で没するまで執筆と修正をつづけた。おそらくはアウグストゥスの統治に対する失望から、ウェルギリウスは死の床で『アエネーイス』を破棄するよう求めたと言われるが、それは死後にそのアウグストゥスの命によって出版された。

ほかの主要作品

紀元前44年ごろ〜38年『牧歌』
紀元前29年『農耕詩』

参照 『イリアス』26-33 ■ 『変身物語』55 ■ 『黄金の驢馬』56 ■ 『神曲』62-65 ■ 『失楽園』103

英雄と伝説

> いまそこにある苦難に
> 耐えなさい。
> 生きて、よりよき運命に
> 備えなさい。
> 『アエネーイス』

アエネアスの地中海の旅

1. トロイア 父王アンキーセスらとともにこの都市を逃れたとき、妻の影がティベリス川をめざすようにと告げる。

4. クレタ島 夢のなかに現れた神々から、探し求めている先祖の土地が遠いイタリアにあると知らされる。

5. ストロパデス諸島 針路をはずれ、ハルピュイア（半人半鳥）の住みに着いて、そこで襲われる。ハルピュイアはこの先のイタリアには飢饉が待っていると預言する。

9. カルタゴ 女王ディドに会って恋に落ちるが、ふたたび旅をつづけるよう神々から説得され、ディドのもとを去る。

11. クマエ 預言者シビルに導かれて地下の世界へ行く。そこで話をした精霊たちから、未来のローマの姿を示される。

12. ラティウム ティベリス川の河口でラティヌス王に歓迎され、その娘のラヴィニア姫を娶ることを許される。

れ、それは特に紀元前27年以降のアウグストゥス帝時代に顕著に見られた。

ローマの代表的な作家として生前から認められていたウェルギリウスは、数多くの詩を書いているが、その不朽の名声は叙事詩『アエネーイス』の力によるところが大きい。ローマの起源を描いたこの物語はアウグストゥス帝の命で書かれたと考えられる。

『アエネーイス』のルーツはギリシャ文学、特にホメロスの『イリアス』と『オデュッセイア』にあり、これらを範として同じ一定の韻律、つまり古典的な「叙事詩律」で書かれている。第12巻には故郷のトロイアからイタリアへ向かうアエネアスの旅、ラティウム（ラテン人の土地）での戦い、そしてローマ建国に至るまでの物語が描かれている。

ホメロスの功績

アエネアスはもともと『イリアス』の登場人物として知られていたが、ウェルギリウスはトロイアとローマの伝説、特に英雄の美徳と伝統的なローマの価値観を巧みに結びつけて話を構成している。

ウェルギリウスはこの詩を「わたしは戦いと人間について歌う……」と書きはじめ、まずテーマを提示してから、アエネアスがイタリアへ向かう途中で嵐に遭い、カルタゴに上陸せざるをえなくなった話へ移っていく。そこでアエネアスはカルタゴの女王ディドに対し、トロイア陥落について語る。ギリシャ人たちは退却すると見せかけて沖に隠れ、車輪のついた大きな木馬があとに残された。トロイア人はギリシャ人のスパイから、この馬は女神アテナに庇護されているので守りが堅牢になると聞かされ、その話を信じこんでしまった。夜になって、木馬を壁の内側に入れると、中からえり抜きの兵士の一軍が現れ、もどってきたギリシャ軍のために門をあけた、という話である。この詩全体を通して、アエネアスの「ピエタス」（美徳と忠義）が強調されているが、それらは機運や神々の干渉によって左右されながら、アエネアスを故国から運命の地ラティウムまで導いていく。

『アエネーイス』はローマの作家としてウェルギリウスの名声を確立しただけでなく、おそらく最も高く評価されたラテン語の作品にもなった。ウェルギリウスは中世を通じて作家として尊敬を集め、ダンテの『神曲』には案内役として登場する。『アエネーイス』に記された話は繰り返し語り継がれ、「トロイの木馬」に象徴される危険についての考え方が大衆文化に根づいていった。■

運命はなるようにしかならない
『ベオウルフ』（8世紀～11世紀）

背景
キーワード
アングロ・サクソン文学

前史
7世紀 羊飼いからウィッツビー修道院の修道士となったキャドモンが書いた賛歌が、古英語で書かれた最初の詩として知られている。

8世紀ごろ 現在のスコットランド、かつてはノーサンブリア王国の一部だった地域にあるラスウェル十字に、「十字架の夢」として知られる詩の一節がルーン文字で刻まれている。この詩では、戦士のイメージとキリストの磔刑（たっけい）の話が融合されている。

後史
1000年ごろ 叙事詩『ワルデーレ』が文字で記される。現存するのは断片ふたつだけだが、アングロ・サクソンの理想の戦士像を知る手がかりとなっている。

10世紀 ベネディクト会の修道士たちの手で、現在はエクセター本として知られるアングロ・サクソン詩集が編纂される。

書かれた正確な時期についていくつか説があるが、『ベオウルフ』は完全な形で現存する最古のアングロ・サクソン叙事詩である。この作品で使われているのは古英語あるいはアングロ・サクソン語として知られる言語で、スカンジナビアからの侵入者たちによってブリテン島に持ちこまれたゲルマン語から発展し、1066年のノルマン征服まで共通語となっていた。

古英語は5世紀からイングランドやスコットランド南部で広く話されていたが、古英語で記された文学はなかなか登場しなかった。7世紀、キリスト教への改宗が広まると、知識階級のことばだったラテン語がキリスト教の修道会や修道院でも使われ、写本がおこなわれた。しかし、アルフレッド大王（在位871年～899年）の時代になると、キリスト教文献のラテン語原文に古英語による対訳が付されるようになった。

口承
『ベオウルフ』は異教的なテーマを扱っているものの、キリスト教の見地から書かれたと考えられるため、成立したのは8世紀から11世紀初期までのあいだと推定できる。書き手による創作をまとめたものなのか、古い時代の詩を書き記しただけなのかは定かではない。『ベオウルフ』も含めた古英語の文献でときどき言及されるとおり、アングロ・サクソンには「スコプ」と呼ばれる吟遊詩人による口承物語の伝統があった。『ベオウルフ』も文字で記録されるよりはるか昔から口承されてきた可能性がある。

使われている言語だけでなく、内容もスカンジナビアに起源があり、500年ご

> われわれはだれしも、
> この世で命の終わりを迎えねばならない。栄光を手にする者には、命あるうちにそれを与えよ。
> 没せる戦士にとって
> 何にもまさるものなのだから。
> 『ベオウルフ』

参照 『ギルガメシュ叙事詩』20 ■ 『マハーバーラタ』22-25 ■ 『イリアス』26-33 ■ 『アエネーイス』40-41 ■ 『ランスロまたは荷車の騎士』50-51 ■ 『ニャールのサガ』52-53 ■ 『わがシッドの歌』56-57 ■ 『神曲』62-65 ■ 『指輪物語』287

ろの歴史的人物を含めて、そこに住む人々の伝説が題材である。物語の中心をなすのはイェーアトの戦士ベオウルフの生涯と偉業で、デンマークの王フロースガールを救いにやってきたベオウルフが、巨人グレンデル、さらにはグレンデルの母を討ち倒す。向こう見ずな若き冒険者だったベオウルフは、フロースガールの助言「傲慢に陥ってはならぬぞ、名高き戦士よ！」に従い、尊敬される王となる。ベオウルフの最後の戦いは、自国の民をドラゴンから救うためのものだった。

叙事詩と悲歌

この詩は怪物を殺す英雄の物語、そして善悪の戦いであるだけでなく、忠誠と同胞愛、人の命のはかなさ、さらに、避けられぬ運命を前にした人間の誇りと驕りの危うさというテーマも扱っている。イギリスの作家で学者でもあるJ・R・R・トールキンは、壮大でありながら物悲しい『ベオウルフ』は、叙事詩であると同時に悲歌でもあると論じている。題名と同じ名を持つ英雄の死を嘆くだけでなく、廃れつつある生き方や運命への抗いを歌った、愁いに満ちた悲歌でもある。

『ベオウルフ』の写本は、10世紀後半から11世紀前半ごろのノーウェル古写本のなかに残っているが、19世紀にはじめて現代語に訳されるまでは、単なる歴史的資料と見なされていた。20世紀になり、おもにトールキンの功績によって、その文学的な価値が認識されるようになった。『ベオウルフ』は幾度となくさまざまな言語に翻訳されてきた。作品そのものの人気もさることながら、近年のファンタジー文学に与えた影響も大きい。■

wægflota
「wave-floater（波に浮かぶもの）」
= ship（船）

hronrād
「whale-road（クジラの道）」
= sea（海）

hildewulf
「battle-wolf（戦うオオカミ）」
= warrior（戦士）

weorðmyndum
「mind-worth（心の価値）」
= honour（名誉）

古英語の「ケニング」
古ノルド語の kenna（「知る」または「理解する」の意）に由来するケニングは、隠喩の一種で、普通名詞を言い換えるために使われる複合語あるいは比喩表現である——たとえば、「blood（血）」の代わりに「battle-sweat（戦いの汗）」と言う。

hildeswat
「battle-sweat（戦いの汗）」
= blood（血）

heofoneswynne
「sky-joy（空の喜び）」
= dawn（夜明け）

sólarborð
「sun-table（太陽のテーブル）」
= sky（空）

uhtsceaða
「twilight-scather（たそがれを傷つける者）」
= dragon（竜）

古英語の詩

『ベオウルフ』は叙事詩の形式——3,182行の長さ——で書かれ、雄弁調の力強いスタイルと、アングロ・サクソン詩独特の手法が使われている。

最も特徴的なのは、現代詩の押韻法とちがって、古英語詩には頭韻法が使われる点である。各行は2段に分けられているが、単語の語尾で韻を踏むのではなく、単語か音節の頭に似た音が連ねられる。また、各段は中間休止によって分けられることが多く、頭韻を踏んだカプレット（二行連句）としての効果が高められる。もうひとつの特徴はケニングと呼ばれる隠喩の手法である。この手法では「arrow（矢）」の代わりにhildenaedre「battle-serpent（戦いの蛇）」というように、詩的でない単語の代わりに比喩的な複合語が使われる。

豊かな比喩を特徴とする古英語の場合、このような手法が現代語への翻訳の壁となることが多い。

そこで、シェヘラザードは語りはじめた……
『千夜一夜物語』（8世紀ごろ～15世紀ごろ）

アラブ世界には物語の長い伝統があり、何世代にもわたって民話などが口承されてきた。しかし、8世紀以降に都市が興隆し、イスラムの支配のもとで栄えたアラビア文化が洗練されていくにつれて、「フスハー」（教育機関で教えられる洗練された標準アラビア語）と「アーンミーヤ」（一般大衆が話す口語）とのちがいが大きくなっていった。教養あるエリートたちは、方言で書かれた――昔ながらの民間伝承を含む――イスラム教以前の文学への興味を失い、アラビア文学の書き手たちは、想像力に富んだ散文作品よりも実話に基づくものや詩を書くようになった。

物語の魅力

だが、詩という「高尚な芸術」が重んじられても、一般の人々は相変わらず娯楽性の高い物語を求めていた。アラビアの学者たちからは高く評価されなかったが、その後数世紀にわたってさまざまなタイトルで生まれ、現在では『千夜一夜物語』や『アラビアンナイト』として知

背景

キーワード
初期のアラビア文学

前史
610年～632年　イスラムの教えでは、ムハンマドが神からコーラン（アラビア語で「詠唱」の意）を託されたとされる。

8世紀　イスラム教誕生以前の詩7篇が金文字で麻布に書かれ、メッカのカーバ神殿の壁に掛けられていたと言われる。それらは『ムアッラカート』（「吊りさげられた詩」）として知られ、中には6世紀にさかのぼる詩もある。

後史
990年ごろ～1008年　バディー・アッザマーン・ハマザーニーが、機知に富んだアブル・ファス・アル・イスカンダリのさまざまな人との出会いについて語る押韻散文形式の物語集『マカーマート』（「集会」の意）を書く。

13世紀　ある商人の息子が外国の宮廷の女性に寄せる愛を描いた『バヤドとリヤドの物語』が、イスラム支配下のアンダルシアで書かれる。

イスラム文学の黄金時代

イスラムが支配する地域は、8世紀の中ごろには中東からペルシャを越えて、インド亜大陸まで、そして北アフリカからイベリア半島にまで拡大していた。イスラム世界の至るところで、洗練された都市社会が文化や政治の中心地となった。

これは、その後およそ500年つづくイスラム黄金時代のはじまりだった。バグダードの「知恵の館」などの学問の中心地には、イスラム教の聖典コーランの学者だけでなく、科学や哲学や芸術に秀でた博識者も集まった。

コーランはムハンマドに伝えられた神のことばであるため、宗教的知識の源と考えられていたが、それだけでなく、アラビア文学の模範ともされた。その様式と言語は、8世紀から栄えたアラビア古典文学、特に物語よりはるかに重んじられた詩に大きな影響を与えた。

参照 『マハーバーラタ』22-25 ■ 『カンタベリー物語』68-71 ■ 『デカメロン』102 ■ 『子供と家庭の童話』116-17 ■ 『子供のための童話集（アンデルセン）』151 ■ 『グロテスクとアラベスクの物語』152 ■ 『預言者』223

シェヘラザードの夜

夜になると、シェヘラザードは前夜の話のつづきを語り、夫を夢中にさせる。

語り終えると、別の話をはじめ、しばしば登場人物に自分の話を語らせる。

夜明けに、つづきが気になる場面が来るため、結末が聞きたい夫はシェヘラザードを殺さずにおく。

られる数々の物語の人気は、長いあいだ衰えることがなかった。

何世紀もかけて多くの物語が無秩序に集められたため、『千夜一夜物語』には正規の決定版と呼べるものがない。語り部たちは古代インドやペルシャやアラビアの物語を組み合わせ、何世紀にもわたって、さらに多くの話が加えられた。現存する最古のアラビア語の写本は15世紀後半にシリアで編まれたと考えられている。これらは日常語で書かれていて、詩やコーランに使われる古典アラビア語とは大きく異なる。

物語のなかの物語

『千夜一夜物語』は枠物語の構造を持っていて、ひとつの物語のなかに、ほかのすべての物語が入れこまれている。枠の働きをしているのが、夫のシャーリアル王に殺される危険にずっとさらされたシェヘラザード姫の物語である。前の妻が不貞を働いたことから、王は女性に対して不信感をいだいている。そのため、毎日新しい花嫁と結婚の誓いを立て、「夜に処女を奪い、翌朝には花嫁を殺しておのれの名誉を守る」という。シェヘラザードは初夜に話した物語の結末を明かさずにおくことで運命に抗い、王は処刑を先延ばしにする。そうした夜が1001回つづいたあと、王はシェヘラザードのおかげで生まれ変わったと打ち明け、処刑を取りやめる。

シェヘラザードが語る物語には、伝説を舞台にした空想物語と、イスラム黄金時代にアッバース朝のカリフとして統治したハルン・アル・ラシッド（766年ごろ〜809年）などの歴史的人物にかかわる話が入り混じっている。集められた物語はさまざまで、冒険物語、ロマンス、おとぎ話から、ホラー、さらにはSFまでの幅広いジャンルを網羅している。

西洋における影響

18世紀になると、フランスの学者アントワーヌ・ガランの再話『千夜一夜物語』（1704年〜17年）によって、この物語はヨーロッパでも知られるようになった。底本にした写本が不完全で、話としての価値があるものは1001夜ぶんにとうてい満たなかったため、ガランは「アリババ」、「アラジン」、「シンドバッド」などのアラビアの物語を加えた。これらの話はもとの『千夜一夜物語』にははいっていないが、西洋ではこの物語集のなかで最も有名な話となった。

ガランの本の人気の秘密は、精霊や空飛ぶ絨毯の話などの異国情緒にあり、19世紀初頭にはじまるグリム兄弟による民話収集の動きにも大きな影響を与えた。1885年に出版されたリチャード・フランシス・バートンによる翻訳は、イスラム文化に対する強い関心を掻き立てたが、アラブの世界ではこの物語は依然として文学ではなく娯楽ファンタジーと見なされている。■

ああ、お姉さま、
新しい物語を聞かせてください。
今宵、眠れぬ時間の退屈しのぎに
どうか楽しく、愉快な話を。
『千夜一夜物語』

人生がただの夢にすぎぬのなら、なぜあくせく働くことがあろうか
『全唐詩』
李白、杜甫、王維などの詩（8世紀）

背景

キーワード
中国王朝時代の詩

前史
紀元前4世紀ごろ　屈原、宋玉などが編者とされる抒情詩集『楚辞』が編まれる。

2世紀〜3世紀　後に魏の武帝となる曹操と、その息子である曹丕と曹植が、後漢末期に建安体の詩を確立する。

後史
960年〜1368年　宋と元の時代には、唐の時代に盛んだった定型「詩」よりも、抒情的な「詞」の人気が高まる。

1368年〜1644年　明の時代には、高啓、李東陽、袁宏道らによって詩が作られる。

1644年　満州人が清を建国し、唐代の文学の研究や出版の時代がはじまる。

中国詩の伝統は紀元前11世紀にさかのぼる。初期の詩には、抒情詩の形式（詞）で書かれた歌や恋愛詩もあるが、もっと改まった形式（詩）では、内省的なテーマを扱い、厳格な構造が用いられた。前漢の時代の紀元前3世紀に、305篇の詩を集めた『詩経』が編纂された。中国文学の基本経典（五経）のひとつとされる『詩経』は、のちの時代の中国古典詩の原型となった。

詩の伝統

詩の伝統は唐の時代（618年〜907年）に全盛をきわめた。8世紀には、特にすぐれた詩人が数多く登場した。その代表が李白（701年〜762年）で、友情についての郷愁あふれる詩を書いている。その友人の杜甫（712年〜770年）は「歴史詩人」として知られる。また、博学の王維（699年〜759年）が描く自然には、人間のかかわりがほとんど示されなかった。1705年、康熙帝（在位1661年〜1722年）は、学者の曹寅に、決定版となる詩集の編纂を命じた。これは『全唐詩』として知られ、2,000人以上の詩人によるおよそ50,000篇の詩がおさめられている。1763年ごろには、これよりも小規模な選集『唐詩三百首』が孫洙によって編纂された。これは『詩経』と同じく古典の名作とされ、中国では今日でも必読書となっている。■

われら、山とわれはともに坐す。
山のみが残るまで。
「独り敬亭山に坐す」
李白

参照　『易経』21　■　『三国志演義』66-67　■　『おくのほそ道』92

英雄と伝説　47

闇の現（うつつ）はなほ劣りけり
『源氏物語』（1000年ごろ～1012年）
紫式部（むらさきしきぶ）

背景

キーワード
平安時代の宮廷文学

前史
920年ごろ　はじめての勅撰和歌集である『古今和歌集』が編纂される。
10世紀後半　おとぎ話『落窪物語（おちくぼ）』が書かれる。
1000年ごろ　中宮定子（ていし）に仕えた清少納言（しょうなごん）が、宮中における日常生活への考察を記した『枕草子（まくらのそうし）』を完成させる。

後史
12世紀初期　インド、中国、日本の物語がはいった『今昔物語集（こんじゃく）』が編纂される。
1187年　勅撰和歌集『千載集（せんざい）』（「千年の歌を集めたもの」の意味）が藤原俊成によって編まれる。

　日本の芸術と文化は、天皇の宮廷が平安京（現在の京都）にあった平安時代（794年～1185年）に全盛をきわめた。中国の言語や文化とは異なる日本古典文学が生まれたのは、まさにこの時期である。官僚や貴族は引きつづき漢字を使っていたが、文学には簡略化した日本のかな文字が使われることが多くなった。

帝の庇護

　詩を重んじ、奨励した平安時代の天皇たちは、8つの主要な勅撰和歌集の編纂を命じている。一方、10世紀には、『竹取物語（たけとり）』、平安の宮廷人が書いたとされる独創的な物語『落窪物語』など、歴史物や民間伝承を含む散文の作品も書かれはじめた。

　さらに意味深いのは、宮廷に女房として仕えた紫式部（むらさきしきぶ）（973年～1014か1025年）が、日本ではじめての小説（世界初の小説と考える者もいる）とされる作品、『源氏物語（げんじ）』を書いたことである。54帖にわたるこの作品には、帝の第2皇子である光源氏（ひかるげんじ）の人生と愛が描かれている。物語は一貫した筋に沿って展開するというより、一連の出来事が並べられているように見えるが、当時の宮廷人の生活についての洞察にとどまらず、人々の考え方や動機までが活写されていて、まちがいなく現代の心理小説の先駆けと言えるだろう。

　『源氏物語』は貴族階級の女性の読者を想定して書かれたと思われるが、それよりもずっと幅広い読者の心をつかむ名作となり、12世紀以降にさまざまな版が生まれている。このような高い評価にもかかわらず、形式が複雑であることから、原文のまま読むことは非常にむずかしいとされている。現代語訳版では、文化的背景についての注釈が付されていることが多い。■

参照　『枕草子』56　■　『おくのほそ道』92　■　『曾根崎心中』93

主君のために、人はひたすら苦難に耐えなければならない
『ローランの歌』（1098年ごろ）

背景
キーワード
武勲詩

前史
5世紀～11世紀 アングロ・サクソン期のブリテン島では、スコプと呼ばれる吟遊詩人が、おもにスカンジナビアの歴史を題材にした叙事詩を詠み、宮廷でもてはやされる。

880年 『聖ウラリの続誦』は北部の方言オイル語（古フランス語）で書かれた初期の文献のひとつである。

後史
11世紀後半あるいは12世紀初期 『ギヨームの歌』『ゴルモンとイザンバール』など、「フランスの素材」を扱った初期の詩が書かれる。

1200年ごろ 知られている最古のスペインの叙事詩『わがシッドの歌』が書かれる。

14世紀～15世紀 百年戦争（1337年～1453年）の混乱や黒死病（1346年ごろ～53年）による荒廃で、中世フランス詩の黄金時代が終わる。

9世紀ごろから、古フランス語で書かれた宗教書は存在していたものの、フランス語文学は、吟遊詩人が宮廷で披露した武勲詩と呼ばれる叙事詩が起源とされることが多かった。こうした韻文の物語詩はもともと口承されていたが、11世紀末以降は文字で記録されることが増えていった。

伝説となった偉業

武勲詩は、おもにフランス語で書かれた中世文学の3つの分野のひとつ、「フランスの素材」の基盤となった。「フランスの素材」は、フランク王国のカール大帝などの歴史的人物の偉業を題材とすることが多かった。ほかのふたつの分野──「ローマの素材」（古代ギリシャ・ローマの歴史と神話）と「ブリテンの素材」（アーサー王と円卓の騎士たちの物語）──は、どちらも武勲詩の題材にはならなかった。

「フランスの素材」から生まれた最古の武勲詩のひとつが『ローランの歌』で、テュロルドという名の詩人によって書かれた版がある。約4,000行の韻文には、カール大帝の時代の778年に起こった、伝説的なロンスヴォーの戦いが描かれている。スペインにおけるイスラム勢力の拠点サラゴサを奪還するための戦いで、ローランは継父の裏切りによって待ち伏せに合う。助けを呼ぶことを拒んで果敢に戦うものの、部下たちが皆殺しにされ、ローランはオリファント（象牙製の角笛）を吹き鳴らして反撃をめざすが、力尽きて死んでしまう。その後、呼びかけに応じて現れたカール大帝がイスラム軍を倒す。

武勲詩の影響を受けたスペインでは、カスティリヤ語の叙事詩『わがシッドの歌』に代表される、カンタール・デ・ヘスタ（武勲詩）の伝統が生まれた。また、多くの武勲詩がドイツ語で語られたほか、古ノルド語で書かれた『カルラマグヌース（カール大帝）のサガ』も誕生した。12世紀の詩人たちが宮廷風の抒情詩を好んで作るようになったあとも、『ローランの歌』などの武勲詩の人気は15世紀に至るまで衰えることはなかった。■

参照 『ベオウルフ』42-43 ■ 「菩提樹の下で」49 ■ 『ランスロまたは荷車の騎士』50-51 ■ 『カンタベリー物語』68-71

英雄と伝説　49

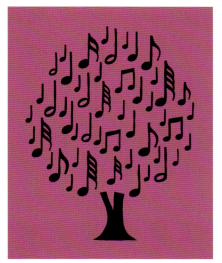

タンダラダイ、小夜啼鳥(さよなきどり)が愛らしく歌う
「菩提樹の下で」（12世紀後半）
ヴァルター・フォン・デア・フォーゲルヴァイデ

背景

キーワード
トルバドゥールとミンネゼンガー

前史
11世紀後半　トルバドゥールによる宮廷風恋愛詩の伝統がスペインやイタリアにひろがる。これらは南フランスの方言（オック語）で書かれた。

12世紀　クレティアン・ド・トロワなど、トルヴェールと呼ばれる詩人たちが北フランスの方言（オイル語）で抒情詩を作りはじめる。

12世紀後半　デア・フォン・キューレンベルクやディートマル・フォン・アイストが、ドイツのミンネゼンガー（恋愛詩人）の伝統の先駆けとなる。

後史
13世紀後半　ミンネゼンガーの最後のひとり、ハインリッヒ・フラウエンロープがマイスタージンガー（職匠歌人）のための学校を設立する。

1330年代ごろ　トルバドゥールの数が減り、黒死病の流行（1346年ごろ〜53年）で消滅する。

中世初期のヨーロッパの宮廷における楽しみは、吟遊詩人が暗唱したり歌ったりする叙事詩だった。しかし11世紀になると、貴族階級の詩人が登場し、最初は南フランスのオック語が話される地域で旅の吟遊詩人となった。ジョングルール（ふつうの吟遊詩人）と区別するために、これらの詩人はトルバドゥールと呼ばれるようになり、その詩のテーマは歴史物語から宮廷風恋愛の歌へと変わり、騎士の武勲や思いを寄せる貴婦人について歌った。

高貴な芸人たち

　抒情詩はまず北フランスで人気を博し、その後イタリアやスペインでも流行した。次世紀になると、貴族の芸人たちがミンネゼンガー（またはミンネジンガー）として登場した。最もよく知られているのがヴァルター・フォン・デア・フォーゲルヴァイデ（1170年ごろ〜1230年ごろ）で、政治詩や風刺詩も書いている。代表作である魅力的な「菩提樹の下で」は、トルバドゥールの宮廷風恋愛詩の伝統を踏襲しているが、重要な相違点がある。小夜啼鳥(さよなきどり)の歌う「タンダラダイ」という印象的なリフレーンが民謡のコーラスから取り入れられている点と、詩の最も美しいことばが貴婦人ではなく庶民の娘によって語られる点である。

　こうした特徴は、宮廷風抒情詩の時代の終焉を予感させるもので、ドイツでは歌唱と作詞作曲を手がけるマイスタージンガーの誕生がそれを決定づけた。■

そこへ行けば見つかるだろう
わたしたちふたりが
花々や草を
押しつぶしてすわっているのが。
「菩提樹の下で」

参照　『ローランの歌』48　■　『ランスロまたは荷車の騎士』50-51　■
『カンタベリー物語』68-71

愛の命令に従おうとしない者は、大きな過ちを犯す

『ランスロまたは荷車の騎士』
（1175年ごろ〜1181年）
クレティアン・ド・トロワ

背景
キーワード
アーサー王の騎士道物語

前史
1138年 ウェールズの聖職者で年代記編者でもあるジェフリー・オブ・モンマスによる『ブリタニア列王史』がアーサー王伝説を世に広める。

12世紀 ブリテンのトマが古フランス語（北フランスの方言、オイル語）で書いた詩『トリスタン』は、円卓の騎士トリスタンとその恋人イズルデの伝説を描いている。

後史
13世紀 無名の聖職者たちが古フランス語で書いた、全5巻のランスロ＝聖杯作品群（「散文のランスロ」あるいは「流布本作品群」とも呼ばれる）は、聖杯を探し求めるランスロの物語を描いている。

1485年 イギリスの作家トマス・マロリーは『アーサー王の死』で、従来のアーサー王伝説に新しい解釈を加えている。

ホメロスとウェルギリウスにはじまる叙事詩の伝統は、中世を通して、南フランスのトルバドゥールやそのほかの地中海沿岸の国々の吟遊詩人たちが書いたり歌ったりした武勲詩として生きつづけた。中世の叙事詩は、勇敢なおこないや古代における戦い、すなわちムーア人などのイスラム教徒との戦争を題材にしている。しかし、12世紀になると、こうした騎士やその冒険の物語はちがった性格を帯びはじめ、軍功に代わって騎士道的愛が重要なテーマとなり、英雄的行為よりも気品あるおこないに重点が置かれるようになった。

アーサー王伝説
こうした変化を取り入れたことで高く評価されている詩人がクレティアン・ド・トロワだった。クレティアンはトルヴェール（トルバドゥールの北フランス版）で、アーサー王と円卓の騎士の伝説から着想を得ていた。その時代、フランスにはふたつの異なる文化があり、南のトルバドゥールはオック語、北のトルヴェール

クレティアン・ド・トロワ

フランスのマリー・ド・シャンパーニュの宮廷に仕えた12世紀後半の吟遊詩人、クレティアン・ド・トロワについては、ほとんど何も知られていない。名前につけられた「ド・トロワ」から、パリの南東のシャンパーニュ地方のトロワ出身ではないかと考えられるものの、これはトロワに屋敷があったパトロンのシャンパーニュ伯爵夫人マリーを指しているとも考えられる。1160年〜80年に書かれた詩からは、クレティアンが低位の聖職者であったことがわかる。代表作はアーサー王の物語をテーマにした4つの騎士道物語で、ランスロットとギネヴィア妃の不義の恋に、騎士道的愛という新しい発想を取り入れた点が高く評価されている。5番目の詩『ペルスヴァルまたは聖杯の物語』は、クレティアンが1190年ごろに死去したため、未完のままとなった。

ほかの主要作品
1170年ごろ『エレックとエニード』
1176年ごろ『クリジェス』
1177年〜81年『イヴァンまたは獅子の騎士』

参照 『ローランの歌』48 ■ 「菩提樹の下で」49 ■ 『ドン・キホーテ』76-81 ■
『ガウェイン卿と緑の騎士』102 ■ 『アーサー王の死』102

英雄と伝説

ランスロットはふつうの受刑者用の二輪馬車に乗るように言われ、やむなく従う。しかし、のちに騎士道的行為によって名誉を挽回する。

はオイル語というように、それぞれ方言を用いた。こうした状況を考えると、クレティアンが古典的な地中海の英雄や南フランスの英雄から、「ブリテンの素材」と呼ばれるブリテンやブルターニュの伝説に目を向けるようになったのも不思議はない。

愛はすべてを乗り越える

クレティアンはアーサー王伝説をフランスの人々に紹介しただけでなく、騎士道物語という概念を一新した。『ランスロまたは荷車の騎士』では、それまであまり知られていなかった登場人物ランスロット（フランス語ではランスロ）に光をあてている。ランスロットの探求は本質的にロマンチックであり、王妃ギネヴィアの名誉を守ることによってみずからの高潔を示す。

メレアガンの悪の手からギネヴィアを救い出す使命を負ったランスロットは、数々の冒険に乗り出す。ランスロットは当然ながらメレアガンと対決することになり、最後には勝利するが、そこにはギネヴィアへの求愛もからんでくる。けれども、すべてが思いどおりにはなるわけではない。誤解や嘘が重なり、ギネヴィアの態度も二転三転する。ランスロットは罪人用のふつうの二輪馬車に乗せられるという不名誉を味わい、一時は牢屋にまで入れられる。だが最後にはランスロットとその愛が勝利し、ギネヴィアの名誉とランスロットの高潔は守られる。

騎士道の時代

クレティアンの叙事詩への革新的なアプローチは、この時代の空気と一致していた。古い武勲詩はまだ人気を保っていたものの、ヨーロッパじゅうの詩人が新しいスタイルを採用し、アーサー王伝説をテーマとした詩を書いた。詩人たちはこぞって、ランスロットとギネヴィアや、トリスタンとイゾルデのような恋人たちの詩を書き、また聖杯伝説を題材にする詩人もいた。しかし、叙事詩は13世紀に衰退しはじめて、アーサー王物語は散文で語られることが多くなり、トマス・マロリーの『アーサー王の死』でそれが頂点に達する。

ルネサンス期の到来とともに、アーサー王を題材とした騎士道物語というジャンルの人気は落ちた。「騎士道」や「ロマンス」ということばは、いまでも中世の伝説的世界を連想させるものの、ミゲル・デ・セルバンテスが『ドン・キホーテ』を書いた1605年には、気高い騎士や捕われの姫、型にはまった騎士道的愛は、すでに古めかしいものとなっていた。■

西ヨーロッパでは中世までに3種類の叙事詩が発達した。そのほとんどは古フランス語で記録され、テーマや主題によって区別された。

ローマの素材

ギリシャ、そして特にローマの神話を含む古典世界の神話や伝説、また、アレクサンダー大王やジュリアス・シーザーなど歴史的人物や出来事をテーマにしたもの。

フランスの素材

ローラン、ギヨーム・ドランジュ、ドーン・ド・マイヤンスの物語など、カール大帝と12勇士の伝説や、ムーア人などのイスラム教徒との戦いをテーマにしたもの。

ブリテンの素材

アーサー王伝説、聖杯伝説、ブリテンの建国者ブルータス、コオル王、リア王、ゴグマゴグなど、ブリテンやブルターニュの伝説をテーマにしたもの。

他人の傷を自分への警告とせよ
『ニャールのサガ』（13世紀後半）

英雄の偉業、一族の確執、恋愛、伝説、歴史の細部が豊かに盛りこまれた北欧のサガは、12世紀から14世紀のあいだに書かれた。そのほとんどが作者不詳だが、12世紀になるまで口承物語として語り継がれ、その後何年も経ってから記録された。中世文学の大半はラテン語で記録されたが、サガは一般民衆の日常語である古ノルド語や古代アイスランド語で書かれた。

サガはおもに5つの種類に分類される。ノルウェーの初期の統治者を題材にした「王のサガ」には、オークニー諸島やスウェーデンの王を題材にしたものも含まれる。ほかには、アイスランドの族長にかかわる世俗的な題材を扱った「同時代のサガ」。歴史的根拠がほとんどなく、伝説や神話の時代を題材にした「古代のサガ」。フランスの武勲詩の翻訳から生まれた「アレクサンダーのサガ」など、騎士道物語を扱った「騎士のサガ」。そして「アイスランド人のサガ」の5つである。

13世紀初期に書かれたアイスランド人

背景

キーワード
北欧のサガ

前史
12世紀 古代スカンジナビアの最初の『王のサガ』がノルウェーとアイスランドで書かれる。

1220年ごろ アイスランドの学者スノッリ・ストゥルルソンが、『散文のエッダ』と呼ばれる神話集を執筆あるいは編纂したとされる。

1200年代中ごろ～後半 スカンジナビアの神話を題材にした作者不詳の詩が編纂され、のちに『詩のエッダ』として知られるようになる。

後史
13世紀 フランスの武勲詩の翻訳をきっかけに、アイスランドの騎士のサガのジャンルが誕生する。

1300年ごろ 12世紀のアイスランドのストゥルルンガ家についての話が集められ、『ストゥルルンガ・サガ』となる。

エッダ

エッダとは、13世紀に書かれた2冊の本――『散文のエッダ』と『詩のエッダ』――におさめられた古いアイスランドの文学作品のことである。また、スカンジナビアの神話に関する包括的な資料としても貴重な存在である。

『散文のエッダ』、つまり『新エッダ』は、アイスランドの学者スノッリ・ストゥルルソン（1179年～1241年）が1220年ごろに創作あるいは編纂したものとされる。これは古代北欧のスカルド（宮廷詩人）が使った韻律について解説した詩の教本であり、初期の詩の神話的題材についての案内書でもある。プロローグと3つの章――「詩語法」、「韻律一覧」、そして「ギュルヴィたぶらかし」（ギュルヴィ王が神々の住む都アースガルドを訪れたときのことを記した話）――から成る。

『詩のエッダ』、つまり『古エッダ』は後年に編纂されたもので、かなり古い詩（800年～1100年）も含まれる。英雄や神話を題材にした詩から成り、作者は不詳である。

参照 『イリアス』26-33 ■ 『ベオウルフ』42-43 ■ 『ローランの歌』48 ■ 『ランスロまたは荷車の騎士』50-51 ■ 『わがシッドの歌』56-57 ■ 『アイヴァンホー』150 ■ 『カレヴァラ』151 ■ 『指輪物語』287

のサガは、家族のサガとも呼ばれ、特に家系の歴史を中心に、さまざまな争いや確執を描いた散文形式の英雄物語である。

リアリズム、際立って美しい文体、生き生きとした人物描写を特徴とする家族のサガは、古アイスランドのサガの頂点とも言える。このほか、『エギルのサガ』『ラックサー谷のサガ』『グレティルのサガ』、それに『ニャールのサガ』がよく知られている。『エギルのサガ』はスノッリ・ストゥルルソンの作とも言われるが、ほかの作品については作者不詳である。

悲劇的な血の復讐

『ニャールのサガ』あるいは「焼討ちされたニャールの物語」は、アイスランド人のサガとして最も長いもののひとつで、最高傑作とされることも多い。散文で書かれ、物語のところどころに詩が埋めこまれたこのサガは、英雄の時代のアイスランドの生活を再現し、10世紀から11世紀の有力なふたつの部族の対立から起こる出来事を描いている。数々のエピソードから成る暗い『ニャールのサガ』では、50年にわたる血の復讐劇を中心に、多様で複雑な人々が登場する。

物語の大半はふたりの英雄——賢明で用心深い法律家ニャールと、その友で、力は強いが戦いを好まない戦士グンナル——を中心に展開する。争いを望まない穏やかなふたりが、名誉や血縁による絆のために血の復讐へと駆り立てられ、やがて悲劇的な結末に至る。『ニャールのサガ』は、長さ、内容、心理的なテーマなどで現代小説との類似点も見られ、登場人物や人間関係は身近でリアルに感じられる。名誉や復讐の顛末が主要テーマではあるが、争いを解決する上での法の役割についても深く描かれている。

強い影響

アイスランド人のサガには、兵士、王、有力者、強い女性統治者などが描かれている。歴史上の出来事や動乱の時代を題材にしつつも、古い神話や伝説が織り交ぜられ、空想的な物語でありながら、消滅した社会の姿が活写されている。

こうして集められた数々の物語は、ヨーロッパの中世文学の最高峰と見なされ、後世の作家たち、中でも19世紀のスコットランドの詩人で劇作家でもあるウォルター・スコットや、20世紀のイギリスのファンタジー作家J・R・R・トールキンに大きな影響を与えた。■

古代スカンジナビア人の文学		
王のサガ		スカンジナビアの王たちのおこないを語ったもので、サガのなかで最も完成度が高い。ノルウェーの王たちについて書かれたスノッリ・ストゥルルソンの『ヘイムスクリングラ』（1230年ごろ）が最も有名である。
同時代のサガ		12世紀から13世紀のアイスランドにおける内戦を題材にしている。社会全体の歴史が豊富に盛りこまれたこの作品は——家族のサガとはちがって——出来事から時を置かずに書かれている。
古代のサガ		スカンジナビア人がアイスランドに定住する前の時代の出来事を題材にしたもので、『ヴォルスンガ・サガ』（1270年ごろ）も含まれる。神話やゲルマンの英雄伝説だけでなく、遠く離れた土地の冒険談もおさめられている。
騎士のサガ		幅広い読者に向けて書かれたロマンス語の物語を、古代スカンジナビア語に翻訳したものも含まれる。最古の例のひとつが1226年ごろのトリスタンの物語である。
アイスランド人のサガ（家族のサガ）		930年ごろ〜1030年ごろに定住した一族の初期の世代について、散文で綴られた系譜である。作者は不詳。

善良で正直な人間が、あなたと他人とのあいだに打ち立てた平和を壊してはならない。
『ニャールのサガ』

もっと知りたい読者のために

『死者の書』
(紀元前16世紀)

パピルスに記されたエジプトの『死者の書』は、およそ200章から成り、死者が来世で使う呪術や方法がさまざまな書き手によって記録されている。書記官によって写され、ミイラと共に墓に埋納されたが、それは死者があの世へ向かう旅で読み、危険から身を守るための案内書となると信じられていたからである。よく知られているのが『アニのパピルス』で、現在はロンドンの大英博物館に所蔵されている。

『オデュッセイア』
(紀元前725年ごろ〜675年)
ホメロス

古代ギリシャの叙事詩『オデュッセイア』は、24歌(1万2,000行以上に及ぶ)から成る口承詩で、ホメロスの作と伝えられる。ホメロスのもうひとつの傑作『イリアス』の続編でもあり、10年に及ぶトロイア戦争のあと、帰途に就いたイタケーの王オデュッセウスが海をさまよう姿が描かれている。オデュッセウスは、超自然的な生き物との遭遇や肉欲の誘惑など、波乱万丈の冒険を乗り越える。息子のテレマコスと妻のペネロペイアは、20年間行方知れずのオデュッセウスの生還をあきらめる。姿を変えたオデュッセウスがペネロペイアに迫る求婚者たちの運命を握り、やがて劇的な結末を迎える。

『神統記』
(紀元前700年ごろ) ヘシオドス

1,022行から成る叙事詩『神統記』は、古代ギリシャの詩人ヘシオドス(紀元前8世紀〜7世紀)の作で、宇宙の起源や神々についての神話的記述としては最古のものとされる。カオス(原初の裂け目)からガイア(大地)が誕生する場面にはじまったあと、何世代にもわたる神々の誕生と破滅がつづき、ゼウスの勝利で終わる。『神統記』では、創造、父子の確執、宇宙における人間の存在など、人の想像力を掻き立てるような根源的なテーマが中心に据えられている。

『道徳経』
(紀元前6世紀〜3世紀) 老子

中国の伝説的賢者である老子が書いたと伝えられる『道徳経』は、道教の聖典的存在であり、おさめられた81篇の詩には、道に従って自然と調和して生きる術が謎めいたことばで語られている。「無為」の実践を説く――たとえば「無為にして而(しか)も為さざるはなし」のような――詩的な警句の数々は、不思議な説得力に満ちている。

『オレステイア』
(紀元前458年) アイスキュロス

古典期のアテネが生んだ最初の偉大な劇作家アイスキュロスが書いた『オレステイア』は、アトレウス(アガメムノンの父)の一族の悲劇を謳った3部作(現存する唯一の古典期ギリシャの3部作)である。第1部ではアガメムノン王の戦争からの帰還、そして王の命を狙う不実な妻クリュタイムネストラーの陰謀、第2部では王の娘エレクトラと息子オレステスによる復讐、第3部ではその結末が描かれている。流血による復讐の連鎖は、女神アテナの

アイスキュロス

アイスキュロスは70から90の戯曲を書いたとされるが、完全な形で残る7つの悲劇から、このジャンルにおける熟達ぶりがうかがえる。紀元前525年か524年に、アテネ近郊のエレウシスで生まれたとされるアイスキュロスは、民主制アテネの初期に人生を送り、侵入するペルシャ人との戦い――特にマラトンの戦い――に従軍した。悲劇のほかに、軽妙なバーレスク風の「サテュロス劇」も書いている。アテネ最大の劇のコンテストである毎年恒例のディオニュソス祭では、どちらのジャンルも上演され、アイスキュロスは毎年のように優勝した。唯一の例外が、若手の悲劇作家ソフォクレスに敗れた年だった。紀元前456年あるいは455年に、シチリア島のジェラで没した。

主要作品

紀元前458年『オレステイア』(右参照)
紀元前472年『ペルシャ人』
紀元前467年『テーバイ攻めの七将』
紀元前5世紀『縛られたプロメテウス』

裁きによって断ち切られ、最後に法の支配がもどる。

『メディア』
(紀元前431年) エウリピデス

ギリシャの劇作家エウリピデス(紀元前484年ごろ～406年)が書いた『メディア』は、不正、嫉妬、そして復讐をテーマにした迫力ある悲劇で、どの場面でも舞台上にふたりの俳優しか登場しない。伝説をもとに、王女メディアが、自分を捨ててコリントス王の娘を選んだ夫イアソン(アルゴナウテスの神話の英雄)に果たす、冷酷な復讐劇が描かれている。メディアの残酷さ、特にイアソンとのあいだの子供たちへのむごい仕打ちにもかかわらず、エウリピデスは観客からメディアに対する同情を引き出す。

『蜂』
(紀元前422年) アリストファネス

ギリシャの劇作家アリストファネス(紀元前450年ごろ～388年ごろ)の書いた『蜂』は、世界で最もすぐれた喜劇のひとつで、古代アテネの法制度が腐敗した扇動政治家によって悪用されるさまを描いた風刺劇でもある。話は、陪審員をつとめることに夢中な気の短い老人を中心に展開する。コロスの使用、独創性、猥雑なユーモア、率直な社会批判、ファンタジー的要素を特徴とし、古典喜劇の最高傑作と謳われる。タイトルはコロスが陪審員(蜂)の群れを演じることにちなんでつけられている。

> いや、わたしは
> 竪琴の鳴らし方だけでなく、
> 無罪になる方法も知らないのだ。
> 『蜂』
> アリストファネス

『ラーマーヤナ』
(紀元前5世紀～4世紀) ヴァールミーキ

インド文学の傑作のひとつであり、『マハーバーラタ』と双璧を成す『ラーマーヤナ』(「ラーマの旅」の意)は、全7巻、2万4,000の二行連句から成るサンスクリット語の叙事詩である。模範となる王、兄弟、妻、使用人などの役割像を、物語という枠組みのなかで提示するなど、道徳的側面を持つ作品で、猿の大将ハヌマーンの力を借り、妻シーターをさらった鬼神に戦いを挑んだラーマ王の姿が描かれている。ヒンドゥー教の賢者で詩人でもあるヴァールミーキの作と言われ、本人も作中に登場する。

『楚辞(そじ)』
(紀元前4世紀)

中国南部の国、楚の詩歌を集めた『楚辞』に含まれる作品の多くは、追放された廷臣である屈原(くつげん)(紀元前339年ごろ～278年ごろ)の作とされている。屈原は革新的な詩人で、詩にさまざまな新形式を取り入れた。ここにおさめられた詩の多くは、シャーマニズム的な習俗や伝説の影響を受けている。第1巻の「離騒」は故郷への思いを哀愁たっぷりに歌った長編詩で、いわば中国文学におけるロマン主義の伝統の確立につながった。

ヴァールミーキ

ヴァールミーキは、古典的なスローカ(「歌」)の詩形を編み出したことから、サンスクリット詩の「最初の詩人」として知られる。ヒンドゥー教では、紀元前6世紀から1世紀のいずれかの時期にインドで生涯を送った賢人とされている。もともとはラトナーカラという名の凶悪な追い剥ぎだったが、神聖な賢者ナラーダに強盗を働こうとした償いとして、何年も瞑想をつづけ、修験者となった。瞑想中、近くにアリ塚ができたことから、「ヴァールミーキ」(サンスクリット語で「アリ塚から生まれた者」の意味)という名がついた。ヒンドゥー教の神ブラフマーの命によって『ラーマーヤナ』を書いたとされる。

主要作品

紀元前5世紀～4世紀
『ラーマーヤナ』(左参照)

『変身物語』
(8年ごろ) オウィディウス

ローマの詩人オウィディウス(紀元前43年～後18年)は、生き生きとした神話の数々を集め、『変身物語』という叙事詩にまとめあげた。戦争よりも愛が詩にふさわしいテーマとされるようになったことを示す作品でもある。集められた物語はいずれも変身というテーマで結びつけられているが、多くは愛や性的欲望に起因するものである。古代ギリシャやローマで最もよく知られた伝説をもとにしたものもある。『変身物語』は(シェイクスピアやダンテなどの)文学にも、視覚芸術、とりわけ絵画にも大きな影響を与えた。

清少納言

日記作家で随筆家でもある清少納言は、966年ごろ、学者で歌人の清原元輔の娘として生まれた。のちに京都となる当時の都で宮廷に出仕し、中宮定子に仕えた。『枕草子』には、991年〜1000年ごろ、平安時代の宮中生活が魅力豊かに描かれている。機知に富み、才気煥発な清少納言は、同時代の女官たちから疎まれることも多かった。『源氏物語』の作者、紫式部もライバルのひとりである。中宮定子の死後、清少納言は宮仕えを辞して結婚し、夫亡きあとは出家したと言われている。没年は1025年ごろとされる。

主要作品

1000年ごろ　『枕草子』（右参照）

『黄金の驢馬』
(2世紀) アプレイウス

『黄金の驢馬』はローマの支配による恩恵を受けたヌミディア出身のベルベル人、アプレイウス（124年ごろ〜170年ごろ）の作で、ラテン語で書かれたフィクションとしては、完全な形で現存する唯一の作品である。魔法に魅せられ、ロバに姿を変えてしまった若者の冒険物語で、若者はロバの姿のまま飼い主から飼い主へと渡り歩き、最後に女神イシスによって魔法を解かれて自由になる。物語には風刺、どたばた喜劇、下品なジョーク、寓話、道徳的考察などの要素がちりばめられ、何よりもユーモアに満ちている。人間が動物に姿を変えるというアイディアは、いまでも世界の文学における大きなテーマとなっている。

『ヒルデブラントの歌』
(800年ごろ)

『ヒルデブラントの歌』は古高ドイツ語で書かれた作者不詳の詩で、神学の古写本の見返しに書かれているのが発見され、9世紀前半に筆記者によって写しとられた。現存するのは68行のみだが、この頭韻詩は、当初は100行足らずの長さだったと考えられる。戦いで息子と出くわした戦士ヒルデブラントが、自分の正体を隠しながら息子の身を守るというエピソードが中心になっている。

『ディゲニス・アクリタス』
(10世紀ごろ)

ビザンツ帝国の叙事詩の英雄バシリウスは、ディゲニス・アクリタス（「ふたつの血統を持つ国境守備隊長」の意）の名で知られ、ギリシャの方言で書かれたいわゆるアクリタスの民謡で最も名高い作品の主人公である。作者不詳の無韻の叙事詩『ディゲニス・アクリタス』にも、バシリウスの血統や少年時代や、その後の英雄的な人生が描かれている。イスラム教徒の首長の息子として生まれ、キリスト教に改宗したバシリウスは、力と勇気を武器に敢然と戦い、ビザンツ帝国を敵の手から守る。この叙事詩は12世紀から17世紀のあいだにさらに進化していった。

『枕草子』
(1000年ごろ) 清少納言

日本では古くから、寝所など身辺に置く雑記帳を枕草子と呼んでいた。その名前を冠した最も有名な随筆集が、平安京で宮仕えした女性、清少納言の『枕草子』である。機知に富んだ寸評から、日常生活の些細な物事の観察に至るまで、人間や自然についての雑感を綴った章段の数々は、時系列ではなくテーマごとに書き写されて、宮中でまわし読みされた。笛や、言うことを聞かない犬や、雪の山が融けるのにかかる日数で賭けをする女官たちなど、宮中生活の細部を読み手は垣間見ることができる。

『マビノギオン』
(11世紀〜14世紀)

イギリス最古の散文作品である『マビノギオン』は、ウェールズ語で書かれた作者不詳の11篇の散文物語集で、中にはケルト文化やフランス文化の影響が見られるものもある。原典となった2冊が書かれた時期は14世紀後半にさかのぼる。物語は超自然的なファンタジーの要素をいくつも具え、古くからの口承物語から生まれたと考えられる。形式も内容もさまざまで、アーサー王伝説を題材にした物語もある。最も洗練された物語は「マビノギ四枝」で、巨人、魔法の白馬、近親相姦、裏切り、贖罪といったテーマが扱われている。

『わがシッドの歌』
(1140年ごろ)

スペイン文学で現存する最古の叙事詩『わがシッドの歌』は、ムーア人の支配からスペインの奪還を図ったカスティーリャの実在の英雄エル・シド（1043年〜99年）が成しとげた偉業の物語である。エル・シド

英雄と伝説

のアルフォンソ6世との関係だけでなく、武勇や外交手腕にも光をあて、失われた名誉を回復しようとする主人公の奮闘を写実的に描いている。公の場での朗読のために書かれたと見られるが、だれが書いたかは不明のままだ。現存する唯一の写本にはPer Abbas という署名があるものの、作者の詳細は明らかにされていない。

『イーゴリ遠征物語』
（12世紀後半）

古東スラブ語で書かれた作者不詳の叙事詩『イーゴリ遠征物語』は、遠征を企てて失敗したイーゴリ・スヴャトスラーヴィチという名を持つ「ルーシの国」の王子の物語である。イーゴリは英雄的な自尊心ゆえに不利な状況に陥り、敵に捕らわれるが、なんとか脱出する。この作品は叙事詩と抒情詩の要素を併せ持ち、政治的な色合いも強い。ロシアを代表する古典名作となっている。

『ニーベルンゲンの歌』
（1200年ごろ）

……人々が脱穀場に並べられ、肉体から魂がふるい出される。
『イーゴリ遠征物語』

この作品の主要登場人物たちはワーグナーの歌劇『ニーベルングの指環』四部作を通して世界的に知られるようになった。『ニーベルンゲンの歌』は、中高ドイツ語で書かれた作者不詳の想像力豊かな叙事詩である。中世ドイツの文学は宮廷風の洗練された作品へと向かっていったが、『ニーベルンゲンの歌』はもっと古い時代の名誉や復讐といった本能に根づいた概念に立ちもどっている。物語で描かれるのは、盗まれた宝（ラインの黄金）や魔法の力（隠れ蓑など）、竜を殺してクリームヒルト姫に求愛するジークフリート、そして、ジークフリートが王の弟で最も有名な戦士のひとりハゲネに殺されたあとに、ニーベルンゲン一族（ブルグント人）に復讐するクリームヒルト姫などだ。怪力の女王ブリュンヒルトなど、古ノルド語のサガに起源を持つ登場人物や物語も登場する。

『薔薇物語』
（1200年ごろ～80年）
ギヨーム・ド・ロリスとジャン・ド・マン

『薔薇物語』は、フランス人のギヨーム・ド・ロリス（1200年ごろ～40年）がまず4,058行を書き、ジャン・ド・マン（1240年ごろ～1305年ごろ）が加筆して21,000行にした。オウィディウスの『アルス・アマトリア（恋愛術）』をもとにしたこの作品は、中世後期に最も人気のあったフランス詩のひとつである。若い女性への求愛を夢に描いた寓意的な物語で、宮廷社会を表す庭にある薔薇のつぼみが若い女性を象徴している。作中でド・マンは当時のさまざまな問題について論じている。冒頭の1,705行はジェフリー・チョーサーによって英語に翻訳されている。

『カンティガス・デ・サンタ・マリア（聖母マリア頌歌集）』
（1252年～84年）アルフォンソ10世

中世の単旋律歌曲を集めた最大の歌曲集のひとつである『聖母マリア頌歌集』は、カスティリヤ、レオン、そしてガリシアの王、アルフォンソ10世の手によって、（少なくとも部分的には）ガリシア＝ポルトガル語で書かれたと考えられている。いずれの頌歌も聖母マリアを讃えるもので、その奇跡を語り、10曲目ごとにマリアを讃える讃美歌がはさまれている。記譜法を使って書かれた歌の韻律はさまざまで、一行の長さは2～24音節にわたる。

アルフォンソ10世

1221年にカスティーリャの都ブルゴス（現在のスペイン北部）で生まれたアルフォンソ10世は、学識豊かな賢い王で、学問や芸術を奨励した。父王フェルディナンド3世は、カスティーリャの領土を大きくひろげ、ムーア人に対するレコンキスタ（国土回復運動）を展開し、大きな成功をおさめた。父王の死後1252年に即位し、豊かで安定した国土を受け継いだアルフォンソ10世は、法律から天文学、音楽、歴史に至るまで、幅広い書物の翻訳・編纂を命じてみずからそれを監督し、カスティリヤ語を現代スペイン語の前身として確立させた。1284年、セビリアで没した。

主要作品

1252年～84年　『カンティガス・デ・サンタ・マリア（聖母マリア頌歌集）』（上参照）
1255年ごろ～65年　『七部法典』
1264年　『第一総合年代記』

ルネサンスから啓蒙主義へ
1300年〜1800年

はじめに

ダンテ・アリギエーリが『神曲』を書き、**地獄、煉獄、天国を**めぐる旅を描く。

1308年ごろ〜20年

羅貫中の『三国志演義』と施耐庵の『水滸伝』が書かれ、**中国の四大古典小説のうち**最初の2作品が登場する。

14世紀

ドイツでヨハネス・グーテンベルクが活版印刷機を発明し、これによって**印刷物の大量出版が**はじめて可能になる。

1439年ごろ

自然科学と人文科学の大変革がはじまり、ニコラウス・コペルニクスの『天体の回転について』とアンドレアス・ヴェサリウスの『人体の構造』が世に出る。

1543年

1346年〜53年

黒死病がはなはだしい**社会と経済の崩壊**を招き、ヨーロッパ中世時代の終焉を早める。文化面では、フランスの詩とトルバドゥールが隆盛した時代の終結をもたらす。

1387年ごろ〜1400年

『カンタベリー物語』でジェフリー・チョーサーは、**さまざまな社会階層の巡礼者の一団が話した**物語を綴る。

1532年〜64年

フランソワ・ラブレーが一連の風刺小説を出版する。巨人**ガルガンチュアとパンタグリュエルの**冒険物語である。

1604年

クリストファー・マーロウのエリザベス朝演劇『フォースタス博士』が**作者の死後に出版される。**初演からほぼ10年経っていた。

14世紀前半から、ルネサンスとして知られる文化運動が、イタリアの都市フィレンツェを起点としてヨーロッパ全域にひろがりはじめた。ルネサンスを特徴づけたのは変化であり、それはキリスト教の教義に支配された中世の考え方から、はるかに人文主義的な見方へと変わる動きだった。そうした見方は古代ギリシャ、ローマの哲学と文化を再発見したことに触発されたものだったが、これは単なる古典観念の復興にとどまらず、ルネサンス期は革新の時代でもあった。

叙事詩と日常

文学の世界では、啓示を古典の文体と形式から得ながらも、作家たちはラテン語やギリシャ語に背を向けて、自分たちの土地の言語で書き、みずからの物語を作る道を選ぶようになった。この先駆者のひとりがフィレンツェの詩人ダンテであり、『神曲』は、死後の世界を通り抜ける叙事詩的な旅であるだけではなく、同時代の世界に向けた寓意物語としての役割も果たした。

同じころ、ほかの作家たちは叙事詩と伝説という領域とは決別する道を選び、ふつうの人々の生活、自主性、創意を重んじた。1353年に出版された『デカメロン』でボッカッチョは、100篇の「小品物語」を集めた作品を、フィレンツェのことばによる散文体で著した。少しあとには、チョーサーがそれに似た物語集『カンタベリー物語』を書いた。どちらの作品も多様な話を収録し、恋愛物語から道徳的なたとえ話に至るまでの日常生活を描いている。人間の不徳行為を論じ、好色を語り、みだらな悪ふざけを見せる両作品は、すぐに人気を博した。

小説の誕生

15世紀には、グーテンベルクの発明した印刷機のおかげで思想が速く広まり、それぞれの土地の言語で書かれたものが読者に提供された。一般人の読書欲が特に掻き立てられたのは、ボッカッチョとチョーサーが散文体でも物語を書いたことによるところが大きい。こうした初期の物語から現れたのが長い散文体物語の文学形式だった。いまではどこにでもあるが、当時はことのほか斬新（ノベル）なものだった小説（ノベル）である。

16世紀のあいだに、叙事詩に代わって散文体の物語が徐々に広まり、ヨーロッ

ルネサンスから啓蒙主義へ

ミゲル・デ・セルバンテスの『ドン・キホーテ』前編が出版され、**スペイン文学の黄金時代**の頂点をきわめる。

↑

1605年

『おくのほそ道』で松尾芭蕉は**俳句**を散文体の語りのなかに配し、日本各地をめぐった**漂泊の旅**を描写している。

↑

1702年

『百科全書』の第1巻がドゥニ・ディドロとロン・ダランベールによって編纂され、**啓蒙主義の観念と科学**に対する総覧が示される。

↑

1751年

フリードリヒ・フォン・シラーの**シュトゥルム・ウント・ドラング期の戯曲**『群盗』は、兄と弟の激烈で感情的な関係を描いている。

↑

1781年

1623年

↓

ウィリアム・シェイクスピアの**喜劇、史劇、悲劇**の全集が出版される。今日では〈ファースト・フォリオ〉と呼ばれている。

1719年

↓

ダニエル・デフォーの作品中で最も有名な『ロビンソン・クルーソー』が、表題にもなった主人公(難破船の唯一の生存者)の**架空の自伝**という形式で出版される。

1759年

↓

ヴォルテールが**風刺、哲学、幻想に満ちた小説**『カンディード』で近世啓蒙運動の最善説をからかう。

1789年

↓

7月14日にパリのバスティーユが陥落してフランス革命に火がつき、**自由と平等**という啓蒙主義の思想が非宗教的な共和政時代をもたらす。

パ大陸の大半で主流の文学形式になっていった。読者はとりわけ滑稽な物語によい反応を見せた。ラブレーが書いたガルガンチュアとパンタグリュエルの冒険譚はその例である。スペインのセルバンテスはこの流儀を引き継いで『ドン・キホーテ』を著した。しかし、セルバンテスの騎士道に対する風刺には重々しい底意があり、主人公は英雄というより、あまりにも人間的すぎる姿で描かれている。『ドン・キホーテ』は世界で最初、少なくともヨーロッパで最初の近代小説と見なされることが多い。一方、中国の四大古典小説の多くや日本の『源氏物語』はこれより早い時期に書かれている。

舞台の上と紙の上の人生

イギリスでは、散文物語が人々の注目を得るにはもっと長い時間がかかった。スペンサーやミルトンなどの詩人が叙事詩に新しい解釈を加えつづけたが、なんと言っても大衆を引きつけたのは演劇であった。マーロウやジョンソンの戯曲は、ギリシャ悲劇と喜劇の着想をもとにして自分たちの劇を付け加えたものだったが、シェイクスピアはこの戯曲という形式をみごとにわがものとし、卓越した腕前を存分に発揮して、人間味のある登場人物を喜劇、史劇、悲劇の一大目録のなかに描いてみせた。

イギリスで小説が登場しはじめたのはシェイクスピア以後まもなくで、すぐさま劇文学の人気を追い越した。デフォーやフィールディングといったイギリスの小説家は、早い時期から、現実に存在しそうな人物を作中に登場させ、時代や場所も真に迫った描写をすることで、ある程度の写実性を作品に持たせた。デフォーの『ロビンソン・クルーソー』は「真実の」自叙伝だと称している。スターンの滑稽な『トリストラム・シャンディ』と、スウィフトの突拍子もない『ガリヴァー旅行記』は、どちらもやはり自叙伝風の語りを使っている。

17世紀のフランスでも、演劇が文学の中心にあって、イギリスの場合以上に古典の手本に負うところが多く、ラシーヌやコルネイユはギリシャ劇の「法則」に従おうとつとめた。しかし、時勢にかなっていたのはモリエールの風俗喜劇だったようだ。同時代の道徳慣行をからかうのは18世紀フランス文学にずっと見られた一面であり、ヴォルテールらの啓蒙思想家が支配階級の古いしきたりを当意即妙に風刺した。■

気がつくと わたしは 暗い森のなかにいた

『神曲』(1308年ごろ〜20年)

ダンテ・アリギエーリ

背景

キーワード
古典期以降の叙事詩

前史
紀元前700年ごろ 古代ギリシャの詩人ホメロスが叙事詩『オデュッセイア』を書き、西洋文学に多大な影響を与える。

紀元前29年〜19年 ローマの詩人ウェルギリウスがラテン語で『アエネーイス』を書く。これは中世時代にラテン語叙事詩の手本になる。

後史
1572年 ルイス・デ・カモンイスが書いたポルトガル語の叙事詩『ウズ・ルジアダス（ルシタニアの人々）』はダンテの流儀にならい、作り話と歴史と政治をまとめて、ポルトガルの大航海をひとつの物語で描いている。

1667年 英語で書かれた最後の大叙事詩、ジョン・ミルトンの『失楽園』は、イギリスが世界の大国として躍り出たことを背景としている。

叙事詩は古代に頂点をきわめた大詩人たちが選んだ文学形式であった。叙事詩が書かれたのは英雄——多くの場合、部分的に神であるか、並はずれた強さと勇猛さの持ち主——の偉業を讃えるためであり、語られるのは歴史が移り変わる節目（国家の誕生や敵対者の征服）を寓喩した物語であることが多い。こうした詩は同時代の出来事と神話をいっしょに織りこむことも多く、登場する英雄たちは文明を築くのに主要な役割を果たす。

古代文明が衰退しても、その後長きにわたって叙事詩は生き残り、国家の力を称揚できる文学形式として好まれた。

ルネサンスから啓蒙主義へ

参照 『アエネーイス』40-41 ■ 『オデュッセイア』54 ■ 『妖精の女王』103 ■ 『ウズ・ルジアダス』103 ■ 『失楽園』103 ■ 『赤い部屋』185 ■ 『荒地』213

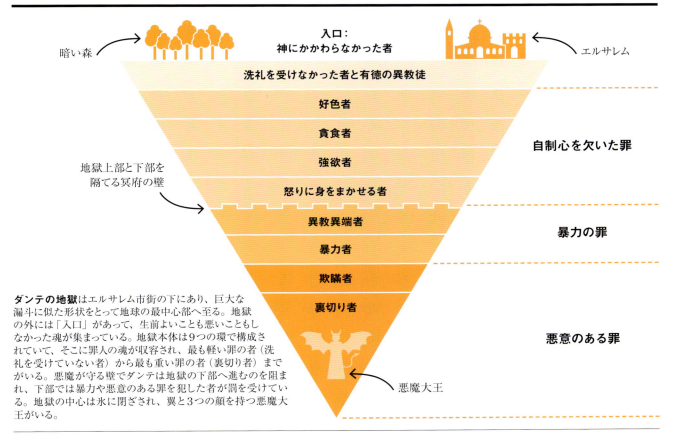

ダンテの地獄はエルサレム市街の下にあり、巨大な漏斗に似た形状をとって地球の最中心部へ至る。地獄の外には「入口」があって、生前よいことも悪いこともしなかった魂が集まっている。地獄本体は9つの環で構成されていて、そこに罪人の魂が収容され、最も軽い罪の者（洗礼を受けていない者）から最も重い罪の者（裏切り者）までがいる。悪魔が守る壁でダンテは地獄の下部へ進むのを阻まれ、下部では暴力や悪意のある罪を犯した者が罰を受けている。地獄の中心は氷に閉ざされ、翼と3つの顔を持つ悪魔大王がいる。

神聖な叙事詩

ダンテの『神曲』は古典期以降の叙事詩の伝統様式に合致して、非常に長く、英雄詩風であり、寓意を含み、民族主義的な部分も多い作品で、ダンテがフィレンツェの政治で積極的に果たしていた役割を反映している。だが、この作品はさまざまな点で異例で革新的である。それ以前の叙事詩では全知全能の語り手が物語の「外側」にとどまっていたのに対し、ダンテは語り手を作中に置いている。また、大胆にも（イタリア語の）トスカナ方言を採用し、伝統的なラテン語を使っていない。さらに、叙事詩の形式を大きくひろげ、古典思想や神話の主題と、同時代のヨーロッパの哲学やキリスト教の象徴的表現とを結びつけている。

ダンテが読者を連れていく旅は、地獄、煉獄、天国を——罪と絶望から究極の救済へと——めぐるもので、それぞれの場所の様子を細かく精密に記していき、ほとんど実際に体験している感覚をもたらす。この作品は死後の世界への旅を描いた多くの古典叙事詩を想起させ、それらの叙事詩と同じく寓意物語の要素を具えている。死後の世界をめぐる旅は、ダンテ個人が生きる意味を探し求めたことの象徴である。

もともとダンテはこの詩を単に「コンメディア」すなわち「喜劇」と呼んでいたが、当時この語は、主人公の直面した困難や難題が解決して、おおよそ幸福な結末を迎える作品を指していた（古典悲劇が喪失と苦悩をおもに描いたのに対して）。14世紀の詩人ジョヴァンニ・ボッカッチョが最初にこの詩を「神聖な」と評し、それが『神曲』という名の由来となったが、これは文体の圧倒的な美しさと霊的な内容の両方に言い及んだものである。

政治と詩

完成まで12年を要した『神曲』の執筆をはじめたとき、ダンテは詩人としての地位をすでに確立していた。ダンテは「ドルチェ・スティル・ノーヴォ（清新体）」

64 神曲

煉獄は山であり、階段状の平らな道が取り巻いている。そこでは悔悛者の魂が、各人の罪の度合いによって異なる種類の苦痛を受けながら、おのれを浄化して罪を消し、地上の楽園にはいることをめざしている。

の第一人者で、これは内観を深めて隠喩と象徴的表現を縦横無尽に使うことを特徴とする運動だった。政治と個人的な熱情がダンテの詩の主題であり、13世紀後半のイタリアはダンテに創造的刺激を与えるものに事欠かなかった。

ダンテ自身が最愛のフィレンツェの政争に巻きこまれ、フィレンツェはイタリアの他の地域とともに、教会（教皇）と国家（神聖ローマ帝国皇帝）のあいだの権力闘争にかかわっていた。『神曲』にはこうした争いの主要人物が描かれ、実在する人物が含まれることで一種の煽情的効果が加わって、この詩が成功する一因となった。

結局、ダンテは政治的に属していた立場のせいでフィレンツェから追放され、そのことで大いに苦しんだが、公的な任務から遠ざかったおかげで、距離を置いた立場から、中世世界の哲学、道徳、信仰についてのすぐれた寓意的表現を生み出すことができた。

『神曲』は3部で構成されており、キリスト教神学で3という数が持つ重要性を反映している（父と子と聖霊の三位一体を象徴している）。その旅は3篇（「地獄篇」、「煉獄篇」、「天国篇」）で構成され、それぞれが33のカント（歌、すなわち章）から成り立っていて、それに冒頭の1歌が加わり、全部で100歌になる。テルツァ・リーマと呼ばれる詩形で書かれ、3行がひとまとまりになって連動する押韻構成になっているが、これはダンテがはじめたものである。

この作品は一人称の視点で語られ、死と死後の世界をめぐる終末観漂う旅の形式をとっている。物語は、地上での罪深い生活を象徴する暗い森のなかではじま

惨めなときに
幸せだった日々を思い出すことほど
悲しいものはない。
『神曲』

る。ダンテは森の外に道を探して山をのぼろうとするが、野獣（罪の象徴）に行く手を阻まれる。望みを失って、弱気になり、心を導いてくれるものを求めたダンテはローマの詩人ウェルギリウスに出会うが、これはダンテがかつて愛した亡きベアトリーチェが自分を導くために送りこんでくれたのだった。ダンテにとってウェルギリウスが象徴するのは、古典時代の思想、理性、詩である。ウェルギリウスはダンテが救済を成しとげるだろうと明言するが、それは死後の世界を通り抜ける旅を終えたあとのことだと告げる。そしてふたりは旅をはじめ、まず地獄へおりていく。

死後の世界への旅

『神曲』の第1篇では、地獄の各段階について述べ、各人の罪に合わせて罰が下されると説明する。たとえば、人におもねった者の魂は永遠に糞尿のなかに沈められたままで過ごす（糞尿は彼らが地上で口にした穢らわしいことばを思い出させる）。誘惑者を痛めつけるのは角のある悪魔で、罪人が打たれつづけて肉塊と化すまで鞭を振るう。ダンテは数々の罰と地獄の構造を生々しく描写し、読者に自分自身の過ちを悔い改めさせて、ほかの人や神と調和して生きるよう促す。地獄の最深部に到達する旅が終わると、ダンテとウェルギリウスは煉獄山をのぼりはじめ、環道をまわっていく。煉獄は、地上では自分本位に生きたが、じゅうぶん悔恨を示して救済される望みをいだく

罪人たちがいる場所である。煉獄では、罪人たちが天国入りをめざして自身を浄化することもできる。ダンテとウェルギリウスは山をのぼりながら、7つの大罪を象徴する7つの段階を通り抜けていくが、その途上で出会う人々は、罪を犯すもとになったみずからの欠点を克服するため、ひたすら苦業に耐えている。たとえば、高慢ゆえに煉獄にいる者たちは、巨石を背負って運びながら謙譲を学んでいる。

煉獄から出るとすぐ、ベアトリーチェがダンテの導き役を引き継ぐ。これはウェルギリウスがキリスト以前に生まれた人なので、「聖なる国」にはいることができなかったからである。ベアトリーチェは永遠の導き手とも呼ぶべき女性で、人類の心と魂と見なすこともできる。ベアトリーチェこそがダンテの救済のために神へのとりなしをしてくれる人であり、彼女を通してダンテは神の愛を理解するようになる。

ダンテの遺産

ダンテは古典叙事詩の形式を作り変えて、古典に登場する冒険譚の英雄やおおぜいの神を作中へ取りこみつつ、キリスト教徒の運命への深い洞察を表現し、個人の出来事と歴史的事件の両方をこの物語に組み入れた。これまで数知れない芸術家や作家が『神曲』から影響を受けていて、アメリカ生まれの作家T・S・エリオットはこの作品をこう表現した。「詩がかつて到達した、そしてこの先到達しうる最高の境地である」■

ダンテ・アリギエーリ

政治家であり作家、哲学者でもあったドゥランテ・デッリ・アリギエーリ（ダンテの呼び名で知られる）は、イタリアのフィレンツェで1265年に生まれた。家は裕福で、フィレンツェの政治に古くからかかわっていた。1277年に婚約して後年結婚するが、婚約当時にはすでに別の少女ベアトリーチェ（ビーチェ）・ポルティナーリに恋をしており、ダンテはベアトリーチェを詩神として愛の詩をいくつも捧げた。悲劇的なことに、ベアトリーチェは1290年に急死した。悲しみに打ちひしがれたダンテは政治活動に没頭して、1300年にはプリオーレ（市政の高官）になり、フィレンツェが動乱にあった時期に教皇ボニファティウス8世への外交使節として活動した。ローマ滞在中に敵対勢力が権力を握ったため、ダンテはフィレンツェから追放され、二度と帰ることはなかった。『神曲』の執筆開始がいつなのかは正確には知られていないが、1304年には書きはじめられていた可能性がある。1321年にイタリアのラヴェンナで死去した。

ほかの主要作品

1294年『ラ・ヴィータ・ノーヴァ（新生）』
1303年『俗語論』
1308年『コンヴィヴィオ（饗宴）』

ダンテは天国の9つの天球層を通り抜けて進み、各層は天体と結びついている。これは宇宙の構造に関する中世の地球中心の考え方に基づくとともに、天使の序列とも対応している。天球層の上が神のいる至高天、すなわち時空を超えた天界である。

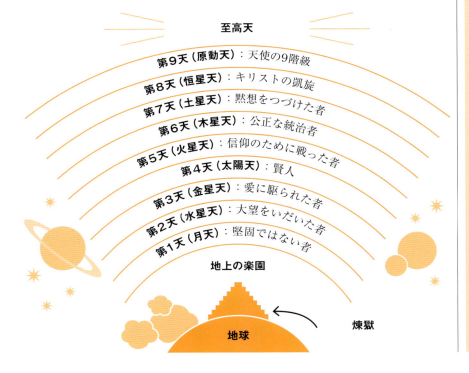

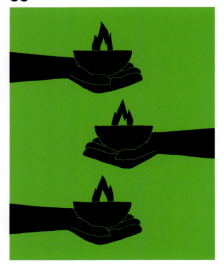

われら３人、義兄弟の契りを結び、力を合わせて心をひとつにすることを誓う
『三国志演義』（14世紀）
羅貫中（らかんちゅう）

中国の四大古典小説の最初である『三国志演義』は、非常に重要で大きな影響力を有した文学作品である。あとの３作品――『水滸伝』、『西遊記』、『紅楼夢』――とともに、本作は中国の詩と哲学を語る文学の「格調高い文体」とはきれいさっぱり決別した方向性を示した。一般大衆を対象とし、方言やその土地の歌を使うなど、口頭で物語を語るのと似た技巧を駆使して読者に直接語りかけた。歴史文献に基づくところが非常に多いにもかかわらず、『三国志演義』は（あとの３作品と同様に）まぎれもない小説である。この偉業とも呼ぶべき想像力豊かな作品はきわめて長大で、登場する人物は1,000人を超える。

最初の小説？

この作品が語るのは、３世紀に中国の漢王朝が崩壊して３つの国に分かれ、その後111年にわたって戦乱がつづいた顛末である。執筆されたのは語られている事件から1,000年を隔てたころであり、３世紀ごろに成立した『三国志』を歴史にだが、14世紀の中国において作者がひとりの人物とされたその内実は、何人もの語り手が残した膨大な量の物語を編纂した中心人物ということであろう。

ほかの主要作品

『水滸伝』（編者）
『三遂平妖伝』
『残唐五代史演義』
『隋唐両朝志話（ずいとう）』

背景

キーワード
中国の四大古典小説

後史

14世紀 四大古典小説の２作目である施耐庵（したいあん）作『水滸伝（すいこでん）』は、腐敗した為政者に抗する無頼漢の集団の物語である。

16世紀 ３作目の呉承恩（ごしょうおん）作『西遊記』は、中国からインドへ仏典を求めて長い旅をする仏僧の話である。

1618年ごろ 作者不詳の『金瓶梅（きんぺいばい）』を四大古典小説の４作目と見なす研究者もいる。非常に人気が高かったが、あからさまな官能表現のせいで発禁処分を受けた。

1791年ごろ 一般に四大古典小説の４作目とされる曹雪芹（そうせつきん）作『紅楼夢（こうろうむ）』は、ある貴族の一家の興亡を中心に描いている。

羅貫中（らかんちゅう）

実在したことは疑いないが、羅貫中（1330年ごろ～1400年ごろ）の生涯についてはほかにたしかなことはほとんど知られていない。伝承によると、中国の四大古典小説の最初の作品『三国志演義』の作者であり、２作目の『水滸伝（すいこでん）』の共作者あるいは編者であるとされている。過去の中国王朝を扱う物語集を書いたとも考えられていて、奇想天外な物語『三遂平妖伝（さんすいへいようでん）』はそのひとつである。

参照 『源氏物語』47

作品の歴史

- **169年〜280年** 一連の歴史的事件——漢王朝の滅亡と戦乱を経ての中国再統一——が起こる。
- **3世紀ごろ** 陳寿によって『三国志』という物語が書き記される。
- **4世紀〜14世紀** 何百もの話の多くが講釈師によって伝説化され、語られ、繰り返されるようになる。
- **14世紀** 羅貫中が膨大な数の歴史物語と作り話を集め、原文を編集、照合して物語集を「著す」。
- **14世紀〜16世紀** その小説が名も知れぬ人々によって何度も写され、再出版される。
- **1522年** 現存する最古の『三国志演義』の原本が出版される。

関する着想の源にしている。

『三国志演義』が、ヨーロッパで生まれた最初の傑作小説とよく見なされる『ドン・キホーテ』よりも250年近く早い時期に書かれたことは確実である。しかし、意外に感じられるかもしれないが、それほど早く成立したこの中国古典は、散文文学がつぎつぎと登場する火つけ役にはならなかった。それどころか、「四大古典小説」がすべて出版されるまでに400年もの期間を要している。それでも『三国志演義』には不朽の魅力がある。絶版になったことは一度としてなく、作中の場面は巷間に知れ渡り、中国語を話す人々にとっては、実際に読んだことがない者まで含めて、なじみ深いものになっている。人気を博した理由は、ひとつには型どおりで期待を裏切らない展開だからだ。悪者にはかならず天罰がくだり、何があっても道理が復する物語になっている。

この作品で中心になる主題のひとつは忠義である。おそらく最も有名な場面である桃園の誓いでは、未来の皇帝劉備がふたりの男を説得して、ともに行動を起こそうと義兄弟の誓いを立て、そのために当時の社会では何よりも強い絆である一族への絶対忠誠に反することをも辞さない。非常に印象的な場面であり、その後ずっと中国のありとあらゆる団体や同胞会によって引き合いに出されてきた。

『三国志演義』は人気があったが、あとの3作はあまり広く読まれなかった。それでもやはり4作品すべてが楽しまれて、研究されつづけ（『西遊記』は国外で大いに賞賛され）、どれもが中国の大衆文学の頂点と見なされている。■

多くの版で『三国志演義』には挿絵が豊富につけられ、それが数々の物語を、上流人士だけでなく中国の庶民にも親しませる一助となった。

ページをめくって別の話を選んでください
『カンタベリー物語』（1387年ごろ～1400年）
ジェフリー・チョーサー

背景

キーワード
枠物語

前史
8世紀ごろ～15世紀ごろ　『千夜一夜物語』はイスラム世界全域のさまざまな人が作った説話を集めたもので、シェヘラザードの物語を枠にして、そのなかにまとめられている。

1348年～53年　イタリアのジョヴァンニ・ボッカッチョが書いた『デカメロン』では、黒死病を逃れた人々の話の枠に100篇の物語がはいっている。

後史
1558年　フランスの作家マルグリット・ド・ナヴァルによる『エプタメロン』は10人の旅行者が足止めを余儀なくされた話を枠にして、そこに72篇の短編が収録されている。

2004年　イギリスのデイヴィッド・ミッチェル作『クラウド・アトラス』は枠物語の伝統様式を引き継ぎ、複数の物語が何世紀にもわたって展開する構成になっている。

　外側にある大きな話を利用して、そのなかに物語を（または物語集を、あるいはいくつかの物語のなかにさらに別のいくつかの物語がはいる場合すらある）まるごと取りこむのは、文学では古くからある手法である。「枠物語」はひとつの話に背景と構成を持たせるもので、語り手が何人かいる場合も多い。『千夜一夜物語』はこの手法をうまく使った例で、ジョヴァンニ・ボッカッチョも『デカメロン』で同様の手法を使った。先行する作品の大半が、枠物語の手法を使ってひとつの主題——たいがい宗教——をめぐる複数の物語を載せたのに対して、ジェフリー・

ルネサンスから啓蒙主義へ

参照 『千夜一夜物語』44-45 ■ 『デカメロン』102 ■ 『嵐が丘』132-37 ■ 『バスカヴィル家の犬』208 ■ 『冬の夜ひとりの旅人が』298-99 ■ 『昏き目の暗殺者』326-27

初期の版の『カンタベリー物語』には木版画の挿絵がつけられ、広範な読者が作品に親しめるようになっている。これは巡礼者たちがいっしょに食事をとる場面である。

チョーサーは『カンタベリー物語』で、それよりはるかに多彩な効果をあげる使い方をしており、話のはじまりにいろいろな個性の持ち主を置いて、人々の話す物語にさまざまな主題を網羅させている。

後年のこのジャンルの作品には、エミリー・ブロンテの『嵐が丘』や、アーサー・コナン・ドイルのシャーロック・ホームズの探偵小説などがある。モダニズムやポストモダニズムの小説の多くでも枠物語が利用され、イタロ・カルヴィーノの『冬の夜ひとりの旅人が』はその例である。戯曲や映画でもよく使われる。

文学革新

チョーサーが『カンタベリー物語』を書きはじめたのはおそらく1387年ごろである。この作品は作者の文学の方向性において重要な転換点を示した。最初の本格的な作品（夢物語形式の悲歌）や、トロイア攻囲の時期が舞台の恋愛物語を改変した「トロイルスとクリセイデ」などは、宮廷にふさわしい主題にもっぱら関心を寄せて、おもに宮廷の人々に聴いてもらうために作られた。しかし『カンタベリー物語』は、はるかに広範な受け手を対象にしており、むしろ読んでもらうことを意図して執筆された。

文章は中世英語で書かれていて、当時の宮廷詩でラテン語かフランス語が通常使われたのとは対照を成している。こうした例ははじめてではなかったが、イギリス文学で日常語が広く使用されるにあたって主導的役割を果たしたのはチョーサーだと論じられてきた。もうひとつ重要な点は、『カンタベリー物語』の中世後期イギリス社会の描写が実にみごとで、貴族から労働者に至るまで、あらゆる階級の男女を描き出していることである。

渾然たる人々

『カンタベリー物語』は「総序（そうじょ）の歌」ではじまり、そこで場面を設定して、あとにつづく話の枠を作っている。枠の物語にかかわるのは29人の巡礼者集団で、一行はイングランド南部のカンタベリー大聖堂にある聖トマス・ベケット廟（びょう）へ向かっている。巡礼者たちはロンドン近郊

夜になるとその宿屋に
29人もの渾然たる人々が
一団となってはいってきた……
『カンタベリー物語』

チョーサーの描いた登場人物 階級と職業

貴族もしくは高貴な身分
- 騎士
- 女子修道院長
- 修道士
- 托鉢修道士

商売などで生計を立てる人々
- 貿易商人
- 法律家
- 学僧
- 郷士（地主）

ギルド組合員
- 小間物商
- 染物屋
- 大工
- 織物商
- 家具装飾商

中産階級
- 料理人
- 船長
- 医者
- バースの女房

有徳の貧者
- 教区司祭
- 農夫

下層階級
- 賄い方
- 粉屋
- 荘園監督者
- 召喚吏
- 免罪符売り

の宿屋で出会い、そこに語り手のジェフリー・チョーサーが加わる。巡礼の旅は中世ヨーロッパでは日常ありふれたことであり、チョーサーは巡礼者たちを「渾然たる人々」、すなわち、あらゆる社会階級と職業に属する人々として描いている。

「総序の歌」は858行の詩で構成され、その大半を、どんな巡礼者がいるかや、その社会階級、服装、人柄の説明に費やしている。最後に宿屋の主人である世話役が登場し、ハリー・ベイリーという名のこの男が、ある腕比べを提案する。巡礼者各人が4つの話をして、ふたつは行きの旅で、ふたつは帰りに話す。いちばんよい話をした者には、他の巡礼者たちが負担して食事を一度進呈しようというわけだ。巡礼者たちはくじを引き、騎士が最初に話すことに決まる。

巡礼者たちの話

枠内の24話には、語り手であるチョーサー自身の語るものも2話含まれている。主題と文体の範囲を広くとったため、話はきわめて変化に富んでいる。動物などの寓話もあれば、ファブリオ（卑猥で皮肉をきかせた話）や恋愛詩、敬虔な法話や説教もあり、たとえ話も教訓話もある。「騎士の話」は恋愛物で、いとこ同士がひとりの女性を争う物語を描くが、「粉屋の話」は猥雑で滑稽な話で、オックスフォードの大工が妻を寝とられる話題を取りあげる。騒々しくて下卑た男が語る「召喚吏の話」は、托鉢修道士がだまされて屁を寄進されるというものだが、一転して「ふたり目の修道女の話」は聖セシリアの物語であり、非常に敬虔な女が信仰のために殉死する顛末を語る。

各話の長さには極端な差があるが、最も長い部類に属し、おそらくいちばんよく知られたものは「バースの女房の話」である。この話は前置きからはじまって、独占欲が強い快楽主義者である主人公の女の個性が明らかにされたあと、その女が5人の夫と過ごした波乱万丈の人生

> この世は悲しみに満ちた街道にすぎない……
> 『カンタベリー物語』

をみずから語りつづけ、女が男を征服するという主題が浮かびあがる。

多彩な描写

チョーサーはどの物語も生き生きとさせるために、口調や文体を話し手それぞれにふさわしいものにして、地位、職業、人柄を反映させている。また、枠物語の手法を使うことで迫真性が高まり、巡礼者間の会話と交流を通して物語同士が結びついている。話し手たちはしばしば口論や侮辱を試みたり、ときには賞賛したりして、別の話し手の語りに口をはさむ。たとえば、「女子修道院長の話」は世話役が礼儀正しく院長に話すよう求めてはじまるが、別の場面では、騎士が修道士の話を悲惨すぎると言ってやめさせる。枠になる物語をひろげることで、個々の話にいっそうふくらみを持たせている。

『カンタベリー物語』が描き出すのは中世後期イギリスの多彩な光景であり、当時の人々と出来事でもある。チョーサーがこの作品を書いたのはとりわけ不穏な時期だった。1348年から49年にかけての黒死病の流行で人口の3分の1が失わ

エルズミア写本（1410年ごろ）は美しく精妙な彩色を施された『カンタベリー物語』の写本であり、チョーサーの原文を現代版にしたものの大半はこの写本に基づいている。

れ、1381年の農民一揆は封建制度に亀裂が生じたことを示していた。教会の権威が問われ、特にその堕落した悪習に対して疑問が突きつけられていた。

チョーサーの書いた話はこうした出来事の多くを反映し、しばしば教会の偽善をあざけり皮肉っている。「免罪符売りの話」では、戒めて非難すべきことにみずから手を出す免罪符売りの罪を描き、一方で「托鉢修道士の話」があてこすって攻撃するのは召喚吏——罪深い教区民を宗教裁判所に召喚する執行吏——である。当然ながら、「召喚吏の話」では、逆に托鉢修道士が攻撃されている。

未完の作品

チョーサーは『カンタベリー物語』に膨大な出典から話を取り入れた。「騎士の話」はボッカッチョの叙事詩『テセイダ』に基づいており、ボッカッチョの作品を参照した話はほかにもある。それ以外にチョーサーが下地にしたのはオウィディウスの詩、聖書、『ガウェイン卿と緑の騎士』などの騎士道物語、それにイギリスの詩人ジョン・ガウアーの作品も使われた可能性がある。チョーサーが『カンタベリー物語』を最終的にどう仕上げたかったかについては、いまも定かではなく、話の順番をどうしたかったのかも、作品が完結したのかどうかも不明である。唯一の手がかりは「総序の歌」にあり、そこでは巡礼者たちが各自4話を語る予定になっている。しかし全部で24話しかないので、全員が1話ずつ語ってすらいない。また、どの話し手も、あるいは世話役も、話の順序であれ、自分の話が何番目であれ、いっさい語っていない。

不朽の名作

チョーサーは死に際してなお『カンタベリー物語』の執筆をつづけていたとされている。チョーサー自身の手になる最初の原稿は現存せず、別の人間が書きつけたとされる断片だけが残っている。最も古いものはヘングワート写本であり、これはチョーサーの死後まもなく作成された。しかし、現在最も一般的に採用されているのは15世紀のエルズミア写本に基づくもので、これは原文を10の断片に分け、収録している話の数が変わっている。それぞれの話は文中の手がかりやつながりに従って分類され、「教区司祭の話」で7つの大罪に関する長い散文体の説教話をするのが末尾となる。そのあとに「チョーサーの撤回文」がつづくが、これは奇妙な謝罪であり、作者は作品の下卑で世俗的な部分に対して許しを乞うている。この謝罪の趣旨は正確には不明だが、死ぬ間際の悔恨と見なす者もいる。

構造と筋をめぐって不明な点があるとはいえ、『カンタベリー物語』は傑作と認められ、イギリス文学有数の重要な文学作品とされている。この作品の滑稽さ、猥雑さ、悲哀、それに皮肉な観察は比類なきものであり、それは書かれて600年以上経ったいまでも変わらない。■

それというのも、眠っていても起きていても、歩きまわっていても、馬に乗っていても、時は絶えず飛び去って、いかなる人のためにもとどまらないからです。
『カンタベリー物語』

ジェフリー・チョーサー

イギリスの大詩人であり、廷臣、官吏、外交官でもあった。生まれたのはおそらくロンドンで、1343年ごろである。ワイン貿易商の父は息子の立身出世に熱心で、アルスター伯爵家で伯爵夫人の小姓として仕えさせた。そこからチョーサーはエドワード3世に仕えるようになり、最初は出征して、その後は外交官としてフランスとイタリアへ赴き、そこでダンテやボッカッチョの作品を読んだものと考えられる。1374年から1386年まで税関監査長の地位に就いた。

1366年に結婚し、第4王子のジョン・オブ・ゴーントを後援者に得た。はじめての本格的な作品である詩「公爵夫人の書」（1369年）は、ゴーントの最初の夫人ブランチに捧げた哀歌である。リチャード2世の治世下では困窮したが、1389年には王室工事監督官に任命されている。1400年に死去し、ウェストミンスター寺院内に埋葬された。

ほかの主要作品

1379年　『名声の館』
1385年ごろ　『トロイルスとクリセイデ』
1388年ごろ　『善女伝』

笑いは人間の本性だ。楽しく生きよ
『ガルガンチュアとパンタグリュエル』
（1532年〜64年）
フランソワ・ラブレー

5巻にわたる『ガルガンチュアとパンタグリュエルの物語』で、フランソワ・ラブレーは2人の巨人とその仲間たちをめぐる空想世界を作りあげている。作中には中世庶民がおもしろがった要素がすべてある――肉体の生理現象、みだらな性行動、出産、そして死である。風刺だらけの話に満ちあふれる活力をもたらしたのはルネサンス期の人文主義（ヒューマニズム）であり、これはイタリアからひろがってヨーロッパ北部へ浸透した動きであった。当時の「ヒューマニズム」という用語は現代のものとは意味が異なり、古典世界の教えにふたたび関心が集まったことと関連していた。この時期まで、教育は教会による偏狭なスコラ学の伝統に盲従していたが、人文主義者が特に力を入れて進めたのは、哲学、文法学、詩学、歴史、古代ギリシャ語とラテン語を含む教育課程を確立することだった。

学問性と風刺性

ラブレーは人文主義者の課題を巨人の冒険譚に織りこむという手法を用いるが、まず読者の注目を糞尿嗜好のユーモアとばかげた空想話で引きつける。冒頭で提示されるのは、産婆から見た母親の出産場面で、赤ん坊のガルガンチュアが母親の体内をよじのぼって左の耳から生まれ出てくる。作中では、ガルガンチュアとその息子パンタグリュエルの偉業や戦いや遠征が饒舌に語られ、大ぼら話の描写がつづく。山ほどの肉とスコップですくったマスタードが洞穴のような口にほうりこまれる。巡礼者はサラダの具にされる。股袋は見た目も中身も堂々たるものである。兵士たちは小便で洗い流される。砲弾は戦いのあとでガルガンチュアの髪か

背景

キーワード
ルネサンス期の人文主義

前史
1304年〜74年 イタリアの学者で詩人のペトラルカがギリシャとローマの古典文献を翻訳し、それが人文主義とイタリアのルネサンスが発展する出発点となる。

1353年 ボッカッチョの『デカメロン』のなかで、黒死病を逃れた10人のフィレンツェの若者が語る100の話は、ルネサンス文学の手本となり、チョーサーからシェイクスピアに至る作家たちに影響を与える。

1460年 ヨハネス・フォン・テープルの『ボヘミアの農夫』は、「死」と農夫が論争する形式の作品で、ドイツの最も初期における人文主義の詩のひとつである。

1522年〜35年 オランダの人文主義者エラスムスが、新約聖書をみずからギリシャ語とラテン語に翻訳して出版する。これらがマルティン・ルターによるドイツ語翻訳とウィリアム・ティンダルによる英語翻訳のもとになる。

時は、
すべてのものを削り落とすが、
寛大なふるまいは
ひたすら増やしていく……
『ガルガンチュアと
パンタグリュエル』

ルネサンスから啓蒙主義へ

参照 『カンタベリー物語』68-71 ■ 『ドン・キホーテ』76-81 ■ 『デカメロン』102 ■ 『トリストラム・シャンディ』104-05

実はラブレーは『パンタグリュエル』を最初に書いたが、一連の作品は話の順に従って『ガルガンチュア』を先にして出版されるのが通例である。最初の2巻は風刺のきいた下品なユーモアを特徴とし、第3の書はそれより真面目で、第4、第5の書は暗い諧謔を弄している。

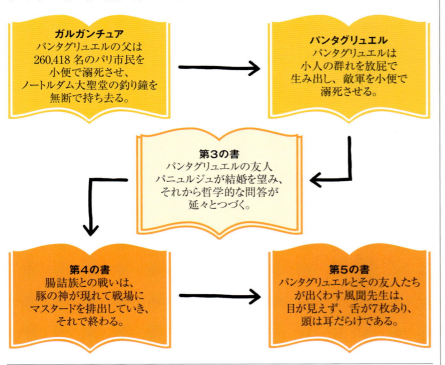

ガルガンチュア
パンタグリュエルの父は260,418名のパリ市民を小便で溺死させ、ノートルダム大聖堂の釣り鐘を無断で持ち去る。

パンタグリュエル
パンタグリュエルは小人の群れを放屁で生み出し、敵軍を小便で溺死させる。

第3の書
パンタグリュエルの友人パニュルジュが結婚を望み、それから哲学的な問答が延々とつづく。

第4の書
腸詰族との戦いは、豚の神が現れて戦場にマスタードを排出していき、それで終わる。

第5の書
パンタグリュエルとその友人たちが出くわす風聞先生は、目が見えず、舌が7枚あり、頭は耳だらけである。

フランソワ・ラブレー

作家にして医者、ギリシャ語学者、聖職者でもある16世紀フランスの知的巨人であった。トゥレーヌ地方でおそらく1494年ごろに生まれ、法律を学んでからフランチェスコ会で叙階を受けた。その後ベネディクト会に転籍して、医学とギリシャ語を勉強した。1530年に請願を破ってベネディクト会を離れ、モンペリエ大学で医学を学ぶ。卒業後、古代ギリシャの医学者であるヒポクラテスやガレノスの著作について講義して、その原典を翻訳し、リヨンで医師として働いた。

アルコフリバス・ナジェ（本名のアナグラム）の筆名を使って、1532年に『ガルガンチュアとパンタグリュエル』全5巻の1巻目となる『パンタグリュエル』を出版するが、5巻目はラブレーの書いたものかどうか不明である。5巻すべてがパリ大学神学部とローマカトリック教会から糾弾され、強力な後援者の庇護を受けたものの、迫害を恐れて1545年から47年にかけて逃亡を余儀なくされたが、のちに教皇の赦免を受けている。1553年にパリで死去した。

ら落ちてくる。しかし、こうした粗野で常軌を逸したふるまいがつづくにもかかわらず、ラブレーは自分の作りあげた巨大な生き物がルネサンス期の人文主義という新しい世界にやすやすとはいれるように仕組んでいて、巨人たちを医学や法学や自然科学など、高水準の学問に精通させる。老いた巨人ガルガンチュアは、息子への手紙のなかで、自分が育った「暗澹たる」時代と当代を対比して、「光輝と尊厳が取りもどされた」と述べる。

15世紀半ばに印刷機が登場すると、ふつうの人々が聖書を翻訳で読めるようになった。人々ははじめて神のことばに直接ふれた。ラブレーは聖職者ではあったが、宗教の教条主義を風刺する機会を探っていた。ガルガンチュアとともに戦った剛勇のジャン修道士は壮麗なテレームの僧院を賜るが、そこには華麗な衣装の修道女と修道士がおおぜいいて、交際は自由である。

才気煥発で、不謹慎きわまりなく、知の真髄が詰まった『ガルガンチュアとパンタグリュエル』のような小説は、ほかに例をまったく見ない。ラブレーのこの大傑作は、何世紀もの歳月を越えて作家たちに賞賛されつづけ、近年もポストモダンの作家たちがその奔放な語りに大いに感嘆して高く評価している。■

この花と同じように、忍び寄る老いがあなたの美しさを曇らせる
『恋愛詩集』(1552年)
ピエール・ド・ロンサール

ピエール・ド・ロンサール(1524年～85年)は、プレイヤード派と呼ばれるフランスの人文主義詩人グループで主導的な役割を果たした。彼らがめざしたのは、ルネサンス期のイタリア文学に匹敵するフランスの文学作品を生み出すことだった。一派は古典作家たちの類型や形式を模倣し、自分たちの詩に対する信念にゆっくりと磨きをかけた。

崇高な芸術

ロンサールは才能豊かで革新性に富む人物であった。その詩は響きが美しく、官能的で、異教の要素も強く、作者自身は下級の聖職者だったことを意外に感じさせる。ロンサールは古代ローマの詩人ホラティウスとギリシャの詩人ピンダロスに触発されて、オード、ソネット、エレジー(悲歌)に大きな貢献を果たし、1558年にはフランス国王シャルル9世のもとで正式な宮廷詩人になった。ロンサールの名を何よりも現代に残しているのは、卓越して繊細な恋愛詩である。「カッサンドルへの恋歌」を収録する『恋愛詩集』では、イタリアの詩人ペトラルカと張り合おうとした。カッサンドルへの熱愛は、刺し貫く矢、媚薬、毒薬といった比喩的表現を用いて歌われたが、それらはペトラルカも使っていた。しかしロンサールの手にかかると、この表現は官能性を帯びる。ロンサールはこう歌う──黄金の雨になって、愛する人の膝の奥に流れこんでいけるように、そして牡牛になって、愛する人を背に乗せて運び去れるように、と。■

背景

キーワード
プレイヤード派

前史
1549年 ジョアシャン・デュ・ベレーがプレイヤード派の基本思想を定め、古典に範をとった模倣と、古語と方言の復興を、新しいことばの創出とともに奨励する。

後史
1555年 ギリシャの詩人カリマコスから啓示を得たロンサールの『讃歌集』は、神や英雄のほか、天空などの自然事象もことば豊かに賞賛する。

1576年 ジャン＝アントワーヌ・ド・バイフがきわめて独創的な作品『宝庫、教訓及び格言』を発表する。作者はプレイヤード派のなかでもとりわけ学識高い詩人であり、技巧を凝らした詩作を試みている。

1578年 ロンサールの『エレーヌへのソネット』には、古典の神話や宿命についてだけでなく、恋する者の苦悩を歌った作品が数多くある。

黄色に輝くしずくになりたい、／黄金の雨となって、したたり落ちて。／愛する人の膝の奥へと……
『恋愛詩集』

参照 『ガルガンチュアとパンタグリュエル』72-73 ■ 『雑詩篇』(マーヴェル) 91 ■ 『悪の華』165 ■ 『地獄の季節』199-200

ルネサンスから啓蒙主義へ

快楽を愛する者は快楽ゆえに堕ちなくてはならない
『フォースタス博士』（1604年）
クリストファー・マーロウ

背景
キーワード
ジャコビサン演劇

前史
1592年 トマス・キッドがエリザベス女王時代に書いた『スペインの悲劇』には、復讐という主題や劇中劇などの要素が見られるが、こうした要素はつぎのジェイムズ王時代に書かれた戯曲に引き継がれている。

1598年～1600年 ウィリアム・シェイクスピアの『ヘンリー4世』（第1部、第2部）は、騒々しい喜劇、歴史、暴力、名誉への関心がジャコビサン時代に一貫してつづいていることを反映している。

後史
1610年 ベン・ジョンソン作の『錬金術師』が初演され、辛辣な風刺に飢えていたジェイムズ王時代の人々の思いに存分に応える。

1614年 ジョン・ウェブスターの5幕からなる復讐悲劇『モルフィ公爵夫人』はジャコビサン演劇の真骨頂であり、近親相姦、拷問、狂気が盛りこまれている。

エリザベス1世（1558年～1603年）とジェイムズ1世（1603年～25年）の治世——それぞれエリザベス女王（Elizabethan）時代とジェイムズ王（Jacobean）時代とされる——にイギリスで創作された戯曲はしばしば陰鬱な世界を描き、殺人や政治や復讐がユーモアや模倣と混じり合っていた。「ジャコビサン」（Jacobethan）は、このふたつの時代のイギリス文学を表すことばである。エリザベス女王時代には喜劇と悲劇の隆盛が見られ、宮廷の性道徳が弛緩したジェイムズ王時代には、心理の駆け引きと超自然という要素が加わった。

悪魔との契約
エリザベス女王時代の1564年に生まれたクリストファー・マーロウは波乱の生涯を送り、29歳のときに喧嘩で刺されて死んだと伝えられている。マーロウの作品は、ジェイムズ王時代の戯曲がさらに暗い主題に関心を寄せる先駆けである。

ドイツに伝わる錬金術師の物語をもとにして、マーロウの『フォースタス博士』が語るのは、知識人として高い尊敬を受けているにもかかわらず、従来の科学の限界に嫌気がさす人物の物語である。主人公が知識を切望するあまり、魔術に転じて悪魔メフィストフェレスを召喚すると、悪魔は全能と快楽を餌にしてフォースタスにまやかしの約束をさせる。

ふたりは地獄に堕ちる契約を交わす。フォースタスは魂を悪魔に渡すことに同意し、引き換えに24年間悪魔に奉仕する。善人だが、自尊心に駆られて堕落してしまったのである。■

罪の報いは死だと？
それはひどい。
『フォースタス博士』

参照 〈ファースト・フォリオ〉82-89 ■ 『妖精の女王』103

人はみな、
おのれの所業の子である

『ドン・キホーテ』（1605年～15年）
ミゲル・デ・セルバンテス

ドン・キホーテ

背景

キーワード
スペイン黄金世紀

前史

1499年 娼家を営む老婆の物語を対話形式で記述した、フェルナンド・デ・ローハス作『ラ・セレスティーナ』が、スペインにおけるルネサンス文学の嚆矢となる。

1554年 作者不詳で出版された中編『ラサリーリョ・デ・トルメスの生涯』が、ピカレスク小説という新たな形式を生み出す。

後史

1609年 スペインで最も多作の劇作家であり、著名な詩人でもあったロペ・デ・ベガが、芸術的宣言として『当世コメディア新作法』を発表し、みずからの劇作法について解説した。

1635年 ペドロ・カルデロン・デ・ラ・バルカの哲学寓意劇『人生は夢』が発表される。これは黄金世紀文学のなかでも際立って多くの国で翻訳された作品である。

16世紀から17世紀にわたるスペインの黄金世紀とは、芸術が隆盛をきわめた時期を指し、スペインが新大陸における植民地の富によって覇者の地位にのぼったころにはじまっている。

神聖ローマ帝国皇帝カール5世（在位1519年～56年）の治世下で、自由な気風がヨーロッパ全域にみなぎり、スペインの作家たちもルネサンスの高揚感に呼応した。物語、韻文、劇で新しい手法がとられ、傑出した散文や詩や戯曲が生み出された。作者不詳の『ラサリーリョ・デ・トルメスの生涯』が主役にしたのはピカロ（年若い悪人）であり、ピカレスク小説という文学上の新たな類型を世に送り出した。詩人ガルシラソ・デ・ラ・ベガの作品では、実験的試みが特徴であった。そして劇作家ロペ・デ・ベガは、登場人物も筋も歴史も多岐にわたる1,800作にも達する戯曲を、ソネットや中編小説や抒情詩とともに残した。

同じころ、ミゲル・デ・セルバンテスは『ドン・キホーテ』（原題は『奇想天外の郷士ドン・キホーテ』）を書き、黄金世紀を代表する文学上の偉業を成しとげた。この時期のスペインは専制支配に宗教的熱狂の行きすぎが加わり、アルマダの海戦でイギリスに敗北してからは武運も先細りとなって、衰退への道を歩みはじめていた。こうした流れのなかから飛び出したのがドン・キホーテだった。この奇矯な英雄は、夢あふれる過去と先の見えない現在とを股にかけて騎士道の冒険に乗り出し、その物語はいまも人々を魅了する。

現実とのかかわり

セルバンテスと同時代に活躍したウィリアム・シェイクスピアの戯曲が近代劇の祖にあたるのと同様に、『ドン・キホーテ』は近代小説の祖にあたる。どちらも主人公の動機、行動、感情をそれまで試みられなかった手法で深く掘りさげて、ハムレットやマクベス、ドン・キホーテといった登場人物に複雑な性格を持たせ、それぞれに現実味を帯びさせている。

セルバンテスの小説が生み出した主人公は、昔の騎士物語に登場する気高く勇敢な英雄に魅せられ、それを真似て「ド

ミゲル・デ・セルバンテス

ミゲル・デ・セルバンテスは1547年、スペインのマドリード近郊で生まれた。母は貴族の娘、父は開業医であった。セルバンテスの生い立ちはほとんど知られていないが、1569年ごろにはローマで働いていたらしく、その後スペイン海軍に入隊した。レパントの海戦（南ヨーロッパのカトリック教国連合艦隊がオスマン艦隊を破った戦い）で重傷を負い、1575年にトルコの海賊に捕らえられて5年間アルジェで虜囚生活を送ったが、カトリックの慈善団体によって身代金が支払われて、マドリードへもどった。最初の作品『ラ・ガラテーア』は1585年に出版された。経済的に困窮しながらも執筆活動をつづけ、『ドン・キホーテ』で成功をおさめた（裕福にはなっていない）。1616年にマドリードで死去したが、のちに棺が行方不明となった。2015年、遺骨をマドリードの女子修道院で発掘したと学者グループが発表した。

ほかの主要作品

1613年『模範小説集』
1617年『ペルシーレスとシヒスムンダの苦難』（未完）

ルネサンスから啓蒙主義へ

参照 『カンタベリー物語』68-71 ■ 〈ファースト・フォリオ〉82-89 ■ 『デカメロン』102 ■ 『アマディス・デ・ガウラ』102 ■ 『ブリキの太鼓』270-71 ■ 『石蹴り遊び』274-75 ■ 『冬の夜ひとりの旅人が』298-99

- ドン・キホーテは**自分が何者かを選ぶ**ことができると考えて、遍歴の騎士になりきる。
- 登場人物は、自分たちのことが**物語に書かれている**と知っていて、読者に**架空の物語を読んでいる**ことを絶えず意識させる。
- ドン・キホーテの**狂気が平凡なものを変形させて突飛なものを生む**——風車が巨人になるのがその例である。
- この作品は**日常生活のありふれた現実**（ラ・マンチャの宿屋、道、風車など）を土台にしている。

ン・キホーテ」と名を改める。とはいえ、ここに登場する人々は寝食のような日常些事の心配をする。彼らが旅する世界には宿屋があり、風車が現れ、おもしろくもない道をひたすら進む。なんの変哲もない舞台であり、現実の世界と似ている。

また、この小説は「写実主義」として知られる文学上の手法にも従って進行する。すべての事件は時と場所が一致するなかで起こり、そこに魔法や神話ははいりこまない。

想像力が生み出す巨人

とはいえ、この小説では幻想が確たる位置を占めている——ただしそれは主人公の頭のなかにかぎられる。ドン・キホーテは宿屋の亭主、娼婦、山羊飼い、兵士、司祭、逃げてしまう囚人、ふられた恋人たちに出くわすが、そうした遭遇が主人公の想像力によって頭のなかで誇張され、騎士道遍歴譚のたぐいに化していく。錆びついた甲冑に身を固め、ロシナンテと名を改めた老馬にまたがり、ただの農夫のサンチョ・パンサを「従士」に取り立てたドン・キホーテは、騎士道物語の伝統に従ってドゥルシネアと呼ぶことにした田舎娘に愛を捧げる。主人公の夢想の世界では、ありふれた日常が非日常に化ける。その不滅の象徴がラ・マンチャの風車であり、ドン・キホーテは妄想を高じさせた果てに風車を恐ろしい敵と思いこんで、好機到来とばかり突撃する。

さらなる錯綜

現実と幻想との食いちがいがこの本の喜劇性（と、それに劣らず悲劇性）の源

であり主題でもあり、以後4世紀にわたってこれがフィクションを世界じゅうで育んできた。しかし、セルバンテスは小説の後編でこれをより深めた。後編の出版は前編の10年後であった。

後編では、ドン・キホーテ自身を含めた登場人物は、自分たちが登場する前編をすでに読んでいるか、少なくとも噂を聞いている。見ず知らずの人々がドン・キホーテやサンチョ・パンサと出くわす場面では、相手はすでにふたりの経歴を承知している。たとえば、ある公爵夫妻はドン・キホーテの冒険譚をすべて読んでいたので、本人と会って大喜びする。これは愉快とばかり彼をだまして笑い物にすることにして、おもしろ半分に架空の冒険をつぎつぎ仕立てあげ、加虐性を帯びた悪ふざけを延々繰り出していく。高潔さは社会的地位とはなんの関係もない、とセルバンテスは暗に語る。

セルバンテスが後編を執筆しているあいだに、贋作『ドン・キホーテ』後編がトルデシリャスの学士アロンソ・フェルナンデス・デ・アベリャネーダ作というふれこみで登場した。文学上の成果を盗まれたセルバンテスは、後編の最後でこう述べた。「わたしだけのためにドン・キ

> 睡眠不足と読書三昧のせいで
> 脳みそが干からび、
> ついにはすっかり
> 正気を失ってしまった。
> 『ドン・キホーテ』

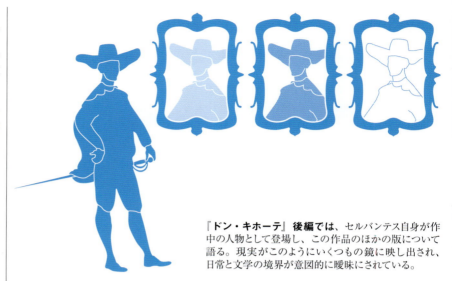

『ドン・キホーテ』後編では、セルバンテス自身が作中の人物として登場し、この作品のほかの版について語る。現実がこのようにいくつもの鏡に映し出され、日常と文学の境界が意図的に曖昧にされている。

ホーテは生まれ、彼だけのためにわたしは生まれた。行動するのは彼で、書くのはわたしだ」。セルバンテスは贋作の裏をかいて主従をバルセロナへ向かわせ、アベリャネーダの本に登場する人物を誘拐させてしまう。

物語のなかの物語

文学それ自体もこの小説の主題である。ドン・キホーテの妄想は本を読みすぎたせいだと言われるのは、『ドン・キホーテ』の読者にとっては興味深い話である。また、語り手の役割についてもよく論じられる。セルバンテスは作中で頻繁に姿を見せ、はっきり作者自身として語ることもあれば、モーロ人の語り部シデ・ハメーテ・ベネンヘーリと呼ばれる語り手を装うこともある。小説の冒頭の「ラ・マンチャのさる村、なんという村だったかそんなことはどうでもよいが」という記述は、語り手の意志を示すだけではなく、作中の素材は自分が操るという作者の表明でもある。

この小説は挿話がつづく形式で書かれ、後世にいくつも登場したロードノベルやロードムービーの土台となっている。ドン・キホーテとサンチョ・パンサが出会う作中人物は、たいてい物語を語り聞かせ、それが小説全体の特徴になっているが、こうした構成はチョーサーの『カンタベリー物語』やボッカッチョの『デカメロン』、あるいは何世紀にもわたったイスラムの支配期にスペイン南部にはいってきた東方起源の説話集の読者にはなじみ深いものであった。

たとえば、さして重要でもなく登場するリコーテという名のモリスコ（キリスト教に改宗を強いられたイスラム教徒）が、スペインからの国外追放の話を語る。これは物語のなかの物語であり、作り話に史実を持ちこんでいる。1609年のモリスコ追放は当時世間の関心を大いに集めた事件であり、セルバンテスの小説は生々しい時事問題を進んで扱っていた。

幻想と幻滅

話はさらにひろがり、それにつれて幻想や幻滅の機会もつぎつぎ訪れる。ドン・

キホーテとサンチョ・パンサはある若者の噂を耳にした。その若者は牧歌などを学んだのち羊飼いになったが、美女マルセーラへの愛ゆえに死んだという。若者を死なせたと責められたマルセーラは、葬送のさなかに現れて熱弁を振るい、自分は望みどおりに生きる権利がある、男の夢想の対象になる気はないと主張する。文学は読者を夢の世界に住まわせてしまうと非難しているかのようだ。

作者としても望みどおりにする、とセルバンテスは宣言している。ドン・キホーテは故郷に呼びもどされ、疲れ果てて夢から覚める。「わしはどうかしていたよ、いまや目が覚めた」と彼は言い、まもなく死を迎える。主人公を死なせることで、これ以上偽物の続編を登場させない、とセルバンテスは望んだのである。

自分のものだとセルバンテスが断じたにもかかわらず、ドン・キホーテは、名作の架空人物が結局は作者の手もとから離れて抜け出していくのと同じ道をたどる。

> 「ひとつお尋ねしたいが、ドン・アルバロ殿」ドン・キホーテは言った。「わたしはあなたのおっしゃるドン・キホーテにいくらかでも似ておりますかな」
> 『ドン・キホーテ』

これに刺激を受けた作家には、ヘンリー・フィールディングなどのイギリスの喜劇小説家や、ギュスターヴ・フローベールなどのフランスの写実主義者がいる。フローベールの作中の人物エンマ・ボヴァリーは、小説の真似をして退屈な日常から逃避しようとするので、19世紀のドン・キホーテと見ることができる。20世紀には、セルバンテスの遊び心に満ちたメタフィクションじみた面に触発されて、ホルヘ・ルイス・ボルヘスが『「ドン・キホーテ」の著者ピエール・メナール』（セルバンテスの小説を再執筆する作家についての小説）を創作し、メナールの書いたものが「セルバンテス（の物語）よりも精緻」なものになっている、と戯れ混じりに述べている。ドン・キホーテもまた不滅であり、「理想主義的だとしても奇矯なふるまい」を形容する英単語quixoticにその名を残している。

いくつもの解釈

中世騎士物語と近代小説との接点に立つ『ドン・キホーテ』は、豊かな文化遺産を後世の幾世代もの読者に残したが、この作品は何世紀にもわたって解釈の変遷にさらされてきた。スペイン黄金世紀のさなかに出版されたときには、風刺小説として一般に受け止められ、ドン・キホーテはからかいの対象とされたが、作中にスペインの歴史が豊富に織りこまれているので、スペインの帝国主義的野望に対する批判とも見なされた。ドン・キホーテの英雄崇拝妄想は、彼の故国が衰退を目前にして選んだ浪費的拡張政策を象徴している、とも読める。革命家たちにとっては、ドン・キホーテは激励者であり、誤った制度のなかの正しい個人であった。そして、ロマン主義者はドン・キホーテを悲劇の人物に変容させ、高貴な志をいだきながら凡庸な人々にくじかれる男と見なした。このように作品が時代を超えて再評価されることこそ、内容や技法がいつまでも力を持ちつづけている証しであり、この作品が文学史の中心にあることを物語っている。■

スペイン中部のラ・マンチャは、乾燥しているが重要な農作地帯で、文学的な風情には乏しいため、騎士道を奉じる英雄たらんとする者の故郷にはおよそふさわしくない（ところが愉快だ）。

人は生涯に
いくつもの役を演じる
〈ファースト・フォリオ〉(1623年)
ウィリアム・シェイクスピア

ファースト・フォリオ

背景

キーワード
エイヴォンの詩人

前史

1560年 この年に出版された英語訳の『ジュネーヴ聖書』はシェイクスピアが用いた主要参考文献である。

1565年 ローマの詩人オウィディウス作の『変身物語』がアーサー・ゴールディングの翻訳で出される。この本をシェイクスピアは文学面で大いに参考にしている。

1616年 イギリスの作家ベン・ジョンソンの『作品集』が、人気劇作家の戯曲集が出版されるはじめての例となる。

後史

1709年 イギリスの作家ニコラス・ロウが編纂した『シェイクスピア全集』がジェイコブ・トンソンによって出版される。これは〈ファースト・フォリオ〉以降シェイクスピアの戯曲を本格的に再編纂する初の試みである。ロウは綴り字と句読法を近代のものに変え、幕場割りを加えた。

ウィリアム・シェイクスピアが没したとき、劇作家のベン・ジョンソンは、シェイクスピアの作品は「一時代のものではなく、万世に生きつづける」と書き記した。その予言は真実となった。シェイクスピアの名は全世界に知れ渡り、全時代を通しての代表的作家と見なされている。作品は80以上の言語に翻訳され、映画やアニメやミュージカルにもなっている。そして、作中のことばは全世界の政治家、芸術家、広告者に創造的刺激を与えてきた。

尽きることのない魅力

1999年にシェイクスピアはイギリスで「この千年紀最大の人物」に選ばれ、2012年のロンドンオリンピック開会式では『テンペスト』の台詞が使われた。イギリスの文化を輸出する有数の担い手であり、毎年80万人近い人々がストラトフォード・アポン・エイヴォンにはるばるやってきて、シェイクスピアの人生がはじまった家屋を訪ねる。

いったいなぜシェイクスピアが、現代の読者や芝居好きにとってこれほどまで

> 生まれつき偉大な者もあれば、偉大さを勝ち得る者もあり、偉大さを与えられる者もある。
> 『十二夜』

に特別な存在でありつづけるのか。その魅力の多くは、人間にありがちなものをことばでとらえる能力にある。シェイクスピアはことばを巧みに操って、こみ入った感情をきわめて効果的かつ簡潔に伝えることができた。観客が靴直しから廷臣までそろっていたという事実は、社会的地位も教育も年齢も網羅して訴える詩的な台詞をシェイクスピアに生み出させた。その劇は中庭の立見席の人々の心を動かす必要があったが、その一方で、しばしば君主や宮廷人の好みも満足させた。それゆえ、その作品がいまも広範な受け手

ウィリアム・シェイクスピア

1564年4月にストラトフォード・アポン・エイヴォンで生まれる。18歳のとき、最初の子を妊娠していたアン・ハサウェイと結婚し、3人の子をもうける。記録によると、シェイクスピアは1590年代前半にはロンドンで俳優の仕事をしていた。1592年に劇作家としてはじめて評された文章はいささか中傷的で、同業の劇作家ロバート・グリーンがシェイクスピアのことを「われわれの羽毛で飾り立てた、成りあがり者のカラス」と決めつけている。

ヘンリー6世を題材にした史劇は1590年代終わりまでには非常に人気を博し、1598年にはフランシス・ミアズが「甘美で蜜のようなことばを操るシェイクスピア」と述べるほどの評判を得ていた。

国王一座の傑出した座付き劇作家であり、バンクサイドにあったグローブ座の株主でもあったシェイクスピアは、ストラトフォード・アポン・エイヴォンに屋敷を購入できるようになり、晩年は生誕地にもどった。1616年4月23日、聖ジョージの日に死去した。

ほかの主要作品

1593年『ヴィーナスとアドーニス』
1594年『ルークリースの凌辱』
1609年『シェイクスピアのソネット集』

ルネサンスから啓蒙主義へ

参照 『オイディプス王』34-39 ■ 『変身物語』55 ■ 『カンタベリー物語』68-71 ■ 『フォースタス博士』75 ■ 『白鯨』138-45 ■ 『ユリシーズ』214-21

シェイクスピアが生まれたのは、市の立つ町であったストラトフォード・アポン・エイヴォンである。シェイクスピアはヘンリー通りにあるこの家で成長し、アン・ハサウェイと結婚したあとも5年間ここで過ごした。

に親しまれやすいのは少しも不思議ではない。その想像力に富む物語には、子供たちと目の肥えた芝居好きの両方を楽しませる力がある。

あらゆる世界に通じる作家

シェイクスピアの非凡さは、物事の本質に対して鏡をしっかり向け、観客をそのなかに映し出してみせる才能にある。人々は作中に自分自身やほかの人々の姿を見いだす。シェイクスピアの最も効果的に観客を巻きこむ手法は、独白を用いたものだった。登場人物が舞台にひとり残され、自分という存在の核心を見せはじめるとき、劇の世界と観る者の世界とのあいだに強い結びつきが生まれる。独白によって、登場人物は心の奥にひそむ恐れや失望や夢や野心をさらけ出すことができる。だれの目も意識しない瞬間、シェイクスピアの登場人物はもろく傷つきやすい姿を現す。不誠実で卑劣な姿を

世界はすべて舞台であり、
男も女もみな役者にすぎない。
『お気に召すまま』

暴かれることもありうる。心の声で観客に対して語らせることで、シェイクスピアは観る者があらゆる思考に通じているという幻想を作り出した。登場人物は単に筋を進展させる手立てという存在を超えて行動し、場面から場面へ生き生きと決断をくだす個人となった。

シェイクスピアの戯曲は劇場で楽しまれるように構想されたが、その一部は刊行物の形で上演後に読者が体験することもできた。『ハムレット』、『ロミオとジュリエット』、『夏の夜の夢』、『ヘンリー5世』はそれぞれ単独の作品として、シェイクスピアの存命中に出版された。一方、『ジュリアス・シーザー』、『マクベス』、『お気に召すまま』、『十二夜』などは、作者の死後になって印刷刊行されたらしく、仮に1623年に『ウィリアム・シェイクスピアの喜劇、史劇、悲劇』、別名〈ファースト・フォリオ〉が出版されなかったら、それらはすっかり消失していたであろう。

〈ファースト・フォリオ〉

現存する〈ファースト・フォリオ〉は240部ほどしかなく、世界でも有数の価値ある書籍となって、およそ600万米ドルの値が競売でついた。この本がなかったら、シェイクスピアの傑作の多くは永遠に失われていただろう。

エリザベス女王時代とジェイムズ王時代には、戯曲は上演されたからといって、それだけで出版されるとはかぎらなかった。ベン・ジョンソンの『作品集』が登場した1616年はシェイクスピアが死去した年でもあり、この全集の人気がほかの者たちに類似の本の出版を思いつかせた。

シェイクスピアの俳優仲間であり親しい友人でもあったジョン・ヘミングスとヘンリー・コンデルのふたりがその大規

ファースト・フォリオ

〈ファースト・フォリオ〉に収録されている戯曲

喜劇
『テンペスト』
『ヴェローナの二紳士』
『ウィンザーの陽気な女房たち』
『尺には尺を』
『まちがいの喜劇』
『から騒ぎ』
『恋の骨折り損』
『夏の夜の夢』
『ヴェニスの商人』
『お気に召すまま』
『じゃじゃ馬ならし』
『終わりよければすべてよし』
『十二夜』
『冬物語』

史劇
『ジョン王』
『リチャード2世』
『ヘンリー4世　第1部』
『ヘンリー4世　第2部』
『ヘンリー5世』
『ヘンリー6世　第1部』
『ヘンリー6世　第2部』
『ヘンリー6世　第3部』
『リチャード3世』
『ヘンリー8世』

悲劇
『トロイラスとクレシダ』
『コリオレイナス』
『タイタス・アンドロニカス』
『ロミオとジュリエット』
『アテネのタイモン』
『ジュリアス・シーザー』
『マクベス』
『ハムレット』
『リア王』
『オセロ』
『アントニーとクレオパトラ』
『シンベリン』

模な仕事を取り仕切り、そのおかげで〈ファースト・フォリオ〉が世に出ることになった。ふたりがまず優先したのは戯曲を見つけ出すことだった。シェイクスピアが書いたもとの稿本は、一座によってそのまま使われるか、あるいは書き写されるかして、それをもとに「指示台本」が作成された。俳優はそれぞれ自分の台詞だけを書き写し、自分の出番を知るためにそこにほんの1、2行を付け足すのがふつうだった。時が経てば稿本は消失し、あるいは改変され、修正され、インクで塗りつぶされた。現在、『サー・トマス・モア』と呼ばれる戯曲の147行だけはシェイクスピアの自筆と考えられているが、完全な形での手稿は残っていない。それゆえ、〈ファースト・フォリオ〉は当時のシェイクスピアを偲ぶ記念としての役割を果たしている。非常に好評を得たために、わずか9年後には（改訂を施して）ぜひとも再版しようということになり、以来ずっと形を変えながら出版されつづけている。〈ファースト・フォリオ〉がいまも重要な書籍であると見なされるのも、出版まで漕ぎつけた先見の明と決意を思えば、なんの不思議もない。

3つの区分

〈ファースト・フォリオ〉は、シェイクスピアの戯曲を喜劇、史劇、悲劇に分類している。3種類の区分はいささか恣意的で、シェイクスピアが自分の戯曲をどう見たかはあまり示されていない。たとえば『ジュリアス・シーザー』は悲劇として載せられているが、これは史劇だと言って差し支えないだろう。一方、『リチャード3世』は史劇に分類されているが、これは悲劇だとも呼べよう。

シェイクスピアはかならずしもひとつのジャンルだけをめざしていたわけでは

ルネサンスから啓蒙主義へ

グローブ座はシェイクスピアが共同所有した劇場で、1599年にテムズ川南岸で開業したが、1644年までに取り壊された。復元されたグローブ座が跡地のすぐ近くで1990年代に開業した。

ない。革新的な作家として、異なる特性をしばしば混ぜ合わせ、自身の作品に変化を生み出そうとした。たとえば、大きな悲しみの場面で、ときおりブラックユーモアの要素を入れ、漂う雰囲気を変えたりしている。『ハムレット』では、墓掘り人が墓を掘りながら歌う。マクベスと妻が手についた血を洗い流そうと退場しているときには、門番が観客に戯れ言を聞かせる。『アントニーとクレオパトラ』では、クレオパトラが自殺を考えながらも、感情を高ぶらせて浮かれ騒ぐ。同様に、シェイクスピアの喜劇は肩の凝らない軽い調子のものと思われがちだが、暗く危ういこともしばしばある。『尺には尺を』では、イザベラがアンジェロに性的な問題で悩まされる。『夏の夜の夢』では、オーベロンがティターニアの目に薬液を塗って魔法をかけ、最初に見たものに恋をしてしまうようにする。『十二夜』では、マルヴォーリオが堅苦しい気質のせいで公然と大恥をかかされる。

試練にさらされる人間関係

シェイクスピアの喜劇が多くの類似点を持つ一方で、各作品には著しく異なる点もある。ほぼすべての喜劇が結婚を予期させて終わり、結婚は個人と共同体をひとつにする役割を同時に果たす。さらに結婚は、劇の締めくくりに祝祭気分をもたらし、かねてからお祭り騒ぎを妨げていた行きちがいの記憶を遠ざける。『恋の骨折り損』が喜劇のなかでは異例なのは、この戯曲が結婚によってではなく、恋人たちが1年間離れて過ごしたあとに再会しようと合意して終わるからだ。

喜劇が融和と和解でありきたりの結末を迎える一方で、悲劇は概してもっと破壊的に展開する。人間関係が試練にさらされ、緊迫し、ついには破れ、やがて往々にして絵画のような死の場面に至って終幕する。いくつかの史劇でも、同じ展開

> 余興はおしまいだ。
> あの役者たちは……
> 空気のなかへ溶けていった。
> 『テンペスト』

を見いだせる。王位、統治、支配の物語を動かすのは葛藤、確執、対抗であることが多い。いくつかちがいはあっても、シェイクスピアの戯曲を一貫して結びつけるのは、社会的に多様な役割を持つ登場人物たちに声をあげさせたいというこの劇作家の願いである。『ヘンリー4世』（第1部、第2部）には、女衒や娼家の女将や娼婦が未来のイングランド国王と親しくする場面が見られる。『夏の夜の夢』では、織工ボトムが妖精の世界に出くわす。そして『リア王』では、君主が

エジプト女王クレオパトラを演じるハリエット・ウォルター。蛇を握りしめ、「恋人につねられる」ように噛まれて死ぬという、官能と死に満ちた『アントニーとクレオパトラ』のクライマックスの場面である。

ファースト・フォリオ

シェイクスピアの劇に繰り返し登場する題材

題材	作品
男装の女	『ヴェローナの二紳士』、『ヴェニスの商人』、『お気に召すまま』、『十二夜』、『シンベリン』
道化	『リア王』、『十二夜』、『お気に召すまま』
劇中劇	『夏の夜の夢』、『ハムレット』、『恋の骨折り損』
超自然現象	『マクベス』、『ハムレット』、『夏の夜の夢』、『テンペスト』、『ジュリアス・シーザー』、『リチャード3世』、『シンベリン』
立ち聞き	『十二夜』、『恋の骨折り損』、『ハムレット』、『オセロ』
（喜劇題材としての）人ちがい	『まちがいの喜劇』、『から騒ぎ』、『尺には尺を』、『終わりよければすべてよし』
嵐と難破	『マクベス』、『リア王』、『テンペスト』、『ペリクリーズ』、『まちがいの喜劇』

悲劇の苦悩

〈ファースト・フォリオ〉におさめられた戯曲のうち、いくつかの作品はシェイクスピアの傑作という評価を得ている。『ハムレット』を読んだり観劇したりした経験がなくても、「生きるべきか、死ぬべきか、それが問題だ」ということばにはだれでも聞き覚えがある。ハムレットと言えばふさぎこんで思索にふける、ということは、いまでは世界じゅうに知れ渡っている。この主人公のなかにシェイクスピアは、歴史上屈指の詩的表現を作りあげ、掻き乱された良心の文学的幻影を生み出した。ハムレットが道義心と死の問題にもがき苦しんで、右に左に心を大きく揺らすとき、その台詞を聞く者は同じように心を揺さぶられる。ハムレットは「どんな夢がやってくるのか、この人間世界の煩わしさを振り払ってしまえば」と思い悩む。数えきれないほどの詩や小説や戯曲が示すとおり、悩むのはハムレットひとりではない。リア王は悲劇的人物として作られた別の例で、リア王のことばはシェイクスピアが理解する人間の状況に対して直接発せられる。年老いたリア王による自分自身と周囲の世界のとらえ方は、若い世代の見方とは相容れない。自負心から性急な判断をくだしたが、それゆえに友人と家族から見放され、ひとり取り残されたリア王は、自分のおこないや他者との関係を顧みる。シェイクスピアが生み出した何人もの悲劇の人物と同様に、リア王もみずからの思いに苛まれ、おのれのあり方を見なおして「もっとよく見る」時間が長くつづいていく。

正体の疑わしさ

『夏の夜の夢』はシェイクスピアの喜劇のなかでも最も親しまれた作品で、ボトムはシェイクスピアが生み出したとりわけ印象深い人物である。森で芝居の稽古をしているとき、ボトムの頭はいたずら好きな小妖精パックの魔法でロバの頭に変えられる。舞台の上では、見た目の効果が本で読むよりはるかに強烈な印象を与える。俳優の姿がすっかり変わるのを見て感じる高揚感をまるごと味わえるのは演技を通してだけだが、ボトムの人生経験がすっかり覆され、つかの間、自分が別のだれかとして人生を送る気がしてくることは、戯曲を読む者にもじゅうぶん伝わるだろう。この技法はシェイク

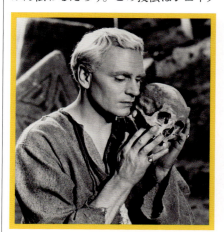

デンマーク王子ハムレット（写真はローレンス・オリヴィエが1948年に監督、主演した映画の一場面）は精神的に複雑な人物で、狂気を装って復讐を果たす。

ルネサンスから啓蒙主義へ

魔法をかけられたボトムは『夏の夜の夢』に登場する織工で、頭をロバの頭に変えられてしまうが、媚薬の魔法にかかったティターニアの目には魅力的に映る。

スピアのほかの喜劇でも繰り返され、そこでは変装することで登場人物が自分の正体を変えることができる。『お気に召すまま』のロザリンドと『十二夜』のヴァイオラは、どちらも男装する。そして『まちがいの喜劇』では、2組の双子が互いにまちがわれてなんとも愉快な結果になる。

権力の危険

シェイクスピアの史劇には、表裏二心のある登場人物が多く登場する。『リチャード3世』では、グロスター公リチャードが邪魔者を殺して王位に就こうという本心を隠し、シェイクスピア劇で最大の悪人になっている、と述べても異論はなかろう。変形した肉体で人目を引く亀背のリチャードが最初の独白から圧倒的な存在感を発揮して、劇がはじまる。リチャードが観客に告げるのは「悪党になるしかない」ということで、自分が「悪

賢く、不実な裏切り者だ」と明言する。それらの独白と、奇形の伝えるものによって、リチャードはこの劇の悪役に位置づけられ、観客はリチャードを憎んで喜ぶ。しかし、『リチャード2世』から『ヘンリー6世』に至るシェイクスピア史劇ですべてそうであるように、やがて権力はもろいものだと示される。シェイクスピアは『ヘンリー4世』(第2部)で「王冠を戴く頭は不安定だ」と書き、権力にある者はけっして危難から解放されないと伝えている。その教訓をリチャード3世は不本意にも学ぶ。人を殺して王位に就いた以上、王位を脅かす者がすべて消えたと感じるまで殺しつづけなくてはならないのだ。

いつの時代にも通じる作品

900ページ以上にも及ぶ〈ファースト・フォリオ〉には、36の戯曲が収録され、シェイクスピアの最もよく知られた肖像画が題扉に描かれているが、『ペリクリーズ』と『二人の貴公子』は含まれておらず、この2作は現代のシェイクスピア全集の大半で見いだせる。『テンペスト』、『シンベリン』、『冬物語』は現代版ではロマンス劇とされることが多いが、その一方で『コリオレイナス』、『ジュリアス・シーザー』、『アントニーとクレオパトラ』は、現代ではシェイクスピアの「ローマ劇」と呼ばれることもある。

シェイクスピアの作品は最初に出版されたときの評価の枠組みを破ってきたが、〈ファースト・フォリオ〉があったからこそ後世に残ったのである。■

作者をめぐる論争

さまざまな陰謀説が18世紀後半以降広まり、ストラトフォード・アポン・エイヴォンのウィリアム・シェイクスピアは、〈ファースト・フォリオ〉として出版された作品を残した作者ではないと主張されてきた。

真の作者としてあげられる名前は延々と連なり、さらに増えつづけている。中にはフランシス・ベーコン、クリストファー・マーロウ、エドワード・ド・ヴィアー、さらにはエリザベス1世の名まであるが、シェイクスピアの最後の戯曲が上演あるいは出版される10年前には死んでいる人物がほとんどだ。エリザベス朝の劇作家であるクリストファー・マーロウは1593年に殺されたのに、どうやって戯曲を書いたというのか。ある説では、マーロウは実は居酒屋の喧嘩で1593年に死んだのではなくて、身を隠して「ウィリアム・シェイクスピア」の筆名で公衆劇場に戯曲を提供しつづけたというのである。ほかの対抗者についての説も同様で、説得力がない。

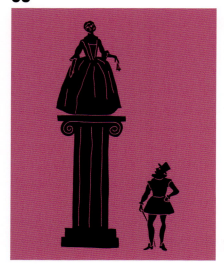

だれも彼も尊敬するのは、だれも尊敬しないのと同じだ
『人間ぎらい』（1666年）
モリエール

啓蒙時代（1650年～1800年）には、古典文化に魅せられる風潮がヨーロッパを席捲した。形式的、明晰、優美を旨とする古代ギリシャの理想は芸術全般で新古典主義運動を引き起こし、文学の分野ではフランスが先頭に立った。古典文化の影響は演劇に顕著に見られ、17世紀には、ギリシャ劇のしきたりの再解釈がおこなわれた。

この様式化された韻文劇はしばしば悲劇の形式をとり、そうした悲劇はギリシャ神話の主題を反映することも多かったが、大衆はしだいに喜劇を求めるようになり、それに応えたのがモリエール（1622年～73年）の機知に富んだ劇だった。

風俗喜劇

モリエールがおもに貢献したのは「風俗喜劇」で、これは誇張して描いた人物を使って当時の道徳規範を風刺するものであり、『人間ぎらい』の主人公アルセストがその一例である。アルセストはけんか腰で見かけだけの慇懃さを拒否するが、社交家の美女セリメーヌの誘惑に負けて、その頑なさも揺らぐ。セリメーヌの媚態に翻弄されて、アルセストは他人がすれば軽蔑するような行動をとりはじめるが、やがていつもの自分にもどって貴族の感傷的な詩を批判する。そのため法廷に出頭する羽目になり、友人も失って、セリメーヌに慰めを求めるが、冷たくあしらわれる。モリエールはアルセストの人間ぎらいをからかう一方で、17世紀の上品な作法の偽善性も暴いている。

モリエールが『女房学校』、『タルチュフ』、『守銭奴』などの喜劇でおさめた成功は、洗練されて機知に富んだ演劇の時代が到来したことを告げるものだった。このジャンルはイギリスで人気を博し、王政復古時代の喜劇から、オリヴァー・ゴールドスミスやリチャード・ブリンズリー・シェリダン（さらにジェイン・オースティンなどの小説家）を経てオスカー・ワイルドまで、一連の作品が誕生する契機となった。■

背景

キーワード
フランス新古典主義

前史

1637年 ピエール・コルネイユの悲喜劇『ル・シッド』がパリで上演されて好評を得るが、アカデミー・フランセーズはこれを、古典様式の三単一の法則を守っていないと酷評する。

1653年 フィリップ・キノーの処女作『恋敵の娘たち』が最初に上演される。キノーは多作家で、喜劇と悲喜劇、そして悲劇も作った。

後史

1668年 この年編まれたジャン・ド・ラ・フォンテーヌの『寓話詩』選集は、イソップやファエドルスなどの古典から素材を得て、当時の韻律詩を発展させたものである。

1671年 モリエール、コルネイユ、キノーが、バレエ悲喜劇『プシシェ』を合作する。

1677年 ギリシャ神話に主題をとって悲劇を作っていたジャン・ラシーヌが『フェードル』を発表する。

参照 『オイディプス王』34-39 ■ 『カンディード』96-97 ■ 『ル・シッド』103 ■ 『フェードル』103-04 ■ 『高慢と偏見』118-19 ■ 『ドリアン・グレイの肖像』194

ルネサンスから啓蒙主義へ

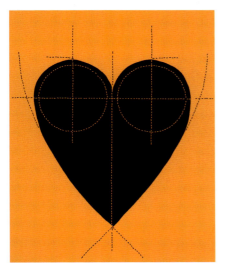

けれど背中のすぐ後ろにいつも聞こえる、翼をひろげた戦車を駆って時が迫りくるのが

『雑詩篇』(1681年)
アンドルー・マーヴェル

背景
キーワード
形而上詩人

前史

1627年 ジョン・ダンが形而上学的な誇張表現を駆使して、もの憂げな愛の挽歌「聖ルーシーの日の夜想曲」を書く。「わたしたちふたりは／よく涙を流したものだ、それが洪水となって／世界のすべて、わたしたちふたりを溺れさせた……」

1633年 ジョージ・ハーバートの「苦悶」は、形而上学的な才知を信仰の問題に応用している。「愛は、甘くこよなく神々しい酒／それを神は血と感じたまうが、わたしは葡萄酒と感じる」

1648年 ロバート・ヘリックの詩集『ヘスペリディーズ』に収録された、名高い詩「乙女よ、時を大切にせよ」には、有名な一節「まだ間に合ううちに薔薇のつぼみを摘め」がある。

1650年 ジョージ・ハーバートに触発されたヘンリー・ヴォーンが、神秘主義に傾倒した詩「世界」を発表する。

「形而上詩人」という言い方をはじめたのは随筆家で文芸評論家のサミュエル・ジョンソンであり、ジョン・ダン、ジョージ・ハーバート、そしてアンドルー・マーヴェル(1621年〜78年)らの17世紀イギリスの文人一派をそう表現したことに由来する。この一派がとった様式は、才知と技巧を凝らした論法や神秘的な暗喩を特徴とし、愛、性衝動、信仰といった主題に焦点をあてた。

肉体的快楽

存命中は政治家としてよく知られていたが、マーヴェルは多くの詩作があり、死後に『雑詩篇』として出版された詩集には、有名な恋愛詩「恥じらう恋人へ」がおさめられている。この詩のなかで、歌い手の男は欲望の対象をなんとか納得させようとして、自分といっしょに寝ようと口説く。相手の抵抗をくじく議論には、いかにも形而上的で凝った比喩が含まれており、突拍子もない観念を追って想像力に富んだ結論に至る――「墓場は快適でだれにも邪魔されない場所だ、しかしそこで抱擁し合う者はいまい」。歴史、神学、天文学を総動員するマーヴェルは、肉体的快楽を阻もうとする17世紀の禁欲的なキリスト教信仰に挑む。

さらにマーヴェルは生気にあふれた文学的形象と知性の活力を田園に持ちこみ、「蛍に語りかける草刈り人」や「庭」などの詩で、抽象観念と感覚との釣り合いをみごとにとって、「緑の木陰で緑の想いへ」と引きさがる愉悦を賛美する。■

通りすがりにメロンにつまずき／
花に足をとられて、
わたしは草の上に倒れる。
「庭」

参照 『変身物語』55 ■ 『恋愛詩集』74 ■ 『失楽園』103 ■ 『荒地』213

蛤のふたみに別れ行く秋ぞ

『おくのほそ道』(1702年)
松尾芭蕉

松尾芭蕉(1644年ごろ～94年)は江戸(現在の東京)で活躍した俳句の第一人者であり、俳句とは日本の短い韻文形式である。俳句はほんの一瞬の出来事をとらえるもので、鋭い観察とともに大きな感動をもたらすことも多い。だが芭蕉の最もすぐれた作品は俳文で、これは散文の語りのなかに俳句を配した形態である。

風雅の旅

『おくのほそ道』で芭蕉が目的としたのは、禅の精神をまとって北国へ向かった漂泊の旅を記録して、かつて旅をした先人を偲ぶことだった。道中で山川草木にじかにふれ、文人たちと親交を深め、神社にも詣でた芭蕉は、確実に我執から解き放たれていく。句と文章は完璧な釣り合いを生み、向かい合わせにした2枚の鏡のように互いをくっきり浮かびあがらせる。大半を徒歩で旅し、何百里も進むあいだ、芭蕉は道理を追い求め、みずからが見いだすものを文章で語る。その記述は生気にあふれ、しばしば哀調を帯びた物思いに染まる──「松の緑こまやかに、枝葉潮風に吹きたわめて、屈曲おのづから矯めたるがごとし」と語るさまらも厳粛で諦念を帯びている。芭蕉の俳句が達したのは「見性」という境地だが、これは一瞬にして悟りを得ること、すなわち真理に目覚めることである。■

舟の上に生涯を浮かべ、馬の口とらえて老いを迎ふる者は、日々旅にして、旅を栖とす。
『おくのほそ道』

参照 『源氏物語』47 ■ 『オン・ザ・ロード』264-65

背景

キーワード
俳句と俳文

前史
1686年 松尾芭蕉が最も有名な俳句のひとつ「古池や蛙飛び込む水の音」を詠む。この句がきっかけとなり、同じ題材で江戸の俳人のあいだで句合がおこなわれる。

後史
1744年 俳句の巨匠、与謝蕪村が、芭蕉の旅の足跡をたどったのち、紀行文を世に出す。

1819年 小林一茶が『おらが春』で散文と俳句を組み合わせた俳文をものにし、芭蕉に連なる。一茶は多作で2万句ほど詠み、蛍を題にしたものが200句以上ある。

1885年 正岡子規が俳句を作りはじめ、自分で描いた写生に俳句を書きこむ。子規が主唱したのは、野山で実生活を題材にして、あたかも画家が風景を描くように詠むことである。

ルネサンスから啓蒙主義へ

死ぬるを高の死出の山、
三途の川は堰く人も、
堰かるる人もあるまいと

『曾根崎心中』(1703年)
近松門左衛門

背景

キーワード
歌舞伎と文楽

前史

1603年ごろ 歌舞伎は規則のない演劇形式で、歌、踊り、演技、身振り劇を混合しており、出雲大社の巫女であった阿国という踊り女に由来する。

1680年ごろ 文楽は音楽人形劇形式として発達したもので、等身の半分の大きさの人形が浄瑠璃と呼ばれる詠唱調の感傷的な物語を演じる。

後史

1748年 竹田出雲、並木宗輔、三好松洛の合作『仮名手本忠臣蔵』が上演される。文楽として作られたが歌舞伎でも上演された作品であり、近松作品の人気を脅かす筆頭である。

1963年 大阪の文楽協会が浄瑠璃興行を衰退の危機から救済する。

歌舞伎と文楽はどちらも日本の伝統的な演劇形式で、17世紀発祥である。歌舞伎は俗な題材を扱い、女芸人一座が諸国をまわって演じたが、芸人は遊女の役割を果たすこともあった。文楽は人形劇形式で、人形1体につき、右手を操作する主遣い、左手を操作する者、足を操作する者がいる。3人の人形遣いは観客から全身が見えるが、黒衣姿のことが多い。通常は語りはひとりで、そのひとりがさまざまな登場人物を声調を変えて表現する。

日本人の心を謡う

このどちらの形式でも先頭に立つ戯作者は、いまに至るも近松門左衛門(1653年〜1725年)である。近松は武士の家に生まれたが浄瑠璃作者の道を選び、やがて日本で最も有名な戯作者になった。近松の作品によく登場するのは、道徳の要請と自分の求めるものとの板ばさみになる個人である。文楽のために書いたが歌舞伎でも上演された『曾根崎心中』は、近松の大傑作である。もとにした現実の事件から2週間ほどで書かれた作品であり、若い男女が心中した実話を題材にしている。

作中に近松はふたりの登場人物を作りあげ、ウィリアム・シェイクスピアの劇のロミオとジュリエットの場合と同様に、このふたりは不幸な運命の恋人たちの代名詞となった。若い徳兵衛は、家族が結納金を受けとったにもかかわらず、決められた縁談をことわるが、それは遊女のお初に惚れこんでいるからである。お初に気がある男が、徳兵衛を盗っ人呼ばわりしてやると脅す。徳兵衛は家族への本分を果たせなくなり、みずからの汚名を晴らすこともできず、お初との将来も望めず、そこでふたりはいっしょに死のうと決める。この戯曲や類似の作品がきっかけで模倣心中が流行し、1723年からの一時期、こうした心中物が禁止される事態になった。けれども、この『曾根崎心中』の詞章は、いまも日本文学屈指の美文とされている。■

参照 〈ファースト・フォリオ〉82-89 ■ 『井筒』102 ■ 『失楽園』103 ■ 『金閣寺』263

わたしは1632年、ヨーク市の良家に生まれた
『ロビンソン・クルーソー』(1719年)
ダニエル・デフォー

背景

キーワード
架空の自伝文学

後史

1726年 イングランド系アイルランド人作家ジョナサン・スウィフトの『ガリヴァー旅行記』が、ある旅行者の物語で架空の自伝でもあるものとして出版され、ただちに成功をおさめる。

1740年 イギリスのサミュエル・リチャードソンが『パミラ』を出版する。これは架空の自伝であり、主人公である小間使いの人生を何通もの手紙によって順にたどっている。

1749年 イギリスの作家ヘンリー・フィールディングが発表した喜劇的な自伝小説『トム・ジョーンズ』は、陽気な捨て子の少年の冒険をたどる作品である。

1849年～50年 イギリスのチャールズ・ディケンズ作『デイヴィッド・コパフィールド』が出版される。架空の作品ではあるが、主人公の人生はディケンズ自身の人生とよく似ている。

物語を組み立てる際に架空の自伝を中心に置いて文学作品にするという技法があり、それによって、ある人物の身の上話を当人が著者であるかのように書けるだけでなく、語られていることばが実際の出来事を直接書き起こしたものだという印象を与えることができる。ダニエル・デフォーの『ロビンソン・クルーソー』は、この架空の自伝体の元祖だった。18世紀、19世紀と、ほかに何人もの有名な登場人物がクルーソーのあとにつづき、たとえばジョナサン・スウィフトのガリヴァー、ヘンリー・フィールディングのトム・ジョーンズ、チャールズ・ディケンズのデイヴィッド・コパフィールドといった名前が見られる。

『ロビンソン・クルーソー』初版の題扉には著者としてデフォーの名前が出ていない。かわりに「本人の手記」ということばが題名の下に記されている。冒頭の文は「わたしは1632年に生まれた」とはじまり、冒険を経験した本人が語ったものだと示唆する。「著者」の情報が詳細に語られて、たしかに自伝の文章である、

ダニエル・デフォー

ダニエル・フォーは1660年にロンドンで生まれたと考えられている（のちに「デ」を姓の前につける）。1684年にメアリー・タフリーと結婚し、それから長年にわたって実業家や商人として活動するが、1692年に破産した。1697年には国王ウィリアム3世の腹心となり、密偵としてイギリス国内をまわった。1702年に発表した論説「非国教徒への手早い方策」の政治的な内容が原因で投獄され、ふたたび破産する。政治家ロバート・ハーリーの尽力で釈放されたあと、ハーリーの密偵として活動し、イギリス全土をまわって世論の動向を報告した。デフォーが小説執筆に転じたのは50代後半になってからだが、『ロビンソン・クルーソー』で大成功をおさめ、小説という形式が築かれるうえで重要な人物となった。1731年に死去した。

ほかの主要作品

1722年『モル・フランダーズ』
1722年『悪疫流行年の日誌』
1724年『ロクサーナ』

ルネサンスから啓蒙主義へ

参照 『ガリヴァー旅行記』104 ■ 『トム・ジョーンズ』104 ■ 『デイヴィッド・コパフィールド』153 ■
『キャッチャー・イン・ザ・ライ』256-57

『ロビンソン・クルーソー』と『ガリヴァー旅行記』は、どちらも自伝体を使い、現実に体験した実話として旅行記を発表しているが、いくつかのきわめて重要な点でちがいがある。

- 自伝体を使うことで、書かれたものが実話だと裏づけている。
- ひとりで暮らして自給自足できる人間が理性によって自然を支配する、という個人主義を奨励する。
- クルーソーは自分の島の「至高の王」になる。

『ロビンソン・クルーソー』

『ガリヴァー旅行記』

- 自伝体を用いることによって、同時代のフィクションが実話だと称していることのパロディーをめざしている。
- 個人主義の概念と理性の効用を風刺する。
- ガリヴァーはリリパット島で囚人になる。

そしてそれゆえ真実の物語でもあると印象づける。このような迫真性は、小説の一部が日誌形式になっていることでいっそう強まっている。

孤島の漂流者

『ロビンソン・クルーソー』は写実主義の基礎を築いた文芸作品として広く認められ、さらにイギリス最初の小説であると位置づける者も多い。実在した漂流者の話から着想を得たことは確実視されていた。その人物、アレグザンダー・セルカークは18世紀初頭、太平洋の孤島に置き去りにされた。デフォーの物語は、アフリカとブラジルという異国情緒豊かな地域での冒険行にふれたあと、奴隷密輸計画にかかわり、難破してカリブ海の孤島にたどり着く話へとつづく。

クルーソーは、船から食糧その他の物資を運び出そうと努力したこと、島にいるのは自分だけであることを語る。住まいを築き、道具を作って、狩猟、農耕、採集をおこなう。日付がわかるように木の十字架に刻み目をつける。聖書を読み、神に感謝する。オウムを飼い慣らす。それがクルーソーの生活である。

その後クルーソーは砂で足跡を発見し、「蛮人」に襲われるという恐怖に取りつかれる。砦を築いて引きこもった2年後、近くの島から来たひとりの先住民が食人族から逃げているところに遭遇する。クルーソーは先住民を「救い」、働かせ、出会った日にちなんでフライデーと名づける。ふたりの関係は主人と奴隷（ヨーロッパ人の探検家かつ搾取者と、現地の住民）につながるものだとして批判されてきた。クルーソーは「文明」の担い手で、イギリス帝国主義の急成長の象徴である。ヨーロッパ諸国が植民地にするために土地の所有権を主張するのとまったく同様に、クルーソーは島全体の支配権があるのを当然と考え、自分が所有者で「絶対君主」でもあると考える。クルーソーの「自伝的な」孤島回想録は驚くほど反響があり、よく似た作品が際限なく登場する事態を招いたすえ、ロビンソン物というサブジャンルさえも発生させた。イギリス文学史上きわめて重要な文芸作品であり、いまも残る影響力の重要性は、おそらくほかのどの作品も比肩しえない次元のものであり、その主題は一般教養に不可欠の要素になっている。■

ふたたびひざまずいて
地面に接吻し……わたしの片足を
とって頭に載せた。これは永遠に
わたしの奴隷になることを
誓うしるしらしかった。
『ロビンソン・クルーソー』

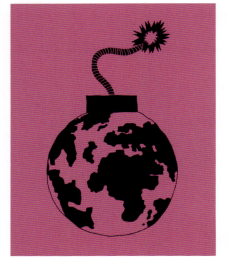

もしこれがこの世にありうる最善の世界ならば、ほかの世界はどういうものなのか
『カンディード』(1759年)
ヴォルテール

18世紀フランスの作家や知識人の一部は、フィロゾフ（哲学者）として知られるようになった。こうした人々の作品は哲学にとどまらず、社会、文化、倫理、政治の分野にまでひろがった。フィロゾフにはヴォルテール、ジャン＝ジャック・ルソー、ドゥニ・ディドロ、モンテスキューなどがいて、啓蒙主義の担い手となった。啓蒙主義は、迷妄、不寛容、不正義を理性と知的自由の名のもとに攻撃する運動で、17世紀後半から1789年のフランス革命までつづいた。フィロゾフと科学者たちの理念こそが、当時の気風を支配した合理主義と政治的自由主義と相まって、革命を誘発した。

最善説

『カンディード』は哲学コント、すなわち哲学的寓話であり、この作品でヴォルテールは啓蒙主義の価値観に物語形式の表現を与えた。ヴォルテールがとりわけ容赦ない風刺の目で考究した観念は、ドイツのゴットフリート・ヴィルヘルム・フォン・ライプニッツが自身の最善説哲学で表明したもので、神は善意ある至高の存在であるがゆえに、この世はおよそありうる最高の善き（最善）世界であるはずだと考える説である。

ライプニッツの観念は、小説のなかでは哲学者パングロス博士によってそのまま繰り返され、博士は度重なる惨事に直面しようとも「およそありうるなかで最善のこの世では、すべては最善のためにある」と題目を唱える。若き主人公カンディードは、数えきれないほどの大災難に見舞われたのち、死んだと思った恋人キュネゴンドとついに再会するが、もう彼女と結婚したくないと悟るだけだった。不幸な出来事が息つく間もなく激しく降りかかり、それをきわめて淡々とし

> 人間は不安におののきながら生きるか、あるいは退屈して無気力に生きるように生まれついている。
> 『カンディード』

背景

キーワード
フィロゾフ（哲学者）

前史
1721年 モンテスキューの『ペルシャ人の手紙』は、ヨーロッパを訪れたふたりのペルシャ人の目を通してフランス社会を風刺した作品であり、ペルシャ人たちはキリスト教をイスラム教と対比してカトリックの教義を批判する。

1751年～72年 ロン・ダランベールとドゥニ・ディドロが啓蒙主義の集大成である大事業『百科全書』を作成する。その目的は「人々の考え方を変える」ことである。

後史
1779年 ゴットホルト・エフライム・レッシングの戯曲『賢者ナータン』は、第3回十字軍の期間を舞台にして、宗教的寛容に対する強い願いを提示している。

1796年 ディドロの哲学小説『運命論者ジャック』は決定論者の世界観を述べる作品で、決闘をやめられないふたりの男を登場させている。

ルネサンスから啓蒙主義へ

参照 『ガリヴァー旅行記』104 ■ 『運命論者ジャック』105

だまされやすくて疑うことを知らないカンディードは、人生について自分の意見を組み立てることができない。カンディードの世界観——たとえば決定論、最善説、自由意志論についての考え方——は、周囲の人々の意見で構成されている。

パングロス博士
(カンディードの恩師)
この世で起こることはすべて、神が人間に向けた崇高で調和した目的を反映している。

老婆
(教皇ウルバヌス10世とパレストリナ王女の娘)
あらゆる人生は不運と苦難の物語である。

マルティン
(もとは出版社の売文屋だった学者)
世界は無意味で憎悪すべきものである。それは邪悪な勢力によって人間を完全に錯乱させるために造られた。

ポコクランテ閣下
(ヴェネツィアの貴族)
いかなる芸術作品からも、一点の曇りもない喜びは得られない。芸術での努力はいつも褒められすぎている。

トルコ人の農民
政治は不幸をもたらす。自分の農場を耕すほうがよい。というのも、労働は退屈、悪習、貧困を遠ざけてくれるからだ。

た口調で語るさまは、全体としては喜劇調に感じられる。女は男に凌辱され、軍隊は殲滅し合い、人々は略奪されて奴隷にされる。何もかもが転覆し、生命、健康、幸福が脅かされる。貪欲、情欲、残忍が(しばしば宗教の名のもとに)横行する世界では、善行は珍しい。現実の冷酷さと比較すると、パングロス流の楽観主義は素朴と言うほかない。

個人的に影響を与えた事情

芝居がかった話に満ちているが、『カンディード』は観念の物語である。とはいえ、根底には自伝めいたものがある。ヴォルテールが個人的に見舞われた不幸は世に知られていて、イエズス会の教師によって虐待を受け、フランス宮廷で得た寵愛を失い、プロイセン宮廷から追放された話が伝わっている。それに加えて、社会全体が被ったふたつの大惨事がヴォルテールの創作意欲に働きかけ、神と自由意思に対する見方に深い影響を及ぼした。その大惨事とは1755年にポルトガルのリスボンを破壊した大地震と、7年戦争(1756年〜63年)の勃発であり、どちらの事件も『カンディード』で物語の形にされて大きく取りあげられている。

作中では、個人の身の上話をからみ合わせた語りが糸となって、社会制度を対比する記述をつなげる。読者がまず目にする共同体は封建制度の城館であり、主人公はそこから追放される。エルドラドに理想郷があり、そこは天然資源が豊富な平等主義国家である。最後にカンディードはトルコの農場に住んでいて、ある一家の農地を訪れるが、そこでは家族が力を合わせて働くことに専念している。カンディードが「わたしたちは菜園を耕しに行かなくてはなりません」と告げる結末は、幸せになるのは可能だが、それには一生懸命働くべきであり、哲学は要らないという結論を示している。■

ヴォルテール

1694年にパリで公証人の息子に生まれ、本名はフランソワ＝マリー・アルエ。劇作家、詩人であり、「ヴォルテール」を筆名とした。風刺詩を書いたせいで、1717年から18年にかけての一時期をパリのバスティーユ監獄で過ごす。イギリス(フランスよりも寛容で合理精神に富む国だと考えていた)に2年間滞在したのちに書いた『哲学書簡』(1733年)は、故国で発禁処分を受けた。

ルイ14世の研究でヴェルサイユでの寵愛を取りもどし、1745年には王室資料編纂官になる。その後、ベルリンでプロイセンのフリードリヒ大王と親交を深めるようになった。フランスのフェルネーにあった自分の地所で哲学的物語を執筆したときには60代になっており、『カンディード』はそのころの作品である。不当な扱いを受けた個人のために大きな正義を求めるとともに、農業改革にも尽力した。1778年にパリで83歳で死去した。

ほかの主要作品

1718年『エディプ』
1747年『ザディーグ』
1752年『ミクロメガス』(短編)

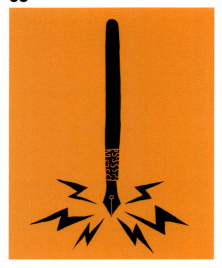

勇気なら地獄を裸足で歩きとおせるくらい持ち合わせている
『群盗』(1781年)
フリードリヒ・フォン・シラー

背景

キーワード
シュトゥルム・ウント・ドラング

前史
1750年 スイス生まれの哲学者ジャン゠ジャック・ルソーが『学問芸術論』と題した評論を書き、そのなかで啓蒙運動が単なる理性主義に向かって進んでいると糾弾する。

1774年 ドイツの作家ヨハン・ヴォルフガング・フォン・ゲーテの小説『若きウェルテルの悩み』が発表され、ただちに成功をおさめる。この作品にはシュトゥルム・ウント・ドラングを特徴づけることになる要素がいくつか含まれており、激しい感情を大げさに表現したり、若い主人公がむなしくあがいたりするのがその例である。

1777年 フリードリヒ・マクシミリアン・フォン・クリンガーの戯曲『シュトゥルム・ウント・ドラング』が初演され、この題が運動の名のもとになる。

後史
1808年 ゲーテが戯曲の最高傑作『ファウスト』を著し、シュトゥルム・ウント・ドラングから離れる。

シュトゥルム・ウント・ドラングは、唐突に短期間だけ爆発的にドイツで興った文学運動であり、10年ほどつづいた。これを構成したのは戯曲と小説であり、特徴としては、途方もない活力、肉体と感情に見られる暴力性、激しく苦悶する抒情性、タブーの打破があげられる。そのめざすところは、人の心の本質に迫る劇的なものを表現することである。

この運動は啓蒙主義が純粋な理性と合理主義を重んじたことへの反動であった。初期の啓蒙主義思想家のなかには、非凡な能力は刻苦勉励により得られ、すぐれた文学は古典様式に忠実であるべきと考える者もいた。しかしシュトゥルム・ウント・ドラングの作家たちにとっては、こうした考え方は息苦しいもので、惜しげもなく捨てられた。

シュトゥルム・ウント・ドラングの戯曲は、確固たる形態的構造を無視した。5幕構成でなくてもよいし、会話の部分は完全な形の文で書かれていなくてもよかった。そして、言語そのものも衝撃を与えるものになりえた。シラーの戯曲『群盗』とゲーテの小説『若きウェルテルの悩み』には、どちらも複数の版が存在するが、それはもとの表現を和らげる必要が生じたからである。

みなぎる若さ

1782年に初演されたシラーの『群盗』は、勢いが衰えていく運動の最後の盛りあがりであった。これは正反対の見方をする貴族の兄と弟をめぐる話である。カールは高潔な理想家であり、フランツは冷酷な実利主義者で策謀家である。カールはボヘミアの森に逃げこんで盗賊団を率いるが、それはフランツが父にカールを見放させ、カールが受け継ぐはずだった財産をわがものにしたからだった。『群盗』

法律が大人物を作り出したためしはない。自由こそが巨人や英雄を生む。
『群盗』

ルネサンスから啓蒙主義へ

参照 『カンディード』96-97 ■ 『若きウェルテルの悩み』105 ■ 『夜曲集』111 ■ 『ファウスト』112-15 ■ 『ジェイン・エア』128-31 ■ 『嵐が丘』132-37 ■ 『カラマーゾフの兄弟』200-201

はいくつかのタブーを破っている。話には暴力、強盗、殺人がからみ、しかも主人公であるカールが悪党を率いて、法に反する暴力行為を犯す。激情の果てにカールは無垢ないとこのアマーリアさえその手にかけるが、彼女とは将来を誓い合った間柄だった。劇中のことばは粗削りで激烈だが、抒情的でもあり、『群盗』はドイツ文学のなかでも劇的な表現形式の最もすぐれた例と見なされている。この作品にヨーロッパのメロドラマの萌芽を見る批評家も多い。

シュトゥルム・ウント・ドラング運動を支えた作家の大半は20代で、最も年長の者でもせいぜい30代だった。作家たちが歳をとるにつれて青年期特有の反抗精神が失われることが運動のつづいた期間の短さの理由なのだろう。多くの者はより内省的な表現形態をやがて選び、それとともに嵐と衝動の時期は、長く実り豊かな期間であるヴァイマル古典主義とドイツ・ロマン主義へと落ち着いていった。■

自由

ヨハン・ヴォルフガング・フォン・ゲーテ作の『ゲッツ・フォン・ベルリヒンゲン』(1773年) で、自由に生きることを尊ぶ誉れ高き貴人は、利己的な勢力が権力政治で支配力を得ようとする世界に適応できない。

奸計

ヤーコプ・ミヒャエル・ラインホルト・レンツの『軍人たち』(1776年) は、美女マリーが女を蔑視する若い貴族将校たちに弄ばれ、殺人と自殺で終わる話である。

シュトゥルム・ウント・ドラング
シュトゥルム・ウント・ドラングの作品が取りあげる主題は、作者の激情を反映して、煽情的であることがふつうだった。

欲望と嫉妬

フリードリヒ・マクシミリアン・フォン・クリンガー作の『双生児』(1776年) では、憂鬱性で激しやすい双子の弟が、ふたりとも好意を寄せる女性をめぐって、温和な兄を殺す。

圧制
フリードリヒ・フォン・シラーの戯曲『ドン・カルロス』(1787年) では、主人公は圧制に苦しむフランドルの民衆を解放しようとする。この作品には宗教裁判所の恐怖を暴く狙いがあった

フリードリヒ・フォン・シラー

ヨハン・クリストフ・フリードリヒ・フォン・シラー(1759年～1805年) はドイツのヴュルテンベルクで生まれた。詩人であり、劇作家、思想家、歴史家でもある。『群盗』を執筆したときはまだ学生だった。この戯曲でにわかに評判の的となったが、経済的自立は得られなかった。のちにイエナ大学で歴史学と哲学の教授になった(イエナ大学は現在フリードリヒ・シラー大学と改称されている)。ゲーテと友誼を結んだことが、18世紀後半にふたりで協力してヴァイマル劇場の基礎を築くことにつながり、同劇場はドイツを代表する劇場へと成長する。シラーは生涯を通じて病と闘い、1805年に結核で45歳にして死去するが、晩年の数年間は戯曲制作で実り多い時期であった。シラーがドイツ古典劇の最高峰であると見なす者はいまなお多い。

ほかの主要作品

1784年『たくらみと恋』
1786年「歓喜に寄せて」
1787年『ドン・カルロス』
1795年『人間の美的教育について』
1800年『ヴァレンシュタイン』

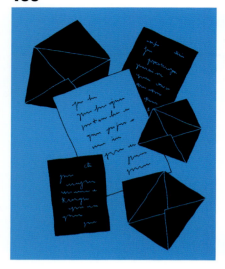

恋愛では、感じてもいないことを文字で表すほどむずかしいことはありません
『危険な関係』（1782年）
ピエール・コデルロス・ド・ラクロ

手紙や日記や手記が文字で互いに意思を伝え合う主要な手段だというのは、18世紀には日常生活でも文学においてもふつうのことだった。『危険な関係』は書簡体小説として知られる文学形式の例だが、これは物語を手紙の形で述べるもので、ときには別の文書が使われる。19世紀以降はかなり廃れたが、全盛期には社会全体が大通信時代にあったことを反映し、大衆受けして時流に乗ったジャンルだった。ラクロはこのジャンルをそのまま模倣したのではなく、劇的にひろげた。当時最も有名な書簡体小説と言えば、サミュエル・リチャードソンの『クラリッサ』やジャン＝ジャック・ルソーの『ジュリ、あるいは新エロイーズ』などがあったが、こうした作品は細かくて長々しい描写で退屈になったり、説教調になることが多かった。同時代の作家とは異なり、ラクロは書簡体形式を使いながら興奮を呼び起こす書き方を駆使し、登場人物には機知にあふれ洗練された話し方を多くさせている。

穢れなき者の破滅

フランスでは、書簡体小説は熱情を語ったり、女を計算ずくで誘惑したりする話に結びついた。こうした小説の成功の鍵は「自由放蕩」の人生哲学であり、そのなかでエロチシズム、性的堕落、そして不摂生と不品行が、洗練されたことばのやりとりによって描かれた。

『危険な関係』では、何人もの登場人物間で交わされる手紙が、大革命直前という時期にフランス貴族階級がいかに道徳面で退廃していたかをさらけ出す。「役者」としてラクロが選んだのは、放蕩児のヴァルモン子爵、そして表向きは有徳の貴婦人のメルトイユ侯爵夫人である。

背景

キーワード
書簡体小説

前史
1669年 最も初期の書簡体小説『ポルトガル尼僧の手紙』が出版される。作者はフランスのギユラーグ伯ガブリエル＝ジョゼフ・ド・ラ・ヴェルニュと推定されている。

1740年 イギリスのサミュエル・リチャードソンが書いた大人気小説『パミラ』は、無垢な小間使いが巻きこまれた堕落の詳細を語る。

1747年〜48年 リチャードソンの悲劇的物語『クラリッサ』は英語で書かれた小説のなかで最長の部類にはいり、作者の代表作と見なされている。

1761年 スイス生まれの哲学者ジャン＝ジャック・ルソーが『ジュリ、あるいは新エロイーズ』を著し、書簡体形式を使って合理性、道徳性、自立性という哲学的命題を探求している。

女がほかの女の心臓を刺すときには……めったに急所をはずすことはなく、その傷はけっして治りません。
『危険な関係』

参照 『ロビンソン・クルーソー』94-95 ■ 『クラリッサ』104 ■
『若きウェルテルの悩み』105 ■ 『ファウスト』112-15 ■ 『ドラキュラ』195 ■
『月長石』198-99

かつて恋人同士であったふたりは、互いに情事を利用して、ほかの者への残酷なふるまいと堕落へのはかりごとを展開する。ふたりの手紙とほかの者の手紙は、いかにそのふたりがおのれの享楽を追い求める策略を軍事作戦のようにめぐらしたかを示し、強姦や性的退廃や屈辱をともなう破滅が計算ずくで進む過程を明らかにしていく。

道徳の曖昧性

同時代の作家は書簡体小説のなかでしばしば読者に直接語りかけたが、ラクロはそれとは異なり、著者である自分の存在を話から消し去って、登場人物が自分で述べるのにまかせた。著者の語る声が存在せず、登場人物の行動になんら批判を加えていないので、当時の書評家はラクロ自身もメルトイユやヴァルモンと同じく不道徳なのではないかと考えた。

『危険な関係』の巧みなところはその道徳面での曖昧さにあり、女を所有欲と性的支配のゲームの駒として扱っている社会へ、ラクロは読者を深く導いていく。ヴァルモンに宛てた自身のことばのなかで、メルトイユは、自分が「女のため復讐をし、男を征服するために生まれついた」と語る。だがその過程で、ほかの女に対しても破滅をもたらす。こうした戦いをさらけ出す手紙のなかで、求愛の手練手管をのぞき見する「悦楽」を通して、ラクロは読者を誘惑しつづける。■

ピエール・コデルロス・ド・ラクロ

1741年にアミアンで生まれる。一族がフランス貴族に処せられてからまもないころのことだった。社会階層のなかでさほど高い位置にない家庭だったので、若きラクロは現実味のある職業として軍隊に目を向けた。ブザンソンで砲兵連隊大尉をつとめていた1778年に唯一の小説を執筆しはじめたが、これはジャン=ジャック・ルソーの作品に影響を受けたものであった。

『危険な関係』は自由放蕩な登場人物と性的不道徳という主題ゆえに物議を醸したが、ラクロ自身は不実な誘惑者ではなく、恋人のマリー・スーランジュ・デュペレが妊娠すると結婚した。マリーと別れることもなく、子供をふたりもうけて幸せな結婚生活を送った。1794年に断頭台送りを免れてからは家庭生活に専念し、1803年に赤痢のため死去した。

ほかの主要作品

1777年『エルネスチーヌ』
1783年『女子教育について』
1790年〜91年「憲法の友」

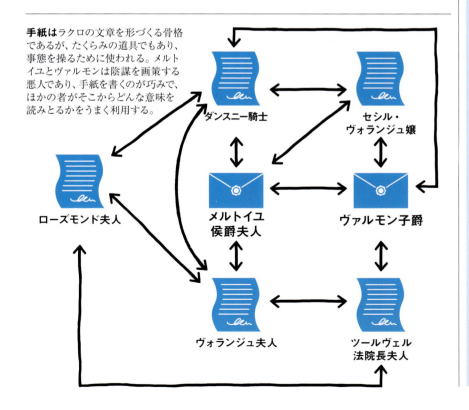

手紙はラクロの文章を形づくる骨格であるが、たくらみの道具でもあり、事態を操るために使われる。メルトイユとヴァルモンは陰謀を画策する悪人であり、手紙を書くのが巧みで、ほかの者がそこからどんな意味を読みとるかをうまく利用する。

もっと知りたい読者のために

『デカメロン』
(1353年) ジョヴァンニ・ボッカッチョ

枠物語の構造を持つ『デカメロン』は、イタリアの作家、詩人で、学者でもあるジョヴァンニ・ボッカッチョ(1313年〜75年)が書いた100篇の物語集である。個々の話をまとめる枠になる物語は、女7人男3人の若者10人が、疫病の蔓延するフィレンツェを逃れてフィエーゾレにほど近い魅惑的な邸宅で過ごす、というものである。一同は毎日全員がひとつずつ話をすると決め、そのようにして10日間にわたって100話が語られる。その日の座長に指名される者が題目を選び、語られる話に向けての約束事を取り決める。毎日締めくくりにだれかがカンツォーネ(歌)を歌い、ほかの者は踊る。こうして精妙に書かれためくるめく物語集ができあがり、悲劇の愛の物語やみだらな話から、人間の意志の力の話や女が男に仕掛ける計略の話に至るまでが集まった。これはルネサンス期とそれ以降の作家に刺激を与えた。

> 接吻されても色艶消えぬ、女の唇、春の宵、月がのぼればまた光る。
> 『デカメロン』
> ジョヴァンニ・ボッカッチョ

『ガウェイン卿と緑の騎士』
(1375年ごろ)

2,500行ほどで構成される『ガウェイン卿と緑の騎士』は、中英語の頭韻詩の例として非常によく知られている。作者不詳の、騎士道冒険譚の詩であり、舞台は伝説のアーサー王を頂く宮廷の初期に置かれている。美麗に綴られた魔法の物語は心理的洞察に満ち、英雄ガウェイン卿が謎めいた緑の騎士と出会ってからつぎつぎと直面する試練と誘惑を詩の形で語っている。

『井筒』
(1430年ごろ) 世阿弥元清

作者の世阿弥元清(1363年〜1443年)は日本を代表する能作者であり、能楽芸論の大家でもある。この曲の題名は井戸のまわりの囲い枠に由来し、曲全体は僧侶と里の女が出会って、女が僧に話を語るという枠構造になっている。ある男と女が幼いころ井戸で遊び、互いに惹かれて結婚する、という物語(『伊勢物語』の挿話)がもとにある。

『アーサー王の死』
(1485年) トマス・マロリー

1485年にウィリアム・キャクストンによって印刷されたが、それより早い稿本版は1470年ごろから存在していた。これは伝説のアーサー王と円卓の騎士たちの物語の集大成である。フランス中世騎士物語を

> むき出しの美しい剣が尖端だけ突き刺さっていた……この石と鉄床よりこの剣を引き抜いた者は、全イングランドの正統なる王として生まれた者だ。
> 『アーサー王の死』
> トマス・マロリー

もとに英語の散文に翻訳して編集したのは、騎士にして兵士、作家、イングランド議会の議員であったトマス・マロリーである。マロリーは物語を年代順に配列して、アーサー王の誕生からはじめ、騎士たちの友愛話を中心にまとめあげた。

『アマディス・デ・ガウラ』
(1508年)
ガルシ・ロドリゲス・デ・モンタルボ

モンタルボ(1450年ごろ〜1504年)がスペイン語で記した散文の騎士道物語『アマディス・デ・ガウラ』が生まれたのはおそらく14世紀前半だが、最初に書かれた正確な時期や作者は不明である。4巻に及ぶモンタルボ版は、端整にして勇敢で心やさしい騎士アマディスの伝説とオリアナ姫への愛を語っている。アマディスは姫に尽くして騎士道の冒険に臨み、巨人や怪物を相手に恐れを知らぬ手柄を立てる。この作品の気高い理想や勇壮さや情感は、中世騎士物語の模範となった。

〈旅船〉3部作
(1516年、1518年、1519年)
ジル・ヴィセンテ

〈旅船(バルカス)〉3部作は、「ポルトガル演劇の父」と呼ばれる劇作家ジル・ヴィセンテ(1465年ごろ～1573年)による宗教劇である。1幕劇3部で構成され、『地獄への旅船』、『煉獄への旅船』、『天国への旅船』から成る。風刺と寓意を帯びたこの3部作は、ヴィセンテの卓越した劇作の頂点とされるものであり、あらゆる階級を反映する船客たちを登場させ、その大半が天国にはいろうとして不首尾に終わるさまを描いている。

『ウズ・ルジアダス』
(1572年) ルイス・デ・カモンイス

『ウズ・ルジアダス』は10歌から成る叙事詩であり、大詩人デ・カモンイス(1524年～80年)がヴァスコ・ダ・ガマのインド航路遠征を順にたどって物語った作品である。導入部のあと、川の精への祈願と、国王セバスティアンへの献辞が終わると、つぎつぎと登場する語り手によって言辞が格調高く雄弁に語られる。ガマによってポルトガルの歴史が語られる個所もあれば、冒険や嵐、さらにはギリシャとローマの神々による干渉の描写もある。作品全体がポルトガル人とその偉業への賛歌となっている。

『妖精の女王』
(1590年、1596年)
エドマンド・スペンサー

イギリスの詩人スペンサー(1552年ごろ～99年)の代表作である『妖精の女王』は、宗教的、道徳的、政治的寓意をこめた作品である。舞台となる伝説のアーサー王の世界は、チューダー朝のイングランドを象徴している。全6巻で構成され、巻ごとにひとりの騎士の偉業が語られて、それぞれの騎士が貞節などの道徳的美点を表している。騎士たちは妖精の女王グロリアーナに仕えるが、これは女王エリザベス1世を想起させる。スペンサーは12巻にする構想をいだいていたが、46歳にして死を迎え、完結を果たさなかった。

『ル・シッド』
(1637年) ピエール・コルネイユ

5幕から成る韻文悲劇『ル・シッド』は、フランスの悲劇作家ピエール・コルネイユ(1606年～84年)の作品であり、フランス新古典主義悲劇の代表例と見なされている。スペインの国民的英雄エル・シッドの物語に着想を得たこの作品は、ル・シッドが頭角を現す話と、未来の義父に対して決闘を申し入れる話を語っている。決闘に臨んで主人公は、愛する女と家の名誉のどちらをとるかの選択を強いられる。

『失楽園』
(1667年) ジョン・ミルトン

ミルトンの最高傑作であり、リズムと響きの至高の偉業である叙事詩『失楽園』は、聖書にある物語に基づいて、アダムとイヴが転落し、それゆえ全人類が神の恩寵を失ったと歌う。1674年の最終版で12巻(初版では10巻)構成になったこの詩は、ふたつの主題をからみ合わせている。ひとつは神と天国に対する悪魔の反逆であり、もうひとつはアダムとイヴが受けた誘惑とエデンの園からの追放である。

『フェードル』
(1677年) ジャン・ラシーヌ

フランスの劇作家ジャン・ラシーヌ(1639年～99年)が書いた感動的な悲劇『フェードル』は、フランス新古典主義を代表する傑作である。5幕から成る韻文劇で、ギリシャ神話からとったその題材は、古典時代の劇作家エウリピデスとセネカがすでに作品にしていた。ラシーヌ

ジョン・ミルトン

イギリスの詩人ジョン・ミルトンの名を最も世に知らしめた『失楽園』は、英語で書かれた叙事詩の最高傑作と見なされている。ミルトンは1608年にロンドンのチープサイドで生まれ、まだ学生のころから執筆活動をはじめた。しかし、1642年に国内で大内乱が勃発すると革命を支持する政治活動に身を投じ、小冊子を作って宗教と市民の自由を擁護した。1649年にチャールズ1世が処刑されてイギリス王政が倒されたのを受け、ミルトンは国務会議の書記官になった。1654年までには完全失明したが、詩や文章を助手に口述して執筆活動をつづけた。1660年の王政復古を受けて、代表作の数々を創作することに専念した。1674年にロンドンで65歳の生涯を終えた。

主要作品

1644年『アレオパジティカ、言論の自由論』
1667年『失楽園』(上記参照)
1671年『復楽園』
1671年『闘士サムソン』

もっと知りたい読者のために

サミュエル・リチャードソン

　まさしく"文人"であるイギリスの小説家サミュエル・リチャードソンは、1689年にダービシャーで生まれた。最も知られる業績は書簡体小説を発達させたことであり、手紙によって話を進めるというこの形態は革新的なものだった。リチャードソンはロンドンに移って、やがて独立した印刷業者になった。わずかな教育しか受けなかったことは、その後の人生に影を落としている。家庭生活は悲惨で、最初の妻と6人の子に死なれ、のちに再婚している。50歳で最初の小説を執筆し、人気を得て評価も高い作家となった。1761年にロンドンで脳卒中によって死去した。

主要作品

1740年『パミラ』
1747年～48年『クラリッサ』（右記参照）
1753年『サー・チャールズ・グランディソン』

『クレーヴの奥方』
(1678年) ラ・ファイエット夫人

　フランスの作家ラ・ファイエット夫人（1634年～93年）の『クレーヴの奥方』は、女が公然と著者を名乗れない時代に匿名で出版された。登場人物の心理を探るはじめての小説と見なされており、国王アンリ2世の王宮を歴史に忠実に再現している。主人公のクレーヴの奥方は若い貴族への愛を抑えこむが、誤解が重なり、宮廷内に横行する不実な秘め事にも影響されて、結婚生活を壊してしまう。

『ガリヴァー旅行記』
(1726年) ジョナサン・スウィフト

　イングランド系アイルランド人の作家ジョナサン・スウィフト（1667年～1745年）が書いて、大変な話題になった風刺小説『ガリヴァー旅行記』は、船医レミュエル・ガリヴァーが語り手となって、自分の訪れたさまざまな現実離れした地域の話をする作品である。住民が小さいリリパット、巨人国ブロブディンナグ、空飛ぶ島ラピュタ、魔法使いの島グラブダブドリップ、馬の国などが紹介される。スウィフトの滑稽で空想力豊かな小説は、諸々の旅行記をからかいつつ、同時代の社会を物笑いの種にし、政党、反目しあう宗教家、科学者、哲学者らを風刺して、その狭量な姿勢を茶化している。

『クラリッサ』
(1747年～48年) サミュエル・リチャードソン

　『ある令嬢の物語』との表題もある『クラリッサ』はサミュエル・リチャードソン作の書簡体小説で、英語で書かれた小説では比類のない長編である。物語は有徳の主人公クラリッサ・ハーロウの悲劇の生涯をたどる。クラリッサは家族から除け者にされ、無節操なラヴレースに虐待される。クラリッサとその友人ミス・ハウのあいだ、それにラヴレースとその友人ジョン・ベルフォードのあいだで交わされる手紙という形で、4者間のやりとりを通しておもに語られる。

の劇は近親相姦にあたる愛を描くもので、主人公フェードル（パイドラ）はアテネ王と結婚している身でありながら義理の息子イポリート（ヒッポリュトス）に恋情をいだき、衝撃を受けた息子は別の女を愛していることもあって継母の求愛をはねつける。

『トム・ジョーンズ』
(1749年) ヘンリー・フィールディング

　イギリスの作家ヘンリー・フィールディング（1707年～54年）が書いた愉快な小説『トム・ジョーンズ』（原題は『捨て子トム・ジョーンズの物語』）は、小説と定義される作品の最も早い部類にはいる。題名にもなった捨て子の主人公は富裕な大地主オールワージーに育てられ、そんな主人公の冒険と、貞潔な娘ソファイア・ウェスタンへの愛の行方が語られる。不思議なめぐり合わせと不運な出来事が満載のこの小説は、女には弱いが根は善人のトム・ジョーンズと、偽善者である異父弟ブライフィルとのちがいを際立たせて教訓を説いている。

『トリストラム・シャンディ』
(1759年～67年) ローレンス・スターン

　卑猥で滑稽な小説『紳士トリストラム・シャンディの生涯と意見』は、アイルランド

> 父と母のどちらかが、いやちがう、ともに等しく責任を負っているのだから両方が、わたしを宿すときに自分たちのしていることに気をつけていてくれたら、と残念でならない。
> 『トリストラム・シャンディ』
> ローレンス・スターン

ルネサンスから啓蒙主義へ

の牧師兼作家ローレンス・スターン（1713年〜68年）の作品であり、9巻に及ぶ。主人公の物語風の伝記と、当時の小説のパロディーから成る。延々とつづく脱線とシャンディによる考察をまじえて語られるこの作品は、主人公の受胎がでたらめだった話からはじまり（もっとも第2巻が終わるまで誕生しないが）、それからのんびりと主人公の人生をたどっていく。未完結の逸話が披露され、時間が前後し、シャンディの両親、叔父トゥビーとその召使トリム、牧師のヨリック、家政婦のオバダイアーという個性豊かな人物が登場する。語り口の奇抜さに加え、白紙のままのページがあったり、別の部分では星印を散らしたり、スターンは実験的な手法を試みており、そのためこの小説を20世紀の意識の流れの手法の先駆けと評する識者も現れている。

『若きウェルテルの悩み』
（1774年）ヨハン・ヴォルフガング・フォン・ゲーテ

シュトゥルム・ウント・ドラング運動での重要な小説『若きウェルテルの悩み』は、著者である25歳のドイツ人ゲーテ（1749年〜1832年）に、世界が絶賛する作家という確固たる評価を与えた。わずか6週間、憑かれたように執筆して完成させたゲーテのデビュー小説は、書簡体形式をとり、ある程度自伝的要素がある。ロマン主義の流儀どおり、若い芸術家と設定された主人公ウェルテルが、友人のヴィルヘルムに宛てた一連の手紙で作品は構成されている。手紙が明らかにするのは、主人公が婚約者のいる若い娘ロッテへの恋情に苦しむさまである。本作品は大反響を巻き起こし、「ウェルテル熱」が全ヨーロッパにひろがって、題名となった悲劇の主人公の服装や癖を若者が真似する現象が見られるほどだった。

> まちがいなく、この世で愛ほど人間を必要な存在にするものはない。
> 『若きウェルテルの悩み』
> ヨハン・ヴォルフガング・フォン・ゲーテ

『無垢と経験の歌』
（1794年）ウィリアム・ブレイク

イギリスの抒情詩の傑作であり、緻密な韻律が豊かなブレイクの『無垢と経験の歌』は、作者が「人間の魂の対照的なふたつの状態」と定義したものを探求する。1789年初版の『無垢の歌』は、幼少時代の無垢を子供の目を通して、あるいは大人が見守るものとして描いている。1794年版では対照的な『経験の歌』を増補し、「虎」や「蠅」などの詩を収録した。これらの作品は、恐怖、侵害、対立、抑圧といった経験を探るもので、そうした経験は無垢と幼少時代の喪失をともなっている。

『運命論者ジャック』
（1796年）ドゥニ・ディドロ

フランス啓蒙主義時代の哲学者で作家のディドロ（1713年〜84年）が執筆して、死後に出版された『運命論者ジャックとその主人』は、道義的責任、自由意思、決定論という問題を探求する作品である。この小説のかなりの部分を構成するのは、ジャックと名前のない主人が馬でフランスを旅しながら交わす対話である。主人が水を向けて、ふたりは恋愛話をはじめる。描き出される情景は単に18世紀のフランスというだけではなく、出来事が行きあたりばったりに起こり、歴史が個人の運命を決定する世界でもある。ディドロの小説は入り組んだ多層構造を持つ。ジャックの旅はでたらめに進行して、しじゅう邪魔がはいるが、それは長々しくしばしば喜劇的な脱線であったり、ほかの登場人物、ほかの物語、偶然の出来事であったりする。この遊び心だらけの近代的な叙述形式で、ディドロの作品は20世紀の小説の先駆者として高く評価されることとなった。

ウィリアム・ブレイク

1757年、ロンドンのソーホー地区で生まれ、10歳で学校教育から離れた。幼少のころから聖書の影響を深く受け、天使や天国に関連した幻視を生涯にわたって体験した。宗教と霊という主題は、ブレイクの詩と銅板画の双方を濃厚に彩っている。ロンドンのすぐれた銅板画師に徒弟入りしたあと、ブレイクは1789年に独自のレリーフ・エッチングの技法を生み出し、それを使って自分の作品を挿絵入りの最高級品にした。いまではロマン派の最も古い原点とも呼ぶべき詩人と考えられているが、1827年に死去した当時は、同時代人の多くがその作品を顧みず、ブレイクを心を病んだ人物と見なしていた。

主要作品

1794年『無垢と経験の歌』（左記参照）
1804年〜20年　『エルサレム』

ロマン主義と小説の台頭
1800年〜1855年

はじめに

| | ジェイムズ・ワットによって改良された蒸気機関が工場の動力源となり、**産業化と都市化の進行を**加速する。 | ヨハン・ヴォルフガング・フォン・ゲーテが**ヴァイマル古典主義運動**にかかわり、最高傑作『ファウスト』を生み出す。 | ヤーコプ・グリムとヴィルヘルム・グリムが、非常に大きな影響力を及ぼした**ドイツの民間伝承集**『子供と家庭の童話』を出版する。 | メアリー・シェリーが18歳の若さで**ゴシック幻想物語**『フランケンシュタイン、あるいは現代のプロメテウス』の執筆を開始し、この2年後に出版する。 |

1780年代   **1808年〜32年**   **1812年〜22年**   **1816年**

1798年   **1808年**   **1813年**   **1830年代**

| ウィリアム・ワーズワースとサミュエル・テイラー・コールリッジ共著の詩集『抒情歌謡集』が、**イギリスにおけるロマン主義文学のはじまり**を告げる。 | アメリカで奴隷の輸入が禁止されるが、この時期は連邦の**南部諸州では奴隷制度がまだ合法である**。 | ジェイン・オースティンの**風俗小説**『高慢と偏見』が、イギリス地主階級の道徳慣習に対して辛辣な社会論評を加える。 | 最初の**大衆向け雑誌**が登場し、読み書きができるようになった労働者階級を対象にして、**人気連載小説**が載せられる。 |

18世紀後半はヨーロッパ全域に革命的変化が起こった時期だった。啓蒙主義は科学の進歩を促して産業革命をもたらし、それとともにさまざまな哲学思想を生み出して、そうした思想が北アメリカとフランスでの政治における大変革を引き起こした。産業化と都市化の進展が社会に及ぼした数々の影響は、多くの人々の生活様式と就労形態に重大な衝撃を与えた。

ルネサンスと啓蒙主義の時代には、人間と理性は切り離されずに一対となっていたが、19世紀前半には個人が前面に現れる。合理性に対する反動もあって、芸術の世界でひとつの運動が起こり、主観的な感性や心的能力が重視された。これがロマン主義の名で知られるようになった。

ロマン主義文学

ロマン主義の起源はシュトゥルム・ウント・ドラング運動にあり、ドイツで興ったこの運動からはゲーテとシラーという作家が現れた。啓蒙主義の古典様式から19世紀のロマン主義へのこの過渡期に、ゲーテとシラーは慣例にとらわれない主人公を登場させ、その行動よりも思考や感情に重きを置いた。「ロマン主義のヒーロー」と呼ばれるこうした人物像は、その時代の反抗心を典型的に示すものとなり、そのころ数を増しつつあった小説のなかに繰り返し登場した。19世紀半ばまでにロマン主義がヨーロッパ全域からロシアへ広まると、プーシキン、レールモントフ、トゥルゲーネフなどの作家は、この観念を発展させて「余計者」という人物像を作り出し、型破りな考え方ゆえに社会から完全に孤立する主人公を登場させた。

ロマン主義文学のもうひとつの特徴は、自然界との親近性である。ワーズワースやコールリッジなどのイギリスの詩人が、産業化時代への対抗手段として自然の美と力を描き、幼少期の無垢と衝動を賛美した。都市化に対する似たような反動はアメリカの超絶主義作家の作品に顕著であり、エマソンやソローやホイットマンが博愛主義的な自由の精神を喚起して、自分たちの流儀で「自然に帰れ」という呼びかけをするに至った。

ゴシック小説

だがロマン主義作家の多くが気づいた

ロマン主義と小説の台頭

ロシアの詩人アレクサンドル・プーシキンの**「韻文小説」**『エヴゲーニイ・オネーギン』が連続形式ではじめて出版される。

1825年〜32年

アメリカの逃亡奴隷フレデリック・ダグラスの書いた『数奇なる奴隷の半生――フレデリック・ダグラス自伝』が出版される。

1845年

ハリエット・テイラーとジョン・スチュアート・ミルが急進的評論**「女性への参政権賦与」**を発表する。

1851年

チャールズ・ディケンズが自作の**公開朗読会**を開始して、『荒涼館』、『ハード・タイムズ』、『リトル・ドリット』を連続形式で出版する。

1850代

1844年

アレクサンドル・デュマが書いた若きダルタニャンの**冒険活劇**が『三銃士』の題名で連載される。

1847年

シャーロットとエミリーのブロンテ姉妹がそれぞれ最も有名な小説を発表する。シャーロットの『ジェイン・エア』(カラー・ベルの筆名で出版)と、エミリーの『嵐が丘』(エリス・ベルの筆名で出版)である。

1851年

この年書かれたハーマン・メルヴィルの叙事詩的捕鯨小説『白鯨』は、実際に起こった事件に触発された作品で、自然に対して復讐するための追跡行を描いている。

1855年

詩集『草の葉』がニューイングランドの**超絶主義者**ウォルト・ホイットマンによって出版されるが、作者は1892年に死去するまでこの詩集に詩を追加しつづける。

のは、自然が掻き立てる感情には喜びとともに恐怖もありうることだった。自然の破壊力に、そして超自然にさえも魅せられるこうした心情が、ゴシック文学として知られるジャンルを生み出した。その流れはドイツで定まり、ゲーテの戯曲『ファウスト』やホフマンの短編物語がその役割を果たしたが、最も熱心にこのジャンルを取り入れたのはイギリスの小説家たちであり、『フランケンシュタイン』を書いたメアリー・シェリーなどの例がある。ヴィクトリア朝の小説の多くにはゴシックの要素がちりばめられていて、エミリー・ブロンテの『嵐が丘』にあるように、荒涼たる風景のなかで、主人公が備えた奔放な性質を強調する例がしばしば見られた。また、都会の陰惨な環境に身を置く異様な人物を描く例も多く、これはディケンズの作品に特徴的に見てとれる。このジャンルはアメリカでも広まり、死をさまざまに描いたポーの物語がその例だった。また、表現様式にも影響を与え、メルヴィルは『白鯨』などの作品にそれを取り入れた。

歴史と自己認識

社会が産業化するにつれて読み書き能力の水準があがり、文学はもはや教育を受けた者の独占物ではなくなった。特に小説は19世紀のヨーロッパとアメリカで読者数が一気に増え、多くの作品が連続物の形式で刊行された。人気があったのは、スコット、デュマ、クーパーなどの作家が書いた歴史小説で、こうした作品は派手な冒険物語を求める声に応えたものだったが、トルストイの『戦争と平和』のように、もっと深刻な内容の作品もあった。民話やおとぎ話も好まれたが、ある文化に特有のものであることが多かった。このため、地域特有の伝統に関心が集まり、当時強まってきた民族主義と同調した。

読者層のひろがりと識字率の向上によって、作者の顔ぶれは非常に多彩になった。その最も目につく例が多くの女性作家であり、イギリスのブロンテ姉妹やジョージ・エリオットらが文学に女性の視点を取りこむ先駆者となった。また、ダグラスやジェイコブズやノーサップなど、早い時期に自由の身になった元奴隷が、アメリカの抑圧された黒人に声を与えた。■

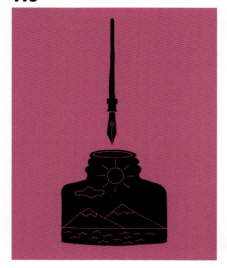

詩はあらゆる知識の息吹きであり、より高尚な精気である

『抒情歌謡集』（1798年～1800年）

ウィリアム・ワーズワースとサミュエル・テイラー・コールリッジ

背景

キーワード
イギリスのロマン派詩人

前史
1794年 ウィリアム・ブレイクの『無垢と経験の歌』はロマン主義の初期段階を代表する作品であり、ワーズワースが幼少期の清廉を重んじるのに先んじて、社会の進歩から取り残された人々に声をあげさせている。

後史
1818年 オジマンディアスの像を題材にしたパーシー・ビッシュ・シェリーのソネットは、人間の存在のむなしさにロマン主義的な関心があったことを示している。

1819年 ロマン派の詩が酩酊、死、想像力と結びつくものであることを、ジョン・キーツの詩「ナイチンゲールに寄せる歌」は物語っている。

1818年～23年 冷笑的、破壊的で機知に富んだ『ドン・ジュアン』は、作者であるバイロン卿自身のそれまでのロマン主義的指向を揺るがすものである。

ウィリアム・ワーズワース（1770年～1850年）とサミュエル・テイラー・コールリッジ（1772年～1834年）は、どちらも「湖畔詩人」と呼ばれた。このふたりがそう呼ばれたのは、イングランドの湖水地方に居を構えて詩作に従事したからである。ふたりは『抒情歌謡集』を協力して作り、このロマン派詩集は「人間の本質である強く自然な情動が心を掻き立てるとき、その心の満ち引きをたどる」という抱負をいだいていた。イギリスのロマン主義運動（1790年代ごろ～1830年代）は人間の経験、想像力、自然、個性の自由を創作の源と見なした。

詩の大衆化

『抒情歌謡集』の巻頭に収録された「老水夫の歌」は、コールリッジの7部からなるバラッドで、この世のものではないかのような響きを奏でている。「真実の姿」をした超自然的な詩は、コールリッジが受け持つと決められていた。ワーズワースの責任分担は、「目新しさの魅力」を日常生活に与えて、見慣れたもののすばらしさを読者に気づかせることだった。ふたりとも、詩はわかりやすく飾らないことばを用い、簡単な韻律と押韻を使って作るべきだという信念をいだき、この大衆化への衝動にかなう題材を選んだ。それは田舎の人々の生活であり、王侯貴族の寓意を扱う詩の代わりに、貧困や犯罪や精神崩壊を主題とするものが登場した。

純真と内省

ワーズワースの詩には子供を中心に据えた作品もある。そうした詩は自然とのつながりを作りあげて、幼少期を無垢と衝動と遊びの時代としている。『抒情歌謡集』の詩の大半は深く考え抜いたというよりもむしろ心の奥深くで感じたものだが、ふたりはより思索を重んじたものも作っている。コールリッジの会話体詩「ナイティンゲール」と、ワーズワースの「ティンタン僧院の数マイル上流で書いた詩章」がその例である。■

参照 『無垢と経験の歌』105

現実の人生ほど不思議で奇怪なものはない

『夜曲集』（1817年）
E・T・A・ホフマン

背景

キーワード
ドイツ・ロマン主義

前史
1797年〜99年 詩人として知られるフリードリヒ・ヘルダーリンが、抒情性と悲劇性をたたえた2部作小説『ヒュペーリオン』を執筆する。この作品はドイツ・ロマン主義が古代ギリシャ文化を重んじていたことを反映している。

後史
1821年 ハインリヒ・フォン・クライストの『ホンブルクの公子フリードリヒ』が、作者の自殺から10年後のこの年にはじめて上演される。愛国心に満ちた劇であるが、公子の軍令違反や失神や夢遊状態の場面もあったため、上演の際にはプロイセンの名士の機嫌を損ねないように手が加えられた。

1827年 ハインリヒ・ハイネの『歌の本』が出版される。5部から成るこのロマン派詩集はハイネの名を不動のものにし、詩の多くはのちにフランツ・シューベルトやロベルト・シューマンによって歌曲にされた。

ドイツのロマン主義はヴァイマル古典主義につづいて起こり、その反動であった。ロマン主義の主唱者は穏やかな抑制を拒絶して、芸術家自身の知覚にのみ関心を向けた。ドイツのロマン主義文学は中世を無知の時代と見なし、作りなおせるものと考えた。また、超自然的なもの、不可解なもの、怪奇なものを想像力の領域として探った。ドイツ・ロマン主義はイギリス・ロマン主義ほど内容が堅くなく、遊び心のある才知をきかせることも多かった。

暗黒の啓示書

『夜曲集』はプロイセンのケーニヒスベルク出身のE・T・A・ホフマン（1776年〜1822年）の作品であり、8編から成るこの短編集に含まれているのは、快活な精神と人間の不合理性とを結びつける物語である。話は平易で一般大衆向けに書かれ、これ見よがしに知識をひけらかしていない。ホフマンは作家としてより音楽家としての面のほうが強い人物だった。タイトルからもわかるとおり、この『夜曲集』もほかの多くのドイツ・ロマン主義文学作品と同様に歌や歌劇に改作された。

この短編集で最も有名な物語は「砂男」であり、昔話では子供を夢の国へいざなう心やさしいこの人物が、実は魔性の者で、子供の目玉を引き抜く男だと明かされる。ゴシック風で奇怪な物語の数々は、人間の精神を洞察し、社会のなかで安心感を得ようとする個人のあがきを見透かして、読者の心を掻き乱す。■

砂男は子供の目玉を袋に入れ、半分欠けたお月さまに持って帰って、自分の子供に食べさせてしまうのですよ……
「砂男」

参照 『群盗』98-99 ■ 『若きウェルテルの悩み』105 ■ 『抒情歌謡集』110 ■ 『ファウスト』112-15 ■ 『フランケンシュタイン』120-21

人間は努力しているかぎり迷うものだ
『ファウスト』（1808年、1832年）
ヨハン・ヴォルフガング・フォン・ゲーテ

背景

キーワード
ヴァイマル古典主義

前史

1776年 若きゲーテの後援のもと、ドイツの哲学者ヨハン・ゴットフリート・ヘルダーがヴァイマルに移り、文芸における美学を論じてギリシャ古典の価値に立ちもどる著作活動を開始する。ヘルダーの思想は、ヴァイマル古典主義の名で知られる運動に哲学の面での基礎を与えるものである。

1794年 フリードリヒ・フォン・シラーがゲーテに書簡を送る。ヴァイマルでの出会いをきっかけに結ばれた両者の親交が、ヴァイマル古典主義の支柱となる。

1800年 シラーが『ヴァレンシュタイン』3部作を完成させる。この戯曲はドイツ語で書かれた史劇の最高傑作、そしてヴァイマル古典主義の代表作であると言われることが多い。

　ヨハン・ヴォルフガング・フォン・ゲーテが世を去ったのは1832年だが、代表作と目される作品をようやく完成させたのは、まもなく死を迎えるときだった。その作品は『ファウスト』——2部から成る悲劇で、第1部が完成したのは1808年である。『ファウスト』はヴァイマル古典主義の最もめざましい成果でもあった。ドイツの都市ヴァイマルを中心に文化と文学が活気づき、多くの成果を生み出したこの時期は、1780年代から30年近くつづいた。

　だれよりもヴァイマル古典主義と密接にかかわった作家は、ゲーテと、その盟友である劇作家フリードリヒ・フォン・

ロマン主義と小説の台頭

参照 『フォースタス博士』75 ■ 『群盗』98-99 ■ 『危険な関係』100-01 ■ 『若きウェルテルの悩み』105 ■ 『魔の山』224-27 ■ 『キャッチャー・イン・ザ・ライ』256-57

> 老いてふたたび
> 子に帰るのではなく、
> もともとみんな子供で、老いてこそ
> 真の子供になるのですよ。
> **『ファウスト』**

シラー（1759年～1805年）のふたりである。どちらも青年期に、18世紀後半のシュトゥルム・ウント・ドラングにかかわっていたが、これは啓蒙主義文学の伝統様式と決別し、熱のこもった感情表現を広めようとする運動であった。しかし1780年代にはいって、若さゆえの燃える思いが静まると、ゲーテとシラーはかつて拒絶した啓蒙主義の価値を顧みはじめて、それをシュトゥルム・ウント・ドラングの活力と融和させ、よりすぐれた美の規範を新たに作ることをめざしてギリシャ古典へと立ちもどった。

協力して作りあげた古典主義

ヴァイマル古典主義はゲーテとシラーが共同で成しとげたものと見なされることが多いが、ほかにも何人か作家がいる。名高いのは哲学者のヨハン・ゴットフリート・ヘルダー（1744年～1803年）と、詩人で小説家のクリストフ・マルティン・ヴィーラント（1733年～1813年）である。

ゲーテとシラーの意見が一致したのは、完璧な美をめざしても達成はできないということだった。両者が強調したのは均衡と調和の重要性で、その論によると、ある文学作品が傑作だと見なせるのは、内包する不完全な要素と完全に均衡がとれた状態で存在する場合であるという。

この均衡は、ゲーテとシラーによれば、芸術作品に欠かせない3つの要素が結びつくことによって達成されるという。第1の要素はゲハルトで、これは作者がそもそも得た霊感、つまり啓示体験である。これが第2の要素ゲシュタルト、つまり作品の美的形式と結びつく。第3の要素であるインハルトは作者の創出するものの大半を占める。それは「内容」つまり、その文学作品の文言である。それゆえ、このインハルトは細心の注意を払って扱うべき要素である。というのも、インハルトには不均衡を作り出す可能性があり、

> 名状しがたきもの、
> ここには成しとげられぬ。
> 永遠なる女性は、
> われらを高みへ導く。
> **『ファウスト』**

その不均衡はゲハルトとゲシュタルトから注意をそらしかねないからだ。

ゲーテとシラーは互いの創作活動で協力し合い、励まし合った。両者は日々書簡を交わして、それは1805年にシラーが死去するまでつづき、シラーの死がヴァ

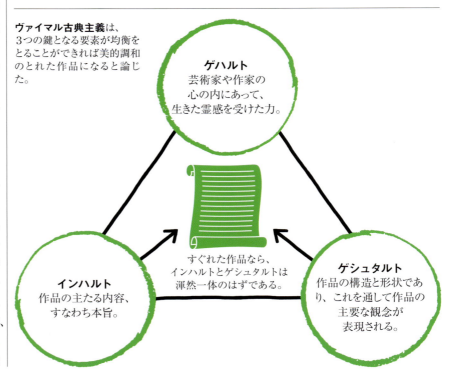

ヴァイマル古典主義は、3つの鍵となる要素が均衡をとることができれば美的調和のとれた作品になると論じた。

ゲハルト
芸術家や作家の心の内にあって、生きた霊感を受けた力。

インハルト
作品の主たる内容、すなわち本旨。

ゲシュタルト
作品の構造と形状であり、これを通して作品の主要な観念が表現される。

すぐれた作品なら、インハルトとゲシュタルトは渾然一体のはずである。

ファウスト

人が魂を売り渡してこの世の望みをかなえてもらうという着想は、古来作家の心をとらえてきた。ゲーテの戯曲の第1部はシャルル・グノーの歌劇を生み出した。この写真ではブリン・ターフェル（右側）がメフィストフェレス役を演じている。

イマル古典主義の終焉を告げたと考える批評家は多い。

舞台の上の小宇宙

ファウストの物語は悪魔との契約にまつわる数多くの民間伝承に基づいているが、そうした伝承は16世紀前半からヨーロッパ全域に広まって数々の文学作品を生み出していた。クリストファー・マーロウが1604年に書いた戯曲『フォースタス博士』はそのひとつである。

ゲーテ以前の作品がファウスト伝説を神と悪魔、すなわち善と悪の比較的単純な争いとして提示したのに対し、ゲーテの『ファウスト』はもっと奥の深い話であり、単なる道徳の問題を超えている。そこでは、人間は生きて行動して努力する過程でまちがいを犯すかもしれないが、こうしたまちがいから学ぶことで正しい道へと導かれると論じられている。

ゲーテの戯曲は序幕からはじまる。座長、詩人、道化が登場して、よい劇にするにはどういう特性が必要かを論じ合う。座長は観客が押し寄せて大受けする劇にしたい。詩人は理想主義者であり、永遠の価値を描き出して完全無欠で啓示に富む作品に、つまり後世に残る名作にしたい。道化は喜劇と筋運びで観客を楽しませたい。3人は最後には歩み寄り、筋運びと喜劇と悲劇が含まれていさえすれば、詩人は深い意味をこめた戯曲を創作してよいことになる。議論は観客にひとつ予告をして終わる。全宇宙がこれから舞台で展開される、と。

『ファウスト』第1部は先に天上の場面があり、そこでメフィストフェレス（悪魔）が人間について思いをめぐらして、神に賭けを挑み、自分は神が目をかけているファウストを罪深い道に転じさせてその魂を勝ちとれるとする。神は賭けに応じ

絶えず努めて励む者を、
われらは救うことができる。
『ファウスト』

るが、ファウストが正しい道にとどまると信じていると断じ、人は生きるなかで過ちを犯すかもしれないが本質では善き者だと指摘する。

地獄へ堕ちる取引

話は地上での出来事へと移り、舞台は同時代のドイツとなる。ゲーテがここで登場させるファウストは、学識豊かな大学教授で、博士であり、神学者でもある。ファウストは書斎で坐しながら、自分は学ぶことが尽きてしまった単なる「哀れな愚か者で、少しも賢くなっていない」と絶望し、自殺まで考える。そこへ悪魔が登場し、両者のあいだで取り決めがなされる。メフィストフェレスは地上でのファウストの望みをかなえてやり、その見返りにファウストは地獄で悪魔に仕える。取引の一部としてファウストは、完全に満足感を覚えてそれを永遠にとどめたいと思えたら、自分はその瞬間に死のうと言いきる。契約は血で署名される。

ファウストはグレートヒェンという若い女と出会って、魅了される。悪魔の手助けで彼女を誘惑するが、ファウストがよかれと思ってしたことがほどなく死と悲劇をもたらし、この第1部ではファウストは満足感を得られない。

第2部では、悲劇がより複雑になっている。5幕から成り、それぞれの幕は独立していて、現実界、魔界、歴史の世界、神話の世界のあいだを飛びまわる。ゲーテは第1部ではファウスト個人の小さな世界を探訪してきたが、ここに至って作

中の出来事をより広い世界に置く。第2部は幻想的で、入り組んだ筋を数多く取り入れていて、その一例がファウストとトロイアのヘレネー（ギリシャ神話に登場する世界一の美女）との結婚である。

文学史に残る傑作

『ファウスト』はヴァイマル古典主義の特徴として、古典の引喩が豊富に見られる。登場人物にはギリシャ神話に出てくる男女の神々や英雄がいるし、舞台背景は古典古代からとっている。驚くほど多様な表現様式で書かれていて、ギリシャ悲劇とともに、中世には人気があった聖書の題材をめぐる神秘劇も参照している。ルネサンス期の仮面劇やコメディア・デッラルテ（16世紀イタリアで興った演劇形式で、お決まりの人物などを役者が即興で演じた）から着想を得ており、使っている詩の形式は多彩である。

『ファウスト』はまちがいなくヴァイマル古典主義の頂点をなす傑作であるが、完成するまでに驚くほど長い時間がかかったため、1832年のゲーテ自身の死に先立つこと数か月前に第2部が刊行されたときには、ヴァイマル古典主義運動はとうの昔に終息していた。

『ファウスト』は「次世代」の作家には強い影響を及ぼさなかったが、それはこの戯曲が世に出たとき、多くの者がすでに膨大な数の作品を発表していたからである。ドイツ・ロマン主義は（古典主義の「均衡」には目もくれず）ヨーロッパの多くの地域を席巻した。同時代への影響は少なかったが、『ファウスト』はやがてドイツ文学の最も名高く最も研究される文学作品になり、いまではこれまでに書かれた全戯曲中の最高傑作と見なされている。■

「**ヴァイマル文学の庭**」は1860年にテオドール・フォン・エールが描いた絵画で、ゲーテ（右側、腰に手をあてている）の向かいにシラー（左側の朗読する人物）がいて、その後ろにヘルダーとヴィーラントがすわっている場面が示されている。

ヨハン・ヴォルフガング・フォン・ゲーテ

1749年8月28日、フランクフルトの裕福な中流階級の家に生まれた。大作家で文学の巨星であるだけではなく、法学、哲学から植物学、動物学、自然科学、医学に至る多彩な分野にも通じていた。

家庭教師による教育を受けたのち、1765年に法学を学ぶためライプツィヒへ送り出された。その地で抒情詩を書きはじめ、長編戯曲の処女作を書いた。卒業後も執筆活動をつづけ、革新的で傑出した作家との評判を確立した。

1775年にヴァイマル宮廷に仕えるよう招聘され、そこで10年間公職に就いた。1786年に2年間のイタリア旅行に出る。1794年ごろからフリードリヒ・フォン・シラーとの協力関係がはじまり、それが文学と文化の両面で卓越して影響力のある業績となって結実した。1832年3月22日に死去した。

ほかの主要作品

1773年　『ゲッツ・フォン・ベルリッヒンゲン』

1774年　『若きウェルテルの悩み』

1795年〜96年　『ヴィルヘルム・マイスターの修業時代』

むかしむかし……
『子供と家庭の童話』(1812年～15年)
グリム兄弟

背景

キーワード
民間伝承集

前史
1350年ごろ～1410年　口承をもとにしたウェールズ語の物語がまとめられて、イギリス最古の散文文学『マビノギオン』が成立する。

1697年　フランスの作家シャルル・ペローが、創作や再話を集めた『ペロー童話集』を書き記す。

1782年～87年　ドイツの作家ヨハン・カール・アウグスト・ムゼーウスが風刺的な民話を集めて出版する。

後史
1835年～49年　叙事詩『カレヴァラ』では、フィンランドの民間伝承が讃えられている。

1841年　ペテル・クリスティン・アスビョルンセンとヨルゲン・モーによる『ノルウェー民話集』が刊行される。

1979年　イギリスの小説家アンジェラ・カーターの『血染めの部屋』は、伝統的な民話における女性たちの描写に異議を唱える作品である。

民間伝承集は、おとぎ話や口伝えの歴史、民間信仰のような、文化伝統をまとめあげたものであり、中世以降こうした編集作業が進められてきた。「おとぎ話」という用語はフランスの作家オーノワ夫人が17世紀後半に作り出したものであるが、同時代人のシャルル・ペローが昔のおとぎ話を書きなおしたことのほうがよく知られている。イギリスの古物研究家ウィリアム・トムスは、1846年に雑誌「アシニーアム」に送った書簡のなかで、はじめて「民間伝承」の意味を明確にした。

14世紀にウェールズ語で書かれた『マビノギオン』のように、宗教や精霊を扱った物語も存在するが、民話は宗教に言及しないのがふつうである。こうした物語は歴史に関係なく「むかしむかし……」の世界に存在しており、読む者や聞く者が期待するのは、お決まりの登場人物、脈絡もなく出てくる魔法、ご褒美と仕返し、そして「いつまでも幸せに暮らしました」という結末である。おとぎ話は平易な文体で書かれ、たいていわかりやすい比喩的描写を用いており、筋が肝心かなめとなる。こうした物語は驚くべき速さで話が進んでいく。

西洋文化を豊かにする

グリム兄弟は、それ以降の民俗学者と同じく、人々の精神を由来のたしかなものにして後世に残すことを研究課題とし、自分たちの文化圏全域で語られたおとぎ話を記録する活動をはじめた。

これは壮大で夢に満ちた企てだった。民間伝承に対する関心が湧き起こったのは、民族主義が高まって文化を誇る傾向が強くなったからであり、グリム兄弟がおとぎ話を収集した目的もそれと変わらない。また、ヨーロッパの学者のなかで彼らだけがそうした仕事をはじめたわけ

むかしむかし、
まだ願い事がかなったころ……
『子供と家庭の童話』

参照 『千夜一夜物語』44-45 ■ 『ゴリオ爺さん』151 ■ 『カレヴァラ』151 ■
『血染めの部屋』333

ロマン主義と小説の台頭　117

でもなかった。しかし『子供と家庭の童話』に示されているように、グリム兄弟の労作こそがヨーロッパで収集された物語の最大部分を代表しており、どの作品よりも広く翻訳され読まれている。

森の奥深く分け入って物語を集めまわったと見なされることが少なくないが、そうしたことはおこなわれていない。グリム兄弟が資料にしたのはほとんどが兄弟のもとへ寄せられたものであり、中には文章の形で届く例もあった。「ねずの木の話」は、画家フィリップ・オットー・ルンゲが兄弟に送ってきたものである。

初版では、グリム兄弟はもっぱら大人向けに書いた。1823年に出されたエドガー・テイラーの英訳版が子供を対象として成功をおさめたのを機に、兄弟は修正を加えてドイツの物語を健全なものにした。たとえば、初版の「ラプンツェル」では、主人公の（婚外）妊娠があからさまに書かれているが、修正版では単に太るだけである。それでも暴力が最小限になったとはかならずしも言いがたい。シャルル・ペローの話に出てくるフランス版シンデレラの「サンドリヨン」は、義理の姉たちを許して、よい夫を見つけてやる。ところがグリム版の懲罰的な話では、シンデレラを助ける鳩が姉たちの両目をつついて失明させてしまう。

それでもグリム童話の人気は持ちこたえ、長年にわたって多様に解釈されて、さまざまな媒体で改作されてきた。夢幻の世界へ誘う「むかしむかし」という表現は、いまも不滅の真実を明らかにし、幸福で調和のとれた結末の魅力と相まって、世代を超えて人の心を惹きつける。■

ヤーコプ・グリムとヴィルヘルム・グリム

グリム兄弟として知られるヤーコプ（1785年～1863年）とヴィルヘルム（1786年～1859年）は、どちらもドイツの著名な大学人であり、文化研究者、言語学者、辞書編纂者でもある。

成人したのが6人である兄弟姉妹の長男と次男として生まれ、ヘッセンのハーナウで成長した。法律家の父が死んでから困窮したが、有力なつてのある伯母の援助でふたりともマールブルク大学に学んだ。

グリム兄弟は民話収集に向けた初期の方法論を発展させた功績を評価されていて、これは現代の民俗学の基礎になっている。ふたりはすぐれた文献学者でもあった。どちらも歴史的偉業とも呼ぶべき（33巻に及ぶ）ドイツ語辞典の編纂に携わり、未完のまま生涯を終えた。

ほかの主要作品

1813年～16年　「古いドイツの森」
1815年　「哀れなハインリヒ」（ハルトマン・フォン・アウエ原作）
1815年　『古いエッダの歌』
1816年～18年　『ドイツ伝説集』
1852年～1971年　『ドイツ語辞典』

民間伝承に登場する典型的な人物

魔法で助けてくれる者		グリム版では、シンデレラは実母の墓のそばで涙にくれるが、墓の目印であるハシバミの木に身支度をさせてもらって、舞踏会に行く（ペロー版では木の代わりに妖精がシンデレラを助ける）。
邪悪な継母		グリム童話の初期の版では母親だったが、のちに「継母」に変えて母性の神聖を保った。
魔女または妖術使いの女		きっかけを作って話を転換させたり、魔法めいていながらも悲惨な出来事を引き起こしたりする。
いたずら好き		作中で危険や障害を作り出して、自然秩序を掻き乱す。
動物に姿を変えられた者		鳥やほかの動物に姿を変えられてしまい、しかるべき状況になれば人間にもどるかもしれない人物が、グリム童話のそこかしこに登場する。

隣人を楽しませてやって、こんどはこちらが笑ってやるのが生き甲斐ってものだろう？

『高慢と偏見』（1813年）
ジェイン・オースティン

背景
キーワード
風俗小説

前史
1740年 イギリスの作家サミュエル・リチャードソンの『パミラ』は、使用人の身から社会階級をのぼっていく娘の物語であり、初期の風俗小説と見なされている。

後史
1847年 シャーロット・ブロンテの『ジェイン・エア』は、ヴィクトリア朝の階級不和と偏見を、女性が当然のごとく種々の制約を受けたこととともに批判している。

1847年～48年 主人公ベッキー・シャープの企みを通して、社交生活の二面性と欺瞞を風刺する小説『虚栄の市』が、イギリスのウィリアム・メイクピース・サッカレーによって書かれる。

1905年 イーディス・ウォートンが書いたアメリカの風俗小説『歓楽の家』は、社会、経済、道徳の面で女性に課された束縛を映し出している。

18世紀のはじめから半ばにかけては、文学では小説の台頭とロマン主義の発展を見た時期であった。しかし、18世紀が終わるまでに、新たなジャンルがイギリスに出現する。それは風俗小説であり、ロマン主義の感情過多と空想の飛躍から脱却するものだった。代わりに風俗小説が重視したのは、特定の集団に属する人々の通念、風俗、社会構造である。このような小説は女性が――作者としても主人公としても――主導権をとることが多かったので、それを理由に過少評価されることもあった。ジェイン・オースティンの小説はこうした文学の最も適切な例であり、イギリスの地方に住むジェントリ階級の社会慣習を穏やかに皮肉るとともに、ゴシック・ロマン主義の度を過ぎた劇的効果をからかっている。オースティンが強調したのはイギリス上流階級の俗悪で愚劣な面である。階級が重要で、社会階級が劣っているのは恥ずかしいこととされ、聖職者の情実任用が横行した実態が、舞踏会や訪問や社交界の噂話を通して描き出される。

社会的地位の上下

『高慢と偏見』で展開されるのは、ベネット家の姉妹が結婚相手にふさわしい独身男を追い求める話である。この小説はもっぱら主人公エリザベス・ベネットの目を通して語られ、エリザベスは快活で気立てのよい娘である。登場するのは5人姉妹で、父親のミスター・ベネットは聡明だが妻から文句ばかり言われる地方地主であり、母親は出しゃばりで品性に欠ける。

エリザベスは上流階級のフィッツウィリアム・ダーシーと出会い、ダーシーは不本意ながらエリザベスに惹かれる。だが

女の想像力はすばやく飛ぶ。ほめたら恋へ、恋したら結婚へ一足飛びだ。
『高慢と偏見』

ロマン主義と小説の台頭

参照　『ジェイン・エア』128-31　■　『虚栄の市』153　■　『北と南』153　■
『ミドルマーチ』182-83

ファニー・プライス
（『マンスフィールド・パーク』）は
いっしょに住む一家から軽んじられる。

エマ・ウッドハウス
（『エマ』）は縁結び役
に熱中して、人の思い
に気がつかない。

エリナ・ダッシュウッド
（『分別と多感』）は
感情を表に出せない。

**オースティンの小説に登場する
ヒロインの人生**は、
当人の属する社会階級と当時の
慣行に影響を受け、多くの場合
その枠内に閉じこめられている。
オースティンはそれぞれの個性を
微妙に変えて描いている。

キャサリン・モーランド
（『ノーサンガー・アビー』）
は自分がゴシック小説の
ヒロインだと思いこむ。

アン・エリオット
（『説得』）は昔の恋人と
再会して動揺する。

マリアン・ダッシュウッド
（『分別と多感』）は
感情を表に出しすぎる。

ジェイン・オースティン

　地方の比較的裕福な牧師を父に持ち、1775年にハンプシャーのスティーヴントンにあった牧師館で子供8人の7番目に生まれる。小さいころから読書にふけって父の蔵書に親しんだが、それは当時の女子には珍しいことであった。10代前半から創作を開始して、『高慢と偏見』の原型を『第一印象』の題名で1796年から97年にかけて書きあげた。1800年に父が引退を決めて一家でバースに移ったが、そこでのジェインは幸せに恵まれなかった。1809年にハンプシャーのチョートンに母と姉の3人で移り、日々執筆に励む。ハンプシャーで上流社会の生活を観察したことが小説の材料となった。結婚を題材に多くの作品を書いたにもかかわらず、自身は生涯結婚しなかった。ただし求婚を受け入れたことは1度ある。1817年に41歳で死去した。

ほかの主要作品

1811年	『分別と多感』
1814年	『マンスフィールド・パーク』
1815年	『エマ』
1818年	『ノーサンガー・アビー』
1818年	『説得』

　エリザベスのほうは、ダーシーを高慢で人を見くだす態度をとる不快な男と見なす。姉ジェインを好きになるビングリーはダーシーの友人であり、同じように裕福だが気どらない人柄で、ダーシーとは対照的である。ところが、軽薄な妹リディアが見てくれのよい青年士官ジョージ・ウィッカムと駆け落ちする醜聞を起こし、一家全体の名誉が危機にさらされたとき、思いがけず乗り出して助けたのはダーシーだった。エリザベスは自分自身の思いあがり、偏見、経験不足のせいで判断を誤るが、こうした試練を通して分別のある大人に成長していく。同じようにダーシーも高慢から脱皮して、たとえ階級は自分のほうが上でも、自分はエリザベスにふさわしく釣り合った相手だと示す。

　切れ味のよい機知と皮肉を生かしてオースティンが明らかにしているのは、生まれのよさと態度のよさは一致するとはかぎらないということである。『高慢と偏見』の描く風景はせまく見えるかもしれないが、それでもやはりこの小説は当時の風俗と道徳に鋭く切りこんでいる。■

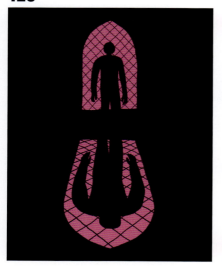

この密かな労苦がいかに恐ろしいものか、いったいだれにわかってもらえるでしょうか

『フランケンシュタイン』（1818年）
メアリー・シェリー

背景

キーワード
初期ゴシック文学

前史
1764年　イギリスの作家ホレス・ウォルポールが『オトラント城奇譚』を発表する。この作品はのちにゴシック小説の起源と呼ばれる。

1794年　イギリスのアン・ラドクリフが『ユードルフォの謎』を発表する。秘密めいて非現実的で陰鬱、というゴシック小説の「ヒーロー」像が読者に示される。

1796年　ラドクリフの小説やドイツの恐怖物語に触発されてイギリスのマシュー・ルイスが『マンク』を書き、当時最も世間を騒がせたゴシック小説のひとつとなる。

1817年　プロイセン出身のE・T・A・ホフマンが短編集『夜曲集』を書く。収録作「砂男」は現在でも有名で、ロマン主義の世界観に恐怖と不合理というゴシック小説の主題を融和させている。

　ゴシック小説の主題が確立したのは18世紀後半で、メアリー・シェリーの『フランケンシュタイン』刊行よりもかなり前である。ホレス・ウォルポールの『オトラント城奇譚』、アン・ラドクリフの『ユードルフォの謎』、E・T・A・ホフマンの『夜曲集』などの作品では、流浪者が雄大な異国の風景のなかをさまよったり、荒れ果てた城に幽閉されたりして、虐待、抑圧的支配、殺人といった悪夢のような物語が展開する。

　初期のゴシック小説の核心にあったのは、人知の力、想像力の限界、同時代の社会問題というロマン主義の中心的主題であり、そこに邪悪で尊大な悪人、血みどろの死者、陰鬱な中世風舞台設定という構成要素が加わった。これらはしばしば、吸血鬼、幽霊、怪物、さらには怯える謎めいた女という形で具体化した。

　『フランケンシュタイン』でメアリー・シェリーは、こうした要素を敷衍して広い哲学議論に結びつけ、それによってこのジャンルを大きく変化させた。この小説の着想は作者が交わしたいくつかの会話から得たもので、中でもイギリスのロマン派詩人パーシー・ビッシュ・シェリーやバイロン卿から大きな刺激を受けた。ある嵐の夜、仲間で炉辺に集まって物語をしていたとき、バイロンの提案で全員が幽霊の話を考えることになり、そこでメアリー・シェリーの想像力が掻き立てられたという。

不安定な時代

　『フランケンシュタイン』は単なる恐怖物語の域をはるかに超えている。特に重要なのは、迫害、脅威、怪異なものの出没というありふれた主題に肉づけをし、当時のロマン主義の重大な関心事——近

稲光が人影を照らしだした……あのおぞましきもの、わたしが命を与えてしまった穢らわしい悪魔だった。
『フランケンシュタイン』

ロマン主義と小説の台頭　121

参照　『フォースタス博士』75 ■　『夜曲集』111 ■　『ファウスト』112-15 ■
『嵐が丘』132-37 ■　『ドリアン・グレイの肖像』194 ■　『ドラキュラ』195

ゴシック小説の構成要素

陰鬱な舞台設定		崩れ落ちそうな城、暗い森、謎めいた塔、荒れ果てて人里離れた場所、墓地、納骨所。
類型的な登場人物		極悪非道の暴君、苦悩する乙女、錯乱した女や偏執者、魔性の女、邪悪な修道士や修道女。
凶事の予兆		予言、前兆、幻視、夢、嵐、満月。
超自然		幽霊、怪物、説明のつかない出来事、吸血鬼、狼人間。
ただならぬ感情		恐怖、錯乱、精神的苦痛、激怒、激情、穿鑿、絶叫。

メアリー・シェリー

小説家メアリー・ウォルストンクラフト・シェリーは1797年8月30日にロンドンで生まれ、生後11日目に、女権拡張論者の文筆家であった母メアリー・ウォルストンクラフトを失う。父は急進的思想家のウィリアム・ゴドウィンである。

メアリーは14歳のときスコットランドに送り出された。1814年に、（再婚した）父のいるロンドンの自宅へもどり、若き詩人パーシー・ビッシュ・シェリーと出会う。パーシーは既婚者だったが、ふたりは大陸ヨーロッパに駆け落ちして1816年に結婚する。それは愛情深くも悲劇的な結びつきだった。4人の子供で長じたのはひとりだけで、1822年にはパーシーが溺死した。メアリーは1851年に死去するまで執筆活動をつづけた。代表作は『フランケンシュタイン』で、この小説を構想しはじめた1816年は、夫や親しい友人仲間と過ごした幸せな時期だった。

ほかの主要作品

1817年	『6週間の旅』
1819年	『マティルダ』
1826年	『最後の人間』
1830年	『パーキン・ウォーベックの運命』
1835年	『ロドア』

代社会における個人の疎外──を洗練された形で描き出したことである。

時代の寓話

題名は悪名高い怪物のことではなく、ヴィクター・フランケンシュタインという、この小説の主人公のことである。主人公は科学者で、神秘学などに造詣が深く、名前のない生き物を創り出して、それを「わたしがかくも悲惨に命を与えてしまった悪魔のような屍」と表現する。フランケンシュタインは孤独で創造力に満ちた天才であり、その恐怖はおのれの内面から生じるが、それがはじまるのは人間の倫理規範の一線を越えるときである。主人公を通してシェリーは、怪奇というゴシック小説の主題を、追放されて流浪する異端者という形で明確にしている。『フランケンシュタイン』の怪物は、産業化の進む新しく不安定な時代のなかで主人公が生み出したものであり、当時の政治や社会の大変動に作者がしっかり向き合った産物とも言える。

『フランケンシュタイン』の恐怖は怪物にあるのではなく、むしろロマン主義者の心を完全に占めた当時の不安にこそある。それは宗教対科学についての疑問であり、正義の哲学であり、生命の起源についての議論であり、自己形成における教育、文化、環境の役割である。

フランケンシュタインは自身の創った怪物のせいで転落するが、これは究極の近代の寓話であり、道徳や社会の問題をゴシック小説の恐怖を装って巧みに包みこんだ物語である。■

みんなはひとりのために、ひとりはみんなのために
『三銃士』(1844年)
アレクサンドル・デュマ

過去を描いた作り話は文学自体の歴史と同じくらい古くから存在するが、独立したジャンルとしての歴史小説は、19世紀にそれまでにない人気の盛りあがりを見せた。歴史物を求める動きはイギリスでまず起こり、火つけ役となったスコットランドの作家ウォルター・スコットの小説がつぎつぎ発表された。これらの作品はイギリスの国内外に多くの読者を獲得し、その成功に刺激されて、似た主題の小説がつぎつぎと登場した。

1820年代までには、とりわけスコットの小説の影響がアメリカにまでひろがり、ジェイムズ・フェニモア・クーパーが〈革脚絆物語〉を書いて人気を博した。イギリス歴史小説の翻訳物はヨーロッパ全域でこのジャンルに市場を形成しつつあったが、特に目立ったのはフランスで、ヴィクトル・ユゴーやオノレ・ド・バルザックなどの作家が歴史物を手がけた。しかし、フランスの歴史小説家でだれよりも人気を得たのはアレクサンドル・デュマであった。

冒険への渇望

デュマが手がけたはじめての小説『三銃士』は1844年に連載形式で登場し、すぐさまデュマの名を国じゅうに知らしめた。この作品には当時の人気小説の構成要素がすべて含まれていた。勇敢で熱血肌のヒーローと策略を凝らす悪漢。剛勇と友情を取りこんだ筋立て。そして、時代背景は当時の読者が熟知して政治的興味を引くものだった。

刊行当時のフランスは革命後の激動期を経ていた。君主制信奉者と共和制信奉者との緊張は解けておらず、創作の加わった過去の描写は、より安定した時代を切望する人々の心をつかんだ。

主人公の貴族の若者ダルタニャンは1623年、ガスコーニュの家を離れて近衛

背景

キーワード
歴史小説

前史

1800年 アイルランド在住のイギリス作家マライア・エッジワースの『ラックレント城』が流行する。

1814年 スコットランドの作家ウォルター・スコットが『ウェイヴァリー』を皮切りに歴史小説を発表し、『ロブ・ロイ』(1817年)や『アイヴァンホー』(1820年)などの作品を残す。

1823年〜41年 アメリカの作家ジェイムズ・フェニモア・クーパーが書いた歴史小説シリーズ〈革脚絆物語〉には、『開拓者たち』(1823年)と『モヒカン族の最後の者』(1826年)がある。

後史

1829年 オノレ・ド・バルザックの『ふくろう党』は、フランスで1799年に起こった王党派の蜂起が題材である。

1989年 ガブリエル・ガルシア゠マルケスの『迷宮の将軍』は、「南アメリカの解放者」シモン・ボリバルについての作品である。

いさかいを恐れず、
危険に満ちた冒険を追え。
『三銃士』

ロマン主義と小説の台頭

参照 『アイヴァンホー』150 ■ 『モヒカン族の最後の者』150 ■ 『レ・ミゼラブル』166-67 ■ 『戦争と平和』178-81 ■ 『二都物語』198

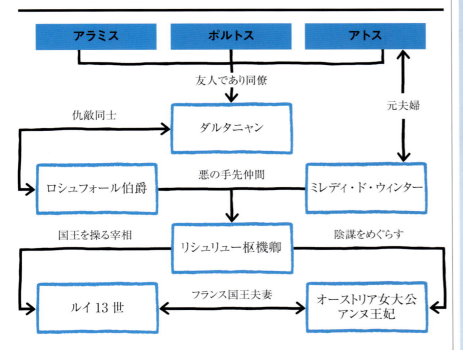

近衛銃士隊は連帯感で結ばれた護衛兵団であり、話の中心である。物語には国際政治、宮廷陰謀、友愛、敵対、色恋沙汰がからむ。時代を超えた主題を語る歴史物語は、変わらぬ人気を確実なものにする。

アレクサンドル・デュマ

1802年、フランスのピカルディでアレクサンドル・ダヴィ・ド・ラ・パイユトリーとして生まれた。デュマの父はサン=ドマング(現ハイチ)で支配層に属した白人と、アフリカ系カリブ人奴隷マリー=セゼット・デュマのあいだに生まれた男の子である。

父と同様、アレクサンドルも祖母の姓を受けたのは後年のことだが、貴族の血統が作家として身を立てるのに役立った。オルレアン公爵(のちの「市民王」ルイ=フィリップ)のもとで職を得て、史劇で最初の成功をおさめたのち、小説執筆に転じた。そうして書かれたダルタニャンの冒険物語で有名になる。ルイ=フィリップが退位すると、デュマは1851年にフランスから逃亡して1864年まで帰国しなかった。

浮名も多く流し、子供は少なくとも4人いると言われていて、そのひとりである息子アレクサンドルも作家になり、「フィス(息子)」と呼ばれることが多い。

ほかの主要作品

1845年 『20年後』
1847年~50年 『ブラジュロンヌ子爵』

銃士隊に属すべくパリへ向かう。つぎつぎと災難に見舞われて宿願を果たそうにも邪魔がはいるが、当初は決闘相手として、やがて盟友として、題名にもある三銃士アトス、ポルトス、アラミスとの縁を得る。4人は一団となって王妃の名誉を守るための使命に身を投じ、宰相である枢機卿リシュリューの策謀に乗せられて国王がイギリスとの戦争に踏みきるのを阻止する。そこに至るまでの浮かれ騒ぎも満載で、当然のごとくロマンティックな色恋沙汰もある。

とはいえ、デュマは冒険活劇に重いテーマをいくつか盛りこみ、時代描写は批判的である。デュマが描いた銃士の英雄たちは勇敢で人を魅了するが、君主制に対して無批判な忠誠を見せ、他者の扱い方はつねに紳士的というわけではない。そして4人が忠節を尽くす対象のルイ13世は、貧弱でだまされやすい君主として描かれている。国王は枢機卿やその手先であるロシュフォール伯爵とミレディ・ド・ウィンターに情け容赦なく操られる。

1844年の夏のあいだ、この連載はフランス大衆が心待ちにし、多くの国で翻訳された。デュマはさらに2編〈ダルタニャンの伝記物語〉である『20年後』と『ブラジュロンヌ子爵』を連載し、似た形式の『モンテ・クリスト伯』を書いた。そうした作品のすべてが、もとの小説であれ、テレビ番組であれ、映画であれ、いまだに人気を博している。■

けれども、ぼくは幸せには向いていません。そうしたものに、ぼくの魂は縁がないのです

『エヴゲーニイ・オネーギン』(1833年)
アレクサンドル・プーシキン

アレクサンドル・プーシキン(1799年～1837年)はロシア最大の詩人と見なされている。その業績は非常に大きな影響力を及ぼして、とりわけ代表作『エヴゲーニイ・オネーギン』は、「余計者」という概念と人物像を確立した。

幻滅感をいだく個人であり、たいがい裕福な家庭や特権階級に生まれた余計者は、周囲の社会に倦怠と冷笑の目を向けて関心を持たず、その一方で自分は道徳と知性ですぐれていると感じている。

満たされない人生

帝政ロシアの1820年代を舞台にした『エヴゲーニイ・オネーギン』は、プーシキンのことばによると「韻文小説」形式で書かれている。この主人公は町の周縁に住む人生に倦んだ地主である。友人ヴラディーミル・レンスキイは若く熱情的な夢想家で、ほかには美しく知的なタチヤーナ・ラーリンとその妹のうぬぼれ移り気なオリガが登場する。タチヤーナはオネーギンに恋をして拒絶されるが、それはオネーギンが「家庭の幸せに生きることに縛られた人生」を望まないからである。オネーギンはレンスキイと決闘して領地を去り、数年後にもどるとタチヤーナは別の男と結婚していた。

孤独な運命

生き生きと、そしてしばしば皮肉な調子で、プーシキンはほかにもおおぜいの脇役を登場させる。ロシアの生活から切りとった情景を写実的に描写して、多方面にわたる文学作品の名をいくつもあげたり、哲学的な所見も多くはさんだりするが、それらのなかには当時の社会を風刺するものもある。

終盤、人生の大半をまわりの人々とは距離を置いて過ごしてきたエヴゲーニイ・オネーギンは、取り残されて自分の孤独な運命を後悔する。余計者はほかの作家たちからも選ばれ、繰り返し再現される題材として1840年代と50年代のロシア文学の多くで見られた。■

参照 『トリストラム・シャンディ』104-05　■　『現代の英雄』151

背景

キーワード
余計者

前史
1812年～24年　イギリスの詩人バイロン卿の作品に登場するチャイルド・ハロルドとドン・ジュアンは、ロシア文学における「余計者」の先駆者である。

後史
1840年　ミハイル・レールモントフの唯一の小説『現代の英雄』は、余計者という主題を土台にした作品であり、主人公のグリゴーリイ・ペチョーリンは世間を退屈に思う気持ちを吹き飛ばしたくてたまらない。

1850年　イヴァン・トゥルゲーネフの中編小説『余計者の日記』は、ハムレットにも似たチュルカトゥーリンという人物像のなかで、観念的で怠惰な男という概念をさらに深めている。

1859年　何もしない夢想家オブローモフは、その名を題名とするイヴァン・ゴンチャロフの小説に登場し、余計者の特徴である怠惰とものぐさの典型を示す。

百万の宇宙を前に、冷静で動じぬ魂であれ
『草の葉』(1855年)
ウォルト・ホイットマン

背景

キーワード
超絶主義

前史

1840年 文筆家で文学批評家のマーガレット・フラーと、随筆家で詩人のラルフ・ウォルドー・エマソンが、超絶主義の機関誌「ダイアル」の創設編集者となって、文学、哲学、宗教に関する出版を手がける。

1850年 超絶主義の代弁者エマソンが「普遍的精神」を提唱し、それがプラトンやシェイクスピアのような天才の人生を通して発現するものだとする。

1854年 ヘンリー・デイヴィッド・ソローの『ウォールデン——森の生活』で、自然に囲まれた素朴な生活から得られる恩恵が描かれる。

後史

1861年〜65年 アメリカの大詩人エミリー・ディキンソンが、この時期に生涯で最も精力的に詩作に励む。作品には超絶主義者らしい響きと宇宙の広大さへの恐れが入り混じっている。

超絶主義運動が盛んだったのは19世紀半ばのアメリカである。知性と思弁の融合が——肉体的特徴と性衝動と自然の賛美と結びついて——詩人ウォルト・ホイットマン(1819年〜92年)やほかの超絶主義作家の作品に見られる特徴になった。

肉体と精神の礼賛

ホイットマンの詩集『草の葉』には「電気を帯びた肉体を歌う」などの作品が収録されている。この詩集で、作者は魂を崇めると同時に自身の願いを明らかにしている。その願いとは、肉体を恥じる思いからアメリカの人々を解放し、平等主義者の本性を育み、人と人の交流を促したいというものだった。「わたし自身の歌」は全人類に捧げる賛辞であり、そのなかで作者は自然の循環にもどった自分自身を想起している。眠りに誘いこむ詩のリズムに乗せて、ホイットマンは喜びに浸る。「わたしは森のそばの土手へ行き、ありのままに裸になろう、／わたしは大気がこの身にふれることを希う」。

ホイットマンが歓喜を覚えたのは自然とその循環であり、そこに神がいるのは本人にとって自明のことであった。詩人エマソンとも共通する確信は、人間は生まれつき善良であるということであり、これが超絶主義の大きな特徴となった。のちに『草の葉』に収録された「もの静かな辛抱強い蜘蛛」などの詩でも、「果て知らぬ大海のような空間」に神秘的に魅了される思いが示されている。■

参照 『抒情歌謡集』110

これは土があり水があるどこにでも生える草、／これは地球を浸す普遍の空気。
「わたし自身の歌」

人間がどのようにして奴隷にされたかをこれまで見てきた。奴隷をどのようにして人間にしたかをこれから見せよう

『数奇なる奴隷の半生——フレデリック・ダグラス自伝』(1845年)
フレデリック・ダグラス

背景

キーワード
奴隷の体験記

前史
1789年　『アフリカ人、イクイアーノの生涯の興味深い物語』がイギリスで出版される。これはベニン（現ナイジェリア）出身で奴隷にされた少年の体験記である。

後史
1853年　ソロモン・ノーサップの自伝『12 イヤーズ・ア・スレーブ』（「それでも夜は明ける」）では、アメリカ北部の自由黒人と南部の奴隷との生活が対比されている。

1861年　元奴隷ハリエット・ジェイコブズの『ある奴隷少女に起こった出来事』は、奴隷女性の数々の体験を描いている。

1979年　オクテイヴィア・E・バトラーの小説『キンドレッド　きずなの招喚』は新しいタイプの奴隷体験記であり、主人公は時空を超えて現在のカリフォルニアと南北戦争以前のメリーランドを行き来する。

アメリカ南北戦争（1861年～65年）に至るまでの何十年ものあいだ、南部諸州には約400万人の奴隷がいたが、その一方で北部の奴隷制度廃止論者は奴隷制度という非人道的な慣行を終わらせようと運動を進めた。北部に逃亡した混血奴隷のフレデリック・ダグラスは、1841年にマサチューセッツで開催された反奴隷制協会の集会に招かれて語り、大義の推進に効果的な雄弁家であることを示した。ダグラスは自分の人生を順に綴ってまとめる作業に取りかかり、その本は1845年に出版された。これは4か月もしないうちに5,000部売れ、アメリカ文学における奴隷体験記のジャンルのひな型となった。

ダグラスは本のなかで問うた。「人間はどのようにして奴隷にされるのか」と。そして、生後1年にも満たないうちに奴隷の母から引き離された過程を語っていく。つねに空腹と寒さに苦しみながら、奴隷監督が些細なことで男の奴隷を鞭うつさまを目のあたりにした。従わない奴隷が殺されるのを目撃した。年若くしてダグラスは気づく。「奴隷や黒人の殺害は……犯罪とされていない、法廷でも地域社会でも」。

解放としての文学

反奴隷制協会事務局によって出版され、ふたりの代表的な奴隷制度廃止主義者が序文を書いた『数奇なる奴隷の半生——フレデリック・ダグラス自伝』には、奴隷制度廃止主義者の大義推進に合わせて書かれた部分もある。聖書風の修辞的表現が随所に織りこまれ、力強い説得力を持つ本文のなかで、この逃亡奴隷は南部の広めた作り話を偽りだと暴き、黒

それは経験のない汚れ仕事できつかった。しかしわたしは喜んで仕事に取り組んだ。いまやわたしは自分自身の主人だった。

『数奇なる奴隷の半生——フレデリック・ダグラス自伝』

ロマン主義と小説の台頭

参照 『アンクル・トムの小屋』153 ■ 『ハックルベリー・フィンの冒険』188-89 ■ 『見えない人間』259 ■ 『ビラヴド』306-09

人を教育するのはむずかしい、南部では奴隷所有の様態が穏やかだなどという通念を否定する。ダグラスの結論では、南部のキリスト教信仰は「この上なく恐ろしい犯罪行為を隠蔽しているだけであり、かぎりなくおぞましい残虐を正当化するもの」である。自分の来し方を徐々に明かしながらダグラスは「どのようにして奴隷を人間にするのか」と問い、それに対して、自分をピカレスク風成長物語の人物に描くことで答える。少年期にある女主人から読み書きを教わったダグラスは、それをすぐに身につけ、奴隷制度の不当性を暴いたり、未来の自己を解き放ったりするきっかけを得た。それ以上教育を受けることはかなわなかったが、ダグラスは貧しい白人少年やともに働く仲間を教師代わりにした。転機が訪れたのは16歳のときで、ダグラスは粗暴な奴隷監督との格闘に勝利した。その後の話には自己発見の強い意識があり、ダグラスは一人前の人間へと成長していく。■

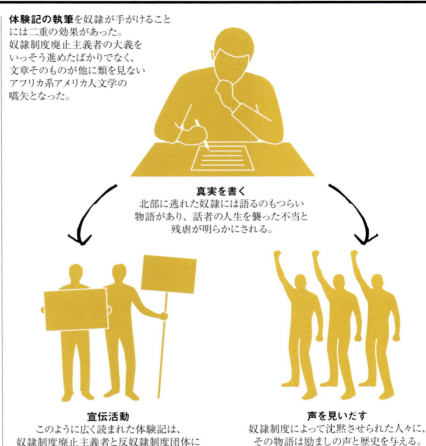

体験記の執筆を奴隷が手がけることには二重の効果があった。奴隷制度廃止主義者の大義をいっそう進めたばかりでなく、文章そのものが他に類を見ないアフリカ系アメリカ人文学の嚆矢となった。

真実を書く
北部に逃れた奴隷には語るのもつらい物語があり、話者の人生を襲った不当と残虐が明らかにされる。

宣伝活動
このように広く読まれた体験記は、奴隷制度廃止主義者と反奴隷制度団体にとって強力な宣伝となる。

声を見いだす
奴隷制度によって沈黙させられた人々に、その物語は励ましの声と歴史を与える。

フレデリック・ダグラス

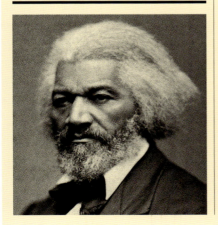

フレデリック・オーガスタス・ワシントン・ベイリーはハリエット・ベイリーと氏名不詳の白人のあいだに、1818年2月にメリーランドで奴隷として生まれた。20歳のとき、ニューヨークに逃亡して自由黒人のアンナ・マレーと結婚した。夫妻は5人の子供をもうけた。

その後、マサチューセッツへ移り、捕まるのを避けるためにダグラスと名乗るようになって、奴隷制度廃止主義者の集会で定期的に語った。1846年にイギリスで講演し、同地でボルチモアでの奴隷身分から解放されるための募金活動を友人たちがおこなう。やがてニューヨークに落ち着いたダグラスは、そこで新聞を発行して逃亡奴隷を援助し、連邦政府の大義のために黒人部隊を募った。妻の死後、編集者で女権拡張論者の白人ヘレン・ピッツと再婚する。コロンビア特別区裁判所執行官やハイチ共和国総領事の任にも就き、1895年にワシントンD.C.で死去した。

ほかの主要作品

1855年 『わが束縛と自由』
1881年 『フレデリック・ダグラスの生涯と時代』(1892年改訂)

わたしは鳥ではありません。どんな網にもかかりません

『ジェイン・エア』(1847年)
シャーロット・ブロンテ

背景

キーワード
ヴィクトリア朝の女権拡張論

後史

1847年 エミリー・ブロンテが『嵐が丘』を出版、ヴィクトリア朝社会におけるジェンダー、家庭生活、女性の地位という女権拡張論の問題を探る。

1853年 シャーロット・ブロンテが『ヴィレット』を出版。女性の自己決定、自己認識、自立という、作者が以前に取りあげた主題をより深めて書きなおした作品と見なされている。

1860年 ジョージ・エリオットの『フロス河畔の水車場』では、女性の知的成長という主題と、家庭での義務という観念とが対比されている。

1892年 シャーロット・パーキンス・ギルマンの短編物語「黄色い壁紙」が発表される。アメリカにおける女権拡張主義文学の初期の例であり、女性の精神的健康を家父長制の抑圧と関連づけて描いている。

『ジェイン・エア』が1847年にはじめて出版されたとき、著者はカラー・ベルとされたが、これは女であることを隠すためにシャーロット・ブロンテが使った筆名だった。この本には『ある自叙伝』という副題もつけられていて、19世紀ドイツの教養小説のジャンル(「自己形成小説」ともいう)を取り入れたことが示されている。このように主人公の成長を描く物語では、読者は主人公の人生を子供時代から大人へとたどり、障害を乗り越えて人として成熟する過程を読み進めていくのがふつうである。自我と自己認識の発達を探るという作業は、男の登場

ロマン主義と小説の台頭

参照 『嵐が丘』132-37 ■ 『ミドルマーチ』182-83 ■ 『魔の山』224-27 ■ 『サルガッソーの広い海』290

ハドン・ホールはダービーシャーにある絵のように美しい中世領主の邸宅で、『ジェイン・エア』の2本の映画化作品でソーンフィールド・ホールとして使われた。

人物を通しておこなわれることが多かった。それは、当時女には男と同じ人間としての深みなどないと一般に思われていたからにほかならない。『ジェイン・エア』が当時としては急進的作品になったのは、女には男と同等の複雑な内面があり、美しさだけで価値の決まるうわべだけの存在ではない、と主張したからである。

登場人物の成長

作者の作り出した地味で激情を秘めた知性豊かなヒロインは、主人公と同じ階級に生きる女たちの窮状や、さまざまな女の人生の不平等とに共鳴や感情移入をさせる。同時代の男性作家の多くは、女の登場人物を見た目や身持ちのよさの観点から大ざっぱな形で描いたが、この小説にジェインの類型的な描写はない。

この作品はジェイン・エアの生い立ちを語るもので、孤児の身で叔母の世話になった子供時代から、慈善寄宿学校ローウッド女学院で教育を受け、地方地主の邸宅ソーンフィールド・ホールで家庭教師として雇われるに至る過程をたどっていく。作者はジェインを複雑で立体感のある人間として描き、子供時代に受けた虐待から、その後の自由と自立のない数々の不公平な扱いまでを詳述する。こうした事象が数かぎりない印象的なくだりで表現され、自由を求めるジェインの願いと焦燥感が、反抗と不服従のことばと結びつけられている。

ソーンフィールド・ホールでジェインが出会う（そして恋に落ちる）のは、謎めいた当主のミスター・ロチェスターである。ジェインはロチェスターの複雑な女性関係に巻きこまれ、最初の妻バーサ・メイソンとも出会う。ロチェスターとの結婚がかなわず、ジェインはソーンフィールドを去る。最初は無一文だったが、運命のめぐり合わせで本来自分のもので

シャーロット・ブロンテ

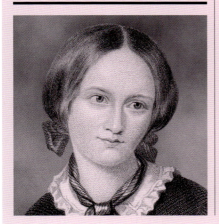

1816年4月21日にヨークシャーで牧師パトリック・ブロンテと妻マリア・ブランウェルの三女に生まれた。1824年に姉のマリアとエリザベスとともに寄宿学校に送られたが、環境が劣悪だったために校内でチフスが流行した。マリアとエリザベスが早世したのはこのせいだとの思いから、シャーロットは同校での経験をもとに『ジェイン・エア』のローウッドを描いた。

シャーロットは家庭教師と教師をつとめた経験があった。最初の小説『教授』は出版社に拒否され、刊行されたのは死後だった。1847年に『ジェイン・エア』を発表してただちに成功をおさめたが、それからまもなく、まず弟パトリック・ブランウェルが、つづいて残された妹エミリーとアンが死亡するという悲劇に見舞われる。ブロンテ家の6人の子供のうち、生き残ったのはシャーロットだけだった。1854年に牧師のA・B・ニコルズと結婚し、翌年3月の出産時に死去した。

ほかの主要作品

1849年　『シャーリー』
1853年　『ヴィレット』
1857年　『教授』

一部の**女権拡張論者**の見方によると、正気を失って夫エドワード・ロチェスターに幽閉されたバーサ・メイソンはジェイン・エアにとっての雇用主だが、ジェインとその社会的地位を隠喩として映し出す人物である。バーサ・メイソンはジェインの競争相手だが、心理学的にはゴシック小説におけるジェインの分身であり、ロバート・ルイス・スティーヴンスンが生み出したジキル博士とハイド氏の女権拡張論版だと考えられる。

ジェインには声が聞こえる。

ジェインは幼少期も大人になっても、感情を表に出すのを抑制するよう教えられてきた。

ジェインは子供のころ叔母によってある部屋に鍵をかけて閉じこめられ「おかしくなった猫のように」反応する。

ジェインは家庭内に閉じこめられる。

ジェイン・エア　バーサ・メイソン

バーサは異常と見なされる。

バーサは怒り、荒れ狂う感情、激情を行動に表す。

バーサは「何か異様な野獣のように」うなる。

バーサは文字どおり閉じこめられる。

あった財産を手にし、ロチェスターのもとへもどる。

家庭内の隷属

作者が作品に盛りこんだのは反隷属と変革を志向する描写で、それはブロンテ姉妹が読んだ数多くの19世紀政治小冊子から得たものだった。『ジェイン・エア』では、こうした政治的言辞がヴィクトリア朝社会に生きる中流階級の女や、そうした女の人生に負わされた家庭の束縛について用いられている。ジェインは読者にこう告げる——女が「あまりにきびしい束縛、あまりに重々しい沈滞に苦しめられるのは、男とまったく変わらない。そして同じ人間なのに女より特権を与えられた男たちは、狭量ゆえに、女は家に引きこもってプディングを作ったり長靴下を編んだり、ピアノをひいたり袋に刺繍をしたりすべきだなどと言うのである」と。この女権拡張の訴えは作品全体に一貫して流れ、ジェインは女にも自由、自立、行動が必要だと力強く示す。

初期の批評の多くは本作を賞賛するものだったが、その急進的な内容と、女であることに対する「女らしくない」観点とを批判するものもあった。しかしジェイン・エアはたちまち、当時だれよりも影響力のある文学上のヒロインになった。この作品の刊行後、女の主人公の新しい類型がヴィクトリア女王時代の文学にはっきり見られた。それは、地味で反抗心が強く知性豊かな主人公である。作者がそのような主人公を生み出したのは、控えめで好感を与える美人で家庭的なヒロインと対立するものとしてだった。

女の空間

『ジェイン・エア』が扉を開いたのを機に、当時のほかの女性作家たちは女の人生に存在する制約と平等への希求とを探った。たとえばジョージ・エリオットの『ミドルマーチ』は、家父長制とその道徳面でのもろさを批判し、女の向上心が満たされない思いに焦点を合わせている。女の人生を左右する家庭での責任の現実は、シャーロット・ブロンテが作者自身の記憶を思い起こさせる『ジェイン・エア』の家庭空間を使って、ヴィクトリア女王時代の小説に取り入れたものであり、それは19世紀を通して女性作家に付

ロマン主義と小説の台頭

きまといつづけた問題であった。

『ジェイン・エア』を読んだ女権拡張論者の多くが着目した主要な舞台としては、特定の部屋や窓などがあるが、悪名高いソーンフィールドの屋根裏部屋もあった。そこはジェインの愛の対象であるエドワード・ロチェスターが、「狂った」最初の妻を監禁した場所である。家庭の領域は女の身体と存在そのものに密接に結びついていて、だからこそ当時の女を描いた小説は家庭生活の細かい描写に満ちている。こうした描写は、当時のきびしい束縛と性別の意識形態に対する女の反発が、自然に小説の形で現れたものだと言われた。

狂気と隷従

ジェインは家庭に閉じこめられることに反発し、そんなものは牢獄だから、自分はそこから脱出しなくてはならないと考えていた。ふたりの関係が激動にさらされると、ロチェスターはジェインを「断固として飼い馴らされぬ自由なもの」と呼び、「外側の檻をどうしようと捕らえることはできない——獰猛な美しい生き物よ!」と口にする。ロチェスターがジェインを檻に閉じこめられた「獰猛な」生き物と言い表したのは、屋根裏部屋に文字どおり閉じこめられていた最初の妻バーサについての描写でもあったと言える。バーサの狂気は女の人生に課された制約の現れであり、ジェインが人生を通して感じつづけた閉塞感を浮かびあがらせている。バーサの姿は、19世紀の女が結婚して自我を失ったときに起こりうることを最も極端な形で文学的に表現したものである。バーサはジェインが受ける束縛とそれに対する怒りの隠喩や投影であるにとどまらず、制約を受けること自体が孕む「狂気」の象徴でもある。

> 女はふつう、おとなしいものということになっている。けれども感じ方は男とまったく同じだ。能力を発揮したり、努力を注ぐ分野を持ったりする必要があるのは、兄や弟の場合と変わらない。
> 『ジェイン・エア』

のちに作家たちはバーサの苦境に対し、より明白に女権拡張論の解釈を打ち出した。アメリカの作家シャーロット・パーキンス・ギルマンは、女権拡張論の立場から短編物語「黄色い壁紙」を1892年に発表したとき、ブロンテによるバーサの精神錯乱の叙述をさらに発展させ、家父長制社会で女が受ける医学面、文化面での抑圧を強く批判した。ドミニカ生まれのイギリスの作家ジーン・リースは、広く賞賛された1966年の小説『サルガッソーの広い海』でバーサの物語を別の視点からつづけて語ろうとした。そこでは、(もともとアントワネッタという名だった)バーサは植民地ジャマイカのクレオール人で、イギリス人と結婚してイギリスに連れてこられるが、抑圧的な家父長制社会に閉じこめられて自分を見失い、正気を失っていく。

狂人ではなく囚人

女権拡張論の見方では、ジェインの分身は「狂った」のではなく——ほかの女たちと同じく——自由を禁じられたことになる。その文脈で考えると、ジェインがロチェスターに熱く語った「わたしは鳥ではありません。どんな網にもかかりません。自立した意志を持つ自由な人間です」ということばは、19世紀の女が社会の網に捕らえられて内面に精神異常をきたすさまを痛烈に物語っている。シャーロット・ブロンテは『ジェイン・エア』を書いたとき、おそらく自分では意識せずに、女権拡張主義の象徴をひとりではなくふたり作り出した。それはジェイン自身と「屋根裏の狂女」である。■

『屋根裏の狂女』

『ジェイン・エア』を女権拡張論の立場から解釈した著作で最も名高いのは、アメリカの研究者サンドラ・M・ギルバートとスーザン・グーバーの『屋根裏の狂女』である。1979年に出版されたこの本は、題名を『ジェイン・エア』から借用し、シャーロット・ブロンテの小説に考察を加えるばかりではなく、同時代のほかの女性作家が書いた作品にも目を向け、ジェイン・オースティン、メアリー・シェリー、エミリー・ブロンテ、ジョージ・エリオット、エリザベス・バレット・ブラウニング、クリスティーナ・ロセッティ、エミリー・ディキンソンも並べて取りあげている。両者の分析でおもに扱われた主題は、感情、精神、身体の面で19世紀の女に課された制約と「狂気」の概念を関連づけるというものだった。

両者の論旨では、男性作家によって表現される19世紀の女は天使と怪物のどちらかであった一方で、女性作家は自作に登場する女を服従的か狂気に満ちた姿のどちらかで描くことで、こうした紋切り型への憂慮を表明したという。

自分の命なしでは生きていけない！
魂なしでは生きられない！

『嵐が丘』(1847年)
エミリー・ブロンテ

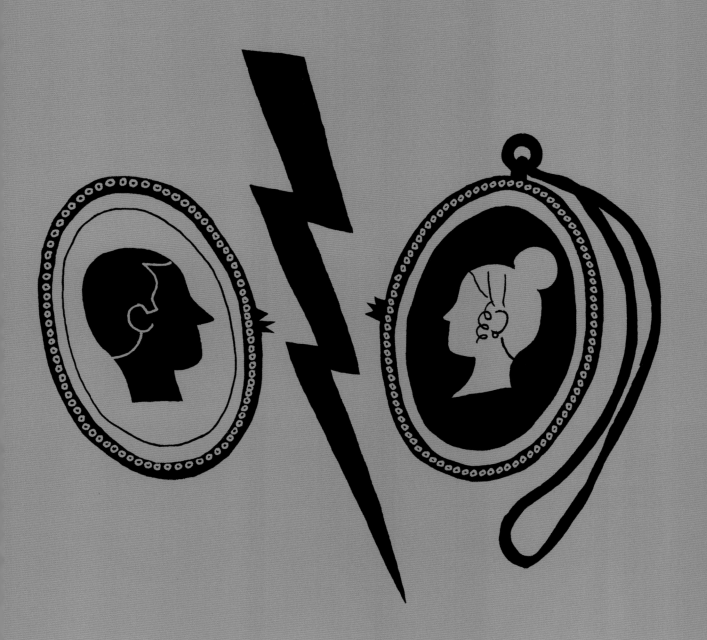

134　嵐が丘

背景

キーワード
ヴィクトリア朝の
ゴシック小説

前史

1837年～39年　チャールズ・ディケンズの『オリヴァー・ツイスト』は、初期ゴシック小説の陰気な雰囲気をロンドンの街なかに移し替えている。

1840年　エドガー・アラン・ポーがこの年に著した数々の物語は、心を掻き乱す廃墟、幽霊、よみがえる死体といったゴシック小説の主題を濃密な人間関係と結びつけている。

1847年　シャーロット・ブロンテの『ジェイン・エア』が出版される。この小説が取りあげたゴシック小説における家庭内虐待と幽閉という主題は『嵐が丘』に反映されている。

後史

1852年～53年　チャールズ・ディケンズが『荒涼館』を書く。いわば、荒廃したゴシック風の城をロンドン貧民街の共同住宅に作り替えたこの作品で、ヴィクトリア朝の都市ゴシック小説を発展させる。

エミリー・ブロンテの『嵐が丘』は西洋文化圏屈指の名高い恋愛物語とされている。だが、読み進めるうちにわかってくるのは、この小説は恋愛物語というよりもむしろ暴力、幽霊、虐待の話ではないか、ということである。この作品でエミリー・ブロンテはゴシック小説の主題を拡大して再構成し、ジェンダー、階級、貧困、家庭生活についてヴィクトリア朝の人々がどんな関心を持っていたかを明らかにしている。

荒野の神話

小説のなかで語られるのは復讐と依存と熱烈な思慕の物語であり、嵐が丘と呼ばれる屋敷を中心にして、ヨークシャーの荒野の寒々とした風景に舞台を設定している。英雄とは対極の主役ヒースクリフの生涯をたどっていく話であり、孤児としてリヴァプールの路上からアーンショウ家に引きとられた身の上が語られる。ヒースクリフは一家の娘キャサリンと息子ヒンドリーといっしょに育てられ、物語はその後の年月に展開する3人の複雑なかかわりと争いへとつづき、ヒース

> ああ、体が焼けつく！外へ出たい──子供のころにもどって、半分野蛮なくらいに、強くて自由になりたい。
> 『嵐が丘』

クリフは心の友であるキャサリンをエドガー・リントンに奪われて復讐に走る。

この小説は枠物語の技巧を使っており、主たる語りのなかに独立した話が提示されている。大きな枠はロックウッドという名の紳士が嵐が丘を訪ねる形をとる。ロックウッドはキャサリンの幽霊らしきものに出くわし、かつてキャサリンの使用人だったネリー・ディーンに屋敷の歴史を尋ねる。ネリーの明かす物語が、ロックウッドと読者の両方に向けて展開されていく。『嵐が丘』は1847年に出版されてすぐには成功をおさめなかったが、

エミリー・ブロンテ

1818年7月30日、牧師パトリック・ブロンテの5番目の子として生まれた。一家が住んだハワースの村はヨークシャーの荒野に接し、ここに住んだことがエミリーの作品に、そしていっしょに文学に親しんだ姉シャーロットと妹アンの作品にも深い影響を与えた。

1821年に母が没し、1824年に姉と同じくランカシャーにある聖職者の娘のための学校に送られる。長女と次女が結核にかかって死亡し、生き残ったエミリーはハワースにもどり、姉のシャーロット、妹のアン、兄のブランウェルとともに実家で暮らした。その後姉妹3人は自分たちの作品を男の筆名で出版することにし、エミリーは「エリス・ベル」と名乗った。エミリーが発表した小説は『嵐が丘』（1847年）だけだが、その前年に3姉妹で詩集を1冊出している。悲劇的なことに、エミリーは自分の小説が成功をおさめるのを見届けることなく、小説出版のわずか1年後に結核で死去した。

ほかの主要作品

1846年　『カラー、エリス、アクトン・ベルの詩集』

参照 『ジェイン・エア』128-31 ■ 『荒涼館』146-49 ■ 『オリヴァー・ツイスト』151 ■ 『グロテスクとアラベスクの物語』152 ■ 『大いなる遺産』198

おそらくその理由は、ヴィクトリア朝の人々の感性がこの作品の果てなき熱情と冷酷さについていけなかったことだ。しかし、イギリスの作家ヴァージニア・ウルフが1916年にこの作品に関する小論を書いたことが、これをどう読み解くかの転機となった。ウルフはこの作品を、おとぎ話や神話のように本質的に時間を超越して存在するものだと述べている。こうした見方はやがて一般的になり、現在では主流であるが、無視や過小評価をしがちな重要な点がある。それは作者がゴシック文学の伝統的手法を物語に取り入れたことと、作品自体が当時の文学や社会問題と深いかかわりを持ったことである。

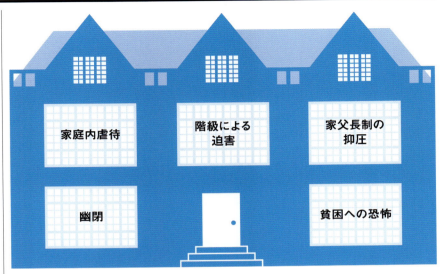

『嵐が丘』の屋敷は、物語の激しい動きと主人公の感情の揺らぎを象徴している。外の世界からの避難所として機能するのではなく、この家はゴシック小説の舞台として、虐待、怯え、閉所恐怖、搾取、抑圧の場と化している。

ゴシック小説の主題

『嵐が丘』で特に印象的なのは、ヴィクトリア朝におけるゴシック小説の主題の取り入れ方である。チャールズ・ディケンズなど、同時代の他の作家は、ゴシック小説の要素を写実主義小説のなかで使い、そうすることで主題や様式や意味をそれ以前のゴシック文学と関連づけて深めた。たとえば、ディケンズが描いたのは荒廃した中世風の城ではなく、貧困と搾取のはびこる不安定な都市の風景だった。

エミリー・ブロンテはディケンズよりもさらにゴシック文学の伝統的手法を発展させ、少年期に嵐が丘の屋敷に連れてこられたヒースクリフを通してそれをおこなっている。家人のもとに着いたあと、ヒースクリフは全編を通して、「ジプシー」と呼ばれる。ヴィクトリア朝の人々にとって、「ジプシー」ということばは、民族が異なる者を指すと同時に、家のない流浪者ゆえに恐れられた者を侮蔑することばとしても使われた。

作者がゴシック小説の伝統をより複雑な形で取り入れたのは、登場人物の内心の葛藤を描いた場面でもはっきりわかる。キャサリンがヒースクリフとリントンのどちらを選ぶかを迫られて3日間眠らず、想像と現実の区別がつかなくなるところはその一例である。

ヴィクトリア朝の体面

民族のちがいと労働者階級の貧困はヴィクトリア朝の人々には重大な関心事だった。体面やイギリス国民としての自己認識についての考え方は、中流階級家庭の理想化された家庭空間で形作られた。だがエミリー・ブロンテは、外の世界の生々しい現実を家のなかに持ちこんで、それ以前のゴシック物語を思い起こさせ、そうした話では家庭は避難や安らぎの場所ではなく、家族による虐待がおこなわれる空間である。それによって作者が暴き出すのは、ヒースクリフにまつわる「隷属」と「家なし」の状態が、理想化された家庭の内側でもたしかに見ら

> 恐怖のあまり、わたしは凶暴になった。そいつを振り払おうとしても無駄と悟り、その手首を割れたガラスに引き寄せて前後にこすりつけてやると、しまいには血が流れ出して寝具をしとどに濡らした。
> 『嵐が丘』

136　嵐が丘

寂寥感漂う荒野の舞台は、自然が与える野蛮な脅威を象徴する。たやすく踏み迷いそうな荒涼たる風景こそ、この小説の主役のひとりとも言える。

れることである。つまり、家庭は犯罪のはびこるゴシック小説の路頭に比べて少しも安全なところではない。

見捨てられた浮浪児としてリヴァプールで拾われたヒースクリフは、ジプシーだけでなく当時の人身売買とも結びつけられてきた。登場人物としてのヒースクリフは、なじみのないものへの恐怖を家庭環境に持ちこむ存在である。キャサリンもヒースクリフと同じく、嵐が丘の屋敷で経験するのは放置と虐待だけであり、そんな彼女への強い執着を通して、ヒースクリフの存在は犯罪と搾取が都市労働者階級の貧民街だけのものではなかったと物語っている。

愛し合うふたりか、
それとも吸血鬼同士か

キャサリンとヒースクリフの関係は情熱的というよりもむしろ寄生的である。互いに必要とし、復讐しようと求めて生きる力を引き出し合い、しばしば相手の社会に対する願望と不満を反映する。ヒースクリフがキャサリンに訴える「自分の命なしでは生きていけない！ 魂なしでは生きられない！」ということばが示すのは、ふたりの結びつきが華やかな愛ではなく、存在にかかわる魂の出会いだということである。キャサリンも似た台詞を口にする。「わたしたちの魂が何でできていようと、彼とわたしの魂は同じ」である、と。キャサリンにとってヒースクリフは乙女らしいのぼせあがりの源ではない。それどころか、ヒースクリフが自分本位で他人を食い物にすることを知っている。キャサリン自身も強情でわがままな人物であり、その行動はヒースクリフの不屈の意志を反映している。

わたしがこの世で味わった大きな悲しみはヒースクリフの悲しみよ。最初からそれをひとつひとつ見て感じてきた。
『嵐が丘』

貧しく生まれつき、階級が低いために嵐が丘で虐待されるヒースクリフは、社会での力を求めて階級をのしあがり、富を獲得して地所の所有者になろうとする。当時の中流階級女性の例に漏れず、キャサリンは地所の一部で、閉じこめられた家庭を彩る存在と見なされている。一方、大人の女の世界にはいるにつれて順応を期待されるキャサリンにとって、ヒースクリフは上品な中流階級の世界と戦うための武器そのものである。

ジェンダーと家庭

ヴィクトリア朝のゴシック小説とジェンダーとの関係は、『嵐が丘』の重要な要素であり、それは小説内でよく知られたくだりにはっきり現れている。不運なロックウッドは、最初に嵐が丘を訪れるとき、典型的なヴィクトリア朝の地主邸を見いだすものと期待する。つまり、家庭的な屋敷のような場所で、家族の至福と調和そのものの炉辺の光景に心をなごませるつもりだったということだ。ところがその期待は裏切られて、ロックウッドはゴシック小説ならではの世界へ転がりこむことになり、不気味な犬に襲われ、不愛想な地主に追い払われ、そのうえ謎

めいた家政婦に案内された寝室には幽霊が出る。

ロックウッドがかつてのキャサリンの寝室で子供の姿をした本人の幽霊と遭遇するくだりは、身の毛のよだつ血まみれの絵図で極限に達し、ロックウッドは幽霊のむき出しの手首を割れた窓のぎざぎざしたガラスにわざとこすりつける。この暴力的で胸の悪くなる場面は、キャサリンとこの家が複雑な関係にあるという事実がなければ、ただのゴシック通俗劇と解釈されかねない。生涯を通じてキャサリンは、家庭を幽閉の場として過ごす。そこから脱出しようと求めるが、皮肉なことに嵐が丘の境界に幽霊となって出没し、死してなお中にはいろうとする。ヒースクリフと同様にキャサリンも「家なし」の登場人物であり、どこにも居場所がない。キャサリンにとって、ほんとうにゴシック流で恐ろしいのは、家が自分といくつかの願望を受け入れる場所になりえないことである。それどころか、死んだキャサリンの肌をロックウッドがぼろぼろにしたように、彼女の本質が破壊される。キャサリンを通して作者は、女性を定義するのによく使われたヴィクトリア朝の家庭像の限界を暴いている。

家庭によって幽閉される

19世紀のあいだ、女は家という場所と密接に結びついていて、ジョン・ラスキンなどの著名なヴィクトリア朝の批評家が、女の身体そのものを家庭の私的空間と言い表すまでになる。そのような閉所恐怖症を起こしそうな場に女の人生を限定するという問題は、シャーロット・ブロンテの『ジェイン・エア』にも反映され、女を家庭内に文字どおり閉じこめる形でそれが表現されている。『嵐が丘』では、女の幽閉というゴシック小説の主題はキャサリンを通して具体化され、女が外に出るには暴力的に自己破壊するしかなく、結局は家を失うしかないと暗示している。

キャサリンにとって、ヴィクトリア朝の家庭は単なる牢獄ではなく、みずからの存在にかかわる苦しい選択の場でもある。それは自分の居場所がどこかと自問させて、人生と活力を奪い去るものであり、あとに残るのはかつての自分のはか

ブロンテ姉妹（アン、エミリー、シャーロット）のこの肖像画は、一家の長男ブランウェルが描いた。3人姉妹は文学作品を協力して制作し、それぞれの著作で似たような主題を探求した。

ない「影」でしかない。最初は比喩的な意味でそうだったが、のちにはキャサリンは文字どおり「影」そのものとなる。そこにこそ『嵐が丘』の持つ力があり、ヴィクトリア朝のゴシック要素の使い方もある。物語の根底にある悲劇はキャサリンとヒースクリフのかなわぬ関係ではなく、ふたりのどちらにも真の居場所となる空間がないことにある。この小説ではそれが描かれている。■

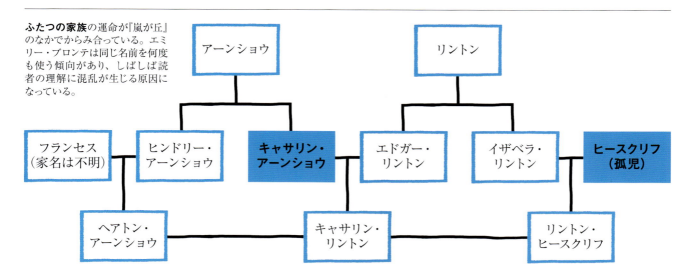

ふたつの家族の運命が『嵐が丘』のなかでからみ合っている。エミリー・ブロンテは同じ名前を何度も使う傾向があり、しばしば読者の理解に混乱が生じる原因になっている。

地球上の動物のどんな愚行だって、
人間どもの狂乱沙汰には
遠く及ばない
『白鯨』(1851年)
ハーマン・メルヴィル

白鯨

背景
キーワード
暗黒ロマン主義

前史
1845年 エドガー・アラン・ポーの詩『大鴉』のなかでカラスは「ネヴァーモア（二度とない）」ということばを繰り返し、恋人を失った男の落胆に拍車をかけて精神崩壊に追いこむ。

1850年 ナサニエル・ホーソーンの『緋文字』で、ヘスター・プリンは婚外子の女児を生む。緋文字とは「アダルトレス（姦婦）」の頭文字のことで、ヘスターは赤い「A」を服につけなくてはならない。

1851年 同じホーソーン作の『七破風の屋敷』では、超自然と魔法を手がかりにして、罪悪感、報復、償いといった主題を探求している。

後史
1853年 メルヴィルの『代書人バートルビー』は実存主義文学の先駆けであり、この作品に登場する法律事務所の代書係は穏かな態度で仕事を拒否して、単にいるだけの存在になる。

19世紀はじめから半ばまで、アメリカではロマン主義の発展にふたつの筋が見られた。ひとつはエマソンとソローが主導した超絶主義であり、この理想主義的な運動が中心にした信念は、魂すなわち「内なる光」が存在し、人間と自然界は本質的に善であるというものだった。もうひとつが暗黒ロマン主義で、人間性に対しては前者ほど楽天的な見方をしなかった。ポー、ホーソーン、メルヴィルといった作家たちが推し進めたのは、個々の人間は罪悪と自滅を受け入れやすいという考えで、これは超絶主義者の理想主義に対する反動から生まれたものである。

暗黒面
両派とも自然のなかに霊的な活力が存在することは認めていたが、超絶主義者が自然を神と人間をつなぐ道筋と見たのに対し、暗黒ロマン主義者は人間の完全無欠性について超絶主義者ほど楽観的ではなかった。暗黒ロマン主義者の見方では、自然は暗く不可解な真理を体現するものであり、人間は危険を承知で自然に

> ……筋骨を砕き脳髄を飛び散らすすべてのもの、人生と思考に隠微にひそむ悪魔崇拝、ありとあらゆる悪は、正気を失ったエイハブの目には、モービー・ディックのなかにはっきりとした形で具現され、実際に攻撃できるものとされた。
> 『白鯨』

立ち向かうとした。それと同じ悲観主義に基づいて、社会改革の試みを実現性の疑わしい夢想と見なしてもいた。1836年ごろから1840年代までに書かれた詩や散文で、暗黒ロマン主義の主唱者たちは、好ましい変化をもたらそうとして失敗する個人を描くことが多かった。恐怖や超自然や死にまつわるものに惹かれ、苦痛や惨劇にも魅せられて、悪へ向かう人間の性癖と、悪事、罪悪感、復讐、錯乱が精神にもたらす結果とに心を奪われた。

ハーマン・メルヴィル

1819年にニューヨークで生まれ、父は輸入商だった。父の死をきっかけに働きはじめて、亡父の事業にかかわり、その後は地方の教師をつとめたり、伯父の農場で働いたり、ほかに銀行事務員の経験もある。20歳のとき給仕としてリヴァプールへ向かう貨物船に乗りこみ、1841年に捕鯨船アクシュネット号の乗組員になった。南太平洋のマルケサス諸島で暮らした逸話が最初の小説『タイピー』を書くきっかけになった。その後さらに捕鯨船やアメリカ海軍フリゲート艦に乗りこむ。船での経験から『白鯨』の題材には事欠かず、メルヴィルは海洋冒険への一般大衆の興味に乗じたいと考えていた。しかしこの作品が出版されたころ、世間の関心はすでにアメリカ西部へ移っていて、『白鯨』はメルヴィルの存命中は傑作とは見なされなかった。1891年に心臓発作で死去した。

ほかの主要作品
1846年 『タイピー』
1853年 『代書人バートルビー』
1857年 『詐欺師』
1888年〜91年 『ビリー・バッド』（1924年に死後出版）

ロマン主義と小説の台頭

参照　〈ファースト・フォリオ〉82-89　■　『フランケンシュタイン』120-21　■　『草の葉』125　■　『嵐が丘』132-37　■　『グロテスクとアラベスクの物語』152　■　『緋文字』153　■　『ドラキュラ』195　■　『重力の虹』296-97

超絶主義と暗黒ロマン主義は19世紀半ばの「アメリカン・ルネサンス」と呼ばれる時期に見られた対向する2派だった。超絶主義者は自然と人間の双方を本質的に善と見なしたが、暗黒ロマン主義者にとっては、自然は潜在的に邪悪な力であり、人間はどこまでも誤りやすいものであった。

自然は神聖な霊力であり、人間と神のあいだに介在する。

人間は神聖な輝きを持っていて、それが人を生まれながらに善なるものにする。

個々の人間が最高の状態にあるのは、独立独歩で依存しないときである。

超絶主義

自然は邪悪な霊力であり、恐ろしい真実を明らかにする。

人間は不完全な存在で、罪悪と自滅に向かいがちである。

個々の人間が失敗するのは、物事をもっとよい方向に変えようとするときである。

暗黒ロマン主義

こうした要素はゴシック文学にも見られ、現代の恐怖物語へつながる道を切り開いた。暗黒ロマン主義者が暴こうとした真理は原始的で不合理なものだったため、好んで用いられたのは象徴的な表現だった。ポーが書いた物語や詩には、細部が陰鬱で夢幻的という特徴があり、生きたまま埋められる人々、崩れかけた大邸宅、心に耐えがたい苦痛を加えるカラスなどが登場する。ナサニエル・ホーソーンの場合は、現実世界における清教徒主義の偽善のなかに悪夢があると自覚し、恥辱やひそやかな罪を題材にした。

1850年8月5日、暗黒ロマン主義を代表するふたりの作家、46歳のホーソーンと31歳のメルヴィルが、マサチューセッツ州での登山ハイキングで出会った。メルヴィルは捕鯨小説の大作『白鯨』執筆に苦しんでいた時期で、年長の作家が見せたロマン主義への傾倒と社会迎合への拒絶に大きな感銘を受けた。のちにメルヴィルはホーソーンの近くに居を定め、『白鯨』の巻頭にはホーソーンへの献辞をつけてこう記している――「その天才に対するわが賞賛の証として」。

復讐のための追跡

豊かなことばで語られ、挿話や登場人物も数多く、象徴的表現も豊富で、海に関連した分野ではきわめて広範で深い知識を披露する『白鯨』は、アメリカ初の叙事詩的大作小説である。有名な書き出し「わたしのことはイシュメールと呼んでくれ」から、読者は一気に引きこまれ、つづいて語り手は「魂がじめじめと霧雨の降る11月にあるなか」で、自分の行動の意味を見いだそうと探っていく。

実のところ、イシュメール自身の探求は、エイハブが率いた妄執じみて悲劇に終わる冒険と対を成している。エイハブは捕鯨船ピークォッド号の船長であり、

悲劇的に偉大な人物には、ある種の病的なところがかならずあるものだ……人間的な偉大さとは病にすぎない。
『**白鯨**』

白鯨

エイハブは憎悪に満ちた執念深い船長という設定で、最初はまた聞きの情報や噂を通して人物像が描かれる。エイハブ本人は、小説が100ページ以上も進んでから、ようやく登場する。

モービー・ディックとして知られる巨大な白いマッコウクジラに片足の膝から下を食いちぎられて、その鯨を求めて大海を探しまわる。エイハブは「堂々として神を畏れぬ神のような男」であり、鯨の骨で作った義足を突いて音を立てながら甲板を歩きまわって、悪魔じみたカリスマ性を振りまく。深層心理として、エイハブが闘っている相手は神であり、モービー・ディックの「理性のない仮面」の背後にひそむものである。エイハブの世界観では、あらゆる事物は未知で不可解で悪意に満ちた何かを表している。エイハブは鯨を攻撃することで神を、あるいはその未知の代行者を攻撃する。エイハブの執念の物語は生と死の意味の問いかけでもあり、宗教から精神崩壊までの主題を掘りさげている。

復讐を求めるエイハブの激情をなだめるのは自身のやさしい感情だけであり、やがてエイハブはピップという名の若い黒人の甲板員に心を動かされ、望郷の念にもしばし駆られて、涙を海に落とす。ピークォッド号の一等航海士スターバックに向けて語るのは40年に及ぶ大海の孤独であり、妻のことを思い、幼い息子を思いやる。こうした後悔は、憤怒と欲望というふたつの大罪が一体化して復讐を求める思いに押しつぶされてしまう。

浮遊する国家

ピークォッド号の航海には寓意が含まれていて、船名自体もそうである。ピークォッド（あるいはピーコット）はアメリカ先住民の部族名であり、この部族はイギリスからの清教徒入植者によって17世紀中にほぼ絶滅させられた。したがって物語が暗示するのは文明のたどる運命で、それは物質的進歩、帝国主義的領土拡大、白人優位、自然収奪などへの飽くなき渇望がもたらすものである。この船は世界の、とりわけアメリカの縮図と見なすことができる。

乗組員は人種も宗教もとりどりで、メルヴィルの視点の普遍性を反映している。いっしょに働くことで水夫たちは互いを頼りにする。とはいえ、この浮遊する多様な社会は民主的と呼ぶにはほど遠い。社会と人種の相違は不平等を生み出し、そして船上のだれもがエイハブの強権支配に屈する。捕鯨船の乗組員が味わ

そして、あの白い鯨こそがこれらすべての象徴であった。
『白鯨』

巨大な白い鯨はその名をメルヴィルの小説に与え、エイハブが復讐を追い求める強烈な象徴となっている。だが他の登場人物からは、それぞれの教育、階級、信仰、もしくはそういうものの欠落しだいで、多様に解釈される。

- 伝説の動物
- 人間の限界を体現したもの
- 邪悪の化身
- まっさらな画布で、まだ人間の手が加えられていない
- 栄光と収益の源
- 恐ろしくて感情のない自然
- 不可解な神の仮面
- エイハブの崩壊した精神が作り出した肉体

ロマン主義と小説の台頭

> モービー・ディックはあなたを追ってはいません。あなただ、あなたのほうだ、気が変になるほど夢中でやつを追っているのは！
> 『白鯨』

う思考や感情の多様性と強烈な対比を成すのは、船長の偏執的執着と、その船長が殺意をみなぎらせて追う鯨の巨岩並みのエネルギーである。

　この船は追跡の手段であるとともに浮遊する工場でもあり、メルヴィルは読者がこの船について、アメリカの資本主義、機械の時代、市場経済との類似点を見てとるであろうとはっきり意識していた。

聖書と予言

　『白鯨』は冒瀆的な野心を描いた叙事詩的物語であり、聖書に言及して小説の大枠に意味を付け加えている。ふたりの主要登場人物イシュメールとエイハブの名は、聖書の人物にちなんでつけられている。創世記16章から25章で、族長アブラハムの庶子イシュマエルは嫡出子イサクを立てるために追放された。語り手にこの名を与えることで、イシュメールがさすらい人であり部外者だという事実をメルヴィルは際立たせている。アハブは列王記第1の21章に登場する他人のぶ

どう畑をほしがる王で、計略によってそれをわがものにするが、不名誉な最期を運命づけられる。アハブの名にちなんで名づけられたエイハブ船長は、大筋として似た道を『白鯨』でたどり、その流儀が自身の破滅を確実にもたらす。

　メルヴィルは偶然と天命のなせる陰謀に関心があり、予言を使って不吉な前兆を作り出している。イシュメールがピークォッド号に乗りこむ前に、エライジャという名前（これもまた聖書に相当する人物がいる）の人物が登場して、船の運命を曖昧に予言する。のちに銛打ちのフェダラーが口にする予言は、物語がたどる道筋の最終段階を事前に示す。予言では、船長が死ぬのは2台の霊柩馬車を見たあとにかぎり、1台は「人間の手によって作られたものではな」く、1台はアメリカで育った木で造られたものだとする。この予言をエイハブは自分が航海を生き延びるしるしだと解釈する。

地獄の業火と報い

　イシュメールは銛打ちのクイークェグと知り合ったあと、辛辣な意見を述べる——「酔ってない人食い人種といっしょに寝るほうが、酔っぱらったキリスト教徒と寝るよりましだ」。このように正統のキリスト教もほかの宗教も貶める傾向は、小説全体に一貫して流れている。エイハ

捕鯨船はマサチューセッツ州ニュー・ベッドフォードではよく見られた。ここはメルヴィルが働いた地であり、『白鯨』の冒頭の舞台となった。ここから捕鯨船が出港したのは1925年が最後である。

白鯨

ナンタケットの捕鯨船エセックス号は1820年、太平洋で巨大なマッコウクジラに遭遇して沈没した。この事件を含めたいくつかの出来事をヒントに、メルヴィルは『白鯨』を書いた。

ブは乗組員を甲板に集めて、「異教徒」の銛打ち3人に、鋼の銛の頭にある柄受けの穴を盃代わりにして酒を飲ませ、冒瀆の儀式にも似た場面を展開させる。銛打ちたちに「わが枢機卿よ」と呼びかけ、彼らが飲む器を聖杯と称し、モービー・ディックに死を与えることを誓わせる。のちにエイハブは、白鯨を突き刺すのに使うつもりで銛の先端部に血を捧げ、それに向かってあざけるようにラテン語で唱える。「われ、いま汝に洗礼を施さん、神の名にあらずして、悪魔の名において」──この一文をメルヴィルはこの作品の「秘めたる銘文」だとホーソーンに説明した。メルヴィルはホーソーン宛の手紙のなかで、「邪悪な本」を書いてしまったと語り、それより前の手紙では、自分の小説が「地獄の業火で焼かれ」たと記した。

船体そのものが黒ずんで、マッコウクジラの巨大な歯と骨が花綱状に飾られるさまを、メルヴィルは「船のなかの人食い人種で、浮き彫り模様を施した敵の骨でめかしこんでいる」と表現する。夜には、鯨の脂身を溶かすための火が船を「真っ赤に燃えさかる地獄」に変える。こうして小説の舞台さえもがゆがんだ信仰を思わせる。

劇と詩

この作品で使われている技巧は小説よりも戯曲でよく見られるもので、独白やト書きの例があり、第40章では短い劇形式まで使っている。自暴自棄的な野望を描くにあたって、メルヴィルはエリザベス女王時代に書かれた悲劇の主人公にヒントを得た。エイハブが反映しているのはシェイクスピアの悲劇に登場する主人公マクベスであり、非情な不合理に陥るところはリア王、復讐の衝動に駆られるところはハムレットである。1850年の評論でメルヴィルは、シェイクスピアの魂の「ずっと奥深くにひそんでいるもの」と、「暗い人物」によって語られる重大な真実を賛美すると記した。メルヴィルがシェイクスピアの手法を使って自分の思い描いたものを表現しているのはまちがいなく、先に述べた(シェイクスピアによって非常に効果的に使われた)独白から、叙述にあたって激しく高揚する語り口に至るまでがその例である。

さらにメルヴィルはこの作品の語りを考えるにあたって、ジョン・ミルトンの無韻叙事詩『失楽園』からも刺激を受けている。また、サミュエル・テイラー・コールリッジの詩「老水夫の歌」との類似点も見られ、水夫によって射落とされたアホウドリがメルヴィルの鯨に相当する。

百科全書的要素

劇や詩から取り入れたさまざまな要素が駆使され、大胆な独創性が加わることで、『白鯨』はこの時代を代表する傑作となっているが、まったく別の文学ジャ

やつには桁はずれの力があり、おまけにそれが得体の知れない悪意に支えられている。
『白鯨』

ロマン主義と小説の台頭

クイークェグは刺青をしたポリネシア人の銛打ちであり、ピークォッド号の乗組員たちを国際色豊かにするのにひと役買っている。異教徒で人食い人種だと言われるが、穏やかで心が広く正直な人物であり、信義に篤い。

ンルからの借用も見られる。それは百科全書派である。鯨の追跡が劇的になる語りがつづいて物語の緊張感が徐々に高まると、効果を狙った中休みにはいり、人類学、動物学、その他の事実に基づく鯨と捕鯨作業についての情報を大量に提示する章がはさまれる。披露される知識の並はずれた量と内容の濃さは、豊富な経験を持つ独学の人メルヴィルならではのものだ。「わたしは図書館という図書館を泳ぎまわった」とイシュメールは言いきるが、それはメルヴィルについても同じで、読書によって山のように知識を吸収したのであり、洋上にいるあいだに知識を得ることも多かった。百科全書を思わせる内容と調子は、広く細かく取りあげた事実に基づくリアリズムによって、小説の隙間を埋める役割を果たしている。これが助けとなって、メルヴィルの暗黒ロマン主義の世界観は、読者が身を置く世界、科学と歴史を通して教わってきた文明世界とつながっていく。

魅力的な寄せ集め

シェイクスピア風の劇と事実に基づいた内容という構成要素が、この小説の文体にふたつの特徴を与えているが、その両者を引き立たせる第3の特徴として、会話の軽妙さがある。これはイシュメールの書き出しから2文目(「何年か前――正確に何年前かは気にしないでくれ――お金がないも同然で……」)に早くも現れ、印象深く芝居がかった詠嘆の場面のさなかに、よく顔を見せる。そこでは、

どうして正気を失いもせずに耐えられる？ 正気を失えないのは、天がまだおまえを憎んでいるからか？
『白鯨』

ジャンルと文体がいくつも混じり合って大きな効果をあげている。

『白鯨』には百科全書のような深みと多岐にわたる文体が見られる。大海は地球の表面の3分の2を占めるというから、それをことばで描こうとすると、考えうるかぎり最大規模で発想されたひとつの心理劇になるのかもしれない。善と悪を大局から冷徹に考察し、詳細に描かれた社会的世界を視野に入れながら、悲劇の未来図に満ちた狂信を描くこの不朽の叙事詩的物語は、小説という大いなる野心に新たな指標を定めたのである。■

偉大なアメリカ小説

「偉大なアメリカ小説」を書いてアメリカ国民の誇りを表明し、ヨーロッパの小説の正典に対抗しようという考えが、19世紀にはっきり見られるようになった。

「偉大なアメリカ小説」という言い方は、小説家のジョン・デフォレストが1868年に用いたものである。必須の条件とされたのは、独自のものとしてアメリカ精神をとらえる作品ということだった。『アンクル・トムの小屋』(ハリエット・ビーチャー・ストウ、1852年)や後年の『ビラヴド』(トニ・モリスン、1987年)のように、人種問題などの社会的緊張を取りあげる一族物語はこれにふさわしいと見なされた。その称号に該当しそうな作品のなかには自己創造をおもに描くものがあり、これは20世紀にはアメリカン・ドリームの土台になった。こうした主題は『グレート・ギャツビー』(F・スコット・フィッツジェラルド、1925年)や『見えない人間』(ラルフ・エリソン、1952年)で細かく取りあげられた。これとは別のふさわしい類型はいわゆる「超大作小説」であり、登場人物も筋立ても多種多様で、社会観念と哲学思想を対比する縮図を提示する作品であった。最初の偉大なアメリカ小説とされる『白鯨』は自己創造と超大作の部類の双方にはいる。これにつづく有力な競争相手の『ハックルベリー・フィンの冒険』(マーク・トウェイン、1884年)は、おおむね自己創造の部類に属する。

21世紀になっても、偉大なアメリカ小説は作家と読者の理想として残っているが、その概念は勢いを失い、「アメリカの」声をひとつにするという考え方を否定する批評家も多い。

すべて別れというものは最後の大きな別れを予感させる
『荒涼館』(1852年〜53年)
チャールズ・ディケンズ

背景

キーワード
連続物小説

前史
1836年〜37年 チャールズ・ディケンズの『ピクウィック・ペーパーズ』が20回分冊で毎月刊行される。これによって、連続物小説は人気があって商売として成立するという認識が定着する。

1844年〜45年 アレクサンドル・デュマ作『モンテ・クリスト伯』は、虚偽の罪で投獄された男がその後復讐するという、手に汗握る冒険小説であり、連載の形で発表されている。

後史
1856年 ギュスターヴ・フローベールの最初の小説『ボヴァリー夫人』が文学雑誌「パリ評論」に連載される。

1868年 ウィルキー・コリンズの『月長石』が大きな人気を博し、連続26編の予定が32編に延びる。

チャールズ・ディケンズの作品は、小説を単行本の形で提供する前に編単位で出版する手法、すなわち連続物として刊行され、圧倒的な人気を博した。印刷技術の改良、紙の値段の下落、鉄道網の発達、識字能力の向上──これらすべてが連続物の登場に貢献した。価格もひと役買っており、読者は編ごとに払うほうが高い本をまるごと買うよりも好都合、あるいはそうでなければ買えなかった。こうして連続物の小説は読者層の拡大と大衆化の進展を可能にした。

連続物の先駆者

小説家としての道を歩みはじめたとき、

ロマン主義と小説の台頭　147

参照　『オリヴァー・ツイスト』151　■　『モンテ・クリスト伯』152　■　『虚栄の市』153
『デイヴィッド・コパフィールド』153　■　『ボヴァリー夫人』158-63　■　『月長石』198-99

> イギリスの法律の大原則は、それ自体のために機能するということである。
> 『荒涼館』

チャールズ・ディケンズは当時一般的なやり方だった1作品3巻の形で出版するつもりだった。しかし出版社の提案は、狩猟の情景の版画に添える文章を続き物で書かないかというものだった。本人自身のことばによると、「友人からは、そんなふうに程度が低くて報酬の安い出し方をすると夢も希望も朽ちてしまうぞと言われた」が、ディケンズは提案を受け入れて『ピクウィック・ペーパーズ』の初回にとりかかった。この作品は大成功をおさめ、それ以来ディケンズは小説をすべて連続形式で出した。

締め切りの重圧はあったが、連続物という形態は、力強く劇的な筋を組み立てるディケンズの流儀にうまく合っていた。この形態は、作者と読者のあいだに親密感が生まれるのをあと押しし、ディケンズはあとのほうの回で読者の反響に応じて筋を変えることさえあった。

円熟と複雑さ

『荒涼館』は月刊分冊で1852年3月から1853年9月にかけて刊行された。ディケンズの小説としては9作目で、最も円熟した作品と考える者が多い。G・K・チェスタトンはこの作品をディケンズの小説の最高傑作と見なし、賛同する読者は当時も現在も数多い。

『荒涼館』は長大で入り組んだ小説であり、おもな舞台はロンドンだが、イングランド東部のリンカンシャーも舞台にしている。物語の中核を成し、話が展開する軸となるのはジャーンディス対ジャーンディスという架空の訴訟である。これは遺産をめぐる争いで、小説がはじまる時点ですでに数十年継続していて、「……あまりに複雑なので生きている人のだれにもわけがわからない」状態になっている。

多層性

けれども『荒涼館』はイギリスの法制度を攻撃するだけの小説ではない。殺人を扱うミステリー、推理小説でもあり、19世紀のイギリスの一面であった貧困、疾病、弱者放置の問題を痛烈に掘りさげる作品でもある。この小説にはいくつも

各編にはハブロット・ナイト・ブラウンの挿絵が2点つけられて、『荒涼館』本文の雰囲気を高めていた。この挿絵はチェスニー・ウォルドの堂々たる屋敷を描いたものである。

チャールズ・ディケンズ

1812年2月7日、イギリスのポーツマスで子供8人の2番目として生まれた。12歳のとき、父が借金で投獄される。チャールズは学校をやめて靴墨工場で働き、そのときの陰惨な経験は『デイヴィッド・コパフィールド』に描かれている。その後、法律事務所の事務員として働いてから、ジャーナリストとして執筆活動を開始した。

1836年にキャサリン・ホガースと結婚して『ピクウィック・ペーパーズ』執筆に取りかかり、小説家としての評判を確立する。その後約30年にわたって、名作をつぎつぎと発表した。雑誌の編集も手がけ、数えきれないほどの記事、短編物語、戯曲も書いた。1858年、10人の子供をもうけたキャサリンと離婚する。1870年に死去し、ウェストミンスター寺院の〈詩人のコーナー〉に埋葬された。

ほかの主要作品

1836年〜37年	『ピクウィック・ペーパーズ』
1837年〜39年	『オリヴァー・ツイスト』
1843年	『クリスマス・キャロル』
1846年〜48年	『ドンビー父子』
1849年〜50年	『デイヴィッド・コパフィールド』
1855年〜57年	『リトル・ドリット』
1859年	『二都物語』
1860年〜61年	『大いなる遺産』
1864年〜65年	『我らが共通の友』

の本筋と脇筋があり、関連する主題は隠し事、罪悪感、強欲、利己主義、愛、思いやりなどである。おおぜいの印象的な人物が登場し、各人物のつながりは明らかなものもあれば、ごくわずかにしか示されないものもあるが、登場人物の大半がジャーンディス対ジャーンディス訴訟の複雑な網を通して互いの人生に引きずりこまれる。このような特徴は作品が連続物であることから生まれたものだと言える。挿話を書くうちに脇筋が多くなり、登場人物がどんどん増えてしまうからだ。

ディケンズはまず第1編で物語の土台を築くことからはじめ、読者に場所、出来事、主要登場人物の何人かを紹介する。いずれ解かれる謎の手がかりも与える。

作品の印象的な書き出しは11月のロンドンの描写で、川の上に垂れこめる霧が登場人物の骨まで染みているが、その光景はどこよりも濃霧に包まれた地点——大法官裁判所——から発する混乱と腐敗を象徴している。舞台描写は外に向かい、リンカンシャーに移ってふたたび霧が登場する。もやに包まれたチェスニー・ウォルド近辺は、貴族のデッドロック卿夫妻の領地である。

読者の前に3人の主要人物、エスター・サマソン、エイダ・クレア、リチャード・カーストンが登場する。全員が孤児で、すでに3人の人生は長く審理中の訴訟の影響下にある。3人は題名でもある荒涼館へやってくる。いっしょに住むことになる後見人のジョン・ジャーンディスは親切な慈善家で、悪名高い訴訟には断固として近づかないことにしていて、若い被後見人たちにもそうするよう警告する。だが3人はそれぞれが訴訟に心を乱され、カーストンは危険なまでに訴訟に巻きこまれていく。

小さいころに厳格な伯母に育てられ、出生には不名誉な謎が付きまとうエスターが、この小説で中心的役割を演じる。控えめで内気で出しゃばらない娘であり、自分のことを「あまり賢くないのは自分

どこもかしこも霧だ。
川の上流も霧で、小島や川辺の
緑を縫って流れをくだり、
下流に来ても霧……
『荒涼館』

「ピー・スープ」は煤煙や他の汚染物質を含む黄色い霧のことで、19世紀のロンドンの名物だった。『荒涼館』では、霧は混迷と抑圧を象徴する役割を果たしている。

でわかっている」と述べる。

エスターはディケンズが使うふたりの語り手の一方でもある。エスターの一人称の語りは物語を紆余曲折しながら進み、まわりの人々の様子や出来事を、自分の立場で過去を振り返る視点から述べる。ほかの登場人物に対しては、人間観察をして批評をくだす。もう一方の語り手は個性のない第三者の声であり、出来事を現在時制で述べ、そうすることで劇的な緊張感を作り出して社会の不当を際立たせる、いわば良心の声である。

際立った登場人物

『荒涼館』に登場する数多くの人物は、それぞれ入念に考えて名づけられ、社会的な主張ができるように造形されている。ディケンズが描く人物の複雑さは読者を引きつけて、各編が出るたびに登場人物の運命に興味津々にさせた。

デッドロック卿夫妻は貴族社会の終末的状況、不毛性、社会との遊離の縮図であるが、レディ・デッドロックの高慢な冷淡さは暗い秘密を隠すものである。ミス・フライトは若い被後見人たちと親しくなるが、この老婦人はジャーンディス対ジャーンディス訴訟のせいで正常な精神状態を半ば失っている。書類のはいった手さげ袋を持ち歩いて大法官府に入り浸り、判決の出る日を待ち受けて、その日が来たら寒々しい名前の鳥たち（「残骸」、「無駄」、「没落」、「絶望」など）をかごから解き放つつもりでいる。よろず古物商のクルックは酒好きでやはり訴訟に取りつかれており、非常に重要な役割

ロマン主義と小説の台頭　149

を果たすが、とうとうある日、10回目の配本の衝撃的な終わりで、クルックは自然発火によって焼死する。そして、デッドロック卿の弁護士タルキングホーンは話のあちらこちらに出没し、デッドロック家とエスター・サマソンを結びつける謎にからんでいく。

弱者放置と思いやりの対峙

　自分本位、強欲、偽善、弱者放置はこの作品の基調となる主題である。ミセス・ジェリビーは自分自身の子供を放置して、慈善活動に関心を注ぐ。自己中心的な「立居ふるまいの模範」であるミスター・ターヴィドロップは、必死に働き貧乏にあえぐ息子にほとんど関心を見せない。異様なスモールウィード一家が取りつかれているのは「複利」である。そして、社会全体から見捨てられているのが十字路の掃除をする貧しいジョーで、この少年は絶えず「さっさと行け」と告げられる。偽善が戯画化された人物も登場して、チャドバンドという口先のうまい福音主義的な宗教家とハロルド・スキムポールがその例であり、後者は自分のまわりの金銭的現実には関心がないとしながらも友という友から金銭をたかる。対照的に、エスターとエイダとふたりの後見人ジョン・ジャーンディスは、だれに対しても思いやりを示す。

連続物の成功

　『荒涼館』がイギリスにおける最も初期の推理小説でもあることは、おそらくまちがいない。捜査をするのはミスター・バケットであり、この快活で猟犬のような警部は、恐ろしい殺人が起こると犯人を突き止める。ディケンズはこの脇筋でいくつか偽の手がかりを作り出し、これ

『荒涼館』で舞台にした場所についてのディケンズの取りあげ方は、場所自体をほとんど登場人物扱いするというものである。生き生きと描写され、階級を簡単に伝えるものとしての役割を果たし、多岐にわたる社会的地位にある人々が出会ったり交流したりするのが不自然でない背景を与えている。

リンカーン法曹院
　事件の多く、特にジャーンディス対ジャーンディス訴訟の法的策謀が起こるのは、ロンドンに4か所ある法曹院のひとつであるリンカーン法曹院の内部や周辺である。ここにはタルキングホーンの自宅があり、実人生でもディケンズの弁護士の自宅があった。

トム・オール・アローンズ
　ディケンズ風ロンドンの貧困と荒廃にまみれた居住労働環境は、トム・オール・アローンズと呼ばれる崩れかけた貧民街に凝縮されている。ここは架空の地区であるが、ロンドンのウェストミンスター地区にあるデヴィルズ・エイカーと呼ばれた地域をもとにしたらしい。

セント・オールバンズ
　ディケンズは中流階級のジョン・ジャーンディスが住む屋敷である荒涼館をハートフォードシャーのセント・オールバンズに置いたが、そのモデルにされたと信じられているのはケント州のブロードステアズにあった家で、そこはディケンズが数年間家族と毎夏滞在した場所でもあった。

リンカンシャー丘陵
　ディケンズは、レスタ・デッドロック卿とレディ・ホノリア・デッドロックの豪邸であるチェスニー・ウォルドをリンカンシャーに置いた。その描写は、友人のリチャード・ワトソンとラヴィニア・ワトソンが所有していたノーサンプトンシャーのロッキンガム城をもとにしている。

が連載中の2回の最後に現れて、読者は気を揉んだまま次回を待ちわびた。

　はじめのころの書評のなかには、話が暗すぎてユーモアに欠けるとするものもあった。ディケンズの友人だった伝記作家のジョン・フォースターは「現実的すぎる」と評したが、読者が同意しなかったのは明らかだった。毎月の販売部数は34,000部から43,000部にのぼった。ディケンズの成功につづいて、他の作家も連続物で読者を獲得した。ウィルキー・コリンズの推理小説『月長石』がまず分冊

の形で刊行され、アーサー・コナン・ドイルの〈シャーロック・ホームズ〉の短編が「ストランド・マガジン」誌に順次掲載された。イギリス国外では、レフ・トルストイの『アンナ・カレーニナ』が連載形式で発表され、フョードル・ドストエフスキーの『カラマーゾフの兄弟』も同様だった。やがてラジオやテレビが雑誌連載に取ってかわったが、1984年にアメリカの作家トム・ウルフは『虚栄の篝火』で連載形式に立ちもどり、同作品を「ローリング・ストーン」誌で最初に発表した。■

もっと知りたい読者のために

『ルネ』
(1802年) フランソワ=ルネ・ド・シャトーブリアン

ふさぎこんでばかりいるルネは各地をさすらってフランスからアメリカ大陸へ渡るが、市街でも自然豊かな地でも物憂い思いしか見いださない人物であり、まさに初期ロマン主義に完璧にあてはまる主人公の姿そのものである。これはフランスの作家、外交官、政治家だったシャトーブリアン(1768年〜1848年)の中編小説で、ルネの姉アメリが修道院にはいったのは実の弟への恋愛感情を抑えるためだった、という思いがけない筋立てによって、読者に衝撃を与えた。

『(ジェフリー・クレヨン郷士の)スケッチ・ブック』
(1819年〜20年) ワシントン・アーヴィング

アメリカの作家ワシントン・アーヴィング(1783年〜1859年)が著した『スケッチ・ブック』は、短編と随筆をまとめたものである。収録された物語には、主人公が独立戦争のあいだ眠りつづけている「リップ・ヴァン・ウィンクル」や、イカボッド・クレインが首なし騎手に追われる「スリーピー・ホローの伝説」などがある。アーヴィングの作品はアメリカの文学作品がはじめてイギリスや大陸ヨーロッパで好評を得た例のひとつで、19世紀初期のアメリカ文学の評価をあげた。

『アイヴァンホー』
(1820年) ウォルター・スコット

12世紀のイングランドを舞台にした『アイヴァンホー』は、情け容赦のないノルマン人支配者と、土地を奪われたサクソン人住民とのあいだの緊張をもとにしている。スコットによるこの伝奇物語は、ともに高貴な生まれのサクソン人ロウィーナとアイヴァンホーの愛の行方を語る。ふたりのまわりには高潔な騎士と下劣な騎士がどちらも数多く登場し、決闘と馬上槍試合を繰りひろげる。伝説のロビン・フッドが正体不明の人物として登場し、目を瞠（みは）る弓の腕を披露して、人の心をつかむ正義感を見せる。この人物像が寄与して、ロビン・フッドの勇名はヴィクトリア朝の読者のあいだで復活した。

『モヒカン族の最後の者』
(1826年) ジェイムズ・フェニモア・クーパー

舞台は1750年代で、アメリカではフレンチ=インディアン戦争の名で知られる七年戦争(1754年〜63年)のまっただなかである。『モヒカン族の最後の者』はチンガチックとその息子アンカスの物語で、ふたりはモヒカン族の純粋な血を引く最後の子孫である。アメリカの作家クーパー(1789年〜1851年)は、ふたりが勇猛な奮闘を繰りひろげ、白人の罠猟師ナッティ・バンポーと協力して、罪なき人々の命を救う顛末を詳細に語る。クーパーの〈革脚絆物語〉5部作のなかでも抜きん出て人気のあるこの作品は、その後の西部物に定着した数々の定型のもとになり、勇敢で恐れを知らない辺境開拓者と賢く辛抱強い先住民という理想像はここから生まれた。

『赤と黒』
(1830年) スタンダール

2巻にわたる『赤と黒』はジュリアン・ソレルの人格形成小説であり、田舎出の青年である主人公が19世紀フランスの社会序列をよじのぼろうとする姿を描いている。製材所で働いて感受性の強かった子供時代から、のしあがって貴族の女たちとの恋愛を手立てに上流階級の世界には

ウォルター・スコット

スコット(1771年〜1832年)はエディンバラ生まれであり、その作品の多くはスコットランドを中心にしている。歴史小説という類型を作り出して主導した最大の功労者とされることもあり、幼少年期に自然やスコットランド地方の風景や昔からの伝説に親しんだことが、強い民族的帰属意識を育む要因となっている。詩と文章に伝奇と歴史を編みこんだスコットの物語は、故郷への熱い思いをこめた描写が基調になっていて、とりわけ名を秘して書いたウェイヴァリー小説群(1814年〜32年)で非常に多くの読者を満足させ、文化面でのスコットランドに対する見方を変えた。スコットは生涯の多くを病身で過ごし、最晩年に保養のためにイタリアへ船旅をしたあと、長年過ごしたスコットランドのアボッツフォードの邸宅にもどって、1832年に死去した。

主要作品

1810年　「湖上の美人」
1814年　『ウェイヴァリー』
1820年　『アイヴァンホー』（上記参照）

ロマン主義と小説の台頭

オノレ・ド・バルザック

バルザックは19世紀フランスを代表する作家で、写実主義による小説を発展させたことで知られ、特に『ゴリオ爺さん』にその例が見られる。1799年にトゥールで生まれ、子供のときにパリへ移ったあと、1816年からソルボンヌ大学にかよって法律家になるつもりで法科に進んだが、転じて文筆に向かった。1832年までには〈人間喜劇〉を構想していた。これは150作近いバルザックの作品集で、随筆や小説もあれば、分析や哲学の領域にはいる著作物まである。この膨大な総目録でバルザックが意図したのは人間のあり方の本質をとらえることだったが、1850年に死を迎えたため、生涯をかけた作業は未完に終わった。

主要作品

1829年	『ふくろう党』
1834年～35年	『ゴリオ爺さん』（下記参照）
1841年～42年	『ラブイユーズ』（次ページ参照）

いりこみ、最後には転落して恥辱にまみれるまでの軌跡をたどる。フランスの作家スタンダール（1783年～1842年）は小説の舞台を19世紀はじめのフランスに設定し、1830年の七月革命に先立つブルボン政体の乱れぶりを風刺している。

『ゴリオ爺さん』
(1834年～35年)
オノレ・ド・バルザック

1819年のパリを舞台にして、バルザックの『ゴリオ爺さん』はブルボン復古王政時代の世の中を語る。バルザックは写実主義の描写を駆使して、19世紀初期のパリ社会を情け容赦なく描写する。とりわけくわしく描かれるのは、社会で這いあがろうとする人々が目的をとげるために他者を踏みつけることさえいとわない姿である。バルザックの最高傑作と見なす者が多い本作で、作者ははじめて別の作品で使った人物を再登場させており、この手法はバルザックの小説の特徴になった。

『子供のための童話集』
(1835年～37年)
ハンス・クリスチャンセン・アンデルセン

デンマークの作家ハンス・クリスチャンセン・アンデルセン（1805年～75年）が書いた童話は、作者が子供のころに聞いた話を書きなおしたものもあるが、多くは想像力を駆使して独自に創作した物語である。全3巻で出版された『子供のための童話集』は9話から成り、「エンドウ豆の上に寝たお姫さま」、「人魚姫」、「裸の王様」などの名作が収録されている。アンデルセンの作品は19世紀に児童文学が激増する先駆けであり、計り知れないほどの文化的重要性をいまも持ちつづけている。

『カレヴァラ』
(1835年～49年)
エリアス・リョンロート

『カレヴァラ』は、フィンランドとその東部国境一帯のカレリアに居住した先住民の民間伝承物語をもとにした叙事詩集であり、フィンランド文学で最も重要な作品と見なされている。医師で文献学者でもあったエリアス・リョンロート（1802年～84年）が民族誌学上の研究のためにまとめたものであり、リョンロートは広大な地域をまわって、口承の民族歌謡を記録した。こうして成立した『カレヴァラ』は独特の韻律で書かれていて、各行が4対の強弱音節で構成されるという特徴がある。神話の物語を語りなおした作品であり、文学と文化と両面での遺産を築いて19世紀フィンランドの民族主義を覚醒させた。

『オリヴァー・ツイスト』
(1837年～39年)
チャールズ・ディケンズ

イギリスの作家ディケンズは、2作目の長編小説『オリヴァー・ツイスト』で、ヴィクトリア朝のイギリス社会に生きる下層階級を大胆に描写し、冷淡な世の中を貧しい者が自分の力で切り抜けていくさまを描いている。社会に対する抗議小説の初期の例とされる本作は、救貧院で育ったオリヴァーがロンドンへ逃げて児童の犯罪集団に加わる顛末を語る。ディケンズの小説の多くと同様に、この作品も連続物として出版され、どの回もつづきが気になる終わり方で読者を興奮させた。

『現代の英雄』
(1840年)
ミハイル・レールモントフ

ロシアの作家、詩人であり画家でもあったレールモントフ（1814年～41年）は、『現代の英雄』で主人公グリゴーリイ・ペチョーリンを無為に過ごす虚無的な「余計者」として描いた。ペチョーリンは英雄とは対極にある様相を見せながら、ロシアのコーカサス地方の風景を背景に冒険や

> ぼくはいつでも全世界を愛する気持ちでいた――それなのにだれもわかってくれなかった。そしてぼくは憎むことを覚えた。
> 『現代の英雄』
> ミハイル・レールモントフ

恋愛沙汰をひとしきり繰りひろげる。作者は作品を5つの部分に分けて配置し、繊細で感情に流され、それでいて野蛮なまでにひねくれた英雄らしからぬ英雄の複雑な性格を描きつつ、主人公が人生の無意味さに絶望するさまを語っている。

『グロテスクとアラベスクの物語』
（1840年）エドガー・アラン・ポー

もともと2分冊で出版された『グロテスクとアラベスクの物語』は、25の短編「物語」で構成される。収録された話の多くはゴシック様式の要素をちりばめて書かれ、中には主人公の心の奥深くにひそむいっそう暗い精神面まで描いた作品もある。アメリカの作家ポー（1809年～49年）は、アメリカにおける独自の形態である「暗黒ロマン主義」の創始者と見なされている。「アッシャー家の崩壊」は作中でいちばんよく知られた物語であり、ロデリック・アッシャーの館が裂け、砕け、最後には崩れ落ちていく様子は、ロデリック自身の精神崩壊と共鳴している。ポーの短編集を分析した研究の多くは「グロテスク」と「アラベスク」というふたつのことばの意味をおもに論じている。この作品集の重要な意義は、恐怖と戦慄を扱ったことにある。

『ラブイユーズ』
（1841年～42年）
オノレ・ド・バルザック

フランスの小説家、劇作家バルザックが残した作品のなかでは長く見過ごされてきたものの、いまでは名作とされている『ラブイユーズ』は、ある中産階級の家にかかわる人々が多額の相続財産を手に入れようと争って、陰謀、ごまかし、計略をめぐらす話である。題名となったフランス語の「ラブイユーズ」とは、魚類を罠にかけるために水を掻きまわす者という意味で、物語の舞台になる家を支配する女主人のことを指している。金や地位や親子関係の正当性、さらには金銭で報われるために人間はどこまでやってのけるかという題材は、バルザックが探求したいくつもの主題のひとつである。

『死せる魂』
（1842年）
ニコライ・ゴーゴリ

『死せる魂』はロシア文学黄金時代を代表する最初の小説と見なされることが多い。ウクライナ生まれの作家ゴーゴリは、友人である詩人プーシキンに刺激されて、3部から成る叙事詩的小説を執筆するつもりでいたが、最初の2部だけ書き、自分の死期が近づくと第2部の原稿を焼いてしまった。残った小説はロシア農奴制の悪習を風刺するものである。主人公のチチコフは地主と違法に共謀して、死んだ農奴を買いとる。自分のものになった「死せる魂」を担保にして金を借り、地所を手に入れるというのが主人公の計画である。チチコフがロシアじゅうをまわる旅は滑稽な物語になっていて、セルバンテスの『ドン・キホーテ』を思わせる。

ニコライ・ゴーゴリ

1809年に帝政ロシア（現在はウクライナの一部）のソロチンツィで生まれた。ロシア写実主義が19世紀に示した偉大な伝統の先駆者である。コサックの中心地域で育ち、故郷の人々の民間伝承で人間形成されたゴーゴリは、初期の作品で生き生きとして口語が多く含まれた文体を用い、たちまちロシア文学の一般読者から喝采を受けた。ゴーゴリの短編、小説、戯曲はロマン主義から超現実主義、喜劇、風刺文学にまで及ぶが、その創作力は1852年に死去する何年も前に衰えていた。

主要作品

1831年～32年　『ディカーニカ近郷夜話』
1836年　『検察官』
1842年　『死せる魂』（左記参照）

『モンテ・クリスト伯』
（1844年～45年）
アレクサンドル・デュマ

連載当時にヨーロッパじゅうで最も人気のあった『モンテ・クリスト伯』は、フランスの劇作家で小説家のデュマの作品であり、ブルボン復古王政の時代に舞台を設定している。これはエドモン・ダンテスが仇敵に加える復讐譚で、反逆の濡れ衣を着せられて投獄されたことが発端となる。獄内でダンテスはファリア神父と出会い、モンテ・クリスト島に隠された財宝のありかを教わる。脱獄して財宝を発見したあと、ダンテスはモンテ・クリスト伯としてふたたび世に出る。

> 心が冷えびえとして沈みこみ、不快感が募った――思いは救いようのない陰鬱そのもので、どんなに想像力をつついても崇高さのかけらも引き出せなかった。
> 「アッシャー家の崩壊」
> エドガー・アラン・ポー

ロマン主義と小説の台頭

『虚栄の市』
(1847年〜48年)
ウィリアム・メイクピース・サッカレー

『虚栄の市』は、良家の子女アミーリア・セドリと孤児のベッキー・シャープというふたりの女の波乱に満ちた運命をたどり、ふたりが世に出て、社交界で富と名声を求めるさまを描く。アミーリアは世間知らずで温和だが、ベッキーは野望に燃えて社会階層をのぼろうとする。イギリスの作家サッカレー（1811年〜63年）は社会の戯画を生き生きと描き、小悪魔じみたベッキーをほとんど道徳意識のないヒロインとして登場させている。

> 虚栄の市はとにかく中身がなく、邪（よこしま）で、くだらない場所である……
> 『虚栄の市』
> ウィリアム・メイクピース・サッカレー

『デイヴィッド・コパフィールド』
(1849年〜50年)
チャールズ・ディケンズ

『デイヴィッド・コパフィールド』は、最初は連続物の形で出版された小説で、題名の人物が成長して一人前になる様子を描き、ディケンズの全小説中で最も自伝に近い作品である。コパフィールドの人生の細かい描写は作者自身のものと類似しているが、場所や背景は変えられた。大叔母ベッツィ・トロットウッド、卑屈なユライア・ヒープ、金なしのミスター・ミコーバーといった人々は、ディケンズの作品の登場人物ですぐ頭に浮かぶ人物やいちばん好きな人物を問うたとき、かならず名前のあがる顔ぶれである。

『緋文字（ひもんじ）』
(1850年)
ナサニエル・ホーソーン

舞台は17世紀半ばのマサチューセッツという清教徒世界のただなかで、ホーソーンが描く歴史的恋愛物語はヘスター・プリンを主人公にして展開する。若きヘスターは姦通で有罪とされ、赤い文字「A」を衣服につけて自分の犯した罪を公然と示すことを強いられる。夫は行方不明になって久しく、死んだと見なされる。ヘスターは娘パールの父の名を明かすことを断固として拒否し、公開裁判と教区牧師の審問さえもはねつけて、そのため投獄される。厳格な宗教信条を奉じる清教徒社会から疎外されたヘスターの姿によって、アメリカの作家ホーソーン（1804年〜64年）が探求したのは、罪という概念に向き合う姿勢など、精神と道徳のより大きな問題だった。発表後すぐに成功をおさめた『緋文字』は、アメリカの歴史上はじめて大量出版された書籍の一例である。

『アンクル・トムの小屋』
(1852年)
ハリエット・ビーチャー・ストウ

アメリカの作家ストウ（1811年〜96年）が書いて大反響を巻き起こしたこの物語は、キリスト教信仰と奴隷制度が相容れないことを読者に伝えた。『アンクル・トムの小屋』が描くのは、高潔な奴隷トムが、売られて妻子と引き離されてもけっして信念を失わない姿である。出版された最初の年に全米で30万部も売れ、人種と南北分裂の問題を浮き彫りにした。南北戦争（1861年〜65年）の火つけ役を果たしたと見なされることさえあった。

『北と南』
(1854年〜55年)
エリザベス・ギャスケル

イギリスの小説家ギャスケルは社会の不平等と貧困を嫌悪していた。主人公マーガレット・ヘイルが豊かなイングランド南部から北部へ旅をするこの小説を読んでいくと、イギリス北部の工業都市に住む最下層階級の人々がいかに悲惨な状態にあったかがわかる。この作品が写実的に描くのは、南部と北部の格差や、産業革命期に労働力を提供した人々の生活である。ディケンズの要請を受けて書かれた作品で、ディケンズの『ハード・タイムズ』が完結した直後に、連載形式で出版された。

エリザベス・ギャスケル

1810年、ロンドンでユニテリアン派の牧師の娘に生まれた。教会牧師と結婚して産業都市マンチェスターに住み、30代のとき、日記に家族の日々の生活を書き留めたことから執筆活動をはじめた。初期の作品はチェシャーの田園地方で過ごした若いころの生活を題材にしたものだが、のちに労働者階級の貧困と争闘を舞台の中心に置いた小説を書いて名をあげた。1865年に死去し、作者の最高傑作『妻たちと娘たち』は未完に終わった。

主要作品

1848年	『メアリ・バートン』
1853年	『クランフォード』
1854年〜55年	『北と南』（上記参照）

現実の生活を描く
1855年～1900年

はじめに

『イギリスにおける労働者階級の状態』で、ドイツの政治家、思想家のフリードリヒ・エンゲルスが、産業化の余波で**悲惨な生活を送る一般市民の状況**を明らかにする。

チャールズ・ダーウィンの『種の起源』が物議を醸し、**一般の人々の科学的な知識に対する興味を**喚起する。

ルイス・キャロルの**児童向けファンタジー小説**の第1作目である『不思議の国のアリス』が出版される。

レフ・トルストイが歴史大作『戦争と平和』を完成させる。ナポレオン時代のさなかから1812年の**フランスのロシア遠征**までが舞台となっている。

1845年 **1859年** **1865年** **1869年**

1856年 **1862年** **1866年** **1871年~72年**

ギュスターヴ・フローベールの『ボヴァリー夫人』が、**フランス地方都市の日常生活と**ヒロインのロマンティックな世界観を対比して描写する。

ヴィクトル・ユゴーが『レ・ミゼラブル』で、反王党派が蜂起した1832年のパリの暴動までの出来事を綴り、**社会的不公正を鮮明に描き出す。**

フョードル・ドストエフスキーの長編『罪と罰』では、ラスコーリニコフという**殺人犯の思索と動機が**描かれている。

メアリー・アン・エヴァンズがジョージ・エリオットというペンネームで『ミドルマーチ』を執筆し、**日常生活の複雑性**を描く。

19世紀の中ごろには、小説が文壇の主流な文学形式となっており、新たな小説に対する需要が世界じゅうで増大していた。読書はもはや文化的素養のある上流階級だけの娯楽ではなく、大衆が楽しむものとなっていて、そうした読者は自分の体験や住む世界と関連のある本を徐々に求めていった。

写実主義の躍進

人物や物語が実在するかのように描写する手法は、古くはデフォーやフィールディングなどの先駆的な作家の例があったが、19世紀にはいると、こうした迫真性をさらに高めようという流れが起こり、同時代のふつうの人々とその日常を描く物語が登場した。「写実主義」と呼ばれるこの文学思潮はフランスで本格的にはじまり、何世代ものフランスの作家たちが——理想化と劇的展開を求めるロマン主義の流れに反発して——身近な題材を可能なかぎり正確に描くことを模索しはじめた。この表現手法を最初に用いた作家たちのなかにオノレ・ド・バルザックがいる。バルザックの作品群〈人間喜劇〉は、社会を網羅的に描写し、個々の人物の運命を支配するいくつかの原則を明らかにすることをめざした。バルザックのこの壮大な構想は、ギュスターヴ・フローベールなどのフランス写実主義の作家に影響を与えただけでなく、西洋社会全体に広まる文学の端緒を開いたとも言える。19世紀後半には、写実主義の特徴がロシアやイギリス、そしてアメリカの小説のなかでも認められるようになった。

作家たちはさまざまな手法を用いて、自作の現実らしさを高めてきた。史実をフィクションとして見せる鍵小説の手法を使った作家もあれば、全知の視点で物語を見通すことで、登場人物の行動だけでなく思考や感情までも描写した作家もいる。人物の内面描写を重んじるこうした姿勢は、心理的リアリズムというジャンルへと発展し、トルストイやドストエフスキーなどのロシア人作家がこれを採用した。

社会への抗議

現実らしさを高める試行錯誤のなかで、多くの作家が中産階級ではなく労働者階級に目を向けるようになった。『ボヴァリー夫人』など、登場人物の単調な生活を描写する作品とは対照的に、ユ

現実の生活を描く 157

1880年代	1884年	1888年	1891年
「アフリカ分割」によって、**ヨーロッパの大国が植民地の獲得を競い合い**、まだ大部分が未踏の地であったアフリカ大陸へと支配を拡大する。	地域のことばで描かれたマーク・トウェインの『ハックルベリー・フィンの冒険』が、**アメリカ南部の差別的な考えを強く批判する**。	「切り裂きジャック」と呼ばれた殺人鬼が治安の悪いロンドン東部で何人もの女性を惨殺し、**都市を舞台とする怪奇小説に暗く不気味な題材を提供する**。	オスカー・ワイルドの『ドリアン・グレイの肖像』が出版される。**美の表層的な特性**と官能的享楽を描いた作品である。

1881年	1885年	1891年	1899年
ヘンリー・ジェイムズの『ある婦人の肖像』は、**旧世界と新世界**、すなわちヨーロッパと北アメリカの意識のちがいを対比させている。	**人類のよりよい未来への希望**を主題にしたエミール・ゾラの『ジェルミナール』は、1800年代後半の北フランスの炭坑の町を舞台としている。	トマス・ハーディが小説『ダーバヴィル家のテス』で、伝統的なイギリスの価値観に対して**近代社会がもたらす破滅的な影響**を描く。	ジョゼフ・コンラッドの名作『闇の奥』が、手つかずの自然を背景にして**植民地支配の理想と人間の絶望**を描写する。

ゴーやディケンズは、工場で働く労働者階級や農民の悲惨な生活を細やかにありありと描き出した。それは文学的な狙いによるものであると同時に、社会や政治に対する考えの表明でもあった。また、ゾラなど、個人の性格形成に社会背景が及ぼす影響を重視する作家もいた。

怪奇小説からファンタジー小説へ

労働者階級の過酷で貧しい生活という現実に注目する流れが起こり、しだいに都市生活の暗部へと視点が移り変わった。その産物のひとつがゴシック小説の発展形である都市型怪奇小説と呼ばれる分野であり、代表はストーカーの『ドラキュラ』やスティーヴンスンの『ジキル博士とハイド氏』である。腐敗や疫病や死が蔓延するこの時代を科学の発展が改善してくれるはずだという期待に人々は胸を高鳴らせ、刺激を受けたヴェルヌやコナン・ドイルらの作家が「科学小説」を執筆するようになった。こうしたSF小説の先駆者たちは、科学上の新発見や新技術を物語のなかに取りこみ、実在する技術のように読者に紹介した。

出版点数が増加した児童文学にファンタジーの要素が加わったのも、この時代の大きな特徴のひとつであり、キャロルによるアリスの物語に見られる「ナンセンス」な空想世界がその顕著な例である。この奇妙きてれつな冒険物語によって児童文学の「黄金期」がはじまり、キプリングの物語群『ジャングル・ブック』や、トウェインの『ハックルベリー・フィンの冒険』など、現代でも人気のある物語がこの時代に生み出された。

象徴派の表現

作家のなかには、芸術が体現すべきなのは苦難ではなく、美や官能の享楽であると主張する者が登場した。こうした考えを持つ耽美派の作家たちは、ボードレールやマラルメなどのフランスの詩人に代表される象徴主義の影響により、遠まわしな表現を使うようになった。象徴派は、自分たちが無味乾燥だと見なす写実主義の小説のような表現形式に反発し、比喩や修辞的表現や暗示を活用する重要性を説いた。象徴派の詩人たちは、新たな表現手法や詩の技法を実践し、この後に登場するモダニズム文学の作家たちに影響を与えることになる。■

倦怠が物言わぬ蜘蛛のように、
心の四隅の暗がりに
巣を張っている
『ボヴァリー夫人』(1856年)
ギュスターヴ・フローベール

ボヴァリー夫人

背景

キーワード
フランス写実主義文学

前史

1830年 フランス社会に対する精緻な観察と深い心理描写を特徴とするスタンダールの『赤と黒』が、ロマン主義から写実主義への明確な分岐点となる。

1830年〜56年 オノレ・ド・バルザックの大作である連環小説群〈人間喜劇〉は、1815年から1848年のフランス社会の俯瞰図となっている。

後史

1869年 フローベールの『感情教育』は、ルイ・フィリップ王の七月王政下のフランス社会の実相を広範囲に描き出し、フランス写実主義文学の代表作となる。

1885年 青年が非情な手段で立身出世を成しとげるまでを描いたギ・ド・モーパッサンの『ベラミ』は、世紀末のパリを舞台とした写実主義の作品である。

感情や自然や英雄的行動に重きを置くロマン主義が18世紀の終わりからフランスの文学界を支配していたが、1830年代ごろに勢いを持ちはじめたのが写実主義だった。写実主義はその後ヨーロッパ全域、さらには他の地域へと広まっていくが、その端緒と発展の経過はとりわけフランスで多く見られる。

ロマン主義に対する反動から生まれたとも言えるこの新たな動きは、科学技術や社会科学の発展を土台としており、当代の生活や社会を表現するにあたって、空想や虚飾を排した精緻な描写をめざした。写実主義の作家は、たとえロマン主義に比べて陳腐に見えたとしても、事実に基づいた物事を題材とし、文学という顕微鏡を通して、理想化せずに現実に即して表現した。

写実主義の隆盛

この写実主義を先駆的に取り入れたフランスの作家のひとりがスタンダールであり、『赤と黒』や『パルムの僧院』(1839年)でロマン主義と写実主義を融合させ

> 彼女の心もそれと同じだった。富を持つ者とふれ合ったせいで、けっして消えない何かに染まってしまったのだ。
> 『ボヴァリー夫人』

た。オノレ・ド・バルザックもフランスの写実主義の先駆けとなった重要な作家で、百編以上の小説群から成る〈人間喜劇〉では鋭い観察眼で日常生活を克明に描いた。しかし、写実主義の描写手法を格段に進展させたのはギュスターヴ・フローベールの『ボヴァリー夫人』であり、後世に最も影響を与えたフランス写実主義の最高傑作とされている。

一見したところ、『ボヴァリー夫人』はしごく単純な物語である。若い娘エマ・ボヴァリーは、フランス北部のノルマンディー地方の片田舎で、凡庸な医師との不幸な結婚生活を送っている。エマは子

ギュスターヴ・フローベール

ギュスターヴ・フローベールは1821年12月12日に生まれた。父はルーアン市立病院の外科医長であった。フローベールは中等学校のころから文筆活動をはじめていたが、1841年に法学を学ぶためにパリに行った。22歳のころに神経疾患のせいで学業をつづけることを断念し、執筆に専念するようになった。1846年、父と妹カロリーヌが死去したために、母と姪をともなってルーアンにほど近いクロワッセに移り住み、残りの人生をそこで過ごした。終生、結婚することはなかったが、1846年から1855年にかけて、詩人ルイーズ・コレと恋愛関係にあった。1851年に『ボヴァリー夫人』の執筆に取りかかり、5年後に完成させた。1857年には、次回作の下調べとしてチュニジアに旅し、やがて完成したのが古代カルタゴを舞台とした作品『サランボー』(1862年)だった。その後も何作か著したが、最初の作品を越える評価を得ることはなかった。1880年5月8日に死去し、ルーアンの墓地に埋葬された。

ほかの主要作品

1869年 『感情教育』
1877年 『三つの物語』

現実の生活を描く

参照　『赤と黒』150-51　■　『ゴリオ爺さん』151　■　『ジェルミナール』190-91　■　『感情教育』199　■　『ロリータ』260-61

供のころから読んでいたロマンティックな物語に感化され、もっと情熱的で充実した恋愛生活を夢見ていたが、幻想の実現を求めて現実をねじ曲げようとしたために悲惨な結末を迎える。

地方での生活

実際の小説はあらすじから推測できる内容よりもずっと複雑である。年若いシャルル・ボヴァリーを読者に引き合わせる冒頭から、フローベール自身も涙したと言われる悲劇的な結末に至るまで、『ボヴァリー夫人』は19世紀半ばのフランス地方都市に深く根ざした物語となっている。この時期は社会全体が激しく変化していて、新たに台頭してきた中産階級にとっては、パリこそが文化の中心だった。しかし、フローベールはあえて地方の市民階級に着目し、そうした人々の生活を鋭い——そして、ときには冷たい——心理分析を交えて描いた。

フローベールの経歴はロマン主義の作家としてはじまり、当初は神話を土台に

> 暖炉の火は消え、時計が相変わらず音を立てていた。心のなかがこんなに掻き乱されているのに、まわりの何もかもがこれほど静かなことに、エマはなんとなく驚きを覚えていた。
> 『ボヴァリー夫人』

ルーアンはかつてのノルマンディー州の州都で、フローベールの作品の舞台となった地方都市である。巧みな筆致で描かれる中産階級の娯楽や生活の背景として理想的だった。

した幻想的な小説『聖アントワーヌの誘惑』を書いていた。しかし、親しい友人たち、特に作家のルイ・ブイエが初期の原稿を酷評し、もっと現実に近い題材に取り組むよう勧めた。そこで引き合いに出されたのが、妻が醜聞を起こした医師が死んだ実話だった。その後、フローベールは新作の執筆を開始した。狙いは平凡な人々の日常を描くことだった。

細部に宿る創造性

この作品の執筆にフローベールは5年の歳月をかけ、そのあいだに綿密な調査もおこなった。小説の舞台には、自分が人生の大半を過ごして細部までよく知るルーアン周辺を選び、実際の田舎町をもとにしてトストやヨンヴィルなどの村を小説内で描き出している。フローベールはその地域を歩きまわり、徹底的に正確を期するために村の地図や作中人物の年譜まで作っていた。そうやって、あらゆる文からロマン主義的なものを削ぎ落とし、新たな散文の文体を作りあげることをめざした。フローベールは全編にわたって推敲を繰り返したが、それは非常に時間のかかる作業だった。目標としたのは「作者の主観や意図がひとつとして反映されない」徹底した客観描写で書ききることであった。結果として、フローベールの期待どおりに、この作品は大傑作となった。

三部構成の『ボヴァリー夫人』は、救いがたいほど感傷的なロマン主義の要素と淡々とした日常生活の写生とを対比さ

ボヴァリー夫人

幻想、現実、そして写実主義

エマが憧れたもの
遠く離れた地での心躍る冒険、愛や情熱や「陶酔」、富と「豪奢な生活」

エマの人生を特徴づけるもの
地方都市の単調さと平凡さ、結婚に対する倦怠感と不満、多額の借金

フローベールが精緻な写実的描写を達成した手立て
最も的確な表現へのこだわり、容赦のない観察眼、徹底した客観性

フローベールがボヴァリー夫人を解剖する様子を描いた1869年の風刺画。この小説はエマの内面を分析し、徹底した写実的描写を用いて心の動きを探っている。

せている。自身が属する中産階級を嫌悪していたフローベールは、その愚鈍さと凡庸さをとりわけ辛辣に描写している。物語の主人公エマ・ボヴァリーは、非現実的なロマン主義の象徴である。修道院で教育を受けた裕福な農家の娘であるエマは、ウォルター・スコットの歴史ロマンやや、ロマン主義の詩人ラマルチーヌ風の「数々の駄文」(フローベール自身がこきおろしていた)を読みふけり、自分自身も「野のかなたから黒馬に乗って駆けつける白い羽飾りの騎士を待ちながら、どこかの古いお屋敷」に住むことを夢見ている。

情熱と現実

エマは「びっくりするほどの情熱」に憧れて、小さな田舎町トストに住む親切だが退屈な医師シャルル・ボヴァリーと結婚する。だが、シャルルの凡庸さや野心のなさに加え、性的な面にもすぐさま失望する。夢に描いていたものと、刺激のない結婚生活という現実との乖離がこの小説の根底にあり、フローベールはそれをわかりやすく描いている。

エマとシャルルが移り住む田舎町ヨンヴィルを、フローベールは細密に、しばしば皮肉をこめて描写し、「景色に特色がないのと同様に、ことばにも強い訛りがない、つまらない土地」だと書いている。ありふれた日常や出来事をあるがままにとらえるフローベールの手腕により、この作品はフランス写実主義文学の傑作となりえた。毛皮の帽子のような茅葺き屋根、やせこけた梨の木、古ぼけた農家や納屋、そしてこの地域特有の小さな墓地の様子など、どんな微細な点もフローベールは省こうとしない。また、地域の名士たちが都市の中産階級を真似て大仰な美辞麗句だらけの演説をする、村の農

業共進会の描写はみごとだ。このさえない演説と、共進会を見おろす窓のそばでエマ・ボヴァリーが交わす情熱的な会話や行動とを、フローベールは鮮やかに交錯させている。

かなわぬ夢

フローベールは、ほかにもヨンヴィルの住人を登場させていて、そのひとりが村の薬剤師オメーだ。不信心なうぬぼれ者のオメーは、無免許で医業に従事し、折にふれて見識があることを大仰に自慢する人物である。ほかには商人ルールーも登場し、エマはこの男から借金を重ねるよう無情に進言されたせいで、結婚生活の退屈さをまぎらわせるために、現代で言う買物依存症に陥っていく。フローベールは自分がよく知るこうした種類の人物を細かく写実的に造形した。全編を通してそうした人物のつまらなさや狭量さを描きながらも、的確なため間延びした文章になっていない。かなうことのないエマの夢や憧れをやんわりと揶揄しつつ(そして、その帰結としての悲劇的な結末を描きつつ)も、商人階級が持つ露骨な野心に対しても批判的な姿勢を示している。

ありのままに綴られる決まりきった日

偶像に手をふれてはいけない。
金箔が剝げて指に残ることになる。
『ボヴァリー夫人』

彼女は死にたくもあり、
パリに住みたくもあった。
『ボヴァリー夫人』

常生活を背景とすることで、エマのロマンティックな期待や田舎での結婚生活に対する苛立ちの描写が際立って、驚くほど現代的に感じられる。当然のようにエマは結婚の外に恋愛やその激情を探し求めるようになり、先のないふたつの不倫関係に陥っていく。最初の相手は裕福な地主で漁色家のロドルフ・ブーランジェで、つぎに関係を持ったのが若い法学生レオン・デュピュイだった。壮大な景色や音楽、そしてロマンティックな小説に憧れをいだくレオンの性格には、エマと通じ合うものがあった。関係がはじまるころは心を躍らせ、充実感を味わっていたエマだが、最後は失望することになる。そのさまをフローベールは「エマは姦通のうちに結婚生活のあらゆる平凡さを見いだしていた」と書いている。愛人のひとりに捨てられ、もうひとりには助けを求めたが拒絶されたエマは、ふくれあがる借金と疎外感のなかで、自滅の道へと追いこまれていく。

裁かれた写実主義文学

『ボヴァリー夫人』がはじめて世に出たのは雑誌「パリ評論」の連載という形だった。すぐさま風紀紊乱罪でフローベールと出版社、そして「パリ評論」の発行責任者が裁判にかけられ、また公衆道徳と宗教を冒瀆しているとして出版停止を求める動きもあった。内容が問題にされただけではなく、文体自体も猥雑で露悪的とされた。しかしフローベールも出版関係者も無罪となり、作品に対する当初の評価はさまざまだったが、やがてベストセラーとなっていった。

『ボヴァリー夫人』とフローベールの後年の作品『感情教育』は、日常生活をあるがままに描き出す細やかな手法で、フランスにおいて写実主義の時代が到来したことを決定づけただけでなく、その最高傑作でもあった。フローベールの作品はフランスの著名な作家たちに影響を与えた。ギ・ド・モーパッサンの無駄のない文体や題材への姿勢には師匠であったフローベールの写実主義の影響が見られ、またエミール・ゾラは自作『ジェルミナール』(1885)において、その日暮らしの生活の過酷な現状を題材とし、フローベールと同じく、調査に何か月も要することが珍しくなかった。■

ロドルフ・ブーランジェはエマの最初の愛人であり、彼女の所在なさと鬱積した情熱、そして誘惑されたがっていることを見抜いて、不倫関係へと巧みに誘導していく。

わたしもこの大地の子であり、この風景のなかで育てられたのです
『グアラニー族』(1857年)
ジョゼ・デ・アレンカール

背景

キーワード
インディアニスモ

前史

1609年 スペイン人征服者の父とインカ王女の母を持つガルシラソ・デ・ラ・ベガが『インカ皇統記』を著す。インカの伝統や習慣、そしてスペインによるペルー征服が描かれている。

1851年 ブラジルの詩人ゴンサルヴェス・ディアスが、インディアニスモ運動で最も有名な抒情詩『イ・ジュッカ・ピラーマ』を発表する。トゥピ族の戦士を題材にしており、題名はトゥピ語で「死ぬ定めにある者は殺す価値がある」ことを意味する。

1856年 『タモイオ族の連盟』が出版される。ブラジルの詩人であり劇作家ゴンサルヴェス・デ・マガリャンエスが綴ったトゥピ族の叙事詩であり、ブラジル皇帝ペドロ2世の委託で制作された。

インディアニスモはブラジルで19世紀半ばに起こった文学と芸術の思潮であり、この運動のなかで作家や画家たちはブラジルの先住民インディオを英雄視した。

インディアニスモが起こった背景には重要なふたつの要素がある。ひとつは、独立運動(1821年～1824年)によってポルトガルからブラジルが独立したあと、新しい国家は民族的要素とヨーロッパ的要素が融合した国家だと作家たちが発信しようとしていたこと。もうひとつは、ヨーロッパのロマン主義がブラジルに流入したことである。ブラジルのロマン主義は、先住民の無垢な感覚と純真な精神性を称揚していた。

ロマン主義の理想像

ジョゼ・デ・アレンカール(1829年～77年)はブラジルの小説の祖であるとされ、『グアラニー族』ではじめて衆目を集めた。1604年を舞台としたこの作品は初期の入植者の話で、一家の娘セシリアには求婚者がいたが、セシリアはこの小説の題名であるグアラニー族の若者ペリと生きることを選ぶ。ペリはエキゾチックだが高潔で理想的な人物として描かれており、自身の部族を捨ててキリスト教の洗礼を受ける。

『グアラニー族』はポルトガルの文学界からは悪辣と評されたが、これによってブラジル文学は独自の道を歩むことになった。抒情的でロマンティックなこの作品は、ブラジルの学校で現在も教材となっている。■

彼らは勇敢で、
恐れを知らない男たちであり、
文明人の資質と、
インディオのずる賢さや俊敏さの
両方を兼ね具えていた。
『グアラニー族』

参照 『モヒカン族の最後の者』150 ■ 『マルティン・フィエロ』199

現実の生活を描く　165

「詩人」は雲間の王者に似ている
『悪の華』(1857年)
シャルル・ボードレール

背景
キーワード
フランス象徴主義

前史
1852年　テオフィル・ゴーティエの詩集『七宝螺鈿集』は、ロマン主義から脱却し、感傷よりも形式を重んじている。

後史
1865年～66年　ステファヌ・マラルメが「半獣神の午後」で描いたのは、ふたりのニンフとのやりとりを半獣神が独白する姿である。ニンフは、それぞれ肉体と知性の象徴である。

1873年　アルチュール・ランボーは『地獄の季節』のなかで、自身のふたつの側面（光や少年時代に魅せられた詩人の姿と、しがない農民の姿）を見せている。

1874年　ポール・ヴェルレーヌが発表した『ことばなき恋歌』は、アルチュール・ランボーとの恋愛関係から手がかりを得たものである。

19世紀のフランス象徴主義の詩人の作品は、感性や暗示的表現を重視し、象徴や隠喩や心象を用いて主観に訴えることをめざしている。おもな象徴派の詩人としては、ヴェルレーヌやランボー、そしてマラルメなどがあげられるが、先駆者と言えるのはシャルル・ボードレール（1821～67年）である。

退廃から生まれる美
『悪の華』（この題名は、堕落が芸術に昇華することを暗示している）でボードレールはロマン主義の流れに背を向け、暗示的な象徴主義と率直な表現に向かっている。古典的なアレクサンドランの手法（12音節から成る1行にカエスーラと呼ばれる中間休止をはさむ形式の詩行）を用いて、売春、異人種間の性、酒や麻薬など、当時の感覚では信じがたい新たな題材に取り組んだ。ボードレールがそこで描いたのは、自分自身の不安（詩人としての野心を含む）によって屈折した現代人の厭世的な姿であった。詩集の中心となっているのは実存の不安や死の恐怖だけでなく、魂が滅びつつある状態（倦怠）である。

真意の探求
最初の章の一連の詩は、先駆者、殉教者、表現者、落伍者、愚者としての芸術家の役割を探っている。そして、性を通じてその意義を見いだそうとするが、やがて最初の高揚は冷め、技巧がいくらかの慰めとなる。「パリ情景」と題された第2の章では、詩人はパリの街なかを遊歩者として歩きまわるが、目に留まるのは自身の窮状を思い起こさせるものばかりである。すでに古いパリはなく、新しい通りの光景が孤立している。

あとにつづくいくつかの章では、酒や淫蕩や悪魔崇拝へ逃避する詩人の様子を描いている。末尾におさめられた「旅」は、最後の冒険に向かう魂を描いた精神的探求の縮図であり、そこでようやく新たな体験があるかもしれない。■

参照　『ドリアン・グレイの肖像』194　■　『地獄の季節』199-200　■　『荒地』213　■　『異邦人』245

聞いてもらえないからといって、口をつぐむ理由とはならない
『レ・ミゼラブル』(1862年)
ヴィクトル・ユゴー

背景

キーワード
社会小説

前史
1794年　イギリスの作家ウィリアム・ゴドウィンが、『ケイレブ・ウィリアムズ』で不平等な社会体制を批判する。

1845年　イギリスの政治家ベンジャミン・ディズレーリが『シビル』を執筆し、富裕層と貧困層というふたつの世界があることを明らかにする。

1852年〜65年　イギリスの小説家チャールズ・ディケンズが、『荒涼館』など、ヴィクトリア朝の貧困や拝金主義の風潮を批判的に描いた小説を発表する。

後史
1870年代〜1880年代　フランスの作家エミール・ゾラが、『居酒屋』(1877年)や『ジェルミナール』(1885年)などの作品で都市部の貧困や社会体制について訴える。

1906年　アメリカのジャーナリスト兼作家アプトン・シンクレアの小説『ジャングル』が、シカゴの食肉業界の実態を描いて社会を驚愕させる。

大作『レ・ミゼラブル』は全5巻から成り、それぞれがいくつもの編、さらにいくつもの章で構成されている。当時のフランスの社会状況に抗議する小説を書きたいというヴィクトル・ユゴーの意欲が、それだけ旺盛であったとも言える。

社会に変革をもたらすべく、不平等に焦点をあてた作家は、ユゴーだけではなかった。イギリスでは、ディケンズが同様に活動し、またギャスケルがイギリス北部の工業都市で暮らす貧しい人々の生活を描いた『メアリ・バートン』(1848年)は、社会変革への機運を高めた。同時期のアメリカではストウが『アンクル・トムの小屋』(1852年)を発表し、奴隷制廃止に向けた世論形成に寄与した。

ユゴーのこの作品は、膨大な数の登場人物とさまざまな歴史的背景を配し、1815年から1832年のパリでの民衆蜂起までの期間をあるがままに描写している。苦難、貧困、欲望、怨恨、政治、憐憫、愛、贖罪というさまざまなテーマを包括した壮大な物語である。

人間愛を求める地獄

『レ・ミゼラブル』の物語の主人公ジャン・ヴァルジャンは、パンを盗んだ罪で19年間服役し、ようやく出所する。ヴァルジャンは、ある司教から盗みを働くが、司教はそんなヴァルジャンを擁護し、その慈愛にふれたことでヴァルジャンは贖いの道を歩みはじめる。偽名で事業を興したヴァルジャンはやがて裕福になり、幼い少女コゼットを養子に迎える。コゼットの母ファンティーヌは貧しさのために売春婦に身を落とし、死んだのだった。ヴァルジャンは犯罪者としての過去から逃れることができず、執念深いジャヴェール警部に追われつづける。

ほかにも多くの人物が、登場しては消

社会の繁栄とは、幸福なる人間、自由な市民、偉大なる国民を言い表すことばだ。
『レ・ミゼラブル』

現実の生活を描く

参照 『荒涼館』146-49 ■ 『オリヴァー・ツイスト』151 ■ 『アンクル・トムの小屋』153 ■ 『戦争と平和』178-81 ■ 『ジェルミナール』190-91

『レ・ミゼラブル』には多くの人物が登場し、それぞれが複雑につながり合っている。いくつもの階級の人物が登場するが、そうした人々の悲惨な人生がパリの下層社会の複雑な迷路に呑みこまれていく様子がこの物語の軸となっている。中心にあるのは売春婦の遺児コゼットの人生の行く末だ。

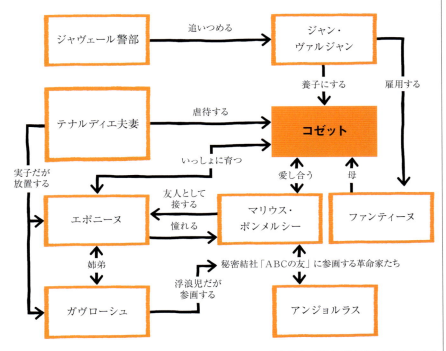

ヴィクトル・ユゴー

フランスを代表する作家ヴィクトル・ユゴーは、1802年にフランス東部のブザンソンで、ナポレオン軍の将校の息子として生まれた。パリで育ち、じゅうぶんな教育を受け、20歳のときに最初の詩集を発表した。

ユゴーは驚くべき多作の作家で、詩集を20数冊、戯曲を10作、小説9作と多数の随筆を生み出した。進歩的な共和主義者として国民選挙を支持するなど、政治活動も積極的におこなっている。ヨーロッパを震撼させた1848年の二月革命の直後に立憲議会議員に当選したが、ルイ・ナポレオンの第二帝政を激しく批判するようになり、1851年に、妻のアデールと長年の愛人ジュリエット・ドルエとともに亡命した。

1870年に国家的英雄としてパリに帰還したユゴーは、第三共和政の国民議会の議員となった。1885年に死去し、パリの偉人廟(パンテオン)に埋葬された。

ほかの主要作品

1827年　『クロムウェル』
1831年　『ノートルダム・ド・パリ』
1859年〜83年　『諸世紀の伝説』

えていく。たとえば、理想に燃える法学生マリウスはコゼットと恋に落ちる。宿屋の主テナルディエ夫妻はコゼットを虐待している。夫妻の子供であるガヴローシュとエポニーヌは、両親にないがしろにされて路上に暮らしている。そのほか、多くの革命派の学生が登場する。だれもが地獄のような社会から逃れられないさまを、ユゴーは鮮やかに描き出す。

折にふれてユゴーは本筋からそれ、関連のある挿話を入れたり自説を述べたりしている。くわしく言及しているのは、ワーテルローの戦い(1815年)、路上生活者、パリの建築物、パリの下水道網の構造、修道会などについてだ。物語の終盤に向かうと、ユゴーはよりよい社会を築く手段としての革命の意義を考察したあと、物語の本筋にもどって結末へと向かう。

『レ・ミゼラブル』は出版前に大きく宣伝されたこともあって、大反響を巻き起こした。批評家のなかには、危険なほどに革命を美化している、過度に感傷的だ、などと批判する者もいた。しかし、この本はすぐさま、フランスだけでなくイギリスやほかの国々でも成功をおさめた。この作品が直接的に社会に変化をもたらすことはなかったが、歴史的な背景や社会的不平等を力強い筆致で描いたことで、人々に考える契機を与えて社会全体の意識を向上させた。■

きみょーよ、とってもきみょーよ！
『不思議の国のアリス』（1865年）
ルイス・キャロル

背景

キーワード
「子供時代」の創出

前史
1812年 スイスの牧師ヨハン・ダヴィッド・ウィースの『スイスのロビンソン』では、4人の子供たちが両親とともに無人島で自給自足の生活をする様子を描いている。

1863年 イギリスの作家チャールズ・キングズリーの『水の子』では、主人公の煙突掃除係の少年が空想的な水中世界で道徳の教訓を学んでいく。

後史
1883年 イタリア人のカルロ・コッローディによる『ピノッキオの冒険』は、操り人形を主人公とした子供向けの道徳的寓話である。

1894年 イギリスの作家ラドヤード・キプリングによる『ジャングル・ブック』には、狼に育てられた少年モーグリや、リッキ・ティッキ・タヴィという名のマングースなどが登場する。

「子供時代」という概念は、実は18世紀になってはじめて作られたものであった。文学史の大半において、子供に言及することはほぼ皆無で、ときおりジャン＝ジャック・ルソーの『エミール』やウィリアム・ワーズワースの『序曲』といった作品でその存在にふれられる程度であった。19世紀になると、チャールズ・ディケンズが自作で子供に中心的な役割を与えることもあったが、あくまで作品の対象読者は大人であった。

子供向けの物語のほとんどは、大人用の物語の焼きなおしであるか、道徳的な啓蒙を目的としていた。19世紀はじめに

現実の生活を描く　169

参照　『ロビンソン・クルーソー』94-95　■　『ガリヴァー旅行記』104　■　『子供と家庭の童話』116-17　■　『子供のための童話集』151　■　『若草物語』199　■　『宝島』201

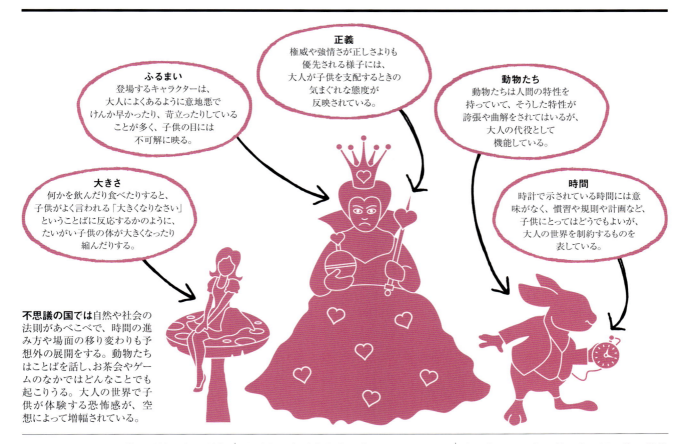

ふるまい
登場するキャラクターは、大人によくあるように意地悪でけんか早かったり、苛立ったりしていることが多く、子供の目には不可解に映る。

正義
権威や強情さが正しさよりも優先される様子には、大人が子供を支配するときの気まぐれな態度が反映されている。

動物たち
動物たちは人間の特性を持っていて、そうした特性が誇張や曲解をされてはいるが、大人の代役として機能している。

大きさ
何かを飲んだり食べたりすると、子供がよく言われる「大きくなりなさい」ということばに反応するかのように、たいがい子供の体が大きくなったり縮んだりする。

時間
時計で示されている時間には意味がなく、慣習や規則や計画など、子供にとってはどうでもよいが、大人の世界を制約するものを表している。

不思議の国では自然や社会の法則があべこべで、時間の進み方や場面の移り変わりも予想外の展開をする。動物たちはことばを話し、お茶会やゲームのなかではどんなことでも起こりうる。大人の世界で子供が体験する恐怖感が、空想によって増幅されている。

出版されたグリム兄弟の挿絵つき民話集は、当初は大人向けの物語として編纂されたもので、性的描写や暴力描写があるため子供に読ませるには不適当だと批判され、その後の改訂版で内容が変更された。明確に児童向けとして出版された『童話集』（1835年～37年）の著者ハンス・クリスチャン・アンデルセンは、教訓性がないとして激しい非難の的となった。

黄金期

19世紀後半から20世紀初頭にかけて、児童向けの物語が最盛期を迎えた。イギリスの作家トマス・ヒューズの『トム・ブラウンの学校時代』（1857年）が学園小説という形式を生み出し、アメリカの作家ルイーザ・メイ・オルコットの『若草物語』（1868年～69年）のような成長物語も登場した。そのほか、スイスのヨハンナ・シュピリによる『アルプスの少女ハイジ』（1880年～81年）やスコットランドのJ・M・バリーによる『ピーターパン』（1911年）などの古典的名作がこの時期に生み出された。

『不思議の国のアリス』は、全盛期の作品のなかで最も後世に影響を与えた作品である。英語で書かれた初の児童文学の傑作とされており、その現実離れした内容から、当時主流であった写実主義文学からの脱皮が印象づけられることとなった。1862年7月のある日、若い数学教師チャールズ・ドジソンが、男友達と3人の幼い姉妹とともにオックスフォードに近いテムズ河畔へボート遊びに出かけた。そして、アリスという名の少女（ボートに乗っていた少女の名もアリス・リデルという）の物語を語り聞かせたのだった。こうして『不思議の国のアリス』が生み出され、その後ルイス・キャロルというペンネームで出版された。

非現実の世界

物語のなかで、七歳のアリスはウサギの穴に落ち、気づくと非現実的な世界に迷いこんでいる。その世界では、不思議

不思議の国のアリス

水たばこを吸う、ぶっきらぼうなイモムシが、アリスの不安を増大させる。アリスは不思議の国のありさまに困惑し、「あんたはだれだい？」というイモムシの質問にも答えることができない。

な生き物が奇妙なふるまいをし、変な出来事がつぎつぎ起こり、ことばの法則も通常とは異なっている。それこそがこの物語の特徴であり、主題でもある。

アリス自身はこの異様な法則を受け入れている。ウサギの穴を落下しながら、アリスは「地球の"たんはい"側の点」にたどり着いてしまうのではと思いはじめ、ここはオーストラリアかニュージーランドですか、と尋ねる自分を想像する。それにつづくアリスの考えは、キャロルが子供の無邪気さに精通していることを鮮やかに示している――「だめよ、そんなこと聞いちゃいけない。どっかに書いてあるのが見つかるかもしれないんだから」。

アリスはつねに考えつづける。自分はいったいだれなのか、この不思議な世界にはどんな法則があるのか、そしてどうすれば自分がまともな状態にもどれるのか、と。最初にアリスがとまどうのは、体が大きすぎたり小さすぎたり、したいことをするのに体の大きさが合わないことだった。イモムシに出会ったあと、また別の不安が生じる。つっけんどんな調子で繰り返し否定されるという難題と直面することになったのだ。物語が終盤へ向かうにつれ、女王が首を刎ねろという命令を乱発するなど、暴力の気配が物語に緊迫感をもたらしていく。

規範からの逃避

アリスが作中で出会うのは多くが動物だ。冒険の前後に登場する姉とアリス自身を除けば、作中に登場する人間は、ハー

へえ！ ニヤニヤ笑いなしの猫ならよく見かけるけど、猫なしのニヤニヤ笑いなんて！生まれてからいままで、こんな変てこなもの、見たことがない！
『不思議の国のアリス』

トの王と女王をトランプの札とすると、帽子屋と公爵夫人だけだ。

日常生活とは正反対の世界観は、旧習に従うことに慣れたヴィクトリア朝の大人にとっても解放的に見えたにちがいない。ナンセンスが人々を惹きつけるのは、ひとつには想像をふくらませる素地になるからであり、またおそらく、社会規範からしばし解放されたいという無意識の欲求を満たすからでもある。

アリスは物語が進むにつれて一段と率直になり、終盤の裁判の場面では、女王

ハリー・ポッターにとって、死の影はつねに身近なものだ。ハリーは闇の陣営と戦うヒーローであり、その過程で生きるのに必要なことを学んでいく。

ハリー・ポッター現象

J・K・ローリングによる、魔法使いの少年の冒険を描いた〈ハリー・ポッター〉シリーズ（1997年～2007年）は、子供の物語の力を証明した作品である。シリーズが社会現象となるほど大ヒットしたのは、成長物語や学園小説など複数のジャンルとファンタジーを巧みに融合し、さらに冒険小説やロマンスなどの要素を織り交ぜたことがひとつの要因である。ローリングは「死」がこの物語の重要なテーマであると公言していたが、そうした発言が作品全体に通じるおもしろおかしい雰囲気を損なうことはなかった。このシリーズの出版計画は、実際の時間軸でハリーが年齢を重ねる設定となっていたので、出版当初の幼い読者たちは文字どおりハリーとともに成長することになり、特に深い読書体験を得ることになった。

子供に絶大な人気を誇るだけでなく、多くの大人の読者も惹きつけたこのシリーズは、著者に大きな富をもたらすことになった。2013年までの全7巻の総販売部数は4億5千万部を超えている。

のゆがんだ正義について「ばかばかしい！　ナンセンスよ！」と、当人に対して言ってのける。そして、ふつうの子供の大きさにもどったアリスが最後にしたのは、トランプはただのトランプの札でしかない——つまり、無生物である——と言いきることだった。そのことばが発せられると、トランプは宙へ舞いあがる。持ち前の性格を発揮し、アリスは幻想の世界を破裂させたのだった。

最終章は、アリスの姉を前面に出すことで、みごとに決着がつけられている。はじめは姉がアリスを愛おしげに見つめているだけだが、やがてアリスから聞いたばかりの奇妙な生き物たちが目の前を通り過ぎていく。そして最後に、姉の見たアリスは「大人の女性」になっていて、それでも子供のころからの「無邪気で愛に満ちた心」を忘れることなく、不思議の国の物語をつぎの世代へ語りついでいるのだった。

ナンセンスが意味するもの

この作品ほど感受性が豊かで、機知に富み、生き生きとしたファンタジーとなると、隠された意味についての数々の疑問も呼び起こす。たとえば、作中ではよく食べ物が不安をもたらすが、キャロル自身が摂食障害に苦しんでいたのではないかとも考えられる。キャロルがオックスフォードで教えていた数学は古典的な分野であり、当時は抽象的な数学論が登場しはじめていたので、作中に奇妙な論理が出てくるのは新しい数学に対するあてつけや批判だという可能性もある。

たとえそのように個人的な含意があったとしても、アリスの冒険の普遍性が損なわれることはない。それは、この作品の基調にある子供の傷つきやすさというテーマは、キャロルの時代だけでなく現代にも通じるものだからである。

キャロルは1871年に、アリスが登場するよく似た第2の物語を発表する。『鏡の国のアリス』だ。この物語にも、印象的なキャラクター（セイウチや大工、トウィードルダムとトウィードルディなど）が登場し、ナンセンスな詩や、あべこべな論理を楽しむ軽妙な格言が盛りこまれている。

ファンタジーの誘惑

不思議の国は魔法のように形を変え、J・R・R・トールキンの『ホビット』やC・S・ルイスの〈ナルニア国物語〉シリーズ、ドクター・スースの気まぐれな韻文の世界、ロアルド・ダールの人気作『チョコレート工場の秘密』、そしてJ・K・ローリングが描く魔法使いの学校ホグワーツへと受け継がれていく。21世紀にはリアリズムの新たな動きが児童文学の分野でも見られるが、いまもファンタジー小説は幼い心を強く揺さぶっている。■

ハンプティ・ダンプティとの会話には、ほかのキャラクターとの会話と同じく、さもまともだと言わんばかりに、なぞなぞやことば遊び、そしてでたらめな論理が入り混じる。

ルイス・キャロル

1832年、イギリスのチェシャーに生まれたチャールズ・ドジソン（ペンネームであるルイス・キャロルのほうがよく知られる）は、牧師の息子だった。オックスフォード大学のクライスト・チャーチ・カレッジの数学部を首席で卒業し、1855年から生涯にわたって同校で教鞭をとりつづけた。聖職にも叙任されている。作品が最初に出版されたのは1856年で、孤独に関する詩集だった。ドジソンは知己に恵まれ、友人のなかには評論家で作家のジョン・ラスキンや、画家で詩人のダンテ・ゲイブリエル・ロセッティがいた。キャロルはまた著名な写真家でもあり、詩人アルフレッド・テニスンや舞台女優エレン・テリー、そして多くの子供たちの写真を撮影した。1898年に、重いインフルエンザの果てに気管支炎にかかり、65歳で死去した。そのときすでに『不思議の国のアリス』はイギリスで最も人気のある児童文学となっていて、ヴィクトリア女王もファンのひとりだった。

ほかの主要作品

1871年　『鏡の国のアリス』
1876年　『スナーク狩り』

大いなる意識と深い心には、苦痛と苦悩が付き物だ
『罪と罰』(1866年)
フョードル・ドストエフスキー

罪と罰

背景

キーワード
心理的リアリズム

前史

1000年ごろ～1012年　紫式部の『源氏物語』は、登場人物の生き方を心理的に洞察している。

1740年　イギリスの作家サミュエル・リチャードソンの情感豊かな小説『パミラ』では、ヒロインの内面が深く掘りさげられている。

1830年　フランスの作家スタンダールの『赤と黒』は、心理的リアリズムの嚆矢と考えられることが多い。

後史

1871年～72年　ジョージ・エリオットの『ミドルマーチ』は、イギリスの地方都市の精神風土を忠実に再現している。

1881年　アメリカの作家ヘンリー・ジェイムズの『ある婦人の肖像』は、主人公イザベル・アーチャーの心のなかへ深く切りこんでいる。

心理的リアリズムは、作中人物の個性や深層心理を描写する文学上の手法であり、意識的な思索や無意識の動機を浮かびあがらせる。心理的リアリズムを指向する作品では、物語の筋立ては二義的な役割しか持たない場合が多く、内面のドラマを進行させるために人間関係や対立などの外的事象を作り出す下地となっている。

主人公の精神世界を深く掘りさげるこのような手法は、勧善懲悪のストーリー展開が典型であるロマン主義からの決別を意味した。もっとも、人間の精神の仕組みを探求する文学作品はかなり古くから存在していた。たとえば、心の動きを物語の中心とした作品としては、11世紀日本の『源氏物語』やウィリアム・シェイクスピアの『ハムレット』(1603年)などがあり、主人公の心の葛藤が物語を牽引している。18世紀には書簡体小説の形式が最盛期を迎え、私信や日記などの記録が登場人物の内なる思考や感情をあらわにする手段として用いられた。

> 人間ってやつは、
> 何もかも手中にしているのに、
> 臆病のせいで
> いっさいを逃してしまうんだ。
> 『罪と罰』

心のなかをさらけ出す

代表作『罪と罰』でドストエフスキーが読者に引き合わせるのは、アンチヒーローである学生ロジオン・ロマーヌイチ・ラスコーリニコフである。著者は三人称形式を用い、後年のジークムント・フロイトら精神分析学者の研究を予感させる手法によって、ラスコーリニコフの内発的な動機づけの過程をくわしく描き出している。主人公の心のなかを表出させることによって、この作品は19世紀の文学作品としては有数の高い評価を築いた。

『罪と罰』は、ロシアのサンクトペテルブ

フョードル・ドストエフスキー

1821年、フョードル・ドストエフスキーはロシアのモスクワでリトアニア系の両親のもとに生まれた。工兵になるための教育を受けて仕事にも就いたあと、処女作『貧しき人々』(1846年) を執筆した。この作品では、物質的な貧しさだけでなく、精神的な葛藤も描いた。

1849年、社会主義に心酔する知識人が集まるペトラシェフスキー・サークルに参画していたため、ドストエフスキーは逮捕された。銃殺隊による処刑の寸前まで行く恐ろしい体験をしたあと、シベリアで数年間のきびしい労役に耐えていたが、そこでてんかんを発症した。解放されたあとは、債権者たちとのいざこざから逃れるために西ヨーロッパ諸国を放浪した。最初の妻が没したあとの1867年に、アンナ・スニートキナと結婚する。アンナは4人の子を産み、夫の助手をつとめるとともに、家計も切り盛りした。ドストエフスキーはいくつかの慢性疾患に苦しみだすえ、1881年に死去した。

ほかの主要作品

1864年　『地下室の手記』
1866年　『賭博者』
1869年　『白痴』
1880年　『カラマーゾフの兄弟』

現実の生活を描く 175

参照 『源氏物語』47 ■ 『クレーヴの奥方』104 ■ 『ボヴァリー夫人』158-63 ■ 『ミドルマーチ』182-83 ■ 『ある婦人の肖像』186-87

サンクトペテルブルクの夏が『罪と罰』の舞台となっている。過密で息苦しい都市の様子は、問題をかかえた青年ラスコーリニコフの熱に浮かされたような内的葛藤を反映している。

ルクの「暑いさかりのある日暮れどき」に幕をあける。汚い服を着た青年ラスコーリニコフは、屋根裏の小さな下宿部屋から這い出し、暑気と悪臭の充満する街なかへと出ていく。ラスコーリニコフは衰弱し、精神的にも混乱をきたしている。ひとりごと。空腹。街をさまよいながらも、他人の存在に苛立ってばかりいる。読者は主人公の心の奥底に秘められた考えや恐れや不安へとさらに引き寄せられていく。

ラスコーリニコフは貧しく、この貧困の問題も全編を通して強調される。読者は主人公とともにさまよい歩き、彼の目を通して街の様子をたどっていくが、そこではおおぜいが飢えや精神的な苦痛と戦いながら、生き残りをかけてあがいている。

内なる葛藤

ドストエフスキーは多彩な顔ぶれの人々を作中に登場させ、ラスコーリニコフの視点から仔細に描いている。ラスコーリニコフが思いきって向かった先は、地元の高利貸しアリョーナの自宅だった。アリョーナは「痩せこけた小柄な老女で、歳は六十くらい、意地の悪そうなきつい目と鋭くとがった鼻」の持ち主である。ラスコーリニコフは父親の時計を質草として持ってきたが、わずかな額と引き換えにすることを承諾せざるをえない。老女の家を出たころ、ある考えがラスコーリニコフの心に宿る。そんなことを思いついた自分自身に狼狽し、何度も立ち止まっては、多くの人が行き交う通りへもどるが、まるで夢のなかを歩くようで、ふと気づくと地下の酒場へとおりる階段の前に立っていた。ラスコーリニコフは酒場へはいり、ビールを注文するとすぐに「気持ちが楽になり、頭もはっきりしてきた」。しかしドストエフスキーは、この精神状態がけっして正常とは言えないことを読者に暗に伝えている。というのも、「いまこの瞬間にも、心のどこか片隅で、こうした過度の幸福感がやはり異常なものだとぼんやり予感していた」からだ。

その酒場で、ラスコーリニコフはマルメラードフという飲んだくれの男と話をする。マルメラードフは自身の哀れな身の上話として、貧乏であることやそのせいで娘が売春婦になったことを語り、どちらも自分が酒に金をつぎこんできたせいだと話す。マルメラードフは、通りすがりのラスコーリニコフにこのことを話すのは、顔に「何か悲しみのようなもの」が読みとれるからだと言う。ようやく自分の下宿へともどったラスコーリニコフは、考えこんでその日を終える。》

生きていられるだけでいい、生きたい、生きたい！
どんな生き方でもいい！
『罪と罰』

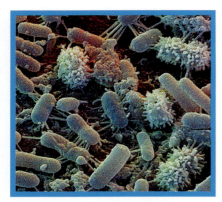

ラスコーリニコフが思い出した夢は、病院で熱にうなされていたときに見たものだった。そのなかで、人々はある疫病の菌に感染して頭がおかしくなり、「自分だけが真実を知る」と思いこむのだった。

ドストエフスキーは巧みな心理的リアリズムによって、ラスコーリニコフが犯罪（高利貸しのアリョーナ・イワーノヴナを殺害すること）について反芻し、策をめぐらすさまを余すところなく書きこみ、殺人者の心に同調するよう読者を力強く導いていく。読者はラスコーリニコフの恐怖を感じ、サンクトペテルブルクの薄汚い通りや卑俗な市民の姿を見る。そしてラスコーリニコフの心で繰りひろげられるさまざまな光景の目撃者となり、惨めな下宿でいっしょに横たわる。ただ

> 真に偉大な人間は、この世で偉大な悲しみを味わわなくてはいけない、という気がする。
> 『罪と罰』

の妄想だったものが残酷で血にまみれた現実へ変わっていくなかで、読者もまた、それが避けがたいものだという感覚を味わう。

後年フロイトが、夢によって覚醒時の体験の理解が進むと主張するように、ドストエフスキーはラスコーリニコフの夢を通してこのアンチヒーローの内面を読み解く手がかりを残している。ある夢のなかで、ラスコーリニコフは酔った百姓たちが一頭の馬を叩き殺す場面を目撃する。ここにはさまざまな象徴的意味がこめられており、ラスコーリニコフが手を染めようとしている犯罪を予兆したものであるとともに、残虐行為に対して不感症になっていること、そして、もはや自分の意志が失われてしまっていることを表している。かなりあとに見る夢では、微細な虫に寄生された人々が精神に異常をきたし、暴力的性向を持つに至る。これもラスコーリニコフの精神状態を示唆したものと言える。

暴力の衝撃

アリョーナ・イワーノヴナを殺害する場面は、直接的で強烈な生々しさで描かれている。ラスコーリニコフが老女に斧を振りおろすと、老女の頭蓋骨が「砕け、少しばかり横にずれ」る。床一面に流れ出た血が「水たまりのようになって」いる。ラスコーリニコフは寝台の下の木の荷物入れから「腕輪や、鎖や、耳輪や、ブローチ」などの金目の品を掻き集める。だが、この場面はこれだけでは終わらない。老女が横たわる部屋から新たな足音が聞こえてくるのだ。「突然、ラスコーリニコフは跳び起きて斧をつかみ、寝室から走り出た」。こうして第1部は終わりを迎える。

ドストエフスキーはこの犯罪の動機となりうるものをいくつか示しているが、最も重要なのは、ラスコーリニコフがみずからを「非凡人」と考えていることだ。非凡人とは、他者よりすぐれ、法を超える存在であり、「凡人」の行動に嫌悪を覚える人間のことだ。ラスコーリニコフは、偉人はだれもが犯罪者であり、「自分の役に立つ場合」には古来の法を破り、流血も辞さないと語っている。

ドストエフスキーがこのような動機を明らかにしたのは、ロシア社会に起こりつつある変化に対する怒りの表れと考えられている。当時の社会は物質偏重で古くからの慣習がないがしろにされ、利己的で破壊的な思想がもてはやされていた。ラスコーリニコフの犯罪とその後の自白の場面は、革命に傾いていく同国人への警告でもあった。

罪悪感と贖罪

殺人のその後が明かされ、読者は自暴自棄のラスコーリニコフが熱に浮かされるようにサンクトペテルブルクを歩きまわる姿を追っていく。やがて、馬車に轢かれて死に瀕する酔っぱらいのマルメ

皇帝アレクサンドル二世が1861年に農奴解放令を発布した。ラスコーリニコフがよく出かける、サンクトペテルブルクのセンナヤ広場の怪しげな区域には売春婦たちの姿があるが、その多くは、行き場を失った農奴の娘だった。

現実の生活を描く　177

ラスコーリニコフがなぜアリョーナ・イワーノヴナを殺したのかが『罪と罰』の主題である。ドストエフスキーが示したのは、動機や内的対話や無意識の衝動が複雑にからみ合ってラスコーリニコフは行動に駆り立てられたということだった。それらは社会や個人や哲学や宗教にかかわる制約とも結びついている。

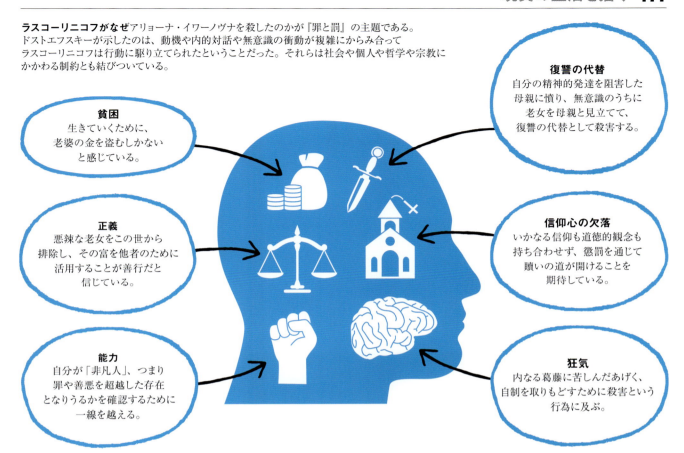

貧困
生きていくために、老婆の金を盗むしかないと感じている。

正義
悪辣な老女をこの世から排除し、その富を他者のために活用することが善行だと信じている。

能力
自分が「非凡人」、つまり罪や善悪を超越した存在となりうるかを確認するために一線を越える。

復讐の代替
自分の精神的発達を阻害した母親に憤り、無意識のうちに老女を母親と見立てて、復讐の代替として殺害する。

信仰心の欠落
いかなる信仰も道徳的観念も持ち合わせず、懲罰を通じて贖いの道が開けることを期待している。

狂気
内なる葛藤に苦しんだあげく、自制を取りもどすために殺害という行為に及ぶ。

ラードフに出くわし、それを機にマルメラードフの娘ソーニャと知り合う。ソーニャは家族の生活をひとりで支えていた。また、ラスコーリニコフは予審判事ポルフィーリー・ペトローヴィチと出会い、ペトローヴィチはラスコーリニコフが犯人だという確信を徐々に強めるが、証拠は何もない。そうしたなかでラスコーリニコフは思い悩み、精神を病んでいく。自白して法の裁きを受けることが、良心の痛みを和らげることになるのか。悔恨の念があるのは、自分が非凡人ではなく、ただの凡人だからなのか、と。

現実の表出

ドストエフスキーは『罪と罰』のなかで、主人公のきわめて複雑な内面を掘りさげて分析している。人生の意味を、そして恐怖、悪、苦痛、蛮行がはびこる世界で生きる姿を力強く描くことは、罪悪感、良識、愛、憐憫、仲間意識、贖罪の可能性といったものを深く考察することにつながっている。

ドストエフスキーがラスコーリニコフの心の動きを生々しく描いたことによって、『罪と罰』はその後の小説家にとって意義深い試金石となった。こうした表現の試みが現れたのは、心理学という科学分野の登場と活用がはじまったころと同時期である。人間心理を描いた作家として名高いヘンリー・ジェイムズは、心理学の先駆者であるウィリアム・ジェイムズを兄に持つ。ジャン＝ポール・サルトルやアルベール・カミュをはじめとする20世紀中葉の実存主義の作家たちも、ドストエフスキーが作りあげた画期的な物語形式から大きな影響を受けた。■

百の嫌疑を集めたところで、ひとつの証拠にもならない。
『罪と罰』

人類はおろか、一国民の生活でさえ、そのまま記述することは不可能に思える

『戦争と平和』(1869年)
レフ・トルストイ

背景

キーワード
ロシア文学の黄金時代

前史
1831年～32年　ニコライ・ゴーゴリの『ディカーニカ近郷夜話』やアレクサンドル・プーシキンの『ベールキン物語』が発表され、過去の伝承文学という形式からロシア文学が新たな発展をとげたことを示す。

1866年　フョードル・ドストエフスキーが『罪と罰』で、人間の行動を探る手法として心理学をリアリズム文学に取り入れる。

後史
1880年　フョードル・ドストエフスキーの小説『カラマーゾフの兄弟』が出版される。ロシア文学史の黄金時代最後の傑作とされている。

1898年　モスクワ芸術座で『かもめ』が上演され、これによりアントン・チェーホフがロシア文学の黄金時代における傑出した劇作家としての評価を揺るぎないものにする。

19世紀のロシアでは、散文や詩や戯曲に旺盛な創作力が注がれた。世界的に重要とされる多数の文学作品がロシアで生み出されたため、この時期は「黄金時代」と呼ばれる。

文化的にも地理的にも、14世紀から17世紀にかけてヨーロッパ諸国に影響を与えたルネサンスとは隔絶されていたこの国は、ピョートル大帝（在位1682年～1725年）の治世下で急速な西洋化の波を受けることになった。ピョートル大帝が西洋の慣習や教育、そして言語までも取りこむことを決定したため、19世紀のはじめにはロシアの貴族社会ではフラン

現実の生活を描く

参照 『エヴゲーニイ・オネーギン』124 ■ 『現代の英雄』151-52 ■ 『死せる魂』152 ■ 『罪と罰』172-77 ■ 『白痴』199 ■ 『アンナ・カレーニナ』200 ■ 『カラマーゾフの兄弟』200-01 ■ 『ワーニャ伯父さん』203

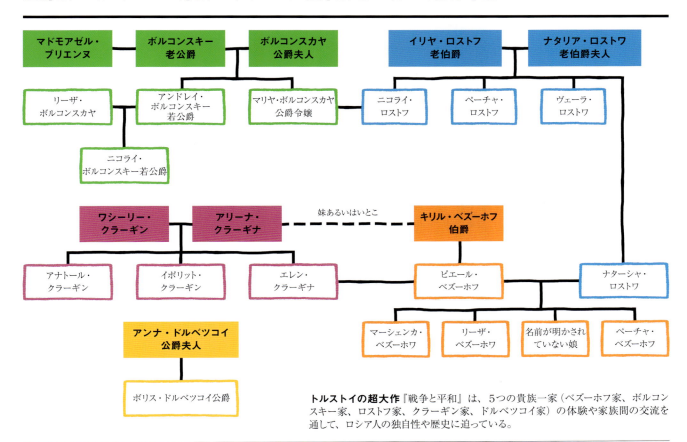

トルストイの超大作『戦争と平和』は、5つの貴族一家（ベズーホフ家、ボルコンスキー家、ロストフ家、クラーギン家、ドルベツコイ家）の体験や家族間の交流を通して、ロシア人の独自性や歴史に迫っている。

ス語が主要な言語となっていた。

口承文芸の叙事詩を中心とする「古代ロシア」の伝統的な文学を、より現代的な題材を扱う文学が退場に追いこむ一方、ロシア語自体が19世紀を通して新しい文学形式を発展させた。しかし、ロシアの作家たちが成しとげたのは西洋文学の伝統の模倣だけでなく、それよりはるかに大きなことだった。かつての民話を題材とする作品が多かったが、文学作品のあり方自体に疑問を投げかけるものもあった。西洋では、ロシア黄金時代のこうした作家たちに好奇の視線を向け、才能豊かではあるが粗野で無教養な存在と見なされた。

19世紀初頭、黄金時代の最初の開花期には、プーシキン、ゴーゴリ、トゥルゲーネフなどが作品を生み出した。1860年代から1870年代にかけての第2の開花期には、ドストエフスキーの『罪と罰』（1866年）——心理的リアリズムの生々しい実験——や、トルストイの『戦争と平和』（1869年）と『アンナ・カレーニナ』（1875年〜1877年）など、この時代の最高傑作とも呼べる作品が書かれた。わずか一世代のあいだに、ロシア文学は驚異的な進歩をとげ、民間伝承からはるかに難解で長大な文学形式へと飛躍していった。

歴史小説

西洋の文学表現に対する複雑な心情から、トルストイはこんな記述を残している。「ロシアには芸術的な散文体は存在しない……小説や詩や物語に使えるような文体などひとつもない」。トルストイ

もしみんなが自分の信念だけに従って戦争をするとしたら、戦争なんか起こらないだろう。
『戦争と平和』

19世紀初頭の上流社会の舞踏会では、招待客は男性が礼装用の軍服、女性は高価なドレスに身を包んでいる。こうした舞踏会の様子が、トルストイが描くサンクトペテルブルクの浅薄な自由主義の特色であった。

は自身の名作『戦争と平和』を型にはめることにも消極的で、「(この作品は)長編小説ではなく、ましてや叙事詩でも、歴史的な編年記でもない」と1868年に記している。トルストイの頭にあったのは、どんな歴史的資料にもかならず欠損があることと、全知の視点でもないかぎり歴史上の「真実」を把握することはむずかしいということだった。トルストイは『戦争と平和』で、膨大な数の登場人物(総勢500人以上)の体験を描くことによって、広範な視野を作り出そうとした。登場人物のなかには、実生活でトルストイがよく知る人物をモデルとした者もいて、たとえばナターシャ・ロストワはトルストイの妻の妹がモデルとされている。登場する貴族の多くは実在する名家だが、名前はわずかに歪曲されている——無鉄砲で強情なベズーホフの名前は、ロシア語で「耳を貸さない」という意味だ。『戦争と平和』は、1805年7月からの8年間を舞台とし、1812年のナポレオンのロシア遠征から、その年の9月にモスクワが灰燼に帰すまでの史実を踏まえている。物語の中心にあるのは5つの架空のロシア貴族の興亡で、19世紀のナポレオン戦争を背景として、史実と個人の人生が複雑にからみ合っている。こうした架空の登場人物に加えて、皇帝アレクサンドル1世やナポレオンなど、歴史上の実在人物たちも重要な役どころが与えられている。

導入部

物語は、ロシアで最も西洋化が進んだ都市サンクトペテルブルクの上流貴族の夜会からはじまる。ナポレオン軍がイタリアを行軍し、さらに東進するさなか、この都市の貴族たちは寄り集まっては(フランス語で)噂話に花を咲かせ、ギャンブルや酒を楽しみ、女遊びにうつつをぬかしていた。書き出しとなる夜会の主催者アンナ・パヴロヴナ・シェーレルのことばで、この物語の中心にあるのが歴史や戦争、そしてヨーロッパ情勢であることが明確にされている(「ねえ、公爵さま、ジェノヴァとルッカはボナパルト家の領地になってしまいましたわ」)。

トルストイはこの夜会を通して、主要登場人物の何人かを読者に引き合わせる。たとえば、アンドレイ・ニコラーエヴィチ・ボルコンスキー公爵は知的で裕福な美男であり、この物語の主人公のひとりとして、この後もたびたび登場する。アンドレイの友人ピエール・ベズーホフは、不恰好に太ったロシアの伯爵の庶子であり、トルストイはこの人物を通して、不道徳な世界で道徳的に生きる最良の道についての考えや懸念を語っている。

そしてこの物語は、街も人々もロシア固有の伝統を守るモスクワへと舞台を移す。ここで登場するのがロストワ伯爵夫人とその4人の子供たちで、そのなかにナターリア・イリーニチナ・ロストワ(ナターシャ)がいる。ナターシャは「瞳が黒く、口が大きくて」「生き生きした少女」と形容され、その明るい魅力がこの物語のあちらこちらにちりばめられている。

戦時下のロシア

まもなく、ロシアは戦争に突入する。モスクワへと進軍中のナポレオン軍が、モスクワから西へ約100キロの地点にある街でロシア軍と激突し、1812年9月7日にボロディノの戦いがはじまる。トルストイは、この日だけで2万5,000人もの死者を出した大量殺戮の様子を生々しく描いている。また、アンドレイやピエールな

何より強いのはこの古強者(ふるつわもの)ふたり——忍耐と時間だよ。
『戦争と平和』

現実の生活を描く 181

どの架空の人物と同様に、実在の人物であるナポレオンや、ロシア軍の指揮を執るクトゥーゾフの考えや行動も書きこみ、戦時下の過酷な現実や混乱をあらゆる面から読者に見せようとしている。この戦いはナポレオン戦争全体の分岐点となる。

サンクトペテルブルクにいる貴族たちの日常がほぼ影響を受けることなく進む一方で、モスクワの街は退却前のナポレオンの大陸軍による略奪に遭い、大火にも見舞われる。その後の退却のさなかも、ナポレオン軍は多大な困難に苦しめられ、ロシアの極寒の気候と飢えという現実に直面するなかで、何千もの兵士がロシア軍に殺戮されることになる。

物語のふたつのエピローグで、トルストイは1813年とその後について語り、ナポレオン軍が退却して戦争が終わり、ロシアと国民たちがようやく平和を取りもどす様子を説明している。

ボロディノの戦いは、トルストイの『戦争と平和』における重要な山場のひとつである。物語によると、司令官の指揮を欠いて戦場は混乱そのものであり、それが戦いの結果を左右した。

おおぜいの人々の小さな行動

架空の作中人物にまつわる物語を終結させると、トルストイはナポレオンやアレクサンドル1世の果たした歴史上の役割を再検証している。そして、歴史を動かすのは偉大な指導者の行動ではなく、おおぜいの人々の目立たない小さな行動だと結論づけている(「歴史とは諸国民と人類の生活である」)。『戦争と平和』は、大局をとらえるすぐれた観察力と、ありふれた日常の真実を見通す洞察力によって、いまも残る偉大な傑作となっている。

『戦争と平和』がとらえたのは、ひとつの時代の真実であった。1875年、ロシアの文豪イヴァン・トゥルゲーネフはこれを「国家の命運を描いた巨大な絵画」と評している。刊行の1世紀後、アーネスト・ヘミングウェイはトルストイから戦争の描き方を学んだと公言し、それは「トルストイ以上にうまく戦争を描いた」作家はいないからだと語った。まさしくそのとおりで、またトルストイ以上にうまく平和を描いた作家もいなかった。■

レフ・トルストイ

レフ・トルストイは1828年、モスクワ近郊のロシア貴族の一家に生まれた。カザン大学を中退後、モスクワとサンクトペテルブルクで自堕落な生活を送り、賭博で莫大な負債をかかえることになった。1860年から61年にかけて、ヨーロッパへ視察旅行に出かけ、作家のヴィクトル・ユゴーや政治思想家のピエール・ジョゼフ・プルードンと面識を得た。この両名に触発されたトルストイは、ロシアに帰国したあと、貧しい農奴を啓蒙したり作中に登場させたりするようになった。1862年、ソフィア・アンドレーヴナ・ベルスと結婚し、ソフィアとのあいだに13人の子供をもうけた。ソフィアは家計を引き受けたが、ふたりの関係は年々悪くなっていった。『戦争と平和』と『アンナ・カレーニナ』の執筆を終えると、トルストイはキリスト教への独自の信仰を通して精神と道徳の真理を探求するようになり、非暴力主義を貫いたために、ガンディーやマーティン・ルーサー・キングなどに影響を与えた。トルストイは肺炎のために1910年に82歳で死去した。

ほかの主要作品

1875年〜77年　『アンナ・カレーニナ』
1879年　『懺悔』
1886年　『イワン・イリイチの死』
1893年　『神の国は汝らのうちにあり』

ひとつの問題をさまざまな立場から見ることができないのは、了見がせまいからだ
『ミドルマーチ』（1871年〜1872年）
ジョージ・エリオット

全知視点の語り手は、物語の外側に身を置いて、作中の人物や出来事をすべて把握している。このような手法は、社会的リアリズムの流れのなかで、19世紀の小説家が広く用いた。ディケンズ、ユゴー、トルストイなど、この時代の著名作家の多くが三人称全知視点で物語を描いており、ジョージ・エリオットにとってもこの手法が『ミドルマーチ』を執筆するうえで最適だった。これによって、エリオットは読者を「それぞれの人間の運命がひそかに相寄っていくのを注意深く見守る」側へ導いていく。多数の人物（題名でもあ

背景

キーワード
全知の語り手

前史
1749年　ヘンリー・フィールディングの『トム・ジョーンズ』は全知の視点で物語が進み、そのなかで語り手が小説の書き方を披露している。
1862年　ヴィクトル・ユゴーの『レ・ミゼラブル』は、全知の語り手が政治や社会や登場人物について作中で論評している。
1869年　レフ・トルストイの『戦争と平和』には全知の語り手がいて、「哲学的考察」をすることが可能になっている。

後史
1925年　『ダロウェイ夫人』では、全知の語り手を置くことで、ヴァージニア・ウルフが大いなる「内的世界」と深みを具えた登場人物たちを造形できている。
2001年　ジョナサン・フランゼンの『コレクションズ』の三人称全知視点の語りは、文化の考察が文芸の役割として復活したことを示している。

語り手の視点

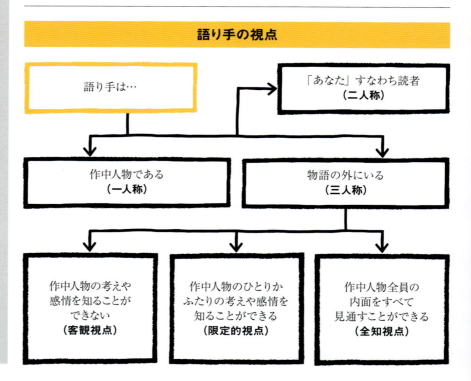

現実の生活を描く

参照 『高慢と偏見』118-19 ■ 『三銃士』122-23 ■ 『虚栄の市』153 ■ 『レ・ミゼラブル』166-67 ■ 『罪と罰』172-77 ■ 『戦争と平和』178-81 ■ 『ダーバヴィル家のテス』192-93

るイギリス地方都市に全員が暮らす）が織りなす複雑な物語を通して、『ミドルマーチ』は結婚と仕事のあいだの葛藤を描いている。中でも、理想に燃えるふたりの登場人物、知的で博愛主義の遺産相続人ドロシア・ブルックと、才能豊かだが世間知らずの医師ターシアス・リドゲイトの夢が中心に据えられている。

困難な選択がつづく世界

エリオットはご都合主義のハッピーエンドを「愚劣な」女流小説家がよく使う幻想と見なして排除した。エリオットがめざしたのは、人生で起こる些細な問題や失敗、小さな悲劇や成功、重大な瞬間などを描くことだった。それらに絶えず注目させるのが全知視点の役割である。

エリオットはドイツの文豪ゲーテを畏敬し、人類全体の発展に個々人の努力が不可欠だという考えに共感していた。『ミドルマーチ』はこの考えを純化したものである。とりわけエリオットが（全知の語り手の立場で）問うているのは、絶え間なく変化する実際の社会のなかで、その役割をどう女性が果たすかということである。

思考へのいざない

女性の役割については、著者の語りのほかに、作中人物のあいだでも多くの議論が交わされる。作中の男性陣が女性に望む特性としてあげているのは、ドロシアの夫カソーボン氏の「献身的な愛を注いでくれる」という理想や、リドゲイトが夢見る「小鳥のさえずるような笑い声を聞きながら天国に憩う」交際など、多岐にわたる。しかし、社会における女性の役割に作中でひとつの結論を導き出すことには積極的ではない。代わりに、「こんどの結婚に関して、ありうる見方は、はたして彼女の観点からのものだけであろうか」と著者が質問のことばを投げかけて、読者がみずから結論を出すよう促している。

> お互いの人生が生きやすいものにならないかぎり、わたしたちは生きている甲斐がないじゃありませんか。
> 『ミドルマーチ』

著者が我が物顔で登場するとしてエリオットは批判にさらされたが、作中では断定的な論調をとることはなく、特に全知の語り手については確定的な表現を用いていない。

虚構の存在であれ、実在の人物であれ、どんな人にも相反する性質があることが多いが、こうした性質とからみ合う複雑な織物さながらの人間関係について、ジョージ・エリオットは読者の理解を促し、現実的な問題にこそ人は目を向けるべきだという信念に忠実でありつづけた。■

ジョージ・エリオット

1819年、ジョージ・エリオット、本名メアリー・アン・エヴァンズはイギリスのウォリックシャーで生まれた。私立学校で教育を受けたが、16歳のときに母親が死亡し、その後、父の世話をするため家で過ごすようになった。3年後に父親が死んだあと、ジュネーヴやロンドンを旅し、その後ロンドンに移り住んだ。1851年には、ジョン・チャップマンが発行する季刊誌『ウェストミンスター・レビュー』の編集者となった。

エリオットは、哲学者のハーバート・スペンサーなどを相手に、片思いを何度か経験したのち、スペンサーの友人であるジョージ・ヘンリー・ルイスと恋愛関係になったが、ルイスには別居中の妻があり、離婚できなかった。1854年、ふたりは堂々と同棲することを決意し、その後、作品が正当に評価されるよう男性名のペンネームを使って小説の執筆をはじめた。1878年にルイスが死んだあと、エリオットは断筆した。1880年にジョン・ウォルター・クロスと結婚したが、その7か月後に死去した。

ほかの主要作品

1859年	『アダム・ビード』
1860年	『フロス湖畔の水車小屋』
1861年	『サイラス・マーナー』
1876年	『ダニエル・デロンダ』

人間の法に逆らえても、自然の法には抗えません
『海底二万里』（1870年）
ジュール・ヴェルヌ

背景

キーワード
科学小説

前史
1818年 イギリスの作家メアリー・シェリー作『フランケンシュタイン』が出版される。科学的要素を中心に据えた最初の小説と見なされることが多い。

1845年 「科学小説」という用語が、1844年に匿名で出版された『創造の自然史の痕跡』についての書評ではじめて登場し、新奇な科学的着想を文学上の虚構として扱う。

後史
1895年 H・G・ウェルズによる初のSF小説『タイムマシン』が時間旅行という概念を世に広め、理想郷とは言えない未来像を示す。

1912年 アーサー・コナン・ドイルの『失われた世界』が現代の南米に生息する恐竜の姿を描き、科学小説のジャンルをひろげる。

19世紀に「科学小説」という用語が登場したのは、自然史に関する空想的な著作を呼ぶため、あるいは科学的着想を非現実的と断罪するためだった。やがて、科学知識はたしかな未来像を見せてくれると考えられるようになり、この呼称は、科学の不思議な部分が作中に含まれる物語を指すことばとなっていった。

この時期は、ヨーロッパ人が——技術や社会の発展、旅行や冒険に躍起になりながら——世界を牛耳った時代であり、暗く悲惨な時代が快適で富に満ちた時代へと転換するうえで、科学が役立つことが期待されていた。

科学と冒険

フランス人のジュール・ヴェルヌ（1828年〜1905年）は19世紀の科学小説の分野で最もよく知られる作家であり、未来の旅や冒険の様子を斬新で想像力豊かな切り口で語った。『気球に乗って五週間』（1863年）では、未来の探検を扱うアクション満載の冒険小説という独自のスタイルを確立した。空の旅のつぎは陸に目を向けて『地底旅行』（1864年）を執筆したが、科学小説の分野で最大の成功作と言えるのは、海を題材にした物語だった。

1850年代に、ヴェルヌは潜水艇という着想をひろげはじめ、これがのちに『海底二万里』に登場するネモ船長のノーチラス号の艦となる。ヴェルヌの物語はネモ船長と船員たちの驚くべき体験について語り、水中の世界で潜水艇が海洋植物の森や大ダコに遭遇する壮大な冒険を紹介していく。ヴェルヌのすばらしい想像力の産物として、冒険者たちの着る潜水服や、海中で使用できる「空気銃」がある。科学の発展によって地球の最深部の探査がいずれ実現することを見抜いた、驚くべき先見の明である。

20世紀前半には、「科学小説」の代わりに「サイエンス・フィクション（SF）」ということばが登場し、舞台も「人類未踏の地」から宇宙や未来へと変わっていった。■

参照 『フランケンシュタイン』120-21

現実の生活を描く　185

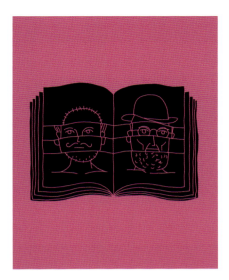

スウェーデンでぼくらがやっているのは、王の式典を祝うことだけだ
『赤い部屋』（1879年）
アウグスト・ストリンドベリ

背景

キーワード
鍵小説

前史
1642年〜69年　当時の読者は、フランス人作家マドレン・ド・スキュデリーのいくつかの鍵小説で実在の社交界の大物が描かれていることを知っていて、その代表例が『クレリ』である。

1816年　イギリスのキャロライン・ラム伯爵夫人による暴露小説『グルナーヴォン』には、ごくわずかな創作が加わっているとはいえ、元愛人のバイロン卿など、ロンドンの社交界で夫人とかかわりのあった実在の人々が登場する。

後史
1957年　ジャック・ケルアックの『オン・ザ・ロード』は、鍵小説の形式を受け継いだ形で、自身が北米を放浪していたころの詳細を綴っている。

1963年　アメリカ人作家シルヴィア・プラスの半自伝的小説『ベル・ジャー』は、若い女性が心の病に冒されていく過程を描写している。

鍵小説は、実在の人物や出来事にごくわずかな創作を加えて描く手法で、「鍵」とは事実とフィクションを結びつける手がかりを指す。こうした作品では、風刺やユーモアを効かせて、政治や醜聞、そして論争の的である人物を評することが多い。

欺瞞と堕落

劇作家としても名声を博したスウェーデンの作家アウグスト・ストリンドベリ（1849年〜1912年）の小説『赤い部屋』は、ストックホルムの社交界を風刺する作品である。その文体や内容からスウェーデンにおける近代小説の嚆矢とされており、主人公アルヴィド・ファルキにはストリンドベリ自身とその素朴な理想主義が投影されている。

ファルキは若い役人だが、この国の官僚制度と仕事のあまりのつまらなさにうんざりし、新聞記者兼作家に転身する。その後に出会う演劇人や政治家や商売人は、ストックホルムの上流社会に実在する人物をモデルにしている。ファルキはまもなく社交界に欺瞞と腐敗が充満していることに気づき、心をくじかれる。

題名は、自由奔放な人々が集まるストックホルムのレストランの一室を指している。そこでファルキは人生の変遷に思いをはせ、芸術家たちとともに慰めを得ようとする。コミカルな描写が、スウェーデンの自由人と有産階級のあいだにある張りつめた関係を暗示している。■

世界を鳥瞰することを学べ。そうすれば、あらゆるものがいかに小さくてつまらないかに気づくだろう。
『赤い部屋』

参照　『荒涼館』146-49　■　『オン・ザ・ロード』264-65　■　『ベル・ジャー』290　■
『ラスベガス★71』332

彼女は外国語で書かれている
『ある婦人の肖像』(1881年)
ヘンリー・ジェイムズ

ヨーロッパ人（特にイギリス人）とアメリカ人のあいだには、言語、ユーモア、社交儀礼について、気質や文化の差異があるとよく言われてきた。ヨーロッパでは、アメリカ的な要素がヨーロッパの文化にはいりこむことの是非が論じられることが多い。

同様のことが文学にも投影されており、初期の大西洋横断小説ではこのような文化的差異を扱った作品が多いが、そういった作品では、おもにアメリカ的な感性に古い世界（ヨーロッパ）がどんな影響を与えるかに焦点を絞っている。18世紀には、英米のあいだには断絶があり、結果として1776年にアメリカ合衆国は独立を果たした。しかしその後も、双方には強いつながりが残っていた。一国家としての自信を深めていくアメリカ合衆国では、富裕層が拡大し、大西洋横断などの旅をする人々の数が増えつづけた。

異国での純真さ

旅を知りつくし、文化的差異を見抜く力を持っていたアメリカ人の好例が、母国を離れて暮らしたヘンリー・ジェイムズだった。ジェイムズは同国人であるアメリカ人を客観的にとらえ、作中でアメリカ人であることの意義を深く考察した。

『ある婦人の肖像』は、ヨーロッパを舞台として、おもにアメリカ人たちが登場する。独立心旺盛なキャスパー・グッドウッドはまさにアメリカの象徴で、新進気鋭の率直な若者である。一方、ギルバート・オズモンドはヨーロッパの流儀や価値観を身につけているが、見せかけだけの不道徳な男である。

新旧ふたつの世界の価値観のせめぎ合いは、主人公イザベル・アーチャーを通して最も明確に浮き彫りにされる。イザベルは知的で想像力豊かな女性であ

背景

キーワード
大西洋横断小説

前史
1844年　チャールズ・ディケンズ作『マーティン・チャズルウィット』は、イギリスとアメリカを舞台にした大西洋横断小説の初期の作品である。

1875年　『われわれのいまの生き方』はイギリスの作家アンソニー・トロロープの風刺小説であり、ヨーロッパの悪辣な資本家メルモットとアメリカでの投資話を描いている。

後史
1907年　イーディス・ウォートンの『トゥレム夫人』は、フランスで暮らすアメリカ人を中心に物語が展開する。

1926年　『日はまた昇る』は、アーネスト・ヘミングウェイの作品で、アメリカ人やイギリス人の若者たちが故郷を離れてパリやスペインで日々を過ごす姿を描いている。

1955年　ウラジミール・ナボコフの『ロリータ』では、主人公のヨーロッパ人ハンバートがロリータという少女を追い求めてアメリカに渡る。

>
> わたくしたちは
> よいアメリカ人ではないし、
> ヨーロッパ人としては
> 哀れな存在ね。
> ここには居場所がない。
> 『ある婦人の肖像』

現実の生活を描く

参照 『ねじの回転』203 ■ 『ロリータ』260-61

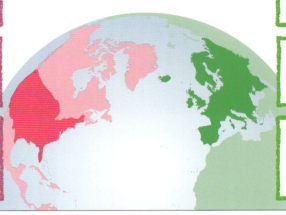

初期の大西洋横断小説では、粗野で情熱的なアメリカ人と、上品で冷静なヨーロッパ人を対比することがよくあった。現実でも架空の世界でも、ヨーロッパはアメリカ人にとってまちがいなく目の離せない魅力的な存在であった。

アメリカ合衆国

- 「生命、自由、そして幸福の追求」という理念に基づき、若々しく独立指向がある
- 文化的な背景がなく、粗野であか抜けていない
- 楽観主義と力強さと個人の野心とを土台とする実力主義

ヨーロッパ

- 歴史があり、伝統でがんじがらめの複雑な社会であり、圧政と堕落が付きまとう
- 文化的に豊かで、洗練され、優美で、世慣れている
- 閉鎖的で厭世的な価値観、皮肉めいた思考、特権を失う恐怖

り、アメリカの楽観主義や個人主義を反映している。イギリスやほかのヨーロッパ諸国を旅するなかで、異国で出くわした社交上の気品に魅了され、自身もそれにならいたくなる。求婚者たちにとっては、イザベルの美貌と率直さが大きな魅力だったが、本人は結婚すると自由が奪われると考えていた。その願いをかなえてやるために、従兄のラルフ・タチェットが自分の父を説き伏せて、莫大な遺産がイザベルに引き継がれるよう取り計らい、金のために結婚する必要に迫られることのないようにした。皮肉にも、こうして財産を得たことで、新世界の無垢なものが旧世界の狡猾な罠に陥るかのように、イザベルは腹黒いギルバート・オズモンドの誘惑にさらされることとなった。

ジェイムズは、その後の作品でもこうした主題を追求しつづけた。ほかにもイーディス・ウォートンなどの作家が影響を受けて同様の主題を取りあげた。■

ヘンリー・ジェイムズ

ニューヨーク生まれのヘンリー・ジェイムズ（1843年〜1916年）は、裕福な知識人だった父ヘンリー・ジェイムズの息子として生まれ、少年時代にはすでにヨーロッパの各国を転々としていた。アメリカにもどってハーヴァード大学に進学したあと、作家になることを決意し、文芸誌に短編小説や文芸評論を発表しはじめた。

1875年に執筆の拠点をヨーロッパへ移し、やがてロンドンに居を構えた。少年期の旅の経験と成人してからの海外生活のおかげで、アメリカとヨーロッパ双方の社会について論じることができた。ジェイムズは多作家であり、長編小説だけでなく短編や戯曲や随筆や旅行記や評論などでも高い評価を受けており、友人のイーディス・ウォートンは「名匠」というあだ名をつけていた。主要登場人物はアメリカ人であり、ジェイムズ自身はまぎれもないアメリカ人としてこれを執筆した。ジェイムズは1915年にイギリスに帰化した。

ほかの主要作品

1879年	『デイジー・ミラー』
1886年	『ボストンの人々』
1902年	『鳩の翼』
1903年	『大使たち』
1904年	『黄金の盃』

人間ってやつは、ほかの人間にずいぶんむごたらしいことができるもんだ

『ハックルベリー・フィンの冒険』(1884年)
マーク・トウェイン

背景

キーワード
アメリカ人の声

前史

1823年 『開拓者たち』はジェイムズ・フェニモア・クーパーの歴史小説〈革脚絆物語〉のシリーズ第1作であり、辺境における相反するふたつの価値観を明らかにしている。アメリカ固有の題材を扱った最初期の作品である。

1852年 ハリエット・ビーチャー・ストウの『アンクル・トムの小屋』は、多数の作中人物が方言で話す感動的な物語であり、反奴隷制の議論を巻き起こす。

後史

1896年 サラ・オーン・ジュエットが『とんがり樅の木の国』で、メイン州の人里離れた海辺の漁村での暮らしを鮮やかに描く。

1939年 ジョン・スタインベックの『怒りの葡萄』は、地方色と社会的不公正が混在する壮大な物語で、世界恐慌のまっただなかに西海岸へ旅する一族を中心に据えている。

題材となる歴史が浅く、文学的伝統も少なかったことから、19世紀のアメリカの作家たちが取り組んだのは、急速に発展する自国のなかの多様で複雑な人々の姿をありのままに写し出すことだった。その先陣を切った作家が物語の舞台に選んだのがアメリカ中西部のミシシッピ川流域であり、白人の貧しい少年を主人公とした。主人公ハックルベリー・フィンはみずからの冒険を方言と俗語で語り、ところどころに深い思索や素朴な知恵がちりばめられている。

すべてのアメリカ文学は『ハックルベリー・フィンの冒険』から出発した、とヘミングウェイをして言わしめたのは、この作品のどんな要素からだろうか。ひとつには、これに力づけられたアメリカの作家たちが、作品の舞台をニューイン

『とんがり樅の木の国』(ジュエット作、1896年、メイン州)
「先の日のことを全部予想しようったって、そんなこと、意味なんかありゃしませんよ」

『怒りの葡萄』(スタインベック作、1939年、オクラホマ州)
「罪なんてねえ。善なんてものもねえんだ。あるのは、ただ人間がやることだけだよ」

『アンクル・トムの小屋』(ストウ作、1852年、ケンタッキー州)
「そりゃ、まあ、男が自分をほめるというのは、あんまりいいもんじゃないですな」

『響きと怒り』(フォークナー作、1929年、ミシシッピ州)
「ほれ、だまれったら。もうじき出かけっからな。ほれ、だまれったら」

『ハックルベリー・フィンの冒険』(トウェイン作、1884年、ミシシッピ川流域)
「おい、だれや? どこにおる? たしかに何か聞こえたんやが」

俗語や方言の活用は、19世紀から20世紀初頭のアメリカ文学が取り入れた重要な特徴である。これによって、かつてないがしろにされていた人種、地域、文化、階級に声を与え、表現の機会を与えた。

現実の生活を描く

参照 『アンクル・トムの小屋』153 ■ 『響きと怒り』242-43 ■
『ハツカネズミと人間』244 ■ 『怒りの葡萄』244 ■ 『アラバマ物語』272-73

グランドの植民地から、地方色や方言が豊かな場所へ移したことがある。また、同様に注目に値するのが、よどみなく綴られる「少年自身の体験談」の中核に先鋭的な思想が宿っていることだ。この小説は南北戦争（1861年〜65年）のあとに出版されているが、舞台はそれより40〜50年ほど古い時代で、そのころの南部では奴隷の所有がまだ認められ、また入植者たちが土地を求めて西方へ向かって探検していた。ハックが屈託なく思いをめぐらす物事は、当時のアメリカ社会の根幹にあった多くの矛盾を反映している。

川をくだる冒険

物語の最初で、ハックは自分が前作『トム・ソーヤーの冒険』にも登場するおなじみの者だと自己紹介する。ハックは自分が死んだように装って、ミズーリ州の町の人々や暴力を振るう父親から逃げだし、逃亡奴隷ジムとともに筏でミシシッピ川をくだる旅をはじめる。南へと川を進むにつれ、田舎の社会の現実を見せつけられる。立ち寄った町は辺鄙なところばかりで、リンチを求める群衆が裁きをくだそうとしたり、詐欺師が人々の弱みに付けこんだり、大口を叩く酔っぱらいがあっさり射殺されたり、ハックが仲よくなった少年が一族の宿怨のために殺害されたりということになる。

黒人の蔑称「ニガー」という差別用語が散在するハックとジムの会話では、価値の転倒が見られる。川の南へ売られそうになり、はじめて女主人から逃げだしたジムは「うん──いまあ、あっしも金持ちだ。八百ドルの値打ちのある、この体を持っとるからな。その金がありゃええがね」と言う。

筏の上でのんびりとした自給自足の生活をつづけるうちに、ハックとジムは友情を育むようになる。のちに、ジムのことを届け出るべきとするアメリカ南部の社会通念のせいで、ハックは葛藤するが、ジムが自分にとってもはや奴隷ではなく友人であることに気づく。「おいらたちは、川をくだりながら、しゃべったり歌ったり笑ったりしてきた……どこでのことを思い出しても、おいらはジムを憎むことができねえ……」こうして、前作の主人公トム・ソーヤーが物語に登場するまでに、ハックは精神的な成長をほぼとげることになる。

初版が出版された1884年当時は「粗野」と切り捨てられた『ハックルベリー・フィンの冒険』だったが、この作品はアメリカ文学に新たな活力や形式や色合いを与えた。実際のアメリカ人のことばで語らせる手法は、ジョン・スタインベックの『怒りの葡萄』（1939年）に登場する行き場のない農民の体験談へと引き継がれ、昨今では一人称語りの『ハイウェイとゴミ溜め』など、ジュノ・ディアスが描くニュージャージー州のドミニカ系アメリカ人の物語にもその影響を認めることができる。■

> 筏の上にいると、
> ものすごく自由で、気楽で、
> 居心地がいいんだ。
> 『ハックルベリー・フィンの冒険』

マーク・トウェイン

1835年11月30日に生まれたサミュエル・ラングホーン・クレメンズはミズーリ州ハンニバルで育ち、のちにこの町が『ハックルベリー・フィンの冒険』に登場する〈セント・ピーターズバーグ〉のモデルとなった。

12歳のころに父親が死去したため、クレメンズは学校にかよえなくなり、印刷工場で植字工として働きはじめてから、たまに文章を書くようになった。1857年には、ミシシッピ川の蒸気船の水先案内人となっている。南北戦争がはじまってからはネヴァダで銀鉱探しに熱中したが、やがて新聞記者に転身し、マーク・トウェインというペンネームを使うようになった。

1870年、オリヴィア・ラングドンと結婚してコネチカット州に居を構え、四人の子供をもうけた。作家としての成功をよそに、無謀な投資を繰り返したせいで破産したが、1895年以降は各地で講演活動をおこなうなどして国際的な名声を獲得し、経済的にも持ちなおすことができた。マーク・トウェインの名で28作を書き、ほかにも多くの短編や書簡や雑文を残している。1910年に死去した。

ほかの主要作品

1876年	『トム・ソーヤーの冒険』
1881年	『王子と乞食』
1883年	『ミシシッピ川の生活』

苦しみ、戦うために、もう一度炭坑へおりていきたくてたまらなかった
『ジェルミナール』（1885年）
エミール・ゾラ

背景

キーワード
自然主義文学

前史
1859年 イギリスの生物学者チャールズ・ダーウィンの『種の起源』が出版される。これは数多くの文学作品にも多大な影響を与え、生物学的な必然性を信じる考え方をあと押しする。

1874年 トマス・ハーディの『遥か群衆を離れて』では、不遇の立場に置かれた人間が運命論的に描かれており、フランス自然主義の到来を予感させる。

後史
1891年 イギリスの作家ジョージ・ギッシングによる『三文文士』は、貧困によって想像力が損なわれることに着目した小説である。

1895年 アメリカの南北戦争を舞台にしたスティーヴン・クレインの『赤い武功章』は、戦場の流血に対する未熟な兵士の反応を心理的自然主義の手法で表現している。

自然主義は、ロマン主義への反動として、19世紀半ばのフランスで興った文学の思潮である。自然主義文学では、理想化された世界を描くのではなく、社会の最下層にある過酷な生活に焦点をあてた。写実主義と共通する点が多いが、写実主義は、ギュスターヴ・フローベールの『ボヴァリー夫人』で見られるように、日常生活の情景を精緻に再現することをめざしたものである。自然主義文学でも細かく写実をおこなうが、その基盤には、人間には自身を取り巻く社会環境の力を乗り越えることができないという思想がある。それゆえ自然主義の作家は逆境に置かれた人間の反応を探ろうとする。つまり、自然派の作品はどれも写実主義的と言えるが、逆はかならずしも成り立つわけではない。

実録による写実性

自然主義文学の立役者はフランスの作家エミール・ゾラである。『ジェルミナール』には「第二帝政下における一家族の自然的・社会的歴史」という副題がつけられていて、ある一族の系譜を継ぐさまざまな人物に環境変化や遺伝が及ぼす決定的な影響を分析している。フランス革命暦の「ジェルミナール」は、植物が芽吹きはじめる春の月（芽月）のことであり、この題名はよりよい未来への前向きな期待を意味している。

ゾラは、フランス北部の炭坑の町の生活を題材に、資本家と労働者間の闘争の様子を描くとともに、不運な結果が待ち受ける多くの人物に対して、遺伝的要素や外的要因による容赦のない影響が及ぼされるさまを描いている。ゾラは、1869年と1884年に起こった鉱山労働者のストライキのことを知り、物語の背景となる出来事の綿密な調査をおこなった。科学

蠟燭を消して。
考え事の色なんか見たくないから。
『ジェルミナール』

現実の生活を描く

参照 『ダーバヴィル家のテス』192-93 ■ 『遙か群衆を離れて』200 ■ 『人形の家』200 ■
『赤い武功章』202 ■ 『シスター・キャリー』203

ゾラの「ルーゴン・マッカール叢書」では、中心となる作中人物は全員がアデライード・フークというひとりの女の子孫である。こうした人々を通して、ゾラは遺伝に対する自説を展開した。つまり、アルコール依存症や精神異常などの遺伝的要素が、幾世代にもわたってさまざまな形で人々を容赦なく翻弄するさまを描いた。

捜査さながらの写実性で炭坑を再現し、炭坑自体に人格が宿るほどの描写をしてみせている。また、修辞やたとえを用いることで写実性を高めてもいる。

未来への希望

この物語の主人公は、教養があるものの短気な性格のエチエンヌ・ランチエという男である。エチエンヌは酔いどれ男の息子で、上司を殴って失業している。モンスーにやってきたエチエンヌは、炭坑で仕事に就く。父親から受け継いだ暴力性を恐れ、酒には手をつけないようにしていた。物語が進むにつれて、貧困の度合いも労働条件も悪化していき、労働者たちは理想家のエチエンヌを指導者に祭りあげてストライキを起こす。だが暴動や暴力的な抑圧という事態になると、労働者たちはエチエンヌに非難の矛先を向ける。残虐な仕打ちと孤独感に苛まれながらも、エチエンヌはよりよい社会が芽吹く可能性を信じつづけていく。

ゾラだけが際立っていたこともあり、ヨーロッパでの自然主義文学の隆盛は比較的短期間で終わるが、アメリカでは花開き、スティーヴン・クレイン、ジャック・ロンドン、シオドア・ドライサー、アプトン・シンクレアらの作家が、環境が作中人物に与える影響をさまざまな手法で探求している。■

エミール・ゾラ

エミール・ゾラは1840年にパリに生まれた。父が1847年に死去したことで、一家は経済的に困窮した。1862年、ゾラは出版社アシェットで仕事に就く一方、生活費の足しにするため、新聞や雑誌向けに評論を書きつづけた。3年後には書き手として評価されるようになったため、文筆一本で身を立てる決心をし、1865年には処女作『クロードの告白』を発表した。

1898年、ゾラが介入したとして有名なドレフュス事件が発生した。ユダヤ系の陸軍将校が反逆罪で不当に告発された事件である。ゾラは「わたしは弾劾する」という題で知られる、軍の指導者を糾弾する公開状を書いた。この行動によりゾラは名誉毀損で有罪となり、イギリスに亡命したが、1899年にはフランスに帰国することができた。1902年、煙突の通気口がふさがっていたために、一酸化中毒で死去した。ゾラの死は事故ではなく、反ドレフュス派の工作だったという説もある。

ほかの主要作品

1867年 『テレーズ・ラカン』
1877年 『居酒屋』
1890年 『獣人』

いまや彼女には夕日が醜く見え、空にある大きな炎症の傷のようだった

『ダーバヴィル家のテス』(1891年)
トマス・ハーディ

風景と感情の密接な結びつきが、イギリスの作家トマス・ハーディの作品全体に通じる特徴である。このつながりには、著者ハーディの生誕の地であり、小説の主舞台でもあるドーセットに対する深い愛着の念が表れている。『ダーバヴィル家のテス』では、自然は昔ながらにつづく田舎の生活の重みとひろがりを象徴している。ハーディは自然の力を、ただ破壊的なだけでなく、広く人間の苦難に通じるものととらえている。

ハーディは感傷の誤謬の手法を用いて、テス・ダービーフィールドを自然と調和した存在として描いている。この「感傷の誤謬」という用語は、批評家ジョン・ラスキンが1856年に用いた造語であり、人間の行動や感情を自然と結びつけることを意味する。テスは最初に登場する場面では無垢なる存在として描かれる。五

背景

キーワード
感傷の誤謬(ごびゅう)

前史
1807年 ウィリアム・ワーズワースが感傷の誤謬の手法を用い、詩のなかで「わたしは雲のように寂寞とさまよう／それは谷を越え山を越えて空高く流れていく」と語る。

1818年 メアリー・シェリーの『フランケンシュタイン』の5章の冒頭は「十一月のうらさびしいある夜」となっていて、不吉な予感をもたらしている。

1847年 エミリー・ブロンテの『嵐が丘』では、荒野の天候で人間の感情を表している。

後史
1913年 イギリスの作家D・H・ロレンスの『息子と恋人』では、作中人物の心の動きが本人を取り巻く環境を反映している。

1922年 T・S・エリオットの『荒地』は「四月は最も残酷な月」ではじまる。

感傷の誤謬は、ハーディをはじめとする多数の作家が活用した手法であり、人間の感情と自然の状態を結びつける。たとえば、気分を説明するために天候の話をし、晴れであれば幸福感を、雨であれば悲嘆を、嵐であれば内面の動揺を暗に示す。

参照 『フランケンシュタイン』120-21 ■ 『嵐が丘』132-37 ■ 『荒涼館』146-49 ■
『遙か群衆を離れて』200 ■ 『荒地』213

現実の生活を描く

月祭りのさなかにテスがダンスを踊っていると、エンジェル・クレアが目を留め、テスもそんなエンジェルに気づく。作者は「清純な女」という副題をつけることで、テスが「清純」であることを強調し、キリスト教的な感情を喚起しようとしているが、こうした冒頭のテスは女性らしさや自然などの体現者で、賛美の対象であるように感じられる。

物語の中心となる一連の不幸な出来事は、テスがダーバヴィル家というノルマン系貴族の子孫である可能性に起因する。このことが明らかになると、テスは自然から隔絶された存在となり、最後の結果を招くことになる。

やがてテスの人生はアレク・ダーバヴィルと交わり、「赤い傷」のような太陽のもとや、深い霧が立ちこめる森のなかなど、さらにきびしい環境に身を置くことになる。「感傷の誤謬」のきわめつけとして、テスが森のなかで目を覚ますと、死にかけのキジたちに囲まれているという描写がある。テスは自身の窮状を思い返しながら、鳥たちの苦痛を感じて謙虚になっている。

高潔なる犠牲者

しかし、テスのエンジェルに対する愛情は純粋なものであり、ハーディはふたりが逆境を乗り越えるさまを語っていく。やがてふたりは結婚するが、幸せに影が差す。結婚式の日の午後に雄鳥が鳴くのだが、これは凶事の予兆だと言われている。

テスが自身の多難な過去を告白すると、エンジェルはテスが「罪を犯したというより犯された」と感じながらも、自分の育ちや身の上ゆえにテスを許すことができない。これ以降、ハーディは田畑で過ごす姿や動物とともにある姿など、テスを自然のなかで描写することはせず、サンドボーンという新しくさびしい町にいる囲われの女と位置づけている。

避けられぬ宿命

エンジェルがようやくテスとともに過ごすと心に決めると、ふたりは再会を果たし、闇が訪れるまでのわずかな時間、自然のなかで幸せな時間を過ごす。ふたりはニューフォレストの森へと逃れ、ニンフのように「ようやくいっしょになれたと、ぼんやりと酔うような心地になったまま、樅の葉の乾いた床を歩いていった」。この場面から、ハーディはふたたびテスを自然と一体の存在として描いていく。森のなかの様子は楽しげで純粋な愛にあふれ、死の予感すら凌駕する。小説の終盤に登場するストーン・サークルは異教信仰と自然を表し、また、祭壇で眠るテスの行動は、進んで宿命を受け入れるという最後の決意を象徴している。■

大気は青味を帯び、
鳥は生け垣で体をひと振りしてから、
目を覚ましてさえずった。
道はその白さを際立たせ、
テスもまた自分の白さを、道よりも
いっそうはっきりと際立たせた。
『ダーバヴィル家のテス』

トマス・ハーディ

トマス・ハーディは、1840年にドーセットで石工業と建築業を営む父親のもとに生まれ、16歳で建築家に弟子入りした。

22歳でロンドンに移ったが、5年後には、健康面の不安を感じたこともあり、執筆により適した環境を求めてドーセットに帰郷した。ハーディは自身の主要な小説の舞台をイギリス南西部に設定し、作中の架空の地には、中世アングロサクソン時代の王国に由来する「ウェセックス」という地名をつけた。このように作中の場所の多くは実在するが、ハーディはつねに架空の地名をつけていた。

ハーディは人々の苦悩や悲劇について書く傾向があり、疎遠になっていた最初の妻エマが1912年に死去すると、すぐれた恋愛抒情詩集を書きあげた。1928年に本人が没したあと、遺灰はウェストミンスター寺院の〈詩人のコーナー〉に置かれ、心臓はエマとともに葬られた。

ほかの主要作品

1874年 『遙か群衆を離れて』
1878年 『帰郷』
1886年 『キャスタブリッジの町長』
1887年 『森林地の人々』
1895年 『日陰者ジュード』

誘惑を捨て去る方法はただひとつ、誘惑に屈することだけだ

『ドリアン・グレイの肖像』(1891年)
オスカー・ワイルド

背景

キーワード
耽美主義

前史
1884年　フランスの作家ジョリ・カルル・ユイスマンスの『さかしま』で、奇妙な美学を持つ主人公ジャン・デ・ゼッサントは中産階級の価値観を嫌悪する。

後史
1901年　ドイツの小説家トーマス・マンの『ブッデンブローク家の人々』では、19世紀における中産階級の文化の没落がくわしく描かれている。

1912年　トーマス・マンの中編小説『ヴェニスに死す』は、作家である主人公グスタフ・フォン・アッシェンバッハが誘惑に屈し、行きすぎた妄想に身をまかせて自滅する姿を描いている。

1926年　オーストリアの作家アルトゥル・シュニッツラーの中編小説『夢小説』が出版される。世紀の変わり目のウィーンにおける、耽美主義の流れを汲むデカダン派の重要な作品である。

オスカー・ワイルドによる『ドリアン・グレイの肖像』で、主人公ドリアンを趣味人ヘンリー卿が放埒な生活へ導こうとしたとき、誘惑に身をまかせろと助言したが、そこに耽美主義の基本的な考え方が凝縮されている。耽美主義の運動は19世紀後半のヨーロッパ諸国、特にイギリスで進展し、社会的、政治的、人道的な価値よりも「芸術のための芸術」を重んじた。

快楽を追い求めて

美貌の青年ドリアンは耽美主義者が理想とする生活を送り、あらゆる種類の享楽にふける。放埒で堕落した生活にのめりこむほどに、家にある不思議な肖像画に彼の罪のおぞましさが秘められるようになり、絵のなかのドリアンが年老いて醜く変化するが、ドリアン自身は若く穢れのない肉体を保ちつづける。

この物語は、官能的な快楽だけを追い求める人生の信条や、芸術を楽しむうえでの心得を表した典型的な作品とされているが、ドリアンの過剰な生活は破滅的であるため、多数の犠牲者を出すことになる。この作品での耽美主義の描写は、芸術と道徳を切り離して考えるべきと暗示し、当時の世間の考えを批判している。ワイルドは中産階級の価値観が道徳を重んじすぎて芸術の発展を阻んでいると見なし、善悪を越えて官能や破滅の美を称揚することがこうした価値観の批判につながると考えていた。

美と退廃

表向きは栄華を誇るドリアンが、肖像画のなかではしだいに朽ちていくさまと重なるように、耽美主義という仮面に覆い隠されながら、衰退しつつある大英帝国で中産階級の社会の秩序が失われていく。衰退を象徴するかのように、人々を誘惑するものが過剰なまでにはびこる。美は大きな力を与えてくれるが、代償は計り知れない。ドリアンが捧げた究極の犠牲は、みずからの魂だった。■

参照　『ヴェニスに死す』240

現実の生活を描く 195

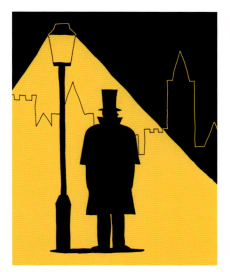

古かろうと新しかろうと、目を向けてはいけないものがある
『ドラキュラ』（1897年）
ブラム・ストーカー

背景

キーワード
怪奇小説

前史
1852年〜53年 チャールズ・ディケンズ作『荒涼館』には、大都会に立ちこめる霧が閉塞感や混乱を暗示するものとして登場する。これは怪奇小説の謎めいた雰囲気や恐ろしさを象徴するものとなる。

1886年 『ジキル博士とハイド氏』はスコットランドの作家ロバート・ルイス・スティーヴンスンの作品であり、中産階級の倦怠を恐怖の要素で揺り動かしている。

1890年 アイルランドの作家オスカー・ワイルドの『ドリアン・グレイの肖像』は、社会の衰退と終焉を見据えた怪奇小説の古典的作品である。

後史
1909年 フランスの作家ガストン・ルルーの『オペラ座の怪人』により、パリの中心でも怪奇小説が親しまれるようになる。のちに舞台化や映画化がされ、数えきれないほどの観客を魅了する。

古城や荒涼とした風景を背景に超自然や怪奇的な題材を描くことが、18世紀後半から19世紀初頭にかけて流行したゴシック小説の特徴だった。その後に登場した怪奇小説では、恐怖の舞台が都市部へと移り、道徳観の低下など、当時の社会に漂う不安を掻き立てる内容へ変わっていった。

アイルランドの小説家アブラハム（ブラム）・ストーカー（1847年〜1912年）作の『ドラキュラ』は、読者をヴィクトリア朝のロンドンのただなかへと誘う。そこでは、異国からきたヴァンパイアの伯爵が中産階級の社会を脅かしている。周囲にほぼ気づかれることなく生きてきた伯爵は、犠牲となる者を思うままに選んでいく。

東方から来た恐怖

『ドラキュラ』は東西の対決を表した物語でもある。伯爵は東欧（トランシルヴァニア）からやってきて、イギリスの東岸におり立ち、ロンドン東部のパーフリートに住みつく。当時のヴィクトリア朝の読者がこうした描写で想起するのは、外国人や暴力や犯罪である。

この時代に最新であったもの──ガス灯、科学、技術、警官など──は、古の侵略者を前にまったくの無力である。ドラキュラ伯爵の不死の呪いがひろがることを人々が恐れたように、伝染病や性の表出や堕落が都市生活の汚点と見なされ、同時に特徴となっていった。■

いったいどんな人間に──
いや、人の姿の化け物に、
あんな芸当ができるんだろうか。
『ドラキュラ』

参照 『荒涼館』146-49 ■ 『ドリアン・グレイの肖像』194 ■
『ジキル博士とハイド氏』201 ■ 『ねじの回転』203

地球上の暗黒の地のひとつだった
『闇の奥』(1899年)
ジョゼフ・コンラッド

背景

キーワード
植民地文学

前史

1610年〜11年 公爵プロスペローが怪物キャリバンを隷属させているシェイクスピアの『テンペスト』は、植民地支配の姿勢を最初に表現した小説である。

1719年 ダニエル・デフォーの『ロビンソン・クルーソー』では、主人公が先住民のフライデーに西洋式の「すぐれた」生活様式を教える。

後史

1924年 E・M・フォースターの『インドへの道』は、統治者と被統治者が真に理解し合えるかを問う物語である。

1930年代 エメ・セゼールとL・S・サンゴールが主導した文学運動ネグリチュードは、フランスの植民地主義的な人種差別を批判して、黒人文化の復権をめざしたものである。

1990年代 植民地主義が文学にどう表れたかを研究するポストコロニアル理論が文学理論の分野で流行する。

19世紀には帝国主義が大きくひろがり、ヨーロッパの列強の多くが遠方の植民地を支配していた。この時代の西洋の作家にも強烈な支配的態度が少なからずあり、宗主国に特有の優越感が作中で見られる。

しかし20世紀にはいると、植民地主義と、統治下の民族に与えた残酷な仕打ちに疑問が投げかけられるようになった。作家たちは植民地支配の複雑な問題を描くにあたって、支配側から離れた立場の是非を論じるようになった。この時代の文学作品のなかで、植民地時代の搾取や圧政という題材を最も明確に描き出したのはジョゼフ・コンラッドの作品、とりわけ短編『闇の奥』である。

内なる闇

小説の舞台であるアフリカ大陸を、ヴィクトリア朝のイギリスでは「暗黒大陸」と呼んでいた。コンラッドはこの暗黒のイメージを全編で漂わせ、たとえばテムズ川が「大いなる闇の奥」まで通じていると記しているが、一方でまた、ロンドンも「暗黒の土地」だとほのめかしてもいる。この物語が示唆しているのは、闇があるのは外側だけではなく、内側にも存在するということだ。作中に登場する謎めいた象牙貿易商人クルツのように、ヨーロッパの社会制度の枠を離れて行動する白人には、自身の魂の内にひそむ暗闇が垣間見えるのかもしれない。

小説の冒頭は、テムズ川に停泊中のヨットに仕事仲間が寄り集まっている場面である。そのなかのひとり、マーロウがベルギー領コンゴにいたころの体験を語りはじめるが、まず口にするのが「地上の征服」についての自分の考えだった。征服は「われわれとは肌の色がちがい、鼻がちょっとだけ低い連中から」土地を

> あの河をさかのぼるのは、
> 世界の原初の時代へ
> もどるようなものだった。
> 『闇の奥』

現実の生活を描く　197

参照　『ロビンソン・クルーソー』94-95 ■ 『アフリカ農場物語』201 ■
『ノストローモ』240 ■ 『インドへの道』241 ■ 『崩れゆく絆』266-69

奪うことで成り立つから、「見ていて気持ちのいいものではない」という。

コンゴを進んでいくマーロウの旅は、地獄へ向かう道行きを思わせる。過剰労働と栄養失調で黒人たちが死んでいき、ヨーロッパから来た白人たちの精神は少しずつ変調をきたす。乗っていた蒸気船がジャングルに住む先住民たちに襲われる事件も起こる。マーロウはクルツに関する噂話にしだいに心を奪われていく。クルツは莫大な量の象牙をたくわえているらしいが、ほかのことは闇に包まれたような男だ。クルツは「蛮習」廃止の方法についての報告書を書いていたが、そこに乱れた筆跡で「けだものを皆殺しにせよ！」とあるのをマーロウは見つける。ここでは、アフリカを「文明化する」という表向きの使命の奥に、肌の色の異なる人々を根絶したいという衝動が隠されていることが示されている。

しかしマーロウは、食人種とされる黒人船員に自分が親近感を覚える（「よい仲間」と呼ぶ）のを感じながら、クルツにも親近感を覚えるのを自覚する。精神分析学者ジークムント・フロイトと同時代人であるコンラッドが暗に示したのは、「闇の奥」は心のなかにも存在し、マーロウのアフリカ大陸奥地への旅は人間の精神の奥地への旅とも読めるということだった。■

マーロウによるコンゴの旅

- アフリカ大陸は、帝国主義の侵略国家によって**天然資源を搾取されている**。
- アフリカ人に対する虐待行動が、**帝国主義に内在する人種差別を明るみに出す**。
- 食人種の船員たちよりも**ヨーロッパ人のほうが野蛮である**。
- 川をさかのぼる旅は**人間の精神にひそむ闇へ向かう旅でもある**。

ジョゼフ・コンラッド

ジョゼフ・コンラッド、本名ユゼフ・テオドル・コンラット・コジェニョフスキは、1857年12月3日にポーランド領ウクライナで生まれた。幼くして母を亡くし、父が政治的な理由でシベリアへ追放されたこともあって、コンラッドは母方の伯父にクラクフで育てられた。17歳でフランスに移り住み、自由な精神を持つ仲間を多く作った。そのころから見習い船員として海で働き、そこで見聞きしたものが後年の小説での細やかな描写の下地となった。その後、正規の船員資格を取得することをめざし、イギリスで生活をはじめた。船で過ごした20年のあいだに徐々に英語を学び、小説を書きはじめた。1886年にイギリスに帰化し、1889年には処女作『オルメイヤーの阿房宮』を執筆。1890年に〈ベルギー王〉号という名の河汽船の船長としてベルギー領コンゴで過ごした体験が『闇の奥』のもととなっている。1924年に67歳で死去した。

ほかの主要作品

1900年	『ロード・ジム』
1904年	『ノストローモ』
1907年	『密偵』
1911年	『西欧人の眼の下に』

もっと知りたい読者のために

『二都物語』
(1859年) チャールズ・ディケンズ

多作であったイギリスの作家チャールズ・ディケンズの2作品しかない歴史小説のひとつ『二都物語』の舞台はロンドンとパリで、1789年のフランス革命の少し前から革命のさなかまでの話である。物語の中心人物は、マネット医師とその娘のルーシー、ルーシーの夫である亡命貴族チャールズ・ダーニーと、ダーニーに風貌がよく似たシドニー・カートンだ。農民の窮状やバスティーユ監獄の襲撃や断頭台の恐怖を描き、長年隠されてきた秘密を明かすシーンではダーニーの命を危険にさらすなどして、物語の緊迫感を高めている。

『大いなる遺産』
(1860年～1861年) チャールズ・ディケンズ

ディケンズ最大のヒット作『大いなる遺産』は、ケント州の霧が立ちこめる沼地で物語の幕があく。そこで孤児ピップは、きびしい姉とその夫で鍛冶屋のジョー・ガージェリーに育てられていたが、ある日、脱走した囚人に出会う。時が流れ、匿名の慈善家から「大いなる遺産」が与えられるという知らせを受けると、ピップの人生は劇的に変わりはじめる。ディケンズ作品のいちばんの魅力であるユーモアが最も遺憾なく発揮された作品であり、多くの印象深い人物が物語に登場する。敵意がむき出しでやつれた風貌のミス・ハヴィシャム、その養女で冷たく高慢なエステラ、脱獄囚のエイベル・マグウィッチなどだ。最後には慈善家の正体が明らかになり、ピップの人生はふたたび根底から覆る。

> ぼくたちは涙を恥じる必要なんか少しもない……涙は雨になって、人の目を曇らす土ぼこりに降り注ぐのだから。
> 『大いなる遺産』チャールズ・ディケンズ

『テレーズ・ラカン』
(1867年) エミール・ゾラ

フランスの作家エミール・ゾラの『テレーズ・ラカン』は、ヒロインであるテレーズの悲劇の物語である。病弱ないとこのカミーユとの不幸な結婚生活を送るテレーズは、夫の友人ローランとの情熱的な不倫に陥る。愛人関係のふたりはカミーユを殺害するに至るが、この行為が生涯ふたりを悩ませ、熱情は憎しみへと転じる。人間の「気性」に対するゾラの科学的な分析が目を引くこの作品は、「下劣」と評する者もいたが、偉大な作家としての評価を定める契機となった。

『月長石』
(1868年) ウィルキー・コリンズ

T・S・エリオットが「現代のイギリスにおける最初の、最長の、最良の探偵小説」と評したコリンズの『月長石』は、イギリスの田舎の邸宅からインドの秘宝のダイヤモンドが盗まれるという謎めいた事件を扱っている。前作『白衣の女』で効果を発揮した、複数の語り手が登場するという手法が、この作品でも用いられている。当初は連載形式で発表されたこの作品によって、のちの探偵小説の典型となる要素が確立された。作品に漂う緊迫感、誤解を招く手がかりや出来事、へまばかりする地元の警官や優秀だが一風変わった性格の

ウィルキー・コリンズ

1824年、風景画家ウィリアム・コリンズの息子としてロンドンに生まれたウィルキー・コリンズは、10代のころに全寮制の学校で、毎夜寝る前に何か話をしろといじめっ子から強要されたおかげで、自分に物語を作る才能があることを自覚するようになった。1851年にディケンズに紹介されて、師と仰ぐようになり、その後は合作するなど、20年にわたって深い親交をつづけた。1860年代には、長く愛されることになる名作をつぎつぎに生み出し、ミステリーやサスペンス小説の先駆者として広く世に知られることになった。1889年、脳卒中などによって死去した。

主要作品

1859年～60年　『白衣の女』
1868年　『月長石』(下参照)

探偵役(カッフ巡査部長)、まちがった人物への嫌疑、さらには密室や劇的な結末などである。

『若草物語』
(1868年～1869年)
ルイーザ・メイ・オルコット

　『若草物語』はアメリカの作家ルイーザ・メイ・オルコット(1832年～88年)の作品で、1861年から65年のアメリカ南北戦争のころのニューイングランドが舞台となっている。物語は、4人の姉妹(メグ、ジョー、ベス、エイミー)が大人の女性へと成長する過程で経験するさまざまな出来事や姉妹の夢をたどっていく。昔ながらの女性の役割を否定し、若い女性の生き方を現代的に描く新たなジャンルを確立したこの小説は、アメリカでもヨーロッパでも大好評を博した。オルコットの描く登場人物は、感傷的に見られることもあるが意志の強い女性が多く、特にジョーは古いしきたりに楯突く勝ち気な娘として描かれている。

『白痴』
(1868年～1869年)
フョードル・ドストエフスキー

> 恋愛を夢見た者も、
> 権力に憧れた者も、
> どちらも目的を果たせずに終わった。
> 『感情教育』
> ギュスターヴ・フローベール

　ロシア文学の「黄金世紀」の傑作とされる『白痴』を執筆したとき、作家で思想家でもあったドストエフスキーは、「無条件に美しい人間を描く」ことをめざした。こうして生まれたのが、「白痴」と呼ばれる主人公ムイシュキン公爵だった。この貴族の若者は博愛主義者だが、あまりにも世間知らずであった。スイスの療養所から帰国する道中で、ムイシュキンはアグラーヤ・エパンチンへの恋愛感情と、資産家に囲われた不幸な女ナスターシャ・フィリポヴナへの憐憫の情とのあいだで自分が揺れていることに気づく。ますます腐敗していく社会において、ムイシュキンの博愛精神と純粋さが報われることはついぞなかった。

『感情教育』
(1869年)
ギュスターヴ・フローベール

　フランスの作家・劇作家ギュスターヴ・フローベールによる『感情教育』は、1848年のフランス2月革命と、その後につづくナポレオン3世の第二帝政樹立までの期間を舞台とし、どこか不安定な若い弁護士フレデリック・モローの日常と、年上のアルヌー夫人への思慕を描いた作品である。フローベールは自身の過去を振り返りながら、簡潔な客観描写にときおり揶揄を交えて、当時のフランスにあった中産階級社会の実像を浮き彫りにし、その表面的で洗練に欠けるあり方を批判した。

『七人兄弟』
(1870年) アレクシス・キヴィ

　フィンランドの作家アレクシス・キヴィ(1834年～72年)の10年間の作家生活で生み出された『七人兄弟』は、世間の常識から逃れ、狩人として生きようと森に逃げこんだ元気者の兄弟たちが、ときに散々な目に遭いながら生き抜く姿を書いた物語である。ロマン主義と写実性を組み合わせ、ユーモアに満ちた文章で綴ったこの小説は、批評家からはきびしく批判された。現在では傑作とされ、またスウェーデン語の作品が主流だった当時のフィンランドの文学界の状況を打破した、初のフィンランド語の小説としても画期的な作品である。

『マルティン・フィエロ』
(1872年) ホセ・エルナンデス

　アルゼンチンの詩人ホセ・エルナンデス(1834年～86年)の『マルティン・フィエロ』は、ガウチョと呼ばれる牛飼いの生活を描いた叙事詩であり、パンパという大草原で営む昔ながらの生活が文明化の波や政治的な画策によって脅かされるさまを活写している。全編に社会への抗議がこめられたこの叙事詩では、吟遊詩人(パジャドール)のマルティン・フィエロが、抑圧された生活とパンパの自然の過酷さを歌っていく。エルナンデスはガウチョの生き方を支持する姿勢を貫き、失われた生活様式への郷愁も相まって、この作品は文学的にも商業的にも成功した。

『地獄の季節』
(1873年) アルチュール・ランボー

　フランスの天才詩人ランボー(1854年～91年)が19歳にして書いた『地獄の季節』は、激動の人生を投影した散文と詩から成る複雑な作品である。9編で構成された詩は、語り手が地獄を旅しながら見た景色を表しているが、そこにはランボーの倫理面での葛藤や、恋人であった詩人ポール・ヴェルレーヌとの関係が破綻した

ヘンリック・イプセン

「リアリズム演劇の父」であり、現代演劇の先駆者のひとりとされるイプセンは、1828年にノルウェー南部の町シェーエンで生まれた。15歳で戯曲の執筆をはじめ、劇作家になることを志していた。劇詩『ブラン』(1865年)で世に認められたあと、つづく作品群では社会を痛烈な写実性で描き、世界的な名声を得るようになった。ほとんどの戯曲がノルウェーを舞台とするが、本人は1868年以降の作家人生の大半をイタリアやドイツで過ごし、1891年に国民的英雄としてノルウェーに帰国した。数度の脳卒中に見舞われたあと、1906年に死去した。

主要作品

1879年	『人形の家』(右参照)
1881年	『幽霊』
1844年	『野鴨』
1890年	『ヘッダ・ガーブレル』
1892年	『建築師ソルネス』

あとの心情が映し出されている。この詩集は象徴主義や後世の詩人・作家に大きな刺激を与えることになった。

『遙か群衆を離れて』
(1874年) トマス・ハーディ

イギリスの作家トマス・ハーディがウェセックスを舞台とした最初の小説である『遙か群衆を離れて』は、バスシーバ・エヴァディーンという自立心が強く勇敢なヒロインが、性質のまったく異なる3人の男(献身的な羊飼いゲイブリエル・オーク、近隣の農場主ボールドウッド、そして3人目が颯爽としたトロイ軍曹)から求婚される物語である。田園生活を生き生きと描き、拒絶や貧困、献身的な愛や気まぐれな情熱といった主題を掘りさげている。

『アンナ・カレーニナ』
(1875年~1877年) レフ・トルストイ

『アンナ・カレーニナ』はロシアの文豪レフ・トルストイの作品で、アレクセイ・カレーニンの美しく知的な妻アンナと、若く独身のヴロンスキー伯爵との不倫関係を描いている。カレーニンは妻の不貞を知るが、世間体を気にして離婚を拒む。アンナとヴロンスキーはイタリアに移り住み、子供をもうけて暮らすが、生活はきびしい。当時の社会規範にそむく行動をとったため、アンナは社会から孤立する。アンナの物語と並行して語られるのが、田舎地主のリョーヴィン(トルストイ自身がモデルである)とキティの物語である。キティはアンナの義理の妹で、かつてヴロンスキーに恋愛感情をいだいていた。紆余曲折を経ながらも、リョーヴィンとキティは結婚して最後まで幸せで充実した生活を送ることとなり、自然のなかで簡素に暮らすというトルストイの願いが投影されている。

『ダニエル・デロンダ』
(1876年) ジョージ・エリオット

『ダニエル・デロンダ』は、イギリスの作家エリオットの最後の作品である。ヴィクトリア朝の反ユダヤ主義の風潮を暴き、ユダヤ人の理想を好意的に扱った作品としても知られるこの物語は、ふたつの流れから成り立っている。第一はグウェンドレン・ハーレスという、不幸な結婚に打ちひしがれながらも耐える女の話で、第二がダニエル・デロンダという心やさしい青年の話である。デロンダはユダヤ人の娘マイラ・ラピドスを救い出したことを機に、自身もユダヤ人であることを知る。デロンダとグウェンドレンは偶然出会い、そこからふたりの人生が交錯しはじめる。デロンダがユダヤの夢をかなえようと決心したのをきっかけに、グウェンドレンは自由を模索しようと心に決める。

『人形の家』
(1879年) ヘンリック・イプセン

ノルウェーの劇作家であり、詩人、舞台監督でもあったヘンリック・イプセンによる戯曲『人形の家』は、初演時には激しい非難と議論を巻き起こした。作中で描かれるのは、銀行の弁護士である夫トルヴァル・ヘルメルと妻のノラ、そして3人の子供たちから成るありふれた一家だ。しかし、この作品には旧来の結婚観に対するイプセンの批判的な姿勢が反映されていて、ノラは夫とのあいだに大きな隔たりを感じたすえに、夫と子供たちを置いたまま、自己実現と自立を求めて家を出る。

『カラマーゾフの兄弟』
(1880年) フョードル・ドストエフスキー

『カラマーゾフの兄弟』は、ロシアの文豪ドストエフスキーの最後の作品であり、最高傑作と評されることが多い。無名の一人称の語り手によって進むこの物語は、無責任で浪費家のフョードル・カラマーゾフと、フョードルの2度の結婚でできた息子たち——放埓な生活を送るドミートリイ、合理的で無神論者のイワン、深い信仰心をもつアリョーシャ——と、気むずかしく

て痙攣性障害を持つ隠し子スメルジャコフを取り巻く物語である。遺産相続をめぐる身内のいさかいや、ドミートリイと父フョードルが繰りひろげる女性がらみの愛憎劇、そして父親殺しという事件を織り交ぜただけでなく、信仰と不信という宗教的な問題や、自由意志と道義的責任という問題までも模索する複雑な物語である。ドストエフスキーはこの作品の完成の数か月後に死去した。

『宝島』
(1881年〜1882年)
ロバート・ルイス・スティーヴンスン

　児童向け雑誌の連載小説としてはじまったロバート・ルイス・スティーヴンスンの『宝島』は、海賊や、地中に埋められた財宝や、いくつもの沼を持つ熱帯の島が登場する児童文学の傑作である。世界じゅうの子供の心をつかんで楽しませる物語であり、十代の少年ジム・ホーキンズが感性を磨いて大人になっていく成長譚でもある。また、一本脚の海賊、のっぽのジョン・シルヴァーを登場させ、この男を道義的にどう処遇すべきかも模索している。

『アフリカ農場物語』
(1883年) オリーヴ・シュライナー

　南アフリカの作家オリーヴ・シュライナーによる『アフリカ農場物語』の舞台は、作者自身が育った南アフリカの草原地帯である。その強い信念を投影したこの物語の中心人物は、ボーア人社会の聖書に沿ったしきたりに反発する若い娘リンダルと、同じく古い考え方に反抗的で彼女に思いを寄せるウォルドーである。シュライナーはリンダルの描写で女権拡張論者から賞賛されたが、同時に不評を買うことに

> 軽蔑するものなどない
> ——すべてに意味があるのだから。
> ちっぽけなものなどない
> ——すべてが全体の一部だから。
> 『アフリカ農場物語』
> オリーヴ・シュライナー

もなり、一方、南アフリカの風景を小説のなかに取り入れたことは先駆的とされた。

『ラ・レヘンタ』
(1884年〜1885年)
レオポルド・アラス

　スペインの小説家アラス(1852年〜1901年)の『ラ・レヘンタ』は、地方都市で暮らす裁判所所長夫人(題名の「ラ・レヘンタ」は、指揮する女性を意味するスペイン語)が信仰と不倫を通じて充足感を追い求める物

ロバート・ルイス・スティーヴンスン

　サモア諸島に住んでいたとき、ロバート・ルイス・スティーヴンスンには、「トゥシターラ」(物語る人) という称号がつけられた。世界で最も有名な冒険小説を書いた作家にふさわしい呼び名である。1850年にエディンバラで生まれたスティーヴンスンは、幼少時には作家として身を立てることを決意していたが、父親の期待に応えるために法学を学ぶことに同意した。病弱な体質であったにもかかわらず、冒険や旅行が大好きで、アメリカを訪れ、フランスにも滞在した。ど

語である。カテドラルの聖職者や地元の漁色家アルヴァロ・メシーアなど、個性豊かな登場人物が現れ、そうした作中人物を語り手とすることで個々の人物の内面を深く掘りさげている。

『ジキル博士とハイド氏』
(1886年)
ロバート・ルイス・スティーヴンスン

　著者の評価と名声を決定づけたロバート・ルイス・スティーヴンスンの『ジキル博士とハイド氏』は、「二重人格」とも呼ばれる現象を鮮やかに描ききった代表作である。物語はふたりの人物の謎について語るところからはじまる。穏健で社交的なヘンリー・ジキル博士と、悪に支配された残忍な殺人者エドワード・ハイドであり、ふたりにはつながりがあることがうかがえる。物語が進むにつれ、ジキル博士は自身の人格から享楽的な面を抑制する薬品を作りあげたが、それによってハイドという別人格を作り出す結果となったこと、そしてハイドはジキル博士の暗部を具現した邪悪な存在らしいことが判明する。

ちらの地でも病臥したが、そのあいだにいくつもの代表作(多くが児童向け小説)を執筆した。1887年にヨーロッパを離れてアメリカへ移住し、1888年には自身の虚弱な体質に合った保養場所を探して、一家で南太平洋へ向かった。1890年にはサモア諸島に移住し、そこで4年後に死去した。

主要作品

1881年〜1882年	『宝島』(左参照)
1886年	『誘拐されて』
1886年	『ジキル博士とハイド氏』(上参照)

『マイア家の人々』
(1888年) エッサ・デ・ケイロース

写実派の小説家エッサ・デ・ケイロースの傑作とされる『マイア家の人々』は、世紀末のリスボンが舞台となっている。主人公カルロス・マイアは、裕福で才能あふれる医師としてよりよい仕事をしたいと望みながらも、自堕落な生活を送っている。マイアは美しく謎めいた女と恋愛関係になるが、衝撃的な事実が発覚して、この関係は終わりを迎える。

『飢え』
(1890年) クヌート・ハムスン

エッサ・デ・ケイロース

ポルトガルの文豪とされるエッサ・デ・ケイロースは政界関係者でもあった。1845年、ポルトガル北部に生まれ、法学を専攻したが、実際には文学に関心があり、まもなく短編や評論が新聞で取りあげられるようになった。1871年ごろには、ケイロースは社会および芸術の変革を求める知識人のグループ「70年世代」に属し、ポルトガル文学をオリジナリティがないと一蹴した。キューバ、イギリスで領事を歴任し、そのあいだに代表作となる風刺小説をいくつも書きあげた。その後、パリで1900年に死去した。

主要作品

1876年　『アマーロ神父の罪』
1878年　『従兄バジリオ』
1888年　『マイア家の人々』(上参照)

ノルウェーの作家クヌート・ハムスン(1859年～1952年)が、一躍注目された最初の作品『飢え』を出版したのは、30歳のときだった。それまでは、旅をしながら仕事を転々とする貧しい生活を送っており、この小説にはそのころの体験が反映されている。クリスチャニア(現在のオスロ)を背景に、作家としての成功に固執するあまり精神の均衡を失っていく貧しい若者の心理状況を描いている。強迫観念や疎外感の描写によって、文学史上に残る画期的な作品と見なされた。

『ジャングル・ブック』
(1894年～1895年) ラドヤード・キプリング

短編集『ジャングル・ブック』はイギリスの作家キプリング(1865年～1936年)の作品で、狼に育てられたインド人少年モーグリの物語である。ほかにも、ジャングルの掟を教えてくれるヒグマのバルーや、ヒョウのバギーラ、群れの狼などが登場する。長年インドに住んでいたキプリングは、物語のなかに動物たちを配し、きびしいジャングルの掟を守る動物と身勝手な人間を対比させることで、正しいふるまいについての教訓を示した。

『エフィ・ブリースト』
(1894年～1895年) テオドール・フォンターネ

プロイセンにおける写実主義の傑作とされる『エフィ・ブリースト』はドイツの作家フォンターネ(1819年～98年)の作品である。17歳の主人公は、ほぼ倍の年齢の野心家の貴族ゲールト・フォン・インシュテッテンと結婚する。嫁いだエフィは、地元の漁色家とひそかに逢瀬を重ねる。6年後、ずっと以前に終わったこの不倫が夫の知るところとなる。フォンターネは厳格なプロイセン社会の常識に振りまわされる人物を巧みに描き、物語を悲劇的な終局へと進めていく。

『日陰者ジュード』
(1895年) トマス・ハーディ

『日陰者ジュード』は、イギリスの作家トマス・ハーディの作品で、学問を志すという夢を果たせないジュード・フォーリーという村人の物語である。だまされて不本意ながら結婚したジュードは、いとこのスー・ブライドヘッドに恋するが、その後スーは地元の教師と結婚してしまう。だがスーは夫に対する性的嫌悪から、ジュードのもとにもどる。ふたりはいっしょに暮らしはじめるが、貧しさと世間の風あたりの強さゆえに、悲惨な結末を迎える。当時の読者や批評家たちが、この小説のあからさまな性描写と悲観論を酷評したため、ハーディはこれ以後小説を書かず、詩作に専念した。

『赤い武功章』
(1895年) スティーヴン・クレイン

写実的な描写や簡潔な文体や現代的な手法で知られる『赤い武功章』は、アメリカの作家クレイン(1871年～1900年)がアメリカ南北戦争を舞台として書いたものである。主人公ヘンリー・フレミングは北部連邦軍の若い二等兵だ。武功をあげることを夢見ていたが、実際の戦場で容赦のない戦闘の現実に直面したとき、南部連合軍の進軍を前に逃亡する。羞恥心に苛まれたフレミングは、汚名をすすぐ機会を待ちながら、英雄的行動の意味を探求していく。

『ワーニャ伯父さん』
（1897年）アントン・チェーホフ

無為と絶望を巧みに表現した戯曲『ワーニャ伯父さん』は、チェーホフの最高傑作と言われている。世紀末のロシアの田舎を舞台としたこの戯曲の中心人物は、領地を経営するヴォイニツキー（ワーニャ伯父さん）や、領地の所有者セレヴリャコフ教授とその後妻エレーナ、娘のソーニャ、そしてソーニャがかなわぬ片思いに陥る地元の医師アーストロフである。ワーニャは、無駄な人生を送ってしまったことと、美しいエレーナに言い寄って相手にされなかったことに苛立ち、セレヴリャコフを銃で撃とうとするが、失敗に終わる。結局、何も変わらないまま終幕となる。

『ねじの回転』
（1898年）ヘンリー・ジェイムズ

アメリカの作家ヘンリー・ジェイムズの中編小説『ねじの回転』は、最も有名な亡霊譚のひとつである。女家庭教師の手記を通して語られる物語は、生徒である幼いフローラとマイルズを邪悪な元使用人ふたりの亡霊から守ろうと奮闘するさまを描いている。あえて記述を曖昧にとどめたこの作品は、その後の文学に大きな影響を与え、無垢な子供が悪霊に取りつかれる物語の下地を作ったと言える。

『目覚め』
（1899年）ケイト・ショパン

アメリカの作家ケイト・ショパン（1850年～1904年）による『目覚め』は、ニューオーリンズを舞台にして、エドナ・ポンテリエが妻と母というふたつの立場の制約から抜け出そうとする物語である。ポンテリエは2度の不倫に陥りつつ「目覚め」を求めていくが、それ以上に大きな推進力となったのは、自力で考えることであり、芸術であり、音楽であり、そして泳ぐことであった。不倫や女性の自立をはっきり描いた作品であったため、この小説は当時の読者や批評家に衝撃を与え、初版はすぐさま発行禁止となった。今日では、フェミニズム小説の記念碑的作品で、アメリカ南部文学の初期の例とされている。

『ロード・ジム』
（1900年）ジョゼフ・コンラッド

『ロード・ジム』は、ポーランド出身のイギリス人作家ジョゼフ・コンラッドの作品であり、かつて臆病な行動で名を汚したことのあるイギリス人の船乗りジムが、それを乗り越えようとする物語である。物語の大半で語り手をつとめる船長マーロウの助けもあり、ジムはパトゥーサン（南洋の架空の地域）のトゥアン（領主）となって、最後は自己犠牲という形で贖罪を果たす。理想主義や英雄的資質の本質を模索しただけでなく、枠物語の形式を巧みに活用した物語としても知られる。

アントン・チェーホフ

ロシアで有数のすぐれた劇作家とされるアントン・チェーホフは、1860年に生まれた。医師の資格を得ると、多くの作品を執筆しながらも医師業もつづけ、医業を「正妻」、文学を「愛人」と呼んでいた。最初に名声を得たのは短編作家としてであり、1888年には短編集『たそがれに』でプーシキン賞を受賞した。1890年代以降は代表作となる戯曲をつぎつぎ生み出し、作品はモスクワ芸術座で上演された。女優オリガ・クニッペルと1901年に結婚したが、1904年結核のため死去した。

主要作品

1897年	『かもめ』
1897年	『ワーニャ伯父さん』（左参照）
1904年	『桜の園』

『シスター・キャリー』
（1900年）シオドア・ドライサー

アメリカの小説家・新聞記者・社会主義者のシオドア・ドライサー（1871年～1945年）による処女作『シスター・キャリー』は、故郷のウィスコンシン州からシカゴに出てきた若い娘キャリーを取り巻く物語である。キャリーは靴工場で仕事を見つけたが、ふたりの男との恋愛（ひとりは既婚者）を経て、ついに演劇界でも成功し、富を得ることになる。ドライサーの出版社ダブルデイは、原稿を受けとったものの、当時のアメリカの道徳的風潮のなかでは刺激が強すぎるとして出版を見合わせ、内容に手を加えたうえで、ごく少数の部数を印刷することで合意した。完全版は1981年になってようやく出版された。

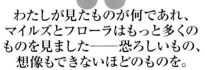

> わたしが見たものが何であれ、マイルズとフローラはもっと多くのものを見ました——恐ろしいもの、想像もできないほどのものを。
> 『ねじの回転』
> ヘンリー・ジェイムズ

伝統を破壊する
1900年～1945年

はじめに

 1890年代
オーストリアの神経学者ジークムント・フロイトが**無意識の理論**を発展させて治療法を築き、精神分析と呼ばれるようになる。

 1912年
中国で清王朝が滅亡し、**中華民国が成立する**。4,000年つづいた王朝制度が終焉を迎える。

1915年
悪夢のような疎外を描いたフランツ・カフカの実存主義中編小説『変身』がドイツで出版される。

 1920年
イギリスの軍人ウィルフレッド・オーエンによる「甘美にして名誉なり」を含む**戦争詩集**が、本人の死後に出版される。

 1901年
アーサー・コナン・ドイルによる『**バスカヴィル家の犬**』が「ストランド・マガジン」に連載される。

 1914年~18年
のちに第1次世界大戦と呼ばれる大戦争が勃発し、ヨーロッパは炎に包まれて、**前代未聞の数の若い命が失われる**。

 1917年
3月にロシア革命により帝政が崩壊し、11月にレーニンのもとで**ボリシェヴィキによる革命政府**が設立される。

 1922年
ジェイムズ・ジョイスの『ユリシーズ』が**意識の流れ**という手法によって、レオポルド・ブルームの人生のある1日を描く。

20世紀の初頭には、いまこそ文明の転回点だという楽観的な雰囲気が世界じゅうにひろがり、19世紀末を象徴した悲観主義から力強く抜け出して、より活力がみなぎる新しい時代へ進もうとしていた。産業社会と帝国主義は、少なくとも西洋の社会においては繁栄をもたらしており、そのため公正でよりよい社会になるという期待が芽生えた。同時に、フロイトによる無意識という概念や、アインシュタインによる相対性理論といった新しい科学思想が、人々の自己認識と世界観に大きな影響を与えた。

しかし、この新世紀は激動の時代となった。未来への希望はまず第1次世界大戦という残虐な大量殺戮によって揺るがされ、つかの間の享楽の時代を経て、世界規模の大恐慌やナチズムとファシズムの台頭、さらには第2次世界大戦の勃発によって打ち砕かれることになる。

モダニズム

文学の世界では、現実を克明に描いたリアリズムから離れて、形式もジャンルも完全に新しいものが現れた。パウンドなどの詩人たちは、フランスの象徴主義から着想をつかみ、新しい形式を発展させて詩の手法を拡張した。イギリスに帰化したアメリカの詩人エリオットは、1922年に発表した『荒地』で、その時代の幻滅をみごとにとらえた。

小説家もまた、さまざまな新しい表現法を見つけ出した。心理学の新たな理論や実存主義哲学に触発されたカフカは、時に悪夢のように思えるほど奇怪な世界を構築し、現代社会で疎外される個人を描いた。日本では、一人称小説に似た「私小説」というジャンルが発達した。

モダニズム作家が採用した小説の形式には、「意識の流れ」もある。この手法は新しいものではなかったが、精神分析の発展にともなって注目を集めた。アイルランドのジョイスはモダニズムに基づいた独自の文体を手に入れ、まずは『ユリシーズ』を、つづいてより実験的な『フィネガンズ・ウェイク』を発表した。

モダニズムはより伝統的な物語の形式にも取り入れられた。たとえばドイツの作家マンは、教養小説の形式を現代的なものに作り変えた。その最初の作品が『ヴェニスに死す』であり、のちに傑作『魔の山』が書かれた。

伝統を破壊する

急進的な民族主義派であった中国の作家魯迅が**白話文**で短編小説をいくつか書き、『吶喊』が出版される。

F・スコット・フィッツジェラルドが**ジャズ・エイジのアメリカの人生模様**に社会的批評を加えた『グレート・ギャツビー』が刊行される。

ウォール街の株の暴落から**世界大恐慌**がはじまり、「ジャズ・エイジ」と狂騒の20年代は幕を閉じる。

レイモンド・チャンドラーが最初の長編『大いなる眠り』で、複雑にからみ合う陰惨な物語に**ハードボイルドの私立探偵**フィリップ・マーロウを登場させる。

第2次世界大戦中、アメリカに亡命していたアントワーヌ・ド・サン=テグジュペリが中編『**星の王子さま**』を書く。

1922年 **1925年** **1929年** **1939年** **1943年**

1924年 **1929年** **1937年** **1939年~45年**

トーマス・マンが深遠な大作**教養小説**『魔の山』を完成させる。

ヴァイマル時代の小説『ベルリン・アレクサンダー広場』で、アルフレート・デーブリーンが数々の**実験的手法**を取り入れる。

ゾラ・ニール・ハーストンが『彼らの目は神を見ていた』で、20世紀のアメリカにおける**若い黒人女性**の人生を写実的に描く。

第2次世界大戦において、連合軍はヨーロッパでは**ナチズム**と戦い、太平洋では軍国主義の日本と戦った。

戦争に向かう世界

思想だけでなく、現実の出来事も20世紀文学を形作った。1914年から18年の世界大戦が与えた大きな衝撃は、当然ながらオーエンなどの従軍した詩人の作品に深く刻みこまれている。一方、「ロスト・ジェネレーション」と呼ばれる、エリオット、ヘミングウェイ、フィッツジェラルドといったアメリカの作家たちは、戦争中に大人になった世代である。フィッツジェラルドは、1920年代のめくるめく日々の表層を書きつづるように見えたが、『グレート・ギャツビー』では、虚飾と衝動に彩られた「狂騒の20年代」の陰にひそむ世界を描き出し、まもなく訪れる大恐慌を予見するかのようだった。1920年代は一部のアフリカ系アメリカ人作家が脚光を浴びた時代でもあり、みずからの人生を真摯に描いた彼らの作品は、ジャズ・エイジにおける黒人の才人たちの華やかな姿と好対照を成している。

ドイツとオーストリアでもまた、大戦後の希望に満ちた短い時期があり、デーブリーンなどの小説家が鮮やかにそれを綴った。しかしアメリカ、そしてヨーロッパにおいても、そんな時代は長くはつづかなかった。ヒトラーが権力を掌握すると、多くの作家や芸術家が第2次世界大戦の終結まで亡命生活を強いられた。ナチスの軍事独裁政権は「堕落した」近代美術を敵と見なし、同様に、新しく成立したスターリン率いるソヴィエト連邦においても、ロシア文学の黄金時代は終わった。中国では4,000年ものあいだつづいた王朝支配が終わり、民族主義派の作家たちが勢いづいた。

探偵小説

20世紀の前半は大衆小説も栄え、中でも探偵小説が人気を博した。このジャンルは、イギリスのコリンズやアメリカのポーといったヴィクトリア朝の作家が創始し、スコットランド人のコナン・ドイルによるシャーロック・ホームズの誕生でその真価を認められるようになった。それ以降、架空の探偵の長い系譜がはじまり、イギリスの作家クリスティーが生んだ優雅なミス・マープルとエルキュール・ポワロから、1940年代にアメリカの作家チャンドラーが書いた複雑な犯罪小説の主人公であるハードボイルド探偵のフィリップ・マーロウまで、多彩な顔ぶれが現れた。■

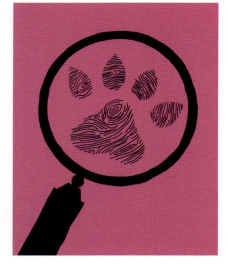

世の中は一目瞭然のことばかりなのに、どういうわけか、だれもそれをしっかり見ようとしないんだよ

『バスカヴィル家の犬』(1901年)
アーサー・コナン・ドイル

背景

キーワード
探偵小説の成熟

前史

1841年 アメリカの作家エドガー・アラン・ポーの『モルグ街の殺人』で、主人公の探偵が、観察力と推理力と直感によって殺人事件を解決する。

1852年～53年 イギリスの作家チャールズ・ディケンズの『荒涼館』では、バケット警部が殺人事件を捜査し、さまざまな容疑者を調べていく。

1868年 イギリスの小説家ウィルキー・コリンズによる『月長石』が出版される。英語で書かれたはじめての長編探偵小説と言える。

後史

1920年 イギリスの作家アガサ・クリスティーが初の探偵小説『スタイルズ荘の怪事件』を発表し、探偵小説のいわゆる「黄金時代」がはじまる。

鋭い観察力と推理力を駆使し、まず不可能と思われた謎を解いて犯罪者を捕まえる探偵は、世界じゅうで古くから物語に登場する。だが、探偵小説がひとつのジャンルとして確立するのは、19世紀のアメリカの作家エドガー・アラン・ポーがC・オーギュスト・デュパンを主人公とする物語を書いたときであり、その後、両大戦間のイギリスで全盛期を迎えた。物語の中心にいる探偵は、頭が切れる反面、往々にして人付き合いが悪く、通常は助手（多くは語り手）を従え、警察を困惑させた手がかりを的確に読みとって解明する能力を持っている。スコットランドのアーサー・コナン・ドイル（1859年～1930年）が生み出したシャーロック・ホームズは、近代小説の探偵の見本となった。

コナン・ドイルはスコットランドで医学を学び、執筆で成功したあとも医者としての仕事をつづけた。当初から歴史小説を志向していたものの、おもに「ストランド・マガジン」に連載した探偵小説が圧倒的な人気を博した。『バスカヴィル家の犬』は、ホームズを主人公とした3番目の長編小説である。

事件の発生

この物語では、ダートムアでの奇妙な犯罪が描かれる。チャールズ・バスカヴィル卿が自分の領地で魔犬に怯えて死に至ったらしいが、ホームズは殺人を疑い、捜査を開始する。この物語と、脇筋となるダートムアの逃亡犯をめぐる話は、どちらもワトソン博士によって語られている。ワトソン博士はホームズの親友かつ協力者で、この本の語り手でもある。

初期の多くの探偵小説と同様に、『バスカヴィル家の犬』も以下の要素を持つ。凄惨な犯罪（殺人）。人数のかぎられた容疑者たち。優秀な探偵が進める捜査。そして、論理的に考えれば読者も自力でたどり着けるであろう真相。薄気味悪いゴシック風の雰囲気に加え、邪悪や迷信に理性が勝利するという筋立てが、この小説の大きな魅力になっている。■

参照 『荒涼館』146-49 ■ 『月長石』198-99 ■ 『大いなる眠り』236-37

伝統を破壊する 209

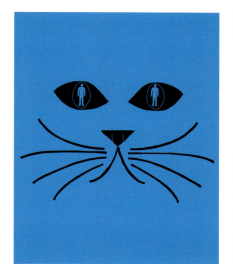

吾輩は猫である。名前はまだ無い。どこで生まれたかとんと見当がつかぬ
『吾輩は猫である』(1911年)
夏目漱石

背景

キーワード
私小説と漱石・鷗外

前史
1906年 島崎藤村の『破戒』は、自分の出自を隠して生きてきた非差別部落出身の教師が、ついに告白するまでを描く。日本の自然主義文学の先がけとなった。

1907年 田山花袋の『蒲団』は、主人公の作家が女弟子に抱いた性的欲望を赤裸々に描いて強い反響を呼んだ。日本の自然主義を代表し、「私小説」の原点となった作品。

後史
1917年 志賀直哉の短篇「城の崎にて」は、怪我の療養のために温泉を訪れた作者の見聞と気分に焦点を合わせた、典型的な「心境小説」。

2000年 大江健三郎の『取り替え子』は、作家本人の義兄の自殺という実際の事件を軸として展開する。「私小説」的要素が強いが、現実と虚構が溶け合った複雑な小説世界となっている。

20世紀初頭の日本では「私小説」が盛んになり、1920年ごろからは文壇の主要な潮流のひとつとなった。これは西洋からはいってきた自然主義文学の影響下に興った日本独自の小説のジャンルであり、作者自身と思わせる人物を主人公として、その実際の体験をありのままに、虚構を交えずに描くとされる。しかし、これは単なる告白や自伝小説ではない。その上、一人称で語られないものも多く、虚構を多分に含む場合も珍しくない。視点が主人公の身辺や心境に限定され、社会的なひろがりを持たないため、西欧の「本格小説」に比べて劣るものとしてしばしば批判されたが、現代の日本でもいまだに有力なジャンルでありつづけている。日本人が古来育んできた日記文学や随筆の感性が、近代小説の中に溶けこんで、特異な発展を遂げたものと考えられる。

反＝私小説的な人性・文明批評

自然主義や「私小説」が勃興してきた時代に、そういった流れから超然と立ち、「私小説」とは異なった次元ですぐれた小説を次々に生み出したのが、森鷗外と夏目漱石のふたりだった。『吾輩は猫である』は漱石の小説家としてのデビュー作である。「私小説」というジャンルを笑い飛ばすかのように、猫の一人称で語られるこの愉快な小説は、漱石自身を多分に思わせる猫の飼い主をはじめとして実在のモデルを多数使っているが、すべては猫の目を通しての痛快な人性・文明批評になっている。■

吾輩は人間と同居して
彼等を観察すればするほど、
彼等は我儘なものだと
断言せざるを得ないようになった。
『吾輩は猫である』

参照 『枕草子』56 ■ 『おくのほそ道』92 ■ 『金閣寺』263

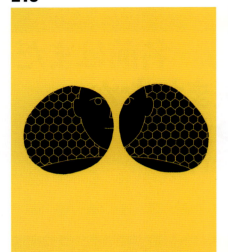

グレーゴル・ザムザは、ベッドのなかで自分がおぞましい虫に変わっているのに気づいた

『変身』(1915年)
フランツ・カフカ

背景

キーワード
実存主義

前史

1864年 ドストエフスキーが『地下室の手記』を発表する。のちに実存主義文学の先駆けとして評価される。

1880年 ドストエフスキーが『カラマーゾフの兄弟』で、父と息子の関係に焦点をあてる。

1883年〜1885年 実存主義の典型的な主題である、人間の同情心や慈愛に対する侮蔑が、ニーチェによる『ツァラトゥストラかく語りき』の主要なテーマとなっている。

後史

1938年 サルトルの『嘔吐』が実存主義文学の傑作と見なされる。

1942年 カミュの『異邦人』は、人生で起こる出来事に条理はなく、そこに意味を探すことはむなしいとする作品である。

1953年 ベケットが『ゴドーを待ちながら』で、ふたりの浮浪者のとりとめのない生き方を描く。

実存主義の主たる命題は、不安が人間の感情や思考の礎となっているという考えであり、自己の存在の不条理と無意味さを認識するとき、こうした不安が生じる。実存主義は19世紀の北欧の哲学に端を発するもので、中心となる概念はデンマークの思想家セーレン・キルケゴールが定義した「アングスト」、つまり不安である。フランツ・カフカは、このキルケゴールの作品から多くを学んだ。

カフカの不穏な小説『変身』では、混乱と不安が劇的な暗喩で提示され、冷淡な登場人物たちの眼前に突きつけられる。グレーゴル・ザムザが目覚めると害虫になっていた事態は疑いようもない不幸であるが、この悲劇的な中編の核となっているのは、肉体の変化を強いられたことよりも、ザムザの不条理な苦境に対する家族や知人の反応である。

地獄とは他人のこと

グレーゴルはまったくの無能になり、働くことも、苦しい家計を支えることもできなくなる。家族は心配よりも面倒と嫌悪をあからさまに表現し、虫になったグレーゴルはおぞましい謎の物体として扱われる。この一家が体現するいわゆる合理的な文明社会の対応には人間味がなく、ぞんざいである。実存主義の哲学者であり、作家でもあったジャン＝ポール・サルトルは「地獄とは他人のことである」と言った。このことばが、窮地に陥った家族の異様なふるまいを完璧に説明している。

グレーゴルは家族が暮らすアパートメントの自室で壁や天井を這いまわるか、ソファーの下に引きこもるかして、ただ時間をやり過ごす。ついには尊厳を取り

特に最初の数日は、ただの内緒話であっても、グレーゴル以外の話題を口にすることはなかった。
『変身』

伝統を破壊する

参照 『荒地』213 ■ 『審判』242 ■ 『不穏の書』243-44 ■ 『異邦人』245 ■ 『ゴドーを待ちながら』262

もどすこともすっかりあきらめ、まだ内に残る人間性を家族に訴えることも拒む。それでも、妹の奏でるバイオリンの音色にふと心が動き、部屋を出てしまう。このくだりで、グレーゴルは自身の外見上の「怪物性」に抗い、本来の自分を伝えようとするが、結局このときもまた、家族（や下宿人たち）から心ないことを聞かされ、傷つくことになった。周囲の敵意によって、羞恥心と疎外感はますます強まっていく。

不条理への屈服

カフカの小説の主人公は、不安を克服することがない。代わりに、どんな異常な状況のもとでも、奇妙な問題に対してなじみのある手法で解決しようと模索する。『審判』や『城』などの長編小説では、幾通りにも解釈可能で、けっして果たされることのない探索を描いている。『変身』は非論理的で悪夢のような物語であるが、謎を解いて探索を終わらせようという心理すら失われていることから、新しい出発点（さらに「実存的」な方向へ進む）だったと言える。物語の最後に、グレーゴルは希望を捨てることで一種の神秘的な体験をする。

興味深いことに、カフカはみずからを実存主義者と見なしていなかったが、実存主義におけるふたりの重要人物、キルケゴールとドストエフスキーの影響を受けたことは認めている。カフカの死後、サルトルとカミュがカフカを実存主義の系譜に位置づけた。■

物語のなかの変身

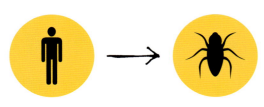

グレーゴル
この物語で最大の変身をとげるのは、虫になるグレーゴルの肉体である。こうした身体的な変化を通して、新しい自分に適応するにつれ、心理も徐々に変化していく。

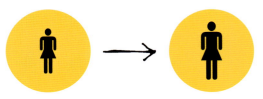

グレーテ
この物語では、グレーゴルの妹が少女から大人の女性に変身し、グレーゴルに対する態度も、愛情と思いやりから義務へと変化する。

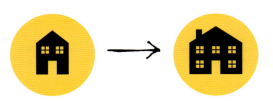

ザムザ家
物語が進むにつれて一家の経済状況も変化し、破産状態からゆとりを取りもどす。

フランツ・カフカ

フランツ・カフカは、ドイツ系ユダヤ人の両親がもうけた6人の子の最年長として、1883年にプラハで生まれた。ドイツ系の小学校にかよい、国立の中等高等学校に進んだ。プラハの大学で法学を専攻し、マックス・ブロートと出会った。マックス・ブロートはカフカの死後、多くの遺稿を編集して世に出した。

1908年に保険局で働きはじめるが、執筆活動に力を注いだ。1917年に肺結核と診断され、休職した。

私生活も苦難つづきだった。『父への手紙』には、息子を疎んじる支配的な父親の姿が描かれている。また、何人かの女性と交際したものの、いずれもうまくいかなかった。1923年にプラハを出て、恋人とベルリンに住もうとしたが、病状が悪化したためプラハの家族のもとへ帰り、1924年に生涯を終えた。

ほかの主要作品

1913年　『判決』
1922年　『断食芸人』
1925年　『審判』
1926年　『城』
1966年　『父への手紙』

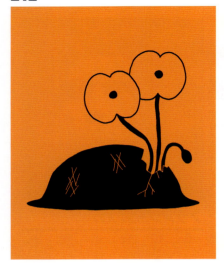

祖国のために死ぬるは、甘美にして名誉なり
『詩集』（1920年）
ウィルフレッド・オーエン

あらゆる国の詩人が第1次世界大戦での戦闘の体験を綴った。彼らはこの凄惨な戦いの証人となり、中でも賞賛されたのが、サスーン、ブルック、オーエンといったイギリスの詩人たちである。

戦争の悲しみ

オーエン（1893年～1918年）はフランスで教師として働いたあとで入隊した。初期の詩では愛国を歌っていたが、ソムでの壮絶な戦闘を体験したことと、サスーンからの影響によって、オーエンの詩は強靱なものになった。「甘美にして名誉なり」では、血潮が「あぶくまみれになった肺から吹き出す」さまを仔細に描写する。その惨状を目撃した者は、「あの昔からの嘘／祖国のために死ぬるは／甘美にして名誉なり」を「命懸けの栄誉を欲する幼き者たち」にけっして伝えまい、とオーエンは断じる。序章の草稿では、「この詩集は悲しみのなかにある」と綴っている。

現実離れした悪夢を記した詩もある。「見せ物」では、オーエンの魂が戦闘の跡を見おろすと、瀕死の兵士が毛虫のように地面を這いずりまわっている。「奇妙な出会い」では、地獄で見知らぬ男と出くわし、その饒舌な男はオーエンが刺し殺した敵兵だとわかる。オーエンはなおも詩作を究めようとしたが、25歳で戦死した。その倫理観と芸術性の高さは、人間の非道なふるまいを力強く描いた詩に反映され、いまも高く評価されている。■

背景
キーワード
第1次世界大戦と戦争詩人

前史
1915年 第1次世界大戦で尊い命を失うことになる詩人ルパート・ブルックが、ソネット「死者」で、「死はわれらを黄金にもまさる宝とする」と歌う。その感傷的な詩情はソネット「兵士」にも流れている。

1916年 「アメリカのルパート・ブルック」と呼ばれたアラン・シーガーが、外人部隊として従軍し「死との逢瀬」を綴る。気高く荘厳で、おのれの死を予知したかのような詩は、後年ケネディ大統領に賞賛される。

1916年 アイザック・ローゼンバーグの鮮烈な自由詩「塹壕の夜明け」には、死者や傷痍者のあいだを「あざ笑う鼠」が駆けまわるさまが描かれている。

1917年 シーグフリード・サスーンが「将軍」で、人はいいが無能な上役の典型的な姿を辛辣に描く。

畜牛のように死ぬ者たちに、
どんな弔いの鐘がある？
──怪物じみた怒りの銃声だけだ。
『死にゆく若者たちへの賛歌』

参照 『荒地』213 ■ 『キャッチ＝22』276

四月は最も残酷な月
死に絶えた大地から
リラの花が顔を出す
『荒地』(1922年)
T・S・エリオット

背景

キーワード
モダニズム詩

前史

1861年〜1865年 アメリカのエミリー・ディキンソンが数多くのすぐれた詩をひそかに書きためる。神への疑問を凝縮された斬新なことばで綴ったその詩には、パウンドやエリオットのようなイメージを独創的に表現する手法に通じるものがある。

1915年〜1962年 パウンドの『キャントーズ（詩篇）』は、『荒地』と同じく、古今東西の文学を取り入れた複雑性を具え、感傷を排して直截的なことばで書いた叙事詩の傑作である。

1915年 エリオットの「J・アルフレッド・プルーフロックの恋歌」は絶望した男の独白で、モダニズム詩の完成に通じる重要な作品である。

後史

1923年 アメリカの詩人ウォレス・スティーヴンズによる詩集『足踏みオルガン』は、鮮やかで哲学的な空想をモダニズムにもたらし、とらえどころのない美を表している。

二十世紀初頭のヨーロッパとアメリカで、モダニズム詩が伝えたのは、それまでの詩の精神がロマン主義的な主観と古い形式にとらわれていること、そして科学技術が進歩をとげて新たな価値観が生まれた近代社会の文化にはふさわしくないことだった。モダニズム詩は個人の感情よりも理性と客観性を重んじ、牧歌的な田園を夢想したり、都市の雑踏に背を向けたりはしなかった。

リズミカルなぼやき

T・S・エリオット（1888年〜1965年）は、モダニズム詩の傑作である『荒地』について、「単なるリズミカルなぼやきのかけら」とみずから評している。ロンドンでアメリカ人の自分をイギリスの文学者に作り変えたエリオットは、神経衰弱からの回復の過程でこの詩の大半を書いた。アメリカの詩人エズラ・パウンドをはじめとする同時代の詩人は、エリオットの詩のペシミズム、断片手法、引用符なしで挿入されたさまざまな言語、そして語り手の入れ替わりが、空虚な性と暴力がはびこる大戦後の世界、堕落した社会を象徴する荒野のような世界の混乱を鮮やかに映し出していると評価した。

詩のタイトルは、アーサー王物語の漁夫王の伝説に由来している。聖杯を探し求める王の不能ゆえにあと継ぎが生まれず、王国全体が不毛な土地となり、干からびた荒地と化すという伝説だ。水と渇き、そして生命の息吹きのなかに暗示される死は、エリオットの詩の主要なテーマである。そこから冒頭のことば「四月は最も残酷な月」が生まれた——たとえ春になろうとも、生命が芽吹く望みはない。

この詩では、超自然的（そして心理的、社会的）な不安感が、めまぐるしく変化する万華鏡を見ているかのような印象を生み出している。引用と模倣に見られる抒情性と壮大さも、荒れ果てた世界との皮肉な対照を見せている。■

参照 『悪の華』165 ■ 『ユリシーズ』214-21 ■ 『若い芸術家の肖像』241

空にひろがる星の樹から
濡れた夜の果実がぶらさがる
『ユリシーズ』(1922年)
ジェイムズ・ジョイス

ユリシーズ

背景

キーワード
意識の流れ

前史

1913年〜27年　マルセル・プルーストは7巻に及ぶ大作『失われた時を求めて』で、記憶に深くはいりこみ、深層意識の形成を促す自由な記憶のつながりを探求している。

1913年〜35年　フェルナンド・ペソアが『不穏の書』で、リスボンの会社員による実存主義的なとめどない思索を記録する。それは思想や芸術についての啓蒙的な断章である。

後史

1927年　ヴァージニア・ウルフの『灯台へ』では、全知の語りと意識の流れが交錯する。

1929年　ウィリアム・フォークナーが『響きと怒り』で意識の流れの手法を用い、まったく異なる三兄弟の内面にはいりこむ。

文芸評論家であり、詩人でもあったエズラ・パウンドは、1922年を新しい時代のはじまりだと宣言した。ジェイムズ・ジョイスが、『ユリシーズ』の最後のことばを書きあげたときに古い時代は終わった、と。その年は『ユリシーズ』の出版ではじまり、T・S・エリオットの『荒地』の出版で終わる——モダニズム文学の二大傑作である。

この両作品はリアリズムに基づく小説や詩を破壊して、圧倒的な独創性と真に芸術的で道義的な目標とを掘りさげ、その深層からまったく新しい文学の原石を見つけ出した。第1次世界大戦後の暗澹とした時代に、ジョイスやエリオットを筆頭とする作家たちが古い文化の残骸から新たなものを作りはじめた。

意識の流れ

リアリズムを攪乱するためにモダニズム文学の作家がとった手法のひとつに、意識の流れがある。小説における意識の流れとは、登場人物の思考や知覚や感情の移ろいを表出することである。内省を

> あんな仕事はうんざり。
> 哀しみの家。歩け。パット！
> 聞いてない。耳が遠いんだ、あいつ。
> 『ユリシーズ』

描写した長文はサミュエル・リチャードソンによる書簡体小説『パミラ』(1740年)などの古い作品にも見られるが、20世紀初頭の小説で進化をとげた。ヘンリー・ジェイムズとマルセル・プルーストは、作品の主題と表現方法の両面において、視点人物による主観を重んじた。

内面の独白を完全な形で最初に取り入れたのは、1887年に出版されたエドゥアール・デュジャルダンによる短編小説「もう森へなんか行かない」だと考えられている。

この形式は心理学の台頭と結びついていて、「意識の流れ」ということばは、哲学者・心理学者のウィリアム・ジェイム

ジェイムズ・ジョイス

ジェイムズ・ジョイスは、1882年にアイルランドのダブリン郊外で生まれ、父親が収税吏の職を失ってからは貧困のなかで育った。ダブリンのユニバーシティ・カレッジで英文学とフランス語、イタリア語を学び、医学を学ぶ目的でパリに渡った。母の死後ダブリンにもどり、書評や教師の仕事で生活費を稼いだ。1904年にノラ・バーナクルと駆け落ちして、チューリッヒに移住した。その後トリエステで教職を得る。1914年に短編小説集『ダブリン市民』が出版され、その翌年から『ユリシーズ』を書きはじめた。この小説の一部がアメリカの文芸誌『リトル・レビュー』に発表されると、猥褻罪で雑誌が訴えられた。ジョイスは1920年にパリに移り、20年間その地で暮らした。そこで書いたのが後期の壮大な傑作『フィネガンズ・ウェイク』である。1940年、ナチスの侵略から逃れてチューリッヒに移り、1941年にそこで死去した。

ほかの主要作品

1914年　『ダブリン市民』
1916年　『若い芸術家の肖像』
1939年　『フィネガンズ・ウェイク』

伝統を破壊する

参照　『オデュッセイア』54 ■ 『荒地』213 ■ 『失われた時を求めて』240-41 ■ 『若い芸術家の肖像』241 ■ 『ダロウェイ夫人』242 ■ 『響きと怒り』242-43 ■ 『不穏の書』243-44

ユリシーズは、ダブリンの1904年6月16日の一日の出来事を描いている。物語のなかで、三人の主人公たちは、互いに、また街の多くの人々とも交流する。

ズ（ヘンリー・ジェイムズの兄）が『心理学原理』（1890年）で用いた。

文学の領域でこのことばがはじめて用いられたのは、女性的な文体を模索するなかでこうした技巧を用い、この手の小説の草分けとなったドロシー・リチャードソンの小説『とがった屋根』（1915年）に対する書評のなかだった。

そして『ユリシーズ』が発表された。意識の流れを綴った作品のなかで最も名高く、最も大きな影響力を持つこの小説によって、ジョイスは伝統的な語りの手法から、作中人物の心理を作者の介入なしでじかに伝える手法へと文学上の飛躍を成しとげた。つづいてヴァージニア・ウルフも意識の流れの手法を取り入れ、『ダロウェイ夫人』（1925年）という傑作を生んだ。

人生というものは、たくさんの日々で、つぎつぎと一日がやってくる。
自分のなかを旅していって、
泥棒や、幽霊や、大男や、
年寄りや、若者や、人妻や、
未亡人や、愛する仲間に出会う。
『ユリシーズ』

心の動きの複雑さや繊細さを、意識的なものであれ、ほぼ無意識のものであれ、ありのままに描写するために、こうした作家たちが用いたのは、ゆるやかに関連のあることばや表現を連ねたり、文法を無視した文章を用いたり、定冠詞や不定冠詞を省いたりという手法だった。

ジョイスは、内的独白が真実味を増すように一貫性を保つことはしていないが、思考の流れが遠まわしに行動を喚起することはある。たとえば『ユリシーズ』の「郵便為替、切手。あそこの郵便局。行かないと」という文によって、町を歩きまわるレオポルド・ブルームが買うべきものと買うべき場所を思い出している。

ダブリンの6月のある日

『ユリシーズ』におけるすべての出来事は、1904年6月16日（現在では「ブルームズ・デイ」として祝われる）のダブリンとその周辺で起こり、そこで3人の主要な登場人物がすれちがう。教師で作家志望の22歳のスティーヴン・ディーダラス、ハンガリー系ユダヤ人で広告業に携わる38歳のレオポルド・ブルーム、そしてブルームの妻で33歳の歌手のモリーだ。レオポルドは、モリーが町の有名人で「派手男」と呼ばれるボイランと密通しているのではないかと疑っている。ほかにも多くの登場人物がひしめき合い、スティーヴン、ブルーム、モリーの内面を何十万もの語を駆使して事細かに書きこむことで、ダブリンの街の姿が万華鏡のように浮かびあがる。

物語の舞台は、住居にしている防御塔、学校、海岸、家、肉屋、墓地、新聞社、図書館、葬儀屋、コンサート室、酒場、病院、娼家、御者溜まり、そしてダブリンの街並である。

スティーヴン、ブルーム、モリーの過ごす1日のなかで、さまざまな考え、感情、行動をそのまま綴りながら、『ユリシーズ』は以前の物語が到達できなかった次元で、個人のあり方を描ききっている。»

218 ユリシーズ

『ユリシーズ』の18の挿話とダブリン

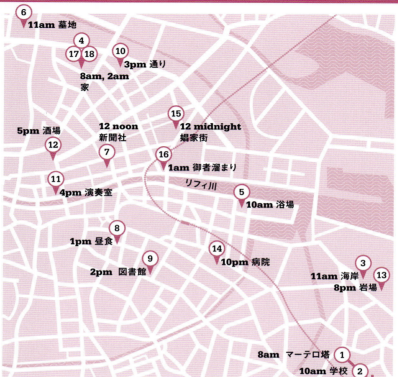

2 学校
スティーヴンは住居であるマーテロ塔から歩いて、ドーキーのディージー校長の学校に行き、講義をする。

4、17、18 家
「ブルームズ・デイ」はレオポルドとモリーが住むブルーム家ではじまり、そこで終わる。エクルズ通りの7番地にある。

5 浴場
ブルームは満たされた眠たげな気分でぶらぶら歩き、手紙を受けとってトルコ式浴場に行く。

6 墓地
ブルームと3人の友人は会葬馬車に相乗りして、パディ・ディグナムの家から埋葬場所へ向かう。

7 新聞社
ブルームが広告の仕事をしているかたわらで、スティーヴンがディージー校長の原稿を持ってきて、ふたりはすれちがう。

地図につけられた数字は、1904年の6月16日の物語の順（挿話の番号）を表す。

10 通り
この中ほどの挿話では、ダブリンの通りを舞台に、19人の登場人物それぞれのオデュッセイアの旅が描かれる。

12 酒場
ブルームはバーニー・キアナンの酒場に行き、愛国者である「市民」から声をかけられる。

14 病院
ブルームとスティーヴンは酔った男たちといっしょに、ミナ・ピュアフォイの出産を待つ。

15 娼家街
幻覚に襲われつつ夜の街を歩きまわったあと、ブルームとスティーヴンは娼家街で出くわす。

16 御者溜まり
ブルームとスティーヴンは御者溜まりで休息する。互いの考えに隔たりがあるのがわかると、仲間意識はすぐに損なわれる。

最初の挿話では、まずスティーヴンが朝から登場し、皮肉屋の悪友バック・マリガンと言い争う。舞台となるのはサンディコーヴにあるマーテロ塔であり、そこでふたりは暮らしている。スティーヴンは母を思い出し、無神論の信条ゆえに母の死の床で祈らなかったことを後ろめたく感じる。それから歴史の講義をして、海岸を歩く。

つぎに、物語は朝の8時の時点にもどって、完全に「意識の流れ」を追う形がはじまり、読者はブルームが朝食の準備をしようとし、肉屋で買物をし、家に帰って料理し、二階のモリーのもとへトレイを運ぶまで付き合うことになる。ジョイスは、スティーヴン、ブルーム、モリーの体験を描くにあたって、意識の流れと三人称の視点による語りを巧妙にからみ合わせている。

ブルームと現実社会

自然主義は19世紀半ばのフランス文学の血肉となっていて、中でもエミール・ゾラの作品では人生の悲惨な諸相がきわめて精緻に描かれている。その後、アンリ・バルビュスが『砲火』（1916年）において、生々しい写実によって第1次世界大戦の惨状を表した。

ジョイスが1915年に書きはじめた『ユリシーズ』も、ありのままを描くという小説の伝統にのっとっている。だがジョイスの精神の原型を成すのは、自然主義の手法によって悲観的で教訓のある作品を書いたゾラよりも、むしろゾラの同国人で16世紀に活躍したフランソワ・ラブレーだろう。ラブレーの作品が持つ壮大な喜劇性と、狂騒に満ちた魅力は、『ユリシーズ』のいくつかの挿話にも見られる。

レオポルド・ブルームはいかにも現実に存在しそうな登場人物である。人並みの欲望を持った平凡な男であり、知性はあるが知的だとはとうてい言えない。平穏を求める温和な性格であり、争いを避けようとする。最初の登場場面から、生理的欲求に素直に従い、周囲の知人と気安い付き合いをすることから、内向的で気むずかしいスティーヴンとのちがいが読みとれる。スティーヴンが第3挿話の冒頭で、海岸にたたずんで「視覚世界という避けがたい様態。ほかはともかく、それだけはそうだ」と語るのに対し、ブ

伝統を破壊する 219

マーテロ塔には「薄暗い円屋根の居間」があり、そこでスティーヴン・ディーダラスは「肉づきがよく重たげなバック・マリガン」と「鈍重なサクソン人」ヘインズと生活をともにし、作家をめざす。

ルームの最初の意識の流れは、「あとひと切れ、パンにバターを塗ろう。三つ、四つ。そうだ。いっぱいだとモリーは機嫌を損ねるからな」である。

多彩なスタイル

物語が進むにつれ、意識の流れと自然主義の手法とともに、さまざまな形の文章が織りこまれていく。たとえば、第13挿話の冒頭は女性向けの感傷小説のパロディであり、「夏の夕暮れが謎めいた抱擁で世界を包みこもうとしていた」という文ではじまる。ブルームは海岸の夕日に癒され、脚を見せつける若い娘を目にして自慰をおこなう。お決まりの表現の詰まったロマン主義の明るい語りと、ブルームの下品なのぞき行為が皮肉な対照を成している。

つぎの挿話で、ブルームは産婦人科を訪れるが、そこでジョイスは古代英語から、チョーサー、サミュエル・ピープス、そしてトマス・ド・クィンシーまでのパスティーシュを披露する。

第15挿話では、ダブリンの娼家街を舞台に、夢幻劇が繰りひろげられる。ブルームの抑圧されたマゾヒスティックな欲望と、スティーヴンの母親への罪悪感が夢のように鮮やかに描き出されるが、そこでは時間も場所も消え去り、幻覚が走馬灯のように連なる。たとえば、ブルームが「八人の黄色と白の子供」を産み落とし、詩人テニスンがユニオンジャックのブレザーにクリケット用のフランネルのズボンという姿で現れる、といった奇妙きわまりない幻想である。

ここでは、ジョイスはダダから着想を得ている。ダダとは、1916年にスイスのチューリッヒ（当時、ジョイスが暮らしていた）にあったキャバレー・ヴォルテールに集まる若い芸術家たちを中心とした、理屈や論理を否定した超現実運動である。ダダイストたちと同様に、ジョイスも上品さや礼節といった伝統的な規範に逆らい、世間に衝撃を与えた。

そのあとの挿話では、質問と答が延々とつづく形式で、ブルームとスティーヴンが、ブルームの家でいっしょにココアを飲んでくつろぐさまが語られる。ふたりの心が通じ合う瞬間である。これを執拗なまでに解析して並べ立てる語りが、ふたりが互いにいだくかすかな親密さとの好対照を成している。

モリー・ブルームの独白

『ユリシーズ』の最後の挿話は、意識の流れを綴った至高の文章でつむがれる。ここでは、夜中にベッドで眠りに落ちかけたモリー・ブルームの心のなかを描き出す。ここまでのモリーは、嫉妬深い夫レオポルドの視点から描かれていただけだった。女性側への視点の移動は、近代文学で最も輝かしいもののひとつである。

男社会であるこの街では、女は妻、母、あるいは娼婦といった、男にとって不可欠な付属物としての役割しかなく、女のことばが聞こえてくることはなかった。しかし、ジョイスはモリーに自分の声を与えることで均衡を取りもどす。女の主人公に最後のことば（強い「イエス」ではじまり、断続的に「イエス」を繰り返す）を語らせることは、ジョイスの想像力の広大さの証である。しかしフェミニズムの批評家のなかには、モリーの消極的な姿勢は、男性が誤認をもとに作りあげた

> すてきな赤いスリッパがほしいトルコ帽をかぶったトルコ人たちが売っているようなでも黄色もいいかもそれから透けて見えるすてきな部屋着もウォルポールの店で見たときからずっとほしかったほんの8シリング6ペンスいや18シリング6ペンスだったかも……
> 『ユリシーズ』

ユリシーズ

> 聞けよ、波の話は
> 4つのことばからできてる。
> シィースゥー、フルッス、
> ルゥーシー、ウース。
> 『ユリシーズ』

産物にすぎないと主張する者もいる。

モリーがベッドに静かに横たわり、内的独白は語り手に邪魔されることもなく、きわめて純粋な形で伝えられる。句読点もない。回想がつぎつぎと押し寄せる。俗っぽくさりげない語りだったものが、話題が若き日のジブラルタルでの思い出やブルームとの情熱的な恋愛へと移るにつれて、恋愛小説めいた語りに変わっていく。その文体は、モリーの世俗的ながらロマンティックな感性を語る内なる言語の一部である。

神話と現代性

文体の実験だけが、この作品の多層性の柱ではない。『ユリシーズ』というタイトルが、複雑で象徴に満ちた下部構造を解き明かす鍵となっている。「ユリシーズ」とはオデュッセウスのラテン語読みである。ホメロスによる叙事詩『オデュッセイア』に登場するオデュッセウスはギリシャのイタケーの王であり、トロイアの戦いのあと、10年余り放浪したのちに故郷にもどる。ジョイスは、レオポルドをオデュッセウスに、スティーヴンを王の息子であるテレマコスになぞらえている。『オデュッセイア』の前半の4巻で、テレマコスは失われた父を探すが、徒労に終わる。オデュッセウスの妻であり、夫がまだ生きていて、きっと帰ってくると信じるペネロペイアがモリーである。

この作品の18の挿話（章とも呼ばれる）は、すべて『オデュッセイア』の章立てと対応関係にある。最初の3つの挿話がスティーヴンに焦点をあてているところも、『オデュッセイア』と同じ構造である。第3挿話では、スティーヴンは図書館での議論を思い出し、制度としての父親に疑問を持つ。この個所は、父のない子であるテレマコスの苦悩が、近代の概念における父子関係という抽象的な議論に形を変えている。第12挿話では、『オデュッセイア』でオデュッセウスが逃れる片目の巨人キュクロプスが、異人種排斥を主張し、ブルームと激しく言い争う愛国者の姿となっている。

ホメロスの作品をなぞっていくテーマ性は、スティーヴンとブルームに付された神話上の役割に最も強く表れている。無意識のうちにスティーヴンは頼れる父を求め、みずからが芸術と子供の両方の父になろうと考える。三位一体論（あらゆる父子関係のなかで最も複雑なもの）についての一節や、シェイクスピアのハムレットについての描写（ハムレットは父を殺した継父への復讐心に苦しむ）によって、スティーヴンの探求の意味がいっそう深まる。逆に、ブルームは11年前に生後まもない息子ルーディを亡くし、心

バルトロメウス・スプランヘルが描いた「オデュッセウスとキルケ」（1590年）では、キルケが魔力を使ってオデュッセウスを誘惑する。『ユリシーズ』でベラ・コーエンがブルームに誘いかけるのと対になっている。

伝統を破壊する

の奥底で息子を欲している。こうした背景が、オデュッセウスとテレマコスになぞらえた父子関係に痛切さを加えている。

ブルームとスティーヴンは、何度かのきわどいすれちがいのあと、ホリス通りの産婦人科病院で遭遇するが、子が生まれ、親も生まれる場で出くわすのは偶然ではない。また、ダブリンの娼家街でスティーヴンが騒動に巻きこまれて逮捕されかけたとき、それを助けるのはブルームである。その晩遅くにふたりはブルームの家でいっしょにココアを飲み、そこでスティーヴンはブルームの過去を垣間見て、ブルームはスティーヴンの未来を想像する。相互理解がわかりやすい山場としてではなく、一瞬の示唆として描かれるのがジョイスの小説の機微である。

ホメロスの物語の枠組みを使うことによって、ジョイスは数々の象徴的な一致を生み出しただけでなく、ありふれた善良な市民であるブルームでも英雄的資質を評価される可能性があることを暗示した。ここで描かれるヒロイズムは、あるいはアンチヒロイズムにせよ、恐怖や望みをかかえる各々の心で繰りひろげられる日常そのものである。ブルームもその心のなかで、嫉妬、怒り、退屈、恥、罪悪感などと戦い、一方で人生を意義あるものにする希望と愛を慈しんでいる。

『ユリシーズ』のなかのホメロス

ホメロスの『オデュッセイア』	ジェイムズ・ジョイスの『ユリシーズ』
テレマコスはオデュッセウスとペネロペイアの息子であり、この叙事詩の脇筋において失われた父を探すが、徒労に終わる。	**スティーヴン・ディーダラス**は知識人かつ芸術家であり、自己没我の迷路をさまよいながら、父なるものの姿を求める。
カリュプソは美しい妖精であり、オデュッセウスを魅了して7年ものあいだ引き止めた。	**モリー・ブルーム**は最後には忠実な妻にもどるが、前半の挿話ではレオポルドを魅了する永遠の妖精として描かれる。
オデュッセウスは黄泉の国である**ハデス**に行き、盲目の預言者テイレシアスに帰り道を聞く。	ブルームは、**パディ・ディグナムの葬儀**に出向くが、その場にふさわしくないおかしな考えがときおり頭をよぎる。
キルケは妖艶な魔女であり、オデュッセウスの部下たちに薬を盛って豚に変える。オデュッセウスは彼女の愛人になる。	スティーヴンとブルームは夜の町をさまよい、現代のキルケである**ベラ・コーエン**が営む娼家に向かう。
ペネロペイアは求婚者を寄せつけず、行方不明で海で死んだと言われていたオデュッセウスの帰りを待つ。	**モリー**は愛人と逢い引きするが、結局は夫のレオポルドにうんざりしながらも、その帰りを待つ。

亡命と祖国への思い

最終章の締めくくりに、ジョイスは作者によるオデュッセイアの旅として、「トリエステ～チューリッヒ～パリ 1914-1921」という覚え書きを残している。ジョイスは国をまたいで活躍する芸術家と自認しつつも、放浪生活の葛藤も感じていた。異国で暮らすからこそ、荒々しい活気に満ちたダブリンを想像上の故郷として新たに作り出すことができた。この小説の舞台である1904年当時は、アイルランド独立政府をめざした自治運動がつぶされたこともあって、政治的関心が高まっていた。『ユリシーズ』が出版された1922年には、激しい内戦のすえにアイルランド自由国が建設された。こういった政治状況を反映して、ジョイスが描いたダブリンの市民たちは、アイルランド自治主義、大英帝国、カトリック教会、そしてアイルランド文芸復興といった種々の権威や動きにどうかかわるべきか、大きな不安をかかえている。『ユリシーズ』は、かつてないほど率直なことばで個人の体験をくわしく語りつつ、アイルランド社会の縮図をひたむきに描いた作品である。

とはいえ、『ユリシーズ』のテーマとされるものはどれも、この作品世界の豊饒さと比較すると、すべて副次的なものだ。小説に刻まれた人生の豊かさこそがこの作品の命であり、瑣末な文学技巧を圧倒している。18世紀半ばの遊び心あふれる実験作である、ローレンス・スターンの『トリストラム・シャンディ』以降で、最も小説のあり方に意識的で高度な技法が駆使されたこの作品の核は、ダブリン市民の愛と人生が、驚くべき真実味をもって活写されていることである。■

> それから深くあたたかい吐息がやさしく響き、彼女が寝返りを打つと、ベッドの柵の真鍮のゆるい鎖がじりんと音を立てた。
> 『ユリシーズ』

若いころは、わたしにもたくさんの夢があった

『吶喊』（1922年）
魯迅

背景

キーワード
白話文学

前史

1917年 胡適が雑誌『新青年』に『文学改良芻議』を発表し、古い文体によらない新しい文学の表現方法を提唱する。

1918年 魯迅の『狂人日記』が出版される。中国の近代文学のはじまりと考えられている。

1921〜1922年 魯迅が「阿Q正伝」を「晨報副刊」に連載。のちに『吶喊』に収録される。

後史

1931年 巴金が「激流」を連載し、のちに『家』という1冊にまとめる。新旧世代の考えの衝突を描き、中国の若者に広く支持される。

1935年 魯迅が中国に伝わる有名な神話に題材をとった『故事新編』を発表する。

中国での白話文学と文学革命は、1917年に文学者・知識人の胡適がはじめたものである。1919年の北京の学生デモからひろがり、政治と文化の革新を訴えた五・四運動とともに、中国の新たな民族主義の幕あけとなった。

文学革命の支持者たちは伝統的な考えを拒否し、民主主義や現代科学といった西洋的な概念への移行を促した。また、ごく少数のかぎられた層しか理解できない中国古来の文語文を退け、だれにでもわかる口語文「白話」の使用を勧めた。白話文は新聞や教科書にすぐに採用され、中国の庶民の教育を大きく変えていった。

新しい思想

魯迅（1881年〜1936年）は口語文を用いて小説を書いた最初の作家である。その作品は共産党から強く支持されたが、魯迅自身は共産党に賛同しつつも党員になることはなかった。『吶喊』は魯迅の最初の小説集であり、特に有名な初期の2編「狂人日記」と「阿Q正伝」をおさめている。

古くからの慣習を強烈に風刺した『狂人日記』では、「狂人」とされる村の男が、友人たちや家族が人肉を食べていると思いこんでしまい、儒教の古典の教えが人肉食を奨励していると確信するようになる。

「阿Q正伝」は、みずからを賢いと思いこむ無知で愚かな農民の物語で、古い世代の後進性と独善性をうまく伝えている。

その2作品が白話小説の出発点となった。どちらも口語文を使っているだけではなく、旧態依然とした窮屈な儒教思想や無批判に受け継がれる因襲など、五・四運動が提起した社会問題を扱っている。■

参照 『全唐詩』46

伝統を破壊する

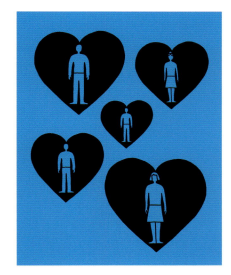

愛は愛だけを与え、愛だけを受けとる
『預言者』（1923年）
ハリール・ジブラーン

背景

キーワード
近代アラビア文学

後史

1935年 学者であり、多数の小説を書いて「アラビア文学の巨匠」と呼ばれるターハー・フセインが、小説『文学者』で第1次世界大戦中のカイロとパリを舞台にして、主人公のエジプト人作家がアラブとヨーロッパの文化のはざまで苦悩する姿を描く。

1956年〜57年 ナギーブ・マフフーズが〈カイロ3部作〉で、イギリスの植民地支配と戦った1919年のエジプト革命から第2次世界大戦終結間際の1944年まで、カイロに住む一家の物語を綴る。大きく変わっていくカイロとエジプトでの個人の苦悩、社会問題、政治闘争が描かれている。

1985年 ターハル・ベン＝ジェルーンがフランス語で書いた『砂の子ども』は、かつて植民地だったモロッコを舞台に、伝統的なイスラムの価値観や性差別に対する葛藤、アイデンティティーの形成をめぐる問題を検証している。

第1次世界大戦の余波でヨーロッパの文化の中心地が甚大な被害を受けたこともあり、植民地支配は衰退を避けられなかった。文学の方向性や題材、そしてテーマも、支配者と被支配者の力関係の変化を反映した。多くのポストコロニアル文学が芽吹き、中でも北アフリカと中東のアラブ諸国から生まれた作品が世界からの注目を集めた。

多彩な思想

レバノンの作家・哲学者・芸術家のハリール・ジブラーン（1883年〜1931年、ハーリルとも呼ばれる）は、アラブ世界の知識層から頭角を現して傑出した存在となった。キリスト教を信じる家庭で育ったジブラーンがイスラム教やスーフィズムやユダヤ教の教義にも興味をいだいたことは、古来の土地と信仰とのつながりが断絶したことを表しており、またこの幅広い関心や出自は、英語で書かれた挿絵つきの散文詩集『預言者』にも大きな影響を与えた。この作品でジブラーンは聖典や説話でよく用いられる形式を用い、預言者アルムスタファがオルファリースの町から船出する直前に、多種多様な人々から成る群衆に語りかけた短い演説を記している。26章に及ぶ散文の内容は、愛、情熱、子供、食事などへの所感から、正義、時間、悪、死についての考察にまで及んでいる。この作品は、人と人との結びつきの重要性を説き、ひとつの信仰体系の枠にとどまらない多様性や普遍的な愛というテーマも内包している。■

これらのことが、光と影が対になって結びつくように、あなたがたのなかで動いています。
『預言者』

参照 『千夜一夜物語』44-45

批評は進歩と啓蒙の源なのです

『魔の山』（1924年）
トーマス・マン

背景

キーワード
教養小説

前史
1795年～96年 ヨハン・ヴォルフガング・フォン・ゲーテが『ヴィルヘルム・マイスターの修業時代』を発表する。これが最初の教養小説と見なされている。

1798年 ドイツの作家ルートヴィヒ・ティークが教養小説の特徴を具えたロマン主義小説『フランツ・シュテルンバルトの遍歴』を発表する。

1849年～50年 チャールズ・ディケンズの半自伝的小説『デイヴィッド・コパフィールド』が出版される。

1855年 スイスの作家ゴットフリート・ケラーが『緑のハインリヒ』を発表する。教養小説を代表する作品であり、また半自伝的要素を含む作品でもある。

1916年 ジェイムズ・ジョイスが『若い芸術家の肖像』で、モダニズム文学と教養小説が共存しうることを示す。

『魔の山』は、トーマス・マンの代表作と一般に見なされ、ドイツ文学史に残る名作、そして20世紀を代表する文学作品と讃えられている。高尚で陰鬱さをたたえた喜劇で、死と病についての思索の記録で、モダニズム文学の重要な作品である。そして、18世紀のドイツではじまり、いまも脈々と受け継がれている教養小説（主人公の自己形成の過程を描いた小説）の模範となる作品でもある。

古い作品に起源を求める説もあるが、学者の多くは、教養小説が誕生したのはゲーテが『ヴィルヘルム・マイスターの修業時代』を発表した1795年から96年

伝統を破壊する 225

参照 『ジェイン・エア』128-31 ■ 『デイヴィッド・コパフィールド』153 ■ 『若草物語』199 ■ 『感情教育』199 ■
『ヴェニスに死す』240 ■ 『若い芸術家の肖像』241 ■ 『アラバマ物語』272-73 ■ 『真夜中の子供たち』300-05

ベルクホーフがある「**魔の山**」は、サナトリウムと地上の世界との距離の大きさを象徴している。世間から隔絶されたこの空間では、時の流れすらも異なっている。

としている。この小説には、教養小説のおもな要素がすべて含まれている。若い芸術家の形成の物語であり、自己表現と幸福を追い求める苦闘、そして最終的に社会で居場所を見つけるまでの姿が描かれている。その後何十年、そして何世紀ものあいだに、多くの偉大な作家が自己の体験をもとにした物語に挑んだ。フランスではフローベールが『感情教育』を発表し、イギリスではディケンズが『デイヴィッド・コパフィールド』を書き、アイルランドではジョイスが『若い芸術家の肖像』を送り出した。教養小説の影響はヨーロッパ全土から世界じゅうにひろがった。

病による触発

『魔の山』は、1912年にトーマス・マンがスイスのダヴォス高地へ出向き、妻が肺の感染症で療養中のサナトリウムを訪問したことがきっかけで生まれた。当初は、同年に発表した『ヴェニスに死す』の挿話にするための短編を執筆するつもりだった。しかし、1914年の第1次世界大戦の勃発によって、いま描いている世界が突然暴力的な終焉を迎えつつあることを強く意識するようになり、物語の構想がふくらんでいった。マンはこの戦いによって、ナショナリズムと資本主義社会についての考えを大きく変え、いわゆる文明社会の価値観が世界を大量死と破壊へやみくもに導いていくことを悟った。この小説はそんなふうにして重要性を具え、長さも増していき、終戦後の何年にもわたる推敲を経て、1924年にようやく出版されると、大傑作と絶賛された。

『魔の山』はハンス・カストルプ青年を主人公とする物語であり、ハンスはいとこのヨーアヒムを見舞いに、スイスのアルプスにあるベルクホーフというサナトリウム（慢性病、特に結核の患者が長期療養するための施設）を訪れる。ハンスの眼前には明るい未来が開けていて、造船業での就職も決まっていた。

澄みきった空気に、見渡すかぎりの絶景。見舞い客はほとんど訪れず、平穏な雰囲気に包まれ、病院は閉じたひとつの小宇宙だった。ところが、滞在中にハンスにも結核の症状が表れ、全快まで療養するよう勧められる。結局7年ものあいだ、サナトリウムにとどまるのだった。この小説の筋立ては、ハンスが出会うさまざまな患者たちの話と、ハンスが彼らと交流する様子を組み合わせて構成され

死や病気に引きつけられるのは、ただ生への関心が別の形で表されているからだ。
『魔の山』

ロドヴィコ・セテムブリーニは、人文主義と知性、理性的な価値観に基づく啓蒙主義を代表する。

メインヘール・ペーパーコルンは、快楽を優先し、理性より感情を重んじる享楽主義を象徴する。

ハンス・カストルプ
ハンスは教養小説の典型的な主人公として無色透明の存在であり、周囲の人間の影響を受ける。だがハンスはどの考えも受け入れられず、最後まで受動的で曖昧な態度を見せつづける。

レオ・ナフタは、急進主義と反理性主義、宗教における原理主義を支持している。

ヨアヒム・ツィームセンは、誠実で義理堅く、迷うことなく真摯な態度で人生と向き合う。

クラウディア・ショーシャは、愛と性と肉体的な快楽を体現している。

ている。

人生の勉強

サナトリウムで、ハンスは患者たちから教えを受ける。芸術、政治、愛、人間性について――すべての教養小説の主人公が学ぶべき素養だと言える。マンはそこに集まった人々に、第1次世界大戦前のヨーロッパに見られるさまざまな思想や哲学を代表させている。イエズス会士に転向したマルクス主義のユダヤ人、レオ・ナフタ。人道主義を信奉する在俗のイタリア人、ロドヴィコ・セテムブリーニ。享楽主義のオランダ人マラリア患者、メインヘール・ペーパーコルン。どの登場人物もハンスをそれぞれの考えに引き

こもうとし、この本の大部分は哲学的な論議に費やされている。そしてクラウディア・ショーシャという女性が現れて、ハンスは恋に落ち、恋愛と性の誘惑という必須科目も学ぶ。

ほとんどの教養小説が、心の旅だけでなく、実際に旅行に出ることも多いのに対し、『魔の山』はベルクホーフから動かない。この本においての旅は、西洋の（東洋も多少含む）思想をめぐるものである。ベルクホーフのある山の頂に立つことで、若き青年ハンスが重大な岐路に立つヨーロッパを一望する視点を得たと言える。この小説は教養小説の典型であり、そのうえジャンル自体のパロディーでもある。ここには教養小説に必要な要素がすべて

提示されている。人生を切り開こうとしている若く多感な青年。困難ではあるがどうにか乗り越える学びの過程。そして、前進する活力。ハンスは病という経験を克服して、人生を深く理解する。だからこの小説はまぎれもなく教養小説である。しかし、マンがこれを教養小説に対するパロディーあるいは反発として書いていることが、随所からうかがえる。

幾重ものパロディー

まず、ハンスが受ける教えの広範さがあげられる。登場人物たちが互いに相容れない思想をつぎつぎ語り、マンはどれを支持しているのかがわからない。これ以前の教養小説においては、主人公が学ぶ思想や受容する価値観は、読者が受け入れるべきもの、賛同すべきものとして提示されていた。たとえば、ディケンズ作品のデイヴィッド・コパフィールドは、他人をうわべで判断してはいけないと学ぶのだが、『魔の山』はこの定型を守らない。近代小説であるこの作品は、世界を見るにはさまざまな視点があり、どれもかならずしも正しいわけではないという立場をとっている。このマンの姿勢から考えると、教養小説としてのこの作

完全に健康な人間なんて、わたしはまだ一度もお目にかかったことがありませんな。
『魔の山』

伝統を破壊する

> 死より強いものは、理性ではなく愛だ。
> 『魔の山』

品の狙いはパロディーであるとわかる。

そもそも教養小説というジャンルの奥底には、ひたむきな意図があり、まさにこの点をマンは揶揄している。たとえば、この小説の語り手はハンスよりもつねに高いところにいて、ハンスが凡庸な若者だということを折にふれて読者に思い出させる。また、教養小説の主人公は、物語の結末では完全に人格形成を終えているはずだが、ハンスは7年間で学んだ哲学や人生の教訓について、真に理解したわけではない。

曖昧な時間の流れ

それ以外の点においても、マンは教養小説の目的を骨抜きにしていて、これは特に時間の経過と物語の進行の関係において顕著である。時間の経過は、病を得て死と向き合う者にとっては、きわめて深刻な問題だが、この密閉されたサナトリウムでは、時間の流れをつかむのが極端にむずかしい。患者たちは過ぎ去った時間について、月単位でしか考えない。過去の出来事に関しては、どれほど昔のことでも「ついこの前」起こったことのように語り、やがてハンスもその慣習に合わせる。一般に教養小説では、教育が継続的におこなわれ、物語が時系列に語られることが重要である。だがマンは、物事が起こる構図や見通しをハンスにも（読者にも）知らせていない。あらゆる出来事があやふやで時期を特定できず、物語が進むにつれてひとつの章が扱う時間が増え、1日から6年にまで変化する。

このように『魔の山』は、みずからの属するジャンルを痛烈に批判している。教養小説に必要な要素をすべて取りそろえながら、一方で、（モダニズムの冷徹な視点から）そんなものは欺瞞だと、あるいはせいぜいのところ、有益性を評価できないと切り捨てている。だから、これに追随する作品がほとんど見られないのも不思議はない。この作品は教養小説というジャンルに終止符を打ったも同然であり、また仮に受け継ごうとしても、これほど深遠かつ壮大な偉業に後続するのはまず不可能だからだ。

それでもなお、作家たちはこのジャンルの新たな効用を模索し、ポストコロニアリズムと近代の歴史を題材にしたり（サルマン・ラシュディの『真夜中の子供たち』など）、官能や感覚の目覚めを描いたり（パトリック・ジュースキントの『香水』など）、多様なテーマを追い求めつづけている。■

スイスのアルプス高地にあるサナトリウムで、慢性病の患者たちは高尚な雰囲気のなかで生活し、「はるか下」の世間の出来事からはなんの影響も受けない。

トーマス・マン

トーマス・マンは、1875年にドイツ北部にあるリューベックの裕福な家に生まれた。26歳で発表した『ブッデンブローク家の人々』は、マンみずからの生家のような裕福な一家の没落を描いた作品で、これによって若くして注目された。1905年に、やはり裕福なユダヤ人事業家一族の娘であるカーチャ・プリングスハイムと結婚して、6人の子供をもうけ、そのうち4人は作家になる。マンは1929年にノーベル文学賞を受賞した。

1933年にドイツを離れてスイスへ亡命し、第2次世界大戦の直前にアメリカに移った。プリンストン大学で教え、その後カリフォルニアに移住して、アメリカの市民権を得る。戦争中はアメリカでナチス批判の演説をいくつも収録し、イギリスからドイツに向けて放送した。戦後はヨーロッパに帰り、1955年、80歳のときにスイスで死去した。

ほかの主要作品

1901年　『ブッデンブローク家の人々』
1912年　『ヴェニスに死す』
1933年　『ヨセフとその兄弟』
1947年　『ファウスト博士』

ささやきとシャンペンと星に囲まれ、蛾のように飛びかった

『グレート・ギャツビー』(1925年)
F・スコット・フィッツジェラルド

背景

キーワード
ロスト・ジェネレーション

前史
1920年 F・スコット・フィッツジェラルドが短編「バーニスの断髪宣言」で、女性に対する古い価値観と「ジャズ・エイジ」の自由な価値観の対立を描く。のちに『グレート・ギャツビー』でもこのテーマを取りあげる。

1922年 T・S・エリオットの『荒地』がロスト・ジェネレーション文学の先駆けとして、空虚な性や精神性の喪失など、文化の崩壊を描く。

後史
1926年 アーネスト・ヘミングウェイが『日はまた昇る』で、愛と死と男らしさを深く追求する。

1930年～36年 ジョン・ドス・パソスが『U.S.A.』3部作で12人の登場人物の物語を書き、アメリカン・ドリームについて考察する。

作家であり、文壇の女主人でもあったガートルード・スタインは、第1次世界大戦に従軍した若者たちのことを「ロスト・ジェネレーション」と呼んだ。スタインがこのことばを最初に聞いたのは、車を預けていたガレージのオーナーからだったという。これは『グレート・ギャツビー』のガレージでの場面を想起させる逸話である。ここでの「ロスト」とは、消失ではなく混迷や疎外を意味している。「ロスト・ジェネレーション」は、1920年代に芸術の坩堝(るつぼ)であったパリにいたアメリカ人の若い作家たちのグループを指すことばとなり、そのなかにはF・スコット・フィッツジェラルド、ジョン・ドス・パソス、エズラ・パウンド、そして、アーネスト・ヘミングウェイがいた。第1次世界大戦の傷はまだ癒えず、不安と虚無感に駆られた芸術家たちは、意義深い経験を求めて恋愛、文学、飲酒、そして享楽にふけった。

ロスト・ジェネレーション世代を代表する作家フィッツジェラルドは、1920年代の「ジャズ・エイジ」の表層の華やかさに魅了されることを自覚する一方で、

> 「過去を繰り返すことはできないって?」ギャツビーは信じられないと言わんばかりの大声で言った。「もちろんできるとも!」
> 『グレート・ギャツビー』

この時代のねじ曲がった倫理観や、すべての者によりよい未来があると信じることの空疎さを鋭く感じとっていた。代表作である『グレート・ギャツビー』は、ギャツビーのかなわぬ愛の夢の物語である。だが同時に、これはかなわぬアメリカン・ドリームの話である。

新しい富、新しい価値観

フィッツジェラルドにとって、ジャズ・エイジは奇跡と過剰の時代だった。第1次世界大戦後の繁栄の中心はウォール街であり、株や証券を売り買いすることで莫大な富が生まれた。「叩きあげ」の立

F・スコット・フィッツジェラルド

フランシス・スコット・フィッツジェラルドは、1896年にアメリカのミネソタ州セントポールで生まれた。1917年にプリンストン大学を中退して、陸軍に入隊した。判事の娘であったゼルダ・セイヤーと恋に落ち、最初の小説『楽園のこちら側』が成功をおさめたのち、24歳で結婚した。娘がひとり生まれ、人気雑誌に短編を発表して生計を立てていった。2作目の小説『美しく呪われし者』によって、ジャズ・エイジの重要な記録者と批評家としての評価が確固たるものになる。1924年、ゼルダとともにフランスのリヴィエラに渡り、そこで『グレート・ギャツビー』を書いた。その後も夫妻はフランスとアメリカを頻繁に往復した。フィッツジェラルドは飲酒の問題をかかえていて、1934年に『夜はやさし』を発表したあと、2年にわたってアルコール依存症と抑鬱症に苦しんだ。1937年に腕試しとしてハリウッド向けの脚本を執筆し、44歳だった1940年、そのハリウッドで心臓発作のために死去した。

ほかの主要作品
1922年　『美しく呪われし者』
1922年　『ジャズ・エイジの物語』
1934年　『夜はやさし』

参照 『荒地』213 ■ 『ハツカネズミと人間』244 ■ 『怒りの葡萄』244 ■ 『異邦人』245

伝統を破壊する 231

身出世という理想は、遺産相続や「由緒正しい」家柄との結婚によって世襲される金力への果敢な挑戦であった。1920年代のアメリカでは、社会の流動性が高まって、階級差による傷を癒したり貴族崇拝を覆したりすることが可能なように感じられた。しかし現実には、一部の者が富を得ることによって、それ以外の者は貧しくなり、また、表層だけがきらびやかで、中核は倫理的にも精神的にも空疎な文化が隆盛をきわめた。あらゆる虚飾が栄え、貴族崇拝の精神は廃れずに対象を変えただけだった。

1919年の法改正にともなって、酒類の販売が禁止されると、多くの実業家が闇取引で商才を発揮することになり、違法な酒類を密輸して、もぐり酒場で販売した。人種差別も蔓延し、『グレート・ギャツビー』の第1章では、トム・ブキャナンが「油断してると、白色人種は——そう、とことんまで沈められちまう」と白人至上主義のことばを発する。

栄光と失墜

フィッツジェラルドはこの作品について、「純粋なまでに創造的な作品だ——短編小説のときのような安物の想像力ではなく、真っ当で輝かしい世界の絶えざる想像力を使っている」と語った。その輝きは甘美な色合いに満ちた感覚的な散文体に投影され、題材として選ばれた東海岸の社交界のまばゆい魅力のなかにも見られる。ジェイ・ギャツビーは、ニューヨーク郊外のロング・アイランドの海岸にある住宅地ウェスト・エッグに、フランスの市庁舎の建築様式で造られた壮大な邸宅を所有する。ギャツビーは中西部出身の謎の男であり、さまざまな噂に包まれている——人を殺したことがあるらしい、オックスフォード大学出身だと言っているが嘘にちがいない、酒の密輸で儲けたんだろう、などなど。土曜日になるとギャツビーは何百人もの客を呼んで、贅を尽くしたパーティーを開く。その一部始終を観察する物語の語り手ニック・キャラウェイは、ギャツビー邸の隣に小さな家を借りている。お祭り騒ぎは楽しげで活気があるが、人々は大量の酒に酔い、口論し合っている。それどころか、男と女の会話はすべてその場かぎりのいいかげんなものにすぎない。

ニックはギャツビーと親しくなり、秘めた思いを知るようになる。ギャツビーは5年ものあいだ、美しい社交界の花、デイジー・ブキャナンをひたすら愛しつづけている。ニックのまたいとこでもあるデイジーは、裕福な名家の出身で、ニッ

ギャツビーの豪華でにぎやかなパーティーは、この1949年の映画化作品でも描かれていて、イースト・エッグの旧来の富裕層とウェスト・エッグの威勢のよい面々が一堂に会している。

クの大学時代からの友人のトムと結婚していた。デイジーこそが、ギャツビーが豪邸を購入した理由だった。向かいの岸にある家でデイジーとトムが暮らしていたからだ。ギャツビーはマイヤー・ウルフシャイムというマフィアばりの詐欺師と組んだ闇の仕事で財産を築き、ようやくデイジーを養うだけの資金ができたので、失った愛を取りもどすというただひとつの目的のために、散財するさまを見せびらかしているのだった。

場所の重要性

この小説のテーマは、巧みに象徴的な意味をちりばめた地理によって表現される。デイジーとトムの家があり、ギャツ

グレート・ギャツビー

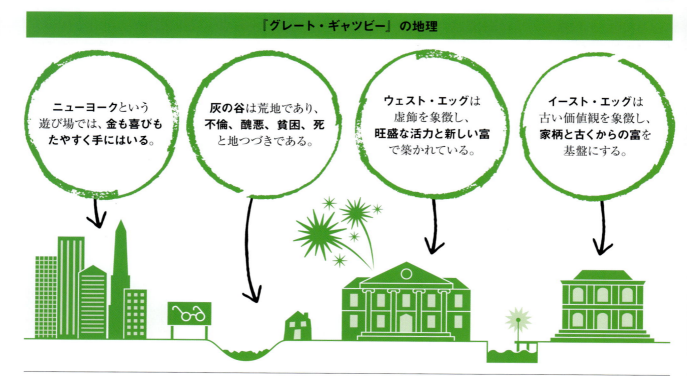

『グレート・ギャツビー』の地理

- ニューヨークという遊び場では、**金も喜びも**たやすく手にはいる。
- **灰の谷**は荒地であり、**不倫、醜悪、貧困、死**と地つづきである。
- **ウェスト・エッグ**は**虚飾を象徴し、旺盛な活力と新しい富**で築かれている。
- **イースト・エッグ**は**古い価値観を象徴し、家柄と古くからの富**を基盤にする。

ビーのパーティーにやってくる客の多くも住むイースト・エッグが、伝統的な価値観と古くからの富を象徴しているのに対し、ギャツビーが住むウェスト・エッグは、当時増加しつつあった成金層を象徴している。少し足を伸ばすとニューヨークがあり、裏取引や秘められた快楽に満ちている。その中間には空き地がひろが

ぼくは内側にいながら、
外側にもいて、人生の多様性の
奥深さに魅了されつつ、
同時にうんざりもした。
『グレート・ギャツビー』

り、華やかさの陰にひそむ荒涼が陰鬱さを隠せない。まさに「灰の谷」であり、呪いで荒廃した古代神話の王国の様子から題名をとった、T・S・エリオットの「荒地」を連想させる。灰の谷では、トムの愛人のマートル・ウィルソンがガレージ業を営む従順な夫と暮らしていて、近くには眼鏡屋の巨大な看板がある。看板に描かれた眼鏡は、ギャツビーの住むこの世界ではだれにもまともに世の中が見えていないことを揶揄している。「何事に対しても断定を避ける傾向がある」と自己評価するニックでさえ、実はだれに対しても優越感を持っていて、恋人である皮肉屋のプロゴルファー、ジョーダン・ベイカーもその例外ではない。

色彩と時間

ジョーダンとデイジーは最初に白いドレス姿で登場するが、色のイメージに反して、どちらも無垢な存在ではない。色もまた、この小説のテーマを象徴している。ギャツビーはピンクのスーツを着て、黄色のロールス・ロイスに乗る――なんとしても気を引きたいギャツビーの思いが表れた配色である。小説全体で描かれる色に緑がある。デイジーが住む突堤の灯の色であり、それをギャツビーが対岸から見つめつづける。終章では、だれもいなくなったギャツビーの庭でニックはひとりたたずみ、ロング・アイランドにやってきた最初の移民たちが「みずみずしい緑の新世界の乳房」を見つける瞬間を心に描く。そして、「緑の灯、年月とともに遠ざかる愉悦の未来」を追い求めるギャツビーの信念に思いをはせる。緑の灯と緑の地。まさに、この小説で個人の人生と国の運命が交わる瞬間である。

最終章では、悲劇的な結末のあと、ニックは東部が呪われて「どれだけよく見よ

うとしても、ゆがんでいる」と感じ、中西部の実家へ帰っていく。過去は否応なくわれわれを連れもどし、未来へ進む夢は愚かな幻にすぎない。ニックは読者にそう伝えて去っていく。

遅きに失した評価

この小説の構想を練っていた1923年、フィッツジェラルドは「途方もなく美しく、シンプルで、精緻に彩られたもの」を書きたいと記している。この野望をみごとに達成したものの、出版当初は賛否両論で迎えられ、売れ行きは芳しくなかった。死去するころには、フィッツジェラルドは自分を落伍者だと考えるようになっていた。

現在では『グレート・ギャツビー』と、それにつづく『夜はやさし』は、アメリカ文学史上に残る傑作と見なされている。『夜はやさし』は、フィッツジェラルドの深い苦難に満ちた人生のいくつかの側面を組みこんだ物語であり、不倫や精神疾患について描きながら、私生活と創作での失敗を鋭く見つめている。

この2作では、『グレート・ギャツビー』のほうが高く評価されている。とりわけ賞賛されているのは、さまざまな技巧を駆使して、損なわれた社会を解剖し、力強くさらけ出したところだ。一人称語りの砕けた雰囲気と美しく韻を踏んだ描写が結びつく、精緻に吟味された文章。最小限のやりとりで空疎な倫理観を映し出す会話の妙。そして構成上の工夫——たとえば、ジョーダンがギャツビーの経歴を語るくだりは、過去の回想でありつつ、未来の予見にもなっている。

ロスト・ジェネレーションのほかの作家と同様に、フィッツジェラルドも、幻想が消え去り、分別が失われ、精神よりも物質に重きが置かれた時代の空気に呼応したと言える。だが、彼の小説は時代を超越している。ひとつの理由として、上流階級、企業の拝金主義、資産価値の上昇に左右される経済といった、現代社会と諸要素と通じていることがあげられるが、それだけではない。この作品は隅々に至るまで美的で、フィッツジェラルドの卓越した芸術性の証であるからこそ、不変の価値を誇っている。■

> だからわれわれは前へ進む。
> 絶え間なく過去へ押しもどされても、
> 流れに逆らってボートを漕ぐ。
> 『グレート・ギャツビー』

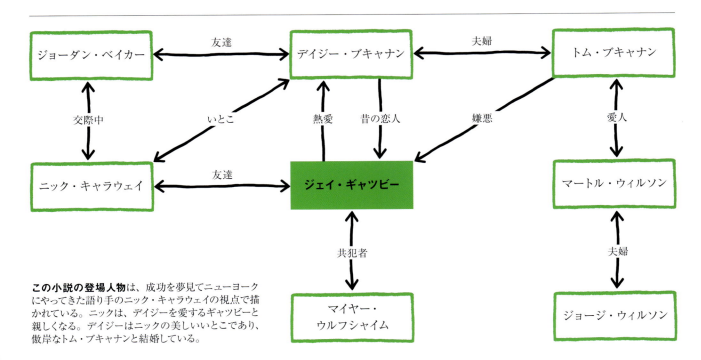

この小説の登場人物は、成功を夢見てニューヨークにやってきた語り手のニック・キャラウェイの視点で描かれている。ニックは、デイジーを愛するギャツビーと親しくなる。デイジーはニックの美しいいとこであり、傲岸なトム・ブキャナンと結婚している。

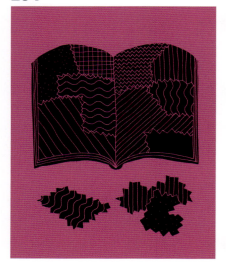

古い世界は滅ばなくてはならない。目覚めよ、暁の風よ！
『ベルリン・アレクサンダー広場』（1929年）
アルフレート・デーブリーン

背景

キーワード
ヴァイマル時代の実験小説

前史
1915年　フランツ・カフカの『変身』は反リアリズム文学における初期の重要作品であり、ほかのドイツ語圏の作家たちに影響を与えている。

後史
1931年～32年　オーストリアの作家ヘルマン・ブロッホの3部作『夢遊の人々』は、物語の構造によってジャンルの異なる描写手法を用いた実験的小説である。

1930年～43年　オーストリアの作家ロベルト・ムージルの『特性のない男』は、多彩な思想の遍歴を通じて主人公が自己を定義しようとする物語である。

1943年　ヘルマン・ヘッセが『ガラス玉演戯』において、ユング派の精神分析と東洋の神秘思想を取り入れ、のちにマジックリアリズムと呼ばれるジャンルの作品に近いものが生まれる。

第1次世界大戦の終結からの15年間、ドイツはハイパーインフレと大量の失業者に直面したが、同じころにヴァイマル文化と呼ばれる芸術や科学が栄えた。これを支えた主要な知識人の多くはユダヤ人であったため、1933年にヒトラーが実権を掌握すると、この時代は終わりを迎え、反ユダヤ主義の台頭によって、数えきれないほどのユダヤ人がドイツから脱出した。

新手法で新時代を描く

ヴァイマル時代のドイツ語文学の世界では、複雑に入り組んだ社会を表現するために実験主義が積極的に取り入れられた。アルフレート・デーブリーン（1878年～1957年）の『ベルリン・アレクサンダー広場』が、その代表的な作品である。この物語は、フランツ・ビーバーコフという下層の悪党が犯罪にまみれた底辺社会を生き抜く苦闘を描いたものである。登場人物が話すのは、両大戦間のベルリンのスラム街で使われていたほぼ翻訳が不可能な隠語であり、またこの小説ではモンタージュの手法がみごとに成功していて、新聞記事、街の流行歌、話しことば、そして小説からの引用などが混ざり合っている。語りには意識の流れが組みこまれ、一人称と三人称の視点が混在する。こういった実験手法を組み合わせることで、1920年代のベルリンの姿が鮮明に浮かびあがり、都会での生に焦点をあてたすぐれた都市小説となっている。■

ドイツ国民同胞よ、
われわれほど不正に、そして
卑劣に裏切られた国家はない。
『ベルリン・アレクサンダー広場』

参照　『変身』210-11　■　『魔の山』224-27　■　『特性のない男』243

伝統を破壊する

遠くに見える船は、男たちすべての望みを載せている
『彼らの目は神を見ていた』(1937年)
ゾラ・ニール・ハーストン

背景

キーワード
ハーレム・ルネサンス

前史

1923年 ジーン・トゥーマーが最初の小説『砂糖きび』を発表する。これは南部での黒人の生活を生き生きと描いたモダニズム文学の傑作である。混血であることから、トゥーマーはみずからを「黒人作家」ではなく、「アメリカの作家」と呼ばれることを好んだが、ハーレム・ルネサンスの中心的存在である。

1923年 カウンティー・カレンが、21歳の若さで、「褐色娘のバラッド」という異人種間の悲恋を綴った詩によって、アメリカ詩人協会から賞を受ける。カレンはハーレム・ルネサンスを代表する存在となる。

1934年 ハーレム・ルネサンスの作家ラングストン・ヒューズが、最初の短編小説集『白人がたのやり口』を発表する。人種問題がテーマであり、タイトルは揶揄としてつけられている。

1920年代から30年代のハーレム・ルネサンスは、アメリカの作家・公民権運動家のジェイムズ・ウェルドン・ジョンソンが「黒人文学の開花」と語ったように、アフリカ系アメリカ人の文化的な誇りとアイデンティティーの偉大なる覚醒であった。その中心はニューヨークのハーレムであり、1924年に雑誌「オポチュニティー」が集会を開いて黒人作家を白人の出版人に紹介し、表舞台で活躍するきっかけを作った。

ハーレム・ルネサンスは急拡大していた都市部の黒人の中流社会から生まれ、演劇や音楽、そして新しい政治意識を包含していた。大恐慌によってこの運動は終焉を迎えたが、黒人としての自尊心を獲得する意義深い前進であり、第2次大戦後の公民権運動への土台を築いた。

反抗の声

ゾラ・ニール・ハーストン(1891年〜1960年)はハーレム・ルネサンスの作家であり、アフリカ系アメリカ人文学と女性文学の両面において重要な位置を占めている。代表作の『彼らの目は神を見ていた』は、20世紀初頭のアメリカ南部での貧しい黒人女性ジェイニー・クロフォードの人生を描いている。冒頭でジェイニーはフロリダ州イートンヴィル――ハーストンが育った土地であり、アメリカ初の全住民が黒人だった誇るべき町――に帰り、終章もその場面にもどる。

ハーレム・ルネサンス期のほかの作品と同様に、この小説も過度の感傷を排して飾り気のないことばで写実的に描いている。南部の黒人の方言を大胆に取り入れたこともこの作品のすぐれた特徴である。ジェイニーの三度に及ぶ結婚生活もこの物語の主題となっていて、どの夫も彼女の人生を支配して存在を脅かす相手、戦うべき相手となる。

『彼らの目は神を見ていた』は、人種差別、貧困、女性差別といった現代社会にも深く関連、共鳴する深刻な問題に対し、毅然とした反抗の声をあげた先駆的作品だった。■

参照 『数奇なる奴隷の半生――フレデリック・ダグラス自伝』126-27 ■ 『見えない人間』259 ■ 『ビラヴド』306-09

死体は傷ついた心よりも重い
『大いなる眠り』(1939年)
レイモンド・チャンドラー

背景
キーワード
ハードボイルド小説

前史
1930年 アメリカの作家ダシール・ハメットの『マルタの鷹』で、探偵サム・スペードが登場する。高い倫理観を有し、チャンドラーのフィリップ・マーロウに影響を与える。

1934年 アメリカの作家ジェイムズ・M・ケインの『郵便配達は二度ベルを鳴らす』でのセックスと過激な暴力描写が大いに物議を醸す。

後史
1943年 ケインの別の作品『殺人保険』は、保険金目当てに夫を殺そうと企てる悪女の物語である。

1953年 チャンドラーの『長いお別れ』は、主人公マーロウに加え、酒に溺れる小説家ロジャー・ウェイドと、同じく酒浸りのテリー・レノックスを主要な登場人物に配し、自伝的な要素も含んでいる。

ハードボイルド小説は、犯罪小説のジャンルにリアリズム、セックス、暴力、そして切れのよい自然な会話をもたらした。最初は短編小説が作られ、その多くは「ブラック・マスク」などのパルプ・マガジンに掲載された。レイモンド・チャンドラーにとって最も輝かしい先駆者であったダシール・ハメットが書いた初のハードボイルド小説『血の収穫』も、もとは「ブラック・マスク」に連載されていた。

ハードボイルドの探偵は頭脳明晰だが、それ以上に、行動する人間である。組織犯罪や警察内部の腐敗に立ち向かうなかで、探偵は暴力に巻きこまれていく。銃を突きつけられることも珍しくなく、必要とあらばみずからも携行し、ときには発砲する。こうした経験から、探偵は屈強で辛辣な存在となり、「ハードボイルド」(固ゆで卵)という表現が生まれた。しかし同時に、探偵には行動規範がある。レイモンド・チャンドラーが生んだフィリップ・マーロウは、『大いなる眠り』において、若い女からの誘惑を拒絶し、服

レイモンド・チャンドラー

1888年にアメリカのシカゴに生まれたレイモンド・チャンドラーは、12歳のとき、離婚した母親に連れられてイギリスに渡った。ロンドン南部のダルウィッチ・カレッジで教育を受け、のちにフランスとドイツで国際法を学んだ。1912年にアメリカにもどって、カリフォルニアに住み、テニスラケットのガット張りなどの仕事に就く。第1次世界大戦が勃発すると、カナダの陸軍に入隊し、フランスへ送られた。1924年、18歳年上のシシー・パスカルと結婚する。大恐慌のさなかに石油会社での職を失い、それから本格的に執筆に取り組むようになった。1933年、「ブラック・マスク」に最初の短編小説が掲載される。『大いなる眠り』は最初の長編小説であり、そのあと6編を書いた。死去する直前の1959年、アメリカ探偵作家クラブの会長に就任した。

ほかの主要作品
1940年 『さらば愛しき女よ』
1949年 『かわいい女』
1953年 『長いお別れ』

伝統を破壊する 237

参照　『荒涼館』146-49　■　『月長石』198-99　■　『バスカヴィル家の犬』208　■　〈ニューヨーク3部作〉335-36

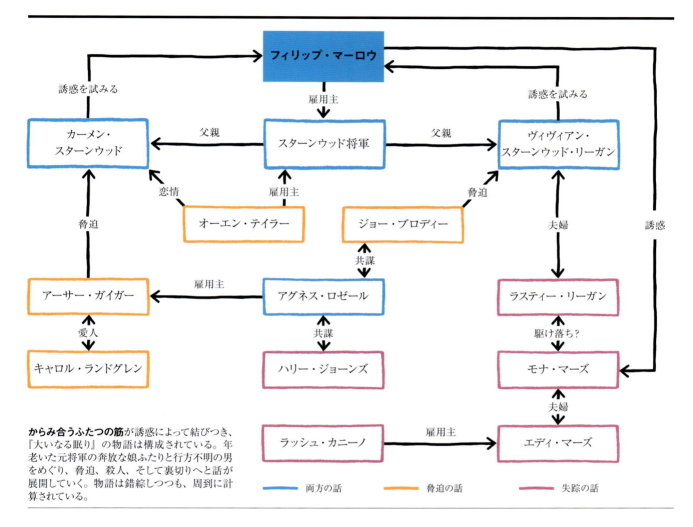

からみ合うふたつの筋が誘惑によって結びつき、『大いなる眠り』の物語は構成されている。年老いた元将軍の奔放な娘ふたりと行方不明の男をめぐり、脅迫、殺人、そして裏切りへと話が展開していく。物語は錯綜しつつも、周到に計算されている。

を着るように促してから、チェス盤に目をやってナイト（騎士）の駒の動きを誤ったと悟り、「このゲームではナイトに意味がない」と口にする。マーロウはさまざまな欠点をかかえつつも、犯罪の王や女王、そしてその歩兵たちがうごめく現代を生きる騎士である。

新しいパルプ・フィクション

チャンドラーはパルプ・フィクションの題材を洗練された文学手法で描いた。『大いなる眠り』はマーロウの一人称で語られた作品で、会話だけではなく地の文にも口語体を用いて、切れ味の鋭い独特のことばをつむぎだしている。文章は宝石のように精緻で、無駄なく美しく練りあげられている。機知にあふれた比喩もちりばめられ、ドアすらも「インド象の一群でもくぐり抜けられそうな」と表現される。

筋立ては緊密に構成され、ひとつの場面から流れるようにつぎへ移る。物語の3分の2あたりで、マーロウは雇い主の依頼を解決する。だが、そこからマーロウは未解決の謎に取りかかり、より危険な目に遭いながらも、犯人が堕ちた悪の底知れない深さを思い知らされる。タイトルの大いなる眠りとは死を意味しており、胸を打つ終章で、マーロウはみずからを「汚れの一部」と語る。その自己省察の深さはシャーロック・ホームズをはるかに凌駕する。■

涙の国というのは、ほんとうに不思議なところなんだ
『星の王子さま』（1943年）
アントワーヌ・ド・サン＝テグジュペリ

背景
キーワード
亡命作家

前史
1932年　オーストリアのユダヤ系作家ヨーゼフ・ロートが『ラデツキー行進曲』を発表し、オーストリア＝ハンガリー帝国の凋落を描く。その1年後、ドイツを去ってパリへ移り、亡命生活のまま生涯を終える。

1939年　数年前にナチスの迫害から逃れていたベルトルト・ブレヒトが、反戦劇『肝っ玉お母とその子供たち』を書く。

1941年　オーストリアの作家シュテファン・ツヴァイクが中編『チェスの話』を発表し、ナチス政権下の第三帝国の残忍性を鋭く批判する。出版後まもなく、ツヴァイクは亡命先のブラジルで自殺する。

後史
1952年　ホロコーストの生き残りであるパウル・ツェランが、生まれ育った中欧で凄惨な戦争体験をしたのち、パリに移り住んで詩集『罌粟（けし）と記憶』を発表する。

　第2次世界大戦の勃発前後から、多くの作家が祖国からの脱出を強いられた。ロート、ブレヒト、ツヴァイク、ツェランといった作家が亡命生活で書いた作品の多くに、陰鬱でもの悲しい郷愁が表れている。アントワーヌ・ド・サン＝テグジュペリも亡命作家であり、ナチスに占領されたフランスを脱出して、ニューヨークで『星の王子さま』を書いた。

　この時代のほかの傑作と同じく、『星の王子さま』も、戦争がもたらした政治的背景や社会状況影響を強く受けている。この作品はさまざまな観点から読まれてきた。普遍的な倫理を示す哲学的な寓話として、子供向けのおとぎ話として、夢物語の形を借りた自伝として、そして時代状況の直接的な反映として。これらの解釈のすべてが亡命文学のほかの作品にもあてはまる。

異邦人の立場
　亡命先で生まれた作品であることを考えると、この小説のタイトルでもある王子が荒涼とした砂漠に落ちてきた異星人の少年であることは不思議ではない。パイロットである語り手は、飛行機が不時着したその場所で少年に遭遇する。

　捨てること、さすらうこと、逃れること、そして不安定であることが『星の王子さま』の物語の特徴である。一見子供向けの単純な話のようだが、この作品は大人と子供の両方に向けて書かれている。サン＝テグジュペリは、子供時代は成長の一過程であり、この時期の最大の関心事は他人とのちがいだという考えを、児童文学の名作群から取り入れている。王子は地球をさまよう異星人であり、大人の世界で迷子になった子供である。しかし、戦争を引き起こした（サン＝テグジュペ

> これがぼくの秘密だよ、とても簡単なことさ。心でしか、物を見ることはできないんだ。大事なことは目には見えないんだよ。
> 『星の王子さま』

参照 『肝っ玉お母とその子供たち』244-45 ■ 『罌粟と記憶』258 ■ 『イワン・デニーソヴィチの一日』289

リにとっては、自分を故国から追放した）大人の社会に疑問を投げかける道徳観が満たされている。子供が痛みとともに成長して、大人という未知の領域に足を踏み入れるように、亡命生活も世界での自分の居場所を失ってふたたび手に入れる過程なのだ。

多様性への寛容

大人の世界への違和感と、王子の異質性への賞賛とが結びついたこの作品は、政治的批評としても読まれてきた。王子の故郷の星でバオバブの木が一気にひろがるさまは、ナチズムという時代の「病」と、そのナチズムがサン＝テグジュペリの愛するフランスを含むヨーロッパ全土に拡大し、すべてを破壊していく状況を指していると解釈されている。

語り手は「王子の星にはとんでもない種があり……手を打たずにいると、バオバブはあっという間に根っこが星のど真ん中を貫くことになってしまう」と警告する。一方で、この物語は、理性、思いやり、多様性の尊重といったヒューマニズムの理念を明らかにして、ひろがりゆく惨事に対抗している。異星人の少年はわれわれに呼びかける。「目はなんにも見えないんだ。心で見なくちゃね」と。

『星の王子さま』は時勢を見つめつつ、時代を超越した人生の価値を追究している。ほかの亡命作家と同じく、サン＝テグジュペリも動乱と迫害のなかで喪失と変化について深く考え、他者への思いやりと多様性への寛容を育んでいった。■

アントワーヌ・ド・サン＝テグジュペリ

1900年にフランスの貴族の家に生まれたアントワーヌ・ド・サン＝テグジュペリは、リヨン近郊の城館できびしく育てられた。兵役に就き、飛行機の操縦士となった。

第2次世界大戦の前は、民間のパイロットとして、ヨーロッパ、南米、そしてアフリカとの航空郵便の路線を率先して飛行した。戦争がはじまるとフランス空軍に入隊し、1940年まで偵察飛行隊として働いた。この間に、広く世間に知られることになる作品を多く生み出したが、『星の王子さま』を執筆したのは、ドイツとの戦いに破れてフランスが停戦にはいったことを嘆き、妻コンスエロ・スンチンとともに亡命生活をはじめてからだった。

フランス政府からの非難と、波乱に満ちた結婚生活に落胆したサン＝テグジュペリは、1944年に地中海方面に飛行し、そのまま消息を絶った。そこで撃墜されたと考えられている。死後は評価が高まり、フランスの文学の偉人と見なされるようになった。

ほかの主要作品

1926年 『飛行士』
1931年 『夜間飛行』
1944年 『ある人質への手紙』

ナチスの台頭によって、亡命作家が出現することになった。こうした作家の祖国がきびしい環境となったのは、政治（マルクス主義者のブレヒトはデンマークに亡命した）や反ユダヤ主義（ユダヤ人のロートとツヴァイクはそれぞれパリとロンドンへ渡った）、そして戦争（サン＝テグジュペリは占領下のフランスを逃れ、また戦時中に非収容者であったツェランは戦後に亡命することを選んだ）が原因だった。

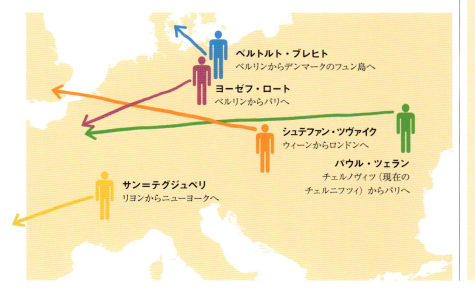

ベルトルト・ブレヒト ベルリンからデンマークのフュン島へ
ヨーゼフ・ロート ベルリンからパリへ
シュテファン・ツヴァイク ウィーンからロンドンへ
パウル・ツェラン チェルノヴィツ（現在のチェルニフツィ）からパリへ
サン＝テグジュペリ リヨンからニューヨークへ

もっと知りたい読者のために

『野性の呼び声』
(1903年) ジャック・ロンドン

アメリカの小説家ジャック・ロンドン(1876年～1916年)の傑作『野性の呼び声』は、1890年代のアラスカのクロンダイクでのゴールド・ラッシュを舞台に、生き残るための命を賭けた戦いを正面から描いた感動作で、現代でも人気が高い。セント・バーナードとコリーのハーフである主人公の犬は、カリフォルニアの牧場からさらわれ、はるか遠く離れたアラスカでそり犬となる。飼い主からの虐待や、ライバル犬との抗争といった試練を乗り越え、ついに野性に目覚める。文明をかなぐり捨てて、本能を取りもどし、狼の群れを率いるリーダーになっていく。

> どの犬も一頭残らず凶暴で、棍棒と牙の定めのほかは、何にも従おうとしなかった。
> 『野性の呼び声』
> ジャック・ロンドン

『ノストローモ』
(1904年) ジョゼフ・コンラッド

ポーランド生まれの小説家コンラッドは、20年ものあいだ船員として働き、1886年にイギリス国籍を取得して英語で小説を書いた。『ノストローモ』には「海辺の町の話」という副題がついていて、南米の架空の共和国を舞台に、政治、革命、腐敗の実態を解き明かしている。また、ポストコロニアル世界におけるグローバルな資本主義についての重要な考察でもある。これらの主題が結びついて冒険譚となり、小説のタイトルでもあるノストローモという高潔な男の運命を描く。裏切りと幻滅に満ちた暗澹たる物語で、山場も含めたほとんどが回想によって語られている。

『イーサン・フローム』
(1911年) イーディス・ウォートン

アメリカの作家イーディス・ウォートン(1862年～1937年)の作品で最も人気のある『イーサン・フローム』では、語り手がニューイングランドの町を訪れ、イーサン・フロームという無口で気むずかしい農民に興味を持つ。一人称語りではじまり、同じ語りの回想が三人称で記されるという視点の変化を入れながら、フロームとその妻の従妹との秘められた愛の悲劇が語られ、24年前の吹雪のなかで起こった「大怪我」という悲劇的な結末に至る。田舎のきびしい自然にさらされ、情熱、抑圧された感情、怒り、絶望がいっそう増幅された作品である。

『ヴェニスに死す』
(1912年) トーマス・マン

ドイツのノーベル賞作家トーマス・マンによる『ヴェニスに死す』は、スランプに悩まされる高名な作家が短い休暇をとってヴェニスに行き、14歳の少年に魅了される物語である。だがヴェニスでコレラの発症が確認され、医療警告が発令されると、死の予感が漂いはじめる。この物語では、世代の異なる同性への禁忌の愛、そして老いに対する深く辛辣な思いというふたつの退廃的な力について、フロイト流の考察を駆使している。

『息子と恋人』
(1913年) D・H・ロレンス

労働者階級の一家とその恋愛模様を描いた『息子と恋人』は、D・H・ロレンスの最高傑作と評価されることが多い半自伝的な作品である。ロレンスが育った炭鉱地域を舞台として、新進の芸術家ポール・モレルの物語が語られる。ポールは、頑なで宗教心の厚い恋人と、人妻である愛人の両方と恋愛関係に陥るが、ふたりとも息が詰まりそうなほど固い絆で結ばれた母親にはかなわない。そして粗野で無教養な父親が、家族にさらなる緊張をもたらす。ロレンスは乾いた筆致でモレルの幼少期から思春期、親と子の対立や家族間の束縛と苦悩を綴り、社会風俗もていねいに描写している。母親の満たされなかった人生と、やがて不治の病にかかる運命が悲痛に語られていく。

『失われた時を求めて』
(1913年～1927年)
マルセル・プルースト

15年がかりで7巻にわたって出版された

伝統を破壊する

D・H・ロレンス

デイヴィッド・ハーバート・ロレンスは1885年に炭鉱労働者の息子として生まれ、故郷であるイギリスのノッティンガムシャーの村ではじめて奨学金を得て、地元の高校へ進学した。子供のころから期待をかけられていたこともあり、大学に進学して教職に就くが、1907年に最初の小説が出版され、1912年に執筆活動に専念するため職を辞した。その年、貴族出身の人妻フリーダ・ウィークリーと駆け落ちする。その作品は奔放かつ鮮烈な描写を特徴とし、当時広く信じられていた社会通念や性や文化的な規範と相容れないものであったため、発禁処分となった。ロレンスは名誉を回復することなく1930年に死去した。

主要作品

1913年	『息子と恋人』（左ページ参照）
1915年	『虹』
1920年	『恋する女たち』

『失われた時を求めて』は、フランスの作家マルセル・プルーストの代表作であり、物語の序盤にある有名な一節では、マドレーヌの味で少年時代の思い出がよみがえる様子が一人称で語られる。一文一文が長い分析的な文章は、語り手や登場人物の内面にひそむ愛と嫉妬、同性愛嗜好と芸術的野望、そして多様な善と悪を細やかに描出する。第1次世界大戦下でのパリの暮らしも鮮やかに語られ、小説全体を通して、世相もさりげなく記録している。結末では、語り手は過ぎ去った美が思い出のなかに息づいていると実感し、時がよみがえる。そしてみずからの人生について書きはじめる。半自伝的な側面も、この小説の持つ数多い魅力のひとつである。

『若い芸術家の肖像』
(1916年) ジェイムズ・ジョイス

アイルランドの作家ジェイムズ・ジョイスの最初の小説『若い芸術家の肖像』は、1922年にジョイスが発表した最高傑作『ユリシーズ』の登場人物の若き日を綴っている。スティーヴン・ディーダラスは、アイルランドおよびカトリックの価値観に反発し、作家としての新しい人生を手に入れるためパリに旅立つ。語りには意識の流れが使用され、著者の後年の作品を予感させるものとなっている。

『無情』
(1917年) 李光洙（イ・グァンス）

韓国（当時は朝鮮）の新聞記者であり、独立運動家でもあった李光洙（1892年～1950年）は、韓国で最初の近代小説『無情』を書いた。日本の占領下にあったソウルを舞台に、主人公の英語教師がふたりの女性のあいだで引き裂かれる。一方は古風な妓生（芸者）であり、もう一方は西洋風の自由な考えに傾倒している。主人公の苦悩によって、当時の朝鮮社会の緊張が際立ち、また、混在する文化のみならず、性の目覚めという個人的な体験も描いている。

『シッダールタ』
(1922年) ヘルマン・ヘッセ

スイスの作家ヘッセ（1877年～1962年）による『シッダールタ』は、古代インドでの若きバラモンの精神生活を描き、その東洋思想の探り方が1960年代に大いに注目された。タイトルはサンスクリット語で「悟りを得た者」という意味である。仏陀が作りあげた教義を拒んだ主人公は、みずからの力で悟りを得ようとする。金や色欲で横道にそれることもあったが、ついにはあるがままの世界こそが完全なものだと理解して、愛と悟りを得る。この作品では神秘思想が哲学や精神分析と融合している。

『インドへの道』
(1924年) E・M・フォースター

イギリスの作家E・M・フォースター（1879年～1970年）は、『インドへの道』の舞台を、イギリスの支配下にあり独立運動が高まっていた時代のインドとした。イスラム教徒のインド人医師が、迷路のような洞窟でイギリス人女性の友人に性的暴行を加えようとした嫌疑をかけられる事件が物語の中心となる。医師は起訴されて裁判へと進み、やがて支配者と被支配者の対立が表面化する。フォースターは、インド統治という構想に乗せられた人々の甘い考えを打ち砕き、根底に流れるイギリスの帝国主義に疑問を投げかけた。同時に、男性同士が強固な絆をもって互いに助け合う社会において、周縁に追いやられる女性の姿も描いた。

> イギリスでは、月は生気がなくよそよそしかった。しかし、この土地ではその月も、地球やそのほかのすべての星々とともに、夜の羽衣に包みこまれている。
> 『インドへの道』
> E・M・フォースター

『審判』
(1925年) フランツ・カフカ

　1914年から1915年にかけて書かれた『審判』は、チェコで生まれてドイツ語で執筆したユダヤ人作家、フランツ・カフカが遺した未完の小説3篇のなかで最も完成に近い作品である。罪状の説明もないまま逮捕され、謎の当局により起訴されるヨーゼフ・Kの話は、現代社会における疎外と、複雑で硬直した官僚組織、さらには全体主義国家による人間性の剥奪とを象徴すると解釈されてきた。2番目の解釈から、カフカはファシズムとナチズムの台頭を予見した作家だと考えられている。

> 何者かがヨーゼフ・Kについてあらぬことを口にしたにちがいない。悪いことなど何もしていないのに、ある朝逮捕されてしまったのだから。
> 『審判』
> フランツ・カフカ

『ダロウェイ夫人』
(1925年) ヴァージニア・ウルフ

　『ダロウェイ夫人』はヴァージニア・ウルフの絶頂期に書かれた作品であり、ロンドンで暮らす上流階級の女性が過ごすある日の意識を綴っている。クラリッサ・ダロウェイの考えは、その晩みずからが主宰するパーティーに向けられつつも、ふとした折に過去を回想し、若き日の思い出や、信頼しているが物足りない夫との結婚生活へ向かっていく。もうひとりの主役は心に傷をかかえた兵士であり、イタリア人の妻と公園で過ごしたあとに悲劇的な選択をする。直接話法と間接話法を巧みに操り、全知の語りと意識の流れや独白がつぎつぎと入れ替わるという高度な技法で書かれた独創的な傑作である。

『贋金つくり』
(1925年) アンドレ・ジッド

　1950年代のヌーヴォーロマンの先駆けとも言われる、フランスの作家ジッド(1869年〜1951年)による『贋金つくり』では、偽の金貨をつくることと、人間の感情や結びつきの真正さが対比されている。この小説は作中作を含む入れ子構造をとり、唯一の視点という概念を否定した芸術様式キュビズムを文学で表現しようと試みていて、複数の筋と視点がからみ合う。世紀末を生きるパリの若者たちに焦点をあて、同性愛関係が成就するかどうかもテーマのひとつである。

『ドニャ・バルバラ』
(1929年) ロムロ・ガリェゴス

　『ドニャ・バルバラ』を書いたロムロ・ガリェゴス(1884年〜1969年)は、その20年後に故国ベネズエラ初の民主的な選挙により大統領となった。カリスマ的な魅力を持ち、男たちを虜にする女の登場人物の名前を題したこの小説は、野生と文明のあいだ、そして男女のあいだの相克を描いている。リャノスと呼ばれる草原地帯の田舎の放牧地を舞台にして、豊饒なイメージを呼び起こす、俗語や方言で書かれた小説である。のちのガルシア＝マルケスの小説に通じるマジック・リアリズムの要素を具えている。

ヴァージニア・ウルフ

　知識人と芸術家の名高い集団「ブルームズベリー・グループ」を代表する作家だったウルフは、1882年にロンドンで生まれた。年少のころから書きはじめ、1915年に最初の長編小説『船出』を発表した。1912年に結婚して幸せな生活を送ったが、すぐれた造園家としても名高い女性作家ヴィタ・サックヴィル＝ウェストとの恋愛も知られている。内面を描く小説の新たな方向性を確立し、知識人かつ作家として若いころから高い評価を得た。しかし、鬱傾向があり、気分が変わりやすい人物であった。1941年、59歳のときにサセックス州のルイス近辺で入水自殺した。死後もずっと、精神的支柱として多くのフェミニスト思想家の敬意を集めている。

主要作品

1925年	『ダロウェイ夫人』(左参照)
1927年	『灯台へ』
1931年	『波』

『響きと怒り』
(1929年) ウィリアム・フォークナー

　『響きと怒り』は4つの視点を対比させた意欲的かつ難解な作品であり、アメリカ南部のすぐれた記録者でもあったノーベル賞作家フォークナーによって書かれた。小説の舞台はミシシッピ州のジェファーソンとされている。最初の章は、認識障害のある33歳のベンジーによる支離滅裂な語りで綴られる。第2章は18年前にもどり、ベンジーの長兄の語りになる。長兄はハーヴァードの学生であり、最後には自殺する。第3章はベンジーの頑固者の次兄の語りになり、最終章はこの一家の使用人である黒人女性を中心として描く。

伝統を破壊する

意識の流れと時間の激しい変化を駆使して、複雑なジグソーパズルのように想像と洞察が組み合わされている。人種問題、苦悩、機能不全の家族、そして失われた南部の価値観について、比類のない深い理解を土台として書かれた作品である。

『特性のない男』
(1930年、1933年、1943年)
ロベルト・ムージル

未完に終わった3部作である(第3部は死後に出版された)『特性のない男』は、オーストリアの作家ロベルト・ムージル(1880年～1942年)が生涯を捧げた傑作である。これは筋の展開によって物語を進める作品ではなく、混沌とした社会の様相を描いて、近代の価値観と愚劣な政治の実態をさらけ出した。オーストリア=ハンガリー帝国の末期を舞台とし、その帝国を辛辣に風刺した作品である。1,000ページ以上に及ぶ長大な物語のなかで、黒人の下男、貴族、娼婦殺など、膨大な数の登場人物が入り乱れ、主人公は一歩引いた位置から観察する解説者の役割をつとめている。

『すばらしい新世界』
(1932年) オルダス・ハクスリー

イギリスの作家オルダス・ハクスリー(1894年～1963年)は、『すばらしい新世界』で、2540年ごろのロンドンを舞台にした近未来のディストピアを描いた。この皮肉なタイトルはシェイクスピアの『テンペスト』の台詞に由来する。個人の自由や感情などの自己表現が抑圧される、全体主義によって完全に支配された社会の物語である。遺伝子操作と洗脳が支配の道具であり、娯楽を得るための薬(「ソーマ」)とセックスはいつでも手にはいる。消費主義がはびこり(「継ぎはぎするよりつぎつぎ捨てよう」)、そして精神の価値は無に等しい。「父親」や「母親」といったことばも法的に禁止される。野蛮人ジョンは反抗心をいだき、世界統制官と戦う。この作品は、内包された倫理と鮮烈な描写、そして予見的な洞察が高く評価されている。

『夜の果てへの旅』
(1932年)
ルイ=フェルディナン・セリーヌ

フランスの作家であり、医師でもあったルイ=フェルディナン・オーギュスト・デトゥーシェによる『夜の果てへの旅』は、文体も形式もきわめて過激で実験的な、自伝的要素を含む小説である。セリーヌというペンネームは、祖母の名前でもある。黒い笑いに満ちた毒舌がこの作品の特徴であり、厭人的ですらある陰鬱なペシミズムを帯びている。物語は、主人公フェルディナン・バルダミュが第1次世界大戦のはじめにフランスを発ったあと、アフリカの植民地を経由してアメリカに向かい、ふたたびパリにもどる旅路を追っていく。人間の愚かさを題材にしながら、戦争、帝国主義、支配層について挑発的な指摘をおこなっている。

『北回帰線』
(1934年) ヘンリー・ミラー

アメリカの作家ヘンリー・ミラー(1891年～1980年)の最初の小説『北回帰線』は、丹念であからさまな性描写が過激とされて発禁処分となった。半自伝的小説の傑作であるこの作品は、自由奔放な筆致で綴られ、筋と言えるものはなく、1930年代のパリを舞台に、生と愛の極限の姿を描いた。1960年代に猥褻にあたらないとの判決が出て、ようやくアメリカとイギリスでも出版された。アメリカのビート・ジェネレーションをはじめとする新世代の作家に強い影響を与えた。

『不穏の書』
(1913年～1935年執筆 1982年出版)
フェルナンド・ペソア

ポルトガルの作家ペソア(1888年～1935

ウィリアム・フォークナー

アメリカのノーベル賞作家フォークナーは、アメリカ南部の歴史の記録者であった。1897年にミシシッピ州のニューオルバニーで生まれた。1902年に一家はミシシッピ州オックスフォードに移り、父親は大学の事務局長をつとめた。フォークナーはその地で人生の大半を過ごし、このラファイエット郡周辺が、多くの小説の舞台である架空の町ヨクナパトーファ郡のモデルになった。当初は詩作をおこない、1925年に小説に取り組むようになった。一方、イギリス空軍のパイロットとしてカナダで訓練を受けてもいる。フォークナーの作品では、奴隷制などの物議を醸す題材を扱い、上流階級社会の衰退が描かれることが多いが、下層階級を描いた作品も残している。1962年に64歳で死去した。

主要作品

1929年	『響きと怒り』(左ページ参照)	
1930年	『死の床に横たわりて』	
1931年	『これら13編』(短編小説集)	
1936年	『アブサロム、アブサロム!』	

年)みずからが「事実のない自伝」と語った『不穏の書』は、死後47年経ってはじめて出版された。流麗に移ろう万華鏡のようなこの作品はモダニズム文学の至高であり、幻想交じりの自己表出と、文学批評や哲学的な格言などが組み合わさった断片による未完成のモザイクである。ペソアは「異名者」という別人格の作者を作りあげ、この人格を使って自身の作品を発表しており、この非常に独創的な作品では、執筆する過程について魅力的な洞察を示している。孤独と絶望を掘りさげているにもかかわらず、この作品の持つ斬新な輝きは強い魅力を持つ。

『ハツカネズミと人間』
(1937年) ジョン・スタインベック

スタインベックの小説のなかで最も人気が高く、出版当時から高く評価された『ハツカネズミと人間』は、大恐慌時代の1930年代のカリフォルニアが舞台である。小さくともいつか自分の農場を持つことを夢見るふたりの季節労働者の人生を追う。だが農場主の娘を巻きこんだ事件が起こり、物語は悲劇へと向かう。貧困の苦しみと、孤独のなかでも必死に救いを求めるさま、そして強者ばかりか弱者までもが猛烈な私利私欲に突き動かされるさまが描かれている。

『嘔吐』
(1938年) ジャン＝ポール・サルトル

実存主義を代表する作品である『嘔吐』は、フランスの哲学者ジャン＝ポール・サルトル(1905年〜1980年)の最初の小説である。サルトルは1964年にノーベル文学賞に選ばれたが、これを辞退した。ある海辺の町を舞台に、内省的な歴史学者が、自分にのしかかる周囲の事物や環境によって知的生活も精神の自由も損なわれるという考えに取りつかれる。その結果として吐き気が生じ、正気を失うほどの圧倒的な不安と自己嫌悪に襲われる。人生の意味を求める格闘は自分のなかだけでなされるため、人との結びつきはむなしいと主人公は考えるようになる。結局、現実が自分の人生に無関係であることは解放を意味すると気づく。というのも、付随する責任を引き受けさえすれば自分なりの人生の意義を自由に創出することができるからだ。

『怒りの葡萄』
(1939年) ジョン・スタインベック

スタインベックの最高傑作である『怒りの葡萄』は、『ハツカネズミと人間』(左参照)と同じく1930年代の大恐慌時代を舞台とし、オクラホマの黄塵地帯に住むジュード一家の苦闘が語られる。一家は、トラックに改造したセダン車に乗ってルート66を走り、仕事を求めてカリフォルニアに向かう。貧困のため転々とする人々の例に漏れず、一家も干魃に遭って土地を失い、借金の取り立てなどから逃げてきた。この力強い作品は、苦境に陥った人間の不屈の精神を詩的な文章と鋭い人間描写で描き、1930年代のアメリカでの移動労働者に対する搾取を訴えて、社会改革への意識を高めることに貢献した。欠点をかかえたジュード一家も、徐々に他者を思いやる精神を身につけていき、最後の場面(出版当時は賛否両論を呼んだ)は一家の十代の娘であるローザ・シャーンの気高い奉仕精神に焦点をあてている。

『肝っ玉お母とその子供たち』
(1941年) ベルトルト・ブレヒト

反戦劇の重要な作品である『肝っ玉お母とその子供たち』は、1618年から1648年の30年戦争を舞台とした物語であり、その時代に戦争に起因して生じた問題は、著者が生きた時代にもあてはまるものだった。作者であるベルトルト・ブレヒト(1898年〜1956年)は、ドイツの詩人であり、演出家兼劇作家でもあった。感傷を排して主人公である肝っ玉お母を描いたことで、ブレヒトは観客が作中人物に感情移入し

ジョン・スタインベック

ノーベル賞作家であるジョン・スタインベックは、おもに人と土地との絆について探求した。1902年、カリフォルニア州の南に位置するサリナスで図書館の出納係の息子として生まれ、のちに同州の中部や南部を舞台にした作品を多く書いた。スタンフォード大学で英文学を専攻したが、学位をとることなく退学した。1930年代のはじめに作家として認められ、1940年に小説『怒りの葡萄』でピューリッツァー賞を受賞する。小説を書くだけにとどまらず、従軍記者として1943年に第2次世界大戦を取材し、1967年にはベトナム戦争に赴いた。1944年にカリフォルニアにもどってからは、地元を題材にした小説に注力した。1968年、当時居住していたニューヨークで、66歳で死去した。

主要作品

1937年 『ハツカネズミと人間』(上段参照)

1939年 『怒りの葡萄』(上段参照)

1952年 『エデンの東』

伝統を破壊する

すぎることを防ぎ、作品の大きな主題や問題に意識が向かうようにした。これが上演される際には、ブレヒトの特徴である「異化効果」という手法が使われた。これはプラカードの説明書きやまぶしい照明などの演出をおこなうことで、舞台上の技巧を観衆に意識させる方法である。

『異邦人』
（1942年）アルベール・カミュ

フランスの作家兼ジャーナリストであり、また哲学者でもあったカミュ（1913年〜1960年）は、『異邦人』が「実存主義」小説と見なされることを拒否したが、この作品の筋書きには、実存主義の思想に深く根ざした荒涼たる雰囲気が満ちている。フランス系アルジェリア人である主人公は、母親の葬式にも心を動かされず、のちに初対面のアラブ人を射殺しても何も感じない。起訴され収監されてからも、自分の権利が剥奪されていることにも無関心のように見える。だがこの事件によって、なんらかの自己認識が目覚めていく。主人公の視点から語られるこの小説は、「不条理」文学の代表作であり、意味など存在しない世界で意味を求めてあがく人間の姿を描いている。

> きょうママンが死んだ。
> もしかしたら、きのうなのかもしれないが、どうだっていい。
> 『異邦人』
> アルベール・カミュ

『水源』
（1943年）アイン・ランド

ロシア生まれのアメリカ作家アイン・ランド（1905年〜1982年）による『水源』は、芸術における個人の理想が、伝統に従わせようとする圧力に打ち勝つ物語である。主人公である近代建築家のモデルはフランク・ロイド・ライトだと考えられている。ここでは、妥協を知らない気高い個人主義という主題が、ロマン主義的なリアリズムの文体で書かれている。執筆に7年以上もの年月を費やしたこの作品は保守派のスローガンとなり、ランドみずからが提唱した反共産主義の哲学である客観主義を築いた。それは、理性と自由、そして個人の才能や成果を重視するものである。

『伝奇集』
（1944年）ホルヘ・ルイス・ボルヘス

奇想めいた短編小説集『伝奇集』では、おとぎ話のように魅惑的な物語がひろがるなかで、読者を複雑な夢幻の空想に引きこむボルヘスの筆力が存分に発揮されている。この17の短編は想像力に満ち、そのうえ巧みに制御されている。文章は宝石のように精緻で、一方で、名状しがたい奥深い不安感が文体の特徴となっている。最初の物語は、百科事典にあった所在不明の国についての記載を中心に展開する。つづいて、実在しない本の解説が記され、偶然が支配する古代帝国の話、無限の書物を蔵するバベルの図書館の話、完璧な記憶力を持つ男の話などが語られる。この作品にはいくつかの象徴が用いられているが、なかでも鏡と迷宮がきわめて印象深い。これらはのちにボルヘス作品全体の象徴となった。

ホルヘ・ルイス・ボルヘス

アルゼンチンの作家ボルヘスは、知的に構築された神秘的な作品で知られ、スペイン語圏の文学を代表する存在である。1899年にブエノスアイレスで生まれ、10代で家族とともにヨーロッパに渡って、ジュネーヴでフランス語とドイツ語を学んだ。1921年にアルゼンチンにもどり、1955年にブエノスアイレスで国立図書館の館長と英米文学教授に着任した。55歳のときに完全に失明したが、点字を学ぶことはなく、それが独特の象徴性を生み出したとも言える。小説のほかに詩やエッセイも書き、1986年にジュネーヴで死去した。

主要作品

1935年	『汚辱の世界史』
1944年	『伝奇集』（左参照）
1967年	『幻獣辞典』

『動物農場』
（1945年）ジョージ・オーウェル

『動物農場』は、風刺的寓話が写実主義に劣らず、全体主義の悪辣さを明示するのに有効な手段だということを示した。イギリスの作家オーウェル（p.252参照）は、ことばを話す動物を使って、ロシア革命とスターリン支配下の共産主義を物語化した。人間の農場所有者は、ナポレオンとスノーボールという豚が率いる革命軍によって追放される。当初の理想主義は「人間化した」弱さの餌食となり、腐敗がはじまる。実に愉快で、それでいて背筋の凍る話であり、政治を題材にした20世紀文学のなかでも特に他へ大きな影響を与えた作品である。

戦後の文学
1945年〜1970年

はじめに

1945年 ← 第2次世界大戦におけるポーランドのアウシュヴィッツ**強制収容所**の生存者をソヴィエト軍が解放する。

1951年 ← J・D・サリンジャーが小説『キャッチャー・イン・ザ・ライ』で、**青春時代の不安や10代の反抗を**一人称語りで伝える。

1953年 ← サミュエル・ベケットの**不条理演劇**『ゴドーを待ちながら』が、原語のフランス語によってパリで初演される。

1957年 ← アメリカの反体制文化を描写したジャック・ケルアックの『オン・ザ・ロード』は、**ビート・ジェネレーション**を代表する作品である。

1949年 → ジョージ・オーウェルが『一九八四年』で、専制君主ビッグ・ブラザーに監視される**ディストピアの全体主義国家**を描く。

1953年 → サンフランシスコのローレンス・ファーリンゲッティとピーター・D・マーティンが、**シティ・ライツ書店**を開店する。後年アレン・ギンズバーグの『吠える』がここから出版される。

1955年 → ウラジーミル・ナボコフの**性的タブー小説**『ロリータ』が、イギリスとフランスで論争を呼んで発禁処分となる。

1958年 → チヌア・アチェベのデビュー作『崩れゆく絆』は、アフリカ伝統社会における**植民地制度の影響**を論じている。

1945年、世界のほとんどの地域は、2度の激動の世界大戦とその合間に起こった大恐慌から立ちなおろうとしていた。多くの人々が破壊の意味を理解しようと、よりよい世界を再建しようと奮闘した。しかし、古い帝国とその力が衰退していくにつれ、新たな勢力が台頭し、西洋諸国と東側共産圏との「文化の衝突」を引き起こした。つづく10年は、冷戦一色の、核の恐怖がつねに付きまとう時代に突入する。

第2次世界大戦の余波

終戦直後の文学は戦時体験の影響を受けざるをえなかった。ユダヤ人作家、中でもツェランのようなホロコーストを生き延びた者は特に、死の収容所の恐怖と折り合いをつけようと試みた。グラスらのドイツの作家は、ナチズムという恥ずべき遺産と向き合った。日本では、作家たちが数十年にわたって、広島・長崎への原子爆弾投下後の社会と政治の変化を考察した。

こうした負の影響は戦勝国にも見られた。イギリスでは、スペイン内戦の兵役も経験したオーウェルが、ナチズムを打倒しても全体主義の脅威は去っていないと論じた。オーウェルは『動物農場』と『一九八四年』で、スターリン政権のソヴィエト・ロシアを暗然と風刺したディストピア社会を描き、冷戦の悲観的な空気を表現した。その空気は、戦争の経験と実在する核爆弾の恐怖が皮肉より虚無として表れたフランスでも鋭敏に感じられた。パリを拠点に活動したアイルランド人ベケットは、人生になんらかの意味を見いだそうとするのではなく、戯曲『ゴドーを待ちながら』で、その不条理さを指摘し、毒混じりのユーモアをもって表現した。こうした「不条理演劇」のほか、ヘラーの『キャッチ＝22』をはじめとするアメリカ小説では、ブラックユーモアも見受けられる。

新たな声

戦後時代の不安定な空気は、新たなポストモダンの著述技法にも影響を与え、ポストモダンはその不確実性を反映した。物語は逆説的、断片的であったり、時系列を無視して語られたり、複数の視点や信頼できない語り手によって語られる作

戦後の文学

1959年 — ギュンター・グラスの『ブリキの太鼓』は、**精神科病院で記された**オスカル・マツェラートの回想録から話が展開していく。

1961年 — アメリカがベトナム戦争の深みにはまりつつあるなか、ジョーゼフ・ヘラーが**第2次世界大戦を暗然と風刺した小説『キャッチ＝22』**を完成させる。

1963年 — ワシントンDCのリンカーン記念堂で、マーティン・ルーサー・キング・ジュニアが**人種間の不平等を訴えた演説「私には夢がある」**をおこなう。

1966年 — トルーマン・カポーティが現実の犯罪を描いた小説『冷血』は、カンザス州で起こった**1959年のクラッター家殺人事件**を詳述している。

1960年 — ハーパー・リーが『アラバマ物語』で、子供の視点から見た**アメリカ深南部の小さな町**の暮らしを語る。

1962年 — 1962年10月、キューバにおける弾道ミサイル配備をめぐって、**13日間にわたって米ソが対立した**キューバ危機が、世界を核戦争寸前まで追いこむ。

1963年 — フリオ・コルタサルのアンチ・ロマン『石蹴り遊び』には、155章を異なる順序で読めるように**指示表がついている。**

1967年 — ガブリエル・ガルシア＝マルケスが『百年の孤独』で、**コロンビアの架空のブエンディア一族の**歴史を物語る。

品も多くなった。サルトルやグラスなど、ヨーロッパの作家が発達させたこれらの技法は、南アメリカの新世代作家たちに大きな影響を与え、そこでは独特なスタイルが確立されるに至った。そのなかには、実験的な「アンチ・ロマン」の『石蹴り遊び』で多くの文学上のしきたりを覆したコルタサルや、ボルヘスのシュルレアリスムの短編に触発され、マジックリアリズムとして知られる様式を普及させたガルシア＝マルケスが含まれる。

文学の新たな動きは、多くの国――特にアフリカの国々――がヨーロッパの植民地支配から独立を果たすにつれ、ほかの地域でも見られるようになった。まずナイジェリアから、アチェベが自国の再建にかかわる人々に先住民の声を伝えた。

アメリカでは1950年代と60年代にかけて公民権運動が勢いを増し、エリソンのようなアフリカ系アメリカ人作家が黒人の社会的疎外のきびしさを描き出す一方で、リーは『アラバマ物語』で、深南部育ちの者の視点から人種問題を浮き彫りにした。カポーティが先駆者となったのが、事実とフィクションを混合させた「ニュー・ジャーナリズム」であり、あらゆる種類の社会問題が題材を提供した。

若者文化

戦後文化をおそらく最も声高く主張したのは若い世代であり、アメリカでそれが特に顕著に見られた。二度の世界大戦へと若い世代を駆り立て、韓国とベトナムで好戦的な路線を継続する上の世代への反発として、反体制的な若者文化が発生した。こうした若者たちのなかには、冷戦の不たしかさや核の脅威に異論を投げかけて対抗する者もいた。サリンジャーは10代の不安と反抗心を活写した先達のひとりであり、モダンジャズの自由さとロックンロールの威勢のよさに触発された作品を生み出したビート・ジェネレーションの作家たちがそのあとにつづく。ケルアック、ギンズバーグ、バロウズらによる実験的な著述法は、形式だけでなく内容においても新境地を拓いた。ときにあからさまな性描写があるために、いくつかの地域で訴訟や発禁処分となるほどだったが、こうした時流は1960年代にはいるとかなりゆるやかになった。■

ビッグ・ブラザーが
あなたを見ている
『一九八四年』(1949年)
ジョージ・オーウェル

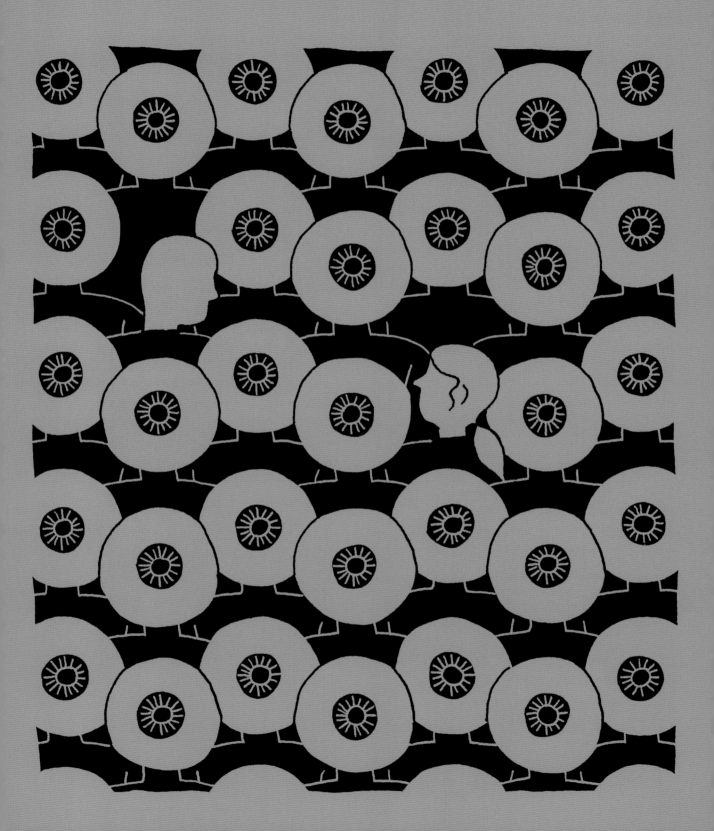

一九八四年

背景

キーワード
ディストピア

前史

1516年 イギリスのトマス・モア卿の『ユートピア』が、理想的な社会と逆の社会（ディストピア）を描く。

1924年 ロシアの作家エヴゲーニイ・ザミャーチンの『われら』が、集団利益のための単一国家を描写する。

1932年 イギリスの作家オルダス・ハクスリーの『すばらしい新世界』では、個人の特質が抑制される。

後史

1953年 アメリカの小説家レイ・ブラッドベリの『華氏451度』では、書物が禁じられて燃やされる。

1962年 イギリスの作家アントニー・バージェスの『時計じかけのオレンジ』が、暴力が蔓延する世界を描く。

1985年 カナダの作家マーガレット・アトウッドによる『侍女の物語』では、キリスト教原理主義の独裁政権が支配するアメリカが舞台である。

ディストピア文学とは、ユートピア（理想的な、完璧な世界）とは対極にある悪夢のような社会像を描くジャンルである。1516年にトマス・モアの『ユートピア』が登場してから数世紀にわたって、さまざまな作家が専制国家（共産主義国家もファシズム国家も）、貧困、拷問、大規模な迫害、人心のコントロールといった題目を取りあげ、ディストピアを再現してきた。

作家たちはディストピアの世界を利用して、人間がいだく不安の中核を探り、なんの抑制もなく物事が進んだ場合に起こりうる未来の姿を描き出した。たとえばマーガレット・アトウッドの『侍女の物語』（1985年）では、軍事政権が支配する世界を描き、そこでは女性はさまざまな権利を剥奪され、ただ子供を産むだけの存在と見なされている。

転換点

ディストピア文学はおもに想像上の未来に焦点を絞り、新たなテクノロジーと社会の変化により生じる恐怖を描くものが多い。20世紀には、核爆弾や劇的な気候変化のシナリオが引き起こす脅威が、ディストピアの強力な供給源となった。

ジョージ・オーウェルの『一九八四年』は、最も有名な近代ディストピア小説である。この作品の出発点は、スターリン主義台頭に対する恐怖である。オーウェルは民主的な社会主義を信奉していたものの、一政党が全権を掌握するソヴィエト連邦が出現したことを、社会主義とはほど遠いと考えていた。1936年のスペイン内戦で、スターリン支持派が味方であるはずの党派を攻撃して、反フランコ勢力が分裂するさまも目撃していた。

> 過去をコントロールするものは未来をコントロールする。現在をコントロールするものは過去をコントロールする。
> 『一九八四年』

ジョージ・オーウェル

ジョージ・オーウェルは1903年にインドで、エリック・アーサー・ブレアとしてイギリス人両親のもとに生まれた。イギリスで教育を受けたのち東洋へもどり、ビルマのインド帝国警察に入職する。1928年にパリへ移り、1929年にまたロンドンに移って『パリ・ロンドンどん底生活』（1933年）を執筆した。不況のあおりを食らった貧困を身をもって体験するために、オーウェルはイギリス北部のウィガンを旅した。同じ年にアイリーン・オショーネシーと結婚し、その後スペイン内戦に参戦、喉に貫通銃創を受けた。1937年にイギリスへもどり、1941年にBBCに入社するも、1943年に退社。ふたたび執筆活動をはじめ、『動物農場』（1945年）を発表すると、すぐに大評判となった。同年、妻が急死し、オーウェルはスコットランドのジュラ島に引きこもって、そこで『一九八四年』（1949年）を書きあげた。1950年に肺結核により46歳で死去した。

ほかの主要作品

1934年 『ビルマの日々』
1937年 『ウィガン波止場への道』
1938年 『カタロニア賛歌』

参照　『カンディード』96-97　■　『ガリヴァー旅行記』104　■　『すばらしい新世界』243　■　『華氏451度』287　■　『蠅の王』287　■
『時計じかけのオレンジ』289　■　『アルテミオ・クルスの死』290　■　『侍女の物語』335

戦後の文学　253

オーウェルはすでに、そのような背信行為の暗然たる様子を中編小説『動物農場』（1945年）で描写していた。また、新たな作品のためのある種のひな型と言えるものも入手していた。それはロシアの作家エヴゲーニイ・ザミャーチンが『われら』（1924年）で描いた世界で、そこでは個人の自由はもはや存在しない。

『一九八四年』が描いているのは、プロパガンダを通して市民を操り、政治権力を維持するために真実を偽りと見なす全体主義社会である。ここで描かれているディストピア社会では、『動物農場』の最初に起こる革命で約束されたような希望が存在せず、また個々人が大きな社会システムの単なる歯車となっていて、はるかに暗澹たる様相を示している。

歴史の終焉

『一九八四年』の冒頭の文——「四月の晴れた寒い日で、時計が十三時を打っていた」——は、一日の時間構成の本質までもが変わってしまったという事実を読者に突きつける。主人公のウィンストン・スミスがアパートメントの住居にはいる。スミスは第一エアストリップ（かつてのイギリス）の首都ロンドンの市民で、そこは世界核戦争後に存在する大陸をまたいだ三強国のひとつ、オセアニアの一区である。壁を埋めつくすポスターは、「豊かな口髭をたくわえ、いかつい が整った目鼻立ちをした四十五歳くらいの男」の肖像で、その「目がこちらがどう動いてもずっと追いかけてくる。その下には〈ビッグ・ブラザーがあなたを見ている〉というキャプションがついている」。ビッグ・ブラザーはオセアニアを統治するリーダーである。スミスが住む世界はエリートに支配され、人口の85パーセントを占める大衆（「プロール」）は、名称と実態がかけ離れた4つの省によって管理されている。4つとは、戦争を監視する平和省、治安を維持する愛情省、食糧配給を含めた経済を統括する潤沢省、そしてニュースや大衆教育を担い、プロパガンダを発行して人々の考えを統制する真理省、別名ミニトゥルーがある。

人々を統制するための主要な方策のひとつがニュースピークで、これは現在と過去の真実を定める真理省の言語であり、歴史は国家の強権政策の変化に合うように改変されて書きなおされる。ウィンストン・スミス自身も真理省で働き、歴史の記録を編集したり、オリジナルの文書を「記憶穴」に投じて焼却したりしている。歴史は停止してしまい、「果てしなくつづく現在のほかには何も存在せず、そこでは党がつねに正しい」。

すべてを監視する政府

市民の密偵や盗聴をするために、テレスクリーン、監視カメラ、隠しマイクのネットワークが張りめぐらされている。これらは現政党の保護を監督する思考警察によって運営されている。»

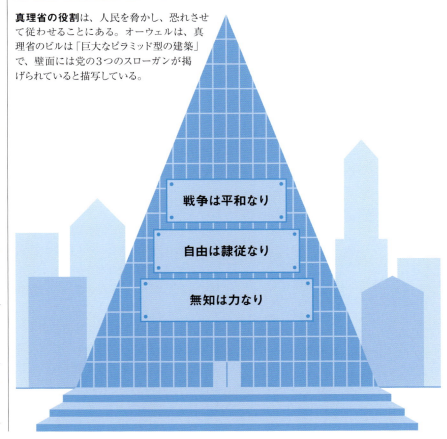

真理省の役割は、人民を脅かし、恐れさせて従わせることにある。オーウェルは、真理省のビルは「巨大なピラミッド型の建築」で、壁面には党の3つのスローガンが掲げられていると描写している。

戦争は平和なり

自由は隷従なり

無知は力なり

一九八四年

「ニュースピーク」は、日常英語「オールドスピーク」から邪悪な意図で語彙を削減した言語であり、全権を掌握している国家が開発した。「オールドスピーク」はやがて単純で単一の意味を持つ言語法「ニュースピーク」によって淘汰される。これはイングソック、すなわちイングランド社会主義のイデオロギー上の意味に純化されたものである。国家はことばによる「思考犯罪」を禁じ、個人のアイディアや反発心は存在しえなくなる。

アヒル語　Duckspeak: ばかげたことをもっともらしく言い表せる、中身のない話し方。

良思考　Goodthink: 党のイデオロギーと合致した、賞賛される視点。

倍超良い　Doubleplusgood: 単純に最良なもの。

二重思考　Doublethink: 過去を修正して現在の意味をコントロールする思考システム。

思考犯罪　Thoughtcrime: 現政党を疑う考えを持つ犯罪行為。

非在人間　Unperson: 国家によって歴史の記録から抹消された人間。

黒白　Blackwhite: 事実から目をそむけた無批判な考え方。

腹感　Bellyfeel: 党の考えに腹の底から同意すること。

ふつうの人間の反逆

忌まわしき全体主義の世界に読者がたっぷり浸ったところで、ウィンストン・スミスは生死にかかわる反逆行為へと進む。スミスは古書店で入手した日記に自身の歴史を記しはじめる――これは自己表現という犯罪である。引き返せない行為だと自覚しているし、そのうえ「自分はだれも耳を貸そうとしない真実を声に出す孤独な幻」であることもわかっている。それでもスミスは書きつづける。

> 最終的に、党は二足す二が五であると発表し、こちらもそれを信じなくてはならなくなるだろう。
> 『一九八四年』

ウィンストン・スミスはごくふつうの主人公であり、スミスというありふれた姓が目立たず変わったところのない人物像を暗に示している。ありきたりだからこそ破壊行為が扇動的であり、すべてのスミスやジョーンズが社会に立ち向かおうと決起すれば革命が起こるにちがいない。ごくふつうのイギリス人を思わせる名前の使用は、初の著書『パリ・ロンドンどん底生活』(1933年) の出版直前に、エリック・ブレアが家族に恥をかかせまいとして「ジョージ・オーウェル」というペンネームを選んだことにも通じる。

ありふれたスミスという人物を、真実を擁護するために党と戦う反乱者として描いたオーウェルの采配によって、意外な英雄像が生まれることになった。スミスはジュリアのなかに造反仲間と恋人の姿を見いだす。スミスより若いジュリアは一見すると反セックス青年同盟の扇動者のようではあるが、「あなたが好きです」とひとことだけ書いたメモをスミスへ渡してくる。ふたりの関係自体が性犯罪と

いう反逆行為である。だが、ふたりのひそかな恋愛は長つづきせず、ビッグ・ブラザーやオセアニアの支配に対する服従を強いられていく。

国家の敵

国家が敵と見なすエマニュエル・ゴールドスタインは、党の元代表で、いまはブラザー同盟というレジスタンス運動を率いている。ゴールドスタインは嫌悪の対象であり（スターリン政権のソ連にお

> 未来を思い描きたいなら、人の顔をブーツが踏みつけるところを想像するといい――永遠にそれがつづくところを。
> 『一九八四年』

戦後の文学

> " だれかほかの人にしてもらいたいと
> 心底願っているの。
> その人がどれほど苦しんだって、
> ちっともかまわない。
> 自分のことしか考えられないのよ。
> 『一九八四年』 "

けるレフ・トロツキーのように——どちらも同じような山羊ひげを生やしている)、日々恒例の「二分間憎悪」でテレスクリーンに映されるゴールドスタインの姿に罵倒を飛ばすという形で、オセアニア市民の団結に利用されている。

スミスは古道具屋の2階で「表紙に著者名もタイトルもない」書物を開く。エマニュエル・ゴールドスタインが著した『寡頭制集産主義の理論と実践』である。オーウェルはその文書を数十ページにわたり引用し、読者の気持ちを反逆の主人公に引き寄せて、現在へと至る政治哲学と社会理論を明らかにしている。作中作のこの本が果たしている役割は、第2次世界大戦後の地球規模の再編成でオセアニア、ユーラシア、イースタシアの三大国が設立されたことを説明することと、超大国のどれもが大衆の統制をもとにした類似のイデオロギー構成概念を持つという真実を暴き出すことである。

ゴールドスタインの文章の説得力は、ことばや言語の魅惑的な力をつまびらかにしている。『一九八四年』が残した最大級の遺産は、「ニュースピーク」から英語へとひろまった大量のことばや言いまわしである。ビッグ・ブラザー、性犯罪、思考犯罪、101号室は、作中でオーウェルが創作したことばのなかで、よく知られているものの一部にすぎない。

操縦を熟知する

国家が人民を操縦し、統制するさまざまなあり方は『一九八四年』の重要なテーマである。全体主義システムでは、個人の選択や生活様式の大部分が包括的な統制機関の命ずるままになる。

オセアニアの支配組織は、個人的な関係を弱め、信用と相互依存を根絶することによって、権力の掌握をつづけようとしている。秘密裏にであれ公然とであれ、国家が精神的にも肉体的にも威圧できる手法や、人間の感情を打ち砕き、精神を壊すその試みをオーウェルはていねいに描いている。そのことについてジュリアは「だれだってかならず自白する。どうしようもない」と述べる。ウィンストン・スミスの経験を通して、こうした国家機関がいかにひとりの人間に対して影響を与えるかを示すことで、読者はスミスの苦しみを体感するだけでなく、こうした組織に対して可能なかぎりの方法で抗いたいと思う強烈な願いも味わうことになる。

現代に通じるメッセージ

『一九八四年』に関する批評は出版直後から非常に好意的で、暗い先行きを描いたその独創性が評価された。以来、作品は65の言語に翻訳され、世界じゅうで読まれている。また、マイケル・ラドフォードが監督をつとめ、ジョン・ハートがウィンストン・スミスを演じた1984年公開の大規模な映画版でも、多くの観客を新たに獲得した。

『一九八四年』で描かれるディストピアの核心にある問題は、わたしたちを支配する者が過度な統制力を得てしまうことである。グローバル化が進む現代の監視社会では、オーウェルの警告がかつてないほどの共感を呼んでいる。■

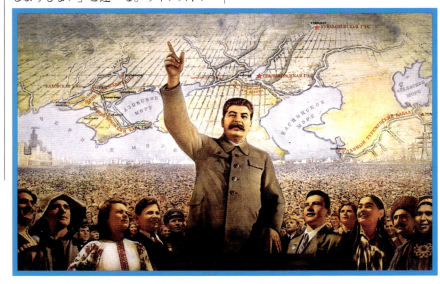

ソ連のポスターが、スターリンを尊敬を集める指導者として描いたもの。オーウェルのディストピアは、スターリン主義の党派が容赦なく完全掌握を狙っていたスペインでの実体験から形作られた。

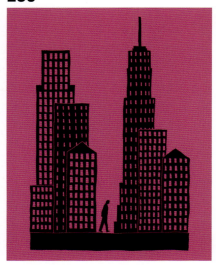

もう十七歳なんだけど、ときどき十三歳がやるみたいなことをしてしまう
『キャッチャー・イン・ザ・ライ』（1951年）
J・D・サリンジャー

背景

キーワード
ティーンエイジャーの誕生

前史
1774年 ドイツの作家ヨハン・ヴォルフガング・フォン・ゲーテの『若きウェルテルの悩み』が敏感な若き芸術家の情熱を追求する。

1821年 イギリスの詩人ジョン・キーツが25歳で死去する。初期の詩は「未熟」と評される。

1916年 アイルランドの作家ジェイムズ・ジョイスが、反逆と反カトリックの心情を描く成長物語『若い芸術家の肖像』を発表する。

後史
1963年 アメリカの作家シルヴィア・プラスが、ティーンエイジャーの主人公が精神を病んでいくという意外な展開の成長物語『ベル・ジャー』を発表する。

1982年 アメリカの作家チャールズ・ブコウスキーが『くそったれ！ 少年時代』で、男性一人称の語りによって自身の十代を回顧する。

1950年代のアメリカで「ティーンエイジャー」という概念が誕生するそのはるか前より、ゲーテやキーツから、ジョイスやフィッツジェラルドまで、数多の作家が思春期の不安定な心を描いてきた。しかし、この時期のティーンエイジャーたちは荒々しい新たな音楽の創作やスリルを求めた行動によって、保守的な社会と文化に疑問を投げかけ、とまどい混じりの拒絶を受けていた。大人たちはこの世代を道徳的に乱れた無気力な者たちと見なした。一方、ティーンエイジャーはみずからを冷淡な世界の異端者と見なし、偽善を暴こうと応戦した。サリンジャーの作品はそのように位置づけられる。『キャッチャー・イン・ザ・ライ』の語り手である17歳のホールデン・コールフィールドは、両親の金を散財しながら、人間の条件、性、倫理について容赦のない意見を口にする。権威を重んじず、みずから破滅へ向かうような生き方も気にもかけていないかのようだ。

10代の不満

だがホールデン・コールフィールドは、単なる10代の反逆者にとどまらない。欺かれたこと、自身の不完全さ、言動の不一致をあけすけに告白するさまは、幼少時代の無邪気さに憧れ、悲嘆に暮れ、大人社会の矛盾を感じとって苦悩するひとりの個人のものである。コールフィールドは二面的な感情を持つ傷つきやすい人物であり、繊細で機知に富んでいるが、同時に未成熟で粗野でもある。誠実さを気安く無視したり、社会規範を蔑視したりといった部分は、本音をさらけ出そうとする衝動や、作中で出くわすさまざまな人物に対する驚くべき寛容さがあるために、あまり気にならない。

また、コールフィールドは人に付けこまれやすい。学校の寮ではいじめに遭い、

ぼくはとんでもない
大嘘つきなんだ。
まったく救いがたいくらい。
『キャッチャー・イン・ザ・ライ』

参照 『若きウェルテルの悩み』105 ■ 『魔の山』224-27 ■ 『若い芸術家の肖像』241 ■ 『ベル・ジャー』290

戦後の文学

ホールデンが旅したニューヨーク

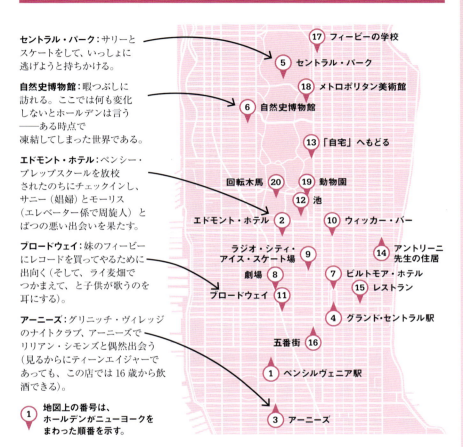

セントラル・パーク：サリーとスケートをして、いっしょに逃げようと持ちかける。

自然史博物館：暇つぶしに訪れる。ここでは何も変化しないとホールデンは言う——ある時点で凍結してしまった世界である。

エドモント・ホテル：ペンシー・プレップスクールを放校されたのちにチェックインし、サニー（娼婦）とモーリス（エレベーター係で周旋人）とばつの悪い出会いを果たす。

ブロードウェイ：妹のフィービーにレコードを買ってやるために出向く（そして、ライ麦畑でつかまえて、と子供が歌うのを耳にする）。

アーニーズ：グリニッチ・ヴィレッジのナイトクラブ、アーニーズでリリアン・シモンズと偶然出会う（見るからにティーンエイジャーであっても、この店では16歳から飲酒できる）。

① 地図上の番号は、ホールデンがニューヨークをまわった順番を示す。

ニューヨークのホテルでは娼婦を紹介するエレベーター係に金をだましとられる。やさしさと親密さを求め、娼婦に金を払って、話をするだけでもいいかと訊く。宗教に興味がないのに、ふたり連れの修道女に声をかけ、「とても心やさしい少年」だと言われる。

汚れた現実を描くこのリアリズムが論争を招くのは避けられず、稚拙で感傷的と片づけた評論もいくつかあった。だが、出版から数年のうちに、サリンジャーはカルト的な支持を獲得した。死と悲しみは『キャッチャー・イン・ザ・ライ』全体に見られるテーマである。弟が死に、憤慨してこぶしでガラスを打ち砕く。いじめに遭っていたクラスメイトが悲劇的な最期をとげる。この小説のタイトルは、ライ麦畑を駆けまわる子供を崖から落ちる前に制止する（つかまえる）ことを指している。第2次世界大戦で多くの若い兵士の命が失われたことにサリンジャーが刺激され、危機に瀕したティーンエイジャーの登場する力強い一人称語りの作品を書く契機となった可能性は大いにある。■

J・D・サリンジャー

ジェローム・デイヴィッド・サリンジャーは1919年、ニューヨーク市の裕福な両親のもとに生まれた。『キャッチャー・イン・ザ・ライ』の主人公ホールデン・コールフィールドと同じく、サリンジャーも卒業まで複数の学校にかよった。ヨーロッパで1年間過ごしたのち、コロンビア大学で「ストーリー」誌の編集者ホイット・バーネットによる文章講座を受講し、バーネットはサリンジャーの初期の執筆活動の師となった。

1942年にアメリカ陸軍に徴兵され、「精神的に不安定な状態」にもかかわらず執筆をつづけた。『キャッチャー・イン・ザ・ライ』は、サリンジャーを世界有数の文学作家に押しあげた。しかしサリンジャーは注目されることをきらって、隠遁生活を送るようになり、執筆のペースも極端に遅くなった。2010年に死去するまでに書いた長編小説は『キャッチャー・イン・ザ・ライ』ただ1作である。

ほかの主要作品

1953年	『ナイン・ストーリーズ』
1955年	『大工よ、屋根の梁を高く上げよ』
1959年	『シーモア―序章―』
1961年	『フラニーとズーイ』

死はドイツから来た名手
『罌粟と記憶』（1952年）
パウル・ツェラン

背景

キーワード
アウシュヴィッツ後の文学

前史
1947年　ベルリン市民のネリー・ザックスが、自身やヨーロッパに住むユダヤ人たちの苦悩を詩集『死の家の中で』で描き出す。

1947年　イタリアの作家プリーモ・レーヴィが、『アウシュヴィッツは終わらない　あるイタリア人生存者の考察』でアウシュヴィッツに収容されていたときの体験を語る。

1949年　ドイツの社会学者テオドール・アドルノが、「アウシュヴィッツ以後、詩を書くことは野蛮である」と発言。表現する権利を非難したのではなく、アウシュヴィッツの出来事を許した社会への糾弾である。

後史
1971年　ホロコーストを生き延びたドイツのエドガー・ヒルゼンラートによる小説『ナチと理髪師』は、起訴を免れるためにユダヤ人の身分を騙ったSS将校の視点を取り入れている。

第2次世界大戦時のアウシュヴィッツ強制収容所が解放され、ユダヤ人大虐殺の残虐行為の規模が知られるようになると、あまりにもおぞましい事件のため、従来の文学の境界内ではとうてい説明できまいと考える者も少なくなかった。しかし、ユダヤ人作家たちにとっては、なんらかの形で表現することが必要不可欠だった。

悲しみの遺産

詩人のパウル・ツェラン（1920年～70年）は、ルーマニアのドイツ語を話すユダヤ人一家のもとに生まれた。ゲットーと捕虜収容所を生き抜き、ツェランというペンネームを用いて戦後を代表するドイツ語圏の詩人となった。だが、自身の体験に絶えず悩まされ、ついには自殺した。

50編以上の詩を収録した『罌粟と記憶』は、ツェラン2作目の詩集である。最も有名な詩「死のフーガ」もこれにおさめられている。音楽的なリズムで書かれた「死のフーガ」は、収容所司令官を装った死神を中心に据えている。また『罌粟と記憶』には、別の有名な詩「光冠」も収録されていて、これは男女の関係を世界の真実から逃避する手段ではなく、真の愛に到達しようとする試みと考える詩として読まれている。

『罌粟と記憶』では、ホロコーストのイメージが随所で繰り返される。灰、髪、煙、黴、辛苦、影、死、記憶、そして忘却。これらのテーマを探究することで、ツェランは組織立った大量虐殺による悲しみの遺産を表現している。■

夜明けの黒いミルク
ぼくらはそれを夜に飲む。
「死のフーガ」

参照　『星の王子さま』238-39　■　『ブリキの太鼓』270-71　■　『ある自然児の死』277　■　『イワン・デニーソヴィチの一日』289

ぼくの姿が見えないのは、単に人がぼくを見ようとしないだけのことだから、その点をわかってくれ

『見えない人間』（1952年）
ラルフ・エリソン

背景

キーワード
公民権運動

前史

1940年 リチャード・ライトの『アメリカの息子』は、白人社会が捏造した「アフリカ系アメリカ人＝犯罪者」という役割を描き出す。

1950年 アフリカ系アメリカ人作家のグウェンドリン・ブルックスが女性の自由をさらに発展させて描いた詩集『アニー・アレン』でピューリッツァー賞詩部門を受賞する。

後史

1953年 ジェイムズ・ボールドウィンが『山にのぼりて告げよ』で、自身の人生と、ひとりのアフリカ系アメリカ人としての教会とのかかわりを、肯定的な面と抑圧的な支配の両方を示しながら回顧する。

1969年 マヤ・アンジェロウの『歌え、翔べない鳥たちよ』は、人種差別という暴力に対する著者のとらえ方の変化を描いている。

1950年代後半から60年代にかけてアメリカで起こったアフリカ系アメリカ人の公民権運動は、抗議行動と市民の不服従運動を通して人種間の隔絶と差別を払い去ろうとした。ボールドウィン、アンジェロウ、ライト、エリソンといった作家が公民権運動に携わり、大規模な権利剥奪、公然の人種差別、国家公認の暴力行為について書き表した。

孤立した運動家

1914年オクラホマ州に生まれたラルフ・エリソンは、まずアラバマ州のタスキーギ大学で音楽を学んだが、視覚芸術の課程を専攻するためにニューヨークへ移った。そこでリチャード・ライトと出会い、その作品と、共産党とのつながりの両方から影響を受けた。第2次世界大戦で商船隊の軍務に就いたあと、左翼のイデオロギーに幻滅するようになり、政治や社会への抗議をテーマとする著書『見えない人間』の執筆に取りかかった。エリソンはこの抗議小説のために、かつての写実主義や自然主義の作品とは大きく異なる新たな形式を発見した。その文体は構造も語り口も独特で、黒人としての実体験に基づいた出来事や、それがアメリカ社会において個人的もしくは公的にどのような意味を持つのかを描いている。

『見えない人間』の語り手は、目に見えず、名前もなく、完全に孤独である。社会はこの人物の存在に気づかないか、意図的に見ないようにしている。また、当時のアフリカ系アメリカ人に対する人種隔離の状況を反映するかのように、語り手は地下に住んでいる。彼は孤独のなかで人生の道のりを熱っぽく思い返す——少年時代におおぜいの人の前で話したこと、大学時代に屈辱を受けたこと、ハーレムのペンキ工場で不当な扱いを受けたこと、政治的に曖昧な態度をとる組合に関与したことなどを。語り手はそれまでの人生で悩まされた不公平について静かに考えるが、最終的には本来の自分と広範な責任に正面から向き合う生き方をしようと決意する。■

参照 『レ・ミゼラブル』166-67 ■ 『彼らの目は神を見ていた』235 ■ 『歌え、翔べない鳥たちよ』291

ロリータ、わが人生の光、わが腰部の炎。わが罪、わが魂

『ロリータ』(1955年)
ウラジーミル・ナボコフ

背景

キーワード
禁制本

前史
1532年〜64年　フランソワ・ラブレーの『ガルガンチュアとパンタグリュエル』が、パリのソルボンヌ大学から卑猥だと非難される。

1759年　風刺的な内容のために政府と教会当局から発禁処分を受けたにもかかわらず、ヴォルテールの『カンディード』が大量に売れる。

1934年　ヘンリー・ミラーの『北回帰線』が、性描写を含むことからアメリカで発売禁止となる。

後史
1959年　薬物常習者が語り手であるウィリアム・バロウズの『裸のランチ』が、1962年にボストンで発禁処分を受けるが、決定は1966年に覆される。

1988年　サルマン・ラシュディの『悪魔の詩』が、イスラム教の神を冒瀆しているとされ、10か国以上で発禁処分となる。

文学の歴史には、発禁や検閲処分を受けた本がたびたび登場する。20世紀前半には、文学的実験が嗜好の限界を押しひろげて、保守的な読者に衝撃を与えた。それに対して徹底した検閲がおこなわれ、たとえばアイルランドの作家ジェイムズ・ジョイスの『ユリシーズ』などから猥褻な表現を見つけ出し、イギリスの作家D・H・ロレンスの『チャタレイ夫人の恋人』からは性的な描写を取り除いた。しかし1960年に無修正の『チャタレイ夫人の恋人』が裁判で無罪となってからは、イギリスのポルノグラフィー文学の出版規制は事実上廃止された。世界的に見ても書籍の検閲は緩和されたが、まだ完全撤廃には至っていない。

受け入れがたいことを受け入れる

ウラジーミル・ナボコフの問題小説『ロリータ』は、人々を魅了すると同時に攪乱する力をいまも保っている。1955年にフランスで出版されたあとに発禁処分を受け、1959年にロンドンであらためて出版されたこの小説は、語り手のハンバート・ハンバートのある魅惑的な少女についての妄想に基づいている。少女は9歳と14歳のあいだの思春期にあり、細身で絹のような肌を持った美形で、タイトルのロリータは、その後幼い妖婦を指す英語になった。

『ロリータ』で、不穏な話に対する正常な反応をことごとく覆す語り手に共感するにつれ、読者は混乱する。ハンバートの閉鎖的な空想のなかで、謝罪の弁、文学作品の引用、ことば遊び、狡猾なウィットなどを交えた用意周到な防御が施され、読者は都会的なヨーロッパの教授に魅了されて判断力を失っていく。

妄想の呪縛

フランスのリヴィエラに住む少年が少女アナベルに恋をした——これがハンバートの妄想の原型である。何年もあとにアメリカで「アナベルが別の少女に転生し」、彼は「その呪縛から解き放たれた」。それがドロレス・ヘイズ、つまりハンバートが下宿する家の女主人の12歳になる娘で、愛称ロリータである。衝撃的な事態が展開するのは、ハンバートが妄想の対象のロリータに近づこうと目論んで、その母親と結婚してからである。新

戦後の文学

参照 『ガルガンチュアとパンタグリュエル』72-73 ■ 『ボヴァリー夫人』158-63 ■ 『ユリシーズ』214-21 ■ 『一九八四年』250-55 ■ 『ブリキの太鼓』270-71 ■ 『「吠える」ほか』288 ■ 『アメリカン・サイコ』313 ■ 『悪魔の詩』336

文学には、人々の意識を変え、従来のイデオロギーを覆す思想を伝える力があるため、たびたび当局から脅威と受け止められる。政治色の強い内容や、あからさまな性的描写や、宗教への中傷と見なされて、国家や州や図書館から長期にわたって禁制処分となった本には意外なものもある。

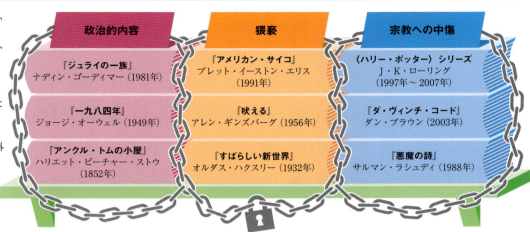

政治的内容	猥褻	宗教への中傷
『ジュライの一族』ナディン・ゴーディマー（1981年）	『アメリカン・サイコ』ブレット・イーストン・エリス（1991年）	〈ハリー・ポッター〉シリーズ J・K・ローリング（1997年〜2007年）
『一九八四年』ジョージ・オーウェル（1949年）	『吠える』アレン・ギンズバーグ（1956年）	『ダ・ヴィンチ・コード』ダン・ブラウン（2003年）
『アンクル・トムの小屋』ハリエット・ビーチャー・ストウ（1852年）	『すばらしい新世界』オルダス・ハクスリー（1932年）	『悪魔の詩』サルマン・ラシュディ（1988年）

妻の殺害を企てる漠然とした計画は、妻が車に轢かれて無用となる。ハンバートは残された義父の立場で、サマーキャンプに参加していたドロレスを迎えにいき、自身の夢を実現する試みを開始する。

言語に恋して

淫らな描写がほとんど見られない「エロティック小説」の第2部では、作者の真の恋愛関係——相手は言語——が語られていく。きわめて精巧で、華麗かつ抒情的な散文体によって、ハンバートはドロレスとの1年にわたるアメリカ横断の旅をつなぎ合わせていく。幻想的、映画的な記述がつづくなかで、ハンバートのひとりよがりの情熱を傾けていく細部（口論、危機一髪の事態、機嫌とり）が断続的に浮かびあがる。1年後に東海岸にもどってドロレスを学校に入れると、ハンバートの幻想の枠組みが崩れはじめる。この作品の文体、構造、描写は通常のポルノグラフィー小説では見られないものである。ハンバート・ハンバートは究極の信頼できない語り手であり、話がはじまる前から結末が未解決だと告げる架空の書き手の序文によって守られている。ほかの説明はなく、擁護しがたいものを擁護するハンバートの死後の声だけが読者へ語りかけている。■

ウラジーミル・ナボコフ

1899年4月、サンクトペテルブルクの貴族階級の一族に生まれたウラジーミル・ナボコフは、幼少時代をロシアで過ごし、成長するにつれ、英語、フランス語、ロシア語の3言語を自在に話すようになった。1917年のロシア革命のあと、1919年に一家でイギリスへ亡命し、ナボコフはケンブリッジ大学のトリニティ・カレッジで学んだ。さらにベルリンへ移ったのち、ジャーナリストであり政治家でもある父親が政治集会で暗殺された。ベルリンとパリに住んでいるあいだ、テニスコーチ兼家庭教師として働くかたわら、ロシア語で小説、短編、詩などを執筆した。1925年にヴェラ・スロニムと結婚し、息子ドミトリをもうける。第2次世界大戦のさなかにアメリカへ逃れ、その後に英語で『ロリータ』を執筆。ウェルズリー大学やコーネル大学で教鞭を執り、さらには蝶研究の権威として、ハーヴァード大学比較動物学博物館で研究員をつとめた。1977年、スイスのモントルーにて死去した。

ほかの主要作品

1938年　『賜物』
1962年　『青白い炎』

なんにも起こらない、だあれも来ない、だあれも行かない。まったくたまらない
『ゴドーを待ちながら』(1953年)
サミュエル・ベケット

背景

キーワード
不条理文学

前史
1942年 アルベール・カミュの小説『異邦人』の語り手が、いかにも不条理主義らしい信念を「わたしは世界のやさしい無関心に心を開いた」と表現する。

後史
1959年 フランスの作家ジャン・ジュネの戯曲『黒んぼたち』が、上演の際に白塗りした黒人俳優を起用して観客に衝撃を与える。

1959年 ルーマニアの劇作家ウージェーヌ・イヨネスコの『犀』では、登場人物たちが犀に変貌して大混乱を引き起こし、ふつうの人間がファシストの怪物へ変貌する世界の不条理を表す。

1960年 イギリスの作家ハロルド・ピンターの戯曲『管理人』は、プロットの欠如、とらえどころのない会話、数々の脱線、風変わりな含蓄といった面で、ベケットから多大な恩義を受けている。

アイルランドの作家サミュエル・ベケット（1906年〜89年）が大きな役割を果たした不条理演劇は、物事の意味はそれを探ろうとする試みをかわすという考えに基づいて、芸術と人生の規範を叩き壊した。「彼はありとあらゆるものをつぶさに見ていく。虫一匹だって見逃さない」とイギリスの劇作家ハロルド・ピンターがベケットを絶賛している。ベケットは戯曲と小説の両方で、現実社会の残酷な真実に向き合う傷ついた人々に声を与えた。

軌道に乗ることば

戯曲『ゴドーを待ちながら』には、ヴラジーミルとエストラゴンというふたりの放浪者が登場する。ふたりが交わす会話は悲喜こもごものごまかし合いで、その行動は一般常識を逸したものである。別の登場人物ラッキーが主人のポッツォに縄につながれてやってくる。ラッキーは登場直後には何も言わないが、その後なんの意味もない言いまわしを並べ立てた700語に及ぶ句読点なしの異様な長広舌を振るう。その演説はヴラジーミルがラッキーの帽子をとるときだけ止まり、ラッキーの話は中途半端に分断される——これはベケットが軽喜劇、とりわけ喜劇役者のローレル＆ハーディから受けた影響の一例である。ゴドーは最後まで登場せず、頻繁に言及されながらも不在であることから、神の身代わりと見られている——その分析にベケットは反発したが、その説得力は認めていた。■

ジョイスは統合者で、可能なかぎりいろいろなものを取りこもうとした。わたしは分析者で、可能なかぎり切り捨てようとする。
サミュエル・ベケット

参照 『変身』210-11 ■ 『審判』242 ■ 『嘔吐』244 ■ 『異邦人』245

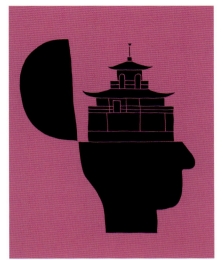

一方の手の指で永遠に触れ、一方の手の指で人生に触れることは不可能である
『金閣寺』(1956年)
三島由紀夫

第2次世界大戦に至るまでの数十年間にわたって、日本は中国の一部を占領する攻撃的な軍事国であった。文学作品に対する検閲は戦時中にさらにきびしくなった。戦争終結時にこうした規制が緩和され、文学の声が開花した。

自由と多様性

「第一次戦後派」(1946年から47年に最初の作品が出版された作家)の多くは、おもに戦時体験をテーマとして書いた。しかし、「第二次戦後派」(1948年〜49年)と「第三の新人」(1953年〜55年)が登場すると、作家たちを結びつける唯一のテーマは、彼らの活躍の原点たる自由だけとなった。その後、創造性と生産性のきわめて高い時代がもたらされた。

三島由紀夫(1925年〜70年)は第二次戦後派の作家で、『金閣寺』は三島の最高傑作と言われることが多い。『金閣寺』は事実に基づいた話で、吃音がある不器用な若い僧が、あらゆる美を、とりわけ京都にある550年前に建てられた金箔の禅寺を憎悪するようになる。金閣寺は当初、生命と美のはかなさの象徴であったが、しだいに僧を脅かす存在となり、逃れられないものとして僧の思考を支配するようになる。『金閣寺』は、破壊をもたらす狂気についての力強い考察としてだけでなく、美しさそのものについての思索としても評価された。中でも格段の美しさを放つのは、三島の散文体である。■

背景

キーワード
戦後の日本人作家

前史
1946年 梅崎春生の短編集『桜島』が出版される。出世作であるこの短編集は、第2次世界大戦時の日本における、たとえば神風特攻隊員などの人生の諸相に言及している。

1951年 大岡昇平の最も有名な小説『野火』が出版される。梅崎の『桜島』同様、米軍とのフィリピンのレイテ島の戦いで日本軍が敗戦したことをはじめ、著者の戦時中の体験が反映されている。

後史
1962年 安部公房の小説『砂の女』は、辺境の村にある砂穴の底で小屋に閉じこめられた昆虫採集家についての、荒涼かつ不穏な話である。

私が人生で最初にぶつかった難問は、美ということだったと言っても過言ではない。
『金閣寺』

参照 『曾根崎心中』93

やつこそ、ビートだ──ビーティフィクの根っこであり、魂だ
『オン・ザ・ロード』(1957年)
ジャック・ケルアック

戦後のアメリカでは、物質主義のゴールに基づいた社会の道筋に従うことを、中流階級の若者世代がしだいに疎んじるようになった。やがて人生の真の意味を探し求めて、思いつくままにさまよう生き方を選び、そのなかから「ビート」として知られる詩人と作家の集団が現れた。「ビート」という語は、「至福の (beatific)」という意味と、放浪者の生活の過酷さを表す「打ちのめされた (beaten)」という意味、そしてジャズの「ビート」という意味を併せ

背景

キーワード
ビート・ジェネレーション

前史
1926年 アーネスト・ヘミングウェイの『日はまた昇る』が、疑似精神的な旅としてヨーロッパを周遊する近代のアメリカ人を描く。

1952年 ジョン・クレロン・ホームズの小説『ゴー』が、「ビート」ということばをはじめて使い、ビート・ムーブメントの人々を定義づける。

1953年 ローレンス・ファーリンゲッティがサンフランシスコでシティ・ライツ書店を開き、ビート作家たちの交流の中心地となる。

1956年 アレン・ギンズバーグの初詩集『「吠える」ほか』が出版され、ギンズバーグはビート詩人の中心人物となる。

後史
1959年 ウィリアム・S・バロウズの『裸のランチ』が、ビート・ジェネレーションの物語形式の発展形とも言える、過激なまでに散漫で非直線的な文体を用いる。

ビートの誕生

理想主義的な若者文化が1940年代のアメリカ社会の本流に背を向ける。

↓

ジャック・ケルアックやニール・キャサディらが、人生の意味を追い求めて北アメリカ大陸の旅に出る。

↓

ビート・ジェネレーションの人々が、自身の考えや冒険を自然発生的散文体で記録する。

↓

「ビート」作品が、詩と散文の両方で主流文学への道を切り拓く。

参照 『赤い部屋』185 ■ 『キャッチャー・イン・ザ・ライ』256-57 ■ 『「吠える」ほか』288 ■ 『ラスベガス★71』332

持つ。1950年代、ビート・ムーブメントの自由で向こう見ずな生き方の物語は一般社会に衝撃を与え、彼らの作品はアメリカ文学が劇的に再活性化する前兆となった。1957年に小説『オン・ザ・ロード』が出版され、作者のジャック・ケルアックはビート作家の第一人者になった。

『オン・ザ・ロード』は、1947年から50年にかけての一連の旅の様子を詳述したものである。話はサル・パラダイス（ケルアック自身と見なされている）により語られ、旅にはしばしばディーン・モリアーティ（作家のニール・キャサディ）が同行する。アレン・ギンズバーグ（「カーロ・マルクス」）やウィリアム・S・バロウズ（「オールド・ブル・リー」）など、名前だけを変えたビート・ジェネレーションの作家たちも多数登場する。

この本は5部構成である。第1部ではサル・パラダイスが1947年7月にサンフランシスコへ旅立つ。サルはディーン・モリアーティと出会い、ふたりはヒッチハイクやバスで奔放な路上の旅に繰り出して、あてのない冒険をする。パーティーで騒ぎ、友人と会い、ガールハントをしながらニューヨークに帰り着く。第2部以降では、快楽主義に酔いつつ北アメリカを旅する様子が描かれている。

自然発生的散文体

ケルアックが「自然発生的散文体」と称する『オン・ザ・ロード』の物語形式は、1950年12月に友人のニール・キャサディから受けとった長大な手紙に影響を受けたものだった。ケルアックによると、この散文体の鍵は、すばやく「意識せずに」、心の赴くまま、光景や音や感覚を結合し、時間をかけずに物語を書くことである。たとえば、サルとディーンがシカゴに到着した場面を、ケルアックはつぎのように書いている。「キィキィと鳴るトロリー、新聞売り、道を横切る女たち、空中にただよう揚げ物やビールのにおい、またたくネオン──『大都市だぞ、サル！ひゃっほお！』」。長くなめらかで彩り豊かな文に、意識の流れを用いた文体は、

ケルアックが『オン・ザ・ロード』をタイプで打った用紙はトレーシングペーパーを糊づけしてひとつづきにしたもので、用紙を変更する手間を省いて、創作の勢いが削がれるのを防いだ。最終的な原稿の長さは120フィートに及んだ。

サルの過剰なアルコール摂取や放浪生活の強烈さを反映しつつ、ジャズ音楽の即興スタイルを模倣してもいる。カフェインとドラッグの力を借りながら、ケルアックは1951年4月の熱狂的な3週間で『オン・ザ・ロード』を書きあげたとされている。その結果、著しく創造的な散文体の草稿がビート・ジェネレーションを特徴づけるものとなった。■

ジャック・ケルアック

ジャック・ケルアックは、1922年にアメリカのマサチューセッツ州ローウェルのフランス系カナダ人の両親のもとに生まれた。コロンビア大学にかよい、そのころビート・ジェネレーションの火つけ役となる仲間のアレン・ギンズバーグ、ニール・キャサディ、ウィリアム・S・バロウズと出会う。ケルアックは2年で退学して商船隊に入隊し、その後、執筆活動を本業にした。1947年からしだいに飲んだくれの放浪生活に惹かれるようになり、アメリカとメキシコを放浪しはじめて、さまざまなビート作家を頻繁に訪ねた。そうした北アメリカ大陸横断の旅は、友人らの顔に登場人物としてごく薄いヴェールをかけただけのさまざまな「鍵小説」作品に生かされている。アルコール依存症がもとで肝硬変を引き起こし、1969年に死去した。

ほかの主要作品

1950年	『街と都会』
1957年	『オン・ザ・ロード』
1958年	『地下街の人びと』
1972年	『コディの幻想』（死後に出版）

ある人々のあいだでよいことが、別の人々には忌まわしきことであったりする

『崩れゆく絆』(1958年)

チヌア・アチェベ

背景

キーワード
ナイジェリアの声

前史
1952年　エイモス・チュツオーラが『やし酒飲み』で、ヨルバ族の伝承物語を英語を用いて伝える。
1954年　シプリアン・エクエンシーが『都市の人々』で国際的に注目される。

後史
1960年　ウォーレ・ショインカの戯曲『森の舞踏』が、ナイジェリアにおける神話上の過去を通して現代の堕落を批評する。
2002年　ヘロン・ハビラが『天使を待つ』で、軍事政権下のラゴスに生きる新しい世代の姿を描く。
2006年　ビアフラ戦争時を舞台にした『半分のぼった黄色い太陽』によって、チママンダ・ンゴズィ・アディーチェが卓越した新たな声として認められ、2007年オレンジ賞を受賞する。

1958年に出版されたチヌア・アチェベの150ページに満たない作品『崩れゆく絆』は、ナイジェリア生まれの作家たちに表現形式を紹介した最初期のもので、文学における輝かしい正典のひとつを形作るきっかけにもなった。多数の話を何層にも重ね、19世紀後半にイギリスの入植者との接触によって架空のある部族の村が激変する様子を描いたこの物語は、世界じゅうで最も広く読まれているアフリカ小説である。『崩れゆく絆』のなかで語られる話は、侵略によって引き裂かれた世界のあらゆる伝統文化と共鳴する。小説の原題Things Fall Apartは、第1次世界大戦直後に書かれたW・

参照 『闇の奥』196-97 ■ 『恥辱』322-23 ■ 『半分のぼった黄色い太陽』339

戦後の文学

イボ人は年間を通して何度も異なった祭礼を催す。『崩れゆく絆』では、新ヤムの祭りがヤムイモの収穫直前におこなわれ、大地の女神アニへ感謝を捧げる。

B・イエイツの詩「再臨」からとったものである。イエイツが思い描いた、無秩序に覆われた黙示録的な世界と、曖昧な救世主が、部族の文化を引き裂いた白人キリスト教徒入植者の「降臨」を予感させる。

ナイジェリアの現実

『崩れゆく絆』の冒頭に近い部分で、「イボの人々のあいだでは話術がたいそう重んじられ、ことわざはことばといっしょに食べる椰子油」であることがわかる。アチェベも巧みな話術で聴衆の心をつかむ。感動を呼ぶプロットと悲劇のヒーローによって読者を第一級の小説へと惹きこむだけでなく、ナイジェリア文化の寓話と昔ながらの口承もそこに溶けこませたのである。

アチェベが自身の転機となるこの作品を発表したとき、ナイジェリアは1960年の独立へ向けた政治変動のさなかにあった。この小説を書いたきっかけのひとつは、大学で学んだ書物に載っていたアフリカの描写に対して返答することだった。アフリカについて書かれた作品の好例として、イギリス系アイルランド人作家ジョイス・キャリーがナイジェリアを舞台に書いた小説『ミスター・ジョンソン』(1939年)がよく引き合いに出されることについて、アチェベはこの作品の底流から嫌悪とあざけりが感じとれると述べた。また、ジョゼフ・コンラッドの『闇の奥』(1899年)に登場する先住民の毒々しい描写は、ヨーロッパ作家がアフリカを描いた文学作品にありがちな人種差別の典型であると主張した。

アチェベの返答は、伝統社会——イボ(Igbo)族(小説では以前の表記Iboとなっている)の豊かで親密な共同体——の崩壊の物語を、精緻で読み応えのあるものとして作りあげることだった。コンラッドが描写したひとまとめの黒い「未開人」の代わりに、アチェベはページから跳び出さんばかりの生気あふれる人々でウム

オフィア村を満たす。1890年代の植民地化以前の南ナイジェリアを舞台にした『崩れゆく絆』は、文化、商業、宗教、司法のすべてが具わった洗練された社会を描いている。コーラの実を分かち合うなどの社会的儀礼とあいさつ、婚約条件の交渉、そして家長制社会における女性の純潔と服従の重視は、ジェイン・オースティンの小説でも別段珍しくない題材である。ウムオフィアでは、村人がヤムイモを植え、育てて収穫し、「平和週間」を遵奉し、椰子酒が付き物の祝祭や、レスリングの試合や、物語や歌に興じながら、人生が季節をめぐっていく。

叩きあげの男

主人公のオコンクウォは有名なレスラーで戦士でもあり、3人の妻を持つ短気な夫で、広い土地を所有している。ろくに働きもせず、臆病で借金まみれだった父親から何も相続しなかったオコンクウォは、父の轍を踏まずに裕福になるために小作人として畑で働き、タカラ貝の

白人ときたら、まったくずる賢いやつらだよ……白人はわれわれを固く結びつけていたものにナイフを入れ、一族はばらばらになってしまった。
『崩れゆく絆』

268　崩れゆく絆

イボ文化

- 多種多様な小グループによる分散化した政府で、全体を統べる支配者はいない。
- 大地の女神を信仰し、ほかにも多数の神々と先祖の魂を信じている。
- コミュニティの年長の者たちが平和のために不満の管理をおこない、争いをおさめる。

ヨーロッパ文化

- 一個の中央政府で、単一の大きな政治実体が統治する。
- 単一の神と、人類の救い主であり贖い主でもある地上の息子イエス・キリストを信仰。
- 正式な裁判所が、明文化された法に従ってそれぞれの権利を守る目的で争いをおさめる。

ヨーロッパの入植者たちはアフリカ人を未開の民族と見なし、風習や文化を理解する努力をほとんどおこなわなかった。外来の価値と慣行の押しつけが、伝統的なアフリカ人コミュニティのあらゆる段階で甚大な変化をもたらすこととなった。

貨幣を蓄財する。部族のなかでもひときわ美しい２番目の妻エクウェフィは、オコンクウォへの恋情のために最初の夫のもとを去っていた。ふたりがもうけた一粒種のエズィンマは快活なおてんば娘で、父親や村に対する細やかな理解があるので、息子だったらよかったのに、とオコンクウォは幾度となく感じている。

イボ人の男たちは、葬式や祭礼のとき、あるいは『崩れゆく絆』ではエグウグウが裁きをおこなうなどの特定の儀式のときに、呪術的な目的で仮面をかぶった。

疑問と答

イボ人の文化では、神々の意志はエグウグウ——一族の先祖の霊を代表する仮面をかぶった村の年長者たち——によって伝えられ、残酷な生け贄の行為をともなう。「生者の世界は先祖の世界からそれほど離れた場所にあるわけではない」かもしれないが、オコンクウォほど徹底して神の残忍な意志に従おうとする者はほとんどいない。白人が到来する前からそれに疑問を持つ者が現れ、オコンクウォは戦士としての考えのせいで孤立しはじめる。エクウェフィは神々から娘を守ろうと決意する。一方、オコンクウォの友人オビエリカは双子が誕生すると捨てるという風習に疑問をいだく——「しかし、どれほど長いあいだ考えても、答は見つからなかった」。

近隣のムバンタ村に到着する最初の白人がひとつの答を提供する。その男は村人たちに、彼らが崇めているのは「仲間やなんの罪もない子供まで殺せと命じる、偽りの神々です。真の神とは唯一無二なのです」と告げる。宣教師の通訳者（改心者である）が神の子ジェス・クリスティ（イエス・キリスト）の説明に苦心しているときに、神にも妻がいるのかとオコンクウォが尋ねる。宣教師は聖三位一体の難解な説明を熱心にはじめるが、オコンクウォにはイボ族の神々と大差なく、根拠のない信仰に依存しているだけに思えた。

物語のふたつの面

アチェベは大虐殺や投獄などを含めた植民地化における残虐さを暴くが、温和な宣教師ブラウン氏についても記述している。ブラウンは説教すると同時に聞く耳を持ち、教育や贈り物や医療によって人々の心をつかんでいく。オコンクウォの長男ンウォイェは、新しい宗教の詩に引き寄せられた「陽気で楽しげな伝道の歌」に心を動かされる。ンウォイェにとってキリスト教の讃美歌は「イボ人の寡黙でくすんだ心の琴線にふれる力があった」だけでなく、「彼の若い魂を絶えず

悩ませるとらえどころのない疑念に対して」答を与えてくれるように思えた。

言語の力

母語のイボ語ではなく英語で描いた理由を尋ねられると、アチェベは、習得に一生をかけ、「植民地化への反論」として積極的に活用できる言語を利用しないのは愚かだと答えた。また、20世紀はじめに宣教師によって考案された書きことばのイボ語は、話しことばのイボ語のリズムや調べをすべて失った混合方言であると主張した。そのことは小説でも例示してあり、白人の通訳をつとめるイボ人の男が、訛りを村人たちにからかわれる場面がある——男が言う「わたし自身」が「わたしの尻」と聞こえるのだ。

アチェベは『崩れゆく絆』のあとに小説を2作発表し、イギリス支配下の激動の半世紀における3部作を築きあげた。ナイジェリアが独立を獲得する直前の時期に舞台を設定した『もう安らぎは得られない』は、オコンクウォの孫オビが国外の大学留学からもどり、賄賂と不正の上に築かれた社会の観念に苦闘する話である。『神の矢』では時間を巻きもどし、ふたたび植民地時代のイボ人文化の崩壊の話を書いた。

「近代アフリカ文学の父」と称されるアチェベは、アフリカ人作家が英語で執筆する道を切り拓いた。「ニュー・ゴング・マガジン」の記事で、『崩れゆく絆』の「無類の成功は、われわれ自身のことをわれわれの目を通して伝えたことによる」とコラムニストのヘンリー・チュクエメカ・オンエマが示唆している。誕生したばかりの独立国家の立場を明確にしよう、そしてその矛盾に折り合いをつけようと作家たちが模索した1960年代のナイジェリアを、オンエマは「文学の動乱」と形容している。そのなかに劇作家であり小説家でもあるウォーレ・ショインカがいて、1986年にノーベル文学賞を受賞した。

抑圧に立ち向かう

のちの世代のナイジェリア人作家たちは、植民地制度の後遺症や、内戦や、文化の衝突に取り組みつづけている。1991年、ベン・オクリが、生身の人間の生命の一部になるために精霊の子供が死に立ち向かうという内容の『満たされぬ道』でブッカー賞を受賞した。チママンダ・ンゴズィ・アディーチェなどの女性作家もまた、ナイジェリアの波乱に富んだ政治史について発言し、男性優位の文化における女性の境遇について模索するようになった。アディーチェのデビュー作『パープル・ハイビスカス』(2003年)の語り手は、家父長制のカトリック教育の抑圧から抜け出そうともがく15歳の少女である。ほかの作家たちも今日における広範な問題——ホモセクシャリティ、売春、環境劣化など——を、ナイジェリア人の視点から探求している。■

チヌア・アチェベ

1930年、ナイジェリア南東部の小村オギディで、プロテスタントの両親のもとに生まれたチヌア・アチェベは、家ではイボ語を、学校では英語を話した。1952年にイバダン大学を卒業し、その後の12年間に、アチェベ作品の礎となる小説3作を書きあげた。1961年にクリスティー・チンウィ・オコリと結婚し、4人の子をもうけた。

最初に得たラジオ局の職は、ビアフラ戦争の勃発によって失うことになった。アチェベはアメリカとナイジェリアで教鞭を執りつづけ、物語や詩、エッセイや子供向けの本を執筆した。1990年に交通事故に遭い、その後は車椅子の生活を送ることとなった。1992年にニューヨーク州のバード大学の言語学および文学教授となり、2009年にロードアイランド州のブラウン大学へ移った。2007年に国際ブッカー賞を受賞。2013年3月、82歳で死去した。

ほかの主要作品

1960年	『もう安らぎは得られない』
1964年	『神の矢』
1966年	『国民の男』
1987年	『サヴァンナの蟻塚』

> 忌まわしい宗教がはいりこんできたではないか。いまじゃ、父も兄弟も平気で見捨てられてしまう。……おまえたちが心配だ。一族が心配でならん。
> 『崩れゆく絆』

壁紙ですら人間よりもよい記憶力の持ち主である
『ブリキの太鼓』(1959年)
ギュンター・グラス

背景

キーワード
信頼できない語り手

前史
1885年 マーク・トウェインの『ハックルベリー・フィンの冒険』では、主人公である無邪気な少年が、読者にとっては明白なさまざまな物事の意味を理解しそこなう。

1955年 ウラジーミル・ナボコフの『ロリータ』では、ハンバートの物語は精神科病院での端書きの寄せ集めで、死後に発表されている。

後史
1962年 アントニー・バージェスの小説『時計じかけのオレンジ』では、未来の10代の話しことば「ナッドサット」ですべてを告白する。

1991年 ブレット・イーストン・エリスの『アメリカン・サイコ』では、連続殺人犯が裕福な若者の姿で話す。

2001年 ヤン・マーテルの『パイの物語』では、語り手が虎と漂流したという信じがたい経験を語る——その後、異なる答を提示する。

「信頼できない語り手」という用語は、語りの信頼性を保証できない一人称の話者を指す。リアリズムの小説は、合理的な語り手を提供することが多い。だが語り手が心神喪失だったり、世界のゆがんだ見方をしていたり、幼すぎたり、嘘をついていたりなどして、読者が否応なく疑念をいだかされるとしたらどうだろうか。

『ロリータ』のハンバート・ハンバートから、『アメリカン・サイコ』のパトリック・ベイトマンまで、20世紀の文章にはあてにならない語り手が散在している。しかし、信頼できない語り手は何世紀も前から存在しており、お人よしのガリヴァーや、無邪気なハックルベリー・フィンも含まれる。うまく仕組めば、信頼できない語り手の小説は読者を別の形で魅了する。そういった不安要素が疑念を植えつけるとともに、読み手を話に引きこむからだ。

歴史のただなか

ギュンター・グラスはこれまで「国家の良心」と評されてきたが、それは『ブリキの太鼓』において、一般的な家庭からナチスへの同調者が現れたことや戦後

……ぼくは太鼓にしがみつき、三歳の誕生日以降、ただの一センチも成長しなかった。
『ブリキの太鼓』

の余波について、暗然たる皮肉を含んだ描写を徹底させたからである。信頼できない語り手としては、本書の発育不良の主人公、オスカル・マツェラート以上の好例はない。オスカルは殺人罪で裁判にかけられたのち、拘束されている「精神科病院」のベッドで自身について語る。3歳の誕生日に純然たる意志の力で成長を止めたという。

この作品では、気性の荒い小さな体のオスカルと、忠実な相棒であるブリキの太鼓と、ガラスを割れるほどの叫び声にスポットライトがあてられる。オスカルには実父の可能性がある男がふたりいる。母の恋人か、ドイツ政権下の自由都

戦後の文学　271

参照　『トリストラム・シャンディ』104-05 ■　『ハックルベリー・フィンの冒険』188-89 ■　『ロリータ』260-61 ■　『時計じかけのオレンジ』289 ■　『アメリカン・サイコ』313

市ダンツィヒで食料雑貨店を営む夫のどちらかである。オスカルはダンツィヒとデュッセルドルフで歴史上の実際の出来事を目撃する。年月が経つにつれて、オスカルは一連の死に関与することになる。

ありそうもない真実

語りはときおり、いつの間にか三人称になっていたり、他人の視点を入れるためにオスカルの看守が語ったりする。ノルマンディーの浜辺で起こった修道女の大虐殺は、客間で演じられる喜劇の台本を思わせ、漁師が引きあげた馬の頭部に無数の鰻が這いまわるさまを説明するオスカルの詩的な声は、甘美であり、不快でもある。美術作品やサーカスの小人や看護師、そして誘惑する女たちの芳香に取りつかれながら、オスカルは妄想の袋小路へ読者を誘いこむ。ダンツィヒの筋道立った歴史を語り、それから人々がみずから涙を流すために生の玉ねぎを刻む玉ねぎ亭という酒場を出現させる。

オスカルは何を象徴しているのか。叫び声を利用して店の窓に穴をあけ、通りかかった者に盗みの衝動を起こさせたり、巧妙な手管で女を誘惑したりする悪魔なのかもしれない。あるいは作者によるドイツ観を体現しているのかもしれない。ともあれ、確実に言えるのは、オスカルの残忍で魔術的な夢想を通して、グラスが歴史を記憶に叩きこむ手立てを見つけたことである。■

信頼できない語り手はさまざまな形で登場する。嘘つきだったり、事実を隠していたり、情緒不安定や混乱状態だったり、人の操縦が巧みだったりする。未熟な場合や、自分が語っている内容を読者が異なって受け止めていることに気づかない場合もある。

		子供	
		『アラバマ物語』	
		『ハックルベリー・フィンの冒険』	
精神的不安定／狂気	『ブリキの太鼓』	『時計じかけのオレンジ』 『キャッチャー・イン・ザ・ライ』 『パイの物語』	
『カッコーの巣の上で』		嘘／混乱	
『アメリカン・サイコ』		『真夜中の子供たち』	『昏き目の暗殺者』
『響きと怒り』		『闇の奥』	『トリストラム・シャンディ』
	『ねじの回転』	『嵐が丘』	
		事実の隠蔽	
		『月長石』	

ギュンター・グラス

1927年、ダンツィヒ（現ポーランド領グダニスク）でドイツ人の父とカシューブ人の母のもとに生まれた。特別ギムナジウムにかよい、ヒトラー青年隊のメンバーでもあった。1944年後半、17歳のときに武装親衛隊（ナチスの精鋭軍事組織）に招集されたことを2006年に明かし、論争を呼んだ。

戦後は鉱山労働者や農場労働者として働き、芸術を学び、その後パリとベルリンで彫刻家や作家として生計を立てる。グラスは初の詩と戯曲を1955年に発表し、1959年に『ブリキの太鼓』で大成功をおさめた。その後発表する小説2作を合わせて、ダンツィヒ3部作を形成する。数々の賞を受賞したが、1999年に受賞したノーベル文学賞もそのひとつである。グラスはドイツの政治に深く関与していて、ドイツ社会民主党を支持し、東西ドイツの再統一には反対していた。2015年、87歳で死去した。

ほかの主要作品

1961年	『猫と鼠』
1963年	『犬の年』
1999年	『私の一世紀』
2002年	『蟹の横歩き』

わたしは人間は一種類しかないと思う。人間ってのはね

『アラバマ物語』（1960年）
ハーパー・リー

背景

キーワード
南部ゴシック

前史
1940年 カーソン・マッカラーズのデビュー作『心は孤独な狩人』が、1930年代のジョージア州で社会に適応できない人々の話に南部ゴシックの要素を加える。

1955年 テネシー・ウィリアムズの戯曲『やけたトタン屋根の上の猫』はミシシッピ・デルタの綿花農場を舞台とした作品で、最愛の息子が鬱屈した同性愛者で酒浸りでもあるという設定で社会通念に挑んでいる。

後史
1980年 ニューオーリンズを舞台にしたジョン・ケネディ・トゥールの『まぬけたちの連合』が、無精ではみ出し者のイグネイシャス・J・ライリーのおどけた行動を追う。この本が出版された1年後、トゥールはピューリッツァー賞フィクション部門を死後受賞することとなる。

18世紀ゴシック文学の伝統を土台に夢想とグロテスクな要素を加え、20世紀中盤に活躍したテネシー・ウィリアムズ、フラナリー・オコナー、カーソン・マッカラーズらのアメリカ深南部の作家は、南部ゴシックとして知られる文学ジャンルを確立した。こうした作家たちは従来のゴシック様式の特徴を利用して、南部の取りつくろった世間体の奥にひそむ不安定な現実とゆがんだ精神を探求した。このジャンルの物語は、人種差別、貧困、犯罪といった南部の社会問題に切りこんでいく。

人というものは、相手の立場から物事を考えてあげられるようになるまでは、本当に理解するなんてことはできないものなんだよ──その人の身になって生活するまでは。
『アラバマ物語』

ハーパー・リーの名作『アラバマ物語』は、大人になるというテーマを南部ゴシックのジャンルに組みこんで、公民権運動以前のアメリカ南部における人種偏見を際立たせている。また、南部の小さなコミュニティで暮らす人々の行動も深く探っている。

慣習に挑む

物語は1930年代半ば、アラバマ州のメイコームという町が舞台である。語り手の少女スカウトは、一連の事件がはじまったとき、6歳になるところだった。社会のしきたりに疑問を持つおてんば娘である。スカウトは、弁護士業を営む男やもめの父親アティカス・フィンチ、兄のジェム、黒人の料理人カルパーニアとともに暮らしている。

スカウトがメイコームでの日常生活や近隣住民のこと、風変わりな少年ディルとの友情や学校について説明し、時が止まったかのような深南部の社会を描いていく。熱気が道路を焼き、洗練された淑女が宣教師のお茶会で噂話に花を咲かせ、白人の貧しい家の子供が裸足で学校にかよい、黒人は農場労働者や家事使用

参照 『ハックルベリー・フィンの冒険』188-89 ■ 『響きと怒り』242-43 ■ 『見えない人間』259 ■ 『冷血』278-79

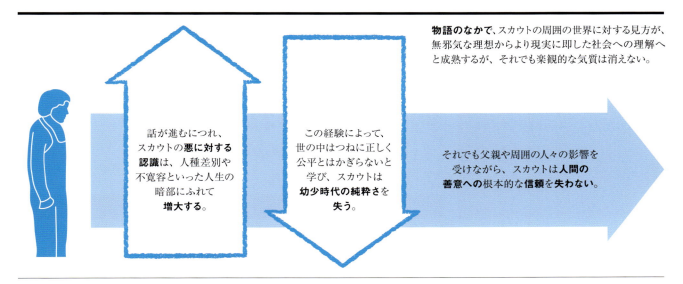

物語のなかで、スカウトの周囲の世界に対する見方が、無邪気な理想からより現実に即した社会への理解へと成熟するが、それでも楽観的な気質は消えない。

話が進むにつれ、スカウトの**悪に対する認識**は、人種差別や不寛容といった人生の暗部にふれて**増大する**。

この経験によって、世の中はつねに正しく公平とはかぎらないと学び、スカウトは**幼少時代の純粋さを失う**。

それでも父親や周囲の人々の影響を受けながら、スカウトは**人間の善意への根本的な信頼を失わない**。

人としての差別待遇の人生を生きる。しかし、南部ゴシックの作品には、共同体からはみ出した者がかならずいる——ここでは、幽霊屋敷とされる家に引きこもりきりのブー・ラドリーである。あるとき、地元の黒人トム・ロビンソンが白人をレイプしたというあらぬ疑いをかけられて告発され、その弁護をアティカスが引き受ける。アティカスから見ても敗訴が明らかだったが、それでも断固としてロビンソンの弁護をおこなうことにしたせいで、緊張と暴力の瞬間が生じる。裁判のあと、スカウトとジェムは凶悪な襲撃に遭い、やがてブー・ラドリーが怪物などではなく、庇護者であることがわかる。物語は、成長してさらに賢明になったスカウトが、自分の属する小さな地域社会について振り返るところで完結する。

公民権運動に拍車がかかった時期に出版された『アラバマ物語』は、またたく間にベストセラーとなった。穏やかな筆致にもかかわらず、『アラバマ物語』は南部地域社会の上流階級の底流にある闇が、異人種への憎悪という現実を突きつけるさまを描いている。■

ハーパー・リー

アラバマ州モンローヴィルの町で1926年4月28日に生まれたハーパー・リーは、ひとり遊びが好きなおてんば少女だった。父親は弁護士で、リーの親友は作家のトルーマン・カポーティである（のちに『冷血』の調査を手伝うことになる）。

リーはアラバマ大学にかよい、大学雑誌の編集に携わった。法科大学に進んだものの、著述の道に進みたいと思い、1949年に大学を中退してニューヨークへ向かった。1956年、リーが執筆できるようにと近しい友人たちが1年間資金を提供した。少女時代の出来事やまわりにいた人々から着想を得て『アラバマ物語』を書きはじめ、1959年に完成させた。

『アラバマ物語』の大成功で、リーは1961年のピューリッツァー賞をはじめ、多数の文学賞を受賞した。芸術評議会の評議員となったが、1970年以降、公の場にはほとんど姿を見せていない。リーの著作は1作のみだと考えられてきたが、2015年2作目の『さあ、見張りを立てよ』が刊行された。続編ではあるものの、『アラバマ物語』より前に執筆された。

2016年2月に死去。

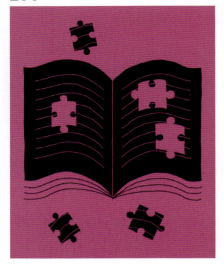

すべてを失っても、また最初からはじめなければならないと宣言する勇気さえあるなら、何物も失われはしない

『石蹴り遊び』(1963年)
フリオ・コルタサル

背景

キーワード
アンチ・ロマン（反小説）

前史
1605年 ミゲル・デ・セルバンテスの『ドン・キホーテ』が最初の近代小説とされるが、文学的特徴や構成は、のちの同ジャンルの定義とは一致しない。

1939年 アイルランドの作家フラン・オブライエンの『スウィム・トゥー・バーズにて』には、直線的な構成を見失ってしまう複数の登場人物とプロットがある。

後史
1973年 イタリアの作家イタロ・カルヴィーノの『宿命の交わる城』には複数のプロットがあり、それぞれがタロットカードの順序で無作為に選ばれて決定される。

2000年 スペインの作家エンリーケ・ビラ＝マタスの『バートルビーと仲間たち』は、書かれなかった文章、断片的な走り書き、脚注、文学的引喩、現実と架空の作家たちについてのコメントなどを中心に展開する。

小説の顕著な特徴のひとつとして一般的に考えられるのは、物語が直線的に秩序立てられているということである。おおむね順序どおりに並んだ章は、語りの視点から見て互いに等価であると見なされる。

この想定を覆したのがアンチ・ロマン——20世紀半ばにジャン＝ポール・サルトルが命名した——で、プロットと会話と構成を尊重した型どおりの小説から大きく逸脱した。アルゼンチンの作家フリオ・コルタサルが著した『石蹴り遊び』

ジャズは題材としてだけでなく、ジャズが注入されたかのような文章、非直線的な構成、即興のアプローチなど、『石蹴り遊び』全編を通して登場する。

では、物理的な観点からも覆されている。読者は従来のフィクション作品が要求しない構成に向き合うことを強いられる。『石蹴り遊び』の読者は、指定表のなかで「本書独自の流儀において、多数の書物から成り立っているが、とりわけ2冊の書物として読むことができる」と伝えられる。

終わり方が自由な本

『石蹴り遊び』は単純な小説——第1の書物——として1章から順番に読み進むことができ（56章で終わる）、第2の書物として「読み捨ててもいい章」とされる73章から1章へ飛んで、行きつもどりつしながら58章と131章まで読み進むこともできる。読者は58章と131章の無限ループにはまる。ほかにも読む順番があるかを探ってもいいし、読み捨ててもいいとされる章をまるごと無視してもいい。

時系列に沿った順番で読み進めたとしても、プロットは一貫性なしに進行し、1950年代のパリからはじまって主要人物のオラシオ・オリベイラを追う一連の話の断片となる。読者が見いだすのはオリベイラの知的興味とジャズへの情熱であり、スタッカートやシンコペーションを

参照 『ドン・キホーテ』76-81 ■ 『トリストラム・シャンディ』104-05 ■ 『異邦人』245 ■
『冬の夜ひとりの旅人が』298-99

『石蹴り遊び』は全体のページを通して、異なった道筋で読者を実験へと誘う。56 章から成る「通常の」第1の書と、99 の「読み捨ててもいい章」を利用して第2の書ができあがる。それぞれの本は別々に読むことができ、ほかにもいくつか異なる読み方ができる。

 第1の書

 読み捨ててもいい章

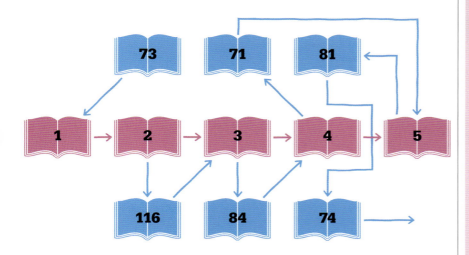

フリオ・コルタサル

フリオ・コルタサルは 1914 年にベルギーでアルゼンチン人の両親のもとに生まれた。第1次世界大戦開始時に家族でスイスへ移ったが、1919 年にアルゼンチンのブエノスアイレスに居を構えた。

コルタサルは若くして教員の資格を得て、ブエノスアイレスで哲学と言語について大学で研究をはじめたが、金銭面の問題で中断を余儀なくされた。

1951 年にフランスへ移住したあと、翻訳家として働きながら頻繁に旅行をし、短編を執筆した。政治的活動に参画するようになって、キューバや南アメリカの左翼運動を支持し、1960 年以降何度か訪れている。同じころ、『石蹴り遊び』を含めたコルタサルの小説が出版されはじめた。1984 年に 69 歳で死去し、パリに埋葬された。

ほかの主要作品

1960年 『懸賞』
1967年 『爆発、そのほかの話』
1968年 『62・組立てモデル』
1973年 『マヌエルの教科書』

使ったリズムなど、ジャズが文体に明らかな影響を与えている。読み進めると、ゆるやかな集まりである「蛇のクラブ」の仲間との議論、仲間たちの謎めいた作家モレリへの敬愛、オリベイラのラ・マーガへの愛などが聞こえてくる。やがてオリベイラはアルゼンチンへ向かい、精神科病院での仕事を見つける。

物語の戦略

第2の書物では、舞台はアルゼンチンへ移る。読み捨ててもいい章のいくつかで、読者は――参加者として、共謀者として――小説の仕組みを感知すべきだと気づき、小説としてのあり方が壊される。

精神崩壊、人間らしい交流からの疎外と離脱、国から国へ渡り歩かざるをえない状況、といったコルタサルの描写には、この本がひとつの物体として読者に与えようとしている効果が示されている。著者はこの方法で、小説という形式に対して読者がいだく期待感を意識させるとともに、フィクションとしての構成へ注意を引きつけることに成功している。■

きみがチェスのビショップのように動くことを願うルークのように動くことを願うナイトのように動きまわっている世界。
『石蹴り遊び』

ヨッサリアンは永久に生きようと、あるいはせめて生きる努力の過程において死のうと決心していた

『キャッチ＝22』（1961年）
ジョーゼフ・ヘラー

背景
キーワード
アメリカン・ブラックユーモア

前史
1939年 ナサニエル・ウェストの『いなごの日』が、大恐慌中のハリウッドの醜悪な虚飾とそこに群がる者たちを風刺する。

1959年 フィリップ・ロスの短編集『さようなら、コロンバス』が、セックスや宗教や文化的融合といった主題について、その暗部や禁忌をユーモアを交えて扱う。

後史
1966年 トマス・ピンチョンの『競売ナンバー49の叫び』が、コミュニケーションの破綻と、社会の不条理で無秩序なあり方を探る。

1969年 カート・ヴォネガットの『スローターハウス5』は、著者が体験したドレスデン爆撃と戦争の不条理さに影響を受けて執筆された作品であり、しだいに粉砕されていく時間のなかで意味を探すことが風刺される。

ブラックユーモアは物議を醸す問題や深刻な問題を笑い飛ばす。そうしたユーモアは、しばしば失望や恐怖に由来することが多く、人生のむなしさを際立たせる。20世紀後半のアメリカでは、暗く風刺的な小説が多く出版されたが、このころはアメリカが西側諸国のリーダーとなり、冷戦による核の時代がはじまった時期だった。

正気の狂気

アメリカ人作家ジョーゼフ・ヘラー（1923年〜99年）による風刺小説『キャッチ＝22』の舞台は第2次世界大戦だが、当時交戦中のベトナム戦争に対する論評としても読むことができる。

話は空爆任務を遂行するヨッサリアン大尉と仲間の空軍隊の功績を追っていく。愛国心にまどわされないヨッサリアンは、生命の危機に瀕した状態に憤りを覚え、仮病を使って出撃を回避しようとする。だがそこで、にっちもさっちもいかない「キャッチ＝22」（軍務規則の条

> そのために死ぬに価するものなら、なんでも……そのために生きるに価する。
> 『キャッチ＝22』

項名）の落とし穴にはまる。精神に障害をきたした者は任務免除を願い出ることができるが、手順を踏んで狂気を申し立てる行為自体が正気である証拠なので、結局出撃に参加せざるをえないのだ。

ここでは、明白な戦争の狂気が、パラドックスや不条理、それに常々めぐりの罠によって際立たされる。ブラックユーモアに満ちたこの小説では、むなしさとおかしみと悲しみが代わる代わる訪れる。■

参照 『競売ナンバー49の叫び』290 ■ 『スローターハウス5』291 ■ 『アメリカン・サイコ』313

ぼくが詩を作るのは自分を見るため、闇をこだまさせるため
『ある自然児の死』（1966年）
シェイマス・ヒーニー

背景

キーワード
戦後の詩

前史

1945年 イギリス系アメリカ人の詩人W・H・オーデンの『詩集』は、国民の政治や宗教的なイメージの萌芽に関する作品を含めて、現代社会の危機を反映している。

1957年 イギリスの詩人テッド・ヒューズの『雨中の鷹』は、動物たちの象徴的な生き方を通して愛と戦争について考究し、人類の生き方を映し出した苦闘の世界を表現している。

1964年 イギリスの詩人フィリップ・ラーキンの『聖霊降臨節の婚礼』は、築きあげたはずの家族や社会との絆が稀薄化することを強く意識した詩集である。

1965年 アメリカの詩人シルヴィア・プラスの死後に出版された『エアリアル』は、戦争犯罪の恐怖を取り入れて、暗く不安定なイメージの流れへと移っていく。

第2次世界大戦後に登場した世代の詩人たちの心象風景は、非道な戦闘行為によって傷つき、罪悪感に満ちたものだった。作家や芸術家は、過去との向き合い方に悩まされることになった。オーデン、ヒューズ、ラーキンといった詩人の作品では、心象や言及、詩の形式やスタイルに戦争の記憶が巧みにはいりこんでいる。

記憶と変化

アイルランドの詩人シェイマス・ヒーニー（1939年～2013年）による最初の主要な詩集であり、成功して高い評価を受けた『ある自然児の死』は、幼年時代と成人時代の分裂と、世界を戦前と戦後に分割してとらえなおした過去と現在を探求する。テーマと心象風景は自然や家族や人間労働を想起させ、「黒イチゴ摘み」や「バター作りの日」のような詩では、アイルランドの田園風景が連想される。この詩集に物語としての進展はないが、34編の詩すべてが似かよった様式の要素やテーマを中心に展開し、内外の空間に及ぼす戦争の影響を際立たせる自然界のイメージが用いられている。2番目に収録された「ある自然児の死」では、ヒーニーが泥まみれの手榴弾にたとえた数匹の蛙にひとりの少年が出会い、田園や自然と結びついた幼少時代と決別する。

過去もまた、ヒーニーの家族、特に父の姿という形で具体化する。「土を掘る」では、父がジャガイモを掘り、祖父が泥炭土を掘っていたことを思い起こしながら、肉体労働や旧式の生活における知恵との、いまでは時代遅れになったつながりを示す。それでもやはり、父と祖父の労働はヒーニーの労働とそれほど変わりはなく、ヒーニーはほとんど弁解するかのように、詩作活動はより泥くさく、より「役に立つ」祖先とつながりがあると認めている。

ヒーニーは1995年にノーベル文学賞を受賞し、「抒情的な美しさと倫理的な深みを具え、日常の奇跡と生きた過去を昇華させた」と評された。■

参照 『荒地』213　■　『ベル・ジャー』290　■　『クロウ』291

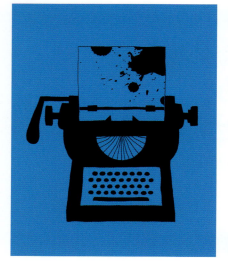

おれたち、どこか狂ったところがあるにちがいない。あんなことをやるなんて

『冷血』(1966年)
トルーマン・カポーティ

背景

キーワード
ニュー・ジャーナリズム

前史
1900年代初頭 リンカーン・ステフェンズやイーダ・M・ターベルなど、徹底した調査をするジャーナリストが文芸技法とジャーナリズムの両方を記事に活用し、ビジネスや政治の不正を暴く。

1962年 ジャーナリストのゲイ・タリーズが「エスクァイア」誌上で、プロボクサーのジョー・ルイスについての記事を書く。インタビュー、対話、観察を用いた事実に基づいているが、文学的な要素も多い記事である。

後史
1970年 トム・ウルフが熱心な取材に基づいて報じる『ラディカル・シックと苦情処理係の脅し方』で従来のジャーナリズムに挑む。

1972年 ハンター・S・トンプソンがドラッグを原動力に『ラスベガス★71』を発表する。著者自身が主要人物として登場する「ゴンゾー・ジャーナリズム」の起源となる。

「ニュー・ジャーナリズム」という用語は、1960年代の批評家が、トルーマン・カポーティ、ノーマン・メイラー、トム・ウルフ、ゲイ・タリーズなどのアメリカ人作家の作品を評するうえで用いた用語で、こうした作家たちはノンフィクションの題材に文学的な技巧を用いた。ジャーナリズムは「ノンフィクション小説」という新たな形態を生み出さざるをえないだろう、というカポーティの持論が、著書『冷血』の中心にある。

カポーティは1959年に新聞記事を読んで、この持論を実行するのにうってつけな題材を見つけた。カンザス州の裕福な農場主ハーバート・クラッターとその家族が、これといった理由もなく射殺された。友人である作家のハーパー・リーの手を借りながら、カポーティは現場を訪ね、殺害事件の取材を開始する。『冷血』はその7年後に刊行された。

カンザス州での殺人

『冷血』は1959年11月15日に発生した殺人事件をくわしく描く。犠牲者は4人、教会にかよう仕事熱心な48歳のクラッター、妻のボニー、娘のナンシー、息子のケニヨンである。クラッター家は近隣住民から親しまれていたので、残忍にも殺されたことは地域社会に衝撃を与えた。クラッター家は「やさしくて親切な人たちなのに――殺されたんですね」と地元の住民が述べている。

一方、リチャード・"ディック"・ヒコックとペリー・スミスの殺害犯2名は、カンザス州刑務所から仮出所してきたはみ出し者だった。ふたりは1959年12月30日にラスベガスで逮捕された。カポーティはこの題材に没頭し、犠牲者の友人や親族、地元住民、警察、刑務所の看守、精

> クラッター氏は立派な紳士だと思ったし……あの人の喉を搔っ切る瞬間までそう思ってました。
> 『冷血』

参照 『アラバマ物語』272-73 ■ 『夜の軍隊』291 ■ 『ラスベガス★71』332

事実と虚構の混合

ジャーナリズム
- 正確で徹底した調査
- 語ること——話を伝えることに集中する
- 簡潔明瞭な形式が評価される

ニュー・ジャーナリズム
- 読者とつながりを形成する
- 事実の記録に文学特有の「生の声」を盛りこむ
- 感情、動機、人格を調査する
- 事実の正確性を保持する

フィクション
- 著者の想像によって生み出された文芸作品
- 実際の出来事に基づく場合もある

神分析医、そして当の殺害犯たちへの聞きこみに時間を費やした。カポーティはインタビューを録音せず、終了後に発言や印象をまとめた。

真実と装飾

できあがった作品はいくつもの場面がうまく構成されたみごとな仕上がりで、カポーティはそれぞれの登場人物を造形して、事件に関与した人々に自身のことばで語らせている。『冷血』は最初「ニューヨーカー」誌に連載され、たちまち大評判となった。ジャーナリストのジャック・オルセンは、『冷血』は実際に起こった犯罪を「成功する商業ジャンル」に仕立てた最初の本だと述べている。それでもカポーティは事実の改竄や誇張を非難された。本人は改竄については否定したが、装飾の痕跡はいくらかうかがえる。

トム・ウルフは『冷血』がニュー・ジャーナリズムに「圧倒的な勢い」を与えたと書き、1973年に自著『ニュー・ジャーナリズム』のなかで、このスタイルの特徴をまとめた。出来事を直接見聞きした人の証言、現実の会話、三人称の語り、殺人犯たちの歯の磨き方といった些細な行為のくわしい描写など、カポーティの小説はニュー・ジャーナリズム形式の主たる技術をすべて取り入れているとウルフは述べている。これらによって、小説の形でありながらきわめて現実に近いルポルタージュが生み出され、迫力のある事件と登場人物たちを、読者は深く理解することになる。■

トルーマン・カポーティ

1924年9月30日、ニューオーリンズ州でトルーマン・ストレックファス・パーソンズとして生まれ、苦悩の多い幼少時代を送った。4歳のときに両親が離婚し、親戚に育てられる。その後、母親とふたり目の夫ジョーゼフ・カポーティに引きとられ、ニューヨーク市とコネチカット州グリニッチの学校にかよう。執筆のキャリアは「ハーパーズ・バザー」や「ニューヨーカー」などの雑誌に掲載された一連の短編からはじまった。初の長編『遠い声、遠い部屋』が1948年に出版され、作家としての地位を築いた。カポーティは何かと論争を呼ぶ人物だった。社交界の有名人であり、大酒飲みで、ドラッグ使用の経験もあるカポーティは、きらびやかなライフスタイルを楽しみ、当時としては珍しく、同性愛者であることを隠さなかった。晩年は引きこもりがちになり、1984年8月25日、ロサンジェルスで死去した。

ほかの主要作品

1945年	『ミリアム』（短編）
1951年	『草の竪琴』
1958年	『ティファニーで朝食を』
1986年	『叶えられた祈り』（未完）（死後に出版）

瞬間ごとに終わりを迎えながらも、
けっして終わるということが
なかった
『百年の孤独』(1967年)
ガブリエル・ガルシア＝マルケス

282　百年の孤独

背景

キーワード
ラテンアメリカ文学ブーム

前史

1946年〜49年　グアテマラのミゲル・アンヘル・アストゥリアスが『大統領閣下』と『とうもろこしの人間たち』で、モダニズム文学の技術をシュルレアリスムと民間伝承に混合させる。

1962年　カルロス・フエンテスが『アルテミオ・クルスの死』で、記憶、詩的心象、意識の流れ、複数の視点を重ね合わせ、メキシコの腐敗を探求する。

1963年　アルゼンチン人のフリオ・コルタサルが、極端に実験的な著書『石蹴り遊び』で、読み進め方を選択する自由を読者に与える。

後史

1969年　マリオ・バルガス＝リョサの『ラ・カテドラルでの対話』では、異なる階級に属する男ふたりの議論のなかで、1950年代のペルーの破綻した社会のさまが露呈する。

> 時は少しも流れず……ただ堂々めぐりをしているだけである
> 『百年の孤独』

ラテンアメリカ文学ブームは1960年代に南アメリカで起こった文学創造性の大いなる開花である。それより20年ほど前に、ホルヘ・ルイス・ボルヘスが『伝奇集』で点火していた導火線が、ゆっくりと燃え進み、きらびやかな作品群を発表したガブリエル・ガルシア＝マルケス、フリオ・コルタサル、マリオ・バルガス＝リョサといった作家たちが世界的な注目を獲得した。こうした知識人たちはみな、ラテンアメリカの政治紛争に関与した。彼らの作品は1960年代のカウンターカルチャーに支えられ、非時系列の展開、視点の変化、マジックリアリズム——南アメリカ文学の発明だと一般に認められている技法——のような、革新的かつ実験的な技法を頻繁に活用する。

隔絶

コロンビアのガルシア＝マルケスによる『百年の孤独』は、ラテンアメリカ文学ブームの大傑作と見なされることが多く、聖書の物語や古代の神話、南アメリカに伝来する呪術や復活の儀式、さらには南アメリカ大陸の歴史における再生の隠喩的な解釈などが結集している。

物語の期間は1世紀、ブエンディア一族の7世代にわたる。ブエンディア家が創設した町マコンドは、コロンビアの歴史全体を象徴している。冒頭では、マコンドは山脈と湿地にはさまれた日干し煉瓦造りの小村である。近代世界との隔絶は徹底しており、山脈を越えてもどる手立てはない。ホセ・アルカディオ・ブエンディアとウルスラ・イグアランによって建設されたマコンドは、だれもが30歳未満と若く、死者を出したことのないユートピアである。ホセ・アルカディオとウルスラには息子がふたりいる——活発な大男で父と同名のホセ・アルカディオと、心配性で未来が予知できる弟アウレリャノだ。ふたりの名前、身体的特徴、性格はあとの世代で繰り返し現れ、また同時にピラル・テルネラという村の娼婦が複数のブエンディア家の男と関係を持って子供をもうけたことで、遺伝子の組み合わせが複雑になっていく。

こうした混沌のなか、マコンドの心臓部はつねに女家長のウルスラであり、長命であるため、新規移住者の侵入があろうと、一族に付きまとう狂気の発症があろうと、ブエンディア家のすべての世代を守り、維持していける。

侵入

どの世代も未知の大惨事に見舞われる。その大半が、ラテンアメリカの歴史上の出来事のパロディーであるか、南アメリカ大陸の神話や伝説の豊富な言い伝えを反映したものである。アウレリャノは根っからの芸術家だが、まもなく国を何年も荒廃させる内戦に巻きこまれる。アウレリャノは名高い大佐になる一方で、自作の詩によって国じゅうに名を知られる。しかし紛争で国が揺るがされるにつ

ガブリエル・ガルシア＝マルケスが育ったコロンビアのアラカタカの家は、マコンドの着想に影響を与えた場所として、著者のファンの巡礼の地となっている。

参照 『伝奇集』245 ■ 『石蹴り遊び』274-75 ■ 『ペドロ・パラモ』287-88 ■ 『アルテミオ・クルスの死』290 ■ 『都会と犬ども』290 ■ 『真夜中の子供たち』300-05 ■ 『精霊たちの家』334 ■ 『コレラの時代の愛』335 ■ 『2666』339

れ、アウレリャノの勝利はことごとく無意味になる。作中のこの紛争は、19世紀にラテンアメリカを荒廃させた残忍な戦いを風刺したものである。かつて平穏だったマコンドに内戦は死と暴力をもたらし、アウレリャノの甥アルカディオは独裁的な統治者になったのち、銃殺隊に狙撃される。マコンドは絶えず変わりつづけ、新たに鉄道が開通することではじめて外の世界の影響にさらされる。

はじめのうち、住民たちは近代技術の不思議に魅入られる——ある映画で死んだはずの俳優が生き返って、別の映画に登場することが理解できない——のだが、すぐにマコンドはアメリカの経済支配の一拠点となる。アメリカン・フルーツ・カンパニーがここを少数のアメリカ人の管理するバナナ農場に変える。条件の改善を求めて労働者たちがストライキを決行すると、彼らは惨殺され、それがマコンドが陥る最終局面のきっかけとなる。マコンドを苦しめた困窮は、西洋の経済的搾取がもたらした何世紀にも及ぶ南アメリカの苦悩を象徴している。何年もつづく暴風雨でさえも、この町を洗い清めることはできない。だがその嵐がもとで集団移動が起こり、ひと握りのブエンディ

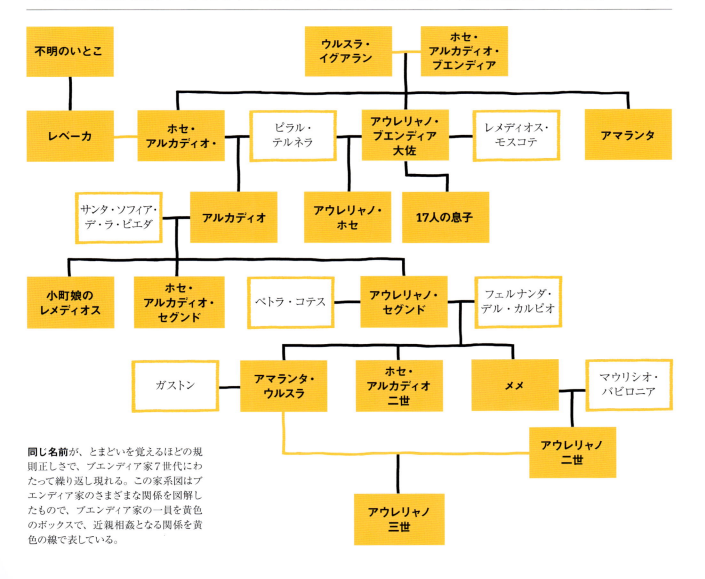

同じ名前が、とまどいを覚えるほどの規則正しさで、ブエンディア家7世代にわたって繰り返し現れる。この家系図はブエンディア家のさまざまな関係を図解したもので、ブエンディア家の一員を黄色のボックスで、近親相姦となる関係を黄色の線で表している。

聖書の物語と神話

ガルシア＝マルケスは神話と聖書の話が織り交ざった南アメリカの伝統を描写して、楽園が純真さを失うことで破滅する話を伝える。マコンドは「ようやく開けそめた新天地なので、名前のないものが山ほどあった」。それゆえ『百年の孤独』の探求は、一風変わったブエンディアが神話を生み出すことからはじまる。

一族創始の結婚はホセ・アルカディオとウルスラのいとこ同士によるもので、かつてブエンディアの近親相姦で豚の尻尾を持った子が生まれたという話が、絶えず付きまとう心配事となる。結局、その不安はみごとに的中し、恐れていた疾患をともなって最後のアウレリャノが誕生する。インカ帝国創造の神話には、兄弟姉妹間の近親相姦に基づく話がいくつかあり、また聖書におけるアダムとイヴからはじまる家族の自然な成り立ちも似た経緯をたどってきた。17世紀に南アメリカに到着した人々のなかには、エデンの園が東ボリビアにあると信じていた者もいた。最初の征服者たちは、大洪水を生き抜いたノアの息子の子孫か、ことによると古代イスラエルの失われた部族を発見したのではないかと考えた。

大洪水の神話は南アメリカの先住民に広く知れ渡っていた。それらが大雨のために泡立ち、『百年の孤独』の結末へ向けて水面へ浮かびあがっていく。

科学と魔術

魔術は小説のなかに安易にちりばめられているわけではなく、軽快で詩的な文章の骨組みに織りこまれている。住民たちは最初、義歯や写真などの近代の珍奇な品々にまどわされる。だが、近代化が順調に進んでいるときでも、魔術の力は道理や化学と同様に重んじられている。あまりの美しさに姿を見せられない小町娘のレメディオスは、シーツをまとって昇天していく。初代ホセ・アルカディオは狂気に陥ったあと、庭の栗の木と文字どおり結びつき、屋内に連れられてくるときは棒ぐいの黴のにおいがついてくる。ウルスラは年老いて視力が衰えるにつれ、「年取ってかえって頭がすっきりした

> まだ抹殺の途上にあるために、抹殺され尽くすことのない過去が残していった最後のもの
> 『百年の孤独』

おかげで物事が見通せるようになり」、別の感覚を発達させる。情景を記憶するのに嗅覚を使い、少年の頭に振りかけた少量のローズウォーターで動きを追跡したり、手ざわりで色を識別したりする。

ガルシア＝マルケスは、物語の声を扱う鍵を見つけたのは、祖母の物語からと、真に迫る説得力をもってすばらしい説明をする才能があったおばからだったと語っている。

ガブリエル・ガルシア＝マルケス

1928年コロンビアで生まれたガブリエル・ホセ・ガルシア＝マルケスは、『百年の孤独』に登場する架空のマコンドに似た町アラカタカで祖父母の手で育てられた。その影響を受けて反帝国主義の信念が形成された。10年に及ぶコロンビアの政治的弾圧がつづいた「暴力の時代」には、バランキージャで記者となった。

記者として活躍したものの、リベラルな視点ゆえに、コロンビアを出てヨーロッパで外国特派員として働かざるをえなくなる運命にあった。1959年のキューバ革命についてレポートしたのち、ボゴタとニューヨークでキューバの通信社プレンサ・ラティーナで勤務した。2作目の長編小説『百年の孤独』はメキシコ・シティで執筆され、世界的な評判を獲得した。ガルシア＝マルケスは22作を執筆し、1982年にノーベル文学賞を受賞した。2014年、メキシコ・シティにて死去した。

ほかの主要作品

1985年　『コレラの時代の愛』
2004年　『わが悲しき娼婦たちの思い出』

復活

『百年の孤独』では、死者は生者に影響を与え、墓はわれわれの世界の行く手にあるさまざまな現実への扉である。物語の序盤で、近隣住民のプルデンシオ・アギラルに侮辱されたホセ・アルカディオ・ブエンディアが、槍で相手の咽喉を貫く。以来、ホセ・アルカディオは死の間際までその男の霊に取りつかれる。ふたりは「死んだあとの退屈な日曜日に少しは気晴らしになるだろうと」死後の世界で軍鶏の飼育場を営む計画を立てる。

死者への執着は、遠い親戚のレベーカが両親の遺骨がはいった袋を引きずりながらブエンディア家にやってきたときも変わらない。両親がしかるべく埋葬されるのを待つあいだ、レベーカは墓の材料である土と石灰を食べる。

巡回する時間

断片的または非直線的な時間は、ラテンアメリカ文学のポストモダニズムにおける主要な特徴で、文学へ取り組む手立てである。冒頭の文は非常に印象的な方法でそのことを提起している。「長い歳月が流れて銃殺隊の前に立つ羽目になったとき、おそらくアウレリャノ・ブエンディア大佐は、父親のお供をしてはじめて氷というものを見た、あの遠い日の午後を思いだしたにちがいない」。

物語のなかで時間は巡回する。現在、過去、未来の出来事が、ブエンディア一族の100年間に混ざり合う。設定もまた巡回する。すべての活動が、同一の軸を有したさまざまな球体のなかで起こる。まずはマコンドを侵食する近代社会、そして町そのものやブエンディアの屋敷、さらには、時が流れても手つかずのまま残される謎めいた工房。銃殺隊から救出されたアウレリャノは、マコンドへ隠遁し、小さな魚の金細工を作る。作っては融かし、またはじめから作りなおすのは、いまこのときを永遠に生きようとする試み——物語と人類の歴史のむなしい反復の苦い思いを反映している。

書斎に引き寄せられたブエンディアの最後のひとりが、ジプシーのメルキアデスによって初代ホセ・アルカディオにもたらされた、マコンドの100年の歴史を記録して預言した巻物をついに紐解いたとき、有史以前からはびこる草木や光る昆虫が「人間たちが地上に残した跡をこ

バナナ農園がマコンドに造営され、アメリカン・フルーツ・カンパニーの経済帝国主義が大虐殺をもたらしたことは、ラテンアメリカに対するアメリカ合衆国の搾取を反映している。

>
> 百年の孤独を
> 運命づけられた家系は、
> 二度と地上に出現する機会を
> 持ちえなかった。
> 『百年の孤独』
>

とごとく部屋から」消し去ったことに気づく。最後のブエンディアは読み進め、自分が「羊皮紙の最後のページを解読しつつある自分を予想しながら、口がきける鏡をのぞいているように、生きてきたとおりに解読し、いままさに生きている瞬間の解読にかかった」ことを知る。この際立ってメタフィクショナルな瞬間に、語りも登場人物も読者も過去、現在、未来が結合する時点に到着し、これ以降はページ上のことばが消える境目に達する。

『百年の孤独』はこれまで3,000万部以上を売り上げ、20年にわたってつづく文学ブームの傑作と見なされている。この物語で描写されている世界は、環境破壊や戦争や内紛という連鎖を何世代にもわたって永遠に繰り返す運命にある。作者はポストモダニズム的な視点から、ラテンアメリカだけでなくさらに広い世界に対してそのことを伝えている。■

もっと知りたい読者のために

『ことばたち』
(1946年) ジャック・プレヴェール

『ことばたち』は、フランスの詩人で脚本家のプレヴェール(1900年〜77年)の初の詩集である。さまざまな長さの95の詩篇で構成され、プレヴェールのトレードマークの詩作スタイルである、ことば遊びや散文詩、語呂合わせや短い会話などの多彩な要素がうかがえる。種々雑多な題材とテーマに及び、パリでの戦後の日常生活のなかに、反戦抗議の感情、宗教と戦争に対する批評、社会における芸術の役割に対する思いが織り交ぜられている。

『叫べ、愛する国よ』
(1948年) アラン・ペイトン

南アフリカの作家ペイトン(1903年〜88年)の傑作であるこの物語は、人種間の平等のために白人活動家の殺害にかかわった息子を探す、ヨハネスバーグに住む英国教会の黒人神父スティーヴン・クマロに焦点をあてる。一方、その活動家の父親も登場し、息子の死、執筆、クマロとの出会い、そしてそれらによって偏見と考え方がどのように変化するかが綴られていく。ペイトンの物語はアパルトヘイト直前の南アフリカの移ろいゆく現実を明らかにしている。

『雪国』
(1948年) 川端康成(かわばたやすなり)

日本の作家川端康成(1899年〜1972年)はノーベル賞受賞者である。川端の数ある有名な作品のなかでも屈指の名作『雪国』は、日本の北西部の山間を舞台にした悲恋の物語である。暇を持て余した裕福な島村(しまむら)という男が、美しくよるべのない芸者の駒子(こまこ)と温泉宿で出会う。絶望感と隔絶を含め、作中の風景描写が感情の暗喩となる。当時の小説で盛んに描かれていた第2次世界大戦の交戦にはふれず、個人のみに焦点を絞ったのは、この問題に対する芸術家としての意図的な返答なのかもしれない。

> 国境の長いトンネルを抜けると雪国であった。
> 夜の底が白くなった。
> 『雪国』
> 川端康成

『潟湖(ラグーン)』
(1951年) ジャネット・フレイム

ニュージーランドの作家フレイム(1924年〜2004年)による初の短編集。収録されている文章は、程度の差があるが、どの短編においてもフィクションであることに疑問を投げかけ、著者自身の主体性と自我を探りながら語りの手法を試行錯誤している。この本の出版と、批評家たちからの好評――定評のある文学賞の受賞も含まれる――が、精神科病院でのロボトミー手術や非人道的な治療からフレイムを救う決め手となった。

アーネスト・ヘミングウェイ

1899年アメリカのイリノイ州に生まれたヘミングウェイは、若いころ「カンザス・シティ・スター」紙の記者として働いていたときに、執筆作業が性に合うことに気づいた。第1次世界大戦のイタリア戦線に救急車の志願運転手として従事し、負傷して1918年に帰国した。初の小説『日はまた昇る』は、海外特派員としてパリで働いていたときに書きあげたものである。ヨーロッパで足場を固めると、短編や長編小説がますます評判となり、数ある趣味のなかでもとりわけ好きな狩猟にいそしみ、各地を旅した。狩猟はヘミングウェイの作品にたびたび登場するテーマである。その後、スペイン内戦(1936年〜39年)とノルマンディー上陸作戦(1944年)を報道するためにジャーナリズム界へもどった。1954年にノーベル賞受賞。1961年アイダホ州で自殺した。

主要作品

1929年 『武器よさらば』
1940年 『誰がために鐘は鳴る』
1952年 『老人と海』(次ページ参照)

戦後の文学　287

『老人と海』
（1952年）
アーネスト・ヘミングウェイ

　1951年にキューバに滞在していたときに執筆された『老人と海』は、ヘミングウェイが存命中に出版された最後の小説となった。話は文体と同様にシンプルで、キューバとフロリダの沖で繰りひろげられる老齢の漁師サンチャゴとカジキの奮闘をただ描いたにすぎない。にもかかわらず、作品は深い感動を呼び起こす力強いもので、ピューリッツァー賞とノーベル賞の委員会からも認められて両賞を受賞するに至った。本書の解釈としては、ヘミングウェイの作家キャリアを反映したもの、寓意を含んだ宗教的な意味合い、ヘミングウェイが生前出会った人々をもとにした個人的な話など、多数が示唆されている。

『華氏451度』
（1953年）レイ・ブラッドベリ

　アメリカの思弁小説家レイ・ブラッドベリ（1920年〜2012年）の著名作品のなかでも屈指の小説『華氏451度』は、ディストピア小説の代表的実例である。知識と書物が禁止された世界で、焚書官（原語はfiremanだが、『華氏451度』では、書物を燃やす責任者）のガイ・モンターグが徐々に自分の人間性と個性を再発見していく。この作品では、考えなしに命令に従うか、確立した権力に疑念を持つべきか、そのはざまに生じる葛藤と、絶え間ない争乱状態のなかで書物と知識が演じうる役割とが鮮やかに描かれている。

> 書物など、となりの家に装弾された銃があるようなものだ……本をよく読む人間の標的にだれがなるかなど、わかるまい？
> 『華氏451度』
> レイ・ブラッドベリ

『蠅の王』
（1954年）
ウィリアム・ゴールディング

　出版当初は成功に恵まれなかったものの、『蠅の王』は、ディストピア、寓意、政治、風刺作品におけるすぐれた代表作と見なされるようになった。少年の集団が無人島で孤立するところから話ははじまり、失敗や暴力行為を経て、ついには集団内でちがった種類の自治と序列を強要する残忍な企てが持ちあがる。物語は、虫が群がる朽ちかけの豚の首が投げかける薄闇のなかで進んでいく──題名の蠅の王の由来である。ゴールディングの最初の小説である本書は、人間の本性や功利主義や暴力の描き方に関してしばしば批判されてきたが、それでもやはり、当時の政治的、精神的、哲学的な問題について興味深い洞察がおこなわれていると言える。

『指輪物語』
（1954年〜55年）
J・R・R・トールキン

　イギリスの作家で学者のトールキン（1892年〜1973年）が子供向けの本『ホビットの冒険』（1937年）の続編となる3部作を刊行し、ファンタジーのジャンルの再発展

ウィリアム・ゴールディング

　ゴールディングは1911年9月、イギリスのコーンウォールのニューキー近郊で生まれ、ウィルトシャーの政治的な家庭で育った。父親のアレクは科学の講師で、社会主義者、合理主義者でもあり、母親のミルドレッド・カーノーは婦人参政権運動家だった。ゴールディングは自然科学を学び、その後オックスフォードでイギリス文学を学んだ。第2次世界大戦では海軍に従軍し、1954年に初の作品『蠅の王』を出版した。1993年に死去するまで執筆活動をつづけ、またブッカー賞とノーベル賞の両方を受賞している。

主要作品

- 1954年　『蠅の王』（左参照）
- 1955年　『後継者たち』
- 1980年、87年、89年　『地の果てまで──海洋3部作』

に貢献した。世界大戦、南アフリカで過ごした幼少時代、自身の研究対象であるアイスランドとゲルマン文学から着想を得て、大作『指輪物語』を書きあげたのである。物語では、さまざまな登場人物が『旅の仲間』、『二つの塔』、『王の帰還』と旅をつづけ、中つ国に蔓延する邪悪な力を断ち切るため、生死にかかわる冒険をしていく。

『ペドロ・パラモ』
（1955年）フアン・ルルフォ

　ガブリエル・ガルシア＝マルケスやジョゼ・サラマーゴなどの作家に影響を与えた『ペドロ・パラモ』は、メキシコの作家フアン・ルルフォ（1917年〜86年）の手による、

ヤシャル・ケマル

1923年トルコのギョクチェダムに生まれ、幼少時代に苦難を経験したが、それが弱者たちの思いを代弁する気持ちを駆り立てる一因であったかもしれない。ケマルは子供のころに片目を失明し、5歳のときには父親が殺害される場面を目撃するという悲劇に見舞われた。ジャーナリストとして働いていた1950年代から60年代に短編や長編小説を執筆し、最初の文学的評価を得た。バラッドや子供向けの本も手がけている。作家として通算38の文学賞を受賞し、1973年にはノーベル賞にノミネートされた。2015年に死去した。

主要作品

- 1954年 『ブリキ缶』
- 1955年 『メメド、わが鷹』（右参照）
- 1969年 『彼らはアザミを焼く』

現実離れした超自然的で不可解な話であり、深い悲しみ、付きまとう記憶、不安に満ちた関係を描いている。非直線的な語りや曖昧な出来事や夢や幻覚を通して、読者は語り手フアン・プレシアドの混乱へと引きずりこまれる。フアンは母の死後にゴーストタウンとなった故郷コマラへもどり、母の最後の願いをかなえるために父親のペドロ・パラモを探す。パラモが町に大きな影響を与えていたことを知り、フアンは衝撃を受ける。話が展開するにつれ、パラモが話の主人公かつ敵対者であり、コマラの町とその住民の生死を決定する力を持っていることが明らかになっていく。

『メメド、わが鷹』
(1955年) ヤシャル・ケマル

ケマルの最初の長編小説『メメド、わが鷹』——トルコ語の原題は痩せっぽちのメメド——は、国際的な名声をはじめて獲得したトルコ語の本である。4部作の1作目である本書は、アナトリア人のメメド少年の波乱含みの話をたどるもので、メメドは恋心をいだいているハシェとともに虐待者から逃亡するものの、ハシェを失い、盗賊団の仲間にはいる。母親がいる故郷へもどって、ハシェに死をもたらした残忍な地主に闘いを挑み、自分の物語ははじまったばかりだと知る。

『大いなる奥地』
(1956年) ジョアン・ギマランエス=ローザ

南アメリカ文学の主要な作品である、ブラジルの作家ジョアン・ギマランエス=ローザ（1908年～67年）の『大いなる奥地』は、長くて連続した、章立てのない物語として、元傭兵のリオバルドによって語られる。語り手が裏切り者の農場主や盗賊たちや悪魔そのものと出くわす人生についての話であり、ブラジルのミナス・ジェライス州の奥地で全員が文字どおりに、さらには比喩的に一堂に会する。

『「吠える」ほか』
(1956年) アレン・ギンズバーグ

アメリカの詩人ギンズバーグ（1926年～97年）による最初で最も重要な詩集であり、ビート・ジェネレーションの活動に最も大きな影響を与えた。数々の詩とともに大作「吠える」が収録されている。ギンズバーグの詩篇は赤裸々で感情的であり、アメリカにおける消費者中心の資本主義、同性愛嫌悪、人種差別、文化の圧殺を堂々と糾弾する。本書の出版社は猥褻罪で起訴されたが、裁判には勝訴した。それを機に人気が高まり、結果としてアメリカと世界じゅうで発行部数が一気に伸びた。

『ドクトル・ジバゴ』
(1957年) ボリス・パステルナーク

ロシアの作家パステルナーク（1890年～1960年）による国際的に評価の高い小説『ドクトル・ジバゴ』は、1905年の革命と第1次世界大戦のあいだのロシア共産党の実態を暴いた、示唆に富む物語である。ロシア政府の検閲によって、本書はイタリアでの出版を余儀なくされ、当局はパステルナークのノーベル賞をも辞退させた。物語はユーリ・ジバゴを中心とした複数の登場人物によって語られ、それぞれが祖国の新たな政治的現実に適応しようとする。服従を強制する政権の誤った試みと、社会主義の理想に対する読みちがい、さらには登場人物たちがいだく疎外感や孤独感や、共産ロシアの冷酷さに対処して克服しようとする奮闘ぶりについても扱う。

『嫉妬』
(1957年) アラン・ロブ=グリエ

フランスのロブ=グリエ（1922年～2008年）による実験的なヌーヴォー・ロマン（新しい小説の意）の『嫉妬』は、語り手が（存在すると暗示はされるが）不在のまま出来事を叙述する。語り手は嫉妬に駆られ、窓にかかるブラインド越しに妻を偵察する。場面はいくつか細かな点を変えて、何度も繰り返し登場する。曖昧で断片的であ

> 彼女は注ぎはじめる。
> コニャック……それからソーダ、
> 仕上げに銀の針の束が
> 真ん中にはいっている
> 立方体の透明な氷を三つ。
> 『嫉妬』
> アラン・ロブ＝グリエ

るこの作品は、著者が小説の形式に対して実験を試みた代表例であり、読者は自力で話を読み解いていくしかない。

『ビスワス氏の家』
(1961年) V・S・ナイポール

トリニダード島生まれのイギリス人作家、ナイポールがはじめて国際的に高い評価を受けた作品『ビスワス氏の家』は、カリブ諸島で育った著者の経験を書いたものである。モフン・ビスワスは、家族に住まいを提供するために、また威圧的な義理の両親から逃避するために、自分の家を持つという目標に向けて努力する。本書は植民地制度の不平等をさらけ出し、個人と家族生活のあいだの緊張をあらわにする。

『時間調整研究所』
(1962年) アフメト・ハムディ・タンプナル

タンプナル(1901年～62年)は、祖国であるトルコについての多くの観察を根拠に、現代の政治的手続きにおける行きすぎた官僚主義の批評として『時間調整研究所』を執筆した。トルコ語で執筆された一流の小説である本書は、ユーラシアの戦後の現実に適応しようとし、また現代の変化しつつある時間の概念と平和的な関係を築こうとする主人公の個人的な葛藤を(さらには、主人公がかかわる補助的な登場人物の葛藤も)描いている。

『イワン・デニーソヴィチの一日』
(1962年) アレクサンドル・ソルジェニーツィン

祖国ロシアを支配した全体主義政府を積極的に批判したソルジェニーツィン(1918年～2008年)は、自身初の文芸作品である本書でスターリン支配を公然と非難した、これは濡れ衣を着せられた労働収容所の囚人イワン・デニーソヴィチの人生のある一日の物語で、デニーソヴィチが耐え抜く刑罰や苦難や恐怖の実態についてもくわしく語る、だがその根底にあるメッセージは、力を合わせて働かなければ日々を生き抜くことさえできない囚人たちの連帯感や忠誠心や思いやりである。

『カッコーの巣の上で』
(1962年) ケン・キージー

アメリカの作家ケン・キージー(1935年～2001年)による『カッコーの巣の上で』は、オレゴン州の精神科病院を舞台に、類似施設の職員として働いていた著者の実体験に基づいて書かれた作品である。ほとんどの国で好評を博しているが、発禁処分を受けているところもある。キージーの最も有名な作品である本書は、精神治療システムのなかにいる患者から職員まで、それぞれの個人が秘めた思いやり——そして、ときには残酷さ——を強調する。本書は、この種の施設に対してだけでなく、アメリカ社会にある種々の管理システムを批判していると見られることが多い。

『時計じかけのオレンジ』
(1962年) アントニー・バージェス

バージェス(1917年～93年)は、1960年代のイギリスの若者文化が不穏の極に達するさまをこのディストピア小説に取り入れている。読者が追うのは、ティーンエイジャーの語り手アレックスの「超暴力」、堕落、ドラッグ使用などの悪行三昧で、英語だけでなく、ロシア語に影響された10代の俗語「ナッドサット」との両方を使って語られる。アレックスの精神状態に及ぼす負担などおかまいなしに、実験的な嫌悪療法でアレックスを更生させようとする当局の試みも詳述されている。アメリカ版で1980年代まで削除されていた最終章では、アレックスが罪を贖う気持ちをいくらか見せる。この風刺的な小説から、1971年にスタンリー・キューブリックが監督をつとめた映画が生まれた。映画は大成功

> もし善だけしか、あるいは悪だけしか
> 為せないのであれば、その人は
> 時計じかけのオレンジでしかない
> ——つまり、色もよく汁気もたっぷり
> の果物に見えるが、実際には神か悪
> 魔にネジを巻かれる
> ぜんまいじかけのおもちゃでしか
> ないのだ。
> 『時計じかけのオレンジ』
> アントニー・バージェス

と論争を同時に巻き起こし、それによって原作に対する人気と関心も高まった。

『アルテミオ・クルスの死』
(1962年) カルロス・フエンテス

ラテンアメリカ文学を広く国際的に認知させる一助となった、メキシコの作家フエンテス(1928年～2012年)の『アルテミオ・クルスの死』は、架空の人物アルテミオ・クルスが死の床でその一生を回想する話である。クルスの思い出を通して、読者はクルスの貪欲な家族や、高慢な聖職者、さほど忠実ではない助手と仲間になり、メキシコの外交政策や汚職、裏切りを含め、この国の60年以上に及ぶ歴史や政治や宗教を再訪する。

『ベル・ジャー』
(1963年) シルヴィア・プラス

アメリカの詩人シルヴィア・プラス(1932年～63年)の半自伝小説は、著者の人生に起こった出来事を語るもので、刊行当初は変名で出版された。ある夏にニューヨークの有名な雑誌社でインターンとして働く主人公エスターの前半生のさまざまな場面で構成されている。ひとりの女として自身のアイデンティティーを探すエスターは、精神状態の悪化に陥り、ついには精神科病院へ移って電気療法で治療されることになる。

『都会と犬ども』
(1963年) マリオ・バルガス＝リョサ

ペルーの作家でノーベル賞受賞者のマリオ・バルガス＝リョサ(1936年～)は、実験的なフィクション作品であるデビュー作『都会と犬ども』を、きびしい検閲を受けながらも発表した。複数の視点を取り入れ、複雑で非時系列な話の舞台は、リマに実在する軍人養成学校である。一同を忠実で寡黙な、男らしさを過度に強調したロボットに仕立てあげ、疑問に思うことも、押しつけられた権威に楯突くこともない軍士官を養成する手立てを、この小説は明らかにしている。こうした慣行は養成学校だけではなく、より一般的な意味での軍事構造や、統制を維持するために軍事力に頼る国家──1930年代から80年代までのペルーなど──にも見られる問題である。当局はこの小説を、ペルー国を侮辱する近隣国のエクアドルによる陰謀だと非難し、出版を阻止しようとした。

『競売ナンバー49の叫び』
(1966年) トマス・ピンチョン

ニューヨーカーで思弁小説作家のピンチョンによるこの中編小説は、ポストモダニズム文学と精神分析の最良の例であり、辛辣なパロディーとしても認められている。主人公エディパが追うのは、一方は実在(「トゥルン＆タクシス」)、もう一方は架空(「トリステロ」)の郵便組織のあいだで繰りひろげられる、一世紀に及ぶ不和に根ざした世界規模の陰謀である。作中にはポップミュージックや現代文学やアートへの文化的・社会的な言及がちりばめられている。

『サルガッソーの広い海』
(1966年) ジーン・リース

ドミニカ生まれのイギリス人作家ジーン・リース(1890年～1979年)による力強い小説『サルガッソーの広い海』は、男女間の力関係に特に着目し、フェミニズムと植民地支配後のテーマを探究する。シャーロット・ブロンテの『ジェイン・エア』(1847年)の前日譚にあたる本書は、植民地育ちの白人アントワネットと、ジャマイカでのその波乱含みの人生を追うもので、管理され、抑圧され、イギリス人の夫から狂女と呼ばれ、バーサという名でイギリスへの移住を強いられるまでを描写する。

> わたしはとても静かで、空っぽで……まわりのがやがや声に包まれて鈍く動いていた。
> 『ベル・ジャー』
> シルヴィア・プラス

> 顔から血を流した私と、涙を流した彼女は、互いに見つめ合った。私はまるで自分を見ているような気がした。鏡に映った自分の顔を。
> 『サルガッソーの広い海』
> ジーン・リース

『巨匠とマルガリータ』
(1966年～67年)
ミハイル・ブルガーコフ

ロシアの作家ブルガーコフ(1891年～1940年)が1928年から40年にかけて執筆してから、ほぼ30年を経てようやく出版された『巨匠とマルガリータ』は、1930年代のモスクワと、主要人物「巨匠」が書く小説

の中で語られる、キリストの時代のエルサレムが舞台である。双方の話を通して、本書を宗教教義の歴史的検証や過度な官僚的支配の批評としてとらえることができ、また、ヴォラント教授──無秩序だが学者肌のサタンを具現化したもの──と悪魔めいた一味という登場人物の姿を借りた、ソヴィエト当局に対する風刺と見ることもできる。

『夜の軍隊』
(1968年) ノーマン・メイラー

ピューリッツァー賞受賞作『夜の軍隊』は、ジャーナリストであり、戯曲家、小説家、映画製作者でもあったノーマン・メイラーによる小説で、創造的なノンフィクションという文芸ジャンルの到来と受容を語るうえで重要な作品である。これは1967年にワシントンDCで起こった反ベトナム戦争集会に関する史実に基づく、政治的かつジャーナリズム的な回想で、出来事と著者自身にまつわる内省や潤色や感想などがちりばめられている。

『スローターハウス5』
(1969年) カート・ヴォネガット

アメリカの作家ヴォネガット(1922年～2007年)による『スローターハウス5』は、思弁小説としても、シュルレアリスムの政治風刺としても重要な作品である。時間旅行とそのパラドックス、異星生物などを扱い、さらに、著者が第2次世界大戦で従軍したときのドレスデン爆撃を含めた半自伝的記述を織りこんでいる。できあがった作品は戦争の恐怖、出版業界、文学の地位に対する批評であり、死と道徳についての思索に富んだ、ほとんど滑稽な内省でもある。

『フランス軍中尉の女』
(1969年) ジョン・ファウルズ

イギリスの作家ジョン・ファウルズ(1926年～2005年)によるこの小説は、人気も評価も高く、しばしばポストモダンの歴史小説として分類される。考古学者のチャールズ・スミッソンと元女家庭教師のセアラ・ウッドラフの話を、ジェンダー問題、歴史、科学、宗教などの話題を扱いながら、ヴィクトリア朝の恋愛を論評する形で語った作品である。話の後半で登場人物にもなる語り手は、複数のエンディングを提供していて、本書が模している直線的な叙述を不安定なものにしている。

『歌え、翔べない鳥たちよ』
(1969年) マヤ・アンジェロウ

『歌え、翔べない鳥たちよ』は、アフリカ系アメリカ人のピューリッツァー賞受賞者である活動家のマヤ・アンジェロウ(1928年～2014年)による、7冊に及ぶ自伝書の最初の本であり、人種差別の暴力に対する著者の対応の変化を記録している。力強さと影響力を具えた文学作品であると同時に、3歳から16歳までアーカンソー州で過ごした若年期の包み隠しのない回顧録でもある本書は、子供時代、トラウマ、母性などの問題を探究し、自分を信じることで生まれる力や、文学や書きことばが持つ力の存在を訴える。

『クロウ』
(1970年) テッド・ヒューズ

イギリスの詩人テッド・ヒューズ(1930年～98年)の最も重要な詩集であると見なされることが多い『クロウ──鳥の生活と歌から』は、アメリカの芸術家レオナルド・バスキンによる鳥のイラストに触発されたものである。伝統的な定型詩もあれば、実験的な形式のものもある数々の詩篇は、クロウの性質を追い、神話や宗教の世界の要素を進行中の壮大な民話へと織りこんでいく。1969年に恋人のアッシア・ウェーヴィルが自殺したあと、詩作をつづけることができなくなったため、未完ではあるものの、野心あふれるこの詩集は神話と自然界についての哲学的にも文学的にも特筆すべき考察である。

ノーマン・メイラー

1923年にアメリカのニュージャージー州で生まれ、ニューヨークで育った。わずか16歳でハーヴァード大学に入学し、当初は航空工学を学んでいたが、やがて執筆に興味を持つようになった。1941年、作品のひとつがコンクールで優勝したことで、執筆活動の道を真剣にめざすことになる。兵役を免除されると目論んでいたが、成功しなかった。最初の長編小説『裸者と死者』(1948年)は、フィリピンでの戦争体験に基づくものである。1955年に政治色の強いアート系雑誌「ヴィレッジ・ヴォイス」を共同創刊。文化的論評や批評のほかにも、ピカソ、リー・ハーヴェイ・オズワルド、マリリン・モンローの伝記も執筆した。創造的なノンフィクション、政治的活動、二度のピューリッツァー賞受賞がその名声を確固たるものにした。2007年に死去した。

主要作品

1957年　「白い黒人」
1968年　『夜の軍隊』(左参照)
1979年　『死刑執行人の歌』

現代文学
1970年〜現在

はじめに

月面着陸の1年前、月の軌道をまわる**有人宇宙飛行船アポロ8号**から撮影された「地球の出」の写真が、われわれの惑星の象徴的なイメージとなる。

中国共産党リーダーの毛沢東主席が死去し、1966年にはじまった**文化大革命が終わる**。

サルマン・ラシュディの『真夜中の子供たち』が、マジックリアリズム形式で**インドの分割**にまつわる物語を語る。

ベルリンの壁の崩壊が冷戦時代の終幕を象徴する。

1968年　　**1976年**　　**1981年**　　**1989年**

1973年　　**1979年**　　**1987年**　　**1990年**

トマス・ピンチョンの長大で複雑な小説『重力の虹』が、**科学と哲学**をハイカルチャー、ローカルチャーの両方と合体させる。

イタロ・カルヴィーノによるポストモダン小説『冬の夜ひとりの旅人が』のなかで、ひとつおきの章が**二人称視点**──読者の「あなた」──で書かれる。

トニ・モリスンが『ビラヴド』で、**奴隷であったことが心理に与える影響**を考察する。

セントルシアの詩人デレック・ウォルコットが『オメロス』を発表し、**ポストコロニアルの舞台設定**でホメロスの『イリアス』を再解釈する。

20世紀の終わりへ向かうにつれ、世界は以前よりせまい場所になっていった。技術の進歩が速まるにつれて、特に輸送と通信において、かつてない規模で貿易と文化のグローバル化がもたらされた。東ヨーロッパ共産圏国の自由主義化と、鉄のカーテンの消滅に代表される政治状況の変化も、国際的なつながりをさらに強める一因となった。

世界じゅうの国々がポストコロニアルの独自の文化を発展させていくと同時に、ヨーロッパと北アメリカは多文化主義の影響を受けるようになり、もはや自分たちの文化が世界の基準ではないと実感するに至った。ヨーロッパの列強から独立を勝ちとって発展した国々で、その後に生まれた第一世代の作家が成年に達したのがこの時期である。南アメリカの作家らがひとつのスタイルとして取り入れたポストモダニズムの技法、とりわけマジックリアリズムのジャンルを多くの作家が賞賛した。とはいえ、文学界では英語が依然として優位を占めており、ポストコロニアル文学の第一波として名を知られるようになったのは、旧大英帝国が支配していた地域の出身者たちだった。

新たな国家の声

インドは、サルマン・ラシュディやヴィクラム・セスといった、独立と分断後の新たなインドでの経験を英語で著述する作家を生み出した。地域の声は、カリブ海の詩人デレック・ウォルコットや、作家のV・S・ナイポールをはじめ、ほかの辺境の旧植民地からも発せられるようになった。イギリスを離れて再定住した者が多数いるカナダやオーストラリアや南アフリカでは、書物に関するイギリスの影響が薄まり、それぞれの国家の特徴を表す文学が登場しはじめた。

新たな執筆スタイルは東アジアでもはじまり、文化革命の大変動後の現代中国や、38度線で独裁国家の北と自由主義の南に分割された韓国などで、作家たちは国民のアイデンティティーを確立しようとつとめた。

多文化性

旧植民地での独占を失っていくと同時に、ヨーロッパの文化は世界各地から来る

現代文学

ヴィクラム・セスの非常に長い小説『スータブル・ボーイ』は、4家族の動きを追って**独立後のインドの内紛**をくわしく描く。

J・M・クッツェーの小説『恥辱』が、**アパルトヘイト後の南アフリカ**を舞台に、大学教授という高い地位からの失墜を描く。

愛、嫉妬、裏切りが特色をなすマーガレット・アトウッドの『昏き目の暗殺者』が、**ゴシック小説における新たな手法**を提示する。

黄晳暎（ファンソギョン）の『客人（ソンニム）』が、**朝鮮戦争**終結直後の熱狂的な憎悪と内乱を取り扱う。

ジョナサン・サフラン・フォアの小説『ものすごくうるさくて、ありえないほど近い』が、いくつかの実験的な技法を用いて**9・11の攻撃**に光をあてる。

↑ 1993年　↑ 1999年　↑ 2000年　↑ 2001年　↑ 2005年

1995年 ↓　2000年 ↓　2001年 ↓　2001年 ↓

寓意物語の『白の闇』で、ポルトガル人作家ジョゼ・サラマーゴが架空の伝染病のあとの**社会の大混乱**を描写する。

ゼイディー・スミスの『ホワイト・ティース』が、**多文化的な20世紀のロンドン**のふたつの家族の話を語る。

ジョナサン・フランゼンの『コレクションズ』が、アメリカ中西部の**伝統的な家族の機能不全**を考察する。

テロリスト集団が旅客機3機を国防総省本庁舎とニューヨークの**ワールド・トレード・センターの「ツイン・タワー」**に激突させる。

移民の増加からも影響を受けた。ヨーロッパの多くの都市がコスモポリタンの中心地となり、新たな人生を求める人々だけでなく、変わらずヨーロッパを知性の中心地と見なす作家や芸術家たちも惹きつけた。

皮肉なことに、祖国で文学スタイルの確立に手を貸したラシュディ、セス、ナイポールをはじめとする多くの作家はイギリスに定住することを選択し、その存在が、インド亜大陸、アフリカ、カリブ諸島などの移民の子孫が大多数を占めるイギリスの若い世代の作家を触発することとなった。そうした作家らは多文化都市に暮らす複雑な体験を記し、ゼイディー・スミスはイギリス社会への移民の融合について探究した。一方、アメリカにおいては、人種と文化の融合にまつわる問題はさらに長い歴史があった。アメリカ社会は長きにわたって、ヨーロッパから定住した人々の祖国を模範としてきたが、奴隷の子孫であるアフリカ系アメリカ人のあいだで、まったく別の文化が発達していった。公民権運動における政治的目標の多くが達成されたあとでも、人種間の緊張は存続し、そのことはトニ・モリスンなどの作家による独特な文学にも反映された。

国際文学

新たな民族の声が大きくひろがったのと並行して、ポストモダンの文体技法を取り入れる世界的な流行が、この時代の多くの文学に国際的な訴求力を与えた。1960年代の反体制文化は、「正統」文化と「大衆」文化のあいだの障壁を打ち破り、高度なコンピューターと通信技術は、アメリカ人作家トマス・ピンチョンの『重力の虹』のような小説に刺激を与えた。とりわけマジックリアリズムは広く受け入れられていたが、ジョゼ・サラマーゴの寓意風刺や、イタロ・カルヴィーノのメタフィクションのように、新たなスタイルが旧来の形式を土台にして発展した。

いまや英語は世界各地で多くの人々の第2言語となっているが、一方で多くの小説の翻訳版も入手できる。現代の読者は国際的で、作家たちは、地球規模で共感を呼ぶようなアイディアや問題、たとえば現代社会の機能不全やテロリズムによる脅威などをすぐさま反映するようになっている。■

最後の瞬間の積み重なりが私たちの歴史なのよ
『重力の虹』(1973年)
トマス・ピンチョン

「百科全書的小説」という用語は、科学から芸術や歴史に及ぶ広い専門知識を含んだ長く複雑な作品を指す。百科全書的小説はみごとな想像力の技巧を凝らし、直線的な語りでは到達しえない架空の世界を生み出そうとする。ハーマン・メルヴィルは『白鯨(はくげい)』で、聖書やシェイクスピアへの言及、鯨に関する事実、船上生活の写実的な描写を融合した。第2次世界大戦の終盤を舞台にした『重力の虹』で、トマス・ピンチョンは戦時中の隠密作戦の話に、大衆文化、シュルレアリスム、いびつなエロティシズム、ロケット工学、数学を織り交ぜている。

決定論と無秩序

舞台となる時間が移り変わり、およそ400にのぼる人物が登場するこの小説は、桁はずれな博識を誇っている。本書の数あるテーマには、パラノイア、決定論、死、エントロピーなどがある。小説の中心にあるシンボルは、超越したもの、まだ見ぬ恐ろしい将来、その両方を髣髴(ほうふつ)させる

背景

キーワード
百科全書的小説

前史
1851年　ハーマン・メルヴィルの『白鯨(はくげい)』が、最初の偉大な百科全書的アメリカ小説となる。

1963年　トマス・ピンチョンのデビュー小説『V.』は、パノラマ的な視野と広範な情報を詰めこんだことで、『重力の虹』を予感させる。

後史
1996年　アメリカの作家デイヴィッド・フォスター・ウォレスによる百科全書的な小説『尽きせぬ道化』は、中毒、家族間の関係、テニス、娯楽、広告、ケベック州分離主義、映画論を扱い、巻末には388個の注釈がついている。

1997年　野球のボール——しかもたったひとつのボール——を奇抜な着想の中心に据えた、アメリカの作家ドン・デリーロの複雑な小説『アンダーワールド』は、1950年代から1990年代にかけての架空の人物も歴史上の人物も登場させている。

トマス・ピンチョン

1937年ニューヨーク州ロングアイランドに生まれたトマス・ピンチョンの祖先には、マサチューセッツ州スプリングフィールドの創生にかかわったものがいるとされている。オイスター・ベイの高校にかよい、コーネル大学で工学物理学の勉強をつづけたが、卒業前に大学を去って、海軍に従軍した。その後、英文学を勉強するためにコーネル大学にもどった。1960年代はじめごろには、テクニカルライターとしてシアトルのボーイング社に勤務。その当時の経験がのちに自身の小説(とりわけ『重力の虹』)に生かされることになる。メキシコにしばらく滞在したのち、カリフォルニアへ移住した。『重力の虹』後の小説は、文体についてさほど実験的ではなくなり、人間性や政治的要素が占める部分が大きくなった。プライバシーを頑なに守り、マスコミ報道にも顔を出さないことで知られている。

ほかの主要作品

1966年　『競売ナンバー49の叫び』
1984年　『スロー・ラーナー』(短編集)
2006年　『逆光』
2013年　『ブリーディング・エッジ』

参照 『白鯨』138-45 ■ 『レ・ミゼラブル』166-67 ■ 『戦争と平和』178-81 ■ 『ユリシーズ』214-21 ■ 『キャッチ＝22』276 ■ 『尽きせぬ道化』337

『重力の虹』のスケールの大きさと複雑さは、安易な解釈を受けつけないことで知られる。虹の象徴的な含意とその反意を見ていき、この小説との関連性を特定することで、テーマを導き出すことは可能である。

平穏／不穏
豪雨のあとの虹は平穏を暗示させる。しかし、ピンチョンの戦時中と戦後の世界は絶えず不穏である。

調和／エントロピー
小説のなかの秩序はしきりに分断される。エネルギーが費やされるが、エントロピーによって漏出してしまう。

未完／完成
虹は弧かもしれないし、半分が隠れた円かもしれない。

ドイツのV2ロケットである。物語のはじめに、V2ロケットがロンドンを襲う爆撃音の描写がある。「一筋の叫びが空を裂いて飛んでくる」。結末は起爆寸前のロケットの描写で終わる。おびただしい数のプロットとサブプロットがあり、荒唐無稽なシナリオの連続で登場人物を動かしていく。シナリオではパラノイアと死への恐怖がしばしばブラックユーモアとともに供される。

本筋は、V2ロケット00000番の秘密を暴こうとする話を中心に展開する。そのなかに米軍兵士のタイローン・スロースロップがいて、ロンドン市内で性行為に及ぶと、かならずその場所がV2ロケットの正確な着弾地点となる。スロースロップはのちに、多重スパイのオランダ娘カッチェを蛸の攻撃から救出する。その蛸は、ヤスロ・ヤンフの手でカッチェを攻撃するよう訓練されていた。ヤンフは幼少時代のスロースロップにパブロフの実験をおこなった人物であり、ロケット00000番のなかのカプセルを作るのに用いられた「エロティック」なプラスチックの発明者でもあった。ロケットが発射されるとき、そのカプセルのなかにゴットフリートという少年がくくりつけられている。ナチスの大悪党は、性奴隷のゴットフリートを生け贄にして死を超越する存在になろうとしている。

偏執的な真実の追求

この小説では、科学的だろうと神秘的だろうと、宗教的だろうと政治的だろうと、わたしたちの人生を理解するためのあらゆるシステムが、ある時点で偏執的なものとして描写される。人類の合理化への試みに対抗して、ピンチョンが提示するのは、不可解な法則に従って事が起こる複雑な現実である——だが一方で、真のパラノイアはそのような世界観のなかにこそあるという考えを受け入れているのかもしれない。

ピンチョンの短編「シークレット・インテグレーション」（1964年）では、想像上の黒人の友人を持つ白人の少年たちが、大人社会の人種差別を経験し、そのあと少年たちの夢は「もう二度と、安心して包みこんでくれることがなく」なる。『重力の虹』は同種の純真さの喪失を大規模に扱っており、フィクションの黒魔術を思わせるこのような離れ業のあとでは、読む行為自体がもはや安全なものではないという考えを、ピンチョンはまちがいなく重んじている。■

V2ロケットは『重力の虹』の鍵を握る存在で、作中では多大な混沌、邪悪、パラノイアを包含すると同時に、このV2ロケットを造りあげようとするプロジェクトが描写されている。

あなたはイタロ・カルヴィーノの新しい小説を読みはじめようとしている

『冬の夜ひとりの旅人が』(1979年)
イタロ・カルヴィーノ

メタフィクションとは、アメリカ人作家ウィリアム・H・ギャスが1970年に造った用語であり、架空の物語と現実との相関関係を意識させるために著者が一連の文学手法を用いた小説形式を指すことばである。おもにポストモダン作家の作品を連想しがちだが、17世紀のセルバンテスによる大作『ドン・キホーテ』や、18世紀のローレンス・スターンによる愉快な『トリストラム・シャンディの生涯と意見』をはじめ、それより早い時代から多くの例が存在する。イタロ・カルヴィーノの『冬の夜ひとりの旅人が』は、メタフィクション小説を体**小説と視点についての小説**であるこの本は、同時代のフィクションにおけるさまざまな分野の架空の書物からの引用を織り合わせる。それら10冊の本のタイトルは、ひとつの文を形成する。

背景

キーワード
メタフィクション

前史
1615年 スペイン人作家ミゲル・デ・セルバンテス作『ドン・キホーテ』の第2部で、作品の題名にもなった架空の主人公は、第1部が自分についての物語だと認識している。

1759年〜67年 イギリス系アイルランド人作家ローレンス・スターンの架空の自伝『トリストラム・シャンディ』では、あまりに脱線が多く、3巻目になってようやく主人公である著者が生まれる。

1944年 アルゼンチン作家ホルヘ・ルイス・ボルヘスの『伝奇集』は、フィクションの本質と戯れる一連の不可解で魅惑的な短編小説で構成されている。

後史
1978年 アメリカ人作家ポール・オースターの〈ニューヨーク3部作〉が、探偵小説の形式を変え、このジャンルならではのあり方への疑問を読者にいだかせる。

現代文学 299

参照 『ドン・キホーテ』76-81 ■ 『伝奇集』245 ■ 『石蹴り遊び』274-75 ■
『フランス軍中尉の女』291 ■ 『真夜中の子供たち』300-05

現した近代作品のなかでも屈指の傑作とされていて、催眠術にかけるような物語の筋は、従来の叙述形式に挑むだけでなく、読むというプロセスそのものを問いただすよう読者へ求めている。

メタフィクションの最もよい例である『冬の夜ひとりの旅人が』の冒頭文は、実際に「話」がはじまる準備に取りかかるようにと、さっそく読者に要求する。「あなたはイタロ・カルヴィーノの新しい小説、『冬の夜ひとりの旅人が』を読みはじめようとしている。さあ、くつろいで。精神を集中して。よけいな考えはすっかり遠ざけて。そしてあなたのまわりの世界がおぼろげにぼやけるにまかせなさい」。

冒頭文でのカルヴィーノによる自身への言及は、メタフィクションの典型的な仕掛けである。最初の章の半分は、この本を読むという現実の作業の準備に向けた「あなた」への案内である。それはどこか催眠術めいた世界であり、ホルヘ・ルイス・ボルヘスの作品に見られるメタフィクションの遊び心を偲ばせる。いままさに読みはじめようとする読者それぞれの心の変遷を、あたかもカルヴィーノが見抜いているかのように。

フィクションの白日夢

瞑想的なはじまりのあと、カルヴィーノは、一見従来の物語構成に思えるものへと読者を突入させようと話を進める。ある登場人物(「あなた」)が何度も本を読みはじめようとするのだが、さまざまな事情により続行できない。本を読み終えようとする旅の途中で、(「あなた」は)女性の読者と出会って恋に落ちる。そし

て、すべての書物を不法で無意味なものにしてしまおうとする陰謀も知る。この奇妙な物語は、その後もメタフィクションの挿話で分断され、そのなかで読者はこの本に対する感想を問われ、結果としてこの物語の中心人物のひとりとして作中に登場することになる。

各章はふたつの部分から成る。ひとつ目は二人称形式(「あなた」)で書かれ、読むという過程そのものに関係している。ふたつ目は、通常の創作物語のように感じられる。こうした構造上の制約には、ウリポ――新しくて要求のきびしい文学形式を実験したフランスの作家たちの集まりで、カルヴィーノも参加した――の影響がはっきりと表れている。

物語の迷路

『冬の夜ひとりの旅人が』は、存在しないフィクション作品の想像上の作家や、偽造された伝記、さらには創作の国々を読者に紹介する――それらはみなメタフィクションの特性である。風変わりなポストモダンのゲームを楽しむ手練れの語り手によって、読者は物語の迷路へ導かれる。その経験は実に魅惑的である。■

> ふたりでいるときでも
> 本はひとりで読むものだ
> 『冬の夜ひとりの旅人が』

イタロ・カルヴィーノ

1923年キューバで生まれ、2歳のとき、祖国へもどる両親とともにイタリアへ移った。第2次世界大戦時にはトリノに住んでいたカルヴィーノは、イタリアのレジスタンスとして戦い、戦争終結時にジャーナリストに転身、共産党系の新聞「ウニタ」に記事を書いた。終戦から間もない1947年、最初の小説『くもの巣の小道』を発表した。

1957年、ソ連のハンガリー侵攻のあとにイタリア共産党を離党した。1964年にエステル・ジュディス・シンガーと結婚し、ローマに移り住んで短編の執筆に専念するようになり、それらが短編集『レ・コスミコミケ』として発表されることになる。

1968年、家族とともにパリへ移住し、そこでウリポ――ウヴリール・ド・リテラチュール・ポテンシエル(「将来性ある作家たちの工房」)の略――として知られる、革新的な作家たちのグループに参加した。1985年、脳出血で死去した。

ほかの主要作品

1957年 『木のぼり男爵』
1959年 『不在の騎士』
1965年 『レ・コスミコミケ』
1972年 『見えない都市』

たったひとりの人生を
理解するだけでも、
世界を呑みこまなければならない
『真夜中の子供たち』(1981年)
サルマン・ラシュディ

真夜中の子供たち

背景

キーワード
マジックリアリズムの
グローバル化

前史
1935年 ホルヘ・ルイス・ボルヘス作『汚辱の世界史』が刊行、マジックリアリズムの最初の作品と見なされることが多い。

1959年 ギュンター・グラスが『ブリキの太鼓』を執筆し、ドイツ文学にマジックリアリズムの基礎を敷く。

1967年 ガルシア＝マルケスの『百年の孤独』が、マジックリアリズムを驚異の新たな高みへ運ぶ。

後史
1982年 チリ系アメリカ人作家イザベル・アジェンデの最初の小説『精霊たちの家』が世界的なベストセラーとなる。

1984年 イギリスの作家アンジェラ・カーターが、マジックリアリズムの『夜ごとのサーカス』を執筆する。

2002年 村上春樹（むらかみはるき）が幻想的な小説『海辺のカフカ』を刊行する。

マジックリアリズムはひとつの文学様式で、不思議なものや現実離れしたものが登場するが、それ以外は現実的で従来の物語構造や舞台背景を持つ作品のことである。本来は1920年代に活躍したドイツの特定の芸術家たちの作品を説明することばだったが、やがていくつもの文学作品で採用されるようになり、特に20世紀半ばのラテンアメリカから発した作品を指す用語となった。キューバのアレホ・カルペンティエル、アルゼンチンのホルヘ・ルイス・ボルヘスはしばしば先駆者と見なされ、コロンビアのガブリエル・ガルシア＝マルケスは1960年代と70年代の南米文学ブームの絶頂期をもたらした。マジックリアリズムはラテンアメリカから世界じゅうにひろがり、アメリカやヨーロッパの多くの作家が自身の作品にその様式や要素を取り入れた。サルマン・ラシュディの『真夜中の子供たち』は、マジックリアリズムがポストコロニアルの主題やインドに関する論及に溶けこんで、独特の持ち味が生まれている。

> 記憶は真実だ……選択し、削除し、変更し、誇張し、縮小し、称讃し、誹謗する。しかし、やがては独自の現実を創造する。
> 『真夜中の子供たち』

マジックの様相
マジックリアリズムの作家たちは、異様な現象をきわめてふつうのことのように感じさせる。物語の筋はこみ入っていることが多く、描写は過剰なほどに細部や色が強調され、物語の世界観に非現実的な複雑さを加えている。いくつかの点で、マジックリアリズムは読者に積極的な役割を担うことを要求する。小説のさまざまな要素が混乱していて、これまで読者が経験してきた現実感に衝撃を与えかねないからである。

サルマン・ラシュディ

サルマン・ラシュディは1947年ボンベイ（現在のムンバイ）で、カシミール系のイスラム教徒の両親のもとに生まれ、インド分離独立のすぐあとにパキスタンのカラチに移った。インドとイギリスで教育を受けてケンブリッジ大学にかよい、広告のコピーライターになった。ラシュディの2作目の小説『真夜中の子供たち』は世界的な注目を集め、1981年にブッカー賞を受賞、また2008年にはベスト・オブ・ブッカー賞を受賞し、インド系少数異教徒集団のリーダー的存在となった。『悪魔の詩』（1988年）の出版は、イランの指導者アヤトラ・ホメイニ師がファトワ（宗教法規）を発令し、神を冒瀆したかどでラシュディの暗殺を命じたことで、大きな議論を巻き起こした。ラシュディはイギリスで所在を隠した。2000年にニューヨークに居を構え、宗教と社会の問題について執筆活動をつづけている。これまでに4度結婚、2007年にナイトの爵位を叙された。

ほかの主要作品
1983年 『恥』
1988年 『悪魔の詩』
2005年 『道化師シャリマール』

参照 『ブリキの太鼓』270-71 ■ 『百年の孤独』280-85 ■ 『スータブル・ボーイ』314-17 ■ 『精霊たちの家』334 ■
『コレラの時代の愛』335

マジックリアリズムのグローバル化

20世紀前半、ホルヘ・ルイス・ボルヘスなどのラテンアメリカの作家たちが、現実に空想的な要素を溶けこませた、文学の**構造上の新様式**の先駆けとなる。

→ 20世紀中ごろから、**その様式はマジックリアリズムと名づけられ**、コロンビアからドイツや日本まで、世界各地で人気を獲得する。

→ ポストコロニアルや幾重にも重なる混成した層がその形式のあり方を深め、サルマン・ラシュディなどの20世紀後半の作家たちが、**かつてないほど複雑で幻想的な作品を提示する**。

また、マジックリアリズムの作品の多くには、メタフィクションの要素が配置されており、読者は作品をどのようにとらえるべきか疑問をいだく。これらには著者について言及する語り手がいたり、作中に別の作品があったりすることも多い。どちらも『真夜中の子供たち』で見られる仕掛けである。物語に仕掛けられた手品のように現実感を調整することで、読者は積極的な参加を求められる。

国家の誕生

マジックリアリズムの文章には有力な支配層を暗に批評する立場が組み入れられていることが多い。『真夜中の子供たち』では、ラシュディのマジックリアリズムとポストコロニアルの様式の融合が、新しくて活気のある筋道を作りあげている。

ラシュディは作品の舞台のひとつとして、雑然と広がる広大な都市ボンベイ（現在のムンバイ）を選んだ。かつて大英帝国王冠の宝石と呼ばれた植民地だが、およそ200年に及んだイギリス支配の撤退とともに、歴史的な政治変化が起こっているとき、数々の事件が発生する。

小説のはじまりで、主要人物のサリーム・シナイは31歳の誕生日を目前に控え、そしてもうすぐ死を迎えることを確信している。本書は表面上はサリームの人生——また両親や祖父母の人生——についての話で、話し相手であるパドマに向けてサリーム自身によって語られる。だが、これは近代インド創設の話でもある。冒頭でサリームは語る。「私の生まれはボンベイ市……一九四七年八月十五日生まれ……真夜中かっきりだった」。サリームは「まさにインドの独立達成の瞬間に、私は呱々の声をあげたわけだ」と言う。それから、本書の前提の説明に移る。「私は不思議にも歴史につなぎ留められ、私の運命は祖国の運命にしっかりと結びつけられてしまったのだ」。話が展開してい

ボンベイは人口が密集した都市で、あらゆる形の人間の暮らしに満ちている。ラシュディは豊かで鮮やかな文体を使って、みすぼらしさ、美しさ、悲哀、失望、ユーモアなど、無数の要素を生き生きと描き出す。

真夜中の子供たち

1947年8月15日のインドの独立日は祝賀のときであったが、イスラム教徒とヒンズー教徒が新生国家のインドとパキスタンのあいだを移動したことから、まもなく混沌に包まれた。

くにつれ、すべての政治事件が、サリームの人生に起こるひとつならずの出来事によって動かされている——あるいはそれらを動かしている——らしいことが明らかになる。

国家独立のまさにその瞬間に誕生したサリームは、インドの報道機関によって大々的に祝福される。インドの初代首相ジャワハルラール・ネルーが誕生の瞬間の「幸福な偶然」を祝福する手紙を送り、サリームを国家に重ね合わせる。サリームの人生は、新生国家インドの運命と密接に関係する。分離直後に起こる殺戮や、その後数年にわたって発生する激しい紛争は、サリーム自身の家族のなかで同時に発生する暴力に呼応したものだ。家族の話、そしてインドとパキスタンの歴史的事件についてのサリームの語りは、自分という人間を作りあげているすべての要素を理解しようとする試みを表している。

多と一

サリームは大きな鼻の持ち主で、10歳のときにテレパシーの能力があることを発見する（マジックリアリズムの主人公としては珍しい特徴ではない）。この力を使って、インド分離独立日の午前零時から1時間のあいだに生まれた「真夜中の

> たぶん……
> あまりの雑多さのただなかで一個の個人でありつづけたいなら、人はだれしもグロテスクにならざるをえない。
> 『真夜中の子供たち』

子供たち」が全部で1001名いたことを発見する。全員が不思議な超能力を持っていて、独立の瞬間に近い時刻に生まれたほうが、より大きな力を有していた。サリームが生存を確認すると、420人がすでに死亡し、581人しか残っていなかった。

サリームはそのなかから、パールヴァティという魔法が使える人物と親しくなる。また別のひとり、サリームと対比される強敵のシヴァは、途方もなく強靭な膝を持ち、戦闘能力が高い。パールヴァティとシヴァはヒンズー教の神々の名に由来する。それによって宗教が文化の実体としてインドの土台を支えていることが暗示され、この作品に寓意の層を重ねている。

それぞれの考えを伝えることができるテレパシーの能力を利用して、サリームは真夜中の子供たちによる夜ごとの「会議」を計画する。インド議会の下院には、子供たちと同じ数——581人——の議員がいる。子供たちの会議は社会的な多元主義の成功モデルで、新たなインド政府が広大な国家の異質な要素をまとめようとする手立てを反映している。こうした多元性が抑圧されるようになると騒乱が起こる、とラシュディは暗示する。

歴史の猛進

『真夜中の子供たち』の物語が展開していくにつれ、ラシュディは話を南アジアの広い地域へと移し、登場人物の物語を語ることで、インドの歴史やパキスタンとカシミールの歴史も伝える。

1962年、中国とインドの境界をめぐる緊張関係が戦争へと急転した。インドは戦いに敗れ、小説のなかで国民の士気は枯渇する。サリームの人生では、中国と

の紛争が激化するとともに鼻づまりが悪化し、中国軍が前進を停止する日に鼻腔の流れをよくする手術を受ける。サリームの人生における出来事がまたもや歴史の大きな出来事とからみ合う。

ところが、鼻の通りがすっかりよくなると、心を読む能力が消えてしまったことにサリームは気づく。その代わり、生まれてはじめてにおいを感じられるようになり、しかも感情と嘘も嗅ぎとることができるようになる——「新しい愛のうっとりするような、しかしすぐに消えてゆく芳香、そしてずっと根深くて長持ちする憎しみの鋭いにおい」も。

記憶、真実、運命

この小説はサリームの記憶の万華鏡で、真偽の境目がはっきりせず、魔術的な要素までもはいりこむ余地を生み出している。見るからに嘘つきの登場人物がいる一方で、多くの場合、正確な事実より感情的な真実を伝えるために装飾を施す場合もある。

話の早い段階で、サリームは同じ時刻に生まれた赤ん坊と取りちがえられたことを打ち明ける。その赤ん坊とはシヴァのことで、サリームのほんとうの両親は、比較的裕福なイスラム教徒の育ての親とはほど遠く、植民地生まれのイギリス人、ウィリアム・メスワルドと、分娩で死んだ貧しいヒンズー教徒の女であった。つまり、逆説的にサリームが実現しようとする「運命」は、別の子供のものであった。それでもサリーム・シナイとして育てら

サリームの友人 シヴァとパールヴァティはそれぞれ、偉大なヒンズー教の破壊神と愛の女神より名づけられ、神々の性質が作中人物の役割にも反映されている。

> わたしはだれで、何なのか。わたしの答はこうだ。わたしはわたしの前に過ぎ去ったすべてのもの、わたしがなすのを見られたすべてのもの、わたしに対してなされたすべてのものの総計である。
> 『真夜中の子供たち』

れたのだから、これこそが本来の自分であると見なす。サリームにとってはそれが真実である。

サリームはマハトマ・ガンディーの死去をまちがった日で記録したことに言及し、さらにはその誤りを目立たせて悦に入る。「わたしのインドではガンディーはまちがった時日に死につづけるだろう」。この小説では、真実は物事に影響されやすく主観的で、完璧にはほど遠い。

本の終わりでは現在にもどり、サリームが自分の物語を話し終える。体がばらばらに引き裂かれるというみずからの予言があるものの、サリームは31歳の誕生日——独立記念日でもある——にパドマと結婚することに同意する。最後までサリームの歴史はインドの歴史と混ざり合う。

不思議な謎解きの旅

読者にとって『真夜中の子供たち』は、複雑で魅惑的な旅であり、近代インドの核心へ通じる裏街道を行く謎解きの旅でもある。時間の流れは速まったり遅くなったりし、直線的に進まないこともある。運命は頻繁に引き合いに出され、未来は予告され、予言は聞き届けられて実現することを期待される。奇抜さや魔術はごくふつうに見られるリアルなものである。ラシュディはこうしたマジックリアリズムの要素をすべて織りこみ、暴力や政治や驚異に満ちた、緻密で生き生きとしたタペストリーを作りあげて、インド独立初期の話を伝えている。■

自分の身を自由にすることと、自由になった身は自分のものだと主張することは、まったく別のことだった

『ビラヴド』(1987年)
トニ・モリスン

背景

キーワード
現代アフリカ系アメリカ文学

前史
1953年　ジェイムズ・ボールドウィンの『山にのぼりて告げよ』が、人種差別社会に暮らす苦痛を描く。
1976年　アレックス・ヘイリーの小説『ルーツ』が、家族の歴史を奴隷制度の時代までさかのぼる。
1982年　アリス・ウォーカーが1930年代に生きるアフリカ系アメリカ人女性の苦難を『カラーパープル』でつまびらかに語る。

後史
1997年　短編集『ハイウェイとゴミ溜め』で、ジュノ・ディアスの熱っぽい散文がドミニカ系アメリカ人の国外移住の実態を描く。
1998年　エドウィージ・ダンティカが、1937年にハイチで起こったサトウキビ農園労働者の大虐殺を『骨狩りのとき』で物語る。

20世紀の終わりごろには、アフリカ系アメリカ人の著作は150年前の奴隷物語からアメリカ文学の主要作品群へと成長をとげていた。ブッカー・T・ワシントンの『奴隷より立ち上がりて』(1901年)のような教育的作品から、1920年代のハーレム・ルネサンスにおける活気ある文学を経て、ラルフ・エリソンの哲学的な小説『見えない人間』(1952年)で高みに到達した。1950年代後半から60年代にかけて、若い黒人作家らは公民権運動とブラック・パワー運動に勢いづけられた。

トニ・モリスンの小説『ビラヴド』が刊行されたのは、1970年代にはじまった

参照 『数奇なる奴隷の半生——フレデリック・ダグラス自伝』126-27 ■ 『彼らの目は神を見ていた』235 ■ 『見えない人間』259 ■ 『歌え、翔べない鳥たちよ』291 ■ 『ルーツ』333

現代文学 307

黒人文学の新たな隆盛期で、アレックス・ヘイリー、マヤ・アンジェロウ、アリス・ウォーカーといった作家が、人種、アイデンティティー、奴隷制度の遺産について探究する新たな手立てを探し求めていた。黒人による作品が持つ力は、ドミニカ系アメリカ人のジュノ・ディアスやハイチ系アメリカ人のエドウィージ・ダンティカなど、現在の「外国系アメリカ人」作家たちへと引き継がれている。

記憶と歴史

初期の小説——『青い眼が欲しい』、『スーラ』、『ソロモンの歌』——では、モリスン自身の生い立ちのなかでアフリカ系アメリカ人としての経験に焦点をあて、モラルや魂の復活、白人主体の美の基準、女同士の友愛といった主題について独自の主張をした。ピューリッツァー賞を受賞した『ビラヴド』は、アフリカ系アメリカ文学屈指の影響力を持つ作品と見なされている。奴隷船のなかや捕われの身で死亡した「6,000万有余」の人々へ捧げられた本書は、黒人のアイデンティティーのなかの記憶と歴史をふたたび黒人のものとして取りもどすための作品である。保安官に捕らえられたのちにわが子を殺した逃亡奴隷マーガレット・ガーナーの実話に触発された『ビラヴド』は、表現主義的なファンタジーの要素や修辞的な文体などが具わっていて、政治的なジャンルの小説と聞いて想像するものとは異なる。モリスンはまた、作中に黒人の口伝や起源、そして黒人文化の中心的題材を組みこむことで、アフリカの民間伝承にこそ自身のルーツや誇りがあると主張している。そして、アフリカ系アメリカ人の会話のリズムや話しぶりを単なる黒人の話し方の模倣ではなく、抒情詩的で呪文のような声として、内面の独白のはじめと終わりで詩的な繰り返しを多用する。モリスンは母性、女同士の友愛、アフリカ系キリスト教徒の信仰復興運動、民族儀式、亡霊などを話の中心に据えて語っていく。

物語は1873年、オハイオ州シンシナティからはじまる。奴隷制度は廃止されたも

解放された奴隷。アメリカ南北戦争中に撮影されたこれらの人々は、形の上では自由だったが、差別と奴隷制度の心理的な余波は依然として残っていた。

のの、人種差別はいまだはびこっている。元奴隷のセサと18歳になる娘のデンヴァーは、赤ん坊の霊が憑いた家に住んでいる。霊の名は124といい、セサたちの家があるブルーストーン通りの番地から名づけられたものである。セサのふたりの息子は何年も前に逃げだし、義母のベビー・サッグスはすでに死んでいる。ケンタッキー州のスウィートホーム農園でセサとともに奴隷として働いていたポールDの登場で、過去を解き明かす扉が開かれる。

現在のなかの過去

この物語は、セサの現在と、20年前の出来事とのあいだを行きつもどりつする。かつては北へ逃げた奴隷は逃亡奴隷法の影響下にあり、所有主が自由州には

> 死んだニグロの嘆きが
> 天井のたる木に届くほど
> 詰まっていない家なんか、
> この国には一軒だって
> ありゃしない。
> 『ビラヴド』

いって自分の所有物の返還を要求することができた。セサと夫のハーレは、スウィートホーム農園の「先生」として知られる新しい農園主の仕打ちに耐えきれず、自由を求めて脱出を計画した。臨月間近だったセサは、幼い息子ふたりと赤ん坊の娘を先に送り出した。待ち合わせ場所にハーレは現れず、セサはひとりで旅をつづけ、その途中でエミイ・デンヴァーという白人の少女の助けを借りて女児を産む。無事にシンシナティに到着したあと、セサは解放された奴隷の義理の母ベビー・サッグスと暮らし、一時的な幸せを得た。セサと子供たちを農園に連れもどすために「先生」が自警団とともに現れたことで、おぞましい事件が引き起こされる。

モラルの複雑さ

この物語のなかで善と悪は真っぷたつに分かれるものではない。その中心には、深い愛情によってなされた恐ろしい行為がある。同情的な白人が解放された奴隷に提供する、見かけ上「自由」な社会は、試練にさらされたことのない差別意識や隔離意識のうえに築かれている。かつてスウィートホーム農園にはガーナーとい

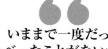

> いままで一度だって
> しゃべったことがないからね。
> だれにもだ。歌にしてときどき
> 歌ったけど。人には一度も
> 話したことがないんだ。
> 『ビラヴド』

奴隷であることは、身体面だけでなく精神面でも隷属状態にある。奴隷たちは文字どおり鎖――枷、轡、鉄の首輪――につながれる一方で、元奴隷としてセサに残された精神的な鎖は人生のあらゆる面に影響を与える。

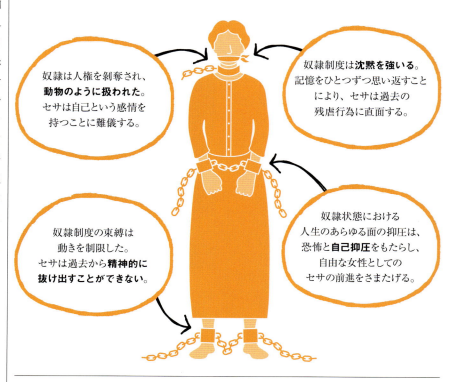

- 奴隷は人権を剥奪され、**動物のように扱われた**。セサは自己という感情を持つことに難儀する。
- 奴隷制度は**沈黙を強いる**。記憶をひとつずつ思い返すことにより、セサは過去の残虐行為に直面する。
- 奴隷制度の束縛は動きを制限した。セサは過去から精神的に**抜け出すことができない**。
- 奴隷状態における人生のあらゆる面の抑圧は、恐怖と**自己抑圧**をもたらし、自由な女性としてのセサの前進をさまたげる。

う主人がいたが、ガーナーの死後、「先生」によって築かれた過酷な管理体制で、奴隷制度の実態をはじめて知ることになり、ガーナーの庇護があったからこそまともに暮らせたのだとポールDは気づく。

記憶に残る痛み

長年の社会政治的な抑圧がもたらした自己抑圧が、この小説の大きなテーマである。心の奥に埋もれた記憶は壊れた感情のかけらであり、これによって自分で決断することが非常にむずかしくなり、またこうした感情は心理的な欲求に呼応するように表へと引き出される。アフリカ系アメリカ人は過去に向き合うことによってのみ、現在を生きることができるとモリスンは示唆する。セサとポールDの以前の人生の出来事の断片が、南部奴隷制度の実状の身震いするような説明と混じり合い、物語を通してゆっくりと表面化する。

「リメモリー」（繰り返しよみがえる思い出）はセサが発明したことばで、元奴隷たちを過去のより深いところにある恐ろしい場所へ連れていく記憶のようなものに対して用いる。セサのリメモリーには、「先生」が自分の甥にセサの人間的な性質と動物的な性質を列挙しろと指図したことや、「先生」の息子たちがセサを押さえつけて母乳を飲んだときのことなどが含まれている。ポールDは自身の記憶を、錆びた「刻みタバコの缶に入れて、昔は赤い心臓があった場所に潜めて」いる。ベビー・サッグスはそれぞれ父親

が異なる子供を7人出産し、全員失ったことを覚えている。

ビラヴド

痛ましい過去の化身として、若い娘ビラヴドが現れ、ポールDが赤ん坊の霊を追い払ったあとにいつの間にか家に住みついてしまう。人の気を引きたがる、赤子のようななめらかな肌をしたこの娘は、ひどくわがままで、なぜかセサの過去を知っている。ビラヴドは帰還者（死後に生き返った人）、つまりセサの死んだ赤ん坊が一人前の女性に成長したものであり、与えられなかった愛情を渇望している。ビラヴドはセサの罪が人格化したものである。破壊者でもあり実現者でもあり、ことばにしがたい話を引き出す者である。ビラヴドの子供時代の話は、窮屈に押しこまれた奴隷船や、波間に投げこまれた死体を想起させる。ビラヴドは6,000万人以上の苦しみの化身のように思えるが、たしかなことは何もない。

「愛されし者（ビラヴド）」になる真の要素とは、自己という感覚である。モリスンの作品で中核を成すテーマである自己再生は、何ひとつ所有できなかった元奴隷にとっては必要不可欠のことである。ふつうの家庭生活を奪われ、男女のつがいにされ、売買され、生まれた子は売りに出され、奴隷たちは文字どおり隷属している。自由へのためらいがちな最初の一歩からはじまった作中の出来事は、その先の長い道のりの前兆となる。1950年代、エリソン作『見えない人間』の主人公がいまだに自己を探索中だった時代、マーティン・ルーサー・キングの公民権弁論の最初の意見を、森のなかでおこなわれたベビー・サッグスの説教で聞くことができる。「この場所では、わたしたちは生身の躰。泣き、笑う生身の躰。素足で草を踏んで踊る生身の躰。それをいつくしめ」。人種や性や自己への誇り、癒しの薬である。なぜなら、ポールDがセサに言うように、「おまえ自身が、おまえのかけがえのない宝」であるからだ。■

アフリカ民間伝承のならわしは、『ビラヴド』のなかで現代のアメリカとつながっている。登場人物のビラヴド自体が、死人が魂の形となって地球上に帰ってくるという信仰を体現したものと見られる。

トニ・モリスン

トニ・モリスンは、ノーベル文学賞を受賞（1993年）した初のアフリカ系アメリカ人女性であり、ほかにも多数の賞を受賞して、アメリカ文学史上屈指の発言力を有する。1931年、クロエ・アンソニー・ウォーフォードとしてオハイオ州の労働階級の家庭に生まれ、読書や音楽や民間伝承に熱中しながら成長した。ハワード大学で文学士号、コーネル大学で修士号を取得。ジャマイカ人建築家のハロルド・モリスンとの結婚は短期間に終わったが、ふたりの息子をもうけた。最初の4作は、ニューヨークで編集者として働いているときに執筆した。5作目の『ビラヴド』が幅広い評価を得て映画化された。1989年から2006年までプリンストン大学で教授をつとめた。2005年には、『ビラヴド』に影響を与えた話をもとにしたオペラ「マーガレット・ガーナー」の台本を執筆。いまも執筆活動をつづけていて、検閲と歴史の抑圧に反論している。

ほかの主要作品

1970年	『青い眼が欲しい』
1977年	『ソロモンの歌』
2008年	『マーシィ』
2012年	『ホーム』

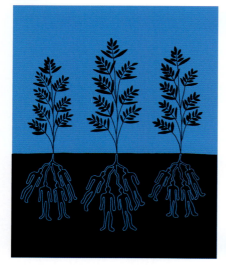

天と地は大きく乱れていた
『赤い高粱(こうりゃん)』(1986年)
莫言(ばくげん)

1980年代半ばごろに中国文学界で起こった尋根、すなわち「ルーツ探求」運動のなかで、作家たちは民俗文化とふたたびつながろうと試みた。この運動の名前は1985年の韓少功(かんしょうこう)によるエッセイ「文学のルーツ」に由来するもので、忘れ去られた創造の源を探求せよと作家たちに呼びかけるものであった。尋根文学の作家には、中国の少数民族を調査する者もいれば、道教と儒教の固有の価値を新たな目で見つめなおす者もいた。

何十年ものあいだ、中国文学は写実主義を厳粛に貫いてきた。民俗の影響へ立ち返ると、尋根作家たちは超自然の要素も導入することとなった。新しい作品によって、中国の作家は久しぶりに文学界から注目を集めた。

近代性の再定義

尋根運動の傑出して有名な小説『赤い高粱(こうりゃん)』は、管謨業(かんぼぎょう)(1955年〜)によって執筆されたもので、ペンネームの莫言(ばくげん)(「言う莫(なか)れ」)のほうがよく知られている。『赤い高粱』というタイトルは珍しい穀物が由来で、その色は生命力、流血、永続性を象徴している。中国北西部の山東省の片田舎を舞台に、日本軍の占領、共産革命、文化大革命の恐怖を通して、ある家族の動向を1923年から1976年まで追う。

真の「ルーツ探求」小説として、『赤い高粱』には神話と民俗の要素が組み入れられており、さらに写実主義に付き物の時系列構造からの脱却は、中国文学の近代化に新たな活気を与えた。■

> 獲物をめざす
> 暗赤色の男の群れは
> 高粱の茎を縫って行き来し、
> 網をしかけた。
> 『赤い高粱』

背景

キーワード
「ルーツ探求」(尋根)運動

前史

1981年 将来ノーベル賞受賞者となる高行健(こうこうけん)によるエッセイ「現代小説技巧初探」が尋根運動の基礎を敷く。

1985年 ラサを拠点とするザシ(タシ)ダワの物語『チベット、革紐の結び目につながれた魂』は、チベットの民族文化と伝統をもとにしている。

1985年 王安憶(おうあんおく)の中編小説『小鮑荘(しょうほうそう)』が中国北部の村の過酷な暮らしを微細に描写する。

1985年 北京の作家の阿城(あじょう)が、「文明化」とはほど遠い国境地帯を描写した『遍地風流』を発表する。

後史

1996年 『馬橋辞典(まばしじてん)』で、韓少功(かんしょうこう)が辞典形式と場面描写を用いて文化大革命時の人生を分析する。

参照 『三国志演義』66-67 ■ 『吶喊』222 ■ 『遊んだのはスリル』336

こんな話は口では伝えられない。この手の話は感じることができるだけだ
『オスカーとルシンダ』(1988年)
ピーター・ケアリー

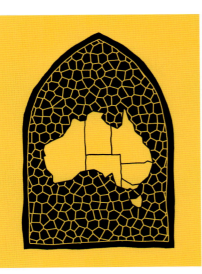

背景

キーワード
オーストラリア文学

前史
1957年 パトリック・ホワイト――オーストラリアの作家で最も影響力があるひとり――は、実現不可能な旅に没頭する探検家が19世紀中ごろのオーストラリアの実態を目の当たりにする物語『ヴォス』で、宗教的なシンボルを使う。

1982年 トマス・キニーリーによる『シンドラーズ・リスト』が、事実と虚構を混ぜ合わせ、ひとりの人間が歴史的事件に与えた影響を描く。

後史
2001年 ピーター・ケアリーが、オーストラリアの英雄ネッド・ケリーについての想像に富んだ解釈を示す『ケリー・ギャングの真実の歴史』で2度目のブッカー賞を受賞する。

2006年 先住民の作家アレクシス・ライトが、白人による先住民の土地の強奪を『カーペンタリア湾』で探求する。

オーストラリアの作家は20世紀半ばから国際的な関心を集めてきた。「マイトシップ」(過酷な環境のなかで相互信用によって作り出された平等主義の結束)や、国の誇り、田舎のサバイバル生活などの従来の主題から、挑発的な、ときには不穏とでも呼ぶべき作品が書かれるようになった。それらが探求する領域には、ファンタジー、信仰、私的な関係などがあるが、根元にはオーストラリアでの体験がある。

第一人者にあげられるのが、コピーライター出身の小説家ピーター・ケアリー(1943年〜)である。1988年にブッカー賞を受賞した『オスカーとルシンダ』は、19世紀中盤を舞台にした豊かで複雑な小説で、イギリスとニューサウスウェールズ州で話が展開する。

罪と信念

本書の主人公は、オスカー・ホプキンズとルシンダ・ルプラストリエである。オスカーはイギリスの海岸地域で育った若い牧師で、強い信念を持っている。ルシンダは独立心を持った若い女性であり、「ニューサウスウェールズ州にある土の床の家」で、さまざまな文豪作品に囲まれて育った。母親の死後、ルシンダはシドニーの古びたガラス工場を買いとるが、とっつきにくい雰囲気と奇行ゆえに工場では変わり者と見られている。

オスカーとルシンダはイギリスからオーストラリアへ向かう船の上で出会い、ふたりの人生はつながっていく。ガラスの教会を建築し、オーストラリアの未開墾地を抜けて輸送するという途方もない計画のために協力し合うことになる。

ある面で『オスカーとルシンダ』は歴史小説ではあるが、ファンタジーや非現実性の味わいもある――作者自身は「過去のサイエンスフィクション小説」と評している。複雑な登場人物、記述的な語り、信仰や信念、セクシャリティなどの幅広いテーマが、現代のオーストラリア文学へ確たる影響を与えている。■

参照 『三銃士』122-23 ■ 『潟湖(ラグーン)』286

青々とした簡素さゆえに、この島を慈しめ
『オメロス』(1990年)
デレック・ウォルコット

背景

キーワード
カリブ海文学

前史
1939年　『帰郷ノート』のなかでマルティニークの詩人エメ・セゼールが、アフリカから移転させられた祖先を持つ人々のアイデンティティーのひとつの形として、ネグリチュード、すなわち黒人としての自意識を論じる。

1949年　キューバの作家アレホ・カルペンティエルが、カリブの歴史と文化を扱う小説『この世の王国』を出版する。

1953年　バルバドスの作家ジョージ・ラミングによる『わが皮膚の砦の中で』は、カリブ地域でも屈指の重要な自伝小説であり、1957年サマセット・モーム賞を受賞する。

後史
1995年　『わたしたちにとって、すべての花は薔薇──詩集』によって、ローナ・グッディソンが戦後世代で傑出したジャマイカの詩人であることが決定づけられる。

歴史と記憶はつねにカリブ海文学の特徴であり、この地域で生み出された作品は、植民地統治下の孤立感の実態を反映できる真の声を模索してきた。カリブの作家たちは──かつて入植した国しだいで──スペイン語、フランス語、英語、オランダ語で執筆する。作家たちは、この特殊なポストコロニアルの状況のなかで、それぞれが見知った歴史の断片を取り扱う。

からみ合う物語

カリブ文学界で傑出した人物と言えば、セントルシアの作家デレック・ウォルコット(1930年〜)である。ウォルコットは、「歴史的視野に支えられ、多文化に献身した成果として大いなる輝きを放つ詩的創作」に対して、1992年にノーベル文学賞を受賞した。

その壮大で野心に満ちた300ページに及ぶ『オメロス』(ギリシャ語ではホメロス)は、審査員たちの主張を裏づけるだけの作品である。大作『オメロス』は、ホメロスの『オデュッセイア』や『イリアス』を引用しながら、セントルシア島の風景や人々や言語を褒めたたえる。ダンテの『神曲』にならって、三韻句法という、2行目がつぎの3行の1行目と3行目と韻を踏む三行定型詩句(または三行連句)を用いている。同時に、冒頭から土地訛りも尊重されている。また、何人かの登場人物の名前に、アキレウスやヘクトルのような、起源は古典ではあるものの、セントルシアの漁師には珍しくない名前を使っている。

『オメロス』は時間と場所を交錯させて、奴隷制度、アメリカ先住民の大量虐殺、カリブ諸島へ流れてきた外国人たちなどの種々の問題を問いただす。ウォルコットはアフリカ、アメリカ、ロンドン、アイルランドの話をセントルシアの出来事と融合し、記憶を寄せ集めたモザイク状の物語を作り出していく。

島の暮らし、アフリカの記憶、植民地時代の痕跡は、ばらばらにされた歴史に意味を見いだそうとするカリブの作家たちの関心の中心でありつづける。■

参照　『イリアス』26-33　■　『オデュッセイア』54　■　『神曲』62-65　■　『ユリシーズ』214-21　■　『ビスワス氏の家』289

現代文学 313

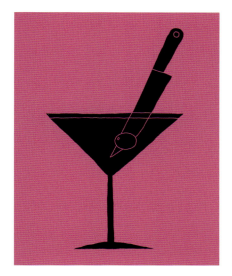

私には殺しの気分が、狂いだす寸前にまで強かった
『アメリカン・サイコ』(1991年)
ブレット・イーストン・エリス

強姦、近親相姦、小児性愛、ドラッグ、暴力などの主題をあからさまに扱うことが、1990年代に現れたジャンル、逸脱小説の特徴である。その数十年前からチャールズ・ブコウスキー、ウィリアム・S・バロウズ、J・G・バラード、キャシー・アッカーといった作家が、奇抜な性的行為や身体切断、ドラッグ使用や過度の暴力などを描いた小説でこの道を切り拓いてきた。

逸脱とは定着した道徳観の境界を越えるということで、アメリカの作家ブレット・イーストン・エリス（1964年～）によるブラック・コメディ『アメリカン・サイコ』は、それを楽しみながらやってのける。本書の暴力シーン、とりわけ女性への暴力描写は、発禁処分へとつながった。

猟奇的な夢

だが本書が真に逸脱している点は、アメリカン・ドリームを追い求めることは精神の病と同類だという示唆にあるかもしれない。1980年代、ウォール街に活気があるさなかのマンハッタンが舞台で、語り手であるパトリック・ベイトマンはヤッピーでもあり、殺人狂の社会病質者でもある。道徳観の欠如したドラッグの蔓延する世界に住み、死体を始末する方法をあれこれ考える。ベイトマンの視点を通して世間を見ることを強いられる読者は、あらゆる物事を商品やサービスとして扱う社会の是非を考えるようになる。■

私は人間としての特徴をすべて備えていた――血、肉、皮膚、体毛――しかし、はっきりと何だかわかる感情は私の中になかった。あるのは貪欲と嫌悪だけだった。
『アメリカン・サイコ』

背景

キーワード
逸脱小説

前史
1973年 イギリスの作家J・G・バラードによる物議を醸した小説『クラッシュ』は、自動車事故によって性的興奮を覚える被害者グループを主人公とする。

1984年 アメリカの作家ジェイ・マキナニーによる風刺的な『ブライト・ライツ、ビッグ・シティ』は、読者を空ろな世界の中心人物に据えたもので、のちの逸脱小説の出現を予感させる。

後史
1992年 アイルランドの作家パトリック・マッケーブによる残酷で衝撃的な『ブッチャー・ボーイ』は、男子学生フランシー・ブレイディの暴力的な空想世界へと読者を陥れる。

1996年 アメリカの作家チャック・パラニュークの逸脱小説『ファイト・クラブ』のアンチヒーロー、タイラー・ダーデンは、無政府主義者で嗜虐性のあるニヒリストである。

参照 『ロリータ』260-61 ■ 『時計じかけのオレンジ』289 ■ 『クラッシュ』332

彼らは穏やかで神聖な川をくだっていった
『スータブル・ボーイ』(1993年)
ヴィクラム・セス

背景

キーワード
インドの英語作品

前史
1950年代 R・K・ナラヤンの文章が、インドの英語作品を世界の読者へ紹介する一助となる。

1981年 サルマン・ラシュディの『真夜中の子供たち』が、インドの英語作品を新たな段階へと押しあげる。

後史
1997年 アルンダティ・ロイが、カースト制度に挑んだ『小さきものたちの神』でブッカー賞を受賞する。

2000年 アミタヴ・ゴーシュが、ビルマ、ベンガル、インド、マレー半島を舞台にした歴史小説『ガラスの宮殿』で、移民と植民地支配を描く。

2006年 インド生まれの英語作家キラン・デサイが『喪失の響き』で、植民地制度の影響を考察する。

こ　こ2、30年、インド人による英語作品は、国際的な注目を集める文学ジャンルとして確実に足跡を残してきた。1950年代と60年代では、インドの作家のなかには──国外で評価された英語小説家の先駆けのひとりであるR・K・ナラヤンは特に──インドで使われている数多くの言語や方言ではなく、熟慮のすえに英語で執筆することを選択した者がいた。初期のインドの英語作家のほとんどが、インド国内で執筆し、日々の体験を描写した。しかし、1980年代以降に新たな世代が現れ、そのほとんどが、帝国主義の影響、宗教間の緊張、カースト制度などを含め

参照 『真夜中の子供たち』300-05 ■ 『停電の夜に』338

たポストコロニアルのインドをテーマに焦点をあてることを選択した。

からみ合う物語

サルマン・ラシュディは、いわゆるインド人ディアスポラの小説家——国外に居住するインド人作家——の草分けであった。ヒンズー教の神話、ボンベイ映画、マジックリアリズム、インドのことばをちりばめた複合的な英語を使用し、それらが溶け合ったラシュディのブッカー賞受賞作『真夜中の子供たち』は、インド英文学のルネサンスと評されたものの出発点である。幾人かの作家がラシュディにつづいたが、1993年に小説『スータブル・ボーイ』が出版されたヴィクラム・セスもそのひとりである。『スータブル・ボーイ』は、英語で執筆された小説のなかで最長の部類にはいる。1950年代初期——1947年のインド分離独立から間もないころ——を舞台に、小説は18か月間にわたる4家族の運命を追う。そのうちの3家族、メーラ家、チャタジー家、カプール家——どれも中流階級で、教養のあるヒンズー教徒——は、婚姻によって互いに親戚関係にある。4番目の家族は貴族階級のイスラム教徒、カーン家で、カプール家の友人である。

小説の幕あけは、ベナレスとパトナのあいだにあるガンジス川沿いの架空の街、ブラーンプールだが、話はカルカッタやデリーやカーンプルでも展開する。こうした舞台がきわめて表現豊かに、そしてしばしば機知に満ちた表現で描写される。ガンジス河や、人々がひしめき合って騒がしい通りや市場、極端な貧富の差、そして驚くほど変化に富んだ風景に鮮やかな命を吹きこんで、セスは1950年代初頭のインドを鮮やかに、写実的と言ってもよいほどくわしく再現する。話の中心にあるのは、19歳になる大学生の末娘ラタの結婚相手としてふさわしい男性

ヴィクラム・セス

実業家と判事の息子であるヴィクラム・セスは、1952年インドのカルカッタで生まれた。ドゥーン・スクールを出たあと、教育課程をイギリスのトンブリッジで終え、その後オックスフォード大学に進んで、哲学・政治・経済（PPE）コースを卒業した。アメリカのスタンフォード大学で経済学の修士号を取得したあと、しばらくのあいだ中国に滞在し、古典の漢詩を研究した。現在はイギリスに住んでいるが、インドとは密接なつながりを保ちつづけている。

セスの作品は、詩、子供向けの本、小説3作を含む。2009年に、『スータブル・ボーイ』の続編、『スータブル・ガール』と命名した作品を執筆中だと公言した。当初、その作品は2013年に完成することになっていたが、セスは2012年にＢＢＣのラジオ番組「デザート・アイランド・ディスクス」に出演し、執筆はゆっくりとしたペースであると述べている。「締め切りが通り過ぎる音は、作家が最も聞き慣れている音色だ」。

ほかの主要作品

1986年　『金の門』
1999年　『平等の音楽』
2005年　『ふたつの人生（伝記）』

ガンジス河沿いの町は 生命と色彩で脈動し、からみ合うストーリーと、セスの物語で克明に描かれるインドの多種多様な現実に、活気ある背景を提供する。

スータブル・ボーイ

「おまえもわたしが選んだ人と結婚するんだよ」ルパ・メーラ夫人は二番目の娘に決然と言い放った。
『スータブル・ボーイ』

（スータブル・ボーイ）を探そうとするルパ・メーラ夫人の確固たる決意である。

個人的なものと政治的なもの

　小説は結婚式の場面からはじまる。ラタの姉サヴィタが、名家出身の若い大学教授プラン・カプールに嫁ぐ場面である。プランはぜんそく持ちであるものの、「スータブル・ボーイ」と見なされる。ラタの思考と行動には、当時のインドで起こっていた変化がさまざまな形で反映されていて、最愛の姉は会ったこともない男となぜ結婚できるのかと、複雑な思いをいだいている。

　話が進むにつれ、ラタは3人の男と恋に落ちる。イスラム教徒の学生カビール、国際的に評価されている詩人アミット、靴業界のやり手実業家アレスである。ラタがだれを選ぶのか、読者は最後の瞬間までわからない。重要なのは、母親の希望や社会の現実、自身の愛や情熱を考慮しながら、ラタがみずから決断をくだすことだ。しかし、『スータブル・ボーイ』は単なる恋愛小説ではない。個人的なものも政治的なものも含めたさまざまなサブプロットや、多彩かつ繊細に描いた登場人物たちを組み入れた、それをはるか

に上まわる物語である。登場人物の幅は、4人の子の人生に絶え間なく干渉するルパ・メーラ未亡人からイスラム理想主義者の青年ラシードまで、ラタの親友であり、男まさりのマラティから数学の天才少年バスカーまで、また政治家マヘーシ・カプールから音楽家イスハークまで、多岐にわたる。インドの初代首相ジャワハルラール・ネルーのような実在する歴史上の人物も、この文学の混ぜ合わせのなかに加えられている。

　『スータブル・ボーイ』は、ネルー時代（1947年〜64年）の発展途上期、インドの分離後に起こった社会や政治の出来事について、くわしく説明する。作中には、働く価値、変化の過程、貧富の差、インドが進もうとしている方向などの重要な論点が織りこまれている。物語には、独立後に実施された1952年の選挙に向けた準備期間の様子が記述され、そこにはカプール家が密接にかかわっている。宗教的不寛容、具体的にはヒンズー教とイスラム教間の緊張が、ラタのカビールへの愛情や、プランの弟マーンと歌い手兼情婦サイーダ・バイとの関係に対する受け止め方のなかに見られ、モスクの近くにヒンズー教の寺院を建立する計画をめぐって、ヒンズー教徒とイスラム教徒が暴動寸前に至る過程が描かれる。セスはまた、悪臭のひどい皮なめし業でぎりぎりの生活を送るジャータヴなど、カーストの低いインド人の虐げられた状況も描

ラタはむずかしい選択を迫られている。
イスラム教徒の学生を選ぶべきか、それとも国際的に評判の高い詩人か、あるいは実業家を伴侶とするべきか。ラタの苦境は、分離後のインドの苦境と共鳴する。宗教による派閥主義を乗り越える選択をすべきか、洗練した国際主義へと励むべきか、あるいは経済的安定に甘んじる道を選ぶべきか。

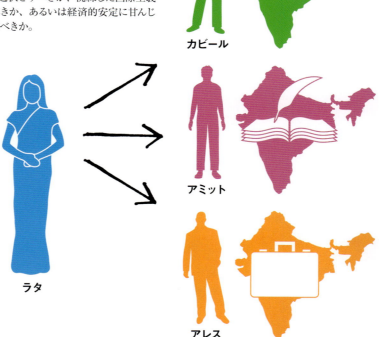

結婚は『スータブル・ボーイ』の中心のテーマであり、宗教、階級、性別、政治から国家や個人のアイデンティティーまで、重要な事柄を掘りさげていくために用いられる。

写する。プロットの一部は、土地改革と、広大な土地を保有する貴族から地所を奪う目的で制定されたザミーンダーリー制度の廃止を軸に展開する。また本書は、友人マラティの自立やイスラムの習慣パルダー制（女性が隔離されてブルカなどで体を覆い隠す）をラタの家族への依存と比較することで、1950年代インドにおける女性の役割についても探究する。

現実世界の不安

ラシュディの描く魔術的なインドとは異なり、セスの小説は仕事、愛、家族、立法の複雑さ、政治的陰謀、学問の世界、宗教間の緊張など、実生活の問題に焦点をあてる。これらが、人の心を惹きつける、きわめて読みやすい、またときに陽気でもある詩的な美しい散文体で表現される。本書はインドの人々が話す英語をそのまま使い、ヒンズーやイスラムのことばは多くが英語に翻訳されず、そのまま文中にちりばめられる。英語で執筆するインド人作家のアニター・デサイが、「インドの街角でふつうの人たちが話すようなことば、つまり口語の英語を使えるとインド人作家たちがようやく思えるよう

になった」のは、ラシュディ以降のことだと述べた。セスもまたこれを完璧にやりのけている。

帝国主義者の言語？

ヴィクラム・セスは小説家であると同時に、熟練した詩人でもあるため、当然ながら作中にきわめて詩的な言いまわしがいくつも含まれている。その多くは、ウルドゥー語の詩の世界や、インド音楽と歌（ガザル）、サイーダ・バイと楽団が歌って演奏する神話や伝説へと読者を引きこむ。同じように記憶に残るものはほかにも、虎狩り、皮なめし作業の悪臭を放つ貯水桶、インドの田園地方、クンブ・メーラの祭りなどがある。この作品では、チャタジー家の面々が何気なく投げかける軽口のような対句が目次となり、ひとつの二行連句で各章を表して、19組の押韻対句が目次全体を構成している。セスは記念碑的なこの小説を書くのに8年以上を費やした。本書は大評判を呼び、コモンウェルス作家賞を受賞した。セスはジェイン・オースティンと比較されつづけてきたが、家族の出来事を扱って、現実的で洞察が鋭いところはオースティン

の小説を思わせるものの、『スータブル・ボーイ』は英語で執筆されたまぎれもないインド小説であり、その分野のきわめて重要な1冊でもある。

インドの英語文学の評価に関しては激論が交わされており、一流のインド人小説家たち（国外に居を構えることが多い）が、なぜ英語で執筆すべきなのかという疑問がよく投げかけられる。かつてラシュディは「独立以降のインドの最高傑作は過去の帝国主義の言語でなされたかもしれないという皮肉は、一部の人には耐えがたいことだろう」と発言している。とはいえ、インド人による英語文学は21世紀にも成長しつづけ、アルンダティ・ロイ、ジュンパ・ラヒリ、アミタヴ・ゴーシュ、キラン・デサイといった作家たちが、小説の舞台をインドにしたり、ディアスポラの根なし草的な生き方や疎外感を受けた経験に焦点をあてたりしながら、さらに発展させている。■

彼らは互いに激しく同調し合い、互いに楽しそうに反目し合った。
『スータブル・ボーイ』

あれこそ、ギリシャ人の考えだ。深淵なる考えではないか。美は恐怖である
『シークレット・ヒストリー』（1992年）
ドナ・タート

背景

キーワード
キャンパスノベル

前史
1952年 アメリカの作家メアリー・マッカーシーの『学園の森』が刊行される。最初のアカデミック、すなわち「キャンパス」ノベルの草分け的存在と見なされる。

1954年 イギリスの作家キングズリー・エイミスによる小説『ラッキー・ジム』は影響力の大きな作品であり、戦後の世の中を突き進む若い歴史教師を追うプロットで、キャンパスノベルのジャンルを一歩先へと発展させる。

1990年 イギリスの小説家A・S・バイアットのブッカー賞受賞作『抱擁』は、学問世界を舞台にしたポストモダンの歴史ミステリーだと言える。

後史
2000年 アメリカの作家フィリップ・ロスによる『ヒューマン・ステイン』が、引退した古典学教授の複雑な人生と、変わりゆくアメリカの学問の世界を深く描く。

アメリカのドナ・タート（1963年〜）が『シークレット・ヒストリー』を刊行したとき、キャンパスノベルのジャンルを著しくひろげたと評価を受けた。大学を舞台にした小説が発展した1950年代は、戦後の社会における問題と欧米諸国の大学で交わされていた文学や文化などの論争とのあいだに密接な関係があった。そうした小説では、大学という閉じこめられた空間を舞台に、学術的な生活や、学者のもったいぶった態度を風刺するものが目立つ。

知的社会の魅力

『シークレット・ヒストリー』は、ニューイングランドの一流大学の古典学を専攻する6名の学生グループを追う物語である。タートは1950年代の大学環境の利用法を拡張して、文学の役割、アイデンティティー、そしてキャンパスノベルというジャンルそのものに疑問を投げかける。

物語は殺人事件を推理するという筋書きで幕をあけるが、犯人の正体ではなく殺害の動機で読者を迷わせ、その謎が徐々に解き明かされていく。それにギリシャ悲劇をなぞらえることで、主人公の性格上の「悲劇的欠陥」が実際に存在するのかという点について、読者は疑問をいだかずにはいられなくなる。タートはこの疑問を話の全編にわたって探索し、われわれが文学上の遺産をいまでも活用しつづける理由とその手法について模索している。

哲学的殺人

タートが描く学生の登場人物たちにとっては、文学こそが現実の姿である。そして、学生のひとりヘンリーが言う「死は美の母なり」という哲学的な考えのオマージュとして、殺人という形がとられることになる。この殺人を、学術的な理論に基づいた悪趣味で自意識過剰な文学上の単なる仕掛けと解釈すべきなのか、あるいは理論そのものに対する否定と解釈すべきなのか。タートはその判断を読者に一任する。■

参照 『オイディプス王』34-39 ■ 『恥辱』322-23

現代文学

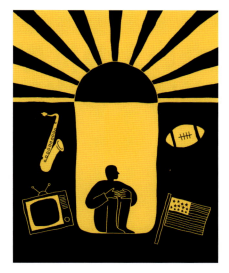

私たちがこうして目にしている光景というのは、世界のほんの一部にすぎないんだってね

『ねじまき鳥クロニクル』（1994年～95年）
村上春樹（むらかみはるき）

20世紀後半からのグローバル化——特にアメリカ大衆文化の世界各国へのひろがり——によって、作家は全世界の読者に向けて執筆するかのように、考えられるようになった。

アメリカの影響は日本文化で特に強く、これはアメリカによる日本の占領（1945年～52年）にある程度起因する。日本の村上春樹（1949年～）には、半分アメリカ人であるかのような文化的背景がある。フィッツジェラルドやカポーティの作品を日本語へ翻訳し、東京でジャズ喫茶を経営していたこともある。

東と西の出会い

村上の小説『ねじまき鳥クロニクル』からは、アメリカの影響だけでなく、ヨーロッパ文化のモチーフもうかがえる。たとえば物語の冒頭は、主人公の岡田亨（おかだとおる）がロッシーニを聞きながらパスタを料理している場面からはじまる。本書は西洋文化に根ざした複雑な冒険物語である。ギリシャ神話でオルフェウスがエウリュディケーを連れもどすために地下世界へ向かうように、岡田も行方知れずの妻の久美子を取りもどすために井戸のなかへおりていく。

とはいえ、中核にあるのはやはり日本の物語である。村上は、日本の近代都市の孤立をありありと描き出すと同時に、日本の歴史もつぶさに探求する。たとえば、間宮（まみや）中尉の戦時中の満州での生活やソ連の収容所での暮らしの話は、日本の強暴な戦争の記録を伝えるものである。■

背景

キーワード
世界へ向けた作品

前史
1987年　村上による『ノルウェイの森』は、友情や愛や喪失についてのノスタルジックな話で、アメリカ文学に関心を持つ主人公が大学生のころの物語である。

1988年　吉本ばななの『キッチン』は、日本人の若い女性の感性豊かな物語で、調理の場であるキッチンが、主人公の感情の逃げ場となる。

後史
1997年　村上龍の『イン ザ・ミソスープ』は東京の歓楽街を舞台とした犯罪小説で、ホイットニー・ヒューストンやロバート・デ・ニーロといったアメリカ人の名前が会話文のなかに登場する。

2002年　『海辺のカフカ』は西洋風の文化と神道が共存する日本が舞台となっていて、村上は形而上の幻想小説を探究している。

ひとりの人間が、
他のひとりの人間について十全に
理解するというのは
果たして可能なことなのだろうか。
『ねじまき鳥クロニクル』

参照　『遊んだのはスリル』336

たぶん目の見えない人の世界の中でだけ、物事は真の姿になるでしょうね
『白の闇』(1995年)
ジョゼ・サラマーゴ

背景

キーワード
寓意の風刺文学

前史
1605年　ミゲル・デ・セルバンテスの『ドン・キホーテ』は騎士の冒険を演じる主人公の妄想物語で、現実どおりに世界が見えないことについて探究する。

1726年　イングランド系アイルランド人の作家ジョナサン・スウィフトの『ガリヴァー旅行記』が、空想物語のなかで道徳と政治の堕落を誇張する。

1945年　イギリスの作家ジョージ・オーウェルが『動物農場』で、政治が腐敗した人間社会と農場の反抗的な動物たちとの類似点をたどる。

後史
2008年〜10年　アメリカの作家スーザン・コリンズが寓話の風刺を用いて、現代のアメリカ社会における政治道具としてのメディアの力を指摘する『ハンガー・ゲーム』を出版する。

ジョゼ・サラマーゴの悲痛な小説『白の闇』(原題はEnsaio Sobre a Cegueira、「盲目についての試論」としてポルトガル語で刊行された)は寓意風刺小説——並行するサブテキストを持つ物語の一種で、道徳や政治に関することが多い——の代表的な一例である。明示的であれ暗黙であれ、寓意風刺における出来事は、社会や政治や人生のさまざまな様相をあざける比喩として用いられる。『白の闇』では、実際の舞台、登場人物、時代はぼかしてあるものの、1933年から74年まで支配していた独裁主義政権、ポルトガルのエスタード・ノボ(新国家)が風刺されている。いかにも右派による資本主義社会らしく、監視下の社会では道徳心や親切心、そして共感性が失われる。

もし全員失明してしまったら？

小説は、名前のない国のある都市に住む人々が失明状態——視界が暗くなるのではなく、真珠色のミルクに包まれているかのような状態——になりはじめてか

失明した人々の世界

社会は**比喩的な失明**に侵されている。
共感、道理、道徳の欠如。
→
それによって、社会を構成する人々が**ほんとうに失明する。**
↓
失明した人々のなかから**新たな社会が形成され、**それまでの社会は闇に転落する。
←
社会は**失明した人々を監禁、**拘束、隔離しようとする。

参照 『神曲』62-65 ■ 『カンタベリー物語』68-71 ■ 『ドン・キホーテ』76-81 ■ 『カンディード』96-97 ■
『ガリヴァー旅行記』104 ■ 『動物農場』245 ■ 『蠅の王』287

現代文学 **321**

ポルトガルの抑圧的なエスタード・ノボ政権が、サラマーゴの文章には物言わず存在している。本の題名と内容は、暗くて邪悪な政治的失明を示している。

らの出来事を描写する。病は他人との接触や人間を介して拡散し、治療不能である。政府は病にかかった人々を監視つきの精神科病院へ移し、食料と清掃器具を提供するだけで、あとは自力で生活するにまかせる。

連帯意識に基づいて、失明した人々のなかである種の社会が──必要に迫られたり、生き抜くためだったり、人間らしい共感がもどったりで──出現しはじめると、おもな登場人物たちが共同体の一員として成長していく様子がうかがえる。失明したばかりの人々の身体的、精神的な苦難を、道理や人間性や人間社会という考えそのものを見失った人々の苦難との対比としてサラマーゴは描写する。「ここにいる失明患者たちは、すぐに獣になってしまうだろう。もっとひどいことに、目の見えない獣に」。失明したならず者の集団の出現で、さらなる迫害の要素が加わる。これには暴力と恐怖の全体主義政権という明らかな政治的含蓄がある。句読点を最小限に抑え、時制と視点を切り替えることで、サラマーゴは物語にとどめどない力を与える。この文体が焦燥感を生み出していることから、物語の主題と共鳴する文体だと言える。

失明と洞察

読者は、この過酷な状況を医師の妻の目からながめるという別の視点を与えられる。医師の妻は最初に抑留された患者のひとりだが、夫と行動をともにするため、失明したふりをしている。この仕掛けにより、読者は作中で生まれる新たな結束、見捨てられた習慣、何度も再形成されるイデオロギーについて理解を高めることができる。人々が互いに理解し合い、真っ白で何も見えない世界を、悪党たちの残忍さを、病院のきびしさを生き抜く希望と強さを見いだすのは、医者の妻の目からである。妻が持つ人間味と共感によって、人々は最終的に病院の外での人生を再建しはじめる。■

ジョゼ・サラマーゴ

ジョゼ・デ・ソウザ・サラマーゴは1922年ポルトガルで、地方の貧しい労働者の息子として生まれた。両親には息子を学校へかよわせる余裕がなかったため、サラマーゴは溶接工として訓練を受けた。執筆の才を用いて、翻訳者やジャーナリストや編集者として仕事に就くのは後年のことである。政治に熱心なサラマーゴは、最初の小説『罪の土地』（1947年）が製本を阻止されたことで、保守カトリック政権であるエスタード・ノボ（新国家）の評判が芳しくないことを知る。1966年『可能な詩』でふたたび頭角を現し、さらに多くの小説を執筆したのち、1998年にノーベル文学賞を受賞した。1992年、ポルトガル政府がサラマーゴのある作品の検閲をおこなったのを機に、スペインへ移住。2010年に死去するまで住みつづけた。

ほかの主要作品

1982年 『修道院回想録』
1984年 『リカルド・レイスの死の年』
1991年 『イエス・キリストによる福音書』
2004年 『見えることについての試論』

英語は南アフリカの現実を伝える媒体として適していない
『恥辱』(1999年)
J・M・クッツェー

背景

キーワード
南アフリカ文学

前史
1883年　オリーヴ・シュライナーが『アフリカ農場物語』で、植民地社会を背景に家長制とジェンダーの問題を探求する。

1948年　アラン・ペイトンの『叫べ、愛する国よ』が、南アフリカの抑圧的な政治の実態を世界に公表する。

1963年〜90年　数えきれない本が「望ましくないもの」として南アフリカで発禁処分となる。

1991年　作家であり活動家でもあるナディン・ゴーディマーがノーベル文学賞を受賞する。

後史
2000年　作家のゼイクス・ムダが、小説『赤の核心』でコーサ族の歴史と神話と植民地時代の衝突の複雑な混合を試みる。

2003年　デイモン・ギャルガットによる『グッド・ドクター』が、政変の前途を酷評する。

　植民地支配とアパルトヘイトによって抑圧されていた南アフリカの社会から、非凡な文学が生まれた。アパルトヘイトのさなかとそれ以後の作品は、大別するとふたつのグループになる。ノーベル文学賞を受賞したナディン・ゴーディマーのような作家は、社会の現実とそれぞれの時代の政治に根ざした歴史を証言する入り組んだ小説を生み出した。対してJ・M・クッツェーは、「歴史の向こうを張る」文章を創作し、社会的に無責任にさえ見える。クッツェーのストーリーはどれも、曖昧さととらえどころのなさが特徴的で、ポストモダン的なこだわりが見られる。

悔悛など、この世のどこにもない。それは異世界のもの、別な次元の論法だ。
『恥辱』

力の関係

　クッツェーの小説『恥辱』は、降格されて「コミュニケーション学」を教えている古典・現代文学の教授、デヴィッド・ラウリーの失脚の話を軸とする。新たな南アフリカ社会では、ヨーロッパ系の白人であることは何の担保にもならず、ラウリーはコミュニケーションが成り立たないことに気づく。女子学生のメラニーを詩作で口説くこともうまくいかず、結局逢瀬のさなかにメラニーを事実上レイプしてしまう。

　ラウリーが恥辱に陥って解雇されたあと、話の舞台はラウリーの娘ルーシーが小自作農を営む東ケープ州へと移る。ラウリーは理想化された田園の過去を垣間見るが、白人の地主と黒人の使用人との序列の変化に苦しむ。そして、田舎の動物愛護クリニックの動物たちを殺処分をする手伝いをして、時間を埋める。

　ラウリーはヨーロッパの言語をいくつか話すが、ルーシーの近隣住民ペトラスを会話に引きこむことができない。「英語の鋳型に押しこんでしまっては、ペトラスの物語も関節炎をおこし、老化してしまうだろう」。

参照 『アフリカ農場物語』201 ■ 『叫べ、愛する国よ』286 ■ 『白く渇いた季節』333

農園を襲い、娘ルーシーを凌辱した3人の黒人の若者に理を説くアフリカのことばをラウリーは持たず、近隣住民らの共謀を暴くこともできない。のちにペトラスの地主としての新たな地位を祝う場で、招待客のひとりがフロアの中央に立ち、黒人にしか理解できないコーサ語で未来を語る。

不たしかな未来

南アフリカで最初の自由選挙がおこなわれた5年後に刊行された『恥辱』は、アパルトヘイト撤廃後の新たな国へ期待する楽観的な気分であふれた「ハネムーン」文学と著しい対照をなす位置にいる。文化的背景に関係なく、だれもが恥辱を感じる状況を描写するという点で、細やかな釣り合いのとれた作品である。ラウリーは自身の傲慢さから聴聞会で証言を拒絶したが、つらい体験に対するルーシーの沈黙は、修復や癒しに役立つことばなどありはしないのだから、人生から余分なものを取り去り、基本に立ち返るしかないという覚悟を示唆している。■

J・M・クッツェー

小説家、言語学者、エッセイスト、翻訳者であるジョン・マイケル・クッツェーは、1940年、英語を話すアフリカーナの両親のもとに生まれた。少年時代をケープタウンと西ケープ州ウースターで過ごした。1960年代に学校を卒業すると、ロンドンでコンピュータープログラマーとして働いた。テキサス大学で英語学・言語学・ゲルマン語学で博士号を取得する。

1972年よりケープタウン大学で教職に就き、2000年に文学部特別教授として教職を終え、その後は頻繁にアメリカで教えた。ブッカー賞（2度）や2003年ノーベル文学賞をはじめ、これまで多くの文学賞を受賞している。現在は南オーストラリアに居住し、動物の権利を求める擁護者という一面も持つ。

ほかの主要作品

1977年 『石の女』
1980年 『夷狄を待ちながら』
1983年 『マイケル・K』
1986年 『敵あるいはフォー』
1990年 『鉄の時代』

職業の恥辱
教授の学問上のキャリアのつまずきは、ある学生へのセクシャル・ハラスメント行為のために全壊する。

性的な恥辱
ラウリーの娼婦との性生活と、強欲で下劣な誘惑は、本人の空想に付きまとうバイロン風の恋愛と対比をなしている。

小説のタイトルは、悔悟することのないデヴィッド・ラウリーの恥辱のさらに先へと到達する。非人道的行為、恥、屈辱は、新しく壊れやすい社会を呑みこんでしまう恐れがある。

動物の扱い
恥ずべき動物軽視や虐待──クッツェーの小説で一般的なテーマ──は、動物病院での残忍な職務に反映されている。

人種間の暴力
ルーシーのレイプ事件と、その身の安全に対する絶え間ない威圧と脅迫は、黒人と少数の裕福な白人とのあいだの緊張を象徴する。

アパルトヘイト
小説を支える数多くの恥辱の要素は、植民地制度やアパルトヘイトという南アフリカの歴史における幅広い恥辱を示唆している。

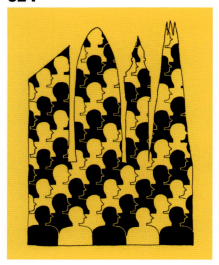

すべては二度起こることになる、内側と外側で。そしてその二つは異なった歴史なのである
『ホワイト・ティース』（2000年）
ゼイディー・スミス

背景

キーワード
多文化主義

前史
1975年　トリニダード生まれのサム・セルヴォーンによる、ロンドンの西インド諸島出身の家主の話『モーセ昇天』で、ブラック・パワーの集団が地下室を占領する。

1987年　スリランカ生まれのカナダ人作家マイケル・オンダーチェが『ライオンの皮をまとって』で、トロントの移民労働者の人生について語った豊かな物語に土着の文化を織りこむ。

1991年　レナン・デミルカンによる、ドイツに住むあるトルコ人一家のなかの相反する忠誠心を説明する半自伝小説『紅茶に砂糖を三杯』がベストセラーとなる。

後史
2004年　イギリスの作家アンドレア・レヴィによる、ふた組のカップルの人生に関する話『スモール・アイランド』が、戦後のイギリスでの移民体験に光を投げかける。

　アメリカやカナダやイギリスでは移民の多様性と英語の遍在性の両方を反映する新たな作品が急増している。移民先で新たな文化に同化する必要性があって、移住してきた世代は主張を控える傾向があるため、文化の融合を反映する話を創作する強い動機を持つのは移民家族の第2世代であることが多い。多文化作品が生まれなかったほかのヨーロッパや別の地域でも、多様化が進むにつれて新たな声が聞かれはじめている。たとえばドイツでは、レナン・デミルカンがトルコ人によるドイツ語作品への道を切り拓いた。

　イギリスでは、多文化文学が1950年代のコモンウェルス諸国からの移民流入という大きな流れを振り返り、大都市に住む多種多様な民族の生き方を明らかにすることが多い。ほかの国々と同様に、異人種間で生まれた作家たちや、移民第2世代の作家たちが、移民先の地域社会への融合を深く考察する最初の小説を書きあげた。ゼイディー・スミスの『ホワイト・ティース』は、ロンドン北部に住む多文化家族の複雑な継承について、若者ならではの新鮮な見方を提供している。

人種の坩堝（るつぼ）イギリス

　『ホワイト・ティース』は第2次世界大戦終了の日までさかのぼる。そのころ、ギリシャに配備されていた英国陸軍の戦車隊で、イギリスの白人労働階級のアーチー・ジョーンズが、バングラデシュ人のイスラム教徒で無線技師のサマード・イクバルとペアを組まされていた。友情は階級や肌の色を超えて、終戦後も継続する。結婚の揉め事、ともに高齢からはじめた父親業などによって、ふたりの結びつきは強まる。サマードには、見合い結婚したアルサナとのあいだにもうけたマジドとミラトという双子の息子が、アー

誰かイギリス人だって言える人がいる？
本物のイギリス人だって？
そんなのおとぎ話よ！
『ホワイト・ティース』

現代文学 **325**

参照 『叫べ、愛する国よ』286 ■ 『ビスワス氏の家』289 ■ 『停電の夜に』338 ■ 『カイト・ランナー（君のためなら千回でも）』338 ■ 『半分のぼった黄色い太陽』339

『**ホワイト・ティース**』では白人、移民第1世代、イギリス生まれの子供世代間の関係のネットワークが、イギリス社会の変わりゆく性質を反映している。

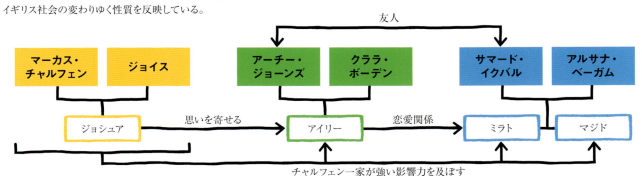

チーとジャマイカ出身の妻クララとのあいだにはアイリーという娘がいる。

いまは地元の「カレー屋のウェイター」のサマードは、息子のマジドをバングラデシュへ帰し、イスラム教の受け継ぐべき伝統を養わせようと決心する。ところが、数年後にもどったマジドは、宗教に無関心な科学者になっていた。皮肉なことに、双子のもう一方、不良息子のミラトはイスラム原理主義グループに参加する。アイリーは祖母を通じて母親の祖国に引きつけられる。ミラトもマジドもアイリーも、両親がそうであったように、どこにも属していないという思いと格闘する。「イギリスという国がある。巨大な鏡だ。そして、アイリーがいる。鏡には映らない」。

スミスはあらゆる会話に耳を澄まし、あらゆる場所に目も向け、移民社会への襲撃、マリファナだらけの中学校、おしゃべりな中流階級などを作品に取り入れていく。

設定の一部をサッチャー政権期間——1980年代——に置いた本書には、サルマン・ラシュディへの「ファトワ」から、ナイキウェアに身を包んだストリート・キッズまで、さまざまな文化への言及がちりばめられている。スミス自身は学生時代に執筆したこの小説を酷評したが、『ホワイト・ティース』はイギリス人であるということの新たな定義が必要となった時代の生き生きとした年代記でありつづけている。■

ゼイディー・スミス

ゼイディー・スミスは1975年ロンドン北部にて、イギリス人の父親とジャマイカ人の母親のもとに生まれた。もともとの名前はセイディーであったが、14歳のときにゼイディーに改名した。好評を博した最初の小説『ホワイト・ティース』は、スミスがケンブリッジ大学キングス・カレッジの最終学年に在籍していたときに執筆した。アメリカへ移って、ハーヴァード大学で学び、コロンビア大学の芸術学大学院で創作を教えたのち、現在のニューヨーク大学の教職に就く。スミスはニューヨークと、夫のニック・レアードとふたりの子供とともに暮らすロンドンでの二重生活を送っている。これまでに20近くの賞のノミネートと受賞があった。また最近は、短編や評論にも手をひろげている。「ガーディアン」紙のある記事のなかで、小説を書くための黄金律10か条を尋ねられたスミスは、つぎのように述べている。「なんでもかまわないから手にはいるヴェールをかぶせて真実を語りなさい——とにかく伝えるのです」

ほかの主要作品

2002年　『直筆商の哀しみ』
2005年　『美について』
2012年　『NW』

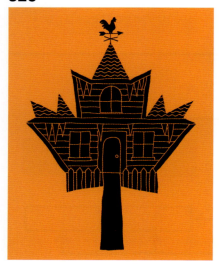

秘密を知られないようにするには、秘密などないふりをするのがいちばん
『昏(くら)き目の暗殺者』(2000年)
マーガレット・アトウッド

背景

キーワード
南部オンタリオ・ゴシック

前史

1832年 カナダ初の小説とされる、ジョン・リチャードソン作『ワクースタ』は、脅威とゴシックの恐怖に満ちあふれている。

1967年 ティモシー・フィンドリーの『気の狂った人びとの最後』が刊行される。5年後、この小説を説明するために、フィンドリーが南部オンタリオ・ゴシックということばを作り出す。

1970年 ロバートソン・デイヴィスの『五番目の男』は、オンタリオ地域社会の暗部に目を向けた、南部オンタリオ・ゴシック初期の好例である。

後史

2009年 アリス・マンローの短編集『小説のように』には、陰謀、殺人、恐怖などのゴシック的要素が盛りこまれている。

2013年 みずから「エコゴシック」と説明するヒラリー・シャーパーの『パーディタ』は、現代のカナダにおける怪談である。

18世紀から19世紀にかけてのゴシック小説と言えば、何かに取りつかれた城、非道な悪党、危機にさらされたヒロイン、謎、幽霊といった要素を特徴とするものが大多数だった。20世紀後半には、カナダ、とりわけ南部オンタリオで、この伝統をもとに独自の発展が見られた。アリス・マンロー、ロバートソン・デイヴィス、マーガレット・アトウッドといった作家たちは、超自然的なものやグロテスクな要素、薄暗いイメージなどのゴシック小説の特徴を取り入れ、現代のカナダの生活と組み合わせている。こうした流れはポストコロニアルの時代の国家のアイデンティティーに意味を見いだそうとする文学上の試みであり、また自分たちの歴史についての不安の表れと見なされることが多い。

物語の複雑さ

マーガレット・アトウッドは、ヨーロッパのゴシック文学の養分となった不安や恐怖の魅力を、人間の性質の暗い面と隠蔽された秘密の潜在的な破壊力を探りながら、小説の舞台をみずからの本拠地へと移し替えた。アトウッドの小説『昏(くら)き目の暗殺者』は、犠牲と裏切り、真実と嘘、陰謀と恋愛、そして生者と死者の境界線などを描いた南部オンタリオ・ゴシックを代表する作品である。

話は重層的で、83歳のアイリス・チェイス・グリフェンが孫娘にあてた手紙に思い出をしたためるという形で語られる。アイリスの話のなかには、妹ローラが執筆したとされる、『昏き目の暗殺者』というタイトルの恋愛小説が埋めこまれている。その小説のなかにもまた別の話があり、そちらはローラの小説に登場する男が語り手となった大衆SF小説である。これらの話の合間に新聞記事が差しこま

闇が近くに迫った……また日陰者にもどれる。ローラの投げる長い影の中へ。
『昏き目の暗殺者』

参照 『フランケンシュタイン』120-21 ■ 『ドラキュラ』195 ■ 『嵐が丘』132-37 ■ 『侍女の物語』335 ■ 『セレクテッド・ストーリーズ』（アリス・マンロー）337

れることで、さらに別の次元が物語に加わる。話の本筋はアイリスの思い出を語ったもので、1920年代と30年代のローラとアイリスを中心に展開する。ここではゴシックのモチーフが新たな形を与えられ、取りつかれた城はアイリスの住まい、すなわち裕福な祖父が建てた豪邸アヴァロン館である。非道な悪党はアイリスの横暴な夫リチャードで、アイリスとローラは犠牲になるヒロインそのものである。

現実に付きまとわれる

この小説は現実味のある描写がつづくが、象徴的な超自然現象と無縁ではない。フラッシュバックの構成を用いているため、死ぬと読者が知っている登場人物たちが現れると、過去からの亡霊が話しているように感じられる。冒頭の1行目から自殺したことがうかがえるローラは、記憶と徐々に明かされていく秘密を通してアイリスに付きまとう。

本書の南部オンタリオは、暗く鬱屈した土地として描かれている。そこへ足を踏み入れるには、不気味にひろがる水面を渡らなければならず、リチャードという残忍な門衛も控えている。主人公たちは意味を求めてその地を歩きまわる。

総じて、ゴシックの修辞の再利用と、異なるジャンルを織りこむ技量によって、アトウッドの作品は暗いものでありながらも、それぞれの要素が全体を照らすような作りになっている。■

『昏き目の暗殺者』の構成は、作中の作品と複数の語り手から成り、ゴシック文学を反映する。3番目の話は——ザイクロン星を舞台にしてはいるが——恋愛、裏切り、殺人などのなじみのあるゴシック要素を取り入れている。

第1の話は、アイリス・チェイス・グリフェンの思い出で、そのなかでアイリスは過去を再構成し、自分自身の人生と妹の人生を見つめなおす。

第2の話は、『昏き目の暗殺者』という同名タイトルの小説で、ローラ・チェイスが執筆したとされ、政治亡命者と恋人の社交界の令嬢にまつわる話を語る。

第3の話は、失明した暗殺者と口がきけない生け贄の処女についての暗いSF空想小説である。

マーガレット・アトウッド

カナダの小説家、詩人、エッセイストであるマーガレット・アトウッドは、1939年にオンタリオ州オタワで生まれた。幼年時代の大半、一年の半分を父親が昆虫を研究していた原野で過ごした。そのあいだ、アトウッドは詩や戯曲や漫画を書き、学校にかよっていたころから作家になることを決心していた。アメリカの作家エドガー・アラン・ポーが特に好きで、ポーの陰鬱さの影響はアトウッドの小説に多く見られる。

初の出版は1966年の詩集ではあるが、小説家としてのほうがよく知られている。最初に出版された小説は、1969年の『食べられる女』である。環境問題と人権に対するアトウッドの情熱は、ディストピア小説『侍女の物語』や、『オリクスとクレイク』からはじまる3部作を通して表現される。『昏き目の暗殺者』で受賞したブッカー賞をはじめ、これまでに名高い文学賞を数多く受賞している。

ほかの主要作品

1985年 『侍女の物語』
1988年 『キャッツアイ』
1996年 『またの名をグレイス』
2003年 『オリクスとクレイク』

彼の家族が忘れたがっている何か不愉快なことがあるような気がしてならない
『コレクションズ』(2001年)
ジョナサン・フランゼン

背景

キーワード
現代の家族における機能不全

前史
1951年 J・D・サリンジャーの『キャッチャー・イン・ザ・ライ』では、ホールデン・コールフィールドは孤独で疎外感を覚える一方、家族への思いにもとらわれている。

1960年 現代アメリカの家族の大騒動を生々しく描いたジョン・アップダイクの〈ウサギ〉シリーズの最初の一冊が刊行される。

1993年 ジェフリー・ユージェニデスが『ヘビトンボの季節に自殺した五人姉妹』で、ティーンエイジャーの5人姉妹の不可解な自殺を描く。

後史
2003年 ライオネル・シュライヴァーが『少年は残酷な弓を射る』で、大量殺人者になる子の親であることという主題に取り組む。

2013年 ドナ・タートの『ゴールドフィンチ』の語り手テオ・デッカーが、アルコール中毒と喪失によって瓦解した家族を描写する。

ジョナサン・フランゼンの『コレクションズ』という小説のタイトルは、ウィリアム・ギャディスの『レコグニションズ』(1955年)のタイトルに準じたものである。『レコグニションズ』は、心の平安が得られない男が真正なるものを追い求め、正気を失いつつある父親との関係を考え悩む作品だった。『コレクションズ』では、『レコグニションズ』で描かれた題材が幅広い登場人物の顔ぶれで拡張され、さまざまな筋道を織りこんで、ひとつの家族の話を語っている。20世紀後半以降、機能不全に陥った家族のテーマは、ジョン・アップダイク、フィリップ・ロス、ドン・デリーロのようなアメリカの大物作家らによる作品の中核となることが多い。これらの作家の多くもフランゼンの文学の祖先として重要な役割を果たしている。

『コレクションズ』は、アルフレッドとイーニッド、成人した子のゲイリー、チップ、デニースで構成されるランバート一家の話を語る。この家族は、それぞれが家族のあり方や意味や権利について異なる考えを持っている。ハイテク産業や金融業界が主流となっているアメリカ経済を背景に、個々のかかえる事情が露骨に表れ、家族という形が問われることになる。物語が展開していくにつれ、金融の悪事や銃による死から、食べ物や子供の文学まで、幅広いテーマにふれながら、政治と社会への鋭い洞察が語られる。

サスペンスと物語の推進力は、「最後にもう一度だけ」クリスマスに集まろうとする家族の試みと、しだいに明らかになる残酷な病によってもたらされる。

世代の変化

2世代を描写することで、フランゼンは人間の一生にわたる社会の変化を反映することを可能にしている。抑圧された

アルフレッドは子供たちに会いにいくとなるといつもそわそわしだすのだ。
『コレクションズ』

参照 『キャッチャー・イン・ザ・ライ』256-57 ■ 『ホワイト・ティース』324-25

感情
傷ついた人間の性格特性に変化があり、個人の成長へと至る。

金融
期待の魔法の薬コレクトールの利益を追い求め、ゲイリーは投資市場のゆるやかな変化を見逃す。

親
しつけは、子供たちが父親のアルフレッドへ自然に示す自発的な愛情を抑えつけるために使われる。

コレクションの種類
わたしたちが自己と人生を修復できる範囲について深遠な疑問を提示する筋書きを展開しながら、タイトルでもある「コレクション（修復）」というキーワードにまつわる、つながりのネットワークを明らかにする。

製薬
コレクトールという錠剤は、「どうにもならないけど、どうにでもなる」というむなしい希望の象徴である。

テキスト
脚本を作成するためにチップは変化を必要とする。

家族の噂
不完全な情報で築かれた、長年かかえてきた神話は消散し、真実があらわとなる。

ジョナサン・フランゼン

ジョナサン・アール・フランゼンの父親は土木技師で、母親のアイリーンは「専業主婦」であった（『コレクションズ』のランバート家とよく似ていた）。フランゼンはイリノイ州で育ち、1981年にアメリカのペンシルヴェニア州のスワスモア大学のドイツ語学部を卒業した。

23歳のときにヴァレリー・コーネルと結婚したが、14年後に離婚した。現在のパートナーは作家のキャサリン・チェトコヴィッチで、ニューヨークとカリフォルニアを行き来する生活を送っている。

2001年に、アメリカのトーク番組の司会者オプラ・ウィンフリーのブッククラブで『コレクションズ』が選ばれたことに対し、男性がこの本を読まなくなるのではと懸念して不安を漏らしたため、ウィンフリーの反感を買った。フランゼンは、ヨーロッパの惨状や電子書籍の非永続性を含め、幅のあるトピックについて執筆しつづけている。

フランゼンは2001年に『コレクションズ』で全米図書賞小説部門を受賞し、また同作はピューリッツァー賞の最終選考作品にもなった。

ほかの主要作品

1992年　『強震』
2006年　『不快地帯 ── 自分史』（エッセイ）
2010年　『フリーダム』

家長のアルフレッドは、過去の価値観に自分の居場所を見いだす。ゲイリー、チップ、デニースの世界も、さほど住みやすいものではない。三人の経験には、しだいに混迷する20世紀後半の重圧が反映される。

ランバート家の全員には共通のつながりがある。神経症や失敗などがあっても、全員が改善への希望をいだいていることだ。文明化に完全に貢献するためには、家族の絆と感情を犠牲にするのもやむをえないと確信するアルフレッドでさえ、イーニッドが末っ子のデニースを宿しているときにこう考える。「最後の子供は、あやまちから学び、修正する最後のチャンスであり、アルフレッドはそのチャンスをつかもうと決心した」

フランゼンはのちに『不快地帯』という回顧録を刊行し、そのなかで母親の死が自身にもたらした影響を赤裸々に描いている。そこでは、さまざまなテーマを扱いながらも、家族という概念が依然として自作の中核にあることを明らかにしている。■

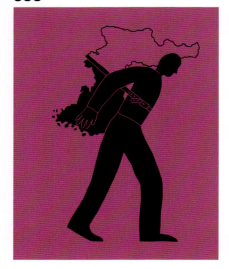

すべてあのときの悪夢に起因する。われわれがともに作り出したあの惨劇に

『客人(ソンニム)』(2001年)
黄晳暎(ファン ソギョン)

背景
キーワード
38度線

前史
1893年 韓国の文学は、中国の古典文学によって投じられた文化の影から出現する。韓国ではじめての西洋のフィクション作品の出版は、ジョン・バニヤンの『天路歴程』で、聖書の翻訳版(1910年)より先に刊行される。
1985年 黄晳暎(ファンソギョン)の『武器の影』は、ベトナム(北と南に分断されたもうひとつの東アジアの国)戦争中の闇取引についての話である。
1964年~94年 朴景利(パクキョンリ)の16巻に及ぶ壮大な歴史小説『土地』が、日本の弾圧下における韓国人の苦難を描写する。

後史
2005年 北朝鮮と韓国の作家たちが、はじめて共同の文学会合に出席する。

第2次世界大戦終結時に日本が降伏したあと、ソ連とアメリカが占拠する地帯を分ける境界線として、朝鮮半島を横切る緯線、38度線が選ばれた。現在も北朝鮮と韓国を分割する軍事境界線としてほぼ機能している。

韓国の戦後世代の作家たちは、理想化された過去を振り返る伝統主義の運動を受け入れてきた。しかし、この懐旧の念は、日本の占領(1910年~45年)、朝鮮戦争(1950年~53年)、北の共産主義支配といった近年の韓国の歴史の精神的ダメージに取り組もうとする1960年代の作家たちには受け入れられなかった。

国外からの害悪
黄晳暎(ファンソギョン)(1943年~)は小説『客人』で、現在は北朝鮮に位置する信川郡(シンチョン)で実際に起こった朝鮮戦争の大虐殺を扱う。韓国生まれの主人公はアメリカに住むキリスト教聖職者で、虐殺が起こった現場を訪れるため、兄の亡霊とともに帰国する。

> うちらが幼いころから知ってるが、客人は西の方からやってきた病だそうだ。
> 『客人』

そこで残虐行為の真実を発見する。それはアメリカ軍の仕業ではなく、キリスト教徒と共産主義者の韓国人同士が反目し合った結果だった。

キリスト教と共産主義は、韓国人同士を対立させた外国の「客人」と見なされる。また、客人を意味する韓国語には、天然痘の意味もあり、これは同国を荒廃させたもうひとつの西側からの災厄である。12部に分かれた小説の構成は、「客人の悪霊払い」として知られるシャーマニズムの儀式の構成を再現している。∎

参照 『無情』241

現代文学 **331**

残念だけれど、わたしは生き方を学ぶのに一生かかるのよ
『ものすごくうるさくて、ありえないほど近い』
(2005年)
ジョナサン・サフラン・フォア

2001年9月11日、ニューヨークとワシントンへのテロ攻撃が起こり、文学が遅かれ早かれこの件に取り組むことは確実だった。しかし、破壊行為の深刻さゆえに、最初は多くの作家が苦労した。作家たちはこの問題と折り合いをつけようと、新たな道を選んだ。

新しい見方

ジョナサン・サフラン・フォア (1977年〜) は『ものすごくうるさくて、ありえないほど近い』で、オスカー・シェル少年の目を通して9・11の余波を探る。父親が犠牲になった攻撃から9か月経ち、オスカーは、まるで「重い靴」を履いているような憂鬱に苦しんでいる。父親が残した鍵を発見し、なんのための鍵なのか見つけ出そうと、オスカーはニューヨークじゅうをめぐる冒険に出て、その途中でたくさんの興味深い人々と出会う。本書は一風変わったスタイルを選択している。真っ黒なページがあったり、ところどころにスペースが空いている行や、赤丸で囲まれた単語がいくつもあったりする。また、大量の写真も掲載されている——さまざまな物体や、有名人や、ツイン・タワーそのものも。こうした技法によってサフラン・フォアが試みているのは、読者にもう一度9・11を振り返らせることであり、すでにあまりにも身近になってしまった悲惨な出来事に対して、新たなとらえ方を提示している。■

背景

キーワード
9・11後のアメリカ

前史
2001年 ジョナサン・フランゼンの『コレクションズ』が2001年9月11日に刊行され、9・11後のアメリカ文学における題材を予示する。

後史
2007年 世界貿易センターへの攻撃が中流階級の生存者の人生に及ぼす影響を詳述した、ドン・デリーロの『堕ちてゆく男』が刊行される。

2007年 モーシン・ハミッドによる『コウモリの見た夢』が、中流階級のパキスタン系アメリカ人の金融アナリストが原理主義に惹きつけられていくさまを描写する。

2013年 トマス・ピンチョンの『ブリーディング・エッジ』が刊行される。ITバブルのさなかの金融不正行為を扱った快活な小説だが、話の半分以上にわたって9・11の出来事が取りあげられている。

急いで脱出しないといけないことはよくあるのに、人間には翼がない、というか、とにかくまだ生えてない。
『ものすごくうるさくて、ありえないほど近い』

参照 『コレクションズ』328-29 ■ 『コウモリの見た夢』339

もっと知りたい読者のために

『拾われた男』
(1970年) ガストン・ミロン

作家、詩人、出版者、そしてケベック文学の啓発者であるガストン・ミロン(1928年～96年)の傑作『拾われた男』は、ミロンの詩の主要な選集である。詩情ある愛の詩と、カナダでフランス語を母語とするケベック人の政治的、社会的窮地の探求が並び合っている。ミロンはケベック分離主義を提唱しており、その詩はケベックの言語や歴史や民族への礼賛である。またミロンは、詩作を終わりなき自己発見の作業と見なしていたため、詩集の決定版の公認をしなかった。

『ラスベガス★71』
(1972年) ハンター・S・トンプソン

自伝的要素と現実離れした創作を混ぜ合わせ、「アメリカン・ドリームを探すワイルドな旅の記録」を副題にしたこの画期的な作品は、ジャーナリストのラウール・デュークがサモア人弁護士のドクター・ゴンゾーとともに、バイクレースの取材のかたわら、麻薬取締官の集会にも足を運ぶ長い週末を描写する。アメリカの作家トンプソン(1937年～2005年)――ラウール・デュークは作者をモデルとし、作者のことばを代弁する――は、この物語の枠組みを使って、ドラッグへの依存体質を持つ1960年代のカウンターカルチャーの失敗を批評する。ふたりの旅は、過剰で残忍でありつつも、喜劇的でサイケデリックな放浪の旅と化し、大量に摂取したドラッグのせいで、ある時点で人間が巨大な爬虫類に見えてしまう。トンプソンはみずから開拓したジャーナリズムの方式を利用して、真実と虚構を混ぜ合わせる。その手法は本書に登場する架空の弁護士にちなんで「ゴンゾー・ジャーナリズム」として知られるようになる。

『クラッシュ』
(1973年) J・G・バラード

スピードに魅了される人間の闇の部分を描写する『クラッシュ』は、自動車事故に関する性的フェティシズムと「シンフォロフィリア」(災害や事故に興奮を覚える性癖)を扱った問題作である。その衝撃度は、SF作家バラードの本領発揮といったところだ。主人公はロバート・ヴォーン医師で、TVによく出演する科学者であるとともに、「高速道路の悪夢天使」でもあり、映画スターのエリザベス・テイラーと衝突事故で死ぬことを夢見ている。この世界では、人々はテクノロジーを利用し、ある意味ではテクノロジーが人々を利用していて、すべての対人関係が機械に仲介されているとさえ言える。

『イーダの長い夜』
(1974年) エルサ・モランテ

モランテ(1912年～85年)と夫アルベルト・モラヴィアは、どちらもユダヤ人の血を半分引くイタリア人で、第2次世界大戦中はローマ南部の山岳地帯で迫害から身を隠して暮らした。その経験は30年後、モランテの最も有名な小説『イーダの長い夜』に反映された。話は政治が及ぼした影響と、ローマ近郊の片田舎での農業共同体の軋轢を描いている。中心の登場人物は夫を亡くした教員のイーダ・マンクーソで、最大の関心事は、強姦のすえに授かった息子が生き延びることである。主要なテーマのひとつは、平時であっても困難に事欠かない貧しい者たちが、戦争によってさらなる苦難をもたらされることである。

J・G・バラード

SFニュー・ウェーブ運動の代表的存在であるJ・G・バラードは、未来のディストピアの描写を得意としていたが、自著のなかでも屈指の人気を誇る『太陽の帝国』は従来の題材を用いた物語である。バラードは1930年に中国上海で生まれ、10代のころに日本軍の捕虜収容所で2年間過ごした。医学を学び(ケンブリッジ大学キングス・カレッジにて)、精神科医としての訓練を受けるつもりでいたところ、1951年、2年生のときに短編コンテストで優勝した。同年、英文学を学ぶためにロンドンへ移った。バラード初の小説は、精神分析とシュルレアリスムのアートから影響を受けたものである。コピーライターと百科事典のセールスマンとして働いたのち、イギリス空軍に入隊、1962年に執筆業に専念するようになった。2009年、ロンドンにて78歳で死去した。

主要作品

1971年　『ヴァーミリオン・サンズ』
1973年　『クラッシュ』(上参照)
1991年　『女たちのやさしさ』

『抵抗の美学』
(1975年～81年) ペーター・ヴァイス

　ベルリンの左翼学生たちによるナチスとの戦いを扱う3巻の歴史小説『抵抗の美学』は、ヨーロッパのほかの地域での反ファシズム運動も描き、芸術家がとった立場に政治的反抗のモデルを見いだしている。高く評価されたこの作品のタイトルは、絵画や彫刻や文学の思索についても言及している。ドイツ生まれのスイス国民である著者のヴァイス(1916年～82年)もまた、劇作家であり、画家であり、映画製作者であった。

『ルーツ』
(1976年) アレックス・ヘイリー

　18世紀に10代のアフリカの少年が誘拐されてアメリカ南部で奴隷として売られる話からはじまる半実話物語『ルーツ』は、アメリカの作家ヘイリー(1921年～92年)が、そこから6世代の人生を追い、自身の祖先について10年にわたって徹底した調査に取り組んだすえに完成した。大きなテーマは、弾圧に対する人間の魂の勝利である。小説とそれを下敷きにしたテレビシリーズにより、アフリカ系アメリカ人の歴史と家系に対する関心が高まった。

> われわれのものであるこの肉を通じて、われわれは汝であり、汝はわれわれである！
> 『ルーツ』
> アレックス・ヘイリー

『人生　使用法』
(1978年) ジョルジュ・ペレック

　フランス人ペレック(1936年～82年)による『人生　使用法』は、パリのアパルトマンの住民たちに焦点をあてた蜘蛛の巣状の複雑な構造をしたフィクションである。そのおもな筋はある住民の計画に基づくものだ。自分が訪れる500か所の水彩画を描き、それをジグソーパズルにして、パリに帰国後はパズルを完成させなければならず、さらにそのあとでそれぞれの絵を描いた場所へ返す、というのが計画の内容である。その住民に絵の技術を指南する男——住民仲間——は、居住者全員の人生を描く計画を立てる。ペレックはウリポグループ(299ページ参照)の一員で、一連の抑制された原則のもとで執筆することを実践し、文学的遊戯に魅了された。

『血染めの部屋』
(1979年) アンジェラ・カーター

　マジックリアリズムの作家アンジェラ・カーターの影響力ある作品『血染めの部屋』に収録された10編は、赤ずきん、美女と野獣、長靴を履いた猫をはじめ、童話や民話をもとにしている。原作に潜在する心理的なテーマが強調され、現代風になっているが、本来のゴシック民話の雰囲気はまったく損なっていない。強姦、近親相姦、殺人、拷問、食人風習、人間の暗黒面を示すあらゆるものが取りあげられている。少女時代の純真さや幸せな結婚のイメージなど、女らしさのステレオタイプはことごとく覆されて再解釈されている。変身は、魔法(人間が狼へ変身するなど)と、肉体や道徳の変化——たとえば月経や欺き——の両方の形で物語の重要な役まわりを演じている。

アンジェラ・カーター

　フェミニズムとマジックリアリズムを融合したフィクションで知られるアンジェラ・カーターは、1940年にイギリスのイーストボーンで生まれ、ブリストル大学で英文学を学んだ。1969年に夫と離別し、東京で2年間過ごした。カーターは東京でフェミニズムの本質を学んだと公言している。1970年代と80年代にかけて、イギリスのさまざまな大学で、住居を支給されて講義をおこなう職に就き、アメリカとオーストラリアでも教壇に立った。1984年、『夜ごとのサーカス』でジェイムズ・テイト・ブラック記念賞を受賞。またジャーナリストとして、ラジオや映画界でも仕事をした。1992年、ロンドンにて51歳で死去した。

主要作品

1967年 『魔法の玩具店』
1979年 『血染めの部屋』(左参照)
1984年 『夜ごとのサーカス』

『白く渇いた季節』
(1979年) アンドレ・ブリンク

　『白く渇いた季節』にひそむ隠喩は、気候と道徳の渇きを等しいものと見なす。高く評価されたこの小説は、アパルトヘイトを崩壊させ、再生をもたらした政変直前の南アフリカを舞台にしている。温厚な教師である白人男性の主人公を通じて、アンドレ・ブリンク(1935年～2015年)——自身も白人系南アフリカ人である——は、人種の不寛容さと、不平等な体制に対抗して道義を貫く態度を示すことの代償について考察する。

ミラン・クンデラ

1929年、チェコスロヴァキアのブルノで生まれた。子供のころから音楽を学び、作品の多くは音楽的な性質を具えている。プラハでまず文学、その後映画を学び、卒業後に大学の講師になった。当初はチェコ共産党党員であり、1968年のソ連の軍事介入後に出版界から締め出されて講師の職を失う。1975年にフランスへ移住し、1981年に市民権を取得、以降フランスに定住した。自身を小説家と分類していたが、その作品は哲学、皮肉、政治、喜劇、性愛などが巧みに混ぜ合わされている。

主要作品

1967年　『冗談』
1979年　『笑いと忘却の書』
1984年　『存在の耐えられない軽さ』
（右参照）

『精霊たちの家』
(1982年) イザベル・アジェンデ

『精霊たちの家』は、チリ系アメリカ人作家イザベル・アジェンデ（1942年〜）による最初の——かつ最も成功した——小説で、アジェンデは、物語の中心として描かれる政変によってその座から退けられたチリの社会党元大統領サルバドール・アジェンデの姪である（作中では孫娘）。話はアジェンデの100歳になる祖父へ宛てた手紙からはじまり、名の知れない国（明らかにチリ）の社会および政治の騒乱を背景に、3世代にわたる家族の人生をたどる複雑で壮大な歴史物語へと展開していく。本書にはマジックリアリズムの要素がある。ふたり姉妹のひとり、クラーラには念力と透視能力があり、意識してその能力を発達させている——クラーラの家には精霊がおおぜい訪れる。アジェンデは、引き裂かれた国の愛、裏切り、復讐、野望を描写するが、女系の血統にも救いの可能性があることを示唆する。

『存在の耐えられない軽さ』
(1984年) ミラン・クンデラ

1968年、共産圏のチェコスロヴァキアで起こったごく短い期間の政治改革、プラハの春を舞台にした『存在の耐えられない軽さ』は、クンデラの最も有名な作品である。タイトルは哲学的なジレンマを指し、軽さとしての人生という古代ギリシャの哲学者パルメニデスの概念に反した、フリードリヒ・ニーチェの永劫回帰、すなわち「重さ」という考えである。主人公である外科医の見境のない性生活を通して、「軽さ」という自身の信念を追求する物語であり、こうした生活を送ることで、主人公は自国の脆弱で不安定な政況から目をそらす言いわけをしている。外科医はウェイトレスと恋に落ちて結婚するが、他の恋人たちをあきらめきれない。過去へもどることは不可能であり、人生に重さや意味を持たせることができるものかどうか、とクンデラは問いかける。

『かくも長き手紙』
(1979年) マリアマ・バー

セネガルの作家マリアマ・バー（1929年〜81年）によってフランス語で執筆された『かくも長き手紙』は、夫を失ったばかりのイスラム教学校教師の感情をとらえる。結婚期間の最後の4年間は見捨てられたように感じながら過ごし、こんどは年下の第2妻とともに亡き夫の喪に服さなければならない。小説は、主人公がアメリカへ移住した友人に宛てて書く手紙の形式をとる。個人的にも社会的にものしかかる抑圧は、セネガルの社会で多くの女性が体験するふたつのことと見なすことができる。

> お腹の中にいる赤ちゃんをはぐくみながら、もっといい時代が来るのを待とう。お腹の子は、何度も暴行されたためにできたのか、それともミゲルとのあいだにできたのかはわからない。けれども、わたしの子であることだけはまちがいない。
> 『精霊たちの家』
> イザベル・アジェンデ

『ニューロマンサー』
(1984年) ウィリアム・ギブスン

「サイバーパンク」——高度に技術の進んだ未来のディストピアで、アンチヒーローの主役をつねとするサイエンスフィクションのサブジャンル——の先駆けであり、屈指の影響力を持つ『ニューロマンサー』は、アメリカ系カナダ人の作家ギブスン（1948年〜）の作品で、傷ついて自暴自棄になったコンピューター・ハッカーの話である。サイバースペースへのアクセスを阻害するためにロシア製の毒素を注射され、正体不明の雇用主から特別な仕事を依頼される。治癒することが報酬である。本書は未来像とハードボイルドのノワール要素を結合している。

現代文学

『愛人(ラマン)』
(1984年) マルグリット・デュラス

1930年代フランス領インドシナを舞台にした『愛人(ラマン)』は、フランスの作家マルグリッド・デュラス(1914年〜96年)の実体験を描写する。15歳の貧しい家庭の少女と27歳の裕福な中国人男性との激しい情事を詳述するが、それだけにとどまらず、女性の権利拡張、母と娘の関係、青春の萌芽、さらに外国人や植民地主義にまつわる禁忌にも向き合う。一人称と三人称の語りと、現在と過去の時制が交互に入れ替わるこの小説は、簡潔で詩的な散文スタイルを用いている。

ドン・デリーロ

1936年、ニューヨーク市で生まれたドン・デリーロは、初期の作品群でカルト的なファンを獲得し、『ホワイト・ノイズ』で主流文学に参入した。ブロンクスのイタリア系カトリック一家の一員として育ち、夏休み中に駐車場の係員として働いていたときに読書への飢えに気づく。1958年、コミュニケーション学部を卒業後に広告コピーライターとして働いたが、仕事に幻滅し、小説を執筆するために1964年に辞職する。デリーロの小説は、ポストモダンの雰囲気があると評され、アメリカの過剰な物欲と空疎な文化というテーマを繰り返し扱っている。

主要作品

1985年	『ホワイト・ノイズ』(右参照)
1988年	『リブラ　時の秤』
1991年	『マオⅡ』
1997年	『アンダーワールド』
2011年	『天使エスメラルダ』

『侍女の物語』
(1985年) マーガレット・アトウッド

カナダの作家マーガレット・アトウッドが近未来のディストピアを描いた『侍女の物語』は、キリスト教の神政国家が樹立され、女性の自由が奪われたアメリカについて著述したものである。カーストや階級が社会を構成する基本原理で、アトウッドはそこに不平等な現状を反映させている。語り手は「侍女」のオブフレッドで、性病が猛威を振るう時代の生殖目的の愛人である。主人はオブフレッドに好意を寄せるようになり、政権のいくつかの秘密にも近づけてやるほど特別扱いする。オブフレッドはのちに、勢力を増すレジスタンス運動に巻きこまれることになる。大きな議論を呼んだこの作品の力は、特徴を誇張して描いた父権社会への強烈な批評がもとになっている。

『コレラの時代の愛』
(1985年) ガブリエル・ガルシア＝マルケス

愛の困難と曖昧さについての軽やかな探究である『コレラの時代の愛』は、ノーベル賞作家であるコロンビアの小説家ガルシア＝マルケスによる作品で、人間感情のもつれやひねりをみごとな手さばきで操縦する。ここではふたつの愛の形が存在し、それぞれ登場人物の男性のなかに大切にしまわれている。一方は情熱的で、もう一方は現実的である。情熱的なほうのフロレンティーノ・アリーサは、若いころ恋をした女性へプロポーズする。はじめて愛を打ち明け、現実的なフベナル・ウルビーノ博士を選んで拒絶されてから50年後のことである。本書の中核を成す問いかけは、どちらの愛が幸せをもたらす可能性が高いか、である。コレラは作中で実際に重要な役割を果たすが、

> ……また生まれついての末亡人なら褒められて当然かもしれませんが、四方を壁に囲まれた部屋で死装束を繕って一生を終えるということもないでしょう。
> 『コレラの時代の愛』
> ガブリエル・ガルシア＝マルケス

偏愛を連想させる仕掛けでもある。そのほかには、老化で体が衰弱していくことや、老人たちのあいだで恋愛が継続することを受け入れるかどうかというテーマがある。

『ホワイト・ノイズ』
(1985年) ドン・デリーロ

ベストセラーとなった小説『ホワイト・ノイズ』で、作家であり劇作家のドン・デリーロは、漏れ出す化学物質が作り出す「空媒毒物事故」のあとで、アメリカの大学のヒトラー学の学科長が来たるべき自身の死に直面させられるさまを語る。本書は、消費主義や大学内の知的な気どり、メディアの支配などをさりげなく揶揄する。また、「世界の誤報のゆりかご」と称される家族単位のなかでの団結、信頼、愛についても考察する。

〈ニューヨーク3部作〉
(1985年〜86年、1987年) ポール・オースター

大成功をおさめた『ガラスの街』、『幽霊

たち』、『鍵のかかった部屋』は相互に連動する3作で、オースターはアイデンティティー、幻影、不条理で趣向を凝らす。この3部作は、ポストモダンの実験主義の要素をともなうノワール映画のような犯罪小説である。作家と主題のあいだのつながりが、からかい半分に試されている。1作目の主人公は探偵小説を執筆する作家で、私立探偵とまちがわれてから複雑な事態に見舞われる。3作目では、スランプに陥った作家が、失踪した有名作家の行方を執拗に突き止めようとする。小説や手紙、詩や報告書を書くことに没頭しつつ、登場人物たちは現実と疎遠になっていく。この3部作に共通する主要なテーマは、わたしたちの生活におけるチャンスや偶然の働きである。

ポール・オースター

小説家、エッセイスト、翻訳家、詩人であるオースターは、自己やアイデンティティー、意義というアイディアに重点を置いて執筆する――オースター本人が作中に登場することもある。1947年、ニュージャージー州ニューアークに生まれ、現代フランス文学を翻訳するために1970年にフランスへ渡った。4年後にアメリカへもどったあと、翻訳業をつづけながら詩を書き、実存主義のミステリー小説シリーズを執筆しはじめた。これが集結して〈ニューヨーク3部作〉となった。また脚本も書いており、そのうち2作は映画化され、自身が監督をつとめた。

主要作品

1982年　『孤独の発明』
1985年〜87年　〈ニューヨーク3部作〉
1990年　『偶然の音楽』
2005年　『ブルックリン・フォリーズ』

『悪魔の詩』
(1988年) サルマン・ラシュディ

激しい論争を呼んだこの本では、ロンドンへ向かう途中の飛行機へのテロ攻撃から生き残ったふたりのインド人が、天使と邪悪の象徴となり、奇跡のような変身を経験する。小説のタイトル『悪魔の詩』は、異教徒の神々への代禱を許すというイスラム教の聖書コーランの一節を指している。インド出身のイギリス人作家サルマン・ラシュディは、ムハンマドを冒瀆したという理由――登場人物のひとりはこの預言者を一部モデルとしている――でイランの最高指導者からのファトワ(死刑宣告)の対象となった。

『遊んだのはスリル』
(1989年) 王朔(おうさく)

王朔(1958年〜)は「ちんぴら」スタイルで執筆する中国の作家で、北京訛りを用いて、既存の権威に対する冷ややかな無関心を示すのが特徴である。絶賛された『遊んだのはスリル』は、殺人事件を中心として、都会的疎外感を表現した風刺小説である。本作は、カードゲームや飲酒や女遊びに興じる第一容疑者ファン・ヤンによって語られる。タフな主人公とともに、犯罪者やならず者が多数登場するため、ハードボイルドの探偵小説を髣髴させる。

『イギリス人の患者』
(1992年) マイケル・オンダーチェ

ブッカー賞に輝いた『イギリス人の患者』で、スリランカ生まれのカナダ人作家マイケル・オンダーチェ(1943年〜)は、1945年のイタリアの片田舎にある邸宅で登場人物4人の人生が交錯するさまを描く。看護師、盗人、シーク教徒の土木工兵の3人は、階上で傷ついた体を横たえている飛行機事故の犠牲者に心を奪われている。話は螺旋状に過去へとさかのぼっていき、北アフリカの砂漠での情事と危険な秘密を明らかにする。中途半端な真実と嘘が正体を隠し、体と心の傷は戦争と愛の両方で苦しめられている。

『テキサコ』
(1992年) パトリック・シャモワゾー

マルティニーク島の作家シャモワゾー(1953年〜)による、この重要な小説のタイトルは、実在する貧民街の名前に由来する――その街の名前も、産業の結びつきから石油会社にちなんでつけられたもの

> 砂漠は風に舞う布。
> だれのものでもなく、だれも所有できない。石でつなぎとめることもできない。砂漠はすでに
> 何百という名前を持っていた。
> 『イギリス人の患者』
> マイケル・オンダーチェ

である。解放された奴隷であった父親を持つ、その街のコミュニティの女性創設者が、1820年代初頭からはじまる家族の話を語る。話の筋の合間には、語り手のメモ書きや日記や手紙などが挿入される。本書の中核には、植民地支配をする側と受ける側や、正史と口伝のあいだの

葛藤があり、その両方が交錯するふたつの言語、フランス語とクレオール語に表れている。

『タニオスの岩』
(1993年) アミン・マアルーフ

　フランス語で執筆するレバノン人作家アミン・マアルーフ(1949年～)は、『タニオスの岩』でゴンクール賞を受賞した。舞台は、レバノンがヨーロッパとオスマン帝国との紛争に巻きこまれた1880年代後期に設定されている。ある長老の非嫡出子タニオスの物語で、タニオスは養父とともに祖国を捨てて政敵から逃れる。やがてタニオスはより大きな紛争に巻きこまれ、西側と中東の権力の思いも寄らない仲介者となる。

『青い草、流れる水』
(1993年) トーマス・キング

　チェロキー族の血を一部引くアメリカ系カナダ人の小説家兼ＴＶキャスターのキング(1943年～)は、簡潔な口語の散文体で先住民の文化を語っていく。『青い草、流れる水』は、カナダのアルバータ州のブラックフット族の領土を舞台にしている。小説の構造は複雑で、それぞれに異なった創造の神話がちりばめられた4つの筋書きがある。先住民やキリスト教の伝承、それに(ロビンソン・クルーソーなどの)文学にまつわる人物が重要な役で登場する。喜劇でもあり風刺的でもある本作は、先住民の領土をめぐる問題の文化的および政治的様相を論じている。

> コヨーテの夢では、どんなことでも起こりうる。
> 『青い草、流れる水』
> トーマス・キング

『セレクテッド・ストーリーズ』
(1996年) アリス・マンロー

　カナダの作家アリス・マンローは、自著の7冊から選り抜いたこのアンソロジーで見られるような短編こそが至高の功績であると見なされている。オンタリオ州南西部のヒューロン郡を舞台に据え、ほぼすべての作品が、時間を行きつもどりつしながら構造の妙を見せつける。道徳の曖昧さや関係の厄介さ、また、さまざまな人生の節目に自身の両親や義理の親、そして子供に対して感じている責任感などを主題として取りあげている。

『尽きせぬ道化』
(1996年) デイヴィッド・フォスター・ウォレス

　道化じみたユーモアと現実離れした出来事がほとばしる『尽きせぬ道化』は、自殺によってカルト的な地位が確固たるものになったアメリカの作家ウォレス(1962年～2008年)の傑作である。中毒、回復、アメリカンドリームを探求する野心あふれる小説で、近未来のディストピアを舞台にしている。重層的で非時系列の構成から成り、ボストンの更生訓練施設の居住者たち、その近所にあるテニススクールの生徒たち、車椅子に乗ったケベック人の殺人テロリスト集団など、多数の人物が登場する。本書が検証する中毒には、娯楽、セックス、愛国意識、ドラッグがある。

アリス・マンロー

　抗いがたい魅力を具えた感性豊かな物語を精巧に作りあげる作家であるアリス・マンローは、短編の技巧を60年にわたって進化させた。1931年にカナダのオンタリオ州で生まれ、ウェスタン・オンタリオ大学で英文学とジャーナリズムを学んでいた1950年に最初の作品を発表した。初の短編集『幸せな影法師の踊り』は、オンタリオの小さな町に住む女性たちの暮らしが特色で(当のマンローは故郷の州から10年前に引っ越していた)、1968年に刊行された。以降、数十年にわたって、際立って多彩な長短編小説を執筆した。豊かなイメージが描かれているだけでなく、抒情的かつ簡潔で、また日常生活の複雑さを描写する力強さも相まって、すぐれた文体を築きあげられている。

主要作品

1978年	『何様のつもり?』
1998年	『善き女の愛』
2004年	『逃亡者』
2009年	『小説のように』

338　もっと知りたい読者のために

ジュンパ・ラヒリ

ジュンパ・ラヒリの父親はインドからイギリスへの移住者で、ジュンパは1967年にロンドンで生まれた。2歳のときに家族でアメリカ——ラヒリが故郷と見なす国——へ移り住んだ。教育課程を終えてボストン大学に入学し、複数の学位を取得したのち、引きつづき同校で創作を教えた。抑制のきいた染み入るような散文体で知られるラヒリは、インド系アメリカ人の第2世代である自身の経験をもとにしたテーマで書きつづけ、短編と長編両方で高い評価を得ている。

主要作品

- 1999年　『停電の夜に』（右参照）
- 2003年　『その名にちなんで』
- 2008年　『見知らぬ場所』
- 2013年　『低地』

『わたしの名は赤』
(1998年) オルハン・パムク

16世紀の細密画師にまつわる知的殺人ミステリー『わたしの名は赤』は、トルコ人作家オルハン・パムク（1952年〜）に国際的な名声をもたらし、ノーベル文学賞を贈ることになった。本書ではポストモダン的な認識による独自の芸術性が見られる。登場人物はこれが架空の話であることを知っていて、読者は頻繁に引き合いに出される。語りの視点は、しばしば思いも寄らない語り手に切り替わり、硬貨や赤い色が語る個所がある。この小説のテーマには、芸術的な献身、愛、東西の緊張がある。

『停電の夜に』
(1999年) ジュンパ・ラヒリ

ジュンパ・ラヒリの最初のフィクション作品『停電の夜に』は、はじめいくつかの出版社から刊行をことわられたが、やがてピューリッツァー賞を受賞するに至った。9編から成る短編集で、すべてに共通するテーマは、アメリカのインド人移民の第1、第2世代の体験である。探求するそのほかの主題には、喪失、裏切られた期待、移民の世代間における断絶、そして9編中2編が舞台にするインドの伝統的な文化の居場所を西側で見つけようとする苦労などがある。人とのやりとりの焦点として、食べ物が主要な役割を果たしている話が多い。

『アウステルリッツ』
(2001年) W・G・ゼーバルト

母語のドイツ語によって、意図的に手のこんだ形式で多数の作品を執筆したドイツ人作家ゼーバルト（1944年〜2001年）は、イギリスで人生の後半部を過ごした。『アウステルリッツ』は、回想や歴史や観察を通して、喪失や記憶や崩壊をもの悲しく沈思するという点で、ゼーバルト作品の典型である。本のタイトルは、イギリスへ送られて養父母と暮らすことになった主人公の名前である。チェコ人としてのアイデンティティーを見いだしたのち、建築史家になり、自身の波乱含みの過去を探っていく。

『パイの物語』
(2001年) ヤン・マーテル

賞賛を浴びた小説『パイの物語』でカナダの作家マーテル（1963年〜）が語るのは、動物園経営者の息子であるインドの10代の少年が遭難事故に遭い、リチャード・パーカーという名のベンガル虎を唯一の仲間に、救命ボートで227日間漂流する話である。カナダへ向かう途中だった少年は、逆境から知恵を発達させていく。少年のさまざまな経験は、差し迫った展開のなかで、霊的なものや宗教や動物学について示唆に富んだ熟慮の機会を与えてくれる。

『カイト・ランナー（君のためなら千回でも）』
(2003年) カーレド・ホッセイニ

裏切り、自責の念、罪、贖い、友情といったテーマを描くこの物語は、1975年のアフガニスタンからはじまる。12歳の少年は、親友の手を借りて凧合戦で優勝するつもりだったが、ある暴力行為が大会の日をだいなしにしてしまう。主人公は1979年のソ連による侵攻後にカリフォルニアへ亡命するが、結局タリバン政権下の祖国へもどる。カーレド・ホッセイニ（1965年〜）は、祖国で凧あげが禁止された記事を読んで、この半自伝小説を書く気になった。

> 幼年時代の恐怖を封じこめていた扉がある日だしぬけに破られたとき、われわれの心中にいったい何が生起するものなのか、正確に説明することはおそらくだれにもできまい。
> 『アウステルリッツ』
> W・G・ゼーバルト

現代文学

『2666』
(2004年) ロベルト・ボラーニョ

チリの作家ボラーニョ(1953年〜2003年)の遺作は細かい原稿チェックもなく刊行されたが、その迷宮のような小説『2666』(タイトルについてじゅうぶんな説明はされていない)は、謎の作家アルチンボルディに焦点をあてている。舞台の一部を第2次世界大戦の東部戦線に置き、話はおもに、300人近い女性が犠牲になった連続殺人事件で悪名高いメキシコの町で展開する。絶え間なくつづく一連の警察の報告を詳述したあとに、小説の中核にある謎を照らす鮮やかな歴史の再構築をおこない、ボラーニョは粘り強い読者に至福の体験を与える。

> メタファーとは、私たちが見かけのなかをさまよう、あるいは見かけの海で静かに漂う方法なのです。
> 『2666』
> ロベルト・ボラーニョ

『半分のぼった黄色い太陽』(2006年)
チママンダ・ンゴズィ・アディーチェ

アディーチェは代表作『半分のぼった黄色い太陽』——ビアフラ戦争(1967年〜70年)の影響を主要人物3人を通して追う物語——のタイトルを、ビアフラの旗のシンボルにちなんでつけた。テーマには、紛争の人的被害、ポストコロニアルのアフリカにおける政治とアイデンティティー、アフリカと西洋との関係がある。フェミニストの響きをにじませながら、アディーチェは西洋におけるジャーナリズム倫理や既成の学術界の役割、また救援物資の効果にも疑問を投げかける。

『カラスの魔法使い』
(2006年) グギ・ワ・ジオンゴ

アフリカの架空の独裁国を舞台にした『カラスの魔法使い』は、一党独裁政権に対する無鉄砲な風刺小説である。祖国ケニアで政治犯として拘禁された作家グギ・ワ・ジオンゴ(1938年〜)は、釈放されたのちアメリカへ移住した。腐敗した政府のパロディーをおこなうなかで、話の筋は天国へのぼろうとして現代のバベルの塔を建設する独裁支配者に及んでいく。意見の相違をささやくさまざまな声——プラスチックの蛇で混乱を引き起こすグループなど——のなかに、希望が見いだされる。昔ながらの言い伝えの影響を受けた本書は、多少の猥雑な雰囲気を持ちつつ、大筋が滑稽な風刺小説の枠におさまっている。

『コウモリの見た夢』
(2007年) モーシン・ハミッド

ラホール(パキスタン)のカフェでの独白という形で発表された『コウモリの見た夢』は、失恋と9・11のあとに高給の職を捨てて故郷にもどったパキスタン人の男の経験を描く。男がいだくアメリカ資本主義に対する幻滅は、パキスタンに帰って一段と過激な形をとっていく。パキスタンの作家ハミッド(1971年〜)は、語り手である男のガールフレンドが過去の関係から自由になれないことを、過去の栄光にすがるアメリカの懐旧の念と対比して話をつむぎ出している。

『あたらしい名前』
(2013年) ノヴァイオレット・ブラワヨ

冒頭の舞台をジンバブエのパラダイスという名の掘立小屋に据えた成長物語『あたらしい名前』は、暴力や貧しさ、病気や不平等に傷ついた人々の人生を描き出している。アメリカ中西部の伯母のもとに送られた語り手の少女は、新たな不満の種、すなわち排他的なアメリカン・ドリームに直面する。著者のノヴァイオレット・ブラワヨ(1981年〜)が生まれ育ったジンバブエでの、幼少時代の友情の誠実さと活力に対する描写がとりわけ秀逸な小説である。

チママンダ・ンゴズィ・アディーチェ

1977年にナイジェリア南東部で生まれ、父親が統計学教授、母親が大学初の女性教務係をつとめていたエヌグのナイジェリア大学で、医学と薬学を学んだ。アメリカでコミュニケーション学と政治学を学び、後年イェール大学でアフリカ学の修士号を取得した。小説、短編、詩を創作する作家であり、『半分のぼった黄色い太陽』で2007年オレンジ賞を受賞した。アディーチェはアメリカと、創作を教えているナイジェリアを行き来する生活を送っている。

主要作品

2003年	『パープル・ハイビスカス』
2006年	『半分のぼった黄色い太陽』(左参照)
2013年	『アメリカーナ』

用語解説

あ 行

アレクサンダー格の詩行　alexandrine：弱強六歩格に分けられ12音節から成る詩行の一種（強調されていない音節のあとに、強調される音節がつづく）。

アンチ・ロマン　antinovel：20世紀半ばの**実存主義**哲学者・作家のジャン=ポール・サルトルによって作られた用語で、従来の形式を意図的に無視したり覆したりする**小説**を指す。**ポストモダン**文学の要となる発展形で、**メタフィクション**といくつかの特徴を共有する場合もある。

アンチヒーロー　antihero：文学作品の**主人公**で、臆病であったり、みずから悪事に踏みこんでいったりするなど、通常の（あるいは模範的な）ヒーローとは明らかに異なる道徳律を体現する人物。

意識の流れ　stream of consciousness：**モダニズム**の作家によって使われた重要で実験的な試みで、形式を守った整然たる文章を使わず、登場人物の考え、感情、心象が湧き起こるままに、しばしば乱雑で未完成なまま描写しようとする技法を指す。支持者には、ジェイムズ・ジョイス、ヴァージニア・ウルフ、ウィリアム・フォークナーなどがいる。

韻　rhyme：2語以上の単語での同音の繰り返し。詩の行の終わりにあると効果が生まれるので、行末に変化をつけるために詩人が用いる（たとえば、意味に重みを与えたり、詩にまとまりをつけたり、単に調和させたりするために）。

韻律　metre：詩において、1行のなかの「詩脚」（強調された音節）によって決まる詩句のリズム。

ヴァイマル古典主義　Weimar Classicism：1780年から1805年までつづいたドイツの文学運動で、主導的立場の作家ヨハン・ヴォルフガング・フォン・ゲーテとフリードリヒ・フォン・シラーの故郷であるドイツの都市ヴァイマルから名づけられた。ヴァイマル古典主義の作家たちは、古典ギリシャの**演劇**と**詩**の構造を利用して、芸術的な均衡と調和を生み出した。

ヴィクトリア朝文学　Victorian literature：ヴィクトリア女王（在位1837年～1901年）の統治時代に書かれたイギリス文学の諸作品を指す。社会の多様な断面を描き、しばしば道徳的教訓を含んだ、長編の非常に野心的な**小説**であることが多い。主要な作家には、チャールズ・ディケンズ、ジョージ・エリオット、ウィリアム・メイクピース・サッカレーなどがいる。

ＳＦ（サイエンス・フィクション）　science fiction：現代の科学から考えて、執筆当時には技術的にありえない筋立ての可能性を追い求める作品。われわれとはまったく異なる方法で発達してきた社会（地球上であれ別の惑星であれ）のような、推論的な科学に基づいた一種の**奇想**を扱うこともある。

押韻形式　rhyme scheme：詩で用いられる**韻**の踏み方。ある種の詩には厳格な押韻形式がある。**三韻句法**、シェイクスピア風ソネット、キーツ風**頌詩**など。

おとぎ話　fairy tale：**民間伝承**に登場する空想上の人物や不思議な出来事を扱った短い物語で、たいがいは人里離れた場所にある時代不詳の魔法の国が舞台である。

か 行

鍵小説　roman à clef：実在の人物や出来事が潤色されて登場する作品。もとはフランス語で、「鍵（現実への手がかり）を含んだ小説」という意味である。

感傷の誤謬　pathetic fallacy：1856年、ヴィクトリア朝の評論家ジョン・ラスキンによって作られた用語。登場人物の心境を自然が反映しているかのように見せて、人間の感情を自然や環境と同化させる文学的仕掛けを指す。

戯曲　drama：観客を前に、舞台上で演じられることを意図した作品で、紀元前6世紀から5世紀のアテネで生まれた。おもなジャンルは、当初は**悲劇**と**喜劇**であった。「行動、演技」を意味するギリシャのことばが由来。

喜劇　comedy：古代ギリシャで創作された2種類の**戯曲**ジャンルのひとつ（もうひとつは**悲劇**）で、笑い、娯楽、**風刺**を目的とする。悲劇と比べ、喜劇は概して幸せな結末を迎え、ふつうの人々や、日々の暮らしのありふれた面を扱うことが多い。

奇想　conceit：一見似かよっていないふたつの事物を対比する奇抜で凝った**比喩**。特にエリザベス朝の**詩**で人気があった。有名なものとして、イギリスの詩人ジョン・ダンが離ればなれの恋人たちをコンパスの脚にたとえた例がある（離れてはいるが、つながっている）。

教養小説　Bildungsroman：若い**主人公**が成長や成熟をしていくなかで、苦悩や感情育成を描いた「形成**小説**」。このジャンルは、18世紀後半ドイツで発生した。教養小説の多くには自伝的な部分があると見なされる。

寓意（物語）　allegory：隠された意味やメッセージを含んだ芸術や文学作品のことで、象徴的に示唆されることが多い。たとえば、ある農場の動物たちの小競り合いの話は、ある国の汚職にまみれた政治指導者たちの寓意になりうる。

寓話　fable：擬人化した動物や神話的要素を扱った、道徳的なメッセージをともなう単純な話。

ゴシック　Gothic：18世紀後半から19世紀初頭にかけてイギリスとドイツで生まれた、想像の限界を探る**ジャンル**。特徴としては、陰鬱で薄気味の悪い舞台（城、廃墟、墓場など）、超自然的なもの（幽霊や吸血鬼など）、謎めいてぞっとするよ

用語解説 341

うな雰囲気などがあげられる。

古典　classic：文学においては、永続的な価値があり、研究対象に値すると広く認められている作品を指す。

さ　行

サガ　saga：中世のアイスランドやノルウェーの**物語**。大半は古ノルド語で書かれ、アイスランド建国（家族のサガ）、ノルウェー王（王のサガ）、伝説や英雄の偉業（古代のサガ）をおもに扱う。**散文体**で書かれているが、**叙事詩**と相通じる性質を持つ。

三一致（の法則）　The unities：アリストテレスの古代ギリシャ演劇についての草稿に従った、**新古典主義**演劇の構成を支配する3つの法則。行動の単一（ひとつの**プロット**または筋書き）、時の単一（1日）、場の単一（ひとつの場所）である。

三韻句法　terza rima：連動した**押韻**形式による三行詩句を使う**詩**の形式で、1行目と3行目が韻を踏み、あいだの行がつぎの詩句の1行目と3行目と韻を踏む。イタリアの詩人ダンテ・アリギエーリが発展させた（ただし、発案者ではない）。

散文体　prose：書きことばや話しことばで使われる通常の自然な文体。堅固な構造とリズミカルな形式を持つ**詩**の対語。

詩　poetry：**散文体**よりも深い響きをもたらすことをめざす、凝縮した表現の文学作品。詩はその効果をあげるために、**頭韻**、**脚韻**、**隠喩**、リズムなど、多種多様な工夫を用いる。詩の形式には、**叙事詩**、バラッド、ソネット、そして最近では構造にとらわれない自由詩句などがある。

自然主義　Naturalism：**写実主義**をさらに発展させた文学運動であり、正確で事細かな描写で人間の行動を再現しようと試みる。また、周囲の環境や社会的重圧によって人間（特に貧者）がどのように形成されていくかも表現しようとしたため、悲惨な人生ばかりを扱うと批判されることが多かった。19世紀フランスで生まれ、おそらく最もよい例はエミール・ゾラの作品群である。

実存主義　Existentialism：19世紀後半にヨーロッパで出現した哲学理論。個人が世界を体験すること、そして主体的に選択し、その行為に対する責任を負うことの重要性に焦点をあてた。実存主義の文学にはしばしば、無意味な世界に登場人物が向き合う際の不安や孤独や偏執の要素が含まれている。

視点　narrative voice：**物語**を読者に伝える際の基本的な立場。たとえば一人称の語り手、全知の語り手などがある。

思弁小説　speculative fiction：はじめて使われたのは1947年で、アメリカのSF作家ロバート・A・ハインラインによって、SFの同義語として用いられた。今日では「もし……なら、どうなる？」といった疑問を扱うジャンルとしてゆるやかな意味で用いられ、SF、ホラー、ファンタジー、ミステリーそのほかに及び、ときにはそれらすべてのジャンルにわたる作品の場合もある。

写実主義（リアリズム）　realism：ふつうの人々が過ごす生活をありのまま正確に描写すること。19世紀にフランスで採用された文学アプローチを指すことが多い（特にギュスターヴ・フローベールの**小説**）。ロマン主義文学の感情的な特性に反発し、具体的な事実と社会学的洞察を重視した。

ジャンル　genre：文学（あるいは芸術、音楽）の様式または分類で、**悲劇**、**喜劇**、歴史物、スパイ小説、SF、ロマンス、犯罪物などがある。

主人公　protagonist：**物語**の中心的人物。その人物の身のまわりで話が進んでいく。

シュトゥルム・ウント・ドラング　Sturm und Drang：「嵐と衝動」の意。啓蒙主義の慣習を覆した18世紀後半のドイツの文学運動で、個性や暴力や感情的表現を極端に強調した。若き日のヨハン・ヴォルフガング・フォン・ゲーテとフリードリヒ・フォン・シラーの2名が代表的である。

頌詩　ode：たいがい**韻**を踏んだ抒情詩で、ある人物、場所、事柄に宛てて呼びかけている（賛美であることが多い）。古代ギリシャで生まれ、当時は音楽とともに詠まれた。

小説　novel：**散文体**で書かれた連続性のある**フィクション**で、通常は何百ページかから成り、登場人物と**筋書き**があるのが典型である。小説の形式は16世紀以降、徐々に発達してきた。

書簡体小説　epistolary novel：18世紀のヨーロッパ文学で人気のあった**小説**形式で、作中人物によって書かれた手紙などの資料のみで全編が構成されている。

叙事詩　epic poem：歴史上や伝説上の英雄の冒険を詳述する長い**物語詩**。叙事詩は世界最古の文芸作品で、おそらく口承から発生した。

新古典主義　neoclassicism：啓蒙主義の時代（1650年～1800年）にヨーロッパの芸術分野で流行していた、古典ギリシャとローマの理想への傾倒を指す。文学においてはフランスで最も発達し、劇作家のモリエールとジャン・ラシーヌが「三一致の法則」を遵守しつつ、それぞれ**喜劇**と**悲劇**を書いた。イギリスでは、詩人のアレグザンダー・ポープや風刺作家のジョナサン・スウィフトがおもな支持者である。

審美的　aesthetic：美や美的感覚についての。芸術活動を定義する一連の原理やアイディアを表すために用いられる。

人文主義（ヒューマニズム）　humanism：ルネサンス期には、古代ギリシャやローマの考えへの興味がふたたび芽生えた。そこから生じた知的活動を指す。現代では、神の力より人間の力を重んじる合理主義的な思想体系を指し、宗教とのかかわりは概して消えている。

神話　myth：人類の通常の歴史からかけ離れた時代に存在した神々や超人の象徴的な物語。民族や文化の風習や儀式、信仰などを説明するために用いられる。**伝説**と同じような意味合いで使われることも多いが、そのふたつは異なる。

世界文学　world literature：母国の文化と言語を越えて読者を獲得し、広く影響を与えた文学作品。

ソネット　sonnet：中世イタリアで創作された詩の一種で、定められた音節の14行から成り、特定の**押韻形式**に従う。最もよく知られているのは、ペトラルカ風（またはイタリア式）と、シェイクスピア風（またはイギリス式）の2種類。

た 行

耽美主義　Aestheticism：19世紀後半のイギリスで生じた運動で、「芸術のための芸術」に価値を置き、芸術や文学に道徳的なメッセージや社会的論点を盛りこむべきという考えを否定する。代表的な支持者には、劇作家のオスカー・ワイルド、芸術家のジェイムズ・ホイッスラー、詩人で芸術家のダンテ・ゲイブリエル・ロセッティがいる。

中編小説（ノベラ）　novella：長編小説よりは短く、短編よりは長い**散文体**のフィクション。通常の長編小説と同程度に幅広いテーマを扱うが、短編の持つ簡潔なまとまりも具わっている。

超絶主義　Transcendentalism：アメリカで起こった19世紀の運動で、信奉者たちは自然のなかに神聖な美と善性を見いだし、文学を通してこれらを表現しようとした。超絶主義の作家としては、ヘンリー・デイヴィッド・ソローとラルフ・ウォルドー・エマソンが最も有名である。

ディストピア　dystopia：ユートピアの反意語。未来の社会が全体主義国家に支配されたり、環境災害や戦争によって破壊されたりした状態を指す（通常は**小説形式**で描かれる）。ディストピアでの生活には、たいがい恐怖と困難がともなう。

伝説　legend：歴史的な出来事や人物や場所に結びついた伝統的な話で、（超自然の要素を含んだ**神話**とはちがって）現実に起こりうる範囲内の物事を扱っているが、正確な日付や詳細が失われたものもある。

頭韻（法）　alliteration：連続して、あるいは互いに近い場所で、同じ発音ではじまるいくつかの単語を用いること。しばしば詩的効果を意図して使われる。

独白　soliloquy：演劇の趣向のひとつで、登場人物が最も深い内面の思いを声に出して話すこと。それらを観客と直接共有する効果がある。

土地固有の言語　vernacular：特定の地域の言語。実際に話されているふだんの言語のことで、正式な文学的言語の対語にあたる。

トルバドゥール　troubadour：中世ヨーロッパの宮廷を旅してまわった吟遊詩人。通常、高貴な生まれの芸術家で、血なまぐさい英雄譚よりも宮廷の恋愛物語を謳った。

奴隷の体験記　slave narrative：捕われの状態から逃げだしたか、解放を認められた奴隷によって伝えられた**ノンフィクション**の**物語**。数が少ないのはやむなく（奴隷に教育は施されなかったため）、こうした物語は反奴隷制度運動に利用され、奴隷の窮状に幅広い公の関心を集めた。ヨーロッパの奴隷貿易を終わらせ、北アメリカの奴隷制度の撤廃にひと役買った。

な 行

二行連句　couplet：詩句における連続した2行のことで、組となり、よく韻を踏む。詩の結末部にある場合は（シェイクスピア風ソネットなど）、その詩の情緒やメッセージの要約となりうる。

ニュー・ジャーナリズム　New Journalism：ノンフィクション作品の一形式で、ジャーナリズムの客観的真実にこだわらず、フィクションの文体上の技巧を利用して出来事を劇的に表現することで、文学的な高みをめざした。主要な実践者には、ハンター・S・トンプソン、トルーマン・カポーティ、ノーマン・メイラー、ジョーン・ディディオンがいる。この語はアメリカの作家トム・ウルフが1973年に発表した著書に由来する。

ノンフィクション　non-fiction：作り話がいっさいない**散文体**で、客観的事実や現実に起こった出来事について、またはそれらに基づいて書かれた作品（フィクションの反対語）。

は 行

ハードボイルド小説　hard-boiled fiction：都会的な犯罪小説の一種で、1920年代のアメリカの大衆向け探偵雑誌から生まれた。皮肉屋の私立探偵が**主人公**であるものが多く、ギャングや娼婦、銃やセックスや暴力が登場し、気のきいたテンポのよい会話も特徴である。

ハーレム・ルネサンス　Harlem Renaissance：1920年代にニューヨークのハーレム地区で、黒人の新たな中流階級による文学（さらに美術、音楽）が栄えたことを指す。1918年ごろから1930年はじめまでつづき、アメリカにおける黒人文化のアイデンティティーの確立に貢献した。

俳句　haiku：5音、7音、5音から成る日本の短詩形式で、伝統的に自然を題材とする。17世紀から19世紀に流行し、20世紀にはいってから西洋文学でも人気となった。

バイロン的ヒーロー　Byronic hero：イギリスのロマン主義詩人バイロン卿を彷彿させるヒーロー。特徴としては、反逆心、情熱、挑戦的な態度、伝統的な倫理観への軽蔑、そしておそらく自滅願望も含まれる。

バラッド　ballad：物語を語る民間伝承の詩句の一形式で、音楽と合わせることが多い。中世から19世紀初期までヨーロッパじゅうでひろまった。

パロディー　parody：滑稽に、風刺的に、皮肉混じりに模倣したり、最も魅力に欠ける要素を誇張したりなどして、対象となるものをからかった作品。

ピカレスク小説　picaresque novel：スペイン語で「ならず者」、「悪漢」を意味する「picaro」ということばに由来する用語で、評判は悪いが人好きのする主人公についての逸話を集めた**散文**の**物語**。

悲劇　tragedy：古代ギリシャで創作され

た2種類の戯曲のひとつ（もうひとつは喜劇）。事態は破滅の結末へと向かい、しばしば**悲劇的欠陥**によって、作中人物が零落することになったり、非常につらい体験をする様子が描かれる。

悲劇的欠陥　tragic flaw：ギリシャ悲劇で、主人公に破綻をもたらすことになる、本人の気質上の一面。

比喩　metaphor：あるものを何か別のものにたとえることで、そこにさらなる意味合いを重ねる表現方法。

フィクション　fiction：全体が創作の作品で、虚構の**物語**と想像上の人物で構成される。完全に空想である場合も、現実世界を舞台としている場合もある。広義のフィクションは**長編小説**と短編小説から成るジャンルである。

風刺　satire：古代ギリシャの**喜劇**から誕生した文学形式のひとつで、しばしば改善を促すことを目的として、皮肉、あてこすり、あざけり、ウィットなどを使って人間の落ち度や欠陥を暴いたり攻撃したりする。

風俗小説　novel of manners：中流、上流階級の家庭での話をとおして社会の価値や矛盾を（しばしば風刺的に）描く文学様式で、**写実主義**の文学手法が重要な要素となる。18世紀後半のゴシック小説や行きすぎた**ロマン主義**への反発として発達した部分もある。

武勲詩　chanson de geste：シャルルマーニュ王（カール大帝）など、歴史的人物の伝説を取り入れた11世紀から13世紀の**叙事詩**の形式。宮廷で朗誦や吟誦などされた。フランス文学の起源とされることも多い。古フランス語で「英雄行為のための詩歌」という意味。

プロット　plot：文学作品において、本筋の話や、相互に関連するひとつづきの重要な出来事を指す。

篇　canto：「歌」を意味するイタリア語が語源。長詩（特に**叙事詩**）のひと区切りのことで、**小説**や長編のノンフィクションの章に相当する。

ポストコロニアル文学　postcolonial literature：20世紀中盤、世界各地の旧植民地で発達した作品、特に**小説**における支流のひとつで、植民地制度の余波を扱い、抑圧や自由、文化の主体性、ディアスポラなどの問題を探究する。

ポストモダニズム　Postmodernism：文学において、モダニズムの時代の実験から発展した、第2次世界大戦後の運動のひとつ。ポストモダニズムの作品はさまざまに異なるアプローチを示すが、パロディー、パスティーシュ、高尚な芸術と大衆的なものとの混合などによって、旧来の慣習を批判するものが多い。そして、**メタフィクション**の技法を用いて、作品の人為的な面に注目させる。

ま 行

マジックリアリズム　magic realism：ポストモダンの芸術的表現であり、文学では、従来の**リアリズム**の**物語**の形式をとりながら、そこに奇妙な要素や超自然の要素が盛りこまれ、読者にフィクションを取り囲む現実の再評価を強いる。

民間伝承　folklore：何百年（あるいは何千年）にもわたって口承で伝えられてきた、ある文化の伝統的な信仰や伝説や慣習。

民話　folktale：世代から世代へ口伝によって受け継がれてきた、民間に普及した話や古くからある話。**おとぎ話**の別名。

メタフィクション　metafiction：ポストモダンの著述形式の一種で、作品が作り物であることをあえて読者に意識させる技法を用いて（たとえば、作者が登場人物のひとりになったり、自分が小説中の人物だと気づいている登場人物がいたりする）、フィクションと現実世界の関係に注目させる。

モダニズム　Modernism：文学において、19世紀後半から20世紀中ごろまでつづいた運動。従来の形式を打ち破り、「**意識の流れ**」のような実験的な方法によって精神的真実を新たな次元まで探るなどし、**詩**やフィクションの限界を押しひろげた。

モチーフ　motif：作中で幾度となく立ち現れる主題。そのほかの主題や重要なメッセージを反映したり、深く考察したりすることもある。

物語　narrative：つながりのある一連の出来事についての説明であり、フィクションかノンフィクションかは問わない。

や行・ら行・わ行

ユートピア　utopia：すべての人が調和のとれた生活を送る理論的に完璧な社会。イギリスの人文主義者・政治家トマス・モア卿の1516年の作品から名づけられた。

ロマン主義　Romanticism：18世紀後半にはじまってヨーロッパ全域で起こった文学運動であり、この思潮に賛同した作家たちは啓蒙思想で提唱された客観的理性という理想を拒絶し、それぞれの個人的な観点のみを拠り所に執筆した。合理性と抑制の代わりに発想と主観性が重んじられた。強烈な感情体験や自然の崇高な美などのテーマがある。

ロマンス　romance：16世紀から18世紀にかけて登場した、波乱万丈の冒険や奇抜な要素を含むフィクション作品を指す。現代では、**物語**やプロットでロマンティックな恋愛に焦点をあてたフィクションのジャンルを指す。

枠物語　frame narrative：ひとつ、あるいは複数の物語を作中に取りこんだ大枠の**物語**のこと。主部となっている内側の物語の登場人物の視点から語られることが多い。外枠は背景と構成を提供し、ジョヴァンニ・ボッカッチョの『デカメロン』や、ジェフリー・チョーサーの『カンタベリー物語』のように、多様な話をいくつも組みこむ場合もある。

索引

太数字（ゴシック体）は見出し項目の掲載ページ。

人名索引

あ行

アーヴィング、ワシントン『スケッチ・ブック』 150
アイスキュロス 18, 37, 54
　『オレステイア』 54-55
アジェンデ、イザベル『精霊たちの家』 302, 334
阿城『遍地風流』 310
アストゥリアス、ミゲル・アンヘル
　『大統領閣下』 282
　『とうもろこしの人間たち』 282
アスビョルンセン、ペテル・クリスティン
　『ノルウェー民話集』 116
アチェベ、チヌア 269
　『崩れゆく絆』 248, 266-69
アッカー、キャシー 313
アップダイク、ジョン〈ウサギ〉シリーズ 328
アディーチェ、チママンダ・ンゴズィ 339
　『パープル・ハイビスカス』 269, 339
　『半分のぼった黄色い太陽』 266, 339
アトウッド、マーガレット 14, 327
　『昏き目の暗殺者』 271, 295, 326-27
　『侍女の物語』 252, 327, 335
　『食べられる女』 327
アプレイウス『黄金の驢馬』 40, 56
安部公房『砂の女』 263
アラス、レオポルド『ラ・レヘンタ』 201
アリストテレス『詩学』 39
アリストファネス
　『雲』 36
　『蜂』 39
　『福の神』 39
アルフォンソ10世『カンティガス・デ・サンタ・マリア』 57
アレンカール、ジョゼ・デ『グアラニー族』 164
アンジェロウ、マヤ 307
　『歌え、翔べない鳥たちよ』 259, 291
アンデルセン、ハンス・クリスチャンセン
　『子供のための童話集』 151, 169
イエイツ、W・B『再臨』 266-67
李光洙『無情』 241
イプセン、ヘンリック 200
　『人形の家』 200
イヨネスコ、ウージェーヌ『犀』 262
ヴァールミーキ 55
　『ラーマーヤナ』 18, 22, 23, 25, 55
ヴァイス、ペーター『抵抗の美学』 333
ヴァルター・フォン・デア・フォーゲルヴァイデ「菩提樹の下で」 49
ウィース、ヨハン・ダヴィッド『スイスのロビンソン』 168
ヴィーラント、クリストフ・マルティン 113
ヴィセンテ、ジル〈旅船3部作〉 103
ヴィヤーサ
　『バガヴァッド・ギーター』 23-24, 25
　『マハーバーラタ』 13, 18, 22-25, 28
ウィリアムズ、テネシー『やけたトタン屋根の上の猫』 272
ウェスト、ナサニエル『いなごの日』 276
ウェブスター、ジョン『モルフィ公爵夫人』 75

ウェルギリウス 28, 40, 64
　『アエネーイス』 19, 40-41, 62
ウェルズ、H・G『タイムマシン』 184
ヴェルヌ、ジュール 157
　『海底二万里』 184
　『気球に乗って五週間』 184
　『地底旅行』 184
ヴェルレーヌ、ポール『ことばなき恋歌』 165
ウォーカー、アリス 307
　『カラーパープル』 306
ウォートン、イーディス 187
　『イーサン・フローム』 240
　『歓楽の家』 118
ヴォーン、ヘンリー「世界」 91
ヴォネガット、カート『スローターハウス5』 276, 291
ウォルコット、デレック 294
　『オメロス』 294, 312
ウォルストンクラフト、メアリー 121
ヴォルテール 97
　『カンディード』 61, 96-97, 260
　『哲学書簡』 97
ウォルポール、ホレス『オトラント城奇譚』 120
ウォレス、デイヴィッド・フォスター
　『尽きせぬ道化』 296, 337
梅崎春生『桜島』 263
ウルフ、ヴァージニア 135, 242
　『ダロウェイ夫人』 182, 217, 242
　『灯台へ』 216
ウルフ、トム
　『虚栄の篝火』 149
　『ラディカル・シックと苦情処理係の脅し方』 278
エイミス、キングズリー『ラッキー・ジム』 7
エウリピデス 18, 37
　『メディア』 55
エクエンシー、シプリアン『都市の人々』 266
エッジワース、マライア『ラックレント城』 122
エマソン、ラルフ・ウォルドー 13, 108, 125
エリオット、T・S 65
　「J・アルフレッド・プルーフロックの恋歌」 213
　『荒地』 192, 206, 213, 216, 230, 232
エリオット、ジョージ 109, 183
　『ダニエル・デロンダ』 200
　『フロス河畔の水車場』 128
　『ミドルマーチ』 130, 156, 174, 182-83
エリス、ブレット・イーストン『アメリカン・サイコ』 261, 270, 313
エリスン、ラルフ 249
　『見えない人間』 145, 259, 306, 309
エルナンデス、ホセ『マルティン・フィエロ』 199
エンニウス、クイントゥス 40
エンヘドゥアンナ 20
王安憶『小鮑荘』 310
王維 19, 46
オウィディウス 28, 71
　『アルス・アマトリア』 57
　『変身物語』 40, 55, 84
王朔『遊んだのはスリル』 336

オーウェル、ジョージ 252
　『一九八四年』 248, 250-55, 261
　『動物農場』 245, 248, 252, 253, 320
大江健三郎『取り替え子』 209
オーエン、ウィルフレッド
　『甘美にして名誉なり』 206, 212
　『詩集』 206, 207, 212
大岡昇平『野火』 263
オースター、ポール 336
　〈ニューヨーク3部作〉 298, 335-36
オースティン、ジェイン 14, 90, 119, 131, 317
　『高慢と偏見』 12, 108, 118-19
オーデン、W・H『詩集』 277
オクリ、ベン『満たされぬ道』 269
オブライエン、フラン『スウィム・トゥー・バーズにて』 274
オルコット、ルイーザ・メイ『若草物語』 169, 199
オンダーチェ、マイケル
　『イギリス人の患者』 336
　『ライオンの皮をまとって』 324

か行

カーター、アンジェラ 333
　『血染めの部屋』 116, 333
　『夜ごとのサーカス』 302
カーリダーサ 19
カフカ、フランツ 211
　『城』 211
　『審判』 211, 242
　『父への手紙』 211
　『変身』 206, 210-11, 234
カポーティ、トルーマン 279, 319
　『冷血』 249, 273, 278-79
カミュ、アルベール 177, 211
　『異邦人』 210, 245, 262
カモンイス、ルイス・デ『ウズ・ルジアダス』 62, 103
ガラン、アントワーヌ 45
ガリェゴス、ロムロ『ドニャ・バルバラ』 242
カルヴィーノ、イタロ 295, 299
　『宿命の交わる城』 274
　『冬の夜ひとりの旅人が』 69, 294, 298-99
ガルシア＝マルケス、ガブリエル 15, 284, 287
　『コレラの時代の愛』 335
　『百年の孤独』 249, 280-85, 302
　『迷宮の将軍』 122
ガルシラソ・デ・ラ・ベガ 78, 164
カルデロン・デ・ラ・バルカ、ペドロ『人生は夢』 78
カルペンティエル、アレホ 302
　『この世の王国』 312
カレン、カウンティー『褐色娘のバラッド』 235
川端康成『雪国』 286
韓少功『馬橋辞典』 310
キージー、ケン『カッコーの巣の上で』 271, 289
キーツ、ジョン 256
　「ナイチンゲールに寄せる歌」 110
キヴィ、アレクシス『七人兄弟』 199
ギッシング、ジョージ『三文文士』 190
キッド、トマス『スペインの悲劇』 75
キニーリー、トマス『シンドラーズ・リ

スト』 311
キノー、フィリップ
　『恋敵の娘たち』 90
　『プシシェ』 90
ギブスン、ウィリアム『ニューロマンサー』 334
キプリング、ラドヤード『ジャングル・ブック』 157, 168, 202
ギマランエス＝ローザ、ジョアン『大いなる奥地』 288
ギャスケル、エリザベス 153
　『北と南』 153
　『メアリ・バートン』 153, 166
ギャディス、ウィリアム『レコグニションズ』 328
ギャルガット、デイモン『グッド・ドクター』 322
キャロル、ルイス 171
　『不思議の国のアリス』 156, 168-71
ギュラーグ伯ガブリエル＝ジョゼフ・ド・ラ・ヴェルニュ 100
ギヨーム・ド・ロリス『薔薇物語』 57
ギルバート、サンドラ・M『屋根裏の狂女』 131
ギルマン、シャーロット・パーキンス「黄色い壁紙」 128, 131
キング、トマス『青い草、流れる水』 337
キングズリー、チャールズ『水の子』 168
ギンズバーグ、アレン 265
　『吠える』ほか 248, 261, 264, 288
クーパー、ジェイムズ・フェニモア 109
　『開拓者たち』 122, 188
　〈革脚絆物語シリーズ〉 122, 150, 188
　『モヒカン族の最後の者』 122, 150
グーパー、スーザン『屋根裏の狂女』 131
グギ・ワ・ジオンゴ『カラスの魔法使い』 339
屈原『楚辞』 46, 55
クッツェー、J・M 323
　『恥辱』 295, 322-23
グッディソン、ローナ『わたしたちにとって、すべての花は薔薇——詩集』 312
クライスト、ハインリヒ・フォン『ホンブルクの公子フリードリヒ』 111
グラス、ギュンター 271
　『ブリキの太鼓』 249, 270-71, 302
クリスティー、アガサ 207
　『スタイルズ荘の怪事件』 208
グリム、ヤーコプとヴィルヘルム 117
　『子供と家庭の童話』 45, 108, 116-17, 168-69
クリンガー、フリードリヒ・マクシミリアン・フォン 113
クレイン、スティーヴン 191
　『赤い武功章』 190, 202
クレティアン・ド・トロワ 49, 50
　『ランスロまたは荷車の騎士』 19, 50-51
クンデラ、ミラン 334
　『存在の耐えられない軽さ』 334
ケアリー、ピーター
　『オスカーとシンダ』 311
　『ケリー・ギャングの真実の歴史』 311
ケイロース、エッサ・デ 202

索引

『マイア家の人々』 202
ケイン、ジェイムズ・M
　『殺人保険』 236
　『郵便配達は二度ベルを鳴らす』 236
ゲーテ、ヨハン・ヴォルフガング・フォン 99, **115**, 183
　『ヴィルヘルム・マイスターの修業時代』 224-25
　『ファウスト』 98, 108, 109, **112-15**
　『若きウェルテルの悩み』 98, **105**, 256
ケマル、ヤシャル 288
　『メメド、わが鷹』 288
ケラー、ゴットフリート『緑のハインリヒ』 224
ケルアック、ジャック 265
　『オン・ザ・ロード』 185, 248, **264-65**
高行健 310
ゴーゴリ、ニコライ 152
　『死せる魂』 152
　『ディカーニカ近郷夜話』 178
ゴーシュ、アミタヴ『ガラスの宮殿』 314, 317
ゴーティエ、テオフィル『七宝螺鈿集』 165
ゴーディマー、ナディン 322
　『ジュライの一族』 261
ゴールディング、ウィリアム 287
　『蠅の王』 287
ゴールドスミス、オリヴァー 90
コールリッジ、サミュエル・テイラー 184
　『抒情歌謡集』 108, 110
　『老水夫の歌』 144
呉承恩『西遊記』 66
コッローディ、カルロ『ピノッキオの冒険』 168
ゴドウィン、ウィリアム『ケイレブ・ウィリアムズ』 166
コナン・ドイル、アーサー 69, 157, 207
　『失われた世界』 184
　〈シャーロック・ホームズ〉シリーズ 149
　『バスカヴィル家の犬』 206, 208
小林一茶『おらが春』 92
コリンズ、ウィルキー **198**, 207
　『月長石』 146, 149, **198-99**, 208, 271
コリンズ、スーザン『ハンガー・ゲーム』 320
コルタサル、フリオ 275
　『石蹴り遊び』 249, **274-75**, 282
コルネイユ、ピエール 61
　『プシシェ』 90
　『ル・シッド』 103
コンラッド、ジョゼフ 197
　『オルメイヤーの阿房宮』 197
　『ノストロモ』 240
　『闇の奥』 157, **196-97**, 267, 271
　『ロード・ジム』 203

さ 行

ザシダワ『チベット、革紐の結び目につながれた魂』
サスーン、シーグフリード 212
サッカレー、ウィリアム・メイクピース
　『虚栄の市』 18, 153
ザックス、ネリー『死の家の中で』 258
サフラン・フォア、ジョナサン『ものすごくうるさくて、ありえないほど近い』 295, 331
ザミャーチン、エヴゲーニイ『われら』 252, 253
サラマーゴ、ジョゼ 287, 295, 321
　『白の闇』 295, **320-21**
サリンジャー、J・D 257
　『キャッチャー・イン・ザ・ライ』 248, 256-57, 271, 328

サルトル、ジャン＝ポール 177, 211, 249, 274
　『嘔吐』 210, **244**
サン＝テグジュペリ、アントワーヌ・ド 239
　『星の王子さま』 207, **238-39**
サンゴール、L・S 196
シェイクスピア、ウィリアム **84**, 125
　『アントニーとクレオパトラ』 87, 89
　『お気に召すまま』 85, 88, 89
　『恋の骨折り損』 87, 88
　『尺には尺を』 87, 88
　『十二夜』 84, 85, 87, 88, 89
　『ジュリアス・シーザー』 86, 88, 89
　『テンペスト』 84, 87, 88, 89, 196, 243
　『夏の夜の夢』 85, 87, 88-89
　『ハムレット』 85, 87, 88, 144, 174, 220
　『ファースト・フォリオ』 14, 61, **82-89**
　『ヘンリー4世』 75, 87, 89
　『マクベス』 85, 87, 88, 144
　『まちがいの喜劇』 88, 89
　『リア王』 87-88, 144
　『リチャード3世』 86, 88, 89
ジェイコブズ、ハリエット 109
　『ある奴隷少女に起こった出来事』 126
ジェイムズ、ヘンリー 177, **187**, 216
　『ある婦人の肖像』 157, 174, **186-87**
　『ねじの回転』 203, 271
シェリー、パーシー・ビッシュ 120, 121
シェリー、メアリー 131
　『フランケンシュタイン』 108, **120-21**, 184, 192
シェリダン、リチャード・ブリンズリー 90
志賀直哉「城の崎にて」 209
施耐庵『水滸伝』 60, 66
ジッド、アンドレ『贋金つくり』 242
ジブラーン、ハリール『預言者』 223
島崎藤村『破戒』 209
シャーパー、ヒラリー『パーディタ』 326
シャトーブリアン、フランソワ＝ルネ・ド『ルネ』 150
シャモワゾー、パトリック『テキサコ』 336-37
ジャン・ド・マン『薔薇物語』 57
ジュースキント、パトリック『香水』 227
周の文王 18, 21
ジュエット、サラ・オーン『とんがり樅の木の国』 188
シュニッツラー、アルトゥル『夢小説』 194
ジュネ、ジャン『黒ぼたち』 262
シュピリ、ヨハンナ『アルプスの少女ハイジ』 169
シュライヴァー、ライオネル『少年は残酷な弓を射る』 328
シュライナー、オリーヴ『アフリカ農場物語』 201, 322
ジョイス、ジェイムズ 216
　『ダブリン市民』 216
　『フィネガンズ・ウェイク』 206, 216
　『ユリシーズ』 206, **214-21**, 241, 260
　『若い芸術家の肖像』 216, 225, 241, 256
ショインカ、ウォーレ『森の舞踏』 266
ショパン、ケイト『目覚め』 203
ジョンソン、サミュエル 91
ジョンソン、ベン 61, 84
　『作品集』 84, 85
　『錬金術師』 75
シラー、フリードリヒ・フォン 99, 112, 113-14, 115
　『ヴァレンシュタイン』 112
　『群盗』 61, **98-99**
シンクレア、アプトン 191

『ジャングル』 166
スウィフト、ジョナサン『ガリヴァー旅行記』 61, 94, 95, 104, 320
スキュデリー、マドレン・ド『クレリ』 185
スコット、ウォルター 53, 109, **150**, 162
　『アイヴァンホー』 122, 150
　『ウェイヴァリー』 122, 150
　『ロブ・ロイ』 122
スターン、ローレンス 12
　『トリストラム・シャンディ』 61, 104-05, 221, 271, 298
スタイン、ガートルード 230
スタインベック、ジョン 12, **244**
　『怒りの葡萄』 188, 189, 244
　『ハツカネズミと人間』 244
スタンダール
　『赤と黒』 **150-51**, 160, 174
　『パルムの僧院』 160
スティーヴンズ、ウォレス『足踏みオルガン』 213
スティーヴンスン、ロバート・ルイス 201
　『ジキル博士とハイド氏』 157, 195, 201
　『宝島』 201
ストウ、ハリエット・ビーチャー 15
　『アンクル・トムの小屋』 145, **153**, 166, 188, 261
ストゥルルソン、スノッリ『散文のエッダ』 52
ストーカー、ブラム『ドラキュラ』 157, **195**
ストリンドベリ、アウグスト『赤い部屋』 185
スペンサー、エドマンド 61
　『妖精の女王』 103
スミス、ゼイディー 325
　『ホワイト・ティース』 295, **324-25**
世阿弥元清『井筒』 102
清少納言 56
　『枕草子』 19, 47, **56**
ゼーバルト、W・G『アウステルリッツ』
セス、ヴィクラム 294, 315
　『スータブル・ボーイ』 295, **314-17**
セゼール、エメ 196
　『帰郷ノート』 312
セリーヌ、ルイ＝フェルディナン『夜の果てへの旅』 249
セルヴォーン、サム『モーセ昇天』 324
セルバンテス、ミゲル・デ 14, **78**
　『ドン・キホーテ』 51, 61, 67, **76-81**, 274, 298, 320
曹雪芹『紅楼夢』 66
ソフォクレス 18, 36
　『オイディプス王』 **34-39**
ゾラ、エミール 191, 218
　『居酒屋』 166
　『クロードの告白』 191
　『ジェルミナール』 157, 163, 166, **190-91**
　『テレーズ・ラカン』 198
ソルジェニーツィン、アレクサンドル『イワン・デニーソヴィチの一日』 289
ソロー、ヘンリー・デイヴィッド 108
　『ウォールデン──森の生活』 125

た 行

ダーウィン、チャールズ『種の起源』 156, 190
タート、ドナ
　『ゴールドフィンチ』 328
　『シークレット・ヒストリー』 318
ダール、ロアルド『チョコレート工場の秘密』 171

ダグラス、フレデリック 127
　『数奇なる奴隷の半生──フレデリック・ダグラス自伝』 109, **126-27**
竹田出雲『仮名手本忠臣蔵』 93
田山花袋『蒲団』 209
ダランベール、ジャン・ル・ロン『百科全書』 61, 96
タリーズ、ゲイ 278
ダン、ジョン「聖ルーシーの日の夜想曲」 91
ダンテ・アリギエーリ 65, 71
　『神曲』 41, 60, **62-65**, 312
ダンティカ、エドウィージ『骨狩りのとき』 306
タンプナル、アフメト・ハムディ『時間調整研究所』 289
チェーホフ、アントン 203
　『ワーニャ伯父さん』 203
近松門左衛門『曾根崎心中』 93
チャンドラー、レイモンド 236
　『大いなる眠り』 207, **236-37**
チュツオーラ、エイモス『やし酒飲み』 266
チョーサー、ジェフリー 14, 57, **71**, 219
　『カンタベリー物語』 60, **68-71**
　「トロイルスとクリセイデ」 69
ツヴァイク、シュテファン『チェスの話』 238
ツェラン、パウル『罌粟と記憶』 238, 258
ディアス、ゴンサルヴェス『イ・ジュッカ・ピラーマ』 164
ディアス、ジュノ『ハイウェイとゴミ溜め』 306
ティーク、ルートヴィヒ『フランツ・シュテルンバルトの遍歴』 224
デイヴィス、ロバートソン『五番目の男』 326
ディキンソン、エミリー 125, 131, 213
ディケンズ、チャールズ 135, **147**, 157, 166, 168, 182
　『大いなる遺産』 198
　『オリヴァー・ツイスト』 134, 151
　『荒涼館』 109, 134, **146-49**, 166, 195, 208
　『デイヴィッド・コパフィールド』 94, 153, 225, 226
　『二都物語』 198
　『ピクウィック・ペーパーズ』 146, 147
　『マーティン・チャズルウィット』 186
　『リトル・ドリット』 109
ディズレーリ、ベンジャミン『シビル』 166
ディドロ、ドゥニ
　『運命論者ジャック』 96, 105
　『百科全書』 61, 96
デーブリーン、アルフレート『ベルリン・アレクサンダー広場』 207, 234
デサイ、キラン『喪失の響き』 314, 317
デフォー、ダニエル 14, **94**, 156
　『ロビンソン・クルーソー』 61, **94-95**, 196
デミルカン、レナン『紅茶に砂糖を三杯』 324
デュジャルダン、エドゥアール「もう森へなんか行かない」 216
デュマ、アレクサンドル 123
　『三銃士』 109, **122-23**
　『モンテ・クリスト伯』 146, 152
デュラス、マルグリット『愛人』 335
デリーロ、ドン 287, 295, 335
　『アンダーワールド』 296, 335
　『堕ちてゆく男』 331
　『ホワイト・ノイズ』 335
ドイル→コナン・ドイル
トゥーマー、ジーン『砂糖きび』 235

トゥール、ジョン・ケネディ『まぬけたちの連合』 272
トウェイン、マーク 15, 189
　『ハックルベリー・フィンの冒険』 145, 157, 188-89, 270
トゥルゲーネフ、イヴァン 108
　『余計者の日記』 124
トールキン、J・R・R 43, 53
　『ホビットの冒険』 171, 287
　『指輪物語』 287
ドス・パソス、ジョン〈U.S.A. 3部作〉 230
ドストエフスキー、フョードル 174, 211
　『カラマーゾフの兄弟』 149, 178, 200-01, 210
　『罪と罰』 14, 156, 172-77, 178
　『白痴』 199
杜甫 19, 46
ドライサー、シオドア 191
　『シスター・キャリー』 203
トルストイ、レフ 181, 182
　『アンナ・カレーニナ』 149, 179, 200
　『戦争と平和』 109, 156, 178-81, 182
トロロープ、アンソニー『われわれのいまの生き方』 186
トンプソン、ハンター・S『ラスベガス★71』 332

な 行

ナイポール、V・S 294
　『ビスワス氏の家』 289
ナエウィウス、グナエウス 40
夏目漱石『吾輩は猫である』 209
ナボコフ、ウラジーミル 261
　『ロリータ』 186, 248, 260-61, 270
並木宗輔『仮名手本忠臣蔵』 93
ナラヤン、R・K 314
ニーチェ、フリードリヒ『ツァラトゥストラかく語りき』 210
ノーサップ、ソロモン 109
　『12イヤーズ・ア・スレーブ』 126

は 行

バー、マリアマ『かくも長き手紙』 334
バージェス、アントニー『時計じかけのオレンジ』 252, 270, 289
ハーストン、ゾラ・ニール『彼らの目は神を見ていた』 207, 235
ハーディ、トマス 193
　『ダーバヴィル家のテス』 157, 192-93
　『遙か群衆を離れて』 190, 200
　『日陰者ジュード』 202
ハーバート、ジョージ「苦悶」 91
バイアット、A・S『抱擁』 318
ハイネ、ハインリヒ『歌の本』 111
バイフ、ジャン＝アントワーヌ・ド『宝庫、教訓及び格言』 74
バイロン卿 120, 185
　『ドン・ジュアン』 110, 124
パウンド、エズラ 206, 216, 230
　『キャントーズ(詩篇)』 213
巴金『家』 222
朴景利『土地』 330
莫言『赤い高粱』 310
ハクスリー、オルダス『すばらしい新世界』 243, 252, 261
パステルナーク、ボリス『ドクトル・ジバゴ』 288
バトラー、オクテイヴィア・E『キンドレッド きずなの招喚』 126
バニヤン、ジョン『天路歴程』 330
ハビラ、ヘロン『天使の見た夢』 266
ハミド、モーシン『コウモリの見た夢』 331, 339

パムク、オルハン『わたしの名は赤』 338
ハムスン、クヌート『飢え』 202
ハメット、ダシール
　『血の収穫』 236
　『マルタの鷹』 236
バラード、J・G 332
　『クラッシュ』 313, 332
　『太陽の帝国』 332
パラニューク、チャック『ファイト・クラブ』 313
バリー、J・M『ピーター・パン』 169
バルガス＝リョサ、マリオ
　『都会と犬ども』 290
　『ラ・カテドラルでの対話』 282
バルザック、オノレ・ド 151
　『ゴリオ爺さん』 151
　〈人間喜劇〉 156, 160
　『ふくろう党』 122, 151
　『ラブイユーズ』 152
バレット、ブラウニング、エリザベス 131
バロウズ、ウィリアム・S 265, 313
　『裸のランチ』 260, 264
ヒーニー、シェイマス
　「ある自然児の死」 277
　「土を掘る」 277
ヒューズ、テッド 277
　『クロウ』 291
ヒューズ、トマス『トム・ブラウンの学校時代』 169
ヒューズ、ラングストン『白人がたのやり口』 235
ビラ＝マタス、エンリーケ『バートルビーと仲間たち』 274
ヒルゼンラート、エドガー『ナチと理髪師』 258
ピンター、ハロルド『管理人』 262
ピンチョン、トマス 296
　『V.』 296
　『競売ナンバー49の叫び』 276, 290, 296
　『重力の虹』 294, 295, 296-97
　『ブリーディング・エッジ』 296, 331
ファウルズ、ジョン『フランス軍中尉の女』 291
黄晳暎
　『客人』 295, 330
　『武器の影』 330
フィールディング、ヘンリー 61, 81, 156
　『トム・ジョーンズ』 94, 104, 182
フィッツジェラルド、F・スコット 230, 256, 319
　『美しく呪われし者』 230
　『グレート・ギャツビー』 145, 207, 228-33
　『バーニスの断髪宣言』 230
　『夜はやさし』 233
　『楽園のこちら側』 230
フィンドリー、ティモシー『気の狂った人びとの最後』 326
プーシキン、アレクサンドル 108
　『エヴゲーニイ・オネーギン』 109, 124
　『ベールキン物語』 178
フェルナンド・デ・ローハス『ラ・セレスティーナ』 78
フエンテス、カルロス『アルテミオ・クルスの死』 282, 290
フォークナー、ウィリアム 243
　『響きと怒り』 188, 216, 242-43, 271
フォースター、E・M『インドへの道』 196, 241
フォンターネ、テオドール『エフィ・ブリースト』 202
ブコウスキー、チャールズ 313
　『くそったれ！ 少年時代』 256

藤原俊成『千載集』 47
フセイン、ターハー『文学者』 223
フラー、マーガレット 125
ブラウン、ダン『ダ・ヴィンチ・コード』 261
プラス、シルヴィア『エアリアル』 277
　『ベル・ジャー』 185, 256, 290
ブラッドベリ、レイ『華氏451度』 252, 287
ブラワヨ、ノヴァイオレット『あたらしい名前』 339
フランゼン、ジョナサン 329
　『コレクションズ』 182, 295, 328-29, 331
　『不快地帯──自分史』 329
ブリテンのトマ『トリスタン』 50
ブリンク、アンドレ『白く渇いた季節』 333
プルースト、マルセル 216
　『失われた時を求めて』 216, 240-41
ブルガーコフ、ミハイル『巨匠とマルガリータ』 290-91
ブルック、ルパート「死者」 212
ブルックス、グウェンドリン『アニー・アレン』 259
ブレイク、ウィリアム 105
　『無垢と経験の歌』 105, 110
フレイム、ジャネット『渇湖』 286
プレヴェール、ジャック『ことばたち』 286
ブレヒト、ベルトルト『肝っ玉お母とその子供たち』 238, 244-45
フローベール、ギュスターヴ 14, 160
　『感情教育』 163, 199, 225
　『聖アントワーヌの誘惑』 161
　『ボヴァリー夫人』 81, 146, 156, 158-63, 190
ブロッホ、ヘルマン『夢遊の人々』 234
ブロンテ、エミリー 131, 134
　『嵐が丘』 69, 109, 118, 132-37, 192, 271
ブロンテ、シャーロット 129
　『ヴィレット』 128
　『ジェイン・エア』 109, 118, 128-31, 137
ペイトン、アラン『叫べ、愛する国よ』 286, 322
ヘイリー、アレックス 307
　『ルーツ』 306, 333
ベケット、サミュエル『ゴドーを待ちながら』 210, 248, 262
ヘシオドス『神統記』 28, 54
ペソア、フェルナンド『不穏の書』 216, 243-44
ヘッセ、ヘルマン
　『ガラス玉演戯』 234
　『シッダールタ』 241
ペトラルカ 72, 74
ヘミングウェイ、アーネスト 188, 286
　『日はまた昇る』 186, 230, 264, 286
　『老人と海』 287
ヘラー、ジョーゼフ『キャッチ＝22』 249, 276
ヘリック、ロバート『ヘスペリディーズ』 91
ヘルダー、ヨハン・ゴットフリート 112, 113
ヘルダーリン、フリードリヒ『ヒュペーリオン』 111
ペレック、ジョルジュ『人生 使用法』 333
ペロー、シャルル
　「サンドリヨン」 117
　『ペロー童話集』 116
ベン＝ジェルーン、ターハル『砂の子ども』 223

ホイットマン、ウォルト 108
　『草の葉』 109, 125
ポー、エドガー・アラン 109, 134, 141, 207, 327
　「大鴉」 140
　『グロテスクとアラベスクの物語』 152
　「モルグ街の殺人」 208
ホーソーン、ナサニエル 141
　『七破風の屋敷』 140
　『緋文字』 140, 153
ボードレール、シャルル 157
　『悪の華』 165
ホームズ、ジョン・クレロン『ゴー』 264
ボールドウィン、ジェイムズ『山にのぼりて告げよ』 259, 306
ボッカッチョ、ジョヴァンニ 14, 71
　『デカメロン』 60, 68, 72, 102
ホッセイニ、カーレド『カイト・ランナー(君のためなら千回でも)』 338
ホフマン、E・T・A 109
　「砂男」 111, 120
　『夜曲集』 111, 120
ホメロス 28
　『イリアス』 18, 26-33, 41, 54, 294, 312
　『オデュッセイア』 18, 28, 33, 41, 54, 62, 220-21, 312
ボラーニョ、ロベルト『2666』 339
ホラティウス 28, 40, 74
ボルヘス、ホルヘ・ルイス 245
　『汚辱の世界史』 302
　『伝奇集』 245, 282, 298
　「『ドン・キホーテ』の著者ピエール・メナール」 81
ホワイト、パトリック『ヴォス』 311

ま 行

マーヴェル、アンドルー『雑詩篇』 91
マーテル、ヤン『パイの物語』 270, 338
マアルーフ、アミン『タニオスの岩』 337
マーロウ、クリストファー 61, 89, 114
　『フォースタス博士』 60, 75
マガリャンエス、ゴンサルヴェス・デ『タモイオ族の連盟』 164
マキナニー、ジェイ『ブライト・ライツ、ビッグ・シティ』 313
正岡子規 92
松尾芭蕉『おくのほそ道』 61, 92
マッカーシー、メアリー『学園の森』 318
マッカラーズ、カーソン『心は孤独な狩人』 272
マッケーブ、パトリック『ブッチャー・ボーイ』 313
マフフーズ、ナギーブ〈カイロ 3部作〉 223
マラルメ、ステファヌ 157
　「半獣神の午後」 165
マルグリット・ド・ナヴァル『エプタメロン』 68
マルケス、ガブリエル・ガルシア→ガルシア＝マルケス、ガブリエル
マロリー、トマス『アーサー王の死』 50, 51, 102
マン、トマス 227
　『ヴェニスに死す』 194, 206, 225, 240
　『ブッデンブローク家の人々』 194, 227
　『魔の山』 206-07, 224-27
マンロー、アリス 337
　『幸せな影法師の踊り』 337
　『小説のように』 326
　『セレクテッド・ストーリーズ』 337
三島由紀夫『金閣寺』 263

索引 347

ミッチェル、デイヴィッド『クラウド・アトラス』 68
三好松洛『仮名手本忠臣蔵』 93
ミラー、ヘンリー『北回帰線』 243, 260
ミルトン、ジョン 61, 103
　『失楽園』 62, 103, 144
ミロン、ガストン『拾われた男』 332
ムージル、ロベルト『特性のない男』 234, 243
ムゼーウス、ヨハン・カール・アウグスト 116
ムダ、ゼイクス『赤の核心』 322
村上春樹
　『海辺のカフカ』 302, 319
　『ねじまき鳥クロニクル』 319
　『ノルウェイの森』 319
村上龍『インザ・ミソスープ』 319
紫式部『源氏物語』 19, 47, 61, 174
メイラー、ノーマン 291
　『夜の軍隊』 291
メルヴィル、ハーマン 140
　『代書人バートルビー』 140
　『白鯨』 109, 138-45, 296
モア卿、トマス『ユートピア』 252
モー、ヨルゲン『ノルウェー民話集』 116
モーパッサン、ギ・ド『ベラミ』 160
モランテ、エルサ『イーダの長い夜』 332
モリエール 61
　『人間ぎらい』 90
　『プシシェ』 90
森鷗外 209
モリスン、トニ 295, 309
　『青い眼が欲しい』 307, 309
　『スーラ』 307
　『ソロモンの歌』 307, 309
　『ビラヴド』 145, 294, 306-09
モンタルボ、ガルシ・ロドリゲス・デ『アマディス・デ・ガウラ』 102
モンテスキュー『ペルシャ人の手紙』 96

や行・ら行・わ行

ユイスマンス、ジョリ・カルル『さかしま』 194
ユゴー、ヴィクトル 122, 156, 167, 181, 182
　『レ・ミゼラブル』 156, 166-67, 182
ユージェニデス、ジェフリー『ヘビトンボの季節に自殺した五人姉妹』 328
与謝蕪村 92
吉本ばなな『キッチン』 319
ヨハネス・フォン・テーペル『ボヘミアの農夫』 72
ラ・ファイエット夫人『クレーヴの奥方』 104
ラ・フォンテーヌ、ジャン・ド『寓話詩』 90
ラーキン、フィリップ『聖霊降臨節の婚礼』 277
ライト、アレクシス『カーペンタリア湾』 311
ライト、リチャード『アメリカの息子』 259
羅貫中 66
　『三国志演義』 60, 66-67
ラクロ、ピエール・コデルロス・ド 101
　『危険な関係』 100-01
ラシーヌ、ジャン 61
　『フェードル』 90, 103-04
ラシュディ、サルマン 294, 302, 317, 325
　『悪魔の詩』 260, 261, 302, 336
　『真夜中の子供たち』 227, 271, 294, 300-05, 314, 315

ラスキン、ジョン 137, 171, 192
ラドクリフ、アン『ユードルフォの謎』 120
ラヒリ、ジュンパ 317, 338
　『停電の夜に』 338
ラブレー、フランソワ 73, 218
　『ガルガンチュアとパンタグリュエル』 60, 61, 72-73, 260
ラミング、ジョージ『わが皮膚の砦の中で』 312
ラム伯爵夫人、キャロライン『グルナーヴォン』 185
ランド、アイン『水源』 245
ランボー、アルチュール『地獄の季節』 165, 199-200
リー、ハーパー 273, 278
　『アラバマ物語』 249, 271, 272-73
　『さあ、見張りを立てよ』 273
リース、ジーン『サルガッソーの広い海』 131, 290
リチャードソン、サミュエル 104
　『クラリッサ』 100, 104
　『パミラ』 94, 100, 104, 118, 174, 216
リチャードソン、ジョン『ワクースタ』 326
李白 19, 46
リョサ、マリオ・バルガス→バルガス＝リョサ、マリオ
リョンロート、エリアス『カレヴァラ』 116, 151
ルイス、C・S『ナルニア国物語』 171
ルイス、マシュー『マンク』 120
ルソー、ジャン＝ジャック 96
　『エミール』 168
　『学問芸術論』 98
　『ジュリ、あるいは新エロイーズ』 100
ルルー、ガストン『オペラ座の怪人』 195
ルルフォ、フアン『ペドロ・パラモ』 287-88
レヴィ、アンドレア『スモール・アイランド』 324
レーヴィ、プリーモ『アウシュヴィッツは終わらない』 258
レールモントフ、ミハイル 108
　『現代の英雄』 124, 151-52
レッシング、ゴットホルト・エフライム『賢者ナータン』 96
ロイ、アルンダティ『小さきものたちの神』 314, 317
ロウ、ニコラス『シェイクスピア全集』 84
老子『道徳経』 54
ロート、ヨーゼフ『ラデツキー行進曲』 238
ローリング、J・K〈ハリー・ポッター〉シリーズ 170, 261
魯迅
　『故事新編』 222
　『吶喊』 207, 222
ロス、フィリップ 328
　『さようなら、コロンバス』 276
　『ヒューマン・ステイン』 318
ロセッティ、クリスティーナ 131
ロブ＝グリエ、アラン『嫉妬』 288-89
ロペ・デ・ベガ『当世コメディア新作法』 78
ロレンス、D・H 241
　『チャタレイ夫人の恋人』 260
　『息子と恋人』 192, 240
ロンサール、ピエール・ド
　『エレーヌへのソネット』 74
　『讃歌集』 74
　『恋愛詩集』 74
ロンドン、ジャック 191

『野性の呼び声』 240
ワーズワース、ウィリアム
　『序曲』 168
　『抒情歌謡集』 108, 110
ワイルド、オスカー 90
　『ドリアン・グレイの肖像』 157, 194, 195
ワシントン、ブッカー・T『奴隷より立ち上がりて』 306

作品名索引

あ行

『アーサー王の死』（マロリー） 50, 51, 102
『アイヴァンホー』（スコット） 122, 150
『アウシュヴィッツは終わらない　あるイタリア人生存者の考察』（レーヴィ） 258
『アウステルリッツ』（ゼーバルト） 338
『アエネーイス』（ウェルギリウス） 19, 40-41, 62
『青い草、流れる水』（キング） 337
『青い眼が欲しい』（モリスン） 307, 309
『赤い高粱』（莫言） 310
『赤い武功章』（クレイン） 190, 202
『赤い部屋』（ストリンドベリ） 185
『赤と黒』（スタンダール） 150-51, 160, 174
『赤の核心』（ムダ） 322
『悪の華』（ボードレール） 165
『悪魔の詩』（ラシュディ） 260, 261, 302, 336
『足踏みオルガン』（スティーヴンズ） 213
『遊んだのはスリル』（王） 336
『あたらしい名前』（ブラワヨ） 339
『アニー・アレン』（ブルックス） 259
『アフリカ人、イクイアーノの生涯の興味深い物語』 126
『アフリカ農場物語』（シュライナー） 201, 322
『アマディス・デ・ガウラ』（モンタルボ） 102
『アメリカの息子』（ライト） 259
『アメリカン・サイコ』（エリス） 261, 270, 313
『嵐が丘』（ブロンテ） 69, 109, 128, 132-37, 192, 271
『アラバマ物語』（リー） 249, 271, 272-73
『アラビアンナイト』→『千夜一夜物語』
『ある自然児の死』（ヒーニー） 277
『アルス・アマトリア（恋愛術）』（オウィディウス） 57
『アルテミオ・クルスの死』（フエンテス） 282, 290
『ある奴隷少女に起こった出来事』（ジェイコブズ） 126
『ある婦人の肖像』（ジェイムズ） 157, 174, 186-87
『アルプスの少女ハイジ』（シュピリ） 169
『荒地』（エリオット） 192, 206, 213, 216, 230, 232
『アンクル・トムの小屋』（ストウ） 145, 153, 166, 188, 261
『アンダーワールド』（デリーロ） 296, 335
『アンデルセン童話集』→『子供のための童話集』
『アントニーとクレオパトラ』（シェイクスピア） 87, 89

『アンナ・カレーニナ』（トルストイ） 149, 179, 200
『イ・ジュッカ・ピラーマ』（ディアス） 164
『イーゴリ遠征物語』 57
『イーサン・フローム』（ウォートン） 240
『イーダの長い夜』（モランテ） 332
『家』（巴金） 222
『怒りの葡萄』（スタインベック） 188, 189, 244
『哲学書簡』（ヴォルテール） 97
『イギリス人の患者』（オンダーチェ） 336
『居酒屋』（ゾラ） 166
『石蹴り遊び』（コルタサル） 249, 274-75, 282
『井筒』（世阿弥作清） 102
『いなごの日』（ウェスト） 276
『異邦人』（カミュ） 210, 245, 262
『イリアス』（ホメロス） 18, 26-33, 41, 54, 274, 312
『イワン・デニーソヴィチの一日』（ソルジェニーツィン） 289
『インザ・ミソスープ』（村上） 319
『インドへの道』（フォースター） 196, 241
『ヴァレンシュタイン』3部作（シラー） 112
『V.』（ピンチョン） 296
『ヴィルヘルム・マイスターの修業時代』（ゲーテ） 224-25
『ヴィレット』（ブロンテ） 128
『飢え』（ハムスン） 202
『ウェイヴァリ』（スコット） 122, 150
『ヴェニスに死す』（マン） 194, 206, 225, 240
『ウォールデン──森の生活』（ソロー） 125
『ヴォス』（ホワイト） 311
『ウサギ』シリーズ（アップダイク） 328
『失われた世界』（コナン・ドイル） 184
『失われた時を求めて』（プルースト） 216, 240-41
『ウズ・ルジアダス』（カモイス） 62, 103
『歌え、翔べない鳥たちよ』（アンジェロウ） 259, 291
『歌の本』（ハイネ） 111
『美しく呪われし者』（フィッツジェラルド） 230
『海辺のカフカ』（村上） 302, 319
『運命論者ジャック』（ディドロ） 96, 105
『エアリアル』（プラス） 277
『エヴゲーニイ・オネーギン』（プーシキン） 109, 124
『易経』 18, 21
『エフィ・ブリースト』（フォンターネ） 202
『エプタメロン』（マルグリット・ド・ナヴァル） 68
『エミール』（ルソー） 168
『エレーヌへのソネット』（ロンサール） 74
『オイディプス王』（ソフォクレス） 34-39
『黄金の驢馬』（アプレイウス） 40, 56
『嘔吐』（サルトル） 192, 244
『大いなる遺産』（ディケンズ） 198
『大いなる奥地』（ギマランエス＝ローザ） 288
『大いなる眠り』（チャンドラー） 207, 236-37
『大鴉』（ポー） 140
『お気に召すまま』（シェイクスピア） 85, 88, 89
『おくのほそ道』（芭蕉） 61, 92
『汚辱の世界史』（ボルヘス） 302
『オスカーとルシンダ』（ケアリー） 311

『落窪物語』 47
『堕ちてゆく男』(デリーロ) 331
『オデュッセイア』(ホメロス) 18, 28, 33, 41, 54, 62, 220-21, 312
『オトラント城奇譚』(ウォルポール) 120
『オペラ座の怪人』(ルルー) 195
『オメロス』(ウォルコット) 294, 312
『おらが春』(小林) 92
『オリヴァー・ツイスト』(ディケンズ) 134, 151
『オルメイヤーの阿房宮』(コンラッド) 197
『オレステイア』(アイスキュロス) 54-55
『オン・ザ・ロード』(ケルアック) 185, 248, 264-65

か 行

『カーペンタリア湾』(ライト) 311
『開拓者たち』(クーパー) 122, 188
『海底二万里』(ヴェルヌ) 184
『カイト・ランナー(君のためなら千回でも)』(ホッセイニ) 338
〈カイロ3部作〉(マフフーズ) 223
『ガウェイン卿と緑の騎士』 71, 102
『学園の森』(マッカーシー) 318
『かくも長き手紙』(バー) 334
『学問芸術論』(ルソー) 98
『華氏451度』(ブラッドベリ) 252, 287
『カッコーの巣の上で』(キージー) 271, 289
『褐色娘のバラッド』(カレン) 235
『仮名手本忠臣蔵』(竹田、並木、三好) 93
『カラーパープル』(ウォーカー) 306
『ガラス玉演戯』(ヘッセ) 234
『ガラスの宮殿』(ゴーシュ) 314, 317
『カラスの魔法使い』(グギ・ワ・ジオンゴ) 339
『カラマーゾフの兄弟』(ドストエフスキー) 149, 178, 200-01, 210
『ガリヴァー旅行記』(スウィフト) 61, 94, 95, 104, 270, 320
『ガルガンチュアとパンタグリュエル』(ラブレー) 60, 61, 67, 72-73, 260
『カルラマグヌース(カール大帝)のサガ』 48
『華麗なるギャツビー』→『グレート・ギャツビー』
『カレヴァラ』(リョンロート) 116, 151
『彼らの目は神を見ていた』(ハーストン) 207, 334
〈革脚絆物語〉シリーズ(クーパー) 122, 150, 188
『感情教育』(フローベール) 163, 199, 225
『カンタベリー物語』(チョーサー) 60, 68-71
『カンディード』(ヴォルテール) 61, 96-97, 260
『カンティガス・デ・サンタ・マリア』(アルフォンソ10世) 57
「甘美にして名誉なり」(オーエン) 206, 212
『歓楽の家』(ウォートン) 118
『管理人』(ピンター) 262
『黄色い壁紙』(ギルマン) 128, 131
『気球に乗って五週間』(ヴェルヌ) 184
『帰郷ノート』(セゼール) 312
『危険な関係』(ラクロ) 100-01
『北回帰線』(ミラー) 243, 260
『北と南』(ギャスケル) 153
『キッチン』(吉本) 319
『気の狂った人びとの最後』(フィンドリー) 326

『城の崎にて』(志賀) 209
『肝っ玉お母とその子供たち』(ブレヒト) 238, 244-45
『キャッチ=22』(ヘラー) 249, 276
『キャッチャー・イン・ザ・ライ』(サリンジャー) 248, 256-57, 271, 258
『キャントーズ(詩篇)』(パウンド) 213
『競売ナンバー49の叫び』(ピンチョン) 276, 290, 296
『虚栄の市』(サッカレー) 118, 153
『虚栄の篝火』(ウルフ) 149
『巨匠とマルガリータ』(ブルガーコフ) 290-91
『ギルガメシュ叙事詩』 13, 18, 20, 28
『金瓶梅』(三島) 263
『キンドレッド きずなの招喚』(バトラー) 126
『金梅梅』 66
『グアラニー族』(アレンカール) 164
『寓話詩』(ラ・フォンテーヌ) 90
『草の葉』(ホイットマン) 109, 125
『崩れゆく絆』(アチェベ) 248, 266-69
『くそったれ!少年時代』(ブコウスキー) 256
『グッド・ドクター』(ギャルガット) 322
『雲』(アリストファネス) 36
『苦悶』(ハーバート) 91
『クラウド・アトラス』(ミッチェル) 68
『昏き目の暗殺者』(アトウッド) 271, 295, 326-27
『クラッシュ』(バラード) 313, 332
『クラリッサ』(リチャードソン) 100, 104
『グリム童話集』→『子供と家庭の童話』
『グルナーヴォン』(ラム) 185
『クレーヴの奥方』(ラ・ファイエット夫人) 104
『グレート・ギャツビー』(フィッツジェラルド) 145, 207, 228-33
『クレリ』(スキャデリー) 185
『クロウ』(ヒューズ) 291
『クロードの告白』(ゾラ) 191
『グロテスクとアラベスクの物語』(ポー) 152
『黒んぼたち』(ジュネ) 262
『群盗』(シラー) 61, 98-99
『ケイトーン・ウィリアムズ』(ゴドウィン) 166
『罌粟と記憶』(ツェラン) 238, 258
『月長石』(コリンズ) 146, 149, 198-99, 208, 271
『ケリー・ギャングの真実の歴史』(ケアリー) 311
『源氏物語』(紫式部) 19, 47, 61, 174
『賢者ナータン』(レッシング) 96
『現代の英雄』(レールモントフ) 124, 151-52
『恋敵の娘たち』(キノー) 90
『恋の骨折り損』(シェイクスピア) 87, 88
『香水』(ジュースキント) 227
『紅茶に砂糖を三杯』(デミルカン) 324
『高慢と偏見』(オースティン) 12, 108, 118-19
『コウモリの見た夢』(ハミッド) 331, 339
『荒涼館』(ディケンズ) 109, 134, 146-49, 166, 195, 208
『紅楼夢』(曹) 66
『ゴー』(ホームズ) 264
『ゴールドフィンチ』(タート) 328
『古今和歌集』 47
『心は孤独な狩人』(マッカラーズ) 272
『故事新編』(魯迅) 222
『ゴドーを待ちながら』(ベケット) 210, 248, 262
『ことばたち』(プレヴェール) 286
『ことばなき恋歌』(ヴェルレーヌ) 165

『子供と家庭の童話』(グリム兄弟) 45, 108, 116-17, 168-69
『子供のための童話集』(アンデルセン) 151, 169
『この世の王国』(カルペンティエル) 312
『五番目の男』(デイヴィス) 326
『ゴリオ爺さん』(バルザック) 151
『コレクションズ』(フランゼン) 182, 295, 328-29, 331
『コレラの時代の愛』(ガルシア=マルケス) 335
『今昔物語集』 47

さ 行

『さあ、見張りを立てよ』(リー) 273
『犀』(イヨネスコ) 262
『西遊記』(呉) 66
『再臨』(イエイツ) 266-67
『さかしま』(ユイスマンス) 194
『作品集』(ジョンソン) 84, 85
『桜島』(梅崎) 263
『叫べ、愛する国よ』(ペイトン) 286, 322
『雑詩篇』(マーヴェル) 91
『殺人保険』(ケイン) 236
『砂糖きび』(トゥーマー) 235
『さようなら、コロンバス』(ロス) 276
『サルガッソーの広い海』(リース) 131, 290
『讃歌集』(ロンサール) 74
『三国志演義』(羅貫中) 60, 66-67
『三銃士』(デュマ) 109, 122-23
『サンドリヨン』(ペロー) 117
『散文のエッダ』(ストゥルルソン) 52
『三文文士』(ギッシング) 190
『幸せな影法師の踊り』(マンロー) 337
『シークレット・ヒストリー』(タート) 318
「J・アルフレッド・プルーフロックの恋歌」(エリオット) 213
『ジェイン・エア』(ブロンテ) 109, 118, 128-31, 137
『ジェルミナール』(ゾラ) 157, 163, 166, 190-91
『詩学』(アリストテレス) 39
『詩経』 21, 46
『時間調整研究所』(タンプナル) 289
『ジキル博士とハイド氏』(スティーヴンスン) 157, 195, 201
『地獄の季節』(ランボー) 165, 199-200
『死者』(ブルック) 212
『死者の書』 20, 54
『詩集』(オーエン) 206, 207, 212
『詩集』(オーデン) 277
『侍女の物語』(アトウッド) 252, 327, 335
『シスター・キャリー』(ドライサー) 203
『死せる魂』(ゴーゴリ) 152
『七人兄弟』(キヴィ) 199
『七破風の屋敷』(ホーソーン) 140
『シッダールタ』(ヘッセ) 241
『嫉妬』(ロブ=グリエ) 288-89
『七宝螺鈿集』(ゴーティエ) 165
『失楽園』(ミルトン) 62, 103, 114
『死の家の中で』(ザックス) 258
『シビル』(ディズレーリ) 166
『自負と偏見』→『高慢と偏見』
〈シャーロック・ホームズ〉シリーズ(コナン・ドイル) 149
『尺には尺を』(シェイクスピア) 87, 88
『ジャングル』(シンクレア) 166
『ジャングル・ブック』(キプリング) 157, 168, 202
『十字架の夢』 42
『十二夜』(シェイクスピア) 84, 85, 87,

88, 89
『重力の虹』(ピンチョン) 294, 295, 296-97
『宿命の交わる城』(カルヴィーノ) 274
『シュトゥルム・ウント・ドラング』(クリンガー) 98
『ジュネーヴ聖書』 84
『種の起源』(ダーウィン) 156, 190
『ジュライの一族』(ゴーディマー) 261
『ジュリ、あるいは新エロイーズ』(ルソー) 100
『ジュリアス・シーザー』(シェイクスピア) 86, 88, 89
『小説のように』(マンロー) 326
『少年は残酷な弓を射る』(シュライヴァー) 328
『小鮑荘』(王) 310
『書記バートルビー』→『代書人バートルビー』
『序曲』(ワーズワース) 168
『抒情歌謡集』(ワーズワース/コールリッジ) 108, 110
『城』(カフカ) 211
『白く渇いた季節』(ブリンク) 333
『白の闇』(サラマーゴ) 295, 320-21
『神曲』(ダンテ) 41, 60, 62-65, 312
『人生 使用法』(ペレック) 333
『人生は夢』(カルデロン・デ・ラ・バルカ) 78
『神統記』(ヘシオドス) 28, 54
『シンドラーズ・リスト』 311
『審判』(カフカ) 211, 242
『水源』(ランド) 245
『水滸伝』(施) 60, 66
『スイスのロビンソン』(ウィース) 168
『スウィム・トゥー・バーズにて』(オブライエン) 274
『数奇なる奴隷の半生──フレデリック・ダグラス自伝』(ダグラス) 109, 126-27
『スータブル・ボーイ』(セス) 295, 314-17
『スーラ』(モリスン) 307
『スケッチ・ブック』(アーヴィング) 150
『スタイルズ荘の怪事件』(クリスティー) 208
『ストゥルルンガ・サガ』 52
『砂男』(ホフマン) 111, 120
『砂の女』(安部) 263
『砂の子ども』(ベン=ジェルーン) 223
『すばらしい新世界』(ハクスリー) 243, 252, 261
『スペインの悲劇』(キッド) 75
『スモール・アイランド』(レヴィ) 324
『スローターハウス5』(ヴォネガット) 276, 291
『聖アントワーヌの誘惑』(フローベール) 161
『聖母マリア頌歌集』→『カンティガス・デ・サンタ・マリア』
『聖ルーシーの日の夜想曲』(ダン) 91
『聖霊降臨節の婚礼』(ラーキン) 277
『精霊たちの家』(アジェンデ) 302, 334
『世界』(ヴォーン) 91
『セレクテッド・ストーリーズ』(マンロー) 337
『一九八四年』(オーウェル) 248, 250-55, 261
『千載集』 47
『戦争と平和』(トルストイ) 109, 156, 178-81, 182
『全唐詩』 46
『千夜一夜物語』 14, 19, 44-45, 68
『喪失の響き』(デサイ) 314, 317
『創造の自然史の痕跡』 184
『楚辞』(屈原) 46, 55
『曾根崎心中』(近松) 93
『ソロモンの歌』(モリスン) 307, 309
『存在の耐えられない軽さ』(クンデラ)

索引

334
『客人』（黄）295, 330

た 行

『ダ・ヴィンチ・コード』（ブラウン）261
『ダーバヴィル家のテス』（ハーディ）157, 192-93
『代書人バートルビー』（メルヴィル）140
『大統領閣下』（アストゥリアス）282
『タイムマシン』（ウェルズ）184
『ダイヤモンド・スートラ（金剛般若経）』19
『太陽の帝国』（バラード）332
『宝島』（スティーヴンスン）201
『ダニエル・デロンダ』（エリオット）200
『タニオスの岩』（マアルーフ）337
『ダブリン市民』（ジョイス）216
『食べられる女』（アトウッド）327
『タモイオ族の連盟』（マガリャンエス）164
『ダロウェイ夫人』（ウルフ）182, 217, 242
『小さきものたちの神』（ロイ）314, 317
『チェスの話』（ツヴァイク）238
『地下室の手記』（ドストエフスキー）210
『恥辱』（クッツェー）295, 322-23
『血染めの部屋』（カーター）116, 333
『地底旅行』（ヴェルヌ）184
『血の収穫』（ハメット）236
『チベット、革紐の結び目につながれた魂』（ザシダワ）310
『チャタレイ夫人の恋人』（ロレンス）260
『チョコレート工場の秘密』（ダール）171
『ツァラトゥストラかく語りき』（ニーチェ）210
『尽きせぬ道化』（ウォレス）296, 337
『土を掘る』（ヒーニー）277
『罪と罰』（ドストエフスキー）14, 156, 172-77, 178
『デイヴィッド・コパフィールド』（ディケンズ）94, 153, 225, 226
『ディカーニカ近郷夜話』（ゴーゴリ）178
『ディゲニス・アクリタス』56
『抵抗の美学』（ヴァイス）333
『停電の夜に』（ラヒリ）338
『デカメロン』（ボッカッチョ）60, 68, 72, 102
『テキサコ』（シャモワゾー）336-37
『テレーズ・ラカン』（ゾラ）198
『伝奇集』（ボルヘス）245, 282, 298
『天使を待つ』（ハビラ）266
『テンペスト』（シェイクスピア）84, 87, 88, 89, 196, 243
『天路歴程』（バニヤン）330
『12イヤーズ・ア・スレーブ』（ノーサップ）126
『唐詩三百首』46
『当世コメディ新作法』（ロペ・デ・ベガ）78
『灯台へ』（ウルフ）216
『道徳経』（老子）54
『動物農場』（オーウェル）245, 248, 252, 253, 320
『とうもろこしの人間たち』（アストゥリアス）282
『トゥレム夫人』（ウォートン）186
『遠い声、遠い部屋』（カポーティ）279
『都会と犬ども』（バルガス＝リョサ）290
『特性のない男』（ムージル）234, 243
『ドクトル・ジバゴ』（パステルナーク）288
『時計じかけのオレンジ』（バージェス）252, 270, 289
『都市の人々』（エクエンシー）266

『土地』（朴）330
『吶喊』（魯迅）207, 222
『ドニャ・バルバラ』（ガリェゴス）242
『トム・ジョーンズ』（フィールディング）94, 104, 182
『トム・ブラウンの学校時代』（ヒューズ）169
『ドラキュラ』（ストーカー）157, 195
『ドリアン・グレイの肖像』（ワイルド）157, 194, 195
『トリスタン』（ブリテンのトマ）50
『トリストラム・シャンディ』（スターン）61, 104-05, 221, 271, 298
『奴隷より立ち上がりて』（ワシントン）306
『トロイルスとクリセイデ』（チョーサー）69
『ドン・キホーテ』（セルバンテス）51, 61, 67, 76-81, 274, 298, 320
『『ドン・キホーテ』の著者ピエール・メナール』（ボルヘス）81
『ドン・ジュアン』（バイロン）110
『とんがり樅の木の国』（ジュエット）188

な 行

『ナイチンゲールに寄せる歌』（キーツ）110
『ナチと理髪師』（ヒルゼンラート）258
『夏の夜の夢』（シェイクスピア）85, 87, 88-89
〈ナルニア国物語〉シリーズ（ルイス）171
『ニーベルンゲンの歌』57
『二都物語』（ディケンズ）198
『ニャルのサガ』52-53
〈ニューヨーク3部作〉（オースター）298, 335-36
『ニューロマンサー』（ギブスン）334
『人形の家』（イプセン）200
『人間喜劇』（バルザック）156, 160
『人間ぎらい』（モリエール）90
『ねじの回転』（ジェイムズ）203, 271
『ねじまき鳥クロニクル』（村上）319
『年代記』（エンニウス）40
『ノストローモ』（コンラッド）240
『野火』（大岡）263
『ノルウェイの森』（村上）319
『ノルウェー民話集』（アスビョルンセン／モー）116

は 行

『バーニスの断髪宣言』（フィッツジェラルド）230
『パーディタ』（シャーバー）326
『バートルビーと仲間たち』（ビラ＝マタス）274
『パープル・ハイビスカス』（アディーチェ）269, 339
『ハイウェイとゴミ溜め』（ディアス）306
『パイの物語』（マーテル）270, 338
『蠅の王』（ゴールディング）287
『破戒』（島崎藤村）209
『バガヴァッド・ギーター』（ヴィヤーサ）23-24, 25
『白鯨』（メルヴィル）109, 138-45, 296
『白人がたのやり口』（ヒューズ）235
『白痴』（ドストエフスキー）199
『バスカヴィル家の犬』（コナン・ドイル）206, 208
『裸のランチ』（バロウズ）260, 264
『蜂』（アリストファネス）55
『ハツカネズミと人間』（スタインベック）244

『ハックルベリー・フィンの冒険』（トウェイン）145, 157, 188-89, 270
『パミラ』（リチャードソン）94, 100, 104, 118, 174, 216
『ハムレット』（シェイクスピア）85, 87, 88, 144, 174, 216
『バヤドとリヤドの物語』44
『薔薇物語』（ギヨーム・ド・ロリスとジャン・ド・マン）57
〈ハリー・ポッター〉シリーズ（ローリング）170, 261
『遙か群衆を離れて』（ハーディ）190, 200
『ハンガー・ゲーム』（コリンズ）320
『半獣神の午後』（マラルメ）165
『半分のぼった黄色い太陽』（アディーチェ）266, 339
『ピーターパン』（バリー）169
『日陰者ジュード』（ハーディ）202
『ピクウィック・ペーパーズ』（ディケンズ）146, 154
『ビスワス氏の家』（ナイポール）289
『ピノッキオの冒険』（コッローディ）168
『日はまた昇る』（ヘミングウェイ）186, 230, 264, 286
『響きと怒り』（フォークナー）188, 216, 242-43, 271
『緋文字』（ホーソン）140, 153
『百年の孤独』（ガルシア＝マルケス）249, 280-85, 302
『百科全書』（ダランベール／ディドロ）61, 96
『ヒュペーリオン』（ヘルダーリン）111
『ヒューマン・ステイン』（ロス）318
『ビラヴド』（モリスン）145, 294, 306-09
『ヒルデブラントの歌』56
『広い海』→『サルガッソーの広い海』
『拾われた男』（ミロン）332
〈ファースト・フォリオ〉（シェイクスピア）61, 82-89
『ファイト・クラブ』（パラニューク）313
『ファウスト』（ゲーテ）98, 108, 109, 112-15
『フィネガンズ・ウェイク』（ジョイス）206, 216
『フェードル』（ラシーヌ）90, 103-04
『フォースタス博士』（マーロウ）60, 75
『不穏の書』（ペソア）216, 243-44
『不快地帯——自分史』（フランゼン）329
『武器の影』（黄）330
『福の神』（アリストファネス）39
『ふくろう党』（バルザック）122, 151
『不思議の国のアリス』（キャロル）156, 168-71
『プシシェ』（モリエール／コルネイユ／キノー）90
『ブッチャー・ボーイ』（マッケーブ）313
『ブッデンブローク家の人々』（マン）194, 227
『蒲団』（田山花袋）209
『冬の夜ひとりの旅人が』（カルヴィーノ）69, 294, 298-99
『プラーナ文献（ヒンドゥー教の経典）』22
『ブライト・ライツ、ビッグ・シティ』（マキナニー）313
『フランケンシュタイン』（シェリー）108, 120-21, 184, 192
『フランス軍中尉の女』（ファウルズ）291
『フランツ・シュテルンバルトの遍歴』（ティーク）224
『ブリーディング・エッジ』（ピンチョン）296, 331
『ブリキの太鼓』（グラス）249, 270-

71, 302
『フロス河畔の水車場』（エリオット）128
『文学者』（フセイン）223
『ペールキン物語』（プーシキン）178
『ベオウルフ』14, 19, 42-43
『ヘスペリディーズ』（ヘリック）91
『ペドロ・パラモ』（ルルフォ）287-88
『ヘビトンボの季節に自殺した五人姉妹』（ユージェニデス）328
『ベラミ』（モーパッサン）160
『ベル・ジャー』（プラス）185, 256, 290
『ペルシャ人の手紙』（モンテスキュー）96
『ベルリン・アレクサンダー広場』（デーブリーン）207, 234
『ペロー童話集』（ペロー）116
『変身』（カフカ）206, 210-11, 234
『変身物語』（オウィディウス）40, 55, 84
『遍地風流』（阿城）310
『ヘンリー4世』（シェイクスピア）75, 87, 89
『ボヴァリー夫人』（フローベール）81, 146, 156, 158-63, 190
『宝典、教訓及び格言』（バイフ）74
『抱擁』（バイアット）318
『「吠える」ほか』（ギンズバーグ）248, 261, 264, 288
『星の王子さま』（サン＝テグジュペリ）207, 238-39
『菩提樹の下で』（ヴァルター）49
『骨狩りのとき』（ダンティカ）306
『ホビットの冒険』（トールキン）171, 287
『ボヘミアの農夫』（ヨハネス・フォン・テーブル）72
『ポルトガル尼僧の手紙』（ギユラーグ伯）101
『ホワイト・ティース』（スミス）295, 324-25
『ホワイト・ノイズ』（デリーロ）335
『ホンブルクの公子フリードリヒ』（クライスト）111

ま 行

『マーティン・チャズルウィット』（ディケンズ）186
『マイア家の人々』（ケイロース）202
『マクベス』（シェイクスピア）85, 87, 88, 144
『枕草子』（清少納言）19, 47, 56
『まちがいの喜劇』（シェイクスピア）88, 89
『まぬけたちの連合』（トゥール）272
『魔の山』（マン）206-07, 224-27
『マハーバーラタ』（ヴィヤーサ）13, 18, 22-25, 28
『馬橋辞典』（韓）310
『マビノギオン』56, 116
『真夜中の子供たち』（ラシュディ）227, 271, 294, 300-05, 314, 315
『マルタの鷹』（ハメット）236
『マルティン・フィエロ』（エルナンデス）199
『マンク』（ルイス）120
『見えない人間』（エリソン）145, 259, 306, 309
『水の子』（キングズリー）168
『満ちたりぬ道』（オクリ）269
『緑のハインリヒ』（ケラー）224
『ミドルマーチ』（エリオット）130, 156, 174, 182-83
『ムアッラカート』（「吊りさげられた詩」）44

『無垢と経験の歌』(ブレイク) 105, 110
『無情』(李光洙) 241
『息子と恋人』(ロレンス) 192, 240
『夢遊の人々』(ブロッホ) 234
『メアリ・バートン』(ギャスケル) 153, 166
『迷宮の将軍』(ガルシア＝マルケス) 122
『目覚め』(ショパン) 203
『メディア』(エウリピデス) 55
『メメド、わが鷹』(ケマル) 288
『もう森へなんか行かない』(デュジャルダン) 216
『モーセ昇天』(セルヴォーン) 324
『ものすごくうるさくて、ありえないほど近い』(サフラン・フォア) 295, 331
『モヒカン族の最後の者』(クーパー) 122, 150
『森の舞踏』(ショインカ) 266
『モルグ街の殺人』(ポー) 208
『モルフィ公爵夫人』(ウェブスター) 75
『モンテ・クリスト伯』(デュマ) 146, 152

や行・ら行・わ行

『夜曲集』(ホフマン) 111, 120
『やけたトタン屋根の上の猫』(ウィリアムズ) 272
『やし酒飲み』(チュツオーラ) 266
『野性の呼び声』(ロンドン) 240
『屋根裏の狂女』(ギルバートとグーバー) 131
『山にのぼりて告げよ』(ボールドウィン) 259, 306
『闇の奥』(コンラッド) 157, 196-97, 267, 271
『U.S.A. 3部作』(ドス・パソス) 230
『ユートピア』(モア) 252
『ユードルフォの謎』(ラドクリフ) 120
『郵便配達は二度ベルを鳴らす』(ケイン) 236
『雪』(川端) 286
『指輪物語』(トールキン) 287
『夢小説』(シュニッツラー) 194
『ユリシーズ』(ジョイス) 206, 214-21, 241, 260
『妖精の女王』(スペンサー) 103
『余計者の日記』(トゥルゲーネフ) 124
『預言者』(ジブラン) 223
『夜ごとのサーカス』(カーター) 302
『夜の軍隊』(メイラー) 291
『夜の果てへの旅』(セリーヌ) 243
『夜はやさし』(フィッツジェラルド) 233
『ラ・カテドラルでの対話』(バルガス＝リョサ) 282
『ラ・セレスティーナ』(フェルナンド・デ・ローハス) 78
『ラ・レヘンタ』(アラス) 201
『ラーマーヤナ』(ヴァールミーキ) 18, 22, 23, 25, 55
『ライオンの皮をまとって』(オンダーチェ) 324
『ライ麦畑でつかまえて』→『キャッチャー・イン・ザ・ライ』
『渇湖(ラグーン)』(フレイム) 286
『楽園喪失』→『失楽園』
『楽園のこちら側』(フィッツジェラルド) 230
『ラサリーリョ・デ・トルメスの生涯』 78
『ラスベガス★71』(トンプソン) 332
『ラッキー・ジム』(エイミス) 318
『ラックレント城』(エッジワース) 122
『ラディカル・シックと苦情処理係の脅し方』(ウルフ) 278
『ラデツキー行進曲』(ロート) 238
『ラブユーズ』(バルザック) 152
『愛人』(デュラス) 335
『ランスロまたは荷車の騎士』(クレティアン・ド・トロワ) 19, 50-51
『リア王』(シェイクスピア) 87-88, 144
『リチャード3世』(シェイクスピア) 86, 88, 89
『リトル・ドリット』(ディケンズ) 109
〈旅船3部作〉(ヴィセンテ) 103
『ル・シッド』(コルネイユ) 103
『ルーツ』(ヘイリー) 306, 333
『ルネ』(シャトーブリアン) 150
『レ・ミゼラブル』(ユゴー) 156, 166-67, 182
『冷血』(カポーティ) 249, 273, 278-79
『レコグニションズ』(ギャディス) 328
『恋愛詩集』(ロンサール) 74
『錬金術師』(ジョンソン) 75
『老人と海』(ヘミングウェイ) 287
『老水夫の歌』(コールリッジ) 144
『ロード・ジム』(コンラッド) 203
『ローランの歌』(テュロルド) 48
『路上』→『オン・ザ・ロード』
『ロビンソン・クルーソー』(デフォー) 61, 94-95, 196
『ロブ・ロイ』(スコット) 122
『ロリータ』(ナボコフ) 186, 248, 260-61, 270
『ワーニャ伯父さん』(チェーホフ) 203
『若い芸術家の肖像』(ジョイス) 216, 225, 241, 256
『若草物語』(オルコット) 169, 199
『若きウェルテルの悩み』(ゲーテ) 98, 105, 256
『わがシッドの歌』 48, 56-57
『ワクースタ』(リチャードソン) 326
『吾輩は猫である』(夏目) 209
『わが皮膚の砦の中で』(ラミング) 312
『わたしたちにとって、すべての花は薔薇──謡』(グッディソン) 312
『わたしの名は赤』(パムク) 338
『ワルデーレ』 42
『われら』(ザミャーチン) 252, 253
『われわれのいまの生き方』(トロロープ) 186

事項索引

あ行

アーサー王の騎士道物語 19, 50-51
アイスランド人のサガ 19, 52-53
アウシュヴィッツ後の文学 258
アメリカ人の声 188-89
アメリカン・ブラックユーモア 276
アングロ・サクソン文学 19, 42-43, 48, 219
暗黒ロマン主義 140-45, 152
アンチ・ロマン 249, 274-75
イギリス湖水派詩人 110
意識の流れ 15, 105, 206, 216-21, 282
イスラム文学の黄金時代 19, 44-45
偉大なアメリカ小説 145
逸脱文学 313
インディアニスモ 164
インドの英語作品 294, 295, 314-17
ヴァイマル古典主義 99, 108, 111, 112-15
ヴァイマル時代の実験小説 207, 234
ヴィクトリア朝のゴシック 134-37
ヴィクトリア朝の女権拡張論 128-31
ヴェーダ 20, 22-23
詠唱(コーラン) 44
エクセター本 42
エッダ 52
オーストラリア文学 311

か行

怪奇小説 157, 195
科学小説 184
鍵小説 185
架空の自伝文学 94-95
家族のサガ→アイスランド人のサガ
歌舞伎と文楽 93
カリブ海文学 294, 312
感傷の誤謬 192-93
カンタール・デ・ヘスタ(武勲詩) 48
キャンパスノベル 318
9・11後のアメリカ 331
教養小説 128, 206-07, 224-27
ギリシャ叙事詩 26-33
禁制本 243, 260-61, 322
近代アラビア文学 223
吟遊詩人→トルバドゥールとミンネゼンガー
寓意の風刺文学 295, 320-21
形而上詩人 91
現代アフリカ系アメリカ文学 294, 295, 306-09
現代の家族における機能不全 295, 328-29
抗議小説 259
公民権運動 235, 259, 272, 273, 295, 306, 309
古英語の詩 42-43
コーラン(「詠唱」) 44
五経 18, 21
黒人文学 235
古代ギリシャの演劇 18-19, 34-39
古典期以降の叙事詩 62-65
「子供時代」の創出 168-71
古フランス語 48, 51

さ行

38度線 330
サンスクリット語叙事詩 18, 19, 22-25
私小説 209
自然主義文学 190-91, 219
実存主義 210-11
疾風怒濤→シュトゥルム・ウント・ドラング
詩の伝統 46
社会小説 166-67
ジャコビサン演劇 75
儒教 21
シュトゥルム・ウント・ドラング 14, 98-99, 105, 108, 113
書簡体小説 15, 100-01, 104, 105, 174
初期ゴシック文学 120-21
初期のアラビア文学 44-45
植民地文学 196-97, 248, 249
抒情詩 277
尋根運動→ルーツ探求運動
信頼できない語り手 270-71
心理的リアリズム 172-77
スペイン黄金世紀 78-81
青銅器時代の文学 20
世界へ向けた作品 319
戦後の詩 277
戦後の日本人作家 263
全知の語り手 182-83

た行

第1次世界大戦と戦争詩人 206, 207, 212
大西洋横断小説 186-87
多文化主義 294-95, 324-25
探偵小説 207, 208
耽美主義 157, 194

中国王朝時代の詩 46
中国の四大古典小説 61, 66-67
超絶主義 14, 125, 140, 141
ティーンエイジャーの誕生 256-57
ディストピア 250-55
ドイツ・ロマン主義 99, 111, 115
トルバドゥールとミンネゼンガー 19, 49, 50-51
奴隷の体験記 126-27

な行

ナイジェリアの声 266-69
南部オンタリオ・ゴシック 326-27
南部ゴシック 272-73
ニュー・ジャーナリズム 278-79
ネグリチュード 196

は行

ハードボイルド小説 207, 236-37, 336
ハーレム・ルネサンス 235
俳句と俳文 92
発禁処分→禁制本
白話文学 222
ビート・ジェネレーション 243, 248, 249, 264-65, 288
ピカレスク小説 78, 127
ビルドゥングスロマン→教養小説
百科全書的小説 296-97
フィロゾフ(哲学者) 96-97
風俗喜劇 61, 90
風俗小説 118-19
武勲詩→カンタール・デ・ヘスタ
不条理文学 262
フランス写実主義文学 156, 158-63
フランス象徴主義 165
フランス新古典主義 90, 103
プレイヤード派 74
文学の定義と「正典」 12-13
文学の物語 13-14
平安朝の宮廷文学 19, 47
亡命作家 238-39
北欧のサガ 52-53
ホロコースト 258

ま行

マジックリアリズム 15, 234, 294, 295, 302-05
南アフリカ文学 295, 322-23
民間伝承集 116-17
メタフィクション 295, 298-99, 303
モダニズム 15, 69, 206, 224, 235
モダニズム詩 213

や行・ら行・わ行

余計者 108, 124
ラテンアメリカ文学ブーム 282-85
ラテン文学の黄金時代 40-41
ランスロ＝聖杯作品群 50
「ルーツ探求」(尋根)運動 310
ルネサンス期の人文主義 72-73
歴史小説 122-23
連続物小説 146-49
ローマ世界の文学 40-41
ロシアの黄金時代 178-81
ロスト・ジェネレーション 207, 228-33
枠物語 23, 68-71, 102, 203

日本語版監修にあたって

　世界文学はあまりにも膨大で、何かを読みたいと思っても、どこから手をつけたらいいのか見当もつかず、茫然としてしまうほどだ。かつては「世界文学全集」というものが健在で、古代から現代まで、「これだけ読めばすべてがわかる」といった安心感を与えてくれたものだが、いまではそういった〈正典集（カノン）〉を考えることは難しい。世界文学はあまりに長い歴史を経て現在に至っているだけでなく、特に20世紀後半からは、欧米先進国だけでなく、アジア・アフリカなどの様々な地域の文学が勃興し目もくらむほどの多様性を誇るようになってきた。欧米中心の名作の世界ではない、にぎやかで騒がしい世界文学がいま展開しつつあるのだ。『遠読』という奇妙な読書方法を提唱したフランコ・モレッティという学者も、世界文学はいまやあまりに膨大になってしまったので、どんなにたくさん読んだところで焼け石に水だ、という趣旨のことを言っている。

　そんな時代に、これからそれでも世界文学の広大な未踏の沃野に乗り出していきたいと思う好奇心に満ちた冒険者たちの役に立つのは、分厚い文学史でもなければ、数えきれないほどの作家や作品をアルファベット順に配列した文学事典でもなく、むしろこの種のハンドブックではないだろうか。この『世界文学大図鑑』はわかりやすいチャートや図解をふんだんに盛り込み、膨大な世界文学の海に溺れない程度に作家や作品の数をしぼり、それでも「もっと読みたい」読者のための道しるべをきちんと示した一冊のハンドブックとしてはとても魅力的なものだろう。

　とはいえ、ここに収められている世界文学の広がりと多彩さは、やはり圧倒的だ。紀元前2100年頃の古代メソポタミアのギルガメシュ叙事詩から、1981年ジンバブエ生まれの女性作家ブラワヨの2013年の作品『あたらしい名前』まで。4000年以上の時空間を考えると、世界文学はなんとはるかな道をやってきたものだろうか。その一方で、これだけの時間にわたって、これだけの様々な国と言語において、文学というものが続き、発展し、書かれ、読まれてきたという事実の重みは圧倒的である。文学は人間とともに、人間の言語とともに、いつもあった。これからも（形は変えるかもしれないが）あり続けるだろう。

　もちろん、一冊の本の中に、世界文学の重要なものをまんべんなく収め、正確に解説するのは並大抵の仕事ではない。書誌や事実関係で明らかな間違いと思われる点が散見されたのはこれだけの規模の本ではしかたないことだろうが（もちろん日本語版では気付いた範囲で修正してある）、より大きな問題は作家・作品の選択とそのバランスだろう。イギリスの執筆陣によって英語で書かれた本であるだけに、どうしても英語で書かれた文学の比重が高くなる半面、英語圏の外で書かれ、読まれている文学の紹介がやや手薄であるという印象は否めない。ここにロシアの詩人ブロツキーも、ポーランドの詩人シンボルスカも、さらには『ハザール事典』の作者であるセルビアのパヴィチも、はたまたイタリアのウンベルト・エーコの名前も出てこないのは、やはりかなりさびしい。また日本文学に関して言えば、『源氏物語』も村上春樹も堂々と入ってはいるものの、芥川も谷崎もここにはいない。また夏目漱石の『吾輩は猫である』の項目は、「私小説」に関する理解が間違っていたため、やむを得ず監修者が原稿を新たに書いて差し替えた（ここに大江健三郎を加えたのも監修者の判断による）。

　とは言うものの、あれもない、これもない、と構成の難をあげつらってもしかたないだろう。この種の本は「何がない」ということよりも「これが入っている！」ことを評価すべきものだ。特に現代の作家たちを見ると、日本での評価とはかなり違っていることがわかり、英語圏の立場から見た世界文学像が見えてきて、この点がむしろ日本人の読者にとっては貴重ではないかと思う。この種のガイドブックの効用は、世界には私たちがまだ読んだことのない、面白そうな本がたくさんあると教えてくれることだ。その点に関する限り、これは本当にわくわくさせられる素敵な道案内になっている。

　ディヴィッド・ダムロッシュという比較文学者は、「世界文学とは一定の正典目録ではなく、読みのモードだ」と言っているが、これはわかりやすく言えば、結局のところ、世界文学は「あなたがそれをどう読むか」に尽きるということである。世界文学には、これを絶対に読まなければならない、これだけ読んだら大丈夫、といった必読書リストはもはやあり得ない。そして、誰もあなたの代わりに本を読んでくれるわけではないのだから、世界文学の沃野を切り拓くヒーロー、ヒロインは、結局のところあなた自身。この『世界文学大図鑑』はそんなあなたのために作られた本だ。

　監修にあたっては、東京大学大学院人文社会系研究科で現代文芸論・スラヴ文学を専攻する若手研究者の皆さんに専門分野別にチェックしていただき、大いに助けられた。以下にそのお名前を挙げて、感謝させていただく。

監修協力者：今井亮一、豊田宏、林由貴、福間恵、山田絵里奈

沼野充義

出典一覧

Dorling Kindersley would like to thank: Margaret McCormack for providing the index; Christopher Westhorp for proofreading the book; Alexandra Beeden, Sam Kennedy, and Georgina Palffy for editorial assistance; and Gadi Farfour and Phil Gamble for design assistance.

Quotations on page 212 are taken from *Wilfred Owen: The War Poems* (Chatto & Windus, 1994), edited by Jon Stallworthy.

Quotations on page 223 taken from *The Prophet* by Kahlil Gibran (Penguin Books, 2002) Introduction © Robin Waterfield, 1998.

PICTURE CREDITS

The publisher would like to thank the following for their kind permission to reproduce their photographs:

(Key: a-above; b-below; c-centre; l-left; r-right; t-top)

23 akg-images: Roland and Sabrina Michaud (br). **25 akg-images:** British Library (tl). **28 Alamy Images:** Peter Horree (bl). **29 Dreamstime.com:** Nikolai Sorokin (br). **30 Corbis:** Alfredo Dagli Orti/The Art Archive (tr). **32 Getty Images:** Universal History Archive/Contributor (b). **33 Alamy Images:** ACTIVE MUSEUM (br). **36 Corbis:** (bl). **Dreamstime.com:** Emicristea (tr). **38 Getty Images:** De Agostini Picture Library (bl). **39 Alamy Images:** epa european pressphoto agency b.v. (tl). **51 Alamy Images:** World History Archive (tl). **64 Corbis:** David Lees (tl). **65 Corbis:** Hulton-Deutsch/Hulton-Deutsch Collection (tl). **67 The Art Archive:** Ashmolean Museum (tl). **69 The Bridgeman Art Library:** Private Collection/Bridgeman Images (tl). **70 Alamy Images:** Pictorial Press Ltd. (bl). **71 Corbis:** (tr). **73 Corbis:** Michael Nicholson (tr). **78 Corbis:** (bl). **81 Dreamstime.com:** Typhoonski (bl). **84 Corbis:** (bl). **85 Corbis:** Steven Vidler/Eurasia Press (tr). **87 Corbis:** Lebrecht Authors/Lebrecht Music & Arts (tl). **Alamy Images:** Lebrecht Music and Arts Photo Library (br). **88 Corbis:** John Springer Collection (br). **89 Alamy Images:** AF archive (tl). **97 Corbis:** The Art Archive (tr). **99 Corbis:** (bl). **101 Corbis:** Leemage (tr). **114 Corbis:** Robbie Jack (tl). **115 Topfoto:** The Granger Collection (bl). **Corbis:** Leemage (tr). **117 Getty Images:** DEA PICTURE LIBRARY (tr). **119 Corbis:** Hulton-Deutsch/Hulton-Deutsch Collection (tr). **121 Corbis:** (tr). **123 Corbis:** Hulton-Deutsch Collection (tr). **127 Corbis:** (bl). **129 Getty Images:** Stock Montage/Contributor (bl). **134 Getty Images:** Hulton Archive/Stringer (bl). **136 Alamy Images:** Daniel J. Rao (t). **137 Corbis:** (tr). **140 Corbis:** (bl). **142 Corbis:** John Springer Collection (tl). **143 Corbis:** (br). **144 Alamy Images:** North Wind Picture Archives (tl). **145 Alamy Images:** United Archives GmbH (tl). **147 Corbis:** Chris Hellier (tr). **Alamy Images:** Classic Image (bc). **148 Corbis:** Geoffrey Clements (tl). **160 Corbis:** Hulton-Deutsch Collection (bl). **161 Corbis:** Leemage (tr). **162 Topfoto:** The Granger Collection (tr). **163 The Bridgeman Art Library:** Archives Charmet (tr). **167 Corbis:** Hulton-Deutsch Collection (tr). **170 Corbis:** (tr). **Alamy Images:** ITAR-TASS Photo Agency (br). **171 Getty Images:** Oscar G. Rejlander/Contributor (tr). **174 Corbis:** Derek Bayes/Lebrecht Music & Arts/Lebrecht Music & Arts (bc). **175 Corbis:** (bl). **175 Getty Images:** Imagno (tr). **176 Corbis:** David Scharf (tl). **Corbis:** Hulton-Deutsch Collection (br). **180 Alamy Images:** Heritage Image Partnership Ltd. (tr). **181 Corbis:** Leemage (bl). **Alamy Images:** GL Archive (tr). **183 Corbis:** The Print Collector (bl). **187 Corbis:** (bl). **189 Corbis:** (tr). **191 Corbis:** Hulton-Deutsch Collection (tr). **193 Corbis:** (tr). **197 Corbis:** Hulton-Deutsch Collection (tr). **211 Corbis:** (tr). **216 Getty Images:** Culture Club/Contributor (bl). **217 Getty Images:** Apic/Contributor (tr). **219 Alamy Images:** Gabriela Insuratelu (tl). **220 Corbis:** Leemage (br). **225 akg-images:** ullstein bild (t). **227 akg-images:** (bc). **Corbis:** Hulton-Deutsch Collection (br). **230 Corbis:** (bl). **231 Getty Images:** Paramount Pictures/Handout (tr). **239 Corbis:** Bettmann (tr). **252 Getty Images:** Hulton Archive/Stringer (bl). **255 Getty Images:** Heritage Images/Contributor (bl). **257 Dreamstime.com:** Nicolarenna (tr). **Corbis:** Bettmann (br). **261 Corbis:** Everett Collection Historical (bl). **265 Corbis:** Bettmann (bl). **CHARLES PLATIAU/Reuters (tr). 267 Alamy Images:** Eye Ubiquitous (tl). **268 Topfoto:** Charles Walker (bl). **269 Alamy Images:** ZUMA Press, Inc. (tr). **271 Corbis:** Marc Brasz (r). **273 Getty Images:** Donald Uhrbrock/Contributor (bl). **274 Getty Images:** Keystone-France/Contributor (b). **275 Corbis:** Sophie Bassouls/Sygma (tr). **279 Corbis:** Hulton-Deutsch Collection (b). **282 Corbis:** Karl-Heinz Eiferle/dpa (br). **284 Getty Images:** Philippe Le Tellier/Contributor (bl). **285 Alamy Images:** Jan Sochor (t). **297 Corbis:** Bettmann (br). **299 Corbis:** Sophie Bassouls/Sygma (tr). **302 Corbis:** Walter McBride (br). **303 Alamy Images:** Dinodia Photos (br). **304 Getty Images:** Dinodia Photos/Contributor (tr). **305 Alamy Images:** FotoFlirt (tr). **307 Corbis:** (bl). **309 Corbis:** Nigel Pavitt/JAI (tr). **Colin McPherson (tr). 315 Corbis:** Destinations (bl). **Eric Fougere/VIP Images (tr). 317 Corbis:** Jihan Abdalla/Blend Images (tr). **321 Alamy Images:** PPFC Collection (tr). **Corbis:** Sophie Bassouls/Sygma (bl). **323 Corbis:** James Andanson/Sygma (tr). **325 Corbis:** Colin McPherson (tr). **327 Corbis:** Rune Hellestad (tr). **329 Alamy Images:** dpa picture alliance (tr).

All other images © Dorling Kindersley. For more information see: **www.dkimages.com**

訳者あとがき

小説の翻訳を生業にする者として、海外の作品をもっと読んでもらうにはどうしたらよいかをいつも考えている。昨今は文学のみならず、音楽や映画などのジャンルでも、海外の文化全体に興味を持たない食わずぎらいの人が増えているようだが、おもしろいものがたくさんあるのに、あまりにももったいない。海外から学ぶこと、海外の作品からアイディアを取り入れることをやめてしまったら、やがて文化全体が先細りになるのは目に見えている。

とはいえ、古今東西、文学作品が数かぎりなく存在するなかで、何をどうやって薦めたらよいのかは悩ましい。ガイドブックとして、難解すぎず、噛み砕きすぎず、適度な読み応えがあって、それ自体が読み物として充実しているものがないかと自分でもずっと探していた。

そんなとき、この『世界文学大図鑑』（原題 *The Literature Book*）を翻訳しないかという打診を三省堂からいただいた。西洋の作品や思潮に偏ることなく、歴史的な位置づけを明確にしながら、豊富な図版を用いてさまざまな切り口で各作品や作者についてわかりやすく解説してあり、読み進めるのが楽しかった。たとえば『マハーバーラタ』や『イリアス』の名前はほとんどの人が知っているだろうが、その内容をこれだけ平易にまとめ、しかも読みたい気にさせてくれる本は、ほかに見つかるまい。小説の翻訳とは勝手がちがう部分もあるが、なんとしてもこの本を日本で紹介したいと思い、すぐに引き受けることにした。

翻訳作業のさなか、自分が未読の作品を早く読みたくてたまらなくなったこともしばしばあった。そして、読者の皆さんが同じように感じてくれたらいいと思った。何か惹かれるものがあったら、この本を読みかけにしてもまったくかまわないから、ぜひその作品をすぐに入手して読みはじめてもらいたい。そして、その作品のおもしろさをだれかに伝えてもらいたい。訳者としていちばんの喜びは、この本がそんなふうに活用されて、読者の輪がひろがっていくことだ。

訳出にあたっては、岡ゆかりさん、笹田元子さん、手嶋由美子さん、信藤玲子さん、茂木靖枝さんに協力してもらった。各作品の引用個所の調査や歴史的事実の確認など、膨大な量の作業の集積があったからこそ、日本語版を出すことができた。この場を借りてお礼を申しあげる。

越前敏弥